U0651309

Stephen King

[美] 斯蒂芬·金——著　辛涛　刘若跃——译

约翰的预言

The Dead Zone

CNS PUBLISHING & MEDIA 中南出版传媒
湖南文艺出版社 HUNAN LITERATURE AND ART PUBLISHING HOUSE
博集天卷 CS-BOOKY

献给欧文

我爱你，老熊

目录

Contents

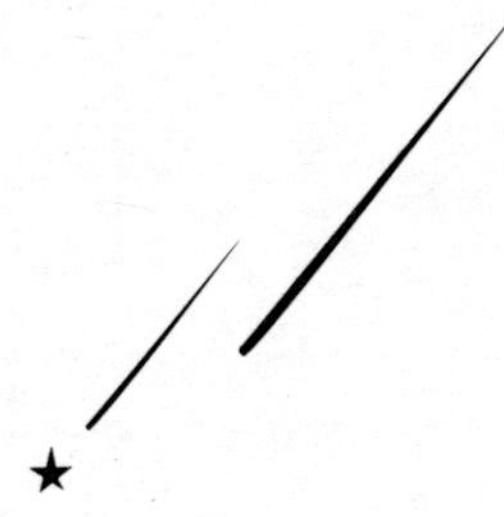

第 2 部
笑面虎

第 3 部

“死亡区域”的记录

1. 命运之轮悄然开启

后来，他常常回想那件事儿。

第二次事故前，那件随着幸运大轮盘一起发生的事儿。

那就像他童年时期的一个警告。

1953 年 1 月，约翰 · 史密斯在冰上重重摔了一跤，不过到大学毕业时，他已经全然忘记这件事儿了。事实上，小学毕业时，他就已经记不太清了。而且他父母也压根儿不知道这件事儿。

那年，他们在达勒姆的回环塘上一块被清理出来的冰面上滑冰。大一点儿的孩子用旧带子绑扎好的棍棒打曲棍球，球门就用两个土豆筐代替。小点儿的孩子在瞎闹，以他们一贯采用的方式——脚踝滑稽地里里外外弯曲，在零下 6 摄氏度的寒冷天气中噗噗喘气。冰面一角有两个烧得乌黑的橡胶轮胎，几个大人坐在旁边看着他们的孩子。在这个摩托雪橇还不大为人所知的年代，冬季的娱乐依旧是锻炼身体，而非骑摩托。

约翰肩膀上挂着溜冰鞋，从家里走出来，一过博纳尔镇边界线就到了。尽管只有 6 岁，但他的溜冰技术已经相当不错了。虽然还没有好到和那些大孩子一起玩儿曲棍球的地步，但也能绕着其他一年级学生转圈圈了。而那些一年级学生要么扑棱着胳膊保持平衡，要么四仰八叉坐在地上。

现在，他绕着冰塘外缘慢慢滑动，希望自己能向后倒着滑，就像蒂米·本尼迪克斯那样。耳朵里传来积雪下冰层发出的神秘的“砰砰咔咔”声、玩儿曲棍球的人们的呼喊声、一辆拉矿浆的卡车去往里斯本福尔斯的美国石膏公司穿过大桥时发出的“隆隆”声，还有大人们的低语声。生活在这既寒冷又晴朗干爽的冬天他感觉太惬意了。他身体很好，也没什么事儿烦扰他的心情，心神俱佳，什么也不缺……只想能够向后倒着滑，就像蒂米·本尼迪克斯那样。

他滑过那堆火，看到两三个大人正在传着喝一瓶酒。

“给我喝点儿！”他朝一个人喊道，那人穿着厚厚的伐木工人大格子衬衫和绿色法兰绒雪裤，那是查克·施皮尔。

查克冲他笑笑，说：“别捣乱了，小家伙，我听到你妈妈在叫你呢。”

6 岁的约翰·史密斯笑笑，继续向前滑。他看到滑冰区的路边，蒂米·本尼迪克斯正从斜坡上下来，后面跟着蒂米的父亲。

“蒂米！看着啊！”他喊道。

他转了个身，开始笨拙地倒着滑。他没有意识到，自己正在滑进打曲棍球的场地中。

“嘿，小家伙！走开！”有人喊。

约翰没听见。他在滑！是倒着滑！他已经找到了节奏，突然间找到的，就在于两条腿的某种摆动……

他向下看，他太佩服自己了，他看到自己的腿在如何动。

大孩子们的冰球破旧、伤痕累累，边缘满是缺口，此时正迅猛从他身边掠过，不过他没看到。一个技术不好的大孩子追过来，样子基本上就是在瞎闯猛冲。

查克·施皮尔看到了，站起来大喊：“约翰！小心！”

约翰刚抬起头，瞬间，那个滑得不熟练的男孩儿就冲过来了，160 磅[①]

---

① 1 磅约合 0.45 公斤。——编者注

的体重全速撞到了小小的约翰·史密斯身上。

约翰双臂张开飞了出去。片刻以后，他的头撞到冰上，眼前一黑，晕了过去。

一片漆黑……黑色的冰……一片漆黑……黑色的冰……黑色的。黑色的。

他们后来跟他说，他晕过去了。而他所能知道的就是那黑色的冰的影像，古怪地、一遍遍地回旋在脑子里，然后就突然看到上面有一圈脸——惊慌的玩儿曲棍球的孩子们、焦虑的大人们、好奇的小孩子们。蒂米·本尼迪克斯在得意地笑。查克·施皮尔在扶着他。

黑色的冰。黑色的。

“什么？”查克问，“约翰……你没事儿吧？你摔得挺重。”

“黑色的，”约翰挤出一丝声音，“黑色的冰。别再接线了。”

查克惶恐地看了众人一眼，又转回头看约翰。他摸了摸这个小男孩儿头上正在肿起来的大包。

“对不起，我一点儿都没看到他。小孩子们应该离曲棍球场地远一点儿。这是规则。”那个笨拙的曲棍球男孩儿边说边不自信地看看四周，想寻得众人支持。

“约翰？你没事儿吧？”查克喊他。他不喜欢约翰此刻的眼神，看上去黑暗、恍惚、遥远又冰冷。

“别再接线了。”约翰说，他自己也不知道为什么要这样说，脑子里只有冰——黑色的冰，“爆炸，酸液。”

“要不要送他到医院？他在胡说呢。”查克问比尔·詹德龙。

“再等会儿。”比尔建议。

他们等了一会儿，约翰的头脑清醒了，低声说：“没事儿，我要起来。”蒂米·本尼迪克斯仍在得意地笑，这家伙。约翰决心要给蒂米露两手。这周末他要绕着蒂米转圈滑……向前向后地滑。

“你来火边坐一会儿吧。你摔得挺重的。”查克说。

约翰让他们把自己扶到火堆边。橡胶熔化的气味浓烈刺鼻，他有点儿想吐，头也痛，又感觉到左眼上方的那个肿块很古怪，就好像伸出去 1 英里[①]远似的。

“你还能记起你是谁来吗？能想起事儿来吗？”比尔问他。

“当然了，可以，我没事儿。”

“你爸妈是谁？”

“赫伯特和薇拉。赫伯特·史密斯，薇拉·史密斯。”

比尔和查克对视一下，耸耸肩。

“我觉得他没事儿。”查克说，然后第三次说，“但他真的摔得很重，对吧？哎。”

“别说孩子们了，”比尔说，他慈爱地向外看看他那对正在手挽手滑冰的 8 岁双胞胎女儿，又回过头来看着约翰，“就是大人摔那么一下子也许都醒不过来了。”

“可摔不死波兰人。”查克说，两人哈哈大笑。那瓶布什米尔斯威士忌又开始轮流着传来传去了。

10 分钟后，约翰又开始滑了，他的头痛轻了些，额头上的鼓包瘀伤就像一块怪异的烙印一般突出来。到他回家吃午饭时，他已经彻底忘掉了这次摔跤，忘掉了曾晕过去，完全沉浸在领悟如何倒着滑的喜悦中。

“天哪！”薇拉·史密斯看到他时问，“你怎么搞的？”

“摔倒了。”他边说边啧啧有声地喝康宝（Campbell）番茄汤。

“没事儿吧，约翰？”她边问边轻轻碰碰瘀伤处。

“当然没事儿，妈妈。”他没事儿，除了在接下来一个月左右偶尔会做噩梦之外，的确没事儿……在做噩梦的当天他有时会特别嗜睡，以前他在那些时段可是从来不瞌睡的。再往后就不再做噩梦了，差不多同时，也不再嗜

---

① 1 英里约合 1.61 公里。——编者注

睡了。

他没事儿了。

2 月中旬的一天早晨，查克 · 施皮尔起来后发现他那辆 1948 年产的德索托（De Soto）汽车的电瓶没电了。他试着用他那辆农用卡车来助推启动。当他把第二个夹子连接到德索托的电瓶上时，电瓶在他脸前爆炸了，碎片和电瓶腐蚀性酸液喷溅了他一身。他的一只眼睛被烧瞎了。薇拉说，上帝保佑他，没让他的两只眼睛都瞎掉。约翰挺可怜他的，事故发生一个星期后还和父亲去刘易斯顿综合医院看望他。高大的查克看上去特别憔悴、瘦小，他躺在病床上的景象让约翰感觉害怕，因为那天晚上约翰梦到躺在那里的是自己。

此后的几年时间里，约翰时不时会有预感产生——他会在电台音乐节目主持人播放下一首乐曲之前就知道那首乐曲是什么，诸如此类——但他从没有将这些与他那次冰上事故联系起来。那时他已经不记得那件事儿了。

这些预感并不让人感觉害怕，也不是频繁出现。他的生活里没有什么恐怖的事情发生，直到乡村游园会和面具出现的那天晚上，发生了第二次事故。

后来，他常常回想那件事儿。

第二次事故前，那件随着幸运大轮盘一起发生的事儿。

那就像他童年时期的一个警告。

2. 有野心的推销员

他的伟大即将到来。

1955 年夏天，烈日下，推销员格雷格·斯蒂尔森在内布拉斯加州和艾奥瓦州辛苦地跑来跑去。他开着一辆 1953 年产“水星”牌（Mercury）轿车，这车已经跑了 11 万多公里了，发出明显的“呼哧”声。他身材高大，还保持有中西部男孩那种健康而又土气的模样；这年夏天他年仅 22 岁，4 个月前，他在奥马哈的房屋粉刷业务干不下去了。

“水星”轿车的后备厢和后座里塞满了纸箱子，纸箱子里全是书。大部分都是《圣经》。各种形状和尺寸，什么版本都有。美国“真理之路”《圣经》，带 16 色版的插图，航模黏合胶固定，售价 1.69 美元，保证至少 10 个月不会翻烂；更便宜的平装版有美国“真理之路”《圣经·新约全书》，售价 65 美分，除了红色印刷字体“我主耶稣”以外没有彩色；对肯花钱的人，有美国“真理之路”豪华版《圣经》，售价 19.95 美元，白色人造革封皮，封皮上会打上购买人的烫金名字，24 色版，中间还有一部分纸页用来书写婚丧嫁娶事项。豪华版《圣经》翻个两年也没问题。另外还有一箱平装书，书名为《美国“真理之路”：共产主义犹太人针对美国的阴谋》。

格雷格觉得这本平装版书更好，比所有那些《圣经》加起来都好，尽管是用劣质纸张印制的。它讲述了关于罗斯柴尔德家族、罗斯福家族以及格林布拉特家族如何接管美国经济和美国政府的全部事情。

在艾奥瓦州埃姆斯以西大约 30 公里的地方，格雷格拐进一条尘土飞扬的农庄车道上。那些房子看上去无人居住，门窗紧闭，窗帘拉下，谷仓的门都关着，不过，“不试一试你永远也不会知道”。自两年前格雷格·斯蒂尔森和他母亲从俄克拉何马搬到奥马哈以来，这句格言让他受益匪浅。房屋粉刷不是什么大事业，但他的确需要有那么一小会儿不再谈论上帝，你应该原谅对上帝的这种小小的亵渎。现在他又回来了嘛，尽管这次不是在讲坛上或者是以复兴宗教的形式，而且，终于不用再搞什么“奇迹”了，也算是让人宽慰些吧。

他打开车门，走进车道的灰尘中，这时一只凶恶的农场大狗从谷仓里走过来，耳朵竖到后面，猛烈地朝他吠叫。“你好，狗儿。”格雷格用低沉、友好、动听的声音说，22 岁，他的声音就已经是一个训练有素的能吸引听众的演说家声音了。

那条又大又凶猛的狗没有理会他声音里的友好，继续走上来，拖定主意要把这个推销员当成早午餐撕咬一通。格雷格退回车里坐下，关上车门，按了两下喇叭。汗水从他脸上滚落，白色亚麻西服的腋下也由于出汗而成为暗灰色的两块，后背则出现了树枝状的汗迹。他又按了下喇叭，还是没有回应。这些乡巴佬上了他们的国际收割机了，要么就是开着他们的斯蒂庞克（Studebaker）汽车去镇上了。

格雷格笑了。

他没有换成倒挡从车道退出去，而是反手掏出一瓶家用喷雾器，只是这一瓶里面装的是氨水而非喷雾。

格雷格拉回活塞后，再次跨出车，轻松地笑着。那条本已蹲坐下的狗立刻站起来，低吼着朝他过来。

格雷格保持着微笑，用他友好、动听的嗓音说：“对了，狗儿。放马过来吧。过来受罚。"他痛恨这些丑陋的农场狗，跑在半英亩[①]大的前院里，像个傲慢的小独裁者一样，显示出它们的主人们也是一样的德行。

"这帮死乡巴佬。"他屏住呼吸说，脸上继续笑着，"来，狗。"

狗过来了。它腰腿向下一绷，朝他扑来。谷仓里一头母牛在"哞哞"叫，风穿过玉米地发出轻柔的"沙沙"声。狗跳起来时，格雷格的微笑变成一副冷酷仇恨的怪相。他推下喷雾器的活塞，把一团刺激的氨水喷雾直接喷进了狗的眼睛和鼻子。

狗的狂吠顿时变成短促、痛苦的叫喊，当氨水的刺痛感全部发挥出来时，叫喊又变成疼痛的号哭。它立刻掉头就跑，已经不是一只看门狗了，而是一条被打败的野狗。

格雷格·斯蒂尔森的脸阴沉下来。他垂下眼皮，阴险地眯起眼睛，快步上前，用他的"金健步"牌（Stride-King）空尖鞋狠命一脚踢向狗的腰身。狗发出嘹亮的一声哀嚎，然后，在恐惧和疼痛的驱使下转过身来，不再逃往谷仓，而是向给它痛苦的这个人开战，从而判了它自己的死刑。

它大叫一声，瞎着眼猛扑上来，一口咬住格雷格白色亚麻西裤的右边裤管，撕裂了它。

"狗杂碎！"他又惊又怒地尖叫，又踢了狗一脚，这回够猛，一脚把它踢得滚到尘土中。他走上前，边喊边踢狗。现在那条狗意识到这个疯子的危险了，但已经太迟了，它的眼睛在流泪，鼻子红肿剧痛，一根肋骨断了，还有一根也严重开裂。

格雷格·斯蒂尔森穿过尘土飞扬的农家院追逐着那条狗，气喘吁吁地叫骂，脸上满是汗水，他把那条狗一直踢到不断发出尖叫，只能在尘土中拖着脚步走为止。到处都是它的鲜血。它已经奄奄一息了。

"你不该咬我的，听到了吗？你听到了吗？你不该咬我，你这只蠢狗。

---

① 1英亩约合6.07亩，4046.86平方米。——编者注

谁也不能挡我的路。听到了吗？谁也不能！”格雷格低声说，又用他溅满鲜血的鞋踢了一脚，但那只狗除了低沉沙哑地叫了一声就没什么反应了。没带来多少快感啊，格雷格的头痛起来。这是太阳的缘故，在烈日下追着狗四处跑，没晕过去就算幸运的了。

他闭上眼睛，“呼呼”地喘气，豆大的汗珠在他的平头里像宝石一样闪现，从他脸上滚落。被打残了的狗躺在他的脚下。五颜六色的光斑随着他的心跳节奏在跳跃，从他闭着眼的黑暗中漂浮过去。

头痛。

有时候他问自己是不是快疯了，就像现在。他本意是想用氨水喷雾器喷那狗一下，把它赶回谷仓里，这样他就可以把名片插到纱门的缝隙处，改天再来推销的。现在看看，看看这一团糟。现在他没法儿好好地留名片了吧？

他睁开眼。那只狗躺在他的脚下，急促地喘气，口鼻部流出涓涓的鲜血。格雷格·斯蒂尔森看着它，它卑贱地舔了舔他的鞋，好像承认它被打败了似的，慢慢死去了。

他说：“不该扯烂我的裤子，裤子花了我 5 美元呢，你这条臭狗。”

他得离开这儿了。要是现在克莱姆·卡迪德霍珀[①]和他老婆以及他们的 6 个儿子乘着他们的斯蒂庞克汽车从镇上回来，看到费多死在那里，而那个坏蛋老家伙销售员还站在它的身旁，他是不会有任何好果子吃的。美国“真理之路”公司是不会聘用一个打死了基督教徒家爱犬的销售员的。

格雷格神经质地“嘎嘎”笑起来，回到车内，飞快驶离车道。他向东转上一条土路，这条路像一根绳子一般笔直穿过玉米地，很快，他就以时速

---

① 克莱姆·卡迪德霍珀（Clem Kadiddlehopper）：这是美国艺人理查德·伯纳德·“雷德”·斯克尔顿（Richard Bernard “Red” Skelton）于 1941 年创办的广播节目《罗利烟草节目》（*The Raleigh Cigarettes Program*）中的主要角色，其后的内容也是该节目中的相关情节。——编者注

65 英里的速度飞速而平稳地向前行进，身后留下一道 2 英里长的尘烟。

他可不想丢掉这份工作，至少现在不想。他现在赚的钱不少——除了美国“真理之路”公司知道的那些好点子，他还有他们不知道的自己的一些妙计。他现在正干得不错。此外，四处旅行，他有机会结识很多人……很多姑娘。这种生活不赖，只是——

只是他不满足。

他驱车前行，他的头在抽痛。不，他的确不满足。在中西部跑来跑去卖《圣经》，为了每天多赚那么两美元而篡改回扣表，他觉得他命中注定要干比这更大的事业。命中注定要……要……

要变得“伟大”。

对，就是这个词，确定是这个词。几个星期前，他把某个姑娘抱进了干草仓，她的父母当时正在达文波特售卖一卡车鸡肉，从她问他想不想喝一杯柠檬汁开始，然后一件事儿就发展到了另一件。他和她发生了关系之后，她说这就像是被一个传教士给愚弄了一样，他就扇了她一巴掌，他也不知道为什么要这么干。他扇了她之后就走了。

呃，不是。

事实上，他扇了她三下还是四下，一直到她呼喊救命，他才停下来，然后不知怎么的（他不得不竭尽全力），他又和她和好了。那时候他的头也在痛，眼前金星乱冒，他努力说服自己，那是天热的缘故，是干草仓中的酷热引起，但其实让他头痛的完全不是因为天热。在农家院里那条狗撕扯他的裤子时，他又感觉到了同样的东西，某种邪恶疯狂的东西。

“我没疯！”他高声说，迅速打开车窗，让夏季的炎热与尘土、玉米和粪肥的味道一起涌进来。收音机里正在播放一首帕蒂·佩姬[①]的歌曲，他把

① 帕蒂·佩姬（Patti Page，1927—2013）：美国流行、民谣歌手，是美国二战以后最受欢迎的女歌手。知名歌曲有《田纳西圆舞曲》（*The Tennessee Waltz*）。——编者注

音量开得大大的，头痛减轻了一点点。

这就是个自身克制的问题，也是保持你的履历干净的问题。如果你做好这两样，那它们也就不会来伤害你。他在这两件事儿上正在转好。他以前经常做梦，在梦中，他父亲站在他上方，安全帽歪戴在脑后，朝他大吼："你不行，小崽子！你他妈的不行！"而现在他不再常常梦到他父亲了。

他不再频繁做那样的梦是因为它们根本不真实。他不再是一个小崽子了。没错，他小时候是体弱多病，不够高大，但他现在已经长大了，他在赡养他的母亲了……

他父亲已经死去，看不到这些了。他没法儿让他父亲承认自己说错了话，因为他已经在一次油井架爆炸中被炸死了。是的，他死了，曾有一次，就一次，格雷格想把他挖出来，然后冲着他腐烂的脸嚷："你错了，爸爸，你看错我啦！"再狠狠给他一脚，要那样踢——

像踢那条狗那样踢。

头痛在过去，逐渐减轻了。

"我没疯。"音乐声中他又一次说。他母亲经常跟他说，他命中注定要干大事儿，伟大的事儿，他自己也相信。那只不过是把局势（就像扇那个女孩儿巴掌或是踢那条狗的事儿）控制住，以及保持他的履历干净的问题。

不管他的伟大是什么吧，当它到来的时候他会知道的。对这一点他很确定。

他又想起那条狗，这次，他只有一个干巴巴的微笑，没有幽默，没有怜悯。

他的伟大即将到来。也许还要好几年，当然了，他还年轻嘛，年轻没什么错，只要你明白你不可能一口吃成个胖子，只要你相信它最终会到来。他是绝对相信的。

让上帝和亲爱的耶稣去保佑挡他路的人吧。

格雷格·斯蒂尔森一只晒得黝黑的手肘架到车窗上，开始和着音乐吹口哨。他踩到油门上，把那辆破旧的“水星”牌轿车加速到时速 70 英里，沿着艾奥瓦州笔直的乡村道路，向任何可能有前景的地方驶去。

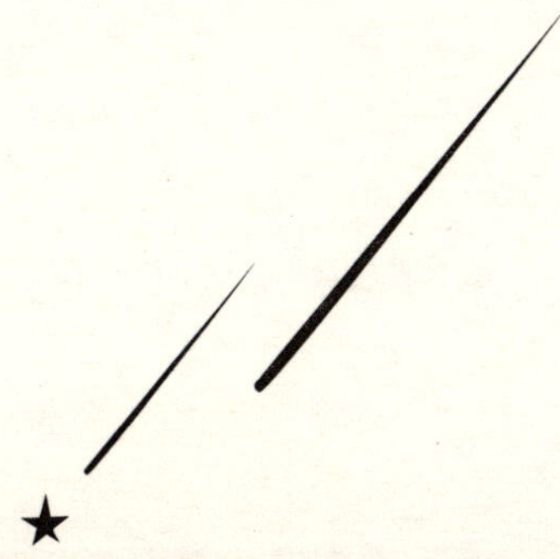

第1部

幸运大轮盘

The Dead Zone

第 1 章
游乐场

“一切都在转盘里，试试你的手气，小小一个硬币就能转起幸运大轮盘啊。”

1

关于那个晚上，后来莎拉记得两件事儿，一是约翰在幸运大轮盘上一连串的好运气，二就是那个面具。不过随着时间推移，几年后，当她能鼓起勇气仔细回想那个恐怖的夜晚时，她所能想起的只有那个面具了。

约翰住在克利夫斯·米尔斯镇的一栋公寓楼里。莎拉 7 点 45 分赶到那里，把车停在拐角处，按门铃进了门。今晚开她的车，因为约翰的车正在汉普登镇的蒂贝茨修理厂里修理，是轮轴卡塞那类问题。有点儿贵，约翰在电话里告诉她，然后笑笑，是约翰·史密斯特有的笑声。如果那是她的车的话，她会难过得哭呢——她的钱包啊。

莎拉穿过公寓楼走廊往楼梯走去，经过公告牌。平时，这个公告牌上面满满当当地贴着卡片式广告，有摩托车、音响、打字服务，还有要搭乘汽车去堪萨斯州或者加利福尼亚州的广告，以及准备去佛罗里达州，同时想与被搭乘者轮流开车并分担汽油费的广告。但今晚，公告牌上只有一张大布告，上面是一个紧握的拳头，背景为鲜红色，让人联想到火焰。布告上写着两个字：“罢课！”此时是 1970 年 10 月底。

约翰在二楼有一套朝向阳面的房子，他称之为“顶层公寓”，你可以像雷蒙·纳瓦罗那样穿着小礼服站在那里，端着球形大酒杯喝一大口里普尔葡萄酒，然后从上往下看克利夫斯·米尔斯镇广阔、脉动的中心区：戏剧散场后急匆匆的人群、忙乱的出租车、霓虹灯。这座一览无余的城中有近 7000 套公寓，这是其中一套。

事实上，克利夫斯·米尔斯镇主要就是一条大街、十字路口一处红绿灯（下午 6 点以后转为闪光警戒灯）、二十几家商店，再就是一家莫卡辛鞋（moccasin）制造厂。和缅因大学所在的奥罗诺市周边大部分镇子一样，它的真正产业是学生消费品——啤酒、葡萄酒、汽油、摇滚乐、快餐、麻醉品、食品杂货、租房、电影等。电影院的名字叫“阴凉”，在开学期间，那里放映艺术电影和 20 世纪 40 年代的怀旧电影。夏季时，就放映克林特·伊斯特伍德[①]演的意式西部片。

莎拉和约翰都毕业一年了，都在克利夫斯·米尔斯中学教书，他们这里还没有三四个镇合成一个区，还有其他几所中学。大学全体教职员工包括大学生们都把克利夫斯当作他们的城郊住宅区，因为这里的税收优惠到令人羡慕的地步。镇上还有一所很棒的带有全新的媒体配楼的中学。镇民们也许要抱怨大学里人们尖刻的言论，抱怨他们为了结束战争而进行的游行，抱怨他们干涉镇里的政治事务，但他们绝不会拒绝那些税金，那些钱每年都出自文雅谦和的教师的家庭，或出自那些被学生们称为“温柔乡”、而被其他人称为“脏胡同”的公寓大楼里的住户。

莎拉敲敲门，里面传来约翰的声音，有一种古怪的被蒙起来的感觉：“门开着，莎拉！”

她皱皱眉，推开门。除了半个街区以外闪光警戒灯的黄光忽明忽暗地映照过来之外，约翰的房子里一片黑。家具全是一团团的黑影。

---

① 克林特·伊斯特伍德（Clint Eastwood，1930— ）：美国演员、导演、制片人。——编者注

“约翰……？”

她不知道是保险丝断了还是怎么回事儿，于是试探着朝前走了一步，就在这时，一张脸现出在她眼前，漂浮在黑暗中，是一张从噩梦里走出来的脸，发出幽灵般腐烂的绿光。一只眼睛大睁，似乎正以一种受了伤的恐惧瞪着她，另一只紧闭的眼睛阴险地斜视着。脸的左半部，也就是眼睛睁着的那半面，似乎还算正常。但右半部就是一只怪物的脸，塌陷而又野蛮，厚厚的嘴唇向后拉开，露出杂乱无章且同样寒光闪闪的牙齿。

莎拉闷声一喊，跌跌撞撞地往后退。这时，灯一下子全亮了，约翰的公寓重现，黑暗的地狱边缘不见了，墙上的尼克松[①]在推销二手车，地上是约翰母亲织的小地毯，葡萄酒瓶上放着蜡烛。那张脸不再放光了，她看到那不过是廉价商店在万圣节前夕卖的面具。约翰的蓝眼睛正透过睁开的眼洞闪闪发亮地望着她。

他摘下面具，亲切地站在那儿对她微笑，穿着褪色的牛仔裤和褐色的毛衣。

“万圣节快乐，莎拉。”他说。

她的心还在“嗵嗵”猛跳。他真的把她吓到了。“真有意思。”她说着转身就走。她不喜欢被人这样吓唬。

他在门口揪住她：“哎……对不起。”

“你确实应该这么说。”她冷淡地看着他，或者说是尽量冷淡地看着。她的不快实际上已经消弭于无形了。她无法对约翰一直发脾气，就是这样。无论她爱不爱约翰（这个问题她一直尽力想搞清楚），都不可能持续很长时间对他不满，或者心怀怨恨。她甚至怀疑是否有人怨恨过约翰。这样想挺无聊的，她不禁笑起来。

---

① 尼克松：指理查德·米尔豪斯·尼克松（Richard Milhous Nixon，1913—1994），美国政治家，曾任第 34 任美国副总统（1953—1961）及第 37 任美国总统（1969—1974）。——编者注

“好啦，这不是挺好嘛，老兄。我还以为你要走呢。”

“我不是老兄。”

他的眼睛盯着她：“我注意到了。”

她穿着一件肥大的皮大衣，是仿浣熊皮或者类似的那种俗气的大衣，他单纯的好色本性惹得她又一次笑起来。“这事儿你没法儿表达。”

“哈，可以，我可以表达。”他说着一把抱住她亲吻。开头她还不回吻，但后来还是吻回去了。

“对不起吓到你了。”他友好地用自己的鼻子碰碰她的鼻子，松开她，拿起那个面具，说，“我还以为你看到这个面具会高兴呢。我打算星期五戴着它到主教室。”

“呃，约翰，那可是违反纪律的。”

“我会想法儿糊弄过去的。”他咧嘴一笑。而且见鬼的是，他真的会糊弄过去。

她每天到学校都戴着副女学究式的大眼镜，头发向后梳成一个髻，特别朴素，看起来有点儿滑稽。其他姑娘穿的裙子，长度刚好到内裤边下面，而她的裙子则是差不多到膝盖那里。（“我的腿比她们任何一个都好看。”莎拉也愤愤不平地想过。）她坚持按字母表来排座位，按照概率来说，这样做至少可以把那些捣蛋鬼互相隔开。她还坚决地把不守规矩的学生送到副校长那里，她的理由是，副校长作为一个主管人，一年要多拿500美元，而她没有这个待遇。但她一直都和那个高一的老师有冲突，主要是纪律方面。更令人烦躁的是，她开始感觉到有一个形成团体的、大家心照不宣的评审委员会——可能是一种学校意识——存在着，这个委员会对每一位新教师进行审议，而且委员会的关于她的意见是：她不是很合格。

约翰，从表面上看似乎处处都不是一个好老师应该有的样子。从一个班到另一个班，他总是迷迷糊糊地悠闲漫步，在打铃的间隙停下来跟人闲聊，还常常因此迟到。他让孩子们想坐哪里就坐哪里，因此每天同样的座位上却从不是同一个人（班上的坏孩子们总会被吸引到教室后面）。莎拉直到3月份才能记住他们的姓名，而约翰似乎已经记得滚瓜烂熟了。

他个子很高，人又懒散，孩子们都称他为“弗兰肯斯坦”[①]。而约翰似乎不仅没有不高兴，反而还很开心。迄今为止，他的班级大部分都是安静、守规矩的，只有少数学生逃课（莎拉上课一直都有学生逃课），而那个评审委员会，好像对他的反映就很好。他是那种再过10年就会获赠一本学校年鉴的教师[②]，而她就不是。她有时候挺想不通这点，又懊恼不已。

“走前想喝瓶啤酒吗？来杯红酒？随便来点儿什么？”

“不用了，我只希望你穿得讲究点儿。”她说着抓住他的胳膊，决定不再生气了，“我一直以来都最少吃三个热狗。尤其是这种一年中最后一个乡村游园会的时候。”他们要去埃斯蒂，在克利夫斯·米尔斯镇以北20英里的地方，这个镇引人注意的是它在举行“新英格兰地区一年中最后一场乡村游园会”，不过说不准是不是最后一次。游园会在星期五晚上即万圣节前夕结束。

“星期五才发工资呢。我还是不错的，我有8美元。”

“噢……天哪，”莎拉翻翻眼睛，“我一直都觉得我要是洁身自好的话，总有一天我会碰到一个有钱‘干爹’的。”

他笑着摇摇头说：“我们男妓可是能赚大钱的，宝贝儿。我拿个外套就走。”

她从后面热辣辣地看着他，一个声音近期越来越频繁地浮现在她脑海里，洗澡时、看书时、给班级进行考前准备时或是独自做饭时，总会出现。此刻又出现了，就像电视上一则30秒的公益广告：“他是个不错的人，很好相处，风趣，不会让你难受。但这就是爱吗？我是说，仅此而已吗？即便是学骑自行车还肯定会摔下来几次，擦破膝盖呢。就把它称作进入人生新阶段

---

① 弗兰肯斯坦（Frankenstein）：英国作家玛丽·雪莱于1818年创作的长篇科幻小说《弗兰肯斯坦》中的主人公，他被认为是个科学怪人，在故事中亲手制造了一个恐怖的怪物。——编者注

② 此处指约翰很有可能在10年后作为优秀教师被收录在本校年鉴中，学校也会因此送给他一本年鉴。——编者注

的一个仪式吧。不用想得太多。”

“我要去一下洗手间。”他高声说。

“呃。”她笑笑。约翰是那种总要宣布自己想上厕所这种事儿的人——天知道为什么。

她走到窗边，看外面的缅因街。孩子们正把车开进停车场，隔壁是“奥马克”，本地一个吃比萨喝啤酒的地方。她突然很想退回去和他们一起，成为他们中的一员，把烦心事抛到脑后（或者还放到前面等着），大学里是安全的。那是个理想中的地方，在那里，每个人包括老师都可能是彼得·潘那伙人中的一员，永远也长不大。而且总会由一个尼克松或者阿格纽[①]来扮演胡克船长。

9 月份他们上班的时候互相认识的，不过在他们一起上培训课程时她就见过他。她之前爱上的是一个“德尔塔·陶·德尔塔联谊会”[②]会员，名叫丹，那个人跟约翰一点儿都不一样。丹帅得几近完美，尖刻多变的机智总是让她有点儿不舒服，酗酒，感情热烈，有时候他喝了酒还会变得好斗。她记得有一天晚上，在班戈的一家酒吧里就发生过那样的事儿。邻座的一个人开玩笑地表示他不同意丹对 UMO 足球队的一些说法，丹就问他“是不是想脑袋朝后回家”。那人道了歉，但丹不要道歉，他想打一架。他开始辱骂另一个男人的女伴。莎拉抓住他的胳膊让他别骂了，丹甩开她的手瞪着她，浅灰色的眼睛里射出古怪又执拗的光芒，让她把所有要说的话生生地咽了下去。最终，丹和那另一个男人到外面打了起来。那个人三十七八岁，大腹便便的，丹一直把他打得尖叫起来。莎拉以前还从没听过一个男人尖叫，她永远也不想再听见那样的叫声了。他们不得不赶紧离开那里，因为酒吧侍者看见后报

① 阿格纽：指斯皮罗·西奥多·阿格纽（Spiro Theodore Agnew，1918—1996），美国政治家，曾任第 39 任美国副总统（1969—1973）。——编者注

② 德尔塔·陶·德尔塔联谊会（Delta Tau Delta）：美国国际希腊字母大学联谊会，该会名如以希腊字母书写则为“Δ T Δ”，1958 年前后成立于贝萨尼大学。——编者注

了警。那天晚上她想独自回家（“噢？你确定吗？”她在心里生气地问自己），但回学校有 12 英里路，公交车在 6 点钟就停运了，便车她又不敢搭。

回去的路上丹不说话。他脸上擦伤了一处，只有一处。当他们回到她的宿舍哈特大厅的时候，她表示再也不想见他了，他说：“随便你吧，宝贝儿。”他的无所谓让她心寒，但后来他又给她打电话，她也就又跟他一起出来了。她心里为此而恨过自己。

情况一直持续到她最后一个学年的秋季学期。他让她既爱又怕。他是她第一个真正爱的人，即便到现在，距离 1970 年万圣节前夕只剩两天，他也还是她唯一一个真正爱过的人。她和约翰还没有上过床。

丹还是很不错的。尽管他在自私地利用她，但还是很不错。他从不采取任何避孕措施，因此她只能到校医务室里支支吾吾地说自己痛经，然后拿些避孕药。在性爱上，一直都是丹占上风的。她和他性高潮的时候不是很多，不过他过分粗鲁的做法也会让她有几次，在他们分开之前的几个星期，她才开始感受到一个成熟女人对高质量性爱的渴望，这种强烈的性欲又很令她困惑地混杂着一些其他感受：既讨厌丹又讨厌她自己，感觉这样一种被羞辱和被支配的性爱不应该被称为“高质量性爱”，还有懊恼她自己不能中止一段似乎并不满意的关系。

这段感情很快就结束了，就在今年年初。他因不及格而退学了。“你要去哪里？”她坐在他室友的床上怯生生问他，他正在把东西扔到两个皮箱里。她想问他一些其他的、更加私人的问题。你会住在这附近吗？你会找份工作吗？上夜校吗？你的计划里有我吗？最后这个问题是最重要的问题，但她没能问出口。因为任何回答她都没做好准备。她问了他这个看不出倾向性的问题，他的回答让她很震惊。

“越南吧，我想。”

“什么？”

他伸出手到一个书架上，草草翻了几张纸，扔给她一封信，是从班戈市征兵中心寄来的：一张体检通知单。

“你不能不去吗？”

“不能吧。我也不知道。”他点起一支烟，“我从没想过不去。”

她瞪着他看，满是惊愕。

“这种生活我过腻了。读大学，找工作，然后找个老婆。我猜你一直都想当个太太吧。别以为我没考虑过这事儿。没结果的。你知道不会有结果，我也知道。我们不合适，莎拉。”

她逃也似的离开了，所有问题都已经有答案了，从那以后她再也没见过他。他的室友她倒是见过几次。1 月到 6 月间，丹给他的室友寄过三封信。他当了兵，被下发到南方某地进行新兵训练。那是他室友听到的最后消息，也是莎拉·布莱克内尔听到的最后消息。

最初她想，她不会有事儿的。她没去听那些难过感伤的歌曲，就是人们总在午夜后汽车收音机里听到的那些歌，没有失恋后那些陈词滥调或者大哭狂饮，没有因失恋而心灰意懒随便找个男人，也没有沉醉在酒吧里。那个春天大部分夜晚她都是在她的宿舍里静静地看书。分手是一种解脱，不是让人头痛的事儿。

上个月一次新生交友舞会上，她认识了约翰，他们两个都是看管教师，纯粹是碰巧。也就是从那时起，她才意识到她在学校的最后一个学期是多么令人沮丧。那是一种你身处其中却看不透的东西，它几乎成为你自身的一部分了。就好像在西部一个市镇上，两头驴被拴在一根横杆上。其中一头是镇里的驴，它的背上除了一副鞍子以外什么也没有；另一头是一个采矿者的驴，它的背上背着重重的背包、宿营和做饭用具，还有 4 个 50 磅的装着矿石的麻袋。它的脊背在重压下弯曲成六角手风琴那样的形状。镇里的驴说：“你担着一副不一般的担子啊。”结果采矿者的驴说：“什么担子？”

事后回想，让她害怕的就是那种空虚，她患了 5 个月的呼吸节律异常。她在维齐镇上的弗拉格街租了一套小公寓，如果算上夏天，8 个月来，她除了教课和看平装本小说以外什么也没干。她起床，吃早饭，上课，或是去参加她排定的工作面试，然后回家，吃饭，睡午觉（有时候午觉长达 4 个小时），再吃饭，看书看到 11 点半左右，然后看电视看到困，上床睡觉。她不记得那段时期曾“思考”过什么。生活就是固定的程序。有时候她会有一些模糊的性渴望，那些女作家有时称之为“未获得满足的渴望”，她的对策就是冲个冷水澡。一段时间后，冷水澡渐渐变得让人厌烦，但也给了她某种苦涩的欠缺的满足感。

那期间，她会时不时地为自己在这整件事儿上如何成长为大人而自豪。她甚至都几乎没有想过丹——丹是谁，哈哈。后来她意识到，8 个月里她没想过任何事情、任何一个人。那 8 个月里整个国家都经历了一阵战栗，而她却几乎没注意到。示威游行、戴着头盔和防毒面具的军警、媒体越来越猛烈地抨击阿格纽副总统、肯特州枪击事件、黑人和激进团体拥到街头上的那个暴力的夏天，这些事情可能就在电视节目的午夜场里播出过。而莎拉的注意力则完全在另一方面：她如何惊人地从与丹的恋情中恢复过来，如何有效地调整，如何欣慰地发现一切顺利。用那头驴的话说就是：什么担子？

再后来她就开始在克利夫斯·米尔斯中学教书，这对她自身来说是一次大变动，做了 16 年学生后跨到课桌的另一边了。那次交友舞会上她认识了约翰·史密斯（他可笑地起了个伟人约翰·史密斯[①] 的名字，这个人可靠吗？）。看到他注视她的样子，她完全建立了自信，那不是好色的眼光，而是对她穿一件浅灰色针织衫的风格所表现出的一种正当的、健康的欣赏。

他请她去看电影，“阴凉”电影院里正放映《公民凯恩》，她答应了。他们玩儿得很高兴，她还暗自想到没有烟花可放。她很欣赏他临别时的吻，

---

① 伟人约翰·史密斯：此处指英国殖民者、探险家约翰·史密斯（1580—1631），其在北美洲建立了第一个永久的英国殖民地。——编者注

心想：他肯定不是电影演员埃罗尔·弗林[①]那样的好色纵欲者。他绝妙的俏皮话一直把她逗得发笑，她想，他真正成熟以后应该会成为喜剧演员汉尼·杨曼[②]那样的人。

那天晚上回到公寓以后，她坐在卧室里，看着贝蒂·戴维斯在晚场电影节目里演一个专横的职业女性，有一些想法涌上心头，她吃着苹果一下怔住了，震惊于自己的不诚实。

一个几乎一直在沉寂的声音突然响起来，就像在耳边响起："你的意思是，他肯定不是像丹那样的人，是吗？"

"是的！"她确信，现在不仅仅是震惊了，"我一点儿都不想念丹了。那是……那是很久以前的事儿了。"

那个声音说："裹尿布才是很久以前的事儿，丹不久前才离开。"

她突然意识到她正深更半夜独自坐在一所公寓里，吃着一个苹果，看电视上一部自己丝毫不感兴趣的电影，而做这一切是因为这些比思考要简单。当你不得不思考的问题都是你自身和你失去的爱情时，思考就真的相当无聊了。

的确很震惊。

她失声恸哭了。

约翰第二次约她，她出去了，第三次约她，她也去了，她事实上也在变。她不能说她又有了个约会对象，因为本身就不是那样。她是个聪明、可爱的姑娘，跟丹的感情结束后，约她出去的邀请很多，但她接受的仅有的几次约会是和丹的室友去德恩（Den）吃汉堡，现在她明白了（当时她后悔的情绪冲淡了些许厌烦），她只答应那几个乏味至极的约会，是为了向那个可怜的家伙打听丹的情况。就像那头驴说的：什么担子？

她大学时代的女友们毕业后大多消失在远方了。贝蒂·哈克曼跟着"和

---

① 埃罗尔·弗林（Errol Flynn，1909—1959）：澳大利亚演员、编剧、导演、歌手，先后移居英国、美国，曾有过三段婚姻，并被认为私生活比较混乱。——编者注

② 汉尼·杨曼（Henny Youngman）：美国喜剧演员，以"一句笑匠"著名。——编者注

平队”去了非洲，令她那班戈市富有而又老派的父母很伤心，莎拉有时候很想知道，对贝蒂那雪白得不可能晒黑的皮肤，淡褐色的头发，以及她那冷漠的、女生联谊会风格的漂亮容貌，乌干达人会怎么看呢？蒂妮·斯塔布斯到休斯敦读研究生去了。雷切尔·尤尔根斯嫁给了她那位白马王子，现在正在马萨诸塞州西部某个穷乡僻壤怀孕呢。

莎拉有点儿惊讶地承认，约翰·史密斯是她在很长时期内所交的第一个新朋友，而她在高中时可是班里的“时尚小姐”呢。她还接受过克利夫斯另外两个老师的约会，这只是为了把一些事儿看清楚而已。一个是吉恩·塞得凯，新的数学老师，但他很明显是个老惹人烦的家伙。另一个叫乔治·朗兹，直接就想和她上床，她给了他一记耳光，第二天他们在走廊里擦肩而过时，他居然还有脸朝她挤眉弄眼。

但约翰是个很有意思的人，相处起来很容易。而且在性方面也很吸引她——只是，具体有多强烈她还没法儿直接说出来，起码现在还不知道该怎么说。上个星期五之后，他们在沃特维尔举行10月份教师大会，有了点儿空闲，他邀请她回他的公寓吃自己做的意面。在煮酱汁的时候，他飞快地冲到街角去买葡萄酒，然后带回来两瓶苹果汽酒。跟他大声说要上卫生间一样，某种程度上这就是他的风格。

饭后他们看电视，然后抱着亲吻。这时他的两个做大学讲师的朋友过来，拿着一份关于学术自由的教员意见书让他看，想听听他的看法。如果不是这件事儿，天知道他俩会发展到什么程度。他看那份意见书的时候，明显没有他平时的高兴劲儿。她看出来了，有些欣慰地窃喜，同时她的性欲望，就是那种“未获得满足的渴望”，也没有再让她感觉厌烦，那晚她没有用淋浴来消除渴望。

她从窗户边转过头，走到沙发边，沙发上放着约翰的那个面具。

“万圣节快乐。”她喃喃地说，笑了一下。

“什么？”约翰在那边大声问。

“我说你要是不快点儿来，我就自己走了。”

“哦，马上。”

“好！”

她的手指划过那个“杰基尔与海德”[①] 面具，左半边是和善的杰基尔，右半边是凶恶且不像人类的海德。感恩节的时候我们会在哪儿？她不知道。圣诞节呢？

这想法让她全身从上到下闪过一丝奇怪又兴奋的颤抖。

她是喜欢他的。他很普通，但也很可爱。

她又低头看那个面具，恐怖的海德的半边脸就好像块状的肿瘤一样，从正常的杰基尔的脸上长出来。它上面涂了荧光粉，能在黑暗中发光。

什么是普通？没有东西是普通的，也没有谁是普通的。真的没有。如果他那么普通，那他怎么能想要戴着这样的面具进主教室，而且还有信心保持课堂秩序？孩子们怎么能一边叫他“弗兰肯斯坦”，一边还尊重并喜欢他？什么是普通？

约翰出来了，穿过把卧室、卫生间与客厅隔开的珠帘。

要是他今晚想让我跟他上床，我想我会同意的吧。

这个念头很亲切，就像回家一样。

“你咧着嘴笑什么呢？”

“没笑什么。”她说，把面具扔回沙发上。

“不，真的，有什么好事儿吗？”

“约翰，”她一只手搭在他胸前，踮起脚轻轻亲了他一下，“有些事情是永远不能说的。好了，走吧。”

---

① “杰基尔与海德”：这是英国作家罗伯特·路易斯·史蒂文森（Robert Louis Stevenson，1850—1894）的小说《化身博士》（*Dr. Jekyll and Mr. Hyde*）里的两个角色。小说中的医生杰基尔（Jekyll）将自己当作实验对象喝下药剂，不慎导致人格分裂，在夜晚会变为邪恶的海德（Hyde）四处作恶，最后杰基尔在良心的谴责下选择自杀。该小说影响深远，后来“杰基尔与海德”一词还成为心理学“双重人格”的代称。——编者注

2

他们在大楼前厅的楼梯处停下来，约翰在扣他的牛仔夹克扣子，她又一次看那个海报，上面写着“罢课”，一个握紧的拳头，背景火红色。

他顺着她的目光看去，说：“今年又会有一次罢课。”

“因为战争吗？”

“战争只是这次罢课的部分原因。越南、后备军官训练队的争吵，还有肯特州，这些都让更多的学生激动。我都怀疑大学里有没有过书呆子这么少的时候。”

“什么意思，书呆子？”

“孩子们为了及格而学习，不关心社会，除非是他们出去时社会给他们提供一年1万美元的工作。书呆子就是除了他的毕业证以外，对其他任何东西都不关心的学生。那个时代过去了。现在的学生大部分都是觉醒的。以后会有很大的变化。”

“对你来说这很重要吗？尽管你已经毕业了？”

他挺直身子：“女士，我是一名校友。史密斯，1970届。倒满酒杯，敬亲爱的老缅因州。”

她笑了：“别胡扯了，走吧。我想在今晚他们打烊之前坐一次旋转椅。”

“好。”他说，挽起她的胳膊，“我这就去开你停在街角的车。”

“还有8美元呢。这个晚上一定精彩极了。”

这晚多云，但没下雨，对10月底的天气来说，算是温和的了。头顶上，月亮正努力穿过云团。约翰静静地揽住她，她也向他靠紧了些。

“知道吗，莎拉，我非常非常想你。”他的语气大致是随便的，但并不是真的随便。她的心停了一下，随后又加快跳起来。

“真的吗？”

“我猜那个叫丹的人伤害了你，是吧？”

“我不记得他对我做的事儿了。”她实事求是地说，黄色的闪光警戒灯现在已到了他们后面的街区，光亮把他们前面的影子照得忽明忽暗。

约翰似乎琢磨了一下这句话，最后说：“我不会对你那样的。”

“你不会，我知道。不过约翰……需要点儿时间。”

“嗯，时间。我想我们都有时间。”

她后来想起这句话，有着无法言喻的苦痛，醒着的情况下难受，睡梦中还要更难受。

他们走到街角，约翰为她打开乘客一侧的门，然后绕过去坐到方向盘后：“你冷吗？”

“不冷，一个美好的夜晚，正适合出去。”她说。

“没错。”他赞同道，把车从路边开出来。她的思绪又回到那个荒谬的面具上。杰基尔这半边脸，约翰的蓝眼睛从大睁的眼洞后露出来，那是小说《化身博士》里那位医生吃惊的眼洞——嗨，那是我昨晚发明的鸡尾酒，我想他们没法儿在酒吧里拿到它，但这半边还算正常，因为你可以看到一点儿里面的约翰。而海德那半边脸，可把她吓坏了。那只眼睛眯成了一条细缝。它可以是任何人的眼睛，任何人都有可能。比如说丹。

埃斯蒂露天游园会里，游乐场的灯泡在暗夜中闪烁，摩天轮长长的辐条状霓虹灯起起落落，站在那里，她已经忘掉那个面具了。她和她的男伴在一起呢，他们要痛痛快快地玩儿一场。

3

他们手挽手走进游乐场，都没有说话，莎拉感觉自己又回到了她少女时代的乡村游园会。她在南帕里斯长大，那是缅因州西部一个纸上城镇[①]，有个大游园会是在弗赖堡。约翰从小在博纳尔镇，去的游园会也许是在托普瑟

① 纸上城镇：指地图出版商为了防止盗版而故意在地图上标出的虚拟城镇。——译者注

姆吧。但这些游园会都没什么区别，真的，而且这些年来也都没有太大变化。你把车停到泥地的停车场里，门口付两美元，走进游乐场就能闻到热狗、炸辣椒和洋葱、熏火腿、棉花糖、锯末以及新鲜的马粪等气味。你听到沉重的铁链传动的“隆隆”声，那是一种叫“疯狂老鼠”的小型过山车发出来的。你听到射击场上 0.22 英寸[①]短弹的“砰砰”声，喇叭挂在大帐篷上，传出赌博游戏开奖人尖细刺耳的喊声，大帐篷里摆放着从当地太平间里拉来的长桌子和折叠椅。摇滚乐较劲般地跟汽笛风琴比谁吼得更响。你听到那些拉客者一成不变的叫喊：“25 美分投两次，赢个毛绒小狗给你的孩子啊！嘿，嘿，在这儿啊，投吧，总有一次会赢！”游园会依然是原样。它把你又变成了个小孩子，心甘情愿且心急火燎地去上当。

“嘿！”她说着拖住他，“旋转椅！旋转椅！”

“当然啦。”他安慰地说。他递给售票处一个女人 1 美元的钞票，那女人给了他两张红色的票和两个 10 美分的硬币，从她正在看的《电影故事》上抬起头扫他一眼。

“‘当然啦’是什么意思？干吗要用那种语调跟我说‘当然啦’？”

他耸耸肩。一脸的无辜。

“不是指你说的话，约翰·史密斯，是指你说话的语气。”

旋转椅停下来了，乘客们下来，鱼贯而出，大部分都是青少年，穿着麦尔登呢做的CPO衬衫[②]和敞开的风雪大衣。约翰领着她走上木头斜道，把票交给旋转椅的司机，那人看上去就像个全宇宙最无聊的有感知的生物一般。

“没什么。”他一边说着，一边有工作人员把他们安排到一个小圆贝壳形座椅里，“吧嗒”一声锁上安全栓。“这些小车是在小环轨上的，是吧？”他问。

---

① 1 英寸约合 2.54 厘米。——编者注

② CPO衬衫：简易版海军羊毛衬衫，最早出现在20世纪30年代，能为海军士兵在寒冬作业时起到保暖作用。起初是海军军士长（Chief Petty Officer）穿着的，也由此而得名。——编者注

“对。”

“这些小环轨又是嵌在一个一圈圈转着的大圆盘上的，是吧？”

“对。”

“好，当转椅全速运行时，我们坐的这个小车在它小小的环轨周围快速移动，有时候会达到 7 个 g[①]，仅比从肯尼迪角起飞的宇航员们少 5 个 g。我知道一个孩子……”约翰一本正经地朝她斜过身子。

“哦，你又要胡说八道了。”莎拉不自在地说。

“那孩子 5 岁的时候在门前台阶上摔了一跤，在他脊椎骨的最上方留下了一个特别细的小裂缝。**10 年以后**，他死在了托普瑟姆游园会的游乐旋转车上……嗯……”他耸耸肩，悲悯地拍拍她的手，“不过你也许不会有事儿的，莎拉。”

“哦……我要下去……”

旋转椅带着他们飞转起来，把游园会和游乐场甩成一团上下起伏的模糊人脸和灯光，她惊声尖叫、大笑，一拳拳地擂他。

她朝他大喊：“小裂缝！我们下去后我要打你个小裂缝，你这个大骗子！”

“你现在感觉脖子上有什么裂开了吗？”他惬意地问。

“啊，你个骗子！”

他们回环旋转，越来越快，在他们“咔嗒咔嗒”地转第 10 次还是第 15 次时，他低下头亲她，小车子在轨道上呼啸着转动，把他们的嘴唇压在一起，温热、兴奋、紧贴。转车逐渐慢下来，他们的车子勉力在轨道四周发出“咔咔”的响声，最后摇摇晃晃地停下来。

他们走出来，莎拉捏住他的脖子，低声说：“小裂缝，你这个傻瓜！”

---

① g：此处指物理学中的重力加速度，指地面附近物体受地球引力作用在真空中下落的加速度，标准值通常为 9.8 米 / 秒 ^{2}。——编者注

一个穿蓝色宽松长裤和便士乐福鞋的胖女人从他们身边经过。约翰用大拇指向后面的莎拉指了指，说："女士，这姑娘在骚扰我，你要是见到警察跟他说一下好吗？"

"你们年轻人总是自作聪明。"那个胖女人鄙视地说。她摇摆着朝赌博游戏的帐篷走去，腋下的包夹得更紧了。莎拉不禁笑起来。

"你真是不可救药。"

"我的下场会很惨的，我妈妈就经常这样说。"约翰承认道。

他们肩并肩沿着游乐场走，等着那种眼前和脚下天旋地转的感觉消失。

"你妈妈是不是个特别虔诚的教徒？"莎拉问。

"她是那种你能想象到的最虔诚的浸礼会教徒，"约翰承认道，"不过还好，不是太过分。我在家的时候，她忍不住会给我一些宗教小册子，但我不理她。爸爸和我对此都还能过得去。我过去常常想跟她理论，我想问她：如果该隐[①]的爸妈是地球上第一代人类，那么该隐在挪得之地[②]和谁一起生活呢？但又觉得这样有点儿刻薄，就没问。两年前，我以为尤金·麦卡锡[③]能拯救这个世界，至少浸礼会教徒没让耶稣去竞选总统。"

"你父亲不信教吗？"

约翰笑了笑，说："这个我不知道，但他肯定不是浸礼会教徒。"想了一下，他又说："爸爸是个木匠。"好像是解释问题似的。她笑笑。

"如果我们的母亲知道你正在和一个堕落的天主教徒谈朋友，她会怎么想？"

约翰立即说："会让我把你带到家里，然后她就可以塞给你几份宗教宣

---

① 该隐（Cain）：《圣经》中的杀亲者，是世界上所有恶人的祖先。该隐和亚伯是亚当和夏娃最早生的两个儿子，该隐因为憎恶弟弟亚伯的行为，而把亚伯杀害，后受到上帝惩罚。——编者注

② 挪得之地（the land of Nod）：该隐被流放的地方，"挪得"是希伯来文的音译，有"徘徊"的意思，意指该隐受到诅咒，成了"地球上永不停息的徘徊者"。——编者注

③ 尤金·麦卡锡（Eugene McCarthy，1916—2005）：美国政治家，曾于1968年参选美国总统，虽未能成功，但其反战立场被认为加速了越南战争的结束。——编者注

传手册了。”

她停下脚步，仍旧牵着他的手，眼睛紧紧盯着他，问：“你想带我去你家吗？”

约翰那令人愉快的长脸变严肃了，说：“嗯，我愿带你去见他们……嗯，反过来也一样。”

“为什么？”

“你不知道为什么吗？”他轻轻地问。突然她的喉咙发紧，头在抽痛，感觉想哭，于是她紧紧掐住他的手。

“啊，约翰，我真的喜欢你。”

“我更喜欢你。”他认真地说。

“带我去坐摩天轮吧。”她突然笑着要求。不要再谈这类话题了，等她有机会考虑清楚话题会引向何处时再说吧。“我想到高处去，那里我们能看到所有东西。”

“到了顶点我能亲你吗？”

“可以亲两次，如果你够快的话。”

他跟着她走到了售票处，交了 1 美元。付钱时他说：“我在念高中的时候，认识一个在游园会里工作的孩子，据他说组装这些娱乐设施的家伙们大部分都是醉鬼，他们漏掉了各种……”

“见鬼去吧，”她毫不在意地说，“没人能长生不老。”

“但每个人都想，你也知道吧？”他边说边跟着她进入一个晃悠的吊舱。

事实上，在顶点他亲了她好几次，10 月的风吹乱了他们的头发，游乐场在下面铺展开来，像黑暗中一个闪光的钟面。

4

坐完摩天轮后，他们又去玩儿了旋转木马，虽然他很诚挚地告诉她感觉自己玩儿那个很蠢。他的腿太长了，跨在那些石膏马上简直可以双脚着地。

她故意使坏地告诉他，她在中学时认识一个姑娘，心脏不好，但没有一个人知道这件事儿，她还和她的男朋友一起玩儿旋转木马……

“有朝一日你会难过的。建立在谎言基础之上的关系是不牢靠的，莎拉。”他充满诚意地说。

她回了他个字正腔圆的“呸”。

旋转木马完后又是迷宫镜屋，一个很不错的迷宫镜屋，让她想到了布拉德伯里所写《魔法当家》里面的游乐场，她基本一边走一边迷路。她看到约翰在镜屋的另一边，笨拙地转来转去，还朝她招手。有几十个约翰，几十个莎拉。他们相互绕行，以非几何角度来回晃动，然后又突然消失。她一会儿向左转，一会儿向右转，用鼻子碰碰光洁的镜面，情不自禁地笑，一定程度上也是紧张造成的幽闭恐惧症的反应。一面镜子把她照成个托尔金笔下的矮人，另一面又把她照得极其瘦高难看，小腿有近 1 英里长。

他们终于逃了出来，他买了两个煎热狗和一纸杯油汪汪的法式炸薯条。炸薯条这东西一旦你超过 15 岁，就很难再吃出之前的那种味道了。

他们经过一处色情场所。三个女孩儿站在门外，裙子和胸罩上的装饰片光闪闪的，正和着杰瑞·李·刘易斯的一首旧曲子摇摆，拉皮条的用麦克风大喊着让客人们来。杰瑞·李·刘易斯的钢琴曲在锯末满地的拱廊左右飘荡，声音刺耳地唱道：“来吧宝贝儿，宝贝儿勇敢面对……我们没有骗你……一切都在摇晃……”

“花花公子俱乐部啊。”约翰惊叹道，又笑着说，“以前在哈里森海滩也有这么个地方。那个拉皮条的信誓旦旦地说，女孩子们就算把两只手绑在背后，都能一下子把你的眼镜从鼻子上拿下来。”

“嗯，听起来是个有意思的染上性病的方法。”莎拉说。约翰哈哈大笑。

他们身后，杰瑞·李·刘易斯的钢琴乐曲就像一辆疯狂老旧、永不报废的改装车一样，从沉寂的 50 年代里吵嚷出来，像在预示什么，皮条客的喇叭喊声渐行渐远，变得空洞。“来吧，老兄，过来吧，别不好意思，姑娘们就很好意思，一点儿不害羞！你懂的……不来看花花公子俱乐部表演，你受的教育就不完整啊……”

“你不想回去完成你的教育吗？”她问。

他笑着说：“不久前我已经完成那门学科的基础课了。我想我可以等段时间再拿我的博士学位。”

她看了一眼手表：“啊，时候不早了，约翰。明天还有课。”

“对。但好歹今天也是星期五啊。”

她哀叹一声，想起她的第 5 节自习课和第 7 节“新小说”课，这两节课上人都特别吵闹。

他们穿过人群往回走，往游乐场的热闹地方走去。人流在逐渐减少。旋转椅已经打烊了。“疯狂老鼠”旁，两个工人嘴角叼着不带过滤嘴的香烟，正往上盖帆布。“投圈圈游戏”的那个老板也在关灯。

“你星期六有事儿吗？”他问道，突然间显得没自信了似的，“我知道这么问有点儿仓促，但是……”

“我有事儿。”她说。

“哦。”

他垂头丧气的“哦”声让她听了不忍心，就此逗弄他可就太刻薄了：“我打算和你在一起。”

“啊，是吗？……哦。嘿，那好啊。”他冲着她笑，她也对他笑笑。她大脑里那个声音突然又冒出来了，有时候这个声音就像是有人对她说话那般真实。

“莎拉，你又感觉好了。感觉到幸福了。这不是挺好的吗？”那个声音说。

“嗯。”她说。她踮起脚迅速亲了他一下，然后在自己的勇气消失之前赶紧说：“在维齐镇那儿有时候是特别孤独寂寞的，你知道。也许我可以……差不多……跟你过夜吧。”

他看着她的眼神显得热情亲切，另外还有推测的意思，让她内心很兴奋：“你想那样吗，莎拉？”

她点点头：“想。”

“太好了。”他说，胳膊搂住她。

“真的吗？”莎拉带有一丝害羞地问。

“我还害怕你改变主意呢。”

“不会改，约翰。”

他把她搂得更紧：“那今天晚上我可幸运喽。”

这时他们正好走到幸运大轮盘前面，莎拉后来回想起来，那是游乐场那边方圆 30 码[①]的范围内唯一一处还在开张的摊位。老板站在柜台后，刚刚清理完一遍里面的灰尘，把那些夜晚游戏期间可能从游戏板上掉下去的硬币都捡起来。也许这是他收摊儿之前最后一次例行工作吧，她想。老板后面就是那个外围边缘装着一圈小灯泡的大辐条轮。他一定是听到约翰说的话了，因为他几乎是无意识地说他的推销套话，眼睛还在他摊位的泥地上搜寻闪烁的银光呢。

“嘿——嘿——嘿，感觉幸运你就来转幸运大轮盘吧，先生，美分变美元。一切都在转盘里，试试你的手气，小小一个硬币就能转起幸运大轮盘啊。”

约翰循声望去。

“约翰？”

“这人说得对，我觉得我挺幸运。你要是介意……”他向下看着她。

“没事儿。时间不要太长就行。”

他又带着那种直率的推测意味看了她一眼，她突然有点儿身子发软，不知道和他在床上是怎么样的。她的肚子里稍有些不适，让她突然袭来的性渴望中夹杂着一丝想吐的感觉。

“不会长。”他看着那个摊贩说。身后的游乐场上人已经很少，头顶上的阴霾散开了，变得寒冷起来，三人呼吸间呵出团团白气。

---

① 1 码约合 0.91 米。——编者注

“试试手气，年轻人？”

“好。”

到了游园会的时候他就把现金都换到前面口袋来了，现在他把剩下的钱都拿出来，还有 1 美元 85 美分。

游戏板是一块黄色长方条塑料板，上面标着数字，方框内画上输赢比率。它看起来有点儿像一种轮盘赌的面板，但约翰马上就看出来，如果玩儿过拉斯维加斯轮盘赌的话，再玩儿这个，它的输赢比率会让人觉得很没意思。玩儿数字组合，输赢的比率只有 2 比 1，有两个庄家号，“0”和“00”。他跟那摊贩说这样赢了也很没意思，但那人只是耸了耸肩。

“你想玩儿拉斯维加斯的，那就去拉斯维加斯呗。我能说啥呢？”

但今晚约翰兴致颇高。那个面具搞得气氛一开始并不好，但此后却变得越来越愉快了。事实上，这是他这几年来能记得起的运气最好的一个晚上了，也可能是他长这么大以来运气最好的一个晚上。他看看莎拉。她面色红润，两眼亮晶晶的。“你什么意见，莎拉？”

她摇摇头，说：“我对这一窍不通。你呢？”

“赌一个数字。要么赌红黑，要么赌单双数，要么赌一列 10 个数字。赔率都不同，至少它们可能是不同的。”他看着摊贩，摊贩也漠然地看着他。

“押黑的吧，这颜色看着振奋一点儿。”她说。

“黑。”他说着把一个 10 美分硬币推到黑框内。

摊贩瞪着他宽大的游戏板上那一个硬币，叹了口气，说：“好大的玩家呀。”然后朝轮盘转回身。

约翰心不在焉地抬起手摸了摸额头，突然说：“等等。”然后把一个 25 美分硬币推到标着“11—20”数字的框内。

“定了？”

“定了。”约翰说。

摊贩转了一下轮盘，轮盘灯圈内部随之旋转起来，红黑两色融为一体。

约翰心不在焉地擦擦额头。轮盘开始慢了，他们能听到那根木制小钟舌发出类似于节拍器的“嘀嗒嘀嗒”声，它滑过区分数字的刻度线，到了 8、9，好像要停到 10 上，然而随着最后一次“嘀嗒”声，它滑进 11 的狭槽停了下来。

“女士输，先生赢了。”摊贩说。

“你赢了，约翰？”

“好像是吧。”约翰说。那名摊贩把两个 25 美分硬币放到他原来的那个硬币旁边。莎拉小声尖叫了一下，几乎没留意到摊贩收走了那 10 美分硬币。

“跟你说了嘛，我的幸运之夜。”约翰说。

“两次才是幸运，一次只是侥幸。来啊来啊。”那摊贩喊道。

“再来一次，约翰。”她说。

“行啊。还是这样押。”

“听天由命？”

“对。”

摊贩再次旋动轮盘。莎拉悄声问约翰：“听说这些游乐场轮盘不是都会搞鬼的吗？”

“过去是。现在国家在查他们，他们就只靠那过分的输赢比率来赢钱了。”

轮盘到了最后一圈“嘀嗒”声。指针划过 10，进入约翰所押的范围内，还在缓缓走动。

“加油，加油！”莎拉喊道。两个正往外走的少年停下脚步观看。

木头钟舌现在已经移动得非常非常慢，划过 16，然后 17，最后在 18 处停下来。

“先生又赢了。”摊贩再次把 6 个 25 美分的硬币推到约翰那堆钱边。

“你发财了！”莎拉得意大叫，在他脸上亲了一口。

“好运气啊，小伙子。”摊贩也热切地承认道，“谁也不会在走运的时候不玩儿了啊。来啊来啊。”

“要不要再玩儿？”约翰问她。

“干吗不玩儿？”

“对，再玩儿吧，老兄。”一个十几岁的年轻人说，他的夹克衫上缀着一枚印有吉米·亨德里克斯[①]头像的徽章，“那家伙今晚赢了我4美元呢。我想看他输。”

“你也来吧。”约翰跟莎拉说，他从自己的9个25美分硬币中拿出一个给她。莎拉犹豫了一阵后，把钱放到21上。游戏板上写着，单个数字押注如果命中的话，输赢比率是10比1。

“你要押中间区是吧，小伙子？”

约翰低头看堆在游戏板上的8个硬币，又开始摸额头，好像有点儿头痛似的。突然，他把硬币从面板上撮起来，叮当作响地捧在手中。

“不押了，给这位女士转吧。我这次看着。”

她看他，不解：“怎么了？”

他耸耸肩：“只是一种直觉。”

摊贩翻了个白眼，好像在说，上帝赐予我力量来对付这些笨蛋吧，随后再次将他的转盘开转。转盘转啊转，慢下来，最后停到“00”上。“庄家赢，庄家赢。”摊贩连声说着，把莎拉的钱拨拉到他的围裙里。

“约翰，这公平吗？”莎拉问，她心疼了。

“‘0’和‘00’就是庄家赢。”他说。

“你不押真是太聪明了。”

“我也觉得是。”

“你们想让我继续转轮盘，还是去喝杯咖啡？”摊贩问。

---

① 吉米·亨德里克斯：全名詹姆斯·马歇尔·“吉米”·亨德里克斯（James Marshall “Jimi” Hendrix，1942—1970），美国吉他手、歌手、作曲人，被公认为摇滚音乐史上最伟大的电吉他演奏者。后死于过量服用药物。——编者注

“继续转。”约翰说，他把硬币分成两堆，每堆4个，放到第3区。

灯下的轮盘迅速转动，莎拉目不转睛地看着它旋转，问约翰：“像这样一个地方一晚上能赚多少？”

又有4个成年人加入年轻人围观的行列，两男两女。其中一个建筑工人体格的男人说：“不管在哪里，500到700美元总是有的。”

那摊贩又翻了个白眼，说：“嗬，老兄，但愿你说得对吧。”

像建筑工人的那个男人说：“哈，可别跟我哭穷。我20年前就干过这把戏。一晚上500到700美元，一个星期天2000美元妥妥的。而且那还是不搞鬼地玩儿。”

约翰眼睛一直盯着轮盘，此刻轮盘转得很慢了，能看清楚上面一闪而过的数字。过了0和00，又过了第1区，慢慢走，过了第2区，还在慢慢走。

“太快了，老兄。”一个少年说。

“不着急。”约翰说，声音古怪。莎拉看了他一眼，他那张友善的大脸有种奇怪的不自然，蓝眼睛颜色比平时要黑，显得遥远、恍惚。

指针停到了30，不再移动。

约翰和莎拉背后的一小群人齐发一声欢呼，连摊贩也不得不佩服地连声说：“好运气，好运气。”像建筑工人的男人在约翰背后大力拍了一巴掌，拍得他还晃了一下。摊贩手伸进柜台下的罗伊谭牌（Roi-Tan）雪茄匣子里，拿出4美元放到约翰的8个硬币旁。

“行了吗？”莎拉问。

“再玩儿一次。如果我赢了，这伙计就替我们付了游园会钱和汽油钱了。输了，我们大概也就是损失50美分。”

“来啊来啊。”摊贩高喊。他现在兴奋起来了，声音恢复了节奏：“想押哪儿就押哪儿！来吧各位，旁观没意思。一圈一圈转，停哪儿谁也不知道！”

像建筑工人的男人和两个少年走到约翰和莎拉旁边。商量了一会儿后，那两个少年共同拿出 50 美分零钱，放到中间区。那个工人似的男人自我介绍说他叫史蒂夫·伯恩哈特，他在标着“双”的方框内放下 1 美元。

“你呢，老兄？还在原位？”摊贩问约翰。

“对。”约翰答道。

“哦，伙计，那可有点儿冒险啊。”其中一个少年说道。

“大概吧。”约翰说，莎拉朝他笑了笑。

伯恩哈特打量了约翰一眼，然后突然把他那份钱换到了第 3 区。跟约翰说他有点儿冒险的少年“唉”了一声说道：“管他呢。”然后也把他和他朋友的 50 美分换到第 3 区。

“所有鸡蛋都放到一个篮子里了。你们就这样了？”摊贩问他们。

几个人都没说话，表示默许。两个杂工也慢慢走过来观看，其中一个带着个女友，逐渐黑下来的拱廊内，幸运大轮盘场地前此刻也聚集起一小群人了。摊贩对着轮盘用力一转，12 双眼睛盯着它转动。轮盘这里的光亮尽管很强，但总有种说不出道不明的鬼祟凶险，莎拉又看了一眼约翰，他的脸显得异常陌生。她又想到了那个面具，杰基尔和海德，单数和双数。她的肚子里翻腾了一下，让她觉得身子有点儿发虚。轮盘慢下来了，开始出现“嘀嗒”声。两个少年叫嚷着催促轮盘向前走。

“再来点儿，宝贝儿，再来点儿，宝贝儿。”史蒂夫·伯恩哈特用哄小孩儿的口气说。

轮盘“嘀嗒嘀嗒”，指针进入第 3 区，在 24 上停下来。人群中又爆发出一声欢呼。

“约翰，你赢了，你赢了。”莎拉叫喊道。

摊贩不高兴地吹了声口哨，给他们付钱。那两个少年 1 美元，伯恩哈特 1 美元，约翰 12 美元。现在前面的游戏板上有他的 18 美元了。

“幸运，太幸运了，来啊来啊。再来一次，伙计？这轮盘今晚是你朋友啊。”

约翰看着莎拉。

“你定吧，约翰。”但她突然感到心神不安。

“再玩儿吧，老兄。我特想看这家伙输。”戴徽章的少年鼓动他。

“行吧，最后一次。”约翰说。

“想押哪儿就押哪儿啊。”

众人都看约翰，约翰想了一会儿，手擦着额头。他平时快乐的脸现在平静、严肃、沉着。他盯着灯光笼罩下的轮盘，手指不住地摩挲着右眼上方光滑的皮肤。

最后他说：“还是原位吧。”

人群中发出狐疑的低语。

“老兄，真的冒险了。”

“他运气挺好。”伯恩哈特说，但声音含混。他回头看了眼他的老婆，他的老婆耸耸肩，一副根本不懂的样子。伯恩哈特最后说：“不管怎样我跟定你了。”

戴徽章的少年看看他的朋友，他的朋友耸了下肩，点点头。他转头对摊贩说：“好吧，我们也放原位。”

轮盘转动开来。莎拉听到他们身后一个杂工跟另一个打赌5美元，说不会再转到第3区。她的胃里又翻滚了一下，所不同的是这次没有停，而是不断翻滚，她意识到自己闹肚子了。冷汗从她脸上冒出来。

轮盘在第1区开始慢下来，两个少年中的一个不高兴地拍拍手，但没有马上离开。轮盘“嘀嗒嘀嗒”地走过11、12、13。摊贩终于眉开眼笑了。“嘀嗒嘀嗒嘀嗒”，14、15、16。

“还在走。”伯恩哈特说，声音里含着惊奇。摊贩瞪着他的轮盘，好像恨不得伸出手去一把拽住它似的。轮盘“嘀嗒嘀嗒”走过20、21，在一个狭槽停下来，那是22。

人群再一次欢呼胜利，这时已经差不多有20个人了。看起来好像所有离开游园会的人都聚集到这儿了。莎拉隐约听到输了钱的那个杂工一边掏钱一边嘟囔着“狗屎运”什么的。她的脑袋轰然作响，双腿突然觉得晃得厉害，肌肉颤抖，站都站不稳了。她迅速眨了几下眼睛，但只让她感到一阵疼痛带来的眩晕恶心。世界看起来以某种歪斜的角度向上倾斜，好像他们从旋转椅上慢慢回到地面上来似的。

吃了不干净的热狗了，她郁闷地想。这就是你来乡村游园会上碰运气的代价，莎拉。

“来啊，来啊。”摊贩声音有些沉闷地喊了两嗓子，给他们付钱。两个少年2美元，史蒂夫·伯恩哈特4美元，约翰则是一沓——3张10美元，1张5美元，1张1美元。摊贩虽然不是很高兴，但他很乐观。如果这个长着一头漂亮金发的瘦高男人再押一次第3区，那么他几乎可以肯定会把之前输掉的全捞回来。只要钱还在游戏面板上放着，它们就不是这个瘦男人的。要是这人走了呢？嗯，那他拿上今天大轮盘赚的1000美元走就行了，晚上这点儿损失他还是能负担得起的。有人在索尔·德拉莫尔的大轮盘上赢钱了，这种话会传播开来的，到明天这里的赌注就会超过以往。有人赢钱这是好广告啊。

“想押哪儿就押哪儿啊。”摊贩有节奏地喊叫。又有几个人走到游戏板前，下了些10美分和25美分的硬币。但摊贩的眼睛只盯着最会玩儿钱的人。“你呢，小伙子？想赢吗？”

约翰低头征求莎拉的意见：“你说……嘿，你没事儿吧？你的脸怎么惨白惨白的？！”

“肚子不舒服。”她说，勉强挤出一丝笑容，“我想是热狗的问题吧。我们能走了吗？”

“能，当然。”他从面板上收起那沓皱巴巴的钞票，不经意地又看了一眼轮盘。他眼睛里那种对她的热情关切消减了，双眼似乎再一次黑下去，现出冷静审视的目光。他看那轮盘的样子就像是一个小男孩儿在看他自己的蚂蚁群一样。她暗想。

“稍等一下。”他说。

“好的。”莎拉回应。但她此刻感到的不仅仅是肚子难受，还感觉特别晕，晕得要昏倒在地。小肚子传来让她害怕的“咕噜噜”的声响。天哪，拜托了，千万不要拉肚子。

她想：不把钱都输回去他是不会罢休的。

但随后她又莫名其妙地确信：他不会输。

“你怎么做，伙计？赌还是不赌，参加不参加？”摊贩问他。

“要玩儿就玩儿，不玩儿拉倒。”一个杂工说，然后发出一串神经质的笑声。莎拉的头直发晕。

约翰突然把手里的纸币连同硬币全部放到游戏板一角。

“你要干啥？”摊贩问，他真的震惊了。

“全部押 19。”约翰说。

莎拉想要呻吟一声，但又咽了回去。

人群窃窃私语。

“悠着点儿。”史蒂夫·伯恩哈特在约翰耳边说。约翰没理他，无动于衷地盯着大轮盘。他的眼睛看上去接近于紫色了。

突然一阵“叮当”声，起初莎拉还以为是自己耳鸣了，然后她才看到，那些人把他们放到游戏板上的钱纷纷拿回去，只留下了约翰一个人的。

她想喊：不要！别这样，不要一个人，这不公平……

她勉强把话咽了回去。她怕她一开口就会吐出来，肚子现在太难受了。约翰那堆赢来的钱孤零零地躺在裸露的灯泡下，54 美元，而且，押单个数字的输赢率是 10 比 1。

摊贩舔舔嘴唇，说：“先生，国家规定不允许我接受超过 2 美元的单个数字下注。”

伯恩哈特嚷道：“得了吧，国家还规定不允许你接受超过 10 美元的数字组合下注呢，你刚刚还让这伙计下注 18 美元了。干什么，怕了？”

“没有，只是……”

“快点儿吧，不管怎样。我女朋友病着呢。”约翰生硬地说。

摊贩打量了一下众人。众人也在用不友好的眼光回看他。真是糟糕。他们不明白，这家伙完全就是在扔钱，而他，正在试图制止呢。算了，别扭捏了。无论他怎么做，人们都不会喜欢。那就让这家伙输个底朝天吧，他也正好打烊。

“好吧，”他说，“只要你们这里面没有检查人员……”他转头面向轮盘：“一圈一圈转，停在哪儿谁也不知道。”

他转动轮盘，数字连在一起，一片模糊。那一刻似乎凝固了，除了轮盘的“呼呼”声、吹动帆布的夜风声以及莎拉自己脑袋中由于肚子难受引发的“轰轰”声以外，再无其他声音。她内心里好想让约翰抱住她，但他只是安静地站着，两手搭在游戏板上，眼睛盯着似乎决意要永远转下去的轮盘。

终于，轮盘慢到她能看清楚上面数字的地步了，她看到了 19，黑色底面上亮红色的 1 和 9。上下，上下。轮盘平滑的“呼呼”声开始变成平稳的“嘀嗒嘀嗒”声，在一片寂静中显得异常响亮。

数字慢慢地、从容地走过指针。

“天哪，不管怎么说，越来越近了！”一个杂工喊道，声音中透着惊讶。

约翰冷静地站着，看着轮盘，她看到他的眼睛几乎都变成墨色的了。(也有可能是她肚子难受带来的错觉，蠕动的、揪心的一波一波东西正在她肚子里翻滚。)她想到了那个“杰基尔与海德”面具，突然间无缘无故地害怕起他来。

嘀嗒嘀嗒嘀嗒。

轮盘“咔嗒”着转进第 2 区，转过 15、16，“咔嗒”转到 17，一瞬的勉强之后，又过了 18。伴随着最后一声“嘀嗒”，指针落到 19 的狭槽里！众人皆屏住呼吸。轮盘缓慢转动，把指针推向 19 和 20 之间的小刻度线上。在那1/4秒的瞬间内，好似指针无法被定在19上，最后的一点儿速度让它走向20。可就在这时，轮盘反弹了一下，力量用尽，不再移动。

那一刻，人群寂静无声。没有一丝声音。

随后，少年之一，声音轻而敬畏地说："哎，老兄，你刚赢了540美元。"

史蒂夫·伯恩哈特说："我从没见过这样的。从没有。"

到此时，人群才欢呼起来。约翰的后背不断受到拍打。人们擦过莎拉朝约翰而去，他们被分开的那一刻，她有些糟糕的、赤裸裸的恐慌感。疲软无力的她被撞来撞去，肚子里滚胀如雷。十几个轮盘的残影在她眼前黑漆漆地飞旋。

片刻之后，约翰又和她在一起了，她带着一丝欣喜地看到，这回是真正的约翰，而不是那个看着轮盘最终结果、镇静得像个人体模型的人。他表情不知所措，很担心她的样子。

"对不起宝贝儿。"他说。她喜欢他这样。

"我没事儿。"她回答，但她也不知道她有事儿还是没事儿。

摊贩清清嗓子，说："打烊了，打烊了。"

人群发出一片无奈、不满的吵嚷声。

摊贩看着约翰，说："年轻人，我只能给你一张支票了。我摊位里没有放那么多现金。"

"没问题，怎么都行，只要快点儿。这姑娘真的病了。"

"当然了，他会给你一张根本无法兑付的支票，然后他自己跑到佛罗里达去过冬。"史蒂夫·伯恩哈特说。

摊贩说："亲爱的，我向你保证……"

"喊，跟你妈去保证吧，也许她相信你。"伯恩哈特说着突然手伸过游戏板，在柜台下摸索起来。

摊贩大叫："嘿！抢劫啊！"

人们都对他的叫喊无动于衷。

“快点儿吧。”莎拉喃喃自语道。她的脑袋直发晕。

约翰赶紧说：“现金不现金没关系。请别管我们了。这姑娘病了。”

“噢，老兄啊。”夹克衫上缀着徽章的少年说，但他和他的同伴不情愿地退到了一边。

“不要，约翰，拿上你的钱。”尽管莎拉现在只是在靠意志的力量压制呕吐，但她还是这样说。500美元相当于约翰三个星期的工资呢。

“给钱，你这个卑鄙的吹牛的家伙！”伯恩哈特发飙了。他把那个罗伊谭雪茄烟匣子从柜台下拿上来，看都没看里面一眼就直接扔到一边，又在下面摸索起来。这回他提出一个带锁的铁箱子来，上面漆着工业用绿漆。他“砰”的一声把箱子放到游戏面板上，说：“这里面要是没有540美元，我就当着这么多人的面把我的衬衫吃了！”他在约翰肩头重重拍了一巴掌，“稍等，小兄弟。马上就要领工资了，领不到我就不叫史蒂夫·伯恩哈特！”

“真的，先生，我没那么多……”

“给钱！”史蒂夫·伯恩哈特身子伸过去，“否则我保证你关门大吉！我说话算话。”

摊贩叹了口气，在衬衣里摸索。他拿出一把拴在细链子上的钥匙。众人都松了口气。莎拉再也坚持不住了。她的胃鼓胀起来，然后突然间像死了般安静。所有东西都要上来了，所有东西，以特快列车的速度。她跌跌撞撞地从约翰身边跑开，冲出人群。

“宝贝儿，你没事吧？”一个女声问她，她胡乱摇摇头。

“莎拉？莎拉！”

你躲不开那个面具。她脑子里含糊混乱地想。在她匆匆跑过旋转木马时，那个发光的面具似乎就在她眼前游乐场的黑暗里晃悠。她的肩膀撞到一根路灯杆上，打了个趔趄，她扶住它，吐起来。就好像有一个恶心油滑的拳头在一路追着她，抽动蹂躏她的胃似的。她尽情呕吐起来。

像棉花糖的气味。她觉得，一声呻吟后，她连续吐起来。眼前金星乱冒。最后一次吐上来的已经仅仅是些黏液和空气了。

“啊呀……”她无力地喊道，靠在路灯杆上，撑住身体。身后，约翰在喊她的名字，但她没力气回应，也不想回应。她的肚子稍稍平静了些，她想从黑暗中站起来，庆贺自己还活着，庆贺自己挺过了这个游园会之夜。

“莎拉？莎拉！”

她吐了两口唾沫，让嘴里干净了些。

“这儿呢，约翰。”

他绕过安装着石膏马的旋转木马过来。她看到他一只手里紧抓着一厚捆钞票，心不在焉的样子。

“你没事儿吧？”

“不好，不过好点儿了。我刚吐了。”

“哎呀，老天。我们回去吧。”他轻轻挽起她的手臂。

“你拿上你的钱了啊。”

他低头看了眼那捆钞票，把它胡乱塞进裤子口袋。“嗯，一部分，也有可能全部吧，我也不知道。那个壮汉点过了。”

莎拉从包里掏出一方手帕，开始擦嘴。想喝水，特别想喝，她想。

“你要小心点儿，一大笔钱呢。”她说。

“不用辛苦得来的钱常带来厄运。”他闷闷不乐地说，“我妈说的。她有很多忠告。她很反对赌钱。”

“彻底的浸礼会教徒。”莎拉说，身子在一抽一抽地发抖。

“没事儿吧？”他问，尽显关切。

“身上发冷。等我们上了车我得开足暖气，然后……啊，我又要吐了。”

她转过身发出痛苦的一声，干呕出一些唾沫，身体摇摇晃晃。他扶住她，轻柔但稳固：“你能回车上吗？”

“可以。现在好了。”不过她的头在痛，嘴里味道难闻，后背和腹部的肌肉感觉都从关节处跳了出来，好像拉伤了，而且都在痛。

他们一起沿着游乐场慢慢走，在锯末中拖着脚步走，关闭了的帐篷舒舒服服地躺在夜色中。他们身后，一道黑影滑行上来，约翰迅速向周围扫了一眼，大概才明白过来自己口袋里有多少钱了。

是那两个少年中的一个，大约 15 岁的样子。他腼腆地朝他们笑笑，对莎拉说："希望你感觉好些了。就是热狗的问题，肯定是。你很容易买到坏了的。"

"唉，别说热狗了。"莎拉说。

"需要帮忙扶她到车上吗？"他问约翰。

"不用，谢谢。我们自己可以。"

"好的。我也得走了。"不过他又停留了一下，脸上腼腆的微笑漾开来，咧嘴笑着说，"我爱看那家伙输。"

说完他扎入茫茫的夜色中。

黑暗的停车场里，莎拉那辆白色的小旅行车是留下的唯一一辆车；它蹲踞在钠光灯下，就像一只遭遗弃的、被人忘记的小狗。约翰为莎拉打开乘客一边的门，莎拉小心地蜷起身子钻进去。他轻轻滑到方向盘后，启动了车子。

"暖气要过几分钟才有。"他说。

"没事儿。我现在很热。"

他看看她，发现她脸上有汗冒出来，说："要不我们去东缅因医疗中心看急诊吧，如果是沙门氏菌感染的话，是很严重的。"

"不用，我没事儿。我只想回家睡觉。明早我要早早起床，给学校打电话请病假，然后再接着睡。"

"不用麻烦起那么早。我到时候会替你打电话的，莎拉。"

她感激地看着他："真的吗？"

"当然。"

他们朝着主街返回。

“对不起，我不能跟你一起到你那边了，真的。”莎拉说。

“这不怪你。”

“就是。我恨死那个坏热狗了。真不幸。”

“我爱你，莎拉。”约翰说。这句话就这么说出来了，一言既出驷马难追，在飞驰的汽车里，这句话回响在两人之间，等着接下来的反应。

莎拉说了她所能说的话：“谢谢你，约翰。”

汽车继续向前行驶，车内一片沉默，一团惬意。

第 2 章
联想

他依然有种感觉：厄运要来临，从而把好运抵消。

1

约翰把车拐进她家的车道时，已是将近午夜了。莎拉在打着盹儿。

他熄了火，轻轻摇摇她："嘿，我们到了。"

"哦……好。"她坐起来，把身上的外套紧了紧。

"感觉怎么样？"

"好点儿了。胃痛、背痛，不过好些了。约翰，你自己开车回克利夫斯吧。"

"不，最好不要这样。这辆车整晚停在公寓大楼前面，有人会看到的。不能让人对我们说那类闲话。"他说。

"但当时我还想跟你一起回去……"

约翰笑了："你跟我回去那就值得冒险了，我们得步行三个街区。再说，万一你要去急诊的话也有车。"

"我不会去的。"

"有那种可能。我能进去打个电话叫出租车吗？"

"当然可以。"

他们进了屋，莎拉打开灯，身体又哆嗦了几下。

"电话在客厅里。我要盖被子躺下了。"

客厅很小，但很实用，帷幔色彩斑斓（花的图案和色彩鲜艳炫目），一面墙上贴着一系列海报：迪伦[①]在福里斯特希尔斯，贝兹[②]在卡内基音乐厅，"杰斐逊飞机"乐队[③]在伯克利，"飞鸟"乐队[④]在克利夫兰，就这样布置了下，房间就显得不再简陋了。

莎拉躺到一张沙发上，把被子拉到下巴处。约翰忧虑地看着她。除了眼睛下的黑眼圈外，她的脸就是一张白纸，看起来是一个危重病人的样子。

他说："要不我留在这儿吧，万一有什么事儿发生，比如……"

"比如我脊椎骨上面有个小裂缝？"她沮丧的眼神中露出些许幽默看着他。

"哦，你知道，诸如此类的事情吧。"

她下身不祥的"咕噜噜"声让她下定了决心。她本来是非常想和约翰·史密斯过夜的，结果事态的发展跑偏了，但也并不意味着她就必须让他照料自己一晚，尽管她会呕吐、跑厕所、"咕嘟咕嘟"喝下大半瓶胃药。

她说："我没事儿，就是吃了个坏热狗而已，约翰。你自己也很容易吃到那种热狗。你明天有空给我打个电话就成。"

"你确定？"

"确定。"

"好吧，小姑娘。"他没有再争论，抄起电话叫出租车。她闭上眼睛，全身放松下来，舒适地享受着他说话的声音。她最喜欢他的一个原因是他总是

---

① 迪伦：指鲍勃·迪伦（Bob Dylan，1941— ），美国摇滚、民谣艺术家。——编者注

② 贝兹：指琼·贝兹（Joan Baez，1941— ），美国民谣歌手、作曲家，被誉为"民谣女皇"。其还热衷于表达政治观点，参加民权运动等。——编者注

③ "杰斐逊飞机"乐队（Jefferson Airplane）：由男歌手马特·巴林（Marty Balin）于1965年建立的摇滚乐队。——编者注

④ "飞鸟"乐队（The Byrds）：组建于1964年的美国摇滚乐队，核心人物是吉姆·麦吉恩（Jim McGuinn）。——编者注

在做正确的事儿，最明智的事儿，而没有自私的废话。这一点挺好。她太疲惫了，连基本的社交礼仪也没精神顾及了。

“搞定了。5 分钟内他们会派个人过来。”他说着挂上电话。

“不管怎样你把出租车钱挣下了。”她笑着说。

“我还要慷慨地给他小费呢。”他模仿着喜剧演员 W. C. 菲尔兹[①]说道。模仿得还算像。

他走到沙发边，坐到她身旁，握住她的手。

“约翰，你是怎么猜的？”

“什么？”

“轮盘。你怎么就能猜出来？”

“就是碰上了连续的好运气而已。”他说，显得稍有点儿不安的样子，“所有人都会碰上连续的好运气。像在赛马场，玩儿扑克 21 点，或者掷硬币赌正反面的时候。”

“不是。”她说。

“嗯？”

“不是所有人都会碰上连续的好运气。这简直是不可思议的。这……让我觉得有点儿害怕。”

“是吗？”

“是的。”

约翰叹了口气：“我偶尔会有感觉，就是这样。自打我记事儿起，我就是这样。我一直都擅长找别人丢掉的东西。比如学校里那个小丽莎·舒曼。你知道我说的这个女孩儿吧？”

莎拉笑笑：“那个忧愁的、小小的、不起眼的丽莎？我认识她。她对我

---

① W. C. 菲尔兹（W. C. Fields）：美国喜剧演员，原名克劳德·威廉·杜肯菲尔德（Claude William Dukenfield，1880—1946）。——编者注

的商务文法课纯粹一窍不通。”

“她把她的毕业戒指丢了，”约翰说，“然后哭着来找我。我问她看没看过她的储物柜最上面搁板的后角。我只是猜了一下，但那枚戒指真的就在那儿。”

“你一直都有这个能力？”

他笑着摇摇头，说：“很少有。”他笑容消失了一些，又说：“不过今晚上那种感觉是很强烈的。我感到那轮盘……”他轻轻握住拳头，看着它们，皱起眉头：“我觉得那种感觉就在这里。它让我有一种特别不好的联想。”

“什么联想？”

“橡胶，”他缓缓说，“烧着的橡胶。还有寒冷，冰，黑色的冰。这些东西出现在我的意识里。鬼知道是怎么回事儿。这是很坏的感觉。得小心点儿。”

她盯着他，没说话，他脸上的忧虑慢慢消去。

“但现在事情过去了，不管怎样是过去了。基本可以肯定不会有什么事儿。”

“无论如何这是价值500美元的好运。”她说。约翰笑了，点点头。他没有再说什么，她也打起瞌睡来，很高兴能有他在这儿。外面有汽车的前灯照进来，在对面墙上洒下斑驳的光影，她醒了。那是他叫来的出租车。

“我会打电话的。”他说，轻轻在她脸上亲了一下，“你确定不用我在这儿待着？”

突然间她想让他留下来，但她还是摇了摇头。

“给我打电话。”她说。

“第3节课的时候。”他答应道，朝门走去。

“约翰？”

他转回身。

“我爱你，约翰。”她说。他的脸立刻像一盏灯一样亮起来。

他抛了个飞吻，说："感觉好点儿的时候我们再说话。"

她点点头。但是，她一直等到4年半之后，才再次和约翰·史密斯说上话。

2

"我坐前面你介意吗？"约翰问出租车司机。

"不介意，只是膝盖不要碰计程表。那玩意儿很不结实。"

约翰稍费了点儿劲儿，才把他的两条大长腿快速伸到仪表下，"砰"的一声关上车门。这个中年的出租车司机有秃顶和大肚腩，他按下标牌，车沿着弗拉格街向北行驶。

"去哪儿？"

"克利夫斯·米尔斯镇。主街。到时候我给你指路。"

出租车司机说："你得多付一半儿的车费，我也不想这样，但我从那边回来肯定是空车。"

约翰心不在焉地把手捂到裤兜里的那一厚捆钱上。他努力回忆以前是否身上一次性带过这么多钱。嗯，有一次，他花1200美元买了一辆开了两年的雪佛兰（Chevy）汽车。那次是一时心血来潮，他要银行给他现金，不为别的，就是想看看那么多钱摆出来是什么样子。其实也没有那么美好，不过当约翰把12张100美元的钞票塞到那个汽车经销商的手上时，那人脸上惊讶的表情看起来还是蛮有意思的。但今天这一沓钱没有给他丝毫快感，反而让他隐约有种惴惴不安的感觉，他母亲那句忠告又在他耳旁响起：**不用辛苦得来的钱常带来厄运**。

"多付一半儿的车费可以。"他对司机说。

"只要我们互相理解就成。"司机的话匣子打开了，"河边有人叫车，所以我才这么快过来，但等我到了那儿却没人承认。"

"是吗？"约翰淡淡地回应。车窗外，已熄灯的一幢幢房子一闪而过。他赢了500美元，以前从没有碰上类似的事情。那种虚幻的烧橡胶的味道……有点儿像他小时候碰到的某件事儿在脑海中部分重现……另外，他依然有种感觉：厄运要来临，从而把好运抵消。

司机说："是啊，那些醉鬼打完电话就改变主意了，该死的醉鬼，我恨他们。他们打来电话定个什么，然后继续喝啤酒，要么就是在等车的时候把车费都喝掉了。等我到了喊：'谁叫的车？'他们就不承认了。"

"嗯，对。"约翰说。他们的左边，黑漆漆的佩诺布斯科特河正在流过。现在他心里最重要的事儿，一是莎拉正在生病，二是莎拉爱他。也许正好赶上她处于脆弱时刻吧，但天哪！如果她是真心实意的呢？差不多从第一次约会的时候起，他就喜欢上她了。她说爱他，这才是这一晚的幸运，而不是什么赢了轮盘。但那个轮盘一直在他脑子里闪回着，一直困扰着他。他现在还能看到它在暗夜中旋转，能听到指针跑在刻度线上发出的"嘀嗒嘀嗒"声，像在一个不安的梦中所听到的声音。不用辛苦得来的钱常带来厄运。

司机拐上6号公路，开始一个人兴致十足地讲话。

"所以我说：'越懂越糊涂。'我的意思是，那小子是在自作聪明，对不对？我没必要从什么人那里听这种废话，包括我儿子。我这辆出租车开了26年，被打劫过6次，小事故更是数都数不清，不过倒没有大事故，对此我要谢谢圣母马利亚，谢谢圣克里斯多福，还有上帝，全能的父，懂我的意思吗？每个礼拜，不管有多难，我都要为他上大学存5美元。从他还只是一个吃奶的小不点儿的时候就开始了。为了什么？为了他有一天可以回来家跟我说'美国总统是头猪'。哈！这小子可能认为我也是头猪，虽说他知道如果他那样说我会狠狠修理他一顿。这就是你们今天的年轻一代。所以我说：'越懂越糊涂。'"

"对。"约翰说。窗外森林飘过，左边是卡森沼泽。他们距离克利夫斯·米尔斯镇还有11公里左右。计程表又增加了10美分。

小小的10美分，不过是1美元的1/10。嘿嘿。

“你是做什么职业的，请问？”出租车司机问。

“我在克利夫斯中学教书。”

“呃，是吗？那你懂我的意思喽。这些孩子到底出了什么问题？”

嗯，他们吃了个叫“越南”的坏热狗，结果吃坏了肚子。热狗是一个叫林登·约翰逊[①]的家伙卖给他们的。然后他们赶上了另一个家伙，他们说：“噢，先生，我病得快死了。”那另一个家伙名叫尼克松，他说：“我知道如何搞定，再吃几个热狗就行了。”这就是美国年轻人出的问题。

“我不知道。”约翰说。

“你们规划你们的一生，然后尽力而为。”司机说，他的声音里含着真切的迷惘，但这种迷惘不会再持续多久了，因为他的生命已经开始倒计时。而毫不知情的约翰还在同情这个人，同情他的无法理解。

来吧宝贝儿，一切都在摇晃。

“你们除了最好的东西其他都不屑一顾。那小子回家来，头发都长到屁股上了，说美国总统是头猪。一头猪！废话！我不……”

“当心！”约翰大喊一声。

司机的脸刚才是半扭向他的，在仪表板灯和迎面而来的车头灯中，那张退伍老兵的胖脸显得热切、恼怒又可怜。司机赶紧扭回头，但为时已晚。

“天啊……”

有两辆车，白色标线的两边各一辆。他们正在飙车，肩并肩从坡上下来，一辆“野马”（Mustang），一辆“道奇战马”（Dodge Charger）。约翰都能听到它们的发动机转动的“呜呜”声。“战马”直接朝他们冲过来，丝毫没有避让的意思，而这边司机也彻底僵住了。

“天啊……”

---

① 林登·约翰逊：全名林登·贝恩斯·约翰逊（Lyndon Baines Johnson，1908—1973），美国政治家，曾任第36任美国总统（1963—1969），在任期间使美国积极介入越南战争。——编者注

左边那辆“野马”一闪而过，约翰几乎没看到。右边的“战马”和出租车迎头撞上，约翰感到自己整个人都飞起来了，飞向外面。没有感到疼痛，只是模糊有点儿意识，感觉大腿与计程表猛地撞在一起，把它从框子上扯了下来。

玻璃发出了破碎声。烈焰腾空而起。约翰一头撞到挡风玻璃上，把它撞碎了。现实开始坠往一个洞里。疼痛隐约而遥远，在他的肩膀和胳膊上，身体的其他部分随着头一起穿过边缘参差不齐的挡风玻璃。他飞起来了。飞入10月的夜空中。

一个模糊的念头闪过：我要死了吗？我会被撞死吗？

心底的声音回答：会，基本上死定了。

他飞在空中。10月的星星抛撒得满天都是。汽油爆炸发出轰然巨响。地上一团橘红色火光。随后就是黑暗。

他从空中“哗啦”一声重重摔到地上。感觉又冷又湿，就好像掉到了距离“战马”与出租车25英尺[①]远的卡森沼泽里，而那两辆车就像焊在一起似的，一堆火焰在夜空中乱舞。

黑暗。

渐渐消失。

到最后，一切好像沉淀成一个巨大的黑红两色的轮盘，旋转在星空般的空间里。试试你的运气吧，第一次是侥幸，第二次是幸运，嘿——嘿——嘿。轮盘上下旋转，红色黑色，指针“嘀嗒”着走过刻度线，他瞪圆眼睛看它是不是要到“00”上，那是庄家号，庄家的运气，除了庄家以外所有人都输。他瞪圆眼睛看，但是轮盘不见了。眼前只留下黑暗和无边的空洞，虚无，老伙计，万物皆空。寒冷的地狱。

约翰·史密斯趴在那里，好久，好久。

---

① 1英尺约合0.3米。——编者注

第 3 章
午夜电话

电话从她手中滑出，她重重地坐在灰暗的世界里，

滑倒在地，挂着的电话前后摇摆，摇摆，弧度逐渐变小。

1

1970 年 10 月 30 日凌晨 2 点刚过，克利夫斯 · 米尔斯镇南边大约 50 英里处一栋小房子里，电话铃声开始在楼下的走廊里响起来。

赫伯特 · 史密斯从床上坐起来，懵懵懂懂，半梦半醒，摇摇晃晃，不辨东西。

旁边薇拉被枕头蒙住的声音传来："电话。"

"嗯。"他应了一声，晃晃悠悠下床。他不到 50 岁，膀大腰圆，已经开始掉头发了，穿一条宝蓝色睡裤。他走到楼上的过道里，扭亮灯。楼下，尖厉的电话铃声不断响起。

他下楼，朝薇拉称之为"电话角"的地方走去。那里有一部电话机，还有一张怪异的小书桌兼饭桌，这桌子是大概 3 年前薇拉用救济补助票买的。赫伯特从一开始就明确表示，他这个 240 磅的大块头没法儿坐进这个小桌子后面。他打电话的时候就站着。桌子的抽屉里塞满了《天堂》《读者文摘》和《命运》杂志。

赫伯特伸手抓住电话，等着它再响一声。

半夜三更打电话通常有三种情况：第一种是一个老朋友喝得酩酊大醉，认为你听他说话会很高兴，即便是凌晨2点；第二种是拨错了；第三种就是坏消息。

但愿是中间那一种，赫伯特抄起电话："喂？"

一个干脆利落的男人声音传来："是赫伯特·史密斯家吗？"

"什么事儿？"

"请问你是赫伯特·史密斯吗？"

"我是赫伯特·史密斯，什么……"

"你稍等一会儿好吗？"

"好的，但你是谁……"

太晚了。他的耳朵里听到微弱的"噔"一声，好像是电话那一头的人把他的一只鞋子脱在地上了。他得等着。有些电话他很讨厌：听不清，恶作剧的孩子问他是不是有罐装的"埃尔伯王子"（Prince Albert）烟丝，接线员说话像电脑语音一样，还有那些油嘴滑舌的人推销杂志，而这些讨厌的电话中他最讨厌的就是等着通电话。近10年以来有许多情形悄悄潜入了现代生活，这就是其中之一。以前，电话那头的人会简单说一句："稍等，好吗？"然后放下话筒。起码你能听到那边远远的对话声、狗的吠叫声、收音机声、婴儿的啼哭声等。而现在等着通电话完全是另一种样子。电话里一片空白，阴森又不露痕迹，让你感到惊慌失措。"我活埋你一会儿，你等等好吗？"他们干吗不直接这样说？

他知道自己是有一点儿害怕。

"赫伯特？"

他转回身，电话还放在耳朵上。薇拉站在楼梯上，穿着她那件棕色旧睡袍，头发卷在一个个卷发夹上，脸颊和额头上抹着的乳霜已经变硬，厚得好像马上就要脱落一样。

“谁来的电话？”

“我也不知道。他们让我等着。”

“等着？在凌晨 2 点 15 分？”

“是的。”

“不是约翰吧？约翰什么事儿也没有吧？”

“我不知道。”他说，耸耸肩以平抑他升高的嗓门。有人凌晨 2 点钟给你打电话，把你晾在一边，你点数你的亲属们并一个个盘算他们的健康状况。你列出七大姑八大姨，如果有爷爷奶奶辈儿的亲戚的话，你还要合计合计他们的疾病。你想知道是不是你的哪个朋友心脏刚刚停跳了。你尽量不去想你还有个深爱的儿子，不去想这些电话怎么好像总是在凌晨 2 点打来，也不去想你的腿肚子怎么一下子紧张得僵硬沉重起来……

薇拉已经双眼闭上，手指交叉放在瘪薄的胸前了。赫伯特尽量压抑住自己的愠怒，差点儿就要说出：“薇拉，《圣经》强烈建议你到你的小房间里去做这套动作。”如果那样说了，薇拉会给她这个“不信教的、身处地狱的丈夫”“一个甜蜜的微笑”的。凌晨 2 点了还被晾着等电话，他想他承受不了那样特别的笑。

电话又是“噔”一声，另一个年纪大些的男人的声音传来：“喂，史密斯先生吗？”

“是的，你是哪位？”

“不好意思刚才让你等着，先生。我是州警察局奥罗诺分局的麦格斯警官。”

“是我的孩子吗？我孩子出什么事儿了吗？”

他不由自主颓败地坐到电话角的座位上，只感觉全身乏力。

麦格斯警官说话了：“你有个男孩儿名叫约翰·史密斯吗，没有中间名？”

“他没事儿吧？他还好吗？”

楼梯上响起脚步声，薇拉站到他身边。那一刻她看上去还算镇定，但随后她就一把抓住话筒，像个母老虎似的："怎么了？我的约翰出什么事儿了？"

赫伯特猛地把话筒又拉回来，还把她的指甲扯裂了一块。他狠狠瞪着她，说："我正在问呢！"

她盯住他，那双和善的、已失去光泽的蓝眼睛大睁着，一只手猛地捂住嘴。

"史密斯先生，你还在吗？"

一些话就像涂抹了麻醉药一样从他嘴里掉下来："我有个儿子叫约翰·史密斯，没有中间名，对，他住在克利夫斯·米尔斯镇，他在那儿的中学里教书。"

"他出车祸了，史密斯先生。他受了重伤。我非常抱歉告诉你这个消息。"麦格斯的声音很有节奏，很正式。

"啊，老天。"赫伯特惊呼。他的头脑一团乱麻。以前在部队里的时候，一个南方小伙子，巨人一般，好斗凶狠，一头金发，名叫柴尔德里斯，当时在亚特兰大一家酒吧的后面把赫伯特的屎都打出来了。赫伯特当时那感觉就跟现在一样，像被阉割了一般，整个人被打成一摊无用的、污浊的废物。"啊，老天。"他又惊呼了一声。

"他死了吗？"薇拉问，"他死了吗？约翰死了吗？"

他盖住话筒，说："没有，没死。"

"没死！没死！"她尖叫着，"扑通"一声跪在电话角的地上，"哦，上帝啊，我们最诚挚地感谢您，求求您给我儿子降予您慈爱的关怀、爱与怜悯，用您的爱之手庇护他，我们以您的独生子耶稣之名请求并……"

"薇拉你闭嘴！"

那一刻他们三个人都不说话了，好像在思考这个世界，思考它不那么有趣的方式：赫伯特这个大块头挤在电话角的长凳上，膝盖紧抵桌子底面，一束花靠在脸上；薇拉跪在走廊火炉格栅旁；那位看不见的麦格斯警官以听的方式见证着这一场黑色幽默。

“史密斯先生？”

“哦。我……抱歉我们这儿太吵了。”

“完全可以理解。”麦格斯说。

“我儿子……约翰……他是开着他那辆大众（Volkswagen）汽车吗？”

“死亡陷阱，死亡陷阱，那些小甲壳虫就是死亡陷阱。”薇拉含混不清地说。泪水顺着脸庞流下，滑过晚霜光滑坚硬的表面，就像雨水滑在铬合金上。

麦格斯说：“他当时在一辆‘班戈与奥罗诺’（Bangor & Orono）公司的黄色出租车上，我就我现在所知道的跟你说一下。涉事车辆共有三辆，其中两辆是从克利夫斯·米尔斯镇出来的孩子开的。他们当时正在飙车，向东，开到6号公路被称为‘卡森山坡’的地方时，你儿子在一辆出租车里，向西，去克利夫斯。出租车和那辆逆向行驶的车迎头相撞。出租车司机死了，开那辆车的小伙子也死了。你儿子和那辆车里的一名乘客现在在东缅因医疗中心。就我所知他们两人现在情况都很危急。”

“危急。”赫伯特说。

“危急！危急！”薇拉呜咽着说。

哦，老天，我们听起来就像是一场“百老汇小剧场”演出似的，赫伯特在想。他为薇拉感到尴尬，也为麦格斯警官尴尬，他肯定听见了薇拉的叫喊，就像在听幕后的希腊戏剧合唱队一样。他不知道这个麦格斯警官在他的职业生涯中有过多少这样的对话，他觉得一定有过很多次。也许他已经给出租车司机的老婆和那个已经死了的小伙子的母亲打电话通知过此事了。他们的反应是怎么样的？但这重要吗？薇拉为她自己的儿子哭不应该吗？一个人干吗在这样的时刻还一定要考虑如此荒唐的事儿呢？

“东缅因医疗中心。”赫伯特边说边在一本便笺本上草草记下来。便笺本的封面画是一个微笑表情的电话机，电话线拼出一个短语：“电话的朋友。”

他又问道:“他的伤势怎么样?”

“你说什么,史密斯先生?”

“他伤在什么地方了?头、肚子?什么?被烧伤了?”

薇拉尖叫起来。

“薇拉你能不能闭上嘴!”

“这方面情况你需要问医院。我接到的完整报告距现在已经有两个小时了。”麦格斯谨慎地说道。

“好吧,好吧。”

“史密斯先生,很抱歉要在半夜通知你这么不好的事情……”

“是不好,确实,”他说,“我得给医院打电话,麦格斯警官。再见。”

“晚安,史密斯先生。”

赫伯特挂上电话,呆呆地看着话机。突然间这事儿就发生了。不可思议。约翰。

薇拉又发出一声尖叫,他惊恐地看到她抓住自己的头发,连同卷发夹一起往下扯:“这是审判!对我们生活方式、对罪恶、对什么事儿的审判!赫伯特,跟我一起跪下……”

“薇拉,我得给医院打电话,我可不想跪着打!”

“我们要为他祈祷……承诺要更好行事……即使你只是多跟我去几次教堂我也知道……也许就是因为你抽烟,下班后跟那些人去喝啤酒……亵渎……随便议论主神的名字……审判……审判来了……”

他双手盖到她脸上以阻止她狂躁地前后抽打。晚霜的感觉很讨厌,但他没有将手移开。他觉得她也挺可怜的。最近10年来,他觉得她对浸礼会信仰的虔诚已经有点儿走火入魔的感觉。约翰出生5年后,医生发现她的子宫和阴道腔内有一定数量的良性肿瘤,那些肿瘤切除掉了,但她也因此失去了生育功能。5年后,肿瘤又出现了,需要将子宫彻底切除。也就是从那时起,她开始真正有了深厚的宗教情怀,还古怪地连带着一些其他的信仰。她热衷于看一些小册子，关于亚特兰蒂斯的，来自天堂飞船的，以及住在地球深处的“纯粹基督教徒”族群的，等等。她看《命运》杂志几乎跟看《圣经》一样频繁，常常用一本来阐明解释另一本。

“薇拉。”他说。

“我们要更好地行事，”她悄声说，恳求地看着他，“我们要更好行事他才不会死。你会看到的。你会……”

“薇拉。”

她收声了，看着他。

“我们给医院打完电话就知道真实情况有多糟糕了。”他温和地说。

“啊——对，是。”

“那你能坐到那边楼梯上不要说话吗？”

“我要祈祷，你不要管我。”她像个孩子似的说。

“我也不想管你，只要你自己祈祷就行。”

“好。我自己祈祷。没关系，赫伯特。”

她走到楼梯处坐下来，规规矩矩地扯扯周身的睡袍，手指交叉，嘴里开始念念有词。赫伯特给医院打电话。两个小时后，他们在几乎空无一人的缅因州高速公路上向北行驶。赫伯特开着他们那辆1966年产福特旅行车，薇拉笔直地坐在座位上，她的《圣经》放在腿上。

2

9点15分，电话铃声吵醒了莎拉。她迷迷糊糊地过去接电话。由于前一天晚上的呕吐，她的背在痛，肚子上的肉感觉有拉伤，不过其他地方好多了。

她拿起话筒，心想肯定是约翰打来的：“喂？”

“你好，莎拉。”打来电话的不是约翰，是同事安妮·斯特拉福德。安妮比莎拉大1岁，在克利夫斯学校教书两年了。她教西班牙语，是个开朗活泼的姑娘，莎拉很喜欢她。但今天早晨她的声音听起来很低沉。

“你好，安妮。只是暂时的，约翰可能跟你们说了吧。热狗的原因，我估计就是……”

“哦，天哪，你不知道，你不……”随后传来古怪的、哽咽的声音。莎拉听着皱起了眉。她最初的迷惑转为极度的不安，因为她听出来安妮是在哭。

“安妮？出什么事儿了？不会是约翰吧？不会……？”

“出车祸了，”安妮说，这时她直接哭了出来，“他坐在一辆出租车上，跟另一辆车迎头撞上了。开那辆车的叫布拉德·弗雷诺，我在西班牙语二级课上教过他，他死了，他女朋友是玛丽·蒂博，今天早晨也死了，听说还是约翰教的那个班里的一个学生，真是太可怕了……”

“约翰！”莎拉冲着电话筒叫了声。她的胃又难受起来，手脚瞬间冰冷得如同四块墓碑：“约翰怎么样了？”

“他受了重伤，莎拉。戴维·比尔森今早给医院打过电话。他情况不妙……啊，太惨了。”

整个世界失去了颜色。安妮还在说，但声音既遥远又微小，就像 E. E. 卡明斯[①]的诗里说到的那个“卖气球的人”一样。纷繁复杂的影像一圈圈翻滚，没有一样是可理解的，游乐场轮盘、迷宫镜屋、约翰的眼睛，奇异的紫色，然后是黑色，乡村游园会连着电线的裸露灯泡发出的刺眼光芒中，他那张真诚朴实的脸。

“不会是约翰，你们搞错了。他离开这里的时候还好好的。”她的声音既遥远又微弱。

安妮的声音飞快地回应着，很惊愕，很怀疑，她也绝不相信这种事情竟

---

① E. E. 卡明斯：全名爱德华·艾斯特林·卡明斯（Edward Estlin Cummings，1894—1962），美国现代主义诗人。后文中提到的“卖气球的人”（balloon man）是指他的诗作《初春》（*In Just-*）里出现的一个角色。——编者注

然发生在她这样年龄的一个人身上，一个年轻又鲜活的人身上："他们还跟戴维说他即便是挺过手术也永远不会醒过来呢。他们必须给他做手术，因为他的头……头……"

她是想说"碎"吗？约翰的头已经碎了？

莎拉此刻全身乏力，尽力不去听那个最后的不可改变的词，避免那最后的恐惧。电话从她手中滑出，她重重地坐在灰暗的世界里，滑倒在地，挂着的电话前后摇摆，摇摆，弧度逐渐变小。安妮·斯特拉福德的声音从里面传来："莎拉？莎拉？莎拉……"

3

当莎拉赶到东缅因医疗中心时，时间是 12 点 15 分。导诊台的护士看着她苍白、紧张的脸，估摸了一下她对进一步事实的承受能力，然后告诉她约翰仍在手术室里。最后又说约翰的父母在等候室中。

"谢谢。"莎拉说。她没有向左拐而是朝右，结果走进了一间小诊室，又不得不原路返回。

等候室里一片亮晃晃的，刺痛了她的眼睛。为数不多的几个人无聊地坐在那里看着破烂的杂志或者发呆。一个头发花白的妇女从电梯里走进来，把她的探视卡给了她的一位朋友，她那位朋友踩着高跟鞋"咔嗒咔嗒"走远了。其余人继续坐着，等待他们自己的探视机会。有一个人要探视做胆结石手术的父亲；另一个人要探视他母亲，他母亲刚刚三天前在一侧乳房下发现一个小肿块；还有一个人要探视朋友，他朋友在慢跑时感觉有一把无形的大锤在击打胸膛。等候的人们脸上都小心地做出一副镇定的神色，忧虑被扫到脸下，就像地毯下的尘土一样。虚幻感再次徘徊在莎拉心底。不知什么地方响起一声柔和的铃声，绉胶鞋底发出"嘎吱嘎吱"的声响。他离开她那儿的时候是好好的啊。想到他在这儿的一栋砖石建筑里等死，实在让人不敢想象。

她一眼就认出了史密斯先生和太太。她努力回忆他们的名字，但一时没想起来。老夫妇俩一起坐在等候室靠后的地方，和这里其他人不一样，他们现在还没从震惊中恢复过来。

约翰的母亲坐着，外套放在她身后的椅子上，手里紧紧抓着《圣经》。她边看边嘴里念念有词，莎拉记得约翰说过她非常虔诚，也许虔诚得有点儿过分，约翰也说过她有可能会参与“圣滚”和“摸蛇”[①]这类宗教仪式。史密斯先生，赫伯特，她突然想起来了，叫赫伯特，他的膝上放着本杂志，但他没有看。他在看窗外，新英格兰的秋天向着11月份以及更远的冬天一路燃烧。

她走到他们身边：“是史密斯先生和太太吗？”

他们抬头看她，脸上由于可怕的打击而紧张不已。史密斯太太的手紧攥着《圣经》，书已经翻到了“约伯记”那一章。他们面前这个年轻女人没有穿护士或医生的白大褂，但此刻这对他们来说都一样。他们在等待着最后的一击。

“是的，我们是史密斯一家。”赫伯特轻声说。

“我是莎拉·布莱克内尔。约翰和我是好朋友，就是说我们两个在一起，我想你们会这么说。我可以坐下吗？”

“约翰的女朋友？”史密斯太太的语气刻薄，就像问罪一样。几个人迅速地转头看了一下，又回头去看自己破烂的杂志。

“是的，约翰的女朋友。”她说。

“他的信里从没说过他有个女友。没有，一点儿都没说过。”史密斯太太的语调仍然刻薄。

---

① “圣滚”和“摸蛇”：“圣滚”（holy rolling）即基督教的一个教派——圣灵降临派成员（也称“圣滚者”）在公共场合祷告时常进行的一项宗教仪式，信众为显示自己受到圣灵感召而满地打滚。“圣滚”也不一定是圣灵降临派独有的行为，其他教派的信众有时也有通过狂喜入迷的形式来表达自己宗教热情的举动。“摸蛇”（snake-handling）也是部分教派的信众特有的宗教仪式，主要在美国20世纪20年代开始出现，信众认为他们手拿着蛇可以和古人交流。——译者注

赫伯特说：“不要吵，他妈妈。坐下吧，小姐……是布莱克内尔，是吧？”

她坐下，感激地说：“莎拉·布莱克内尔。我……”

史密斯太太又尖刻地说：“没有，他从来没说过。我儿子热爱上帝，但后来他可能背弃了一点点。主神的审判是突然的，你们知道吗？这就是造成如此危险倒退的原因。你们不知道哪天哪时……”

“别吵了！”赫伯特说。人们再一次转头看。他狠狠瞪着他老婆，试图镇住她。她也不甘示弱地回瞪了他一会儿，但他毫不动摇。薇拉垂下眼睛。她合上《圣经》，但手指烦躁地顺着书页拨拉，好像急切地想回去继续看约伯一生坏透的运气而导致的灾难，从而痛苦地来表述她自己的和她儿子的运气。

“我昨天晚上和他在一起。”莎拉说完，约翰母亲又抬头看她，责备的目光。这时莎拉想起了《圣经》里关于“和”所象征的某个身体在一起的含义，她感觉自己脸在发红。好像这个妇女能看清她内心的想法似的。

“我们去了乡村游园会……”

“罪恶的地方，邪恶的地方。”薇拉·史密斯毫不留情地说。

“我最后一次跟你说不要吵，薇拉。”赫伯特严厉地对她说，同时一只手压在他老婆的手上，“我现在不是在开玩笑。这女孩儿看起来是个好姑娘，我不允许你再挖苦她。明白了吗？”

“罪恶的地方。”薇拉顽固地又一次说道。

“你能不说话吗？”

“放开我。我要读我的《圣经》。”

他放开她了。莎拉既尴尬又不知所措。薇拉打开《圣经》看，嘴唇不停地蠕动着。

赫伯特说：“薇拉很烦躁，我们都很烦躁。你也一样吧，看样子。”

“是的。”

赫伯特问：“你们昨晚玩儿得好吗？在游园会上？”

“挺好。”这个简单的回答是真是假，她已经完全分不清了，“我们玩儿得挺好，直到……嗯，我吃了个变质的热狗什么的，然后就不行了。约翰开我的车送我回家，到维齐镇我住的地方。我的胃难受得很。他叫了辆出租车。他说他会今天帮我给学校打电话请病假。那是我最后一次见他。”眼泪开始涌出来，但她不想在他们面前哭，尤其不想当着薇拉·史密斯的面，但还是没办法忍住。她从包内扯出一张面巾纸捂在脸上。

“好了，好了。”赫伯特说，一只胳膊搂住她，她哭起来，模模糊糊觉得，有人让他安慰他会感觉好些；他老婆在约伯的传说故事里找到了自己那一份隐秘的安慰，不需要他。

几个人转回身呆呆地看，泪光中他们就好像是观众似的。她郁闷地想着他们心里所想的：她的情况比我还要差，他们三个都比我或我的家属情况差，男人肯定死了，看她哭成那样，男人的头肯定已经碎了。某个医生下来带他们到一个单独的房间里通知他们什么的，应该只是时间问题了——

她努力控制住哭泣，控制住情绪。史密斯太太坐得笔直，就好像从梦魇中惊跳起来一样，既不看莎拉的眼泪，也不看她老公安慰莎拉的努力。她在读《圣经》。

莎拉问：“请问，情况有多糟糕？有希望吗？”

还没等赫伯特开口，薇拉就大声说话了，声音是一种猝然、冰冷、底气十足的审判口吻：“上帝那儿有希望，小姑娘。”

莎拉看到赫伯特眼里闪过一丝担忧，心想：他觉得这个事故把她逼疯了。也许是吧。

4

漫长的下午一直拖到晚上。

下午 2 点的时候学校开始放学，约翰的一些学生来到医院，穿着旧外套和洗得发白的牛仔裤，戴着奇怪的帽子。莎拉没看到多少让她觉得文质彬彬的孩子（那种有上进心、要上大学、眉清目秀的孩子）。来医院的孩子大多是颓废派，留着长头发的。

几个孩子过来，悄声问莎拉知道哪些有关约翰的情况。她只能摇摇头，说她也什么都不知道。但有个叫道恩·爱德华兹的女生，很迷恋约翰，她从莎拉脸上看出了深深的恐惧，于是大哭起来。一个护士过来让她离开。

“我会让她静下来的，稍等一两分钟就好。”她说着，伸出胳膊关切地搂住道恩·爱德华兹的肩膀。

“我才不要待着呢。”道恩说着匆匆跑开，“哐啷”一声撞翻了一把硬塑料椅子。过了一会儿，莎拉看见，在外面 10 月寒凉的暮光中，这个女生坐在台阶上，头埋到膝盖上。

薇拉·史密斯在读《圣经》。

下午 5 点的时候大多数学生都离去了。道恩也走了，莎拉不知道她什么时候走的。7 点钟，一个年轻男人走进来，白大褂的翻领上歪斜地别着一个标签，上面写着“斯特朗斯医生”，他走进等候室，四下看了看，朝他们走来。

“是史密斯先生和太太吗？”他问。

赫伯特深呼吸一口气后说：“对，我们是。”

薇拉“吧嗒”一声合上《圣经》。

“你们跟我来一下好吗？”

来了，莎拉想。走到一个单独的小房间里，然后告知情况。无论这个情况是什么，她都会等，他们回来时赫伯特·史密斯会告诉她她需要知道的情况。他是个善良的人。

“你是要说我儿子的情况吗？”薇拉问，声音还是同样地清楚、有力，有点儿神经质。

“是。”斯特朗斯医生扫了眼莎拉，“你是家属吗，女士？”

“不是，一个朋友。”莎拉说。

“关系很好的朋友。”赫伯特说道。一只温暖有力的手扶着她的肘部，同时另一只手拉住薇拉的上臂，赫伯特拉着她们站起来。“你要是不介意的话，我们都过去。”

“完全不介意。”

他领着他们下了电梯，沿一条走廊走到一间门上写着“会议室”的办公室。进去后，他揿亮头顶的荧光灯。办公室里有一张长桌子，十几张办公椅。

斯特朗斯医生关上门，点着一支香烟，桌子上到处都是烟灰缸，他随手把火柴丢进其中一个里面。“不好说。”他似乎自言自语地说。

“那你就说最好的情况。”薇拉说。

“嗯，也许我最好这样。”

这里没有莎拉说话的份儿，但她还是忍不住问：“他死了吗？千万别说他死了……”

“他在昏迷中。”斯特朗斯医生坐下，深深吸了一口烟，“史密斯先生遭受了严重的头外伤和程度待定的脑损伤。你们也许从医疗剧中听过‘硬脑膜下血肿’这个词。史密斯先生现在就有非常严重的硬脑膜下血肿，导致局部颅内出血。必须进行一台大手术来释放脑内压，同时取出他脑内的骨渣。”

赫伯特重重地坐下，面色苍白，不知所措。莎拉看到他的手粗厚且伤痕累累，想起约翰曾说过他父亲是一名木匠。

薇拉说：“但是上帝已经赦免了他，我知道他会被赦免的。我为了一个神迹而祈祷。称颂上帝吧，至高者！你们所有凡间的人都要称颂他的名字！”

“薇拉。”赫伯特声音虚弱地喊。

“昏迷中。”莎拉重复。她试着从某种情感上接受这个信息，但发现做不到。约翰没有死，而且还进行了一次危险的脑部大手术，这些本应该可以重新燃起她的希望的。但是没有。她不喜欢“昏迷”这个词。这个词有一种隐秘的不祥的含义。这不就是拉丁语中的“沉睡至死”吗？

“他接下来会怎样？”赫伯特问。

“这个现在谁也说不清。”斯特朗斯说道。他拨弄着香烟，焦虑地在烟灰缸上面轻敲它。莎拉感觉到他现在是在回答赫伯特字面上的问题，而回避了赫伯特真正想问的问题。“当然，他现在是靠着生命维持设备活着的。”

“但你们肯定多少知道他醒过来的概率，”莎拉说，“你们肯定知道……”她无法控制地做着手势，但马上又收回来了。

“他也许会在48小时内醒过来，也许会在一个星期或一个月内，也许永远也醒不过来。而且……死亡的可能性是很大的。我必须坦率地告诉你们那种可能性很大。他的伤势……很重。”

“上帝要他活着，我知道。”薇拉说。

赫伯特把脸埋到双手里，慢慢揉搓着。

斯特朗斯医生不舒服地看着薇拉，说：“我只是让你们为任何可能出现的结果……做好准备。”

“你能否评估一下他醒过来的概率？”赫伯特问。

斯特朗斯医生犹豫了一下，焦虑地吸了口香烟，最后说：“不，我没法儿评估。”

5

他们三人又等了一个小时才离开。天已经黑了。一阵阵冷风刮起，呼啸着穿过空旷的停车场。莎拉的长发在身后胡乱飘舞。等她回到家时，她会发现头发里夹着一片枯黄脆弱的橡树叶。头顶上，月亮悬挂在空中，像黑夜里一个冰冷的水手。

莎拉把一张纸塞到赫伯特手中，上面写着她的住址和电话号码：“你有什么消息就给我打电话好吗？无论任何消息。”

“好的，当然。”他突然弯下身在她脸颊上吻了吻，夜风中，莎拉也在他的肩头伏了一会儿。

约翰的母亲薇拉对莎拉说：“如果我之前对你态度生硬的话，我很抱歉，亲爱的。我挺难过的。”她的声音出奇地温和。

“可以理解的。”莎拉说。

“我想我儿子可能会死。但我已经祈祷过了。我跟上帝说明这件事儿了。就像歌中唱的那样：‘我们是否软弱多愁，千斤重担压肩头？我们绝不应当因此灰心，奔向耶稣座前求。’”

赫伯特说：“薇拉，我们该走了。我们该睡一觉，然后看看事情怎么……”

“但现在我已经从上帝那儿听到消息了。”薇拉边说边出神地仰头看着月亮，“约翰不会死的。上帝的计划里没有约翰的死。我听了，我听到我内心里那平静而微小的声音了，我现在心安了。”

赫伯特打开车门：“走吧，薇拉。”

她回头看了一眼莎拉，笑了笑。莎拉蓦然从这个微笑中看到了约翰本人那种安心又漫不经心的笑容，但同时她又觉得这样的笑容是她这辈子见过的最可怖的笑容。

薇拉说：“上帝已经把他的福音降予我的约翰了，我很高兴。”

“晚安，史密斯太太。”莎拉木然说道。

“晚安，莎拉。”赫伯特说。他发动着车子，汽车从车位上开出来，穿过停车场上了州道，这时莎拉才想起她没问他们暂时住在哪儿。她估计他们现在自己也不知道。

她转身走向自己的车，但又站住了，她怔怔地看着医院后面流淌的河，那是佩诺布斯科特河。它像一匹黑色的缎子，月影被困在它的中心。孤独地站在停车场里，她抬头看天，月亮挂在空中。

上帝已经把他的福音降予我的约翰了，我很高兴。

月亮悬挂在她上方，像个俗艳的游乐场玩具，又像是个所有胜算都有利于庄家的空中幸运大轮盘，更不必说还有那两个庄家号呢——“0”和“00”。庄家号，庄家号，你们全都要给庄家送钱，嘿嘿嘿。

风吹起她周围的落叶，咯咯作响。她上车坐到方向盘后，突然有种感觉，觉得自己肯定要失去他了。恐惧感和孤独感从她心底醒来，她全身战栗。最后，她发动汽车向家开去。

6

接下来的一个星期里，克利夫斯·米尔斯的学生们来了很多安慰和祝愿；赫伯特·史密斯后来和她说，约翰收到了300多张卡片。几乎每张卡片里都夹有一张折起来的个人短笺，上面写着他们希望约翰能快点儿好起来的话。薇拉一一给他们回了信，在一张字条上写上“谢谢你”，再加一句《圣经》里的话。

莎拉班上不守纪律的现象消失了。她之前感到存在的评审委员会现在对她的意见完全与之前相反。她逐渐意识到孩子们是把她视为一场悲剧中的女主角了，把她看作史密斯先生曾经的爱人。这个想法是在车祸发生后的没有课的星期三，她在教师办公室里突然产生的，随后她一阵哭一阵笑。她也很害怕自己这个样子，最后还是镇定下来。她晚上不断地失眠，也不断地梦到约翰——约翰戴着万圣节面具，站在幸运大轮盘场地前，一个空洞的声音一遍又一遍地喊：“老兄，我特想看这家伙输。”约翰说：“现在一切正常，莎拉，一切顺利。”然后他走进了一间屋子，眉毛以上的头全没了。

赫伯特和薇拉那个星期住在“班戈旅馆”，莎拉每天下午去医院等消息时都会看到他们俩。什么进展都没有。约翰躺在6楼重症监护病区里，身边满是生命维持设备，呼吸也要靠一台仪器辅助。斯特朗斯医生越来越不抱希望。车祸发生后的星期五，赫伯特在电话里告诉莎拉，他们要回家了。

他说：“她不想回，但我得让她明白有这个必要。”

“她还好吗？”莎拉问。

那边是一阵长时间的沉默，长到莎拉以为她是不是说错话了。然后赫伯特说：“我也不知道她好不好。可能我知道，只是我不愿说出她不好吧。她以前就一直痴迷宗教，手术后更严重了。她进行了子宫切除手术，现在更厉害了。她一直说‘世界末日、世界末日’的。她将约翰的事故和‘基督升天’联系了起来，莫名其妙的。就是在善恶大决战前，上帝要把所有忠诚的信徒带上天堂去的说法。”

莎拉想起以前见过的一张车尾贴，上面写着：“如果基督升天就在今天，上帝要抓住我的方向盘！”“是，我知道这个说法。”她说。

赫伯特焦虑地说：“嗯，跟她通信的……那帮人……他们相信上帝马上就要乘着飞碟来接忠诚的信徒们了。就是说，把他们都用飞碟带上天堂去。这些……教派……已经证明了，至少对他们来说是证明了，天堂就在遥远的猎户座的某个地方。不，别问我他们是怎么证明的。只有薇拉才能告诉你。这个……嗯，莎拉，这个让我理解还是有点儿难度的。”

“肯定的。”

赫伯特的声音有力了些：“不过她还是能分清现实与虚幻的。她需要时间来适应。所以我跟她说，她在家里也可以应对任何事儿，和这里一样。我得……”他顿了一下，好像有点儿窘迫，然后清了清喉咙又说：“我得回去干活儿了。我有工作，我是签了合同的……”

“当然，当然。”她顿了一下，“保险金怎么样了？我的意思是说，这肯定花了好大一笔钱……”现在轮到她窘迫了。

赫伯特说：“我跟比尔森先生谈过了，你们的副校长在克利夫斯·米尔斯镇，约翰有常规的‘蓝十字’保险，但并不是那种新的重病医疗保险，不过‘蓝十字’能报销其中的一些。另外我和薇拉也有些存款。”

莎拉的心沉下去了。“另外我和薇拉也有些存款。”一天的治疗费就是200美元甚至更多，这样的花费靠一张存折能维持多长时间？最终是为了什么目的呢？是为了在花光他爸妈的钱的同时，约翰能像个没有知觉的动物一样坚持下去，连小便都要没有知觉地接个管子来排泄吗？是为了让他的病把他母亲逼得怀着没有实现的愿望而疯掉吗？眼泪滑过脸颊，她第一次（但不是最后一次）发现自己希望约翰死去，在平静中死去。她内心里有点儿惊恐地厌恶这种想法，但这想法一直存在着。

“祝你们一切顺利。”莎拉说。

“我知道，莎拉。我们也祝你一切顺利。你会来信吗？”

“肯定会。”

“有空的时候来看看我们吧。博纳尔镇也不是太远。”他犹豫了一下，又说，“看来约翰是挑了个好女孩儿。你们过去是很认真的，是吧？”

“是的。”莎拉说。眼泪涌出来，赫伯特话里的过去时她能理解：“过去是。”

“再见，宝贝儿。”

“再见，赫伯特。”

她挂上电话，按了有一两秒钟，又提起电话打给医院，询问约翰的情况。没有任何变化。她对重症监护的护士道了谢，然后在房间里漫无目的地走来走去。她想着上帝派出一支飞碟舰队接上忠诚的信徒，然后匆匆带着他们飞往猎户座。同样的另一件事儿也能说得通了，即一个神疯狂到把约翰·史密斯的脑子弄乱，让他昏迷，也许就这样继续下去，除非是他意外死去。

还有一个文件夹的高一新生的作文要批改，她给自己倒了杯茶坐下来。如果有那么一个时刻，莎拉·布莱克内尔重新开始为失去约翰的生活打起精神，那么现在就是了。

第4章
插曲·一起凶杀案

白色的天空在看着这一切。

凶手很光滑。

他坐在市镇公园里露天音乐台旁边的长椅上，抽着一支万宝路香烟，嘴里哼唱着披头士乐队“白色专辑”里的一首歌：“你不知道你有多幸运，伙计，回到，回到，回到苏联……”[①]

他现在还不是一个凶手，真的不是。不过那件事儿他盘算很久了，就是杀人那件事儿。杀人一直让他百爪挠心。并不是以一种很坏的方式，并不是。他对杀人感觉非常乐观。这一次很好。他不必担心被抓住，不必担心被衣服夹子夹住，因为他很光滑。

小雪开始从空中飘下来。现在时间是1970年11月12日，约翰还在默默沉睡，从他那里往西南方向走60英里，就是缅因州西部这里这个中等规模的市镇。

凶手瞄着公园，那些来罗克堡镇和湖区的游客喜欢把这里称为市镇公地。不过现在没有游客。这块公地夏天郁郁葱葱，此时枯黄、光秃、萧瑟，

---

① 此处引用的是披头士乐队1968年发行的专辑《披头士》(*The Beatles*)中的第一首歌《回到苏联》(*Back in the U.S.S.R.*)中的一句。该专辑因为全白色封面而又被称为“白色专辑”(White Album)。——编者注

正在等着冬天来把它盖得体面一些。“少年棒球联合会”的棒球本垒板后面是铁丝网，其上交搭出来的菱形花纹锈迹斑斑，把白色的天空分割成一块块的。露天音乐台该粉刷一下了。

真是一片萧条的景象，但凶手内心里可不消沉。他高兴得都快发狂了。他想轻轻跺脚，还想打响指。这回可躲不掉了。

他用靴子后跟踩灭香烟，随即又点上一根。他看看表，下午3点零2分。坐着抽烟吧。两个男孩儿穿过公园，前后互相抛扔一个足球，他们没有看到凶手，因为他坐的长椅在一处斜坡下面。他猜这个地方在天气暖和的时候，那些下流贱货会在晚上来。他认识所有的那些下流贱货，也知道他们干的事儿。他妈妈告诉他的，他还见过他们呢。

想到他妈妈，他脸上的笑容僵硬了一下。他记得在他7岁时，有一回她没有敲门就进了他的房间，她从来都不敲门，然后就撞上了他正在玩儿他的那个东西。

你想变成那些下流贱货吗？她冲着他叫嚷。他连那个词都不知道是什么意思，不是“下流”，这个词他是认识的，是后一个词，尽管他在罗克堡镇小学的操场上听那些大点儿的孩子说过这个词。你想变成那些下流贱货，染上那些病吗？你想让它流脓吗？你想让它变黑吗？你想让它烂掉吗？啊？是吗？是不是？

她前后摇晃他，他流泪哭泣，那时，她是个强势的女人，一个强大蛮横，如同远洋班轮一般的妇女，而他那时也不是个凶手，并不光滑，他是个流泪哭泣的小男孩儿，他的那个东西已经萎蔫并开始往体内皱缩了。

她用一个晾衣夹子把他那个东西夹了两个小时，好让他知道得上那些病是什么感觉。

那种疼痛是难以忍受的。

小雪下了一阵停了。他不去想他母亲了，当他心情好的时候，有些事情轻而易举就能做到，而当他心情压抑沮丧的时候，有些事情就做不到。

他的那个东西现在正在直起来。

他看了一眼手表。3 点零 7 分。他把吸了一半儿的香烟扔下。有人来了。

他认出了她。她叫阿尔玛，阿尔玛·弗莱切特，在街对面的“咖啡壶”里工作，刚刚换班过来。他和阿尔玛认识，他曾约过她一两次，让她玩儿得很愉快。带她到那不勒斯镇的“宁静山岗”去过。她跳舞跳得不赖。下流贱货们一般都跳得不赖。他很高兴来的是阿尔玛。

来的就她一个人。

回到苏，回到苏，回到苏联——

“阿尔玛！”他大喊一声，招招手。她吓了一跳，四处环视，看到了他。她笑了笑，朝他坐着的长椅走过来，打了声招呼后叫他的名字。他站起来，脸上堆满笑容。他不担心任何人过来，因为他是触碰不到的。他是超人。

“你怎么穿成这样？”她看着他问。

“很光滑，是不是？”他微笑着说。

“确切地说我不……”

“想看个东西吗？在音乐台上，最令人惊奇的事儿。”他问。

“什么东西？”

“来看看。”

“好。”

就是这么简单。她跟着他到了音乐台。就算有人来了，他也仍然可以取消行动。但没人来。没人经过。这块公地他们可以独自享用了。白色的天空笼罩在他们身上。阿尔玛这个小姑娘长着一头浅金色的头发。这是染出来的金发，他非常确信。荡妇们都会染头发。

他领着她走上围起来的露天音乐台，脚步踩在木板上发出空洞沉闷的回音。一个乐谱架翻倒在角落里，还有一个空了的威士忌酒瓶。这是一个下流贱货们来的地方，没错。

“什么东西？”她的声音听来有点儿困惑，也有点儿紧张。

凶手快活地微笑，手指着乐谱架的左边："那里。看到了吗？"

她顺着他的手指看过去。一个用过的避孕套躺在木板上，就像一副皱缩的蛇皮。

她的脸一下子绷紧了，转身就跑，速度很快，差点儿就逃脱了："这可没意思……"

他一把抓住她，把她拽回来："你想去哪儿？"

她的眼睛里露出戒备、恐慌的神色："让我走，否则你会后悔的。我没时间开这种恶心的玩笑……"

"这不是玩笑，"他说，"不是玩笑，你这个下流贱货。"他很高兴能用这个词形容她，这个本来就为她准备的词。整个世界都在旋转。

阿尔玛从左边夺路而逃，朝着音乐台下面的围栏冲去，想要跳出去。凶手一把抓住她廉价棉布服的后领，猛然一拉，再次把她拉回来。布料发出破裂的声音，她张嘴呼喊。

他"砰"的一声将手掌捂到她嘴上，把她的嘴唇朝牙齿上猛力往回压。他感觉到有温热的鲜血在手掌上慢慢流淌。她的另一只手不停在打他，想要抓紧他什么地方，但是抓不紧。一点儿也抓不紧，因为……因为他……

很光滑！

他把她摔到木板地面上。他沾染鲜血的手抬起来，她又要张口喊，但他压到她身上，喘息，咧着嘴笑，她肺里的空气"呼"的一声被挤出来。她此刻能感觉到他，像石头一般硬、巨大、搏动，她放弃了叫喊，但仍然在奋力挣扎。她的手指不断地抓，却不断地滑脱。他猛地把她的两条腿分开，然后趴到它们中间，她的一只手扫过他的鼻梁，把他眼泪打出来了。

"你这个下流贱货。"他低喊，手卡在她脖子上，开始掐她，同时猛地把她的头从地板上拉起来，然后再用力推撞下去。她的眼珠凸出，脸迅速变为粉红色，继而是红色，最后成为充血的紫色，挣扎开始弱下来。

"下流贱货，下流贱货，下流贱货。"凶手声音嘶哑、气喘吁吁地说。他现在可真的成为一个凶手啦，被“宁静山岗”里的人乱摸身体的阿尔玛·弗莱切特的日子到头啦。她的眼珠鼓凸得像游乐场路边售卖的古怪玩偶的眼珠一样。凶手声音嘶哑地喘气。她的手无力地瘫软在木板上，他的手指则几乎全部陷到她的肉里了。

他松开她的脖子，要是她再动一动，他就再掐住。但她没动。过了一会儿，他颤抖的双手撕开她的上衣，把粉红色服务员制服裙胡乱推到上面。

白色的天空在看着这一切。罗克堡镇这块公地一片荒芜。事实上，直到第二天才有人发现被扼死后奸尸的阿尔玛·弗莱切特的尸体。县治安官认为这是一个流浪汉作的案。整个州的报纸上都以头条新闻报道了此案，罗克堡镇的人们也大致赞同县治安官的意见。

本地人是绝对做不出如此可怕的事情的。

第 5 章
无尽的等待

她俯下身，在他唇上轻轻吻了一下，好像那则古老的童话翻转了一样，不是王子吻公主，而是公主吻王子，这一吻就能唤醒他。然而，他只是在沉睡。

1

赫伯特和薇拉回到了博纳尔镇，继续他们精打细算的日子。12 月份赫伯特完工了一栋房屋，在达勒姆镇。如莎拉所料，他们的存款确实慢慢用光了，于是他们又向州里申请了“特别救灾援助”。年迈的赫伯特简直像自己也经受了一次车祸一样。在他的意识里，“特别救灾援助”只是一种叫“救济”或者“援助”的奇特方法。他一辈子靠自己的双手勤勤恳恳地工作，他原以为他永远也不会有不得不从国家那里拿钱的一天。但现在，那一天到了。

薇拉又订购了 3 份新杂志，它们不定期邮寄过来。这 3 份杂志的印刷都很粗劣，里面的插图可能就是那些会画画的孩子画的。有《上帝的飞碟》《即将到来的“主显圣容节”[①]》《上帝的超自然奇迹》等。《天堂》杂志依然每月寄来，但现在有时会被一动不动地放在那儿 3 个星期，其他那些她倒是会

① “主显圣容节”（Transfiguration）：据《圣经》记载，耶稣曾在一次带领3个门徒上山祈祷时变成了另一种相貌，此后信众为纪念此事，将每年 8 月 18 日或 19 日定为“主显圣容节”。——编者注

一直翻到烂。她在那些杂志中发现了很多似乎与约翰的车祸有关联的东西，于是，在她疲惫的丈夫吃晚饭的时候，便把那些有启发的消息念给他，声音又高又刺耳，还兴奋得发抖。赫伯特越来越频繁地喝令她住嘴，有时候还会冲她嚷，让她不要再胡说八道，别再烦扰他。他吼她时，她会用一种长期受苦的、让人深感同情的、受了委屈的眼神看他，然后又悄悄上楼继续她的研究。她开始和那些杂志社通信，和那些撰稿人以及在生活中有类似经历的笔友通信。

通信的人们大部分都是像薇拉本人一样的热心人，他们愿意提供帮助，愿意减轻她几乎不能忍受的痛苦和负担。他们寄来祈祷文、祈祷石、符咒，承诺每晚他们的祷告中把约翰包含进去。但也有另外一些人，他们就是些骗子，赫伯特对薇拉越来越辨识不清这些而感到担忧。有一个人要寄给她一个“我主唯一真正十字架”的银制品，要价“仅仅”99.98美元。还有一个人寄给她一小瓶水，说是从天主教圣地之一卢尔德那处水泉中汲取出来的，还说如果把它擦到约翰的额头上，十有八九会产生奇迹。该瓶水售价110美元，还要付邮费。便宜点儿的（对薇拉更有吸引力）是一盒不断持续播放的录音带，里面是《诗篇》第23篇和主祷文，是由南方的福音传教士比利·哈姆博朗读的。按照小册子上说的，在约翰身旁播放该录音带几个星期，就很有可能会使他奇迹般地康复。另外为了增加法力，里面还加了一张比利·哈姆博亲笔签名的相片（这个只能在短时间内发挥效用）。

赫伯特不得不越来越频繁地干涉薇拉这种毫无意义的、不断升温的伪宗教热情。有时候他偷偷地把薇拉的支票撕掉，再简单地把支票簿上的结余加上去。但是如果买的东西指定只收现金时，他就坚决地反对，于是薇拉开始疏远他，对他不信任起来，把他看作一个罪人、一个异教徒。

2

莎拉·布莱克内尔白天一直在学校，下午晚上和与丹分手后的日子没多大区别。她处在一种中间过渡状态里，等待着什么事情发生。在巴黎，和谈陷入停滞。尼克松不顾日益上升的国内外的抗议，下令继续轰炸河内。在一次记者招待会上，他出示了一些照片，无可辩驳地证明了美国飞机绝对没有轰炸北越的医院，但他自己却到任何地方都乘着军用直升机。在释放了一个广告牌画匠后，罗克堡镇那起残忍奸杀案的调查也陷入了停滞。此人曾在奥古斯塔州立精神病院住了3年，出乎所有人的意料，他不在场的证据最后被证明是合乎逻辑的。珍妮丝·贾普林[①]在高声尖唱布鲁斯音乐。巴黎宣称女人的裙摆会降低（已经连续第二年宣称），但最后并没有实现。莎拉对这一切一知半解，这些事儿对她来说就像另一个房间里一个莫名其妙的聚会传出来的声音似的。

第一场雪落下来，只是薄薄一层，第二场又是薄薄一层，圣诞节前10天，下了场暴雪。当天地区公立学校全部停课，莎拉坐在家中，望着外面这场像要把弗拉格街填平的大雪。她和约翰的事情太短暂，也许都无法被称为一次恋爱，就算是恋爱，那也已是另一个季节的事儿了，她能感觉到他在不知不觉中离她远去。这感觉令人恐慌，就像她身体的一部分正在消融一样，就这样日渐消融下去。

她看了大量关于头部外伤、昏迷和脑损伤的文章。篇篇令人沮丧。有一个马里兰州小镇上的姑娘，昏迷了6年；还有一个英国利物浦的年轻男人，在码头上干活儿时被钩锚击伤，一直昏迷了14年，最后还是死了。这名肌肉结实的青年码头工人逐渐断绝了自己与整个外界的联系，他逐渐消瘦下去、头发脱落，视神经在他闭着的眼睛后面渐渐退化成一团糨糊，由于韧带萎缩，他的身体也慢慢收缩，变成了胎儿的姿态。由于脑衰退，他逆转了时间，再次变成了个胎儿，游在昏迷的“羊水”中。在他死后对他进行的尸检显示，他的大脑沟回已经变得平滑，所留下的额叶和前额叶基本是平滑、空白的。

---

① 珍妮丝·贾普林（Janis Joplin，1943—1970）：美国摇滚歌手，20世纪60年代红极一时，有“摇滚乐皇后”和“迷幻灵魂皇后”的美誉。27岁时死于吸毒过量。——编者注

唉，约翰，这一点儿都不公平，她凝望窗外，大雪纷飞，一片苍茫覆盖万物，埋葬了逝去的夏天和金红色的秋天。这不公平，他们应该让你去任何可以去的地方。

赫伯特·史密斯每隔十天半个月会来一封信，薇拉有她的笔友，他也有他的。他的字很大，很潦草，用一支老式钢笔写的。“我们俩挺好，一切都好。等着看下一步会怎样，你也肯定如此。是的，我一直在看一些文章。我知道你太善良，想得太多，但在信里不说什么，莎拉。这样不好。但是我们当然是抱着希望的。我不以薇拉那种方式相信上帝，但我以我自己的方式相信上帝，我很纳闷儿如果他要带约翰走，为什么不把约翰完整地带走。是有什么原因吗？没人知道，我想。我们只能抱着希望。”

在另一封信里他这样写道：

“我今年不得不亲自来买大部分的圣诞节商品，因为薇拉认定购买圣诞节礼物是罪孽的习俗。我说的她这一段时期一直在变糟糕，就是指的这方面。她一直都把这一天认为是一个圣日，而非一个假日（如果你懂我的意思的话你会明白），而且如果她看到我把这一天称作‘圣诞假期’，而不是‘耶稣降生的日子’，[①] 我估计她会把我当作一个盗马贼那样射杀掉的。她经常说我们应该如何记住这一天是耶稣的生日，而非圣诞老人的生日，但她之前从不介意我在圣诞节买东西的。事实上，她之前还挺喜欢在圣诞节买东西。而现在，她好像总爱在这件事儿上喋喋不休。她从那些和她通信的人那里学到了好多关于这件事儿的可笑念头。天哪，我真的希望她不要再这样，能回到正常的状态。不过在其他方面我们还是挺好的。赫伯特。”

还有一张圣诞节贺卡，她还为此小小地哭了一场。贺卡上写着：“在这个假日我们祝你一切顺利，如果你想来和两个老顽固一起过这个圣诞节的

---

① 此句中“圣诞假期”在原文中是“Xmas”一词，是非基督徒对圣诞节的称呼，带有调侃、轻视的意思；而“耶稣降生的日子”在原文中是“Christmas”一词，是基督徒对圣诞节的称呼，带有敬重的意思。——编者注

话，我们就把空余的房间整理出来。薇拉和我都挺好。希望新年对我们大家会更好，我相信会的。赫伯特、薇拉。”

她没有去博纳尔镇过圣诞假期，部分是因为薇拉在不断退缩回她自己的世界里，从赫伯特信件的字里行间可以非常明显地看出这一点来；再一个原因就是在她看来，他们之间的关系现在好像非常陌生、非常遥远了。她曾经很近距离地看那个静静躺在班戈医院病床上的人，但现在她总好像是透过回忆的望远镜上错误的一端在看他；就像那个 E. E. 卡明斯的诗里说到的“卖气球的人”一样，既遥远又微小。因此保持距离似乎是最明智的做法。

也许赫伯特的感觉也一样。到 1971 年的时候，他的来信就不那么频繁了。在其中一封信中，他尽可能亲切地说，是时候该继续她自己的生活了，还说他不相信像她这么漂亮的姑娘会没有人追求。

不过她的确是没有任何约会，也不想约会。吉恩·塞得凯，那个数学老师，以前曾约她出来过一晚上，那一晚上就好像至少有 1000 年那么长。在约翰出车祸后不久他又开始约她出来，这个人很难死心，不过她相信他最后还是死心了。他应该更早点儿死心。

偶尔也会有一些其他人约她，其中一个是法律系学生，叫瓦尔特·赫兹里特，挺有魅力。她是在安妮·斯特拉福德举办的新年前夜舞会上认识他的。她本打算露一面就走的，但却耽搁了一阵，主要是在和赫兹里特说话。拒绝非常非常难，但她还是拒绝了，因为她对自己被他吸引的原因太清楚了——瓦尔特·赫兹里特个子很高，有着一头倔强浓密的棕发，喜欢玩世不恭地笑，他让她太容易想起约翰了。喜欢一个男人建立在这样的基础上可不行。

2 月初，一个在克利夫斯·米尔斯镇的雪佛龙（Chevron）工作的给她修理汽车的机修工想要约她，她差一点儿又答应了，但最后还是没有去。那人叫阿尼·特里蒙特，个子很高，橄榄色皮肤，笑起来很好看，很有男子气的样子，让她有点儿想到詹姆斯·布洛林，就是那个电视节目《威尔比医生》中的男二号，但更多的是让她想到那个联谊会会员丹。

最好还是等等吧。等等看会不会发生什么事情。

然而什么也没发生。

3

1971年的夏天，在新罕布什尔州的里奇韦，格雷格·斯蒂尔森坐在自己新组成的保险及房产公司办公室里，距离那个在艾奥瓦州无人院落中踢死狗的《圣经》推销员的他，又老了16岁，人也更精明了。这些年他的变化不大，只是多了些鱼尾纹，头发长了些（但仍是非常老派）。他的身材依然高壮，动一动所坐的转椅就“嘎吱嘎吱”地响。

他坐着抽一支波迈牌（Pall Mall）香烟，看着坐在他对面的一个人，那人正四肢摊开，舒服地坐在一张椅子里。格雷格看这个人的样子就像一个动物学家在看一个感兴趣的新样本似的。

“看到什么新东西了？”桑尼·埃里曼问。

埃里曼身高6英尺5英寸，穿一件油亮发硬的牛仔夹克，两只袖子和纽扣全部剪掉了。里面没穿衬衣，一只边缘镀白铬的黑底纳粹铁十字挂在他赤裸的胸前。皮带勉强系在他硕大的啤酒肚下面，皮带扣是一个乳白色的大骷髅头。磨损的牛仔裤脚翻边下，露出一双旧的方头沙漠靴。他的头发长到肩头，胡乱缠结着，厚重的油汗和机油浸在上面发亮。其中一只耳垂下挂着一只纳粹党十字耳环，也是黑底边缘镀白铬。夹克后背绣着一只红色的魔鬼，目光邪恶，嘴里伸出分叉的舌头。魔鬼上下各有一行字，上面是“魔鬼13”，下面是“桑尼·埃里曼总统”。[①] 此刻他正用一个粗糙的手指旋转着一个煤斗形钢盔。

---

① 此句中的“魔鬼13”原文为“The Devil's Dozen”，直译为“魔鬼的一打”，这是对“13”的另一种叫法，强调其不吉利的含义，源于古代迷信中恶魔老尼克（Old Nick）召集13个女巫开会的说法。“桑尼·埃里曼总统”原文为“Sonny Elliman, Prez”，其中“Prez”是美国俚语中“总统”的意思。——编者注

格雷格·斯蒂尔森说："没有，我没看到什么新东西，但我看到了一个行走的浑蛋。"

埃里曼的身体先是挺了一下，然后又松下来，继而哈哈大笑。尽管他很脏，有明显的体臭，身上还佩戴着纳粹徽章，但他深绿色的眼珠却并不显得愚笨，甚至还有一种幽默的意思。

他说："老兄，你以前也把我比作狗什么的。你现在有势力了啊。"

"你看出来了？"

他笑着说："当然。我把我的伙计们留在了汉普顿斯，就一个人来的。有什么我都一个人担着，伙计。不过我们如果在一个类似的状况下抓住你的话，你就要希望你的腰子套上军靴了。"

"我会碰碰运气的。"格雷格说。他打量着埃里曼。他们两个都很高大。他估计埃里曼比他重 40 磅，不过那大多是啤酒肚的重量。"我可以干倒你，桑尼·埃里曼。"

埃里曼的脸皱起来，又现出那种亲和的幽默："也许可以，也许不行。不过我们不那样干，伙计。那都是好样儿的美国人约翰·韦恩[①]干的事儿。"他向前伸过来，好像要透露什么大秘密似的："现在对我来说，任何时候我拿到妈妈做的一块苹果馅饼，我都要拉坨屎到上面。"

"满嘴喷粪。"格雷格温和地说。

桑尼说："你要我干什么？干吗不直说？你要误了你青年商会的活动了。"

"不会，"格雷格说，仍旧很平静，"青年商会在星期二晚上活动，我们有的是时间。"

埃里曼厌烦地大声吹了口气。

格雷格说："现在我想的是，你想从我这儿拿点儿东西。"他打开桌子抽

---

① 约翰·韦恩（John Wayne，1907—1979）：美国演员，以演出西部片和战争片中的硬汉闻名。——编者注

屉，从里面拿出装在 3 个塑料袋里的大麻。和大麻混在一起的还有很多胶囊。格雷格继续说："烦人啊，真烦人，桑尼。不良青年。彻底完蛋啦。直接去新罕布什尔州监狱吧。"

"你没有搜查证啊，随便请个小律师就可以让我脱身，知道吧。"埃里曼说。

"这个我不懂。"格雷格·斯蒂尔森说。他向后靠到转椅上，把他脚上穿的平底便鞋架到桌子上，这双鞋是他跨过州界到缅因州的里昂·比恩（L. L. Bean）专卖店里买的。"我在城里也算个要人了，桑尼。我几年前几乎是一贫如洗的时候来到新罕布什尔州，到现在我已经在这儿有一家很不错的公司了。我帮助市镇议会解决了问题，包括帮助所有那些因为吸毒被警长抓住的孩子……哦，我不是说你这种坏蛋，对于你这种流浪汉，抓住你们身上有我桌子上这类宝贝时，我们知道怎么处置你们……我说的是那些本地的不良少年。没有人愿意真正从根本上帮助他们，你知道吗？我给他们解决了这个问题。我让他们到社区项目上去干活儿，而不是送到监狱里。啊，非常成功。现在在城镇地区的少年棒球联合会里我们是老大，相当不错。"

埃里曼看起来很厌烦。格雷格突然"呱嗒"一声放下脚，抓起边上一个刻有新罕布什尔大学标志的花瓶，照着桑尼·埃里曼砸过去，花瓶擦着埃里曼鼻子，险些砸中他，旋转着飞过房间，撞在墙角的文件柜上砸碎了。埃里曼这才现出惊愕的神色。这一刻，这位更老也更精明的格雷格·斯蒂尔森的脸又变回了那个年轻时踢死狗的格雷格。

他慢慢地说："我讲话的时候你要给我听着，因为我们这里讨论的是你接下来大概 10 年的工作问题。现在如果你不想再干那种在汽车牌照上印'不自由，毋宁死'的活儿，就给我好好听着，桑尼。你要假装这是你重新入学的第一天，桑尼。你要第一次就完全听懂了，桑尼。"

埃里曼看看花瓶碎渣，又转回头来看斯蒂尔森。他感到有点儿意思了，脸上开始恢复之前那种既不自在又平静的神色。他现在做什么事儿都没个长性。他跑去喝啤酒因为他无聊，一个人来这里也是因为无聊。当这个大块头用旅行车仪表板上装有的蓝色闪光灯让他把车靠向路边时，桑尼·埃里曼还以为他应付的又是一个“大狗副警长”，为了保护他自己的领地而朝一个骑在改装哈雷摩托车上的大坏蛋叫唤。但这家伙有点儿不一样。他是……他……

他是个疯子！桑尼意识到，这个发现还让他有种顿悟的兴奋。他的墙上有两张参加公益服务而获得的奖状，还有一些与扶轮社成员们和名流们谈话的照片，他还是这个狗屁城市青年商会的副会长，明年他也许会成为会长，最后，他就跟个臭虫一样狂！

“好吧，你引起我的注意了。”他说。

格雷格说：“我的职业生涯在你看来可能比较多变，我成功过，也失败过，我也小小地触犯过法律。我要说的是，桑尼，我对你并没有任何成见。不像那些本地人，他们从《工会领袖》上面看到你和你的摩托党朋友们今年夏天在汉普顿斯干的事儿，就恨不得用一把生锈的吉列剃须刀阉割了你们。”

“那个不是‘魔鬼13’干的，”桑尼说，“我们从纽约州北部兜风下来去海滩上玩儿的，老兄。我们在度假呢，砸酒吧那事儿我们没干。有一伙‘地狱天使’的人在那儿瞎胡闹，还有一伙从新泽西州来的‘黑骑士’，不过你知道那都是些什么人吗？一群大学生。”桑尼撇了撇嘴：“不过报纸可不想那样报道，是吧？他们宁愿把屎盆子扣到我们头上，而不是什么苏茜和吉姆头上。”

格雷格客气地说：“你们要惹眼得多，而且《工会领袖》那边的威廉·洛布也讨厌飞车俱乐部。”

“那个秃顶的可恶家伙。”桑尼嘟囔。

格雷格拉开抽屉，从里面掏出一个扁平的500毫升“领袖”牌（Leader）波旁威士忌酒瓶，说：“我要为此干一杯。”然后撕去封印，一口喝下去半瓶。他长长地呼出一口气，眼睛里有了层水汽，把瓶子放到桌子另一边，说：“你也来点儿？”

桑尼干掉了那瓶酒。暖暖的热辣辣的感觉从胃里“呼”地一下蹿到了喉咙。

“点着我了。”他喘着气说。

格雷格的头向后一仰，笑了起来：“我们会和睦相处的，桑尼。我有种感觉我们会和睦相处的。”

桑尼手里抓着空了的酒瓶，再一次问：“你想做什么？”

“不做什么……现在不做。不过我有个感觉……”格雷格的眼神变得遥远，差不多是深思的样子，“我跟你说我是里奇韦的大人物。下一次镇长选举时我要竞选，我会赢的。但那……”

“只是个开始？”桑尼提示道。

“一个开始，不管怎么说，”那种深思的表情还在，“我能力强，人们都知道。我对我干的事儿很在行。我恨不得前面有一大堆事情做。一切皆有可能。但我不是……很确定……对于我说的一些事儿。你懂吗？”

桑尼只是耸耸肩。

深思的表情逐渐消失了：“有个故事，桑尼。这个故事是说一只老鼠从一头狮子的爪子拔出一根刺，来报答几年前狮子没吃它的恩情。你听过这个故事吗？”

“小时候可能听过吧。”

格雷格点点头：“几年前……随便是多少年前吧，桑尼。”他把那几个塑料袋推到桌子对面：“我不打算吃你。如果我想吃的话就可以吃掉你，你要知道。一个小律师是无能为力的。在这个城镇里，不到20英里外的汉普顿斯骚乱还在继续，所以什么克莱伦斯·丹诺一类的律师在里奇韦救不了你。这些正派的老百姓很想看到你完蛋。”

埃里曼没说话，但他觉得格雷格是对的。他那毒品里没什么严重的东西，最严重的也就是两颗“棕色炸弹”，但是，那些亲爱的老苏西、老吉姆的父母会很高兴看到他被剃了头发去朴次茅斯砸石头的。

“我不打算吃掉你，”格雷格再次说，“过几年如果我的爪子里有根刺了……或者也有可能是我给你提供一份工作，我希望你还记得这件事儿。你记住了吗？”

感恩并不在桑尼·埃里曼那有限的几项人类情感中，但兴趣和好奇在。这两方面在这个叫斯蒂尔森的人身上他都能感觉到。这个人眼睛流露出来的疯狂暗示着很多东西，但无聊显然不在其中。

他嘟囔着说：“谁知道几年后我们在哪儿呢？也许我们都死了呢，老兄。”

“只管记住我就行了。我只要求这一点。”

桑尼看着花瓶碎片，说：“我会记住你的。”

4

1971年过去了。新罕布什尔州的沙滩骚乱平息了，滨海地区的商家们虽有抱怨，但看到自己存折上增加的余额也就不说什么了。一个叫乔治·麦戈文[①]的无名小卒宣布竞选总统，时间早得可笑。任何关注政治的人都知道，1972年民主党提名的人选将会是埃德蒙·马斯基[②]，人们认为，他完全可能会把那个圣克利门蒂的怪物摔翻在地，压在摔跤垫上的。

6月初，学校放暑假前，莎拉又碰到了那个法律系学生。她当时正在“天天”（Day’s）家用电器商店里，打算买个烤箱，而他正在为他爸妈的结婚周年纪念日找礼物。他问她想不想跟他去看场电影，克林特·伊斯特伍德的新片《肮脏的哈里》在城里放映。莎拉去了。他们玩儿得挺高兴。瓦尔特·赫兹里特已经长出了络腮胡，他也不再让她一看就想到约翰。事实上，

---

① 乔治·麦戈文（George McGovern，1922—2012）：美国历史学家、作家、前南达科他州参议员，是1972年美国总统选举时的民主党候选人，在选举中败给了尼克松。——编者注

② 埃德蒙·马斯基（Edmund Muskie，1914—1996）：美籍波兰裔政治家，曾任缅因州州长、美国国务卿。——编者注

让她完全想起约翰的样子已经变得越来越难了。约翰的脸只有在梦中才会清晰，在那些梦中，他站在幸运大轮盘前面，盯着它转动，表情冷漠，眼睛的颜色深到不可思议，有点儿吓人，是一种深紫色。他盯着轮盘，好像那是他的私人禁猎区。

她和瓦尔特开始频繁见面。他这个人很好相处，很少提要求，即便提也是以那种自然的、循序渐进的方式。10 月的时候，他问她，是不是可以给她买颗小钻石。莎拉问他，她可不可以在周末好好想想。星期六晚上，她来到东缅因医疗中心，取了桌上的特殊红边出入证，上楼到了重症监护室。她在约翰病床边坐了一个小时。外面，秋风在暗夜中呼啸，预示着寒冷，预示着风雪，预示着一个季节的死亡。游园会，轮盘，卡森沼泽附近那场车祸，从那时起到现在，再过 16 天就是整整一年了。

她坐在那里，听着风声，看着约翰。绷带已经拆去了，他的右眉上方 1 英寸的地方现出一条伤疤，曲折地延伸到发际线下。他那里的头发变白了，这让她想到“第 87 分局”系列小说[①]中那个侦探，名叫科顿・霍伊斯。在莎拉看来，他身上似乎没有什么退化的迹象，除了必然的消瘦。这个熟睡中的年轻人她已经基本不认识了。

她俯下身，在他唇上轻轻吻了一下，好像那则古老的童话翻转了一样，不是王子吻公主，而是公主吻王子，这一吻就能唤醒他。然而，他只是在沉睡。

她走了，回到维齐镇她的公寓里，躺到床上哭起来，外面黑暗的天地间，风在呼啸，将红的、黄的落叶抛卷起来。星期一，她告诉瓦尔特，如果他真的想给她买颗钻石（一颗小的，别忘了），她会非常愉快地戴上的。

莎拉・布莱克内尔的 1971 年就这样过去了。

---

① “第87分局”系列小说：美国作家埃德・麦克贝恩（Ed McBain）创作的系列小说，该系列的副书名都是“一部第 87 分局的小说”（A Novel of the 87th Precinct），后被改编为电视剧《第 87 分局》（*87th Precinct*），于 1961 年上映。——编者注

1972年年初，埃德蒙·马斯基在一次激情的演讲中痛哭流涕，地址就在被老兄桑尼·埃里曼称为“那个秃顶的可恶家伙”的办公室外。乔治·麦戈文赢得了初选，“秃顶的可恶家伙”威廉·洛布在文章中兴高采烈地宣称说，新罕布什尔州的人们不喜欢软弱爱哭的人。到了7月，麦戈文被提名为候选人。同月，莎拉·布莱克内尔成了莎拉·赫兹里特。她和瓦尔特·赫兹里特在班戈市第一卫理公会教堂结了婚。

不到2英里之外，约翰·史密斯依旧在沉睡。就在瓦尔特在来参加婚礼的亲友面前吻她时，她猛地想到了他——约翰，而在想的同时她也看到了他，在明亮的灯光中，他戴着那个“杰基尔与海德”面具。她在瓦尔特的臂弯中僵硬了一会儿，随后一切都消失了。记忆，还是幻觉，不管是什么，消失了。

想了很长时间并跟瓦尔特谈过后，她邀请了约翰的父母来参加婚礼。赫伯特一个人来了。在宴会上，她问他薇拉好点儿了没。

他四处环视一下，看到此时就他们两人，便将杯中剩下的加苏打威士忌一口喝干。时间过去了一年半，她却觉得他好像老了5岁一样。他的头发变稀了，脸上的皱纹在加深，戴着一副眼镜，是刚刚戴上眼镜的人那种小心又不自然的样子，文雅的眼镜片后面，眼神小心翼翼又苦恼。

“不好……真的不好，莎拉。其实她去了佛蒙特州，到一个农场里，等着世界末日。”

“什么？”

赫伯特跟她说，6个月前，薇拉开始和一个团体联系，那个团体大约有10个人，他们自称是“最后时代美国社会”。领头的是哈里·L.斯通克斯先生和他太太，他们从威斯康星州的拉辛过来。斯通克斯夫妇声称他们在一次野营旅行中被飞碟接走过。他们被带到天堂，天堂不是在猎户座里，而是一个环绕着大角星公转的类似于地球的行星上。他们在那里和天使们在一起，还看到了伊甸园。斯通克斯夫妇接到通知，“最后时代”即将来临。上帝授予了他们心灵感应的能力，把他们派回地球来召集忠实信徒，乘坐第一班往返天堂的飞船，姑且这么说吧。就这样他们这10个人走到一起，买下了圣约翰斯伯里北部的一片农场，然后在那里住大约7个星期，等待飞碟来接他们。

“听起来……”莎拉张开嘴但又马上闭上。

“我知道听起来是什么感觉，”赫伯特说，“听起来就是疯了。买那片地方花费了他们9000美元。除了一处倒塌的农舍和十几亩灌木丛林地，那儿什么也没有。薇拉的份额是700美元，这是她能拿出的最大数目了。我阻止不了她……除非把她关起来。”他停下来，笑笑，又说：“不过在你婚宴上不应该说这些，莎拉。你和你的丈夫会幸福的。我知道你们会的。”

莎拉尽力挤出笑容，说：“谢谢你，赫伯特。你会……我的意思是，你说她会……”

“回来？哦，当然了。如果世界到冬天的时候还没有灭亡，她会回来的。”

“哦，我只希望你们一切顺利。”她说，拥抱住他。

5

佛蒙特州的农场里没有火炉，因此在10月底飞碟还没到的时候，薇拉回家了。她说，飞碟没来，那是因为他们不完美——他们没有烧掉生活中那些不必要的和罪恶的垃圾。不过她振作起来了，显得意气风发。她在梦中遇到一个启示，她也许不该坐飞碟去天堂。她越来越强烈地感到，当她的儿子从昏迷中逃脱出来时，需要她来引导她的儿子，给他指出正确的道路。

赫伯特理解了她，尽他所能地爱她，生活又在继续了。约翰陷入昏迷已经两年了。

6

尼克松获得连任。美国小伙子们开始从越南回家。瓦尔特·赫兹里特参加了一次律师资格考试，之后还要参加一次。在他死记硬背准备考试时，莎拉·赫兹里特在忙着教学工作。她第一年教的那些傻乎乎的、笨手笨脚的学生现在已经上高三了。胸部扁平的女孩儿们变得丰满起来，当初在教学楼间没头苍蝇般乱转的小个子们，现在也在校队打篮球。

第二次中东战争爆发，结束。石油抵制爆发，结束。畸高的油价爆发，却没有结束。薇拉·史密斯开始相信上帝会从南极的地下回来。这个信息是从一本新的小册子（共 17 页，售价 4.5 美元）上看到的，名字叫《上帝在热带地下》。那本小册子的作者提出一个惊人的假设，说天堂实际上就在我们脚下，而去往天堂最方便的入口在南极。该小册子的其中一章为“南极探险者的超自然经历”。

赫伯特跟她指出，不到一年前，她还相信天堂在很可能是环绕着大角星的外太空某地。他说：“比起这个愚蠢的南极故事，我绝对更相信那个。毕竟《圣经》上说天堂是在天上，地下的热带应该是……”

“不要说了！”她尖声喊道，嘴唇抿得紧紧的，“没必要嘲弄你不懂的事情。”

“薇拉，我没有嘲弄。”赫伯特平静地说。

“天知道无信仰者干吗要嘲弄，异教徒干吗要发怒。”她的眼睛里闪现出惶惑的眼神。他们正坐在饭桌前，赫伯特前面放着根旧的弯头水管，薇拉前面摆着一堆《国家地理》，那是她为了找南极的照片和描述收集起来的。屋外，流云从西往东迅速移动，落叶从树上簌簌飘落。又是一个 10 月初了，10 月似乎总是她最糟糕的月份。每到 10 月，那种惶惑的神色就更频繁地出现在她眼睛里，存在的时间也更长。同样每到 10 月，赫伯特的思想就有一种背叛的倾向，想离开他们母子俩。他那位也许需要进行精神病治疗的老婆，还有那个沉睡中的儿子，从任何意义上来说，他们可能都已经算是死了。此时，他手里翻转着那把弯头水管，望向窗外变幻不定的天空，心想：我可以把东西打包起来。只要把我的东西扔进皮卡后面走就行了。佛罗里达州，也许吧。内布拉斯加州，加利福尼亚州，都行。一个技艺精湛的木匠走到任何地方都能挣很多钱。只管收拾东西走就行了。

但他知道他不会走。总是这样，10月份他会考虑一走了之，而薇拉会发现去耶稣那儿的某条新路径，也会发现拯救从她那不够合格的子宫里孕育出来的唯一的孩子的最终途径。

他手伸过桌子，握住她骨瘦如柴的手——一个老妇人的手。她抬起头看，面露惊讶。“我非常爱你，薇拉。”他说。

她回以微笑，那一瞬，她跟那个他当初追求来的姑娘一模一样，新婚之夜用一把梳子戳他屁股的那个姑娘。她的笑容温柔，眼神暂时地变得安详、温暖、深情。外面，太阳在厚实的云层中钻进钻出，道道巨大的阴影飞快掠过他们后面的大地。

“我知道，赫伯特。我爱你。”

他另一只手伸过去握住她的手。

“薇拉。”他说。

“嗯？”她的眼神是那般安详……一下子她又和他在一起了，毫无保留地在一起，这让他意识到过去3年来他们两人渐渐分开的距离有多远。

“薇拉，假如他永远也醒不过来……希望不会，但是假如他醒不过来……我们不是还有彼此吗？我的意思是……”

她猛地把手抽出去。他的手本来轻轻握着她的手，现在一下空了。

“你不要老是这样说。你不要老是说约翰醒不过来。”

“我只是想说我们……”

“他肯定会醒过来的。”她望着窗外的旷野，云影在道道掠过，“这是上帝为他做的安排。是的，没错。你不觉得我知道吗？我知道，相信我。上帝为我的约翰准备了很多事儿。在我的内心深处我听到过他说话。”

“好吧，薇拉，好吧。”他说。

她拿起《国家地理》，又开始翻看。

“我知道的。”她用一种孩子般任性的语气说。

“好吧。”他安静地说。

她看她的杂志。赫伯特手托下巴看外面的阳光和云影，暗想让人产生背叛倾向的金色 10 月过去后，冬天会来得有多快。他是希望约翰死的，虽然他从一开始就很爱这个儿子。赫伯特曾把一只小树蛙带到这小子的婴儿床旁，把这个小活物放到他手里，他看到约翰的小脸蛋上荡漾出惊讶的表情。他教约翰如何钓鱼，如何滑冰，如何射击。1951 年，这个小男孩儿患上了严重的流感，体温升到 40.5 摄氏度，烧得人都迷糊了，整晚陪在这个小男孩儿身边的是他。约翰高中毕业作为学生代表致辞，流利地、一字不落地背下演讲词时，他掩面哭泣。那么多的回忆，在约翰 8 岁时的一次度假，他们去加拿大新斯科舍，约翰站在船头欢笑，对船的螺旋形运动兴奋不已，他教约翰开车学驾驶，帮约翰做家庭作业，帮约翰建造树上小屋，在约翰参加童子军时，他教约翰掌握指南针的用法。所有回忆杂乱无章地一起涌出来，约翰是唯一一条将那些事儿联系起来的主线，他热切地探寻这个世界，而这个世界到最后却让他成了废人。现在他希望约翰死去，唉，他是多么希望那样啊，希望约翰死，希望约翰的心脏停止跳动，希望脑电图上那条至关重要的轨迹变平，希望约翰就像一摊蜡水中摇曳不定的烛火一样熄灭，希望约翰死去，好放过他们。

7

1973 年独立日之后不到一个星期，一个炽热的夏日午后，在新罕布什尔州的萨默斯沃思，一个避雷针销售员走进凯茜（Cathy’s）餐厅里。在离这里不远的某个地方，风暴好像刚开始在上升热气流的温暖风道中酝酿。

他口渴得厉害，因此到凯茜餐厅里来喝两杯啤酒解解渴，并不是来推销的。但长久的习惯使然，他还是抬头看了看这一低矮的牧场式住宅的屋顶，黑灰色的酷热天空衬托出完整的轮廓线，然后他低下头看看自己的绒面革皮包，里面是他的样品。

凯茜餐厅里面幽暗、凉爽又安静，只有墙上的电视发出低沉的声音。屋里有几个老顾客，老板在吧台后面和他的顾客们一起看电视剧《随着世界的转动》。

避雷针销售员坐到一张酒吧凳子上，把样品包放到左首另一张凳子上。酒吧老板走过来："你好，朋友，想来点儿什么？"

避雷针销售员说："一杯百威啤酒，也给你来一杯，如果你不反对的话。"

"我从来都不反对。"老板说。他端了两杯啤酒回来，收了销售员1美元，然后把30美分的硬币放到吧台上。"布鲁斯·卡里克。"老板说着伸出手。

避雷针销售员握了握手，说："我叫杜海，安德鲁·杜海。"他喝下半杯啤酒。

"很高兴认识你。"卡里克说。他踱着步子去给一个板着脸的年轻女人又上了一杯龙舌兰日出鸡尾酒，又踱回来。"从外地来？"

"是的。搞销售的。"杜海承认道，他看了眼店里，问，"这儿总是这么安静吗？"

"不是。周末就很热闹，我整个星期算下来生意还是不错的。我靠私人聚会赚钱，如果有人开的话。比上不足比下有余，正常吧。"他食指指着杜海的杯子，"再来一杯吗？"

"你也来一杯吧，卡里克先生。"

"就叫我布鲁斯吧。"他笑着说，"你肯定想卖给我什么东西吧。"

卡里克端着两杯啤酒回来时，避雷针销售员说："我进来是喝杯酒解解渴的，没打算卖任何东西。不过既然你提到了……"他熟练地一把抓起样品包放到吧台上。里面的东西叮当作响。

“嗯，来了。”卡里克说，笑了起来。

有两个常客，一个是老家伙，右眼皮上有颗瘊子，另一个是年轻人，穿一身灰色工作服，两人走过来看杜海要卖什么。那个板着脸的女人则继续看《随着世界的转动》。

杜海拿出三根避雷针，一根长的，尖端处有一颗黄铜球，一根短的，还有一根是带瓷导体的。

“这是……”卡里克问。

“避雷针。”那老家伙“咯咯”笑着说，“他想把这个铺子从‘上帝之怒’中解救出来，布鲁斯，你最好听听他的吧。”

说完他又“咯咯”笑，那个穿灰色工作服的人也一起笑起来，卡里克的脸色不高兴起来，避雷针销售员明白，就是有什么成交的机会，眼下也已经溜掉了。他是个优秀的销售员，优秀到他一眼就能看出来，这样的人和环境古怪地凑在一起后，就毁掉了任何成交的机会，甚至在他开口讲话之前就毁掉了。但他大方地接受了这一点，还是滔滔不绝地开始讲了，很大程度上是习惯使然。

“我下车的时候刚好发现这栋漂亮的房子没有安装防雷装置，而且，它是木质结构的。现在，你要是想要的话，花很少的钱就能买到，赊账条款也很宽松，我可以保证……”

“保证雷电在今天下午 4 点会击中这里。”穿灰色工作服的人边说边咧着嘴笑。那老家伙也“咯咯”地笑起来。

卡里克说：“先生，我没有冒犯你的意思，可是你看到了吗？”他手指着一片闪闪发光的瓶子，瓶子附近电视机的边上有一块小木板，板子上有一颗金色的钉子，一堆纸串在上面。“那些都是账单啊，这个月 15 号就得付掉它们，那可是红墨水写的。现在你再看看这会儿有多少人喝酒。我得谨慎，我得……”

“对，没错，”杜海恰到好处打断了他，“你必须谨慎。买上三四根避雷针就是一次谨慎的消费。你这里本身就有隐患。你也不想夏天一次雷劈就把这里夷为平地吧？”

那老家伙说：“他不在乎的。他正好领上保险金到佛罗里达去。难道不是吗，布鲁斯？”

卡里克厌烦地看了那老头一眼。

“那好，我们就说说保险。”避雷针销售员说。那名穿灰衣服的人没兴趣地走开了。“你们的火灾保险费会降低……”

“保险都是合在一起的。”卡里克声音冷淡地说，“唉，我根本付不起这笔支出。不好意思了。如果你明年再来跟我说……”

“好吧，也许我会的。”避雷针销售员说，他放弃了，“也许我会吧。”在被雷电击中之前，没有一个人会认为自己真有那么不幸；这是这桩生意中一个不变的事实。你无法让像卡里克这样的家伙明白，这是他能购买的最便宜的火灾保险种类。不过杜海是个豁达的人，毕竟他确实就是进来解解渴的。

为证明这一点，也为证明他无所谓，他又要了一杯啤酒。不过这次他没有再为卡里克也要一杯。

那老家伙无声无息地坐到他旁边的凳子上。

他说：“大概10年前吧，有个伙计在高尔夫球场让雷给击中了，死得像一堆废物似的。现在，一个人都可以在头上竖根避雷针，我说得对吧？”他哈哈大笑，嘴里呼出的酸腐的啤酒气扑面而来。杜海礼节性地笑笑。“他兜里所有的硬币都熔在一起了，我听说。雷电挺有意思的，真的挺有意思。嗯，我记得有一次……”

挺有意思的，杜海想，他对这个老头的话左耳朵进右耳朵出，在该点头时本能地点点头就行了。有意思，没错，因为它不在乎劈的是谁或劈的什么，也不在乎什么时候劈。

他喝完啤酒走出来，提着他那一小包针对“上帝之怒”的保险（也许是唯一的发明）。热浪像锤击一般打在他身上，但他还是在基本空荡荡的停车场里站了一会儿，向上看光秃秃的屋脊。19.95 美元，最好的 29.95 美元，那个人负担不起这个支出。他在第一年的组合保险中就节省下 70 美元了，他却负担不起，而有那些小丑在旁边站着起哄，你也没法儿单独和他说。

也许有朝一日他会尝到苦头的。

避雷针销售员钻进他的别克轿车，打开空调，样品包放在旁边的座位上，朝西向康科德和柏林而去，把正在酝酿的风暴抛在后面。

8

1974 年年初，瓦尔特·赫兹里特通过了律师资格考试。他和莎拉举办了一个聚会，邀请他们两人各自的所有朋友，以及他们共同的朋友，总共 40 多人。啤酒倒了一杯又一杯，聚会结束后瓦尔特说他们两人要庆幸自己没有被赶出去。把最后一名客人送出门后（凌晨 3 点），瓦尔特回来发现莎拉在卧室里，浑身上下除了穿着鞋，以及戴着他为她的生日借钱买来的钻石小耳坠以外，完全一丝不挂。他们做了两次爱才醉醺醺地睡去，将近中午的时候才醒来，仍然带着浑身无力的宿醉。大约 6 个星期后，莎拉发现自己怀孕了。他们都确定就是在那个大聚会当晚怀上的。

在华盛顿，理查德·尼克松被逼入死角，陷入由一盘磁带引发的喧嚣声中。而在佐治亚州，一位种花生的农民，前海军战士，也是现任州长的詹姆斯·厄尔·卡特[①]，由于尼克松先生的职位即将空出，而开始和他自己的密友们讨论竞选事宜。

东缅因医疗中心 619 号房，约翰·史密斯依旧沉睡。他已经萎缩成一种胎儿的状态。

那位在事故发生后第二天和赫伯特、薇拉以及莎拉谈话的斯特朗斯医

---

① 詹姆斯·厄尔·卡特（James Earl Carter，1924—　）：又名吉米·卡特（Jimmy Carter），美国政治家，曾任佐治亚州州长、美国总统。——编者注

生已经在1973年年末死于火灾。他的家在圣诞节后的一天着火了。班戈市消防部门调查得知，火灾是由一组有问题的圣诞树装饰品引发的。又来了两个新医生，一位叫魏扎克，另一位叫布朗，这两人都对约翰的病例很有兴趣。

在尼克松辞职前4天，赫伯特·史密斯从他在格雷镇建的房子上掉进了地基里，落到一辆手推车上，跌断了腿。骨折好起来是要很长时间的，所以他一直感觉自己没有真正痊愈。他瘸了，开始在阴雨天用手杖。薇拉为他祈祷，坚持让他每晚睡觉的时候在腿上包一块布，那块布是亚拉巴马州贝瑟默市的弗莱迪·寇慈芒牧师亲自祈福过的，赫伯特称它为“寇慈芒祈福布”，售价35美元。那是没用的，他知道。

10月中旬，就在杰拉尔德·福特[①]特赦了前总统后不久，薇拉又开始相信世界末日要来临了。赫伯特这才发现她已经迅速做了不少事儿：她做出了安排，把自从约翰出车祸以来他们所挣回的一点点现金和以前的存款都转到了“最后时代美国社会”。她还想把房子挂出去卖掉，和一个叫古德威尔的人约定，两天后让对方派来一辆客货两用车把家具都拉走。那位房地产经纪人给赫伯特打电话，问他有一个想买房的人能不能过去看看房子，直到此时，赫伯特才知道整个事情。

他第一次真的对薇拉发火了。

在逼着她把那令人难以置信的事情全部讲完后，他怒吼道：“你以上帝的名义想过你在干什么吗？”他们当时在客厅里，他刚刚给古德威尔打完电话，叫他们不要再派什么货车来。外面，灰蒙蒙的雨笼罩了一切。

“不要亵渎救世主的名字，赫伯特。不要……”

“住嘴！给我住嘴！我烦透你胡说这种屁话了！”

① 杰拉尔德·福特：全名杰拉尔德·鲁道夫·福特（Gerald Rudolph Ford，1913—2006），美国政治家，曾任美国副总统和美国总统。——编者注

她惊吓地喘着气。

他一瘸一拐朝她走过去，手杖“笃笃”地敲在地板上。她坐在椅子里，先是朝后缩了缩，继而又用一种殉道者的温和表情抬头看着他，这让他真想——上帝宽恕他吧——举起自己的手杖兜头狠抽她一棍。

他说：“你现在还不至于不知道你都在干什么吧。你没什么理由。你背着我偷偷摸摸地不知干了什么，薇拉。你……”

“我没有！胡扯！我没有那样……”

“你就是！”他咆哮着说，“好了，你给我听着，薇拉。我画个底线。你想祈祷什么就祈祷什么，尽管去祈祷；想写什么信就写什么信，一张邮票也就是 13 美分而已；你想沉醉在那些教徒说的低级屁话里，想继续那些妄想和虚构，你就继续。但别把我扯进去，记住。你明白了吗？”

“我们在天上的父，愿人都尊你的名为圣……”

“你明白了吗？”

“你以为我疯了！”她朝他大喊，脸可怕地扭曲着，随后失声痛哭，一副彻底被击败外加理想幻灭的样子。

“没有，”他的语气平淡了些，“现在还没有。但是是时候说点儿真话了，薇拉，事实上，我认为如果你不从里面抽身出来开始面对现实的话，你以后会疯的。”

她边哭边说：“等着瞧，等着瞧吧。上帝知道真相，他只是在等待。”

“你只要明白他在等待的时候不拿走我们的家具就行了，只要我们在这点上一致就行。”他声音冷冷地说。

“最后的时代了！世界末日即将来临。”她说。

“是吗？好啊，花 15 美分去给你买杯咖啡喝吧，薇拉。”

外面大雨滂沱。这一年赫伯特 52 岁，薇拉 51 岁，莎拉 · 布莱克内尔 27 岁。

约翰在昏迷中已经 4 年了。

9

孩子在万圣节前夕降生，莎拉生了9个小时才生出来。生产过程中给她用了一点儿浓度不高的麻醉气体，在她最艰难的时刻，她想到了约翰也在这家医院，于是一遍一遍地喊着他的名字。过后她基本不记得这件事儿了，也绝没有和瓦尔特提起过。她想她可能是做梦梦到的吧。

生的是个男孩儿。他们给他起名为丹尼斯・爱德华・赫兹里特，3天后母子俩出院，感恩节假期过后莎拉就得回去教书。瓦尔特在班戈市律师事务所获得一份相当不错的工作，此外如果一切顺利的话，他们计划莎拉在1975年6月份就不用再教书了。她也不是很确定自己想这样。她已经渐渐喜欢上了教书。

10

1975年的第一天，缅因州的奥提斯菲尔德镇，两个小男孩儿，查理・诺顿和诺姆・劳森正在诺顿家的后院里打雪仗。查理・诺顿8岁，诺姆・劳森9岁。这一天天气阴沉，空气潮湿。

感觉到雪仗快要结束了（差不多是午饭时间了），诺姆发动进攻，朝查理扔出一连串雪球。查理边躲避边哈哈大笑，被逼得后退，掉头就跑，跳过他们家后院那堵矮石墙。外面就是森林，他沿着一条通往斯垂默河的小径跑，诺姆一个雪球正好击中他兜帽的后面。

随后查理就消失在视野里。

诺姆跳过围墙，在那儿站了一会儿，观察积雪的丛林，耳朵里传来桦树、松树和云杉上融化的雪水的“滴答”声。

“回来，胆小鬼！”诺姆喊道，“咯咯”地高声笑起来。

查理并没有上钩。看不到他的影子，不过那条小径朝向小河的下坡处很陡。诺姆又笑了几声，犹犹豫豫地两脚交替试探着。查理熟悉这片林子，他不熟悉。这里是查理的地盘。诺姆这时正在赢着呢，他特别想好好打一场雪仗，但是倘若查理埋伏在那里等待他，身边还有六七个准备好要扔的坚硬雪球的话，他可就不想下去了。

尽管如此，他还是顺着小径走了下去，走了六七步时，下面传来一声撕心裂肺的尖叫。

诺姆·劳森浑身瞬间冷得像他绿色胶靴底下踩着的雪一样。他手里拿着的两个雪球“吧嗒”一声掉到地上。下面又传来一声叫喊，特别细，刚刚勉强听到。

或许他遇上了“惊心食人族”，然后在逃跑时掉进河里了，诺姆想到这儿，从惊吓中醒过来，连滑带滚地跑下小路，还一屁股坐到地上一次，耳朵里满是心脏跳动的“怦怦”声。他幻想着这样一幅画面：就在查理第三次沉下去之前，他把人救了上来，为此还作为一名英雄被写进了《少年生活》。

路的 3/4 处开始出现一个像狗的后腿一样弯曲的下坡，他转过拐角，看到查理原来并没有落入河里。他站在路的平坦处，正盯着融化的雪中某个东西看。他的兜帽推到后面，脸色像雪一样白。诺姆走向他的时候，他又发出一声恐惧的、喘着气的尖叫。

“什么东西？”诺姆边问边走过去，“怎么了？”

查理转过身，眼睛瞪得老大，嘴里“呼呼”喘气。他想说话，但只发出了两声含混的“呼呼”声，流出一丝银亮的口水。他不再说话，只是用手指了指。

诺姆凑上前去看。蓦地，他双腿发软，重重坐到地上，只感到天旋地转。

从正在融化的积雪中伸出来两条腿，腿上套着蓝色牛仔裤，一只脚上穿着一只平底便鞋，另一只脚光着，颜色惨白。一条胳膊伸出雪外，那只手好像在乞求那个始终没有到来的救援。尸体的其他部分还被幸运地掩埋在雪中。

查理和诺姆发现的尸体是 17 岁的卡萝尔·邓巴戈，这是罗克堡镇第 4

个被掐死的受害者了。

自从凶手上次杀人到现在已经将近两年了，罗克堡镇（罗克堡镇和奥提斯菲尔德镇在南部的分界线就是斯垂默河）的人们已经开始放松下来，都以为这种恐怖的情形终于算是过去了。

但，它没有过去。

第 6 章
祈祷的回应

逝去的时光猛然像一摞砖一样压在他身上，

他能真真切切地感觉到，而不仅仅是模糊的概念。

1

邓巴戈姑娘的尸体被发现后的第 11 天，新英格兰地区北部下了场暴雪。由此，东缅因医疗中心的 6 楼，一切都运作得慢半拍。很多医护人员都无法去上班，而上了班的人员也发现他们自己很难开展工作，仅仅是保持现状而已。

上午 9 点过后，一位名叫艾莉森·康诺弗的年轻助理护士给斯塔雷特先生带来了他的清淡早餐。患了心脏病的斯塔雷特先生正在康复，要在重症监护室里住 16 天——这是冠状动脉血栓形成后的标准治疗程序。他恢复得挺好。他住 619 号房，私下里他和他老婆说，刺激他康复的最大因素，就是他一直想要逃离房间里 2 号床那个活死人。那个可怜的家伙身上的呼吸机“沙沙”地响个不停，吵得人根本睡不着。过一会儿后，你就会急切地想，你是让它继续响呢还是让它停下来，意思就是一下子停下来那种。

艾莉森进来时电视机开着。斯塔雷特先生坐在床上，一只手拿着遥控器。《今天》栏目已经结束，其后是卡通片《我的后院》，斯塔雷特先生还在犹豫要不要关掉它。关掉的话，陪他的就只剩下约翰的呼吸机声了。

“我还以为你今天早晨不来了呢。”斯塔雷特先生说，不怎么高兴地看着他的早餐托盘，里面是橘子汁、原味酸奶、麦片。他最想吃的是两个带蛋黄的鸡蛋，双面煎，还有甜黄油，上面再放5片熏火腿，不要太脆的那种。事实上，把他送到这里的头等功臣就是这类食物。起码他的医生是这样说的，那个蠢货。

“外面路不好走。”艾莉森不耐烦地说。今天早上已经有6个病人跟她说不指望她能来了，她对他们说的都是这样的话。艾莉森是个和善的姑娘，但今天早晨她也感觉很烦躁。

“哦，不好意思了。路特别滑，是不是？”斯塔雷特先生谦逊地说。

“很滑。”艾莉森的语气稍稍随和了些，“要是没开我老公的越野车的话，我根本到不了。”

斯塔雷特先生按下按钮，让床升起来，以便自己能舒服地用餐。升降床的电动马达虽小，但声音很响。电视机的声音也很吵，斯塔雷特先生有点儿耳聋，他和他老婆说过，说另一床那家伙从不嫌声音大，也从不要求说看看其他台在放什么节目。他自己也认为这种玩笑很低级，但是当你患了心脏病，跑到重症监护室里和一个植物人同住一个房间时，你就得学会点儿黑色幽默，否则就要疯掉。

马达和电视机在同时嘎嘎作响，艾莉森放好斯塔雷特先生的托盘，提高声音说：“整条山路上有好多车翻出了路外。”

另一张床上，约翰·史密斯轻声说：“全部押19。快点儿吧。我女朋友病了。”

“你知道吗，这酸奶还过得去。”斯塔雷特先生其实不喜欢酸奶，但他不想一个人留下，除非是万不得已。留下他一个人他就得一直数自己的脉搏了。“它尝起来有点儿像野山胡桃的味道……”

“你听到什么了吗？”艾莉森问。她疑惑地四处看看。

斯塔雷特先生放开床边的控制按钮，电动马达的“嗡嗡”声戛然而止。电视上，爱发先生朝着兔八哥一通胡乱射击，但都没打中[①]。

“什么也没有啊，就是电视声啊。有什么声音？”斯塔雷特先生问。

“没什么吧，我想。肯定是风刮窗户的声音。”一阵紧张性头痛袭上来，有太多的工作要做，而且今早还没有足够的人手来帮她做，她揉揉太阳穴，好像要趁着头痛真正发作之前就把它赶走。

出去时她停下来，看了看另一张床上的那个人。他是不是哪里有点儿不一样？是不是换了个姿势？肯定不会的。

艾莉森走出房间下了楼，早餐小推车推在前面。她最害怕这种糟糕的早晨了，所有平衡都打破了，到中午时分她的头就不住地抽痛。很正常地，那天早晨 619 号房里所听到的一切声音她很快就忘了。

但在接下来的几天里，她发现自己越来越频繁地盯着史密斯看，到了 3 月份时，艾莉森已经基本确定：史密斯变直了一点儿，从医生们所说的他那种“胎前期状态”里出来了一点儿。不多，只是一点点。她想着要不要把这个情况和别人说一下，但最后还是没有说。毕竟，她只是个助理护士，仅仅在厨房里帮忙而已。

这里真没有她说话的地方。

2

他猜测，这是个梦。

他身处一个黑暗、阴郁、走廊一类的地方。天花板太高，高到看不到，消隐在阴影中。墙壁是镀着黑铬的铁墙，向上伸展而去。他独自一人，但有个声音飘到了他站的地方，好像从很远的地方飘来。这个声音他听过，对他

---

① 爱发先生（Elmer Fudd）：华纳兄弟娱乐公司（Warner Bros. Entertainment，Inc.）在1930年推出的卡通片《乐一通》（*Looney Tunes*）中的角色，是一个光头猎人，将兔八哥（Bugs Bunny）视为重要的目标猎物。——编者注

说的话是在另一个地方、另一个时间说的，让人觉得很恐怖。那是一种无助的呻吟，前后回荡在镀黑铬的铁墙间，好像他童年时捕获的一只鸟似的。那只鸟飞进了他父亲的工具房，再飞不出去了。它恐慌得很，前后来回猛扑，在绝望的惊恐中“吱吱”尖叫，朝着墙壁不停地猛撞，直至把自己撞死。现在这个声音和很久以前那只鸟的尖叫一样，有着同样宿命的特性，永远也逃不出这个地方。

“你们规划你们的一生，然后尽力而为。”那个幽灵般的声音在哼哼，“你们除了最好的东西其他都不屑一顾。那小子回家来，头发都长到屁股上了，说美国总统是头猪。一头猪！废话！我不……”

当心，他想喊。他想警告那个声音，但他哑了，说不出话。当心什么呢？他不知道。他连自己到底是谁都不知道，尽管他隐约记得自己曾是个教师或者传道士一类的。

“天啊……”遥远的声音嘶喊起来，无助的、难逃一死的、盖过一切的声音，“天啊……”

随后一片寂静。回声逐渐消失。过一会儿后，它会再次响起。

稍后（他不知道有多长，时间在他的世界里似乎没有意义，与他毫不相干），他开始沿着走廊摸索着向前走，与那声音彼此互喊（或许只是在他的内心里喊），也许是希望他和那个说话的人能一起出去，也许只是希望能安慰下那个人，同样也让别人也安慰一下自己。

但那声音变得越来越远，更模糊，更微弱。

（远而微弱。）

直到最后完全成为回声的回声，然后消失。此刻他孤身一人，走在除了重重黑影外再无他物的阴郁走廊中。他觉得这不是一个幻觉、一种妄想或是梦什么的，至少不是平常的那种梦。好像他进入了一个边缘地带，一条处于人世与地狱之间的怪诞的通道中。可他是在朝哪个方向移动呢？

那些烦扰人的东西回来了。它们像鬼魂一样跟着他走，飘落到他边上、前面和后面，直到它们变成一个悚人的圆环绕住他——编成一个绕他三重的圆圈，使他满眼都是极大的恐惧，这是它的方式吗？他几乎可以看见它们，它们全都发出炼狱里才会出现的低语声。夜空中出现了一个大轮盘，不断地转啊转，是一个幸运大轮盘，红与黑，生与死，正在慢下来。他把赌注押在哪里了？他记不得了，但他应该是能记起来的，因为没有那些赌注他也不会出现在这里了。是参与还是退出？必须做个决断。他女朋友病了。他得送她回家。

过一会儿，走廊开始好像亮一点儿了。他起先还以为这是想象出来的，有可能的话，是一种梦中梦。但过了不知多久后，那亮光变得非常明显，不可能是幻觉。走廊里的整段经历似乎变得不再像个梦境。墙壁向后退去，一直退到他基本上看不见的地步。周围乌黑的颜色也变为模糊的暗灰色，变为温暖又多云的 3 月午后的暗色。他开始感觉到他身处的地方好像不再是走廊，而是在一个房间内，差不多是在一个房间内，由极薄的薄膜将其隔开，形成一种胎盘囊一样的东西，他就像个待产的婴儿一样。现在他听到有其他的声音，不是回声，而是沉闷的“嘭嘭”声，类似不知其名的诸神用已被遗忘的语言说话的声音。逐渐地，这些声音清晰起来，到最后他能清楚地辨别出它们说的是什么话了。

他开始不时地睁开眼睛（或者说他认为是在睁开），他能够切实看到那些声音的来源了：光亮、鲜明，起初是没有面容的幽灵状物，有时候在房间里转来转去，有时候又朝他俯下身。他没有想过和他们说话，起码开始时没想。他觉得这可能是某种来生，这些明亮的模糊东西就是天使的样子。

跟声音一样，这些脸随着时间推移也渐渐变得清晰起来。他见过他母亲一次，她在他的视野里弓着身子，对着他仰起的脸缓慢大声地说一些毫无意义的话。他父亲在另一个时间来过。还有学校里的戴维·比尔森，以及一位他认识的护士，他记得她的名字叫玛丽，也可能叫玛丽亚。脸和声音逐渐靠拢，聚合在一起。

其他东西也偷偷潜入：一种他本身已经被改变了的感觉。他不喜欢这种感觉，不相信它。对他来说，无论这改变是什么，都没有一点儿好处。在他看来那就意味着忧愁和痛苦。他堕入黑暗的时候是完完整整的，而现在出来时却感觉什么也没有了，除了某种莫名其妙的陌生。

梦境要结束了。无论是什么梦，它都快要结束了。房间现在非常真实，非常近。声音，还有脸——

他准备进入这个房间。但突然他觉得他要做的是转身逃跑，永远地回到那个黑暗的走廊里。黑走廊虽然不好，但总好过这种即将失去什么的悲哀的新感觉。

他转回身，朝身后看，嗯，在那儿，那儿不是房间的四壁，而是镀黑铬的铁墙，在一把椅子旁边的角落，来往的明亮人影没有注意到它，他估计那儿是一个通往来生的走廊。刚才那个声音就是在那儿消失的，那声音是——

出租车司机的声音。

是的，那个记忆此刻还在。乘着出租车，那司机不满他儿子的长头发，不满他儿子认为尼克松是头猪。然后是车头灯直照进来，白色标线的两边各一对。碰撞，没有痛感，但知道他的大腿和计程表撞到一起，把它从框子里扯了下来。有种又冷又湿的感觉，然后就是黑暗的走廊，再后来就到了这里。

选择吧，心底有个声音在低语，选择吧，否则他们就将为你选择。他们会把你从这里拽出去，不管是什么也不管在哪里，就像医生们做剖宫产时把婴孩儿从他母亲的子宫里拽出来一样。

莎拉的脸出现在他眼前，她肯定在那边的某个地方，尽管俯身向他的那些明亮的脸里没有她的。她肯定在那里，担忧着，害怕着。她基本上是他的人了，马上，他有这种感觉。他要向她求婚。

那种不舒服的感觉又回来了，比之前还要强烈，而且这次是完全和莎拉混在一起的。但是想要她的感觉更强烈，于是他做出了决定。他转过身拒绝了黑暗，而当他再一次向后看时，那黑暗消失了；椅子旁边什么也没有，有的只是他所躺着的房间内光滑平整的白墙。不久，他开始认识到，这房间一定是一家医院的房间，毫无疑问的。黑色走廊淡为一种模糊的回忆，虽然一直没有完全遗忘它。更重要且更迫切的是，他是约翰·史密斯，有个女朋友叫莎拉·布莱克内尔，他遇上了一场严重的车祸。他猜想自己肯定是非常幸运地活下来了，他只能希望自己的身体各部件还在，而且功能还没有丧失。他也许是在克利夫斯·米尔斯镇社区医院，但估计更有可能在东缅因医疗中心。从他所感受到的状况来看，他估计自己在这儿已经有一段时间了，有可能晕过去一个星期或者十几天了。是时候重新开始了。

是时候重新开始了。这就是史密斯脑子里的念头，这个时候所有事情也终于一路由零散到整体拼在一起，他睁开了眼睛。

此时是 1975 年 5 月 17 日。斯塔雷特先生早已回家，医生给了他长期的医嘱，每天走至少 2 英里，还要改正他那高胆固醇的饮食习惯。房间的另一头现在是一个老人，由于前所未有的重量级冠军肿瘤而第 15 次入院治疗了，这使他疲惫到了极点。他打了吗啡在熟睡，除此之外房间空荡荡的。电视机屏幕上的绿色帘子拉了下来。

“我在这儿。”约翰·史密斯哑着嗓子对空气说。他声音的衰弱把自己吓了一跳。房内没有日历，因此他并不知道自己已经昏迷 4 年半了。

3

大约 40 分钟后，护士走进来。她朝那一床的老人走去，更换了他吊瓶里的药水，又走进卫生间拿出一个蓝色的塑料水壶，给那个老人的花浇水。老人那边的桌子上和窗台上有六七束花，约 20 张摊开的慰问卡。约翰看着她干那边的杂活儿，并不急着想开口说话。

她把水壶放回去，朝约翰的床走来。要给我换枕头了，他在想。他们的眼神短暂地触碰了一下，但她眼里没有丝毫异样。她还不知道我醒了吧。我的眼睛以前也一直在睁着，这对她来说并不意味着什么。

她的手放到他的脖颈后，冰凉而舒适，约翰了解到了，她有3个孩子，最小的那个在去年7月4日时一只眼睛基本看不见了，因为一次爆炸。那个男孩儿的名字叫马克。

她扶起他的头，把他的枕头翻过来，然后再把他放回去。她扭过头，整理他臀部的病号服，但随后又转回来，满脸困惑的样子。过了一会儿才想，他的眼睛里好像是有了点儿新的东西，一点儿以前没有的东西。

她若有所思地看了他一眼，又转过脸去，这时他说话了："你好，玛丽亚。"

她瞬间怔住了，他能听到她由于牙齿猛地咬合而发出的"咔嚓"声。她的手按在高耸的胸前，一只小小的金质十字架悬挂在那里。"哦——天哪，"她说，"你醒了。我说你看起来不一样呢。你是怎么知道我的名字的？"

"我猜我一定听到过吧。"解释这一点很费劲，非常费劲。他的舌头僵化迟钝，似乎没有唾液润滑。

她点点头："你已经醒来一段时间了。我最好下楼到护士站去用广播喊一下布朗医生或者是魏扎克医生。你能回到我们中间来，他们听说了会很高兴的。"但她说完并没有走，而是继续以一种不加掩饰的入迷的眼神看着他，让他颇感困窘。

"我长了第三只眼吗？"他问。

她神经质地笑起来："没有……当然没有啦。对不起啊。"

他的眼睛瞥到他自己的窗台以及靠着窗台的桌子上。窗台上有一束非洲紫罗兰，已经枯萎了，还有一张耶稣基督的画像，那是他母亲喜欢的那种画像，基督的表情好像他准备好帮助纽约扬基棒球队打出高打点，或者做出一个类似的干净利落、行动敏捷的动作。但是那画像——发黄了。不仅发黄，而且边角开始卷曲。突然间的恐惧就像一张能使他窒息的毯子一般包到他身上。"护士！护士！"他喊道。

她在门口转过身。

“我的慰问卡呢？”他猛然感到连气都喘不上来了，“那个人有……就没有人给我卡吗？”

她笑了笑，不过，这是强挤出来的。这是人们在掩饰某些事情时露出的那种笑。忽然约翰很想让她到床边来，他要伸出手去触碰她。只要他能触碰到她，他就能知道她在掩饰什么。

“我去广播找医生。”她说，然后还没等他来得及说什么就离去了。他看着那束非洲紫罗兰，又看看那张旧耶稣像，既困惑又担心。没多久，他又慢慢睡着了。

4

“他醒过来了，思路完全清晰。”玛丽亚·米肖说道。

布朗医生说：“嗯，我相信你说的。如果他醒来一次，那么他还会再次醒来的。很有可能。这个问题只是个……”

约翰嘴里嘟囔了一声，睁开了眼，眼神茫然，半睁着。随后他似乎是看到了玛丽亚，眼神聚焦起来。他稍稍笑了一下。不过他的脸仍然没有生气，就好像醒过来的只是他的眼睛，其余部分仍在沉睡一样。玛丽亚突然有种感觉，感觉他不是在看她的表面，而是在读她的内心。

“我想他会没事儿的，”约翰说，“只要他们清理了受影响的角膜，那只眼睛就会像新的一样好。应该会的。”

玛丽亚重重地喘着粗气，布朗看了她一眼，问：“这是什么意思？”

她低声说：“他在说我的孩子，我的马克。”

“不是，他是在说梦话，仅此而已。不要小题大做，护士。”布朗说。

“嗯，好的。但他现在并没有睡着啊，对吧？”

“玛丽亚？我打了个盹儿，是吗？”约翰边问边挤出一丝笑容。

布朗说：“是的，你在说梦话，把玛丽亚吓了一跳。你刚才在做梦吗？”

“没有……我不记得做过梦。我说什么了？你是谁？”

“我叫詹姆斯·布朗，跟那个灵乐歌手名字一样[①]，不过我是个神经学家。你刚才说：‘我想他会没事儿的，只要他们清理了受影响的角膜。’是这样说的吧，护士？”

“我的孩子是准备做那个手术，我的儿子马克。”玛丽亚说。

约翰说：“我什么也不记得了。我刚才睡着了吧，可能。”他看看布朗。现在他的眼神清澈，同时有慌张的神色：“我的胳膊抬不起来。我是瘫痪了吗？”

“没有。试试你的手指。”

约翰试了试。每根手指都能动。他笑了。

布朗说：“非常好。说一下你的名字。”

“约翰·史密斯。”

“很好。你的中间名是什么？”

“我没有中间名。”

“好，谁还需要中间名？护士，你下楼到护士站去，查查明天谁在神经科值班。我要对史密斯先生进行全套检查。”

“好的，医生。”

“你可以给萨姆·魏扎克打个电话。在他家里或高尔夫球场可以联系到他。”

“好的，医生。”

“不要告诉记者，拜托……千万别！”布朗笑了笑，不过很严肃。

“不会，当然不会。”她离去了，白鞋发出微小的“吱吱”声。她的小孩儿不久就会好起来的，约翰想。我一定会告诉她的。

---

① 此处指美国黑人歌手詹姆斯·布朗（James Brown，1933—2006），被誉为美国灵魂乐教父，说唱、嘻哈和迪斯科等音乐类型的奠基人。——编者注

“布朗医生，我的慰问卡呢？谁都没有给我寄一张卡吗？”他问。

“再问几个问题。你还记得你母亲的名字吗？”布朗医生口气温和地问。

“当然记得。薇拉。”

“她婚前姓什么？”

“内森。”

“你父亲的名字？”

“赫伯特。你为什么叫她别告诉记者？”

“你的通信地址？”

“博纳尔镇，RFD1 号。”约翰不假思索地说，但马上又停下，脸上掠过一丝既好笑又诧异的表情，“我是说……嗯，我现在住在克利夫斯·米尔斯镇，北大街 110 号。我怎么告诉了你我父母的地址呢？我自从 18 岁以后就没有在那儿住了。”

“你今年多大？”

约翰回答：“去我的驾照上看吧。我想知道为什么我没有一张卡片。我究竟入院多久了？还有，这是哪家医院？”

“这是东缅因医疗中心。我们要把你剩下的问题都问完，如果你让我……”

布朗坐在床边一把椅子上，那把椅子原来所在的墙角就是约翰曾看到的那条黑暗的走廊所在的墙角。布朗在一个写字板上记笔记，用的是一种约翰之前不曾见过的笔。它有很粗的蓝塑料笔杆和一个纤维状的笔头，看起来就像是钢笔与圆珠笔的一个奇怪的杂交品种一样。

一看到这种笔，刚才那种无形的恐惧又回来了，他想也没想就伸出手去抓布朗医生的左手。他的胳膊动起来颤巍巍的，好像无形中有 60 磅的重物绑在上面似的，一半儿在肘弯上，一半儿在肘弯下。他无力地抓住这位医生的手，向自己这边拉过来，那支古怪的笔划过纸面，留下一道蓝色的粗线。

布朗看着他，开始还仅仅是好奇，但随后他脸色煞白，眼睛里浓厚的兴趣消失了，代之以恐惧又不解的神情。他一把抽回手（约翰握得很无力），脸上短暂闪过一丝嫌恶，好像他被一个麻风病人碰了一下似的。

这一切都是一瞬间的事儿，但他表情显得惊讶、慌乱：“你这是干吗？史密斯先生……”

他说话的声音是颤抖的。约翰的脸僵住了，定格在一种恍然大悟的表情里。他的眼睛似乎看到了在黑暗中移动并变化的可怕东西，看到了太过于可怕以至于无法描述，甚至无法说出它叫什么的东西。

但这是事实。必须得说出它叫什么。

“55 个月？”约翰嗓子嘶哑地说，“过去 5 年了？不，天哪，不。”

“史密斯先生，”布朗说，此刻他已经很慌张了，“别这样，情绪兴奋对你没好处……”

约翰从床上撑起上身大概 3 英寸，又颓然倒下，脸上沁出晶亮的汗珠。他的眼珠无助地在眼眶里打转，喃喃地说：“我 27 岁了？ 27？天哪。”

布朗咽下一口唾沫，响亮地“咕噜”一声。刚才史密斯抓住他手时，他感到好像是小时候的恶心突然奔涌而至，一团粗粝、恶心的影像记忆狠狠砸来。他发现自己记起了七八岁时的一次郊游，他坐下来，把手插进一堆温暖又滑溜的东西里。炙热的 8 月份，他四下看看，才发现自己的手插在月桂丛下一只满是蛆虫的美洲旱獭的尸体里。当时的他尖叫了一声，现在也感觉有一点儿想尖叫，不过这种尖叫感在不断衰退减弱，然后被一个问题所取代：**他是怎么知道的？他碰了我一下就知道了**。

随后 20 年的教育得到的知识迅速从心底涌上来，他不再理会那一刻的念头了。有许许多多这样的病例，昏迷的病人们醒来，对他们昏迷时发生在身边的许多事儿有着模糊的了解。和其他任何事情一样，昏迷也有程度的深浅。约翰·史密斯从来也不算一个植物人；他的脑电图从来都没有形成直线，如果成了直线，布朗也不会在这儿跟他说话了。有时候处于昏迷中有点儿像是站在一面单向镜后面一样。病人睁着的眼睛是根本看不见的，但是病人的感知仍可能继续以很低的功耗运行。这里出现的情况就是如此，肯定的。

玛丽亚·米肖回来了："神经科的人确认过了，魏扎克医生正在赶来的路上。"

布朗说："萨姆·魏扎克不得不等到明天见史密斯先生了。给他注射5毫克的安定。"

"我不要安定，我想离开这儿。我想知道都发生了些什么事儿！"约翰说。

布朗说："你迟早会知道所有事儿的。现在你最重要的是休息。"

"我已经休息了4年半了！"

"那再休息12小时也没什么不同。"布朗毫不退让地说。

过了一会儿后，护士用药签蘸着酒精在他上臂擦了擦，给他打了一针。约翰几乎是立刻就感到了睡意。布朗和护士开始看起来有12码高。

"告诉我一件事儿，起码。"他的声音空旷遥远，突然间又好像显得很要紧似的，"那支笔。那是支什么笔？"

"这个？"布朗从他那高得出奇的高度上拿出那支笔。蓝塑料笔身，纤维笔尖。"它叫'弗莱尔'（Flair）。现在睡吧，史密斯先生。"

约翰睡去了，那几个字也随着他一起进入睡梦中，像一句听起来很愚蠢的神秘咒语一样：弗莱尔……弗莱尔……弗莱尔……

5

赫伯特放下电话后又盯着它看了半晌。另一个房间里传来电视机声，音量一直开得很高。奥罗·罗伯茨正在讲足球，讲耶稣能治愈伤者的爱，说这两者之间在某处有关联，不过赫伯特没听到。因为电话响了他来接。奥罗的声音在低沉地"呼呼"响。这个节目快要完了，结束的时候奥罗会信誓旦旦地告诉听众们，有好事儿要降临到他们身上。显然，奥罗说对了。

我的孩子啊，赫伯特心里想。当薇拉在祈祷奇迹发生的时候，赫伯特却在祈祷他的孩子死去。薇拉的祈祷得到了回应。这意味着什么，这把他置于什么境地了？她会做何反应？

他走进客厅。薇拉正在沙发上坐着，脚上穿着粉红色的弹力拖鞋，搁到脚凳上，身着灰色旧睡袍，直接从爆米花盆里抓着爆米花吃。自从约翰出事儿后，她的体重就增加了将近40磅，血压也一路飙升。医生让她服药，她不肯。她说，如果患上高血压是上帝的旨意，那她就接受了。赫伯特有一次指出说，上帝的旨意从来也没有让她在头痛的时候不吃百服宁，而她的回应是她那长期忍受苦难的最和蔼的微笑，外加她最可怕的武器：沉默。

“谁来的电话？”她问，眼睛没离开电视。奥罗搂着一个美国橄榄球联会著名的四分卫队员，正在对安静的人群讲话。那个四分卫队员在谦逊地笑着。

“……大家都已经听过了这位优秀的运动员告诉你们，他今晚是如何摧残他的身体，他的圣殿的。大家都听过了……”

赫伯特“吧嗒”一声关了电视。

“赫伯特·史密斯！”她一下子坐起身，差点儿把爆米花撒出来，“我正在看呢！那是……”

“约翰醒了。”

“……奥罗·罗伯茨和……”

话在嘴里猛地打住，她蜷缩回沙发里，好像他扬起手打了她一巴掌似的。他回头看，话也说不下去了，他原以为她会欢喜，但来的却是惊骇。大大的惊骇。

“约翰……”她停下来，咽了口唾沫，然后又努力咽了口唾沫，“约翰……是我们的约翰？”

“是的。他和布朗医生说了差不多15分钟的话。很明显他不是他们说的那种情况……假醒……完全不是。他说话条理清楚，还能动弹呢。”

“约翰醒了？”

她双手捂在嘴上。半盆爆米花缓缓从膝上滑下去，撒了一地。她用手捂住下半部脸，上面的眼睛越睁越大，在那可怕的一瞬赫伯特都担心她的眼睛会掉出来，靠肉筋悬挂着吊在外面。她的眼睛闭上了，一丝细小的像猫叫的声音从手里面传出来。

“薇拉？你没事儿吧？”

“啊我的上帝呀我谢谢您的旨意行在我的约翰身上我知道您会的，把我的约翰带给我，我的约翰，啊亲爱的上帝我会在我生命中每一天向您感恩祈祷，为了我的约翰约翰约翰——”她的声音越来越高，形成了歇斯底里的尖叫。他上前抓住她的睡袍翻领，摇晃她。突然间时间似乎逆转了，就像一块布一样把自己对折了回去，他们回到了听到事故的当晚，还是那个角落，还是那部电话。

不择手段，赫伯特·史密斯发狂地想着。

“哦我亲爱的上帝我的耶稣哦我的约翰我说的奇迹啊奇迹……”

“不要喊了，薇拉！”

她的两眼阴郁、蒙眬、迷乱：“他醒了你不高兴是吧？而且还是在嘲笑了我这么多年之后？在跟人说我疯了之后？”

“薇拉，我从没有跟任何人说过你疯了。”

“你用眼睛告诉他们的！”她大喊道，“但是我的上帝没人能嘲弄，对吧，赫伯特？能嘲弄得了吗？”

“嘲弄不了。”他说。

“我跟你说过的。我跟你说过上帝对我的约翰有安排。现在你看，上帝之手开始起作用了。”她站起身，“我必须去见他。我必须去告诉他。”她朝衣柜奔去，她的外套都在那里面，看来似乎还没反应过来她身上还穿着睡袍。她的脸像是被狂喜砸傻了似的。她让他很诡异且近乎渎神地想起了他们结婚那天她的样子。她的粉红色拖鞋“嘎吱嘎吱”地把爆米花踩进地毯里。

“薇拉。”

“我必须去告诉他上帝的安排……”

“薇拉。”

她转过身，但眼神遥远迷离，心思早已飞到约翰那里去了。

他走过去，双手放到她肩上。

“你告诉他你爱他……告诉他你在祈祷、在等待……在注视。谁还能更有权利呢？你是他的母亲啊。你是为他难过。这5年来我没有看到你在为他难过吗？他醒过来我没有不高兴，你说那种话是不对的。你做的事儿我理解不了，但我没有不高兴。我也在为他难过。”

“是吗？”她的目光冷硬、傲慢、狐疑。

“是的。我还要跟你说，薇拉。你不要去说上帝、奇迹和伟大安排一类的话，等约翰能站起来并且能……”

“必须说的我就要说！”

“……等到他能思考他的行为以后。我的意思是在你对他开始说教前给他一个机会让他自己去领悟这件事儿。”

“你没权利这样跟我说话！没有！”

“作为约翰的父亲我正在行使我的权利！”他语气严厉地说，“也许这是我生命中最后一次。你最好别拦着我，薇拉。你明白了吗？你不能，上帝不能，那该死的圣主耶稣也不能。你听懂了吗？”

她愠怒地瞪着他，说不出话来。

“他就像盏灯一样熄灭了4年半，只是接受这个现实就够他受的了。就算对他进行治疗，我们也不知道他还能不能重新走路。如果他想走的话，就必须对他的韧带做一次手术，魏扎克说的，也许还不止一次。还有更多的治疗，大量的治疗会像下地狱那样折磨他的。所以明天你只是作为他的母亲出现。”

“不准你对我这样说话！不准！”

“你要是开始讲道的话，薇拉，我就抓着你的头发把你拖出他的房间！”

她瞪着他，脸色苍白，浑身颤抖。眼里喜悦和恼怒交替出现。

“穿衣服吧，我们该走了。”赫伯特说。

开车到班戈市的一路上两人默不作声。他们之间本应该有的那种幸福不复存在，有的只是薇拉一个人狂热激进的喜悦。她在副驾驶座上坐得笔直，《圣经》放在膝头，摊开到《诗篇》第二十三章。

6

第二天早上 9 点一刻，玛丽亚走进约翰的病房内说：“你爸妈来了，你看你要不要起床见他们？”

“啊，我想见。”今早他感觉好多了，感觉更有力气，也有些方向感了。不过想到要见他们，他还是有点儿害怕。在他的印象里，他大约在 5 个月前见过他们。他父亲那时在造一栋房子的地基，而那栋房子现在估计已经盖好至少 3 年了。而那时他母亲在为他做烤豆和苹果派甜品，唠叨着他变得如何如何瘦了。

在玛丽亚转身要走的时候，他无力地抓住她的手。

“他们气色还好吗？我是说……”

“气色挺好的。”

“哦。那就好。”

“现在你和他们只能待半个小时。如果神经方面的一系列检查证明你不是太疲劳的话，今晚时间可以长些。”

“布朗医生的嘱咐？”

“还有魏扎克医生的。”

“好吧。就见一会儿。我不知道我要被折腾多久。”

玛丽亚踌躇了一下。

“还有事儿？”

“没……现在没有。你一定迫切地想见到你家人吧，我这就让他们进来。”

约翰等在那里，心乱如麻。隔壁床上没有人，在给他打了镇静剂让他睡觉的时候，那个癌症病人被转出去了。

门开了。他的爸爸妈妈走进来。约翰当时有两种感觉，震惊和宽慰：震惊是因为他们变老了，真的变老了；宽慰是因为他们的变化似乎还不算太大。如果可以这样评价他们的话，那么也许同样可以这样评价他自己。

不过他身上的某些地方改变了，彻底地改变了，这种改变可以说是致命的。

这就是他妈妈抱住他之前他所想到的，她的紫罗兰香囊味儿浓烈地直冲鼻孔，她喃喃念叨着："感谢上帝，约翰，感谢上帝，感谢上帝你醒过来了。"

他尽最大力量拥了下她的后背（他的胳膊依然无力抱紧，很快就滑落下去了），就在那 6 秒内，他一下子了解了她的身体状况，她的所想，以及她将要发生的事儿。很快那种感觉消失了，就像那个黑色走廊的梦那样消散了。但当她从怀抱中挣脱出来看他时，眼里热切喜悦的目光已经成为一种若有所思的状态。

"让他们给你开药吧，妈妈。这是最好的办法了。"这话好像是自己从他口里蹦出来一样。

她眼睛睁大，舔了舔嘴唇，这时赫伯特走到她身边，眼里充满泪水。他瘦了，虽然瘦的程度不至于像薇拉胖起来的程度那样，但也瘦得很明显。他的头发现在脱落得很快，但面容还是那样朴实、和善。他从后兜里掏出一方火车维修工用的那种大手帕擦着眼睛，向约翰伸出手来。

"嘿，儿子，你又回来太好了。"他说。

约翰尽最大力量和他父亲握握手，他苍白无力的手指陷入他父亲发红的双手里。约翰看看这个，又看看那个（他母亲穿着一身肥大的深蓝色套装，他父亲穿着一件极其难看的犬牙花纹夹克，看起来像是堪萨斯州吸尘器推销员穿的），失声痛哭。

他便哭边说："对不起，对不起，只是……"

"哭吧。"薇拉说着坐到床沿。她的脸上此刻平静安详，更多的是母爱，而不是狂热。"哭出来吧，有时候这样最好。"

约翰大哭起来。

7

赫伯特和他说了他姑姑杰曼去世的事儿。薇拉和他说了博纳尔镇社区办公大楼最终募集到的钱以及一个月前的开工，地上的霜一化就开始了。赫伯特又说他也投标了，但他猜实际的工程造价可能会让他们觉得太高。"哦，别说了，你这个让人恼火的失败者。"薇拉说。

沉默了一会儿，薇拉开口说："我希望你明白，你的康复是上帝的一个奇迹，约翰。连医生都觉得没希望了。马太福音第九章，我们读……"

"薇拉。"赫伯特暗含警告地说。

"肯定是奇迹啊，妈妈。我知道。"

"你……你知道？"

"嗯。我还想着跟你谈谈呢……听听你觉得这代表什么意思……我想等一能站起来的时候就问你呢。"

她盯着他，张着嘴。约翰越过她看他父亲，他们两人的眼光交织了一下。约翰从他父亲眼中看出他父亲大大松了口气。赫伯特不为人察觉地点了点头。

"皈依了！我的孩子皈依了！啊，赞美上帝！"薇拉突然大声地说。

"薇拉，嘘，"赫伯特说，"在医院里赞美上帝的时候最好小声点儿。"

"谁也不能否认这是奇迹，妈妈。我们要好好讨论一下这个。等我出院的。"

她说："你马上就会回家的，回到你长大的房子里。我把你照料好了，然后我们祈祷谅解。"

他对她微笑了一下，但保持这个微笑很费劲："没问题，妈妈。你能不能下楼到护士站去问问玛丽亚，我能喝点儿果汁吗？或者来点儿姜汁汽水？我想我不习惯说话了。我的喉咙……"

"我马上就去。"她亲了亲他的面颊，站起来，"唉，你太瘦了。不过等我把你接回家去时我会给你调养的。"她离开房间，走时瞥了赫伯特一眼，满眼的胜利姿态。他们听着她的鞋"踢踏踢踏"地从走廊中远去了。

"她这个样子多久了？"约翰低声问。

赫伯特摇摇头："自从你出事儿后就有一点儿了，不过老早之前就有征兆，这你知道的。你记得。"

"她……"

"我也不清楚。南部有些人玩儿'摸蛇'，我觉得他们疯了。她倒没有摸过蛇。你怎么样，约翰？你感觉好吗？"

约翰说："不知道。爸爸，莎拉在哪儿？"

赫伯特俯身向前，两只手夹在膝间："我其实不想跟你说起这个，约翰，但是……"

"她结婚了？已经结婚了？"

赫伯特没说话，也没看他，点点头。

"唉，我就担心这个。"约翰声音空洞地说。

"她成为瓦尔特·赫兹里特的太太已经3年了。那人是个律师。他们有了个男孩儿。约翰……谁都没有真的相信你会醒过来。当然，除了你母亲。我们都没有任何理由相信你会醒过来。"他声音颤抖、嘶哑，饱含内疚，"医生们说……唉，别管他们说什么了。就连我都把你放弃了。我真讨厌承认这一点，但这是真的。我只请你尽量理解我……还有莎拉。"

他想说他理解，但这些话说出来会是苍白无力的。他感觉身体病残苍老，突然间巨大的失落感就笼罩了他的全身。逝去的时光猛然像一摞砖一样压在他身上，他能真真切切地感觉到，而不仅仅是模糊的概念。

“约翰，不用难过了。还有其他事儿呢。美好的事儿。”

“这得花点儿时间适应。”他勉力说道。

“是的，我知道。”

“你见过她吗？”

“通过一段时间的信。在你出事儿之后我们熟悉起来的。她是个好女孩儿，真的。她还在克利夫斯教书，不过我推断她今年6月份就不教了。她过得很好，约翰。”

“好。很高兴有人过得好。”他沙哑地说。

“儿子……”

“希望你们说的不是秘密。”薇拉·史密斯走进房间，爽朗地说。她一只手上提了个加了冰块的水壶。“他们说你喝果汁还不行，约翰，所以我给你拿了姜汁汽水。”

“没关系，妈妈。”

她看看赫伯特又看看约翰，然后再看赫伯特：“你们是在说秘密吗？怎么拉着个脸？”

赫伯特说：“我刚才跟约翰说，如果他想离开这儿的话就必须辛苦一点儿了。有很多治疗。”

“哎，你们干吗现在就谈这个问题？”她把姜汁汽水倒进约翰的杯子，“一切都会好起来的。走着瞧吧。”

她迅速将一根弯曲的吸管放入杯子里，端给他。

“把它全喝了，对你有好处。”她笑着说。

约翰全喝了。味道苦涩。

第 7 章
异能再现

他脸上每个斑、每颗痣以及每条皱纹都特别鲜明。

每条皱纹又都透露出背后的故事。他开始了解了。

1

“闭上眼睛。”魏扎克医生说。

他身形矮胖，浓密的头发和铲形鬓角留成令人难以置信的式样。约翰无法完全理解这样的发型。在 1970 年像这样发型的人在东缅因任何酒吧里都肯定要被围观，而且魏扎克这个岁数的人，可能还要考虑将其收监。

这样的头发。哎呀。

他闭上眼睛。他的头上密布电极。电极连接到电线，电线又连入靠墙架子上的一台脑电图仪里。布朗医生和一个护士站在架子边，脑电图仪正安静地吐出一张宽的方格纸。约翰希望那个护士是玛丽亚・米肖。他有点儿害怕。

魏扎克碰了下约翰的眼皮，他颤了一下。

“呃……别动，约翰，最后两个了。就在……这儿。”

“好了，医生。”护士说。

一阵低沉的“嗡嗡”声。

“好，约翰。你还舒服吧？”

“感觉好像我的眼皮上放了硬币。”

“是吗？你很快就会适应的。现在我给你解释一下这个程序。我会让你在脑子里想象一些事物，每件事物你大约想 10 秒钟时间，总共 20 件事物。明白了吗？”

“明白。”

“很好。我们开始吧。布朗医生？”

“一切就绪。”

“很好。约翰，想象一张饭桌，饭桌上有一个橘子。”

约翰开始想象。他想到一张带折叠钢腿的牌桌。在它上面稍微偏离中心一点儿的地方，有一个大橘子，它布满痘痕的外皮上贴着“新奇士”（SUNKIST）的标签。

“很好。”魏扎克说。

“那个小机器还能看到我想象的橘子？”

“呃……嗯，能看到，以一种象征性的方式。这台机器在追踪你的脑电波。我们正在搜索有障碍的地方，约翰，损伤区域，可能的颅内持续压力的指征。现在不要说话，听问题。”

“好的。”

“想象一台电视机。它开着，但没接收到电视台信息。”

约翰想象一台电视机，在一个公寓房间内，就是他自己公寓内的那台。屏幕上一片亮灰色的雪花。为了接收效果更好，兔子耳朵状天线的顶端用锡箔纸包了起来。

“很好。”

一连串问题问下去。到了第 11 个事物时，魏扎克说道：“现在想在一片绿色草坪的左边有一张野餐桌。”

约翰想象，在他的脑子里他看到的是一张草坪躺椅。他皱了皱眉。

“出什么问题了吗？”魏扎克问。

“没有，完全没有。”约翰说。他使劲儿想。野餐，法兰克福香肠，木炭火盆……联系，该死，联系呀。在你脑子里想象一张野餐桌能有多难，生活中你可是见过它们无数次啊，一路想过去。塑料勺子和叉子，纸盘，他父亲戴着顶厨师帽，一只手操着把长叉子，腰上系着围裙，围裙上通身印刷着一行歪斜的字体：厨师需要喝一杯。他父亲做好汉堡后，他们会全都开始坐到——

啊，来了！

约翰笑了，但随后就笑不出来了。这一次出现在他脑海里的是一张吊床。“胡扯！”

“没有野餐桌？”

“真是太奇怪了。我好像根本没法儿……想象它。我知道它是什么，但就是无法在脑子里具象化。太奇怪了，是不是？”

“不要紧。再试一个：一个地球仪，放在一辆皮卡车的发动机罩上。”

这个很轻松。

第 19 项，是一处路标下放着一只划艇（谁想出来的这种场景，约翰纳闷儿），问题又来了。真让人沮丧。他看到的是一处墓碑旁有一个密封球形救生器。他用力集中注意力想，却想到一处高速公路立交桥。魏扎克安慰了他一下，过了一会儿，导线从他头上和眼皮上拿开。

“我为什么看不到那些东西？”他问，眼睛从魏扎克身上移到布朗身上，“到底是什么问题？”

“很难确定，”布朗说，“可能是一种特定部位的记忆缺失。也就是说可能是那次事故损坏了你一小部分的大脑，我的意思是说非常细小的一点。问题是什么我们还说不准，但很明显你丧失了许多描绘记忆，我们碰巧碰上了两处。你很可能还会遇到更多。”

魏扎克突然问：“你是不是小时候经受过一次头部创伤？”

约翰疑惑地看着他。

魏扎克说："有一道旧伤痕。有种理论，约翰，是基于大量统计调查……"

"远远没有完成的调查。"布朗刻板地说道。

"的确远远没有完成。不过该理论认为，先前就受过某种脑外伤的那些人更容易从长期昏迷中醒过来……似乎是大脑由于第一次受伤而有了某种适应，从而能让它挺过第二次。"

"这个理论还没被确定。"布朗说。他好像不赞成魏扎克把这个理论提出来。

魏扎克说："伤痕就在那里。你可能不记得那时候发生的事儿了吧，约翰？我猜你肯定忘了。你是从楼梯上摔下来了，还是从自行车上？伤痕显示是在你小时候发生的。"

约翰仔细想了想后，摇摇头："你们问过我父母吗？"

"他们都不记得你头部受过伤……你什么事儿都没发生过？"

有那么一瞬间，他的脑海中浮现出一些破碎的印象——包括烟、黑色、油，以及橡胶的气味，还有冷的感觉。这些印象很快消失了。约翰摇摇头。

魏扎克叹口气，又耸了耸肩："你一定很累了。"

"嗯，有点儿。"

布朗坐在测试台的边上。"现在 11 点 15 分了。你今天上午挺辛苦的。如果你愿意的话，魏扎克医生和我会问你几个问题，问完你就回你房间睡觉。怎样？"

约翰说："可以。你们从我脑子里取得的图像……"

"那是 CAT 扫描图。"魏扎克点点头，"就是计算机 X 射线轴向分层造影扫描图。"他拿出一盒芝兰（Chiclets）口香糖，摇出 3 颗倒进嘴里。"CAT 扫描图其实就是一系列脑部 X 光照片，约翰。计算机强化那些图像和……"

"给你们显示的结果是什么？我还可以活多长时间？"

"什么叫'我还可以活多长时间'？听起来就像老电影里的一句台词似

的。”魏扎克说。

“我听说从长期昏迷中醒过来的人一般都维持不了多久，”约翰说，“他们会衰退回去。就像一个电灯泡，在完全烧坏之前会特别亮那么一下。”

魏扎克哈哈大笑，是那种发自肺腑的有力的大笑，很奇怪，他含着口香糖却没有咳嗽。“噢，太有戏剧性了。”他一只手按到约翰的胸膛上，“你以为吉姆和我在这个领域内都是小孩子吗？唉。我们可都是神经学专家，你们美国人所谓的高端人才。这就是说，我们只是在人脑机能方面不大懂，但并不是彻头彻尾的笨蛋。嗯，跟你说吧，是的，有的人会衰退回去，但你不会。我想我们可以这样说，吉姆，是吧？”

“是的。”布朗说，“我们没发现什么大损伤。约翰，得克萨斯州有一个男的，昏迷了 9 年时间。现在他是一名银行信贷员，这个工作他干了 6 年了。在这之前他还干了两年的出纳员。亚利桑那州有个女的躺了 12 年，她在分娩的时候麻醉方面出了故障。现在她坐轮椅，但是她活着而且很清醒。她在 1969 年醒过来，见到了 12 年前她生下的孩子。那孩子当时已经上七年级了，还是名优等生。”

“我会坐轮椅吗？”约翰问，“我的腿伸不直。我的胳膊还好点儿，但这腿……”他的声音弱下去，摇摇头。

魏扎克说：“韧带缩短了，是吧？这就是昏迷的病人开始抽缩成我们所称的‘胎前期状态’的原因。但是关于昏迷中发生的生理退化，我们现在比以前认识得更多了，可以更好地应对这种现象。你一直在医院理疗师的指导下有规律地锻炼，即使在睡觉的时候也是。不同病人对昏迷的反应不同。你的退化发生得很慢，约翰。像你说的，你的胳膊反应灵敏，没有丧失功能，但也是有退化的。你的治疗需要很长时间而且……我该对你撒谎吗？嗯，我想不该。你的治疗需要很长时间而且很痛苦，你会痛苦得流眼泪，你也许会慢慢恨上你的主治医师，也许会慢慢爱上你的床。会有手术，如果你特别特别幸运的话，就只有一次，但是很可能需要四次，要拉长韧带。这些手术仍然算是新型手术，有可能完全成功，或者部分成功，也有可能完全不成功。但是上帝保佑，我相信你会重新站起来走路的。我想你可能玩儿不了滑雪或跨栏，但你可以跑步，而且肯定能游泳。”

“谢谢你。”约翰说。他突然对这个有口音、留着古怪发型的人有了好感。他想为魏扎克做些什么作为报答——与此同时一个强烈的愿望（简直是一种需要）涌上来，他想触碰魏扎克一下。

他突然伸出双手捧住魏扎克的手。这位医生的手大而温暖，纹路很深。

“嗯？这是干什么？”魏扎克温和地问。

就在那一瞬间，事情改变了。说不清是如何改变的。只是在突然间，魏扎克好像就一览无遗地展现在他面前了。魏扎克似乎……站在当中，在一团美好清澈的光亮中被勾勒出来。他脸上每个斑、每颗痣以及每条皱纹都特别鲜明。每条皱纹又都透露出背后的故事。他开始了解了。

“我需要你的钱包。”约翰说。

“我的……？”魏扎克和布朗互相惊诧地看了一眼。

“你的钱包里有一张你母亲的照片，我需要它，拜托了。”约翰说。

“你怎么知道的？”

“拜托拿出来一下！”

魏扎克打量了一会儿约翰的脸，然后慢吞吞地在他的工作服下翻了一遍，拿出一个罗德·巴克斯顿牌（Lord Buxton）的旧钱包，鼓鼓囊囊的，已经变形了。

“你怎么知道我带着一张我母亲的照片？她已经去世了，在纳粹占领华沙的时候……”

约翰从魏扎克手里一把拿过钱包。魏扎克和布朗两人满脸惊愕。约翰打开钱包，没理会装相片的塑料夹层，而是把手伸进后面，手指匆匆拨拉过旧名片、收到的账单、一张已作废的支票，还有一张某个政治集会的旧票，然后拿出一张塑封的小快照。照片上是一个年轻妇女，相貌朴实，头发梳到后面，罩在一块方巾下。她的笑容灿烂而又富有朝气，正牵着一个小男孩儿的手，旁边有一个男人，身穿波兰军装。

约翰把照片夹在两手间，闭上眼睛，过了一会儿，出现了一片黑暗，随后从黑暗中冲出一辆马车……不，不是马车，是一辆灵车。一辆马拉的灵车。灯用黑色粗麻布蒙起来。毫无疑问那是辆灵车，因为人们在——

（成百上千地死，哦，是成千上万地死，对抗不了装甲部队，德国国防军，用 19 世纪的骑兵应对坦克和机关枪。此起彼伏的爆炸。嘶喊，死去的士兵，一匹马被炸出了内脏，两眼可怕地上翻，露出眼白，后面是一架倒翻的火炮，更远的后面，他们来了。魏扎克来了，站在马镫上，在 1939 年夏末歪斜的雨中高举着手中的剑，他的士兵跟在他后面，跌跌撞撞地穿行在泥泞中，纳粹虎式坦克的炮塔炮追踪着他，锁定了他，将他置于括弧内，开炮，“轰”地一下，他腰以下的部位就没有了，剑飞出手中。路的前面就是华沙城。纳粹狼在欧洲大地上肆虐。）

“真的，不能这样下去了。”布朗说道，他的声音听起来遥远而忧虑，“你在过度刺激自己，约翰。”

声音从很远的地方传来，最终来自一个走廊里。

“他让自己进入了某种恍惚状态。”魏扎克说。

这里很热。他在流汗。他在流汗，因为——

（整个城市陷入火海中，成千上万的人在逃跑，一辆卡车轰鸣着左右摇摆，行驶在鹅卵石铺就的街道上，卡车后面满满一车全是德国士兵，他们戴着煤斗形钢盔，在挥手，那名年轻妇女这时不笑了，她也在逃跑，没理由不跑。孩子已经被送到安全地方去了，这时那辆卡车碾上路边石，挡泥板撞上了她，撞烂了她的臀部，把她撞得飞起来，穿过玻璃窗，掉进一个钟表店里，所有钟表这时开始鸣响，因为时间到了，时间是——）

“6 点钟。”约翰声音沙哑地说，他的眼睛上翻到变形的、鼓胀的眼白，“1939 年 9 月 2 日，所有的布谷鸟一起唱起来。”

“哦，天哪，我们碰到什么了？”魏扎克低声说。那名护士退后，紧靠在放脑电图扫描仪的架子上，脸色苍白，面露恐惧。每个人此刻都在害怕，因为空气中弥漫着死亡的气息。死亡总是弥漫在这里的空气中，这家——

（医院。乙醚的气味。他们在那块死亡之地上嘶喊。波兰死去了。在纳粹国防军的闪击之下，波兰沦陷了。臀部被撞碎。隔壁床的男人喊叫着要水，喊啊，喊啊，不停地喊。她记得“孩子是安全的”。什么孩子？她不知道。什么孩子？她叫什么名字？她不记得了。只记得——）

“孩子是安全的，”约翰沙哑地说，“嗯哼，嗯哼。”

“我们不能让他这样下去了。”布朗又一次说。

“你怎么能这样说呢？”魏扎克声音冷淡地说，“太过分了……”

声音渐渐弱下去。声音被压在阴云下。一切都被压在阴云下。欧洲也在战争的阴云下。一切都在阴云下，除了那些山峰，那些——

（瑞士的山峰。瑞士，她现在姓博伦茨，全名约翰娜·博伦茨，丈夫是一名工程师或是建筑师，不管怎样，反正他是造桥的。他在瑞士造桥，有羊奶，羊奶酪。一个婴孩儿。哦，生产！生产时太可怕了，她需要药，需要吗啡，约翰娜·博伦茨，因为臀部。臀部曾被撞烂过。它做过手术，然后它“睡着”了，而现在由于她要生孩子，骨盆伸展开，它又“醒来”了，开始尖叫。一个孩子，两个孩子，三个孩子，四个孩子。他们并不是一起降生的，不是——他们是多年的收获。他们是——）

“孩子。”约翰用轻快的语调说，接下来他说话的声音成了女声，完全不是他自己的声音，是一个女人的声音。一首莫名其妙的歌曲从他嘴里唱出。

“上帝啊，这是什么……”布朗说。

“波兰语，这是波兰语！”魏扎克叫道。他瞪大眼睛，脸色发白：“这是首摇篮曲，用波兰语唱的摇篮曲，我的上帝啊，天哪，我们碰到的这是什么呀？”

魏扎克向前俯下身，好像要和约翰一起穿越那些岁月，好像要越过它们，好像——

（桥，一座桥，在土耳其。然后是远东某个很热的地方的一座桥，是老挝吗？看不出来，在那儿死了一个人，汉斯在那儿死去了，然后又是弗吉尼亚的一座桥，横跨拉帕汉诺克河，还有另一座桥，在加利福尼亚。我们现在在申请公民资格，到一个又热又小的教室里上课，那在一个总是充满胶水味儿的邮局后面。此时是 1963 年，11 月，我们听到肯尼迪在达拉斯遇刺时，我们哭了，在那个小男孩儿向他父亲的棺材敬礼时，她想起"孩子是安全的"。这勾起了她某段燃烧、某段剧烈燃烧和悲痛的回忆，什么孩子？她梦到了那个孩子，于是头痛犯了。男人去世了。赫尔穆特·博伦茨去世了，她和孩子们住在加利福尼亚州卡梅尔。一座房子里，在，在，在，在哪里，看不清路标，这在"死亡区域"里。和那个划艇，那个草坪上的野餐桌的情况一样，在"死亡区域"里。华沙也一样。孩子们离去了。她一个又一个地去参加他们的毕业典礼，她的臀部在疼痛。一个死在了越南，剩下的都还好，其中一个在造桥。她的名字叫约翰娜·博伦茨，夜半独处时，她有时会在钟表嘀嗒作响的黑暗中想："孩子是安全的。"）

约翰抬眼看他们。他的脑袋感觉怪怪的。环绕在魏扎克身边的那怪异的光芒消失了。约翰感觉身体还算正常，只是有气无力，还有点儿恶心。他看了一会儿手里那张照片，把它还给魏扎克。

布朗问他："约翰，你没事儿吧？"

"挺累的。"他低声说。

"你能告诉我们刚才你怎么了吗？"

他看着魏扎克，说："你母亲还活着。"

"不，约翰。她很多年前就去世了，在战争中。"

约翰说："一辆德国军车撞了她，她飞起来撞碎了一个玻璃橱窗，掉进了一家钟表店里。她在一家医院里醒过来，患了失忆症。她没有身份证明文件，取了个名字叫约翰娜……或者类似的名字。我没看出她改了什么姓，不过战争结束时她到了瑞士，嫁给了一个瑞士……工程师，我想是。那个人的专业是造桥，他的名字叫赫尔穆特·博伦茨。因此她结婚后的名字就叫约翰娜·博伦茨，现在也是这个名字。”

那护士的眼睛睁得越来越大。布朗医生显得很不高兴，可能是因为他认为约翰在捉弄他们所有人，也有可能仅仅是因为他不喜欢自己规整的测试计划被打乱。但魏扎克的脸上很平静，且若有所思。

“她和赫尔穆特·博伦茨生了4个孩子，”约翰的声音还是刚才那样，平静、有气无力，“他的工作使得他在全世界到处跑。他在土耳其待过一段时间。还有远东的某个地方，老挝吧，我想是，也有可能是柬埔寨。然后他到了这里。先在弗吉尼亚，然后在一些我没看出来的地方，最后是在加利福尼亚。他和约翰娜成了美国公民。赫尔穆特·博伦茨后来死了。他们的其中一个孩子也死了。其他的都活着，而且都过得很好。只是她有时做梦会梦到你。在梦里她在想‘孩子是安全的’，但是她不记得你的名字。她可能觉得现在太迟了。”

“加利福尼亚？”魏扎克若有所思地说。

“萨姆·魏扎克，真的，你不能鼓励这种行为。”布朗医生说。

“加利福尼亚哪里，约翰？”

“卡梅尔，靠近海边，但是我看不出哪条街。它就在那里，但我辨认不出来。它在‘死亡区域’里，就像看不到野餐桌和划艇一样。但她确实是在加利福尼亚州的卡梅尔。约翰娜·博伦茨。她并不老。”

“是，她当然不老。”萨姆·魏扎克还是刚才那种若有所思、出神的语气，“德国人入侵波兰的时候她才24岁。”

“魏扎克医生，我不得不强调一下。”布朗声音严厉地说。

魏扎克好像是从沉思中一下子醒过来似的。他左右环顾一下，仿佛第一次注意到他这位小同事：“当然，当然你得强调。嗯，约翰已经完成他的问答过程了……虽然他回答的比我们问他的要多。”

“那都是胡言乱语。”布朗毫不客气地说，而约翰则想：他害怕了，怕极了。

魏扎克对布朗笑了笑，又对那名护士笑了笑。她正盯着约翰看，就好像约翰是一头在粗劣建造的兽笼里的老虎一样。“别说起这个事儿，护士。别跟你的主管、你的母亲、你的兄弟、你的爱人或者你的牧师说这个事儿。明白了吗？”

“是，医生。”护士说。但是她会说的，约翰心里想，看了一眼魏扎克。他知道，她会说的。

2

他睡了大半个下午。大约 4 点钟的时候，他被推出来，沿着走廊到电梯，下楼到了神经科，做了更多的测试。约翰哭了。成年人应有的机能控制他好像基本都没有。回去的路上，他尿在了自己身上，像个婴儿一样让人换尿布。深入骨髓的沮丧感第一次（还远远没到最后一次）席卷了他，他毫无抵抗能力，真希望自己死掉算了。自怜夹杂着沮丧，他想这是多么不公平啊，他成了瑞普·凡·温克尔[①]。他无法走路，女朋友已嫁给他人，他母亲又迷信宗教。他看不到前面有任何值得为之而活着的东西。

回到房间，护士问他想要点儿什么。如果是玛丽亚当班，约翰会要点儿冰水。但她 3 点钟时就离开了。

“不要。”他说，翻过身脸对着墙壁。过了一会儿，他睡着了。

---

① 瑞普·凡·温克尔：美国作家华盛顿·欧文（Washington Irving，1783—1859）创作的短篇小说《瑞普·凡·温克尔》（*Rip Van Winkle*）中的主人公，他在沉睡了 20 年后醒来，发现世界全都变了。——译者注

第 8 章
预知力

有些事儿最好是没看到，有些东西丢失比找到要好。

1

那天晚上他父母进来坐了一个小时，薇拉留下一包宗教小册子。

赫伯特说："我们准备待到这周末，然后，如果你状况还不错的话，我们就先回家一段时间。不过我们每周末都会过来的。"

"我想陪我的孩子。"薇拉大声说。

"最好还是算了吧，妈妈。"约翰说。沮丧感消散了一点儿，但那种阴郁的情绪一直缠绕着他。他现在都这样了，如果他妈妈还给他讲什么上帝的精妙安排的话，他真有可能按捺不住哈哈大笑。

"你需要我，约翰。你需要我来给你解释……"

"我第一需要的是康复，等我能走路的时候你再给我讲解。好吗？"约翰说。

她默不作声，脸上现出几近可笑的顽固表情，尽管这件事儿没什么好笑的。一点儿都不可笑。只是造物弄人，仅此而已。那条路上早 5 分钟或者晚 5 分钟就一切都不同了。现在看看我们，每个人都被彻头彻尾地丢弃了。她还相信这是上帝的安排。这要不是上帝的安排，那就是彻底疯了。

为了打破令人尴尬的沉默，约翰说："嗯，尼克松获得连任了，爸爸？他的竞选对手是谁？"

赫伯特说："他确实连任来着，跟他竞选的是麦戈文。"

"谁？"

"麦戈文，乔治·麦戈文。南达科他州的参议员。"

"不是马斯基？"

"不是。但尼克松已经不再是总统了，他辞职了。"

"什么？"

"他是个骗子，"薇拉绷着脸说，"他变骄傲了，于是上帝使他卑下。"

约翰大吃了一惊："尼克松辞职了？他辞职了？"

赫伯特说："他要是不辞职就会被赶下台了。他们都准备好要弹劾他了。"

约翰突然意识到美国政坛已经发生了某种重大的、影响到根本的剧变（基本可以肯定是越南战争的结果），而他没看到。这时候他才真正感觉自己像那个小说中的人物瑞普·凡·温克尔一样。世界变化有多大？他几乎没有胆量问。然后一个很令人扫兴的念头冒出来。

"阿格纽……阿格纽当总统了？"

"福特。"薇拉说，"一个善良、正直的人。"

"亨利·福特[①]成为美国总统了？"

"不是亨利，是杰里[②]。"她更正道。

他盯一会儿这个，又盯一会儿那个，觉得这就是个梦，或者是怪诞的玩笑。

"阿格纽也辞职了。"薇拉说，她的嘴唇紧绷，"他是个窃贼，在任期间

① 亨利·福特（Henry Ford，1863—1947）：美国汽车工程师、企业家，福特汽车公司的建立者。——编者注

② 杰里（Jerry）：杰拉尔德（Gerald）的昵称。此处指杰拉尔德·福特。——编者注

接受了贿赂。他们这样说的。”

赫伯特说：“他不是因为贿赂辞职的，是因为在马里兰州时一些乱七八糟的事儿。我猜他在那里面陷得很深。尼克松任命了杰里·福特为副总统。去年 8 月尼克松辞职，福特就继任了。然后他又任命纳尔逊·洛克菲勒[①]为副总统。现在的状况就是这样。”

薇拉冷冷地说：“一个离过婚的男人。上帝绝不会让他成为总统的。”

约翰问：“尼克松做什么了？上帝啊。我……”他瞥了他母亲一眼，看到他母亲迅速皱起了眉头。“我的意思是，不会吧，如果他们打算弹劾他……”

薇拉说：“白费力气，你没必要把救世主的名字用在一伙儿不正当的政客身上。是因为水门事件。”

“水门？这是越南的一场军事行动之类的吗？”

赫伯特说：“是华盛顿的水门饭店。几名古巴人闯入民主党委员会设在那里的办公室后被捕了。尼克松是知道这个事儿，他想掩盖事实来着。”

“你们是在开玩笑吗？”约翰好不容易才说出话来。

薇拉说：“有几盒录音带，还有那个约翰·迪安[②]。他什么都不是，就是个过河拆桥的卑鄙小人，我就是这么想的。一个生活中常见的那种告密者。”

“爸爸，你能给我详细讲讲吗？”

“我试试吧，”赫伯特说，“不过我认为整个事件还没有真相大白，现在还没有。我下回给你带几本书来。已经有成千上万本写这事儿的书了，我估计在事情有最终定论之前会有更多的书出来的。那是在竞选前，1972 年夏天……”

---

① 纳尔逊·洛克菲勒：全名纳尔逊·奥尔德里奇·洛克菲勒（Nelson Aldrich Rockefeller，1908—1979），美国慈善家、商人、政治家，曾任美国副总统。——编者注

② 约翰·迪安（John Wesley Dean III）：尼克松总统时代的白宫法律顾问，“水门事件”后曾被判入狱 4 个月。——编者注

2

10 点半，他的父母走了。病房里的灯光已经变暗。约翰睡不着。令人不适应的一大堆杂乱的新事物，全都在他脑子里飞旋乱舞。世界变化如此之大，超出了他的想象。他觉得跟不上时代了，不协调了。

他父亲告诉他，汽油价格涨了将近 100%。在他出车祸那时候，你花 30 或 32 美分就能买上将近 4 升普通汽油。而现在，你得花 54 美分，而且有时候还得排队才能买上。还有，全美国的法定时速限制是每小时 55 英里，跑长途的大卡车司机们几乎都要造反了。

但这一切都不算什么。越南成了过往。战争结束了。那个国家最终成了共产主义国家。赫伯特说就是约翰开始显示出苏醒迹象时候的事儿。所有那些年、所有的流血屠戮过后，短短数日内，就像是一片遮阳窗帘一样，“胡志明叔叔”的继任者们就把那个国家给裹起来了。

美国总统到访了红色中国。不是福特，是尼克松。他在辞职前去的。所有人中偏偏是尼克松。他自己就是个对别人进行过政治迫害的老手。如果不是约翰的爸爸而是其他人告诉约翰这个事实的话，他根本不会相信。

太过分了，太让人惶恐了。突然间他不想再了解任何东西了，他害怕那样会把他彻底逼疯。布朗医生拿的那支笔，那支“弗莱尔”，还有多少类似的东西？有多少成百上千的小东西，它们都一遍又一遍地证明一点：你失去了生命中的一部分，如果按照保险精算师的运算表来算的话，那是将近 6% 的生命。你落后于时代，你错过了机会。

一个温和的声音响起：“约翰？你睡着了吗，约翰？”

他翻过身。一个昏暗的人影站在病房门口，个子低矮，肩膀浑圆。那是魏扎克。

“没有。还没有。”

“哦，希望你没睡着。我可以进来吗？”

“可以啊，请进。”

今晚的魏扎克显得苍老了一些。他坐到约翰的床边。

他说：“我早些时候打了电话，给加利福尼亚州卡梅尔查号服务台打了电话。我问他们要约翰娜·博伦茨的电话。你觉得，有那样一个电话吗？”

“除非是没有被登记，或者是她根本就没有电话。”约翰说。

“她有电话。他们给了我号码。”

“啊。”约翰说。他感兴趣是因为他觉得魏扎克这个人不错，但也仅此而已。他觉得没必要去证实他对于约翰娜·博伦茨的了解，因为他知道那种了解是可靠的，就像他了解自己是惯用右手的一样。

魏扎克说：“我坐着想了很久这件事儿。我跟你说我母亲去世了，但实际上那只是个推测。我父亲死在了华沙保卫战中。我母亲一直没有出现，是吧？所以推测她在被占领期间死于轰炸是符合逻辑的……你也知道。她一直都没有出现过，因此推测她已去世是合情合理的。失忆症……作为一名神经学医生，我可以肯定地说，永久性、全面性的失忆是非常非常少见的。大概比真性精神分裂症还要少见。我还从没有见过一个有文献记载的这种病例能延续 35 年之久。”

约翰说：“很久以前她的失忆症就好了。我想她只是把一切都隐瞒起来了。当她恢复记忆的时候，她已经重新嫁了人，而且是两个孩子的母亲了……也许是三个。可能她回忆一次就要内疚一次。但她常梦见你。‘孩子是安全的。’你给她打电话了吗？”

魏扎克说：“打了。我直接拨的。你以前敢想象你今天能这样做吗？啊，太方便了。你拨一个号码，区号，11 位数字，你就可以联系上这个国家内任何一块地方。真让人叹服。某种程度上说还真吓人。一个男孩儿，哦不，是一个小伙子接的电话。我问博伦茨女士在不在家。我听到他喊：‘妈妈，找你的。’听筒里传来饭桌或书桌或类似东西上的沉闷的金属声。我站在缅因州的班戈市，距离大西洋不到 40 英里的地方，却在听一个小伙子把话筒放到太平洋边上一个小镇的桌上。我的心脏……‘咚咚’地跳得那么厉害，让我自己都害怕。等了好像很长时间，然后她接起电话问：‘嗯？喂？’”

“你说什么了？你是怎么处理的？”

“我没有像你说的去‘处理’。”魏扎克说着，歪嘴一笑，“我把电话挂了。我当时特别想喝酒，不过没喝。”

“你确信电话那头是她？”

“约翰，这话太幼稚了！1939年时我才9岁。从那时起我就再没听过我母亲的声音。那时候她只跟我说波兰语。而现在我只说英语……我的本国语言我已经差不多忘光了，这是很丢脸的事情。我怎么能随随便便就确信呢？”

“对，但是你确信了吗？”

魏扎克一只手缓缓擦过额头，说：“是，是她。是我母亲。”

“但你不想跟她说话？”

“我为什么应该跟她说话？”魏扎克问，声音听起来快要发怒了，“她的生活是她的生活，对吧？和你说的一样。孩子是安全的。我应该去打扰一个刚刚走进平静生活的女人吗？我应该利用这个摧毁她心理平衡的机会吗？你提到的那些内疚感，我该让它们释放出来吗？甚至冒险去那样做？”

“我不知道。”约翰说。这些问题不好回答，答案不是他能回答出来的，但他感到魏扎克是想诉说他做过的事儿，只不过是用这种明确提问的方式来。这些问题他回答不出来。

“孩子是安全的，卡梅尔的女人也安全。他们中间横亘着一个国家呢，所以就随他去吧，不管了。但你呢，约翰？我们对你该怎么办？”

“我不明白你的意思。”

“那我要给你详细说一下了，啊？布朗医生很生气。他的生气是对我，对你，我猜也对他自己，因为有些东西他有生以来一直确信完全是胡说八道的，而现在他却有点儿半信半疑了。那个作为见证人的护士绝对不会保持沉默。她今晚就会在床上告诉她老公，事情有可能就此结束，但也有可能她老公又告诉他的老板，然后报纸大概在明晚就获悉了这方面的消息。‘昏迷病人醒来有了超能视觉。’”

“超能视觉，这是什么意思？”约翰问。

“我也不是很懂这是什么意思。是特异功能？预言家？好像是嘴边常说的一个词却形容不出来。一点儿也形容不出来。你跟这里的一个护士说她儿子的眼睛手术会成功……”

“是玛丽亚。”约翰低声说。他微微笑了笑。玛丽亚给他的印象挺好。

“……这件事儿已经传遍整个医院了。你看到了未来？这就是超能视觉吗？我不知道。你把我母亲的照片放到手里，就能告诉我她今天在哪里活着。你知道丢失的东西、失踪者在哪里能被找到吗？或许这就是超能视觉？我不知道。你能读心或者影响物质世界的东西，或者用手触摸就让人痊愈吗？这些都是被人们称为‘超自然’的东西，它们都与‘超能视觉’这个概念相关。这些东西布朗医生都是不以为然的。不以为然？不，他不是不以为然，他是嘲笑。”

“你不嘲笑吗？”

“我想起了预言家埃德加·凯西①，还有彼得·何克斯②这些人。我试着给布朗医生讲何克斯的事儿，但得到的是他的嘲笑。他不想谈这些事儿，不想了解这类事儿。”

约翰无言以对。

“所以……我们该拿你怎么办？”

---

① 埃德加·凯西（Edgar Cayce，1877—1945）：美国特异功能者，能在睡眠中记忆文字、诊断病情、解读信函及电报、做出各种预言等。——编者注

② 彼得·何克斯（Peter Hurkos）：荷兰特异功能者，此人30岁时从梯子上跌落，头部受伤并陷入昏迷，之后便有了超感知能力，曾协助寻找失踪人员、杀人犯，甚至失踪飞机等。其参与的著名案件有波士顿连环谋杀案和莎伦·泰特（Sharon Tate）凶杀案。到 1969 年，他已帮助 17 个国家侦破 27 起谋杀案。——编者注

“你们打算做一些需要做的事儿？”

“我想是吧，”魏扎克说着站起来，“我让你自己考虑清楚这个问题。不过在你考虑的时候，要想想：有些事儿最好是没看到，有些东西丢失比找到要好。”

他向约翰道了晚安，悄然离去。约翰感觉特别累，但好长时间也没睡着。

第 9 章
遗失的戒指

“约翰，你有什么需要的吗？”

只需要你，宝贝儿。还有，需要过去 4 年半的时光能回来。约翰在心里想。

1

约翰的第一次手术定在 5 月 28 日。魏扎克和布朗两人都给他详细地阐述过步骤。到时候会对他进行局部麻醉，魏扎克和布朗谁都不敢冒险给他全身麻醉。这第一次手术是在他的膝部和脚踝。约翰在长年沉睡期间缩短的韧带要用一组塑料纤维接长，心脏瓣膜搭桥手术里也常用到这种塑料。布朗告诉他，最大的问题并不是他身体的接受度或者对人工韧带的排斥度，而是他双腿适应改变的能力。如果膝盖和脚踝的手术效果良好，那么将上会讨论后续的三项手术：第一项是他大腿部的长韧带，第二项是肘部韧带，第三项也许就是他的脖颈了，他现在基本不能扭动脖子。第一次手术由雷蒙德·劳普来做，他是该项技术的创始人，马上就从旧金山飞过来。

“这个劳普已经是那样一个超级明星了，为什么想要给我做手术？”约翰问。“超级明星”这个词是他从玛丽亚那里学来的。玛丽亚在谈到一个歌手的时候用过这词，那歌手头发渐秃，戴眼镜，有个不太真实的名字，叫艾尔顿・约翰[①]。

布朗说："你低估你自己的超级明星特质了。像你这样昏迷这么长时间以后还能醒过来的，在美国只有很少数人。而在这很少数人中，你脑损伤的愈合程度又是最彻底、最令人满意的。"

萨姆・魏扎克说得更直白："你是一个实验品，懂吗？"

"什么？"

"是的。来，看这个光。"魏扎克用一束光照着约翰的左眼瞳孔，"你知道我用这个就能看你的视神经吗？没错。眼睛不仅是心灵的窗户，它们还是大脑最重要的维修点之一。"

"实验品。"约翰闷闷不乐地说，盯着强烈的光点。

"对的。"光源"啪"地熄了，"别那么为自己难过。很多给你用的技术，有一些已经用过了，它们在越南战争期间已经接近完善了。那些退役军人医院里可不缺乏实验品，是吧？像劳普这样的人对你感兴趣是因为你很独特。这里躺着一个睡了 4 年半的人呢。我们能让他重新走起来吗？一个很有意思的问题。他正考虑在《新英格兰医学杂志》上发表关于此病例的专题文章。他盼望见到这个病例，就跟一个小孩子在圣诞树下盼望新玩具一样。他没有见过你，他没有见过病痛中的约翰・史密斯，那个必须要带着便盆、如果后背痒痒得按铃叫护士才能挠一下的约翰・史密斯。这样也好。他的手就不会颤抖了。笑一笑，约翰。这个劳普样子像个银行职员，但他大概是整个北美地区最优秀的外科医生了。"

但约翰很难笑出来。

他已经开始顺从地读他母亲给他留下的那些宗教小册子了。它们让他感觉很丧气，并且让他再一次担忧起他母亲的精神是否正常。那些书里有一本是个

---

① 艾尔顿・约翰：全名艾尔顿・赫拉克勒斯・约翰（Sir Elton Hercules John，1947— ），原名雷金纳德・肯尼思・德怀特（Reginald Kenneth Dwight），英国歌手、曲作者、演员。——编者注

叫塞勒姆·基尔班的人写的，里面痴迷于血腥的世界末日和张开大口的烤炉地狱，让他感觉几乎就是异教的世界。另外一本则是以低俗恐怖小说的言辞来描述即将到来的“基督之敌”。剩下的都是一堆愚昧无知的疯话罢了：基督住在南极下面，上帝驾驶着飞碟，纽约是罪恶之地，洛杉矶是罪恶之都，都会被天堂之火焚毁。它们讲驱魔，讲女巫，讲形形色色看得见和看不见的东西。他根本无法把这些小册子与那个他昏迷前熟识的、虔诚却又朴实的女人联系在一起。

在魏扎克母亲照片那起小事件发生之后 3 天，一个身形修长的黑头发记者出现在约翰病房的门口，他说他叫戴维·布莱特，来自《班戈每日新闻报》，问他能否做一个简短的采访。

“你问过医生们了吗？”约翰问他。

布莱特咧嘴笑笑，说：“说实话，没有。”

“好吧，这样的话，我愿意跟你谈。”约翰说。

“你跟我兴趣相投。”布莱特说，他走进来坐下了。

他先问了几个问题，关于那起车祸，关于约翰从昏迷中醒来然后发现自己失去了将近 5 年时间的想法和感受。约翰实事求是地、坦诚地回答了问题。然后布莱特说，他从“一个消息来源”那里听说，约翰由于那起车祸而拥有了某种第六感。

“你是在问我，我是不是一个有特异功能的人？”

布莱特一笑，又耸耸肩，说：“这句话挺适合做个开头的。”

约翰谨慎地想起了魏扎克说的话。他越想，就越觉得魏扎克挂上电话没说一句话做得完全正确。他脑子里由此想到了 W. W. 雅各布斯那篇小说《猴爪》。那只爪子是可以实现愿望的，让你实现三个愿望，但是每一个你都要付出悲惨的代价。那对老夫妇想要 100 英镑，然后他们的儿子就在磨坊事故中死了，磨坊的赔偿金正好是 100 英镑。然后老太太就想要她的儿子复活，他也果真回来了，但在她打开门看到她从坟墓中召唤出来的极其恐怖的怪物之前，那老头儿用了最后一个愿望又把怪物送回去了。像魏扎克所说的，也许有些东西丢失比找到要好。

他开口说道：“不，在特异功能方面，我跟你是一样的。”

“据我的消息来源，你……”

“不是。那是瞎说的。”

布莱特不相信地微微笑了笑，好像是越争论越说明有鬼似的，他把笔记本翻到新的一页，开始问约翰对以后生活的展望，关于回归正常生活的感受，约翰也都尽可能坦率地一一作答。

“那么，当你出院的时候，你打算干什么？”布莱特边问边合上笔记本。

“我还没有真正考虑过这个问题。杰拉尔德·福特是总统这件事儿我还在努力适应呢。”

布莱特笑着说：“这样想的不是你一个人，我的朋友。”

“我估计我会回去教书吧。除此之外我就不知道别的了。不过现在考虑那些还太早。”

布莱特感谢他接受采访，然后离开了。两天后，也就是他的腿部手术的前一天，报纸上出现了这篇报道。文章在头版的底部，标题是《约翰·史密斯，现代版瑞普·凡·温克尔，面对漫长的回归之路》。报道配了 3 张照片，一张是约翰在克利夫斯·米尔斯中学年刊上的照片（这张照片拍完后，仅仅一个星期就发生了车祸），一张是约翰躺在医院病床上的照片，身形瘦弱，姿势扭曲，胳膊和腿呈弯曲状。这两张照片中间，是那辆几乎完全报废的出租车照片，像条死狗一样侧翻在一边。布莱特的文章里没有提及第六感、预知能力或神秘力量等事情。

“你是怎么让他对超感知能力这个观点失去兴趣的？”那天晚上魏扎克问他。

约翰耸耸肩，说：“他看样子像个好人，也许他是不想用这个来难为我吧。”

“也许是不想，但他是不会忽略掉这一点的。如果他是个优秀的记者他就不会。据我所知他是个优秀的记者。”魏扎克说。

“据你所知？”

“我打听过。”

“是为了我好？”

“我们都在尽自己的能力做事儿，是不是？你对明天紧张吗，约翰？”

“不紧张，不紧张。更准确地说应该是害怕。”

“是啊，你当然害怕了。要是我我也会害怕的。”

“你会在那儿吗？”

“会的，手术室的观察区，在上面。我穿上绿衣服以后你认不出哪个是我，但我会在那儿。”

“戴上什么东西，”约翰说，“戴上什么东西，我好认出哪个是你。”

魏扎克看着他，笑了笑：“好吧。我把我的表别在上衣上。”

约翰说：“好。布朗医生怎么样？他会去吗？”

“布朗医生在华盛顿。明天他会向美国神经学医师协会介绍你的情况。我看过他的论文，写得很好。也许有点儿夸大。”

“你没被邀请？”

魏扎克耸耸肩：“我不喜欢坐飞机，我害怕。”

“可能你是想待在这里吧。”

魏扎克歪着嘴笑笑，摊开双手，什么也没说。

“他不太喜欢我，是吧？布朗医生？”约翰问。

魏扎克说：“嗯，不太喜欢吧。他觉得你在耍弄我们。他觉得你出于个人原因而编造了一些事情出来，引起别人注意吧，也许就是这样。不要因为这个就对他下结论，约翰。他的思维特点决定了他不可能有别的想法。如果你对他有什么看法的话，那就为他感到遗憾吧。他很有才华，前途会很远大。好几家单位都在争着要他，不久以后的某一天他就会飞离这寒冷的北方林地，在班戈市再也看不到他了。他可能去休斯敦或者夏威夷，甚至可能去巴黎。但奇怪的是他这个人又很有局限性。他是一个‘大脑机修工’，他用手术刀把大脑切成一片片的，没有发现灵魂，因而也就什么都没有了，就像那些绕着地球旋转而没有看到上帝的俄罗斯宇航员一样。这就是我对这位机修工的认识，但一名机修工也就是个娴熟地调节发动机的孩子。我说的这些话你千万别告诉他。”

“我不说。”

“你现在必须休息了。明天会是很漫长的一天。”

2

约翰在手术时所看到的大名鼎鼎的劳普医生仅仅是一副厚厚的角质边框眼镜，还有这个人前额最左边的一颗大粉瘤，其余的部分都覆盖在帽子、罩衣和手套里。

术前医生给约翰打了两针，一针杜冷丁，一针阿托品，因此他被推进手术室时就已经晕晕乎乎的了。麻醉师走上来，拿着约翰有生以来见过的最大的普鲁卡因注射针。他估计这一针下去会很痛，而他想得没错，的确很痛。注射部位在 L4 和 L5 之间，也就是腰椎骨第 4 节和第 5 节之间，注射点要高到避开马尾神经，就是脊椎底部、乍看起来像马尾巴的那束神经。

约翰脸朝下俯卧，咬着自己的胳膊以防叫出来。

万分难熬的一段时间过后，痛觉开始减弱为一种钝钝的压迫感。除此之外，他身体的下半部完全麻木了。

劳普的脸朦朦胧胧出现在他上面。这个绿衣服土匪，约翰心里默想。戴着角质边框眼镜的土匪杰西·詹姆斯[①]，你是要钱还是要命？

“还轻松吧，史密斯先生？”劳普问。

“嗯。不过我可不想再来这么一遭。”

“你愿意的话可以看看杂志。要是你不觉得烦的话，看镜子也行。”

---

① 土匪杰西·詹姆斯：全名杰西·伍德森·詹姆斯（Jesse Woodson James，1847—1882），美国历史上的著名强盗。其与哥哥弗兰克·詹姆斯（Frank James）在美国内战期间加入突击队，战后成为强盗，是“詹氏一杨格”团伙最有名的成员。最后其被帮派成员福特兄弟枪杀。其死后被逐渐刻画成一个带有传奇色彩的侠盗形象。——编者注

“好的。”

“护士，请报告一下血压。”

“高压 120，低压 76，医生。”

“很好。好了，各位，我们开始吧？”

“给我留个鸡腿啊。”约翰有气无力地说，引得大家一阵爽朗的笑，这让他感到有些惊讶。劳普瘦削、戴手套的手在他盖着床单的肩头拍了拍。

他看着劳普挑了把手术刀，然后没入绿色帷子后面，那帷子从约翰上方弯曲的金属环上悬挂下来。镜子是凸面的，虽然有点儿扭曲，但一切都尽收眼底。

“嗯，好，”劳普说，“好，对……这就是我们要找的……嗯，嗯……好……护士，给我钳子，快点儿，看在上帝的分儿上动起来啊……是的，先生……现在我相信我要其中一个……别，慢着……不要给我我向你要的，给我我需要的……嗯，好了。给我带子。”

护士用钳子夹起一束像是细线一类缠绕在一起的东西递给劳普，劳普极其小心地用镊子把它们悬空取出来。

就像一场意大利晚餐似的，约翰心想，看看那份意面调味汁。这让他感觉很不舒服，他将视线移开。在他上面的走廊里，“其他土匪”在向下看着他。他们的眼珠子灰白、无情、吓人。这时他认出了魏扎克，从右数第 3 个，手表清楚地别在罩衣的前襟上。

约翰点点头。

魏扎克也朝他点点头。

这让他感觉好了一点儿。

3

劳普处理完约翰膝部和小腿之间的连接后，把约翰翻了过来。手术继续。麻醉医师问他感觉好不好。约翰和她说，情况既然如此，他就尽可能感觉好吧。她又问他想不想听录音带，他说那挺好。过了一会儿，琼·贝兹清晰悦耳的声音流淌在整个手术室内。劳普继续做他的手术。约翰渐渐犯困，打起瞌睡来。他醒来时手术还在进行。魏扎克也还在。约翰举起一只手，向他到来表示感谢，魏扎克再次点点头。

4

一个小时后手术完结。他被推进恢复室，在那里一个护士不停地问他，能不能说出她触摸到了他的几根脚趾。过了一会儿后，约翰能说清楚几根了。

劳普走进来，他的“土匪面罩”松开移到一边。

“还好吧？”他问。

“嗯。”

“手术非常顺利。我很乐观。”劳普说。

“好。”

劳普说：“你会感到有些痛的，也许还会非常痛。手术本身会让你在开始一段时间很痛。坚持一下吧。”

“坚持一下。”约翰轻声说。

“再见。”劳普说完走了。也许在天黑透之前他还可以在当地的高尔夫球场快速玩儿一场 9 洞高尔夫，约翰想。

5

非常痛。

到晚上九点钟的时候，麻醉药的最后一点儿效力也消散了，约翰陷入了疼痛中。医生禁止他在没有两个护士的帮忙下挪动双腿。感觉好像是在腿上缠绕了布满尖钉的带子，然后残忍地收紧似的。时间慢得就像一只尺蠖[①]在爬一样。他看一眼手表，原以为距离他上一次看表已经过去一个小时了，然

---

① 尺蠖：尺蠖蛾的幼虫，爬行时呈拱桥状一屈一伸地前进。——编者注

后却发现时间只过去 4 分钟。他开始觉得他再挺不过一分钟的疼痛了，然后这一分钟过去，他又开始确信再也挺不过下一分钟了。

他想象所有的分钟在前面堆起来，像要投掷的硬币一样，堆起来有 5 英里高，这是他所经历的最大的沮丧，如同一道平滑坚实的波浪一般席卷过来，将他压到下面。它们要把他折磨致死的。还有 3 次手术了，手肘部、大腿部、颈部，治疗，助步车、轮椅、拐杖。

你会感到痛的……坚持一下吧。

不，要坚持你坚持吧，约翰心里默想，别管我。别再拿着你的屠刀靠近我。如果这就是你所谓的帮助，那我一点儿也不想要。

持续的抽痛，深戳进他的肉里。

肚子上一团温热，流淌开来。

他尿在身上了。

约翰·史密斯扭过脸，冲着墙哭起来。

6

首次手术后 10 天，第二次手术排了在两个星期后。这天约翰在看书，看的是“水门事件”两记者伍德沃德和伯恩斯坦撰写的《总统班底》[①]，当他从书上抬起头来时，看到了站在门口的莎拉，她正迟疑地看着他。

“莎拉，是你吗？”他问。

她颤抖地呼出一口气，说：“是的，是我，约翰。”

他放下书，看着她。她穿一条浅绿色亚麻连衣裙，很时尚，手里抓着个褐色的女式小提包，放在身前，像个盾牌。她的头发上挑染了一绺别的颜色，显得很好看。这也让他顿时感到一阵夹杂着刺痛的强烈嫉妒，这是她自

① 《总统班底》（*All the President's Men*）：由两名美国记者卡尔·伯恩斯坦（Carl Bernstein）、鲍勃·伍德沃德（Bob Woodward）在“水门事件”的大部分案情被揭露之后撰写而成，记录了其二人对整个事件的侦破过程。——编者注

己的主意，还是那个跟她和同住同寝的男人让她这样的？她很漂亮。

“进来吧，进来坐下吧。”他说。

她走过来，突然间他看到了她眼里的自己——瘦得要命，身体无力地斜靠在窗边的一把椅子里，双腿直直地伸出去放到脚凳上，穿着一件后开罩衫和一件廉价的病号服。

“就像你看见的这样，我穿上了晚礼服。”他说。

“你看上去状态不错。”她亲吻了下他的面颊，种种回忆就像两副牌一样在他整个脑子里洗起来。她坐在另一把椅子上，交叉起双腿，扯了扯裙子褶边。

他们互相看着对方，缄默无语。他看到她很紧张。如果有人在她肩膀上碰一下的话，估计她会一下子从座位上跳起来。

“我不知道我是不是该来，但我真的很想来。”她说。

“你来了我很高兴。”

就像公交车上的陌生乘客一样，他情绪低落地想。比那还更甚吧。

“你还好吗？”她问。

他笑笑，说：“我现在在打仗了。想看看我的战斗伤疤吗？”他撩起膝部的裤管，露出正开始愈合的S形切口。它们依然发红，针脚赫然在目。

“哦，天哪，他们对你做了什么？”

“他们在试着把‘蛋头先生’重新拼在一起，”约翰说，“国王所有的马，国王所有的人，国王所有的医生。[①] 所以我估计……”他打住了，因为她哭了。

“不要这样说，约翰，拜托不要这样说。”她说道。

“对不起。这只是个……我想开开玩笑。”他这是在干什么？是想对此一笑置之吗？还是以此来表示：谢谢你来看我，他们把我大卸八块啦？

---

① 此句中的“蛋头先生”是英国著名童谣集《鹅妈妈童谣》（*Mother Goose*）中的一篇童谣《蛋头先生》（*Humpty Dumpty*）里的主角，该篇讲述了原本坐在墙头的“蛋头先生”跌下来摔碎了，谁都无法把它重新拼凑起来的故事。“国王所有的马，国王所有的人，国王所有的医生”也是该篇中的几句。——编者注

“你怎么能这样？你怎么还能开玩笑？”她从手提包里抽出一张克里内克丝（Kleenex）面巾纸擦拭眼睛。

“也不是经常这样。我想是再次见到你……情绪爆发了吧，莎拉。”

“他们准备让你出院吗？”

“最终会出院的。就像古代的受夹道鞭打，你看过那类书吗？如果部落里所有印第安人都用他的战斧对我劈一斧后我还能活着，那我就自由了。”

“今年夏天呢？”

“不会，我……我觉得不会。”

“事情发生后我特别难过。”她的声音很低，低得他几乎听不到，“我想弄明白为什么……情况怎么会变成这样了……想得我睡不着觉。要是我没吃那个坏热狗……要是你留下来，而不是回去……”她摇摇头，看着他，眼睛发红：“有时候似乎是没有假设的。”

约翰笑了，说：“‘00’，庄家运气。哎，你还记得吗？我赢了那次幸运大轮盘，莎拉。”

“记得。你赢了 500 多美元。”

他看着她，依旧在笑，但此时的笑露出茫然的神色，几乎就是一种受了伤的笑：“告诉你个有意思的事情。我的医生们认为我活下来的原因也许是我在小时候头上受过某种伤。不过我不记得受过什么伤，我爸妈也不记得。但我又好像总是能想起它，站在那个轮盘前的时候我脑子里就闪过……还有类似于烧橡胶的味道。”

“也许你是在车祸中……”她不确定地说。

“不是，我想不是在车祸中的。轮盘就像是给我的一个警告……但我忽略掉了。”

她挪动了一下身子，不安地说：“别说了，约翰。”

他耸耸肩：“也许就是我一晚上把 4 年的运气都用尽了吧。看看这个，莎拉。”他很小心、很吃力地把一条腿从脚凳上移开，把它弯成 90 度角，然后又伸直放到脚凳上。“也许他们可以把‘蛋头先生’重新拼回去吧。我醒来的时候还做不了这个动作呢，也无法把双腿伸得像现在这么直。”

她说：“但你能思考，你能说话。我们过去还都以为……你知道的。”

“是，约翰成了个萝卜。”沉默又一次出现了，尴尬而难忍受。为了打破沉默，约翰强装出高兴地问：“那你怎么样？”

“好……我结婚了。我想你知道吧。”

“我爸爸跟我说过。”

“他是个好人。”莎拉说，然后又一口气地说，“我等不了了，约翰。对此我也很难过。医生们说你永远也不会醒过来了，说你的体质会越来越差，一直到完全……悄悄离开。即便我知道……”她抬头看他，脸上现出不自然的为自己辩护的表情：“即便我知道你能醒过来，约翰，我想我也等不了了。4 年半是很长的一段时间。”

他说：“是，没错儿，那是相当长的时间了。你想听个变态的事儿吗？我让他们给我带 4 年来的新闻杂志，这样我好知道谁死了。杜鲁门[①]、珍妮丝·贾普林、吉米·亨德里克斯——天哪，我想起他唱《紫雾》的情景，很难相信他死了。丹·布劳克[②]。还有你和我，我们悄悄地逝去了。”

“我难受死了，”她说，近乎耳语，“内疚得要死。但是我爱那个男人，约翰。我很爱他。”

“好，这才是最重要的。”

“他名叫瓦尔特·赫兹里特，是名……”

“我更想听你说说你的孩子。不要见怪，好吗？”约翰说。

“他特别可爱。”她说着笑了，“他现在 7 个月了，名叫丹尼斯，但我们

---

① 杜鲁门：全名哈里·S. 杜鲁门（Harry S. Truman，1884—1972），美国政治家，曾任美国副总统，后接替因病逝世的富兰克林·D. 罗斯福（Franklin D. Roosevelt）总统，出任美国总统。——编者注

② 丹·布劳克（Dan Blocker）：原名博比·唐·布劳克（Bobby Don Blocker，1928—1972），美国演员。——编者注

叫他丹尼。跟他爷爷一样的名字。”

“哪天带他来一下，我挺想见见他的。”

“好的。”莎拉说，两人互相假笑了一下，他们都知道这种事不可能实现。“约翰，你有什么需要的吗？”

只需要你，宝贝儿。还有，需要过去4年半的时光能回来。约翰在心里想。

“没有。你还在教书吗？”约翰问。

“还在教，暂时是。”她承认道。

“还在吸那罪恶的可卡因？”

“哦，约翰，你没变。还是那么爱嘲弄人。”

“还是那么爱嘲弄人。”他跟着默念。沉默再一次几乎是砰然一声降落在两人之间。

“我还可以来看你吗？”

他说：“当然。那太好了，莎拉。”他犹豫着，不想就这样没有任何结果地结束，如果能避免的话，他不想伤害她或他自己。他想说些坦诚的话。

他说：“莎拉，你做得对。”

“是吗？”她问，接着她笑了，嘴角颤抖，“我不知道。一切好像都太残忍，太……我没有办法，这是个严重的错误。我爱我的丈夫和孩子，当瓦尔特说有一天我们会住到班戈市最好的房子里时，我相信他。他说有一天他会去竞选众议院中比尔·科恩的议员席时，我也相信。他说有一天一位来自缅因州的人会被选为总统，我也基本可以相信。但我来到这儿，看着你那不幸的腿……”她又开始哭起来。“它们就像是在搅拌机里被搅拌了一回似的，你又那么瘦……”

“别说了，莎拉，不要说了。”

“你又那么瘦，这件事儿既没道理又残忍，我恨死了，我恨死了，因为根本就不对，一点儿都不对！”

约翰说：“有时候没有什么是对的，我觉得。艰难的旧世界。有时候你不得不尽力而为，不得不试着学会适应现实。你走吧，祝你幸福，莎拉。如果想来看我，就尽管来吧。带上一副克里比奇牌戏计分板。”

她说：“好的。不好意思我哭了。没有让你很高兴，是不是？”

“没关系。”他说，笑了笑，“戒掉可卡因吧，宝贝儿。你的鼻子会掉的。”

她笑了笑，说：“你还是那个约翰。”突然她弯下腰在他唇上吻了一下：“约翰，快点儿好起来吧。”

他若有所思地看着她离开。

“怎么了，约翰？”

“你没有丢了它。没有，你根本没丢。”他说。

她一头雾水，皱着眉问他：“丢了什么？”

“你的婚戒。你没有把它丢在蒙特利尔。”

他把手放到额头上，手指摩挲着右眼皮。他的胳膊投下一团阴影，她看到他的脸半明半暗，心里升起一股莫名其妙的恐惧。这情境让她想到了那个他用来吓唬她的万圣节面具。她和瓦尔特是在蒙特利尔度的蜜月，但约翰是怎么知道的呢？除非是赫伯特告诉了他。对，基本可以肯定是他父亲。可是她把婚戒丢在了饭店房间里不知什么地方，这事儿只有她和瓦尔特才知道呀。再没有其他人知道，因为在他们飞回国之前他又给她买了一个戒指。这件事儿太丢脸，她都没有告诉任何人。连她母亲也没告诉。

“怎么……”

约翰先是眉头紧锁，继而对她一笑，那只手离开额头，扣住另一只手放在膝上。

“那戒指尺寸不对，”他说，“你正在收拾行李，你不记得了吗，莎拉？他出去买东西，你在收拾行李。他出去买……买……不知道了。那在‘死亡区域’里。”

死亡区域？

“他去了一个出售新奇物品的店里，买了一大堆小纪念品，坐垫那一类的东西。可是约翰，你怎么会知道我丢了我的戒……”

“你在收拾行李。那枚戒指尺寸不对，太大了。你打算回去后把它处理掉。但这时，你……你……”他脸上又现出那种皱着眉迷惘的表情，但很快就舒展了。他笑着对她说：“你把卫生纸塞进它里面！”

此刻害怕是毫无疑问的。恐惧像冷水一样在她胃里缓慢盘转。她一只手哆哆嗦嗦地摸到喉咙上，眼睛瞪着他，就像是被催眠了似的。**而他的眼睛里现出似曾相识的目光，就是那晚他赢了命运轮盘时那种胸有成竹又冷静的目光。你遇上什么事儿了，约翰？你是什么人？**他眼睛里的蓝色已经变深变暗，接近紫色，整个人看起来显得特别遥远。她有种想跑的感觉。这间屋子似乎本身就在暗下去，好像他正在以某种方式撕开事实的结构，拆开过往与现在之间的联系。

他继续说：“它从你的手指上滑出去了。你把他的刮脸用具放入一个侧袋中，戒指就是这时滑出去的。你当时没注意到，后来才发现，就这样你以为它丢在房间里了。”他笑起来，是一种响铃一般、高亢轻快的笑声（一点儿也不像是约翰平时的笑声），但是让人感觉很冷……很冷。“好家伙，你们俩把那个房间翻得乱七八糟。但你已经把它装起来了。它现在还在那个手提箱的兜里，一直都在。你上阁楼里去看看，莎拉。你会看到的。”

外面的走廊里，有人把水杯一类的东西掉到了地上，摔碎后在诧异地咒骂。约翰朝那声音处看了一眼，这时他的眼神变清澈了。再回过头来，他看到了她吓呆了的、眼睛大睁的脸，于是不安地皱起眉来。

“怎么？莎拉，我说了什么不对的话了？”

“你怎么知道的？你怎么会知道那些事儿的？”她轻声问。

他说：“我不知道。莎拉，很抱歉，如果我……”

“约翰，我该走了。丹尼在临时请人照看着。”

“好吧，莎拉，不好意思让你心烦。”

“你怎么会知道我的戒指的事儿，约翰？”

他无能为力地摇摇头。

7

一楼走廊内走到半截时，她的胃里开始有些不适。正好她看到一间女盥洗室。她闪身入内，关上一个隔间的门，狂吐起来。冲完水后她闭着眼站起来，浑身颤抖，却又很想笑。她上一次见约翰的时候也吐了。这算是一种简单粗暴的惩罚吗？或是被书挡一样的东西分隔出来了吗？她双手捂住嘴，遏止住任何可能发出的声音，无论是笑声还是喊叫声。昏暗中，世界似乎荒谬地歪斜起来，像一个盘子，像一个旋转的幸运大轮盘。

8

她将丹尼托付给拉贝尔太太照看了，因此她回到家时，屋子里空荡又安静。她沿着狭窄的楼梯爬上阁楼，扭亮开关，两个悬挂着的灯泡亮起来。他们的行李就堆在墙角，蒙特利尔旅行标签还在那些橘黄色的格兰特牌（Grant）手提箱侧边贴着呢。共有三个箱子。她打开第一个，在有弹性的侧袋里摸索，什么也没找到。第二个一样，第三个也一样。

她深深地吸了一口气，然后呼出，感觉很傻，有点儿失望，但大部分感觉还是宽慰。极其强烈的宽慰。没有戒指。很遗憾啦，约翰。但另一方面，我又一点儿都不遗憾。他如果真知道的话，就有点儿太恐怖了。

手提箱原来放的地方一边是瓦尔特的大学旧课本，摞得高高的，另一边是一个落地灯，这落地灯被那个疯女人的狗撞翻后，莎拉一直没舍得把它扔掉。她开始把手提箱滑回原来的地方。完后当她拍拍手上的灰尘准备不再理会这一切时，心底深处一个小得几乎听不见的声音轻声道：这只是匆匆一搜，不是吗？你真的不想发现什么吗，莎拉？

不，不，她真的已经不想找到什么东西了。如果那个小声音认为她会重新打开所有手提箱，那它就大错特错了。她已经迟了15分钟去接丹尼了，瓦尔特也要带他们公司的一位资深合伙人（非常重要的人）回家吃晚饭，她还要给贝蒂·哈克曼写一封信，贝蒂从乌干达的“和平队”给她寄来一封信，她已经直接和一位肯塔基州巨富养马人的儿子结婚了。另外，她还应该打扫一下两个卫生间，做头发，给丹尼洗澡。真的有太多要干的事儿，没有闲工夫在上面这间又热又脏的阁楼里浪费时间。

她确实是又一次拉开了三个箱子，这一次她特别仔细地搜寻几个侧袋，在第三个箱子的边角一路翻折到下面，随后，她发现了那枚婚戒。她把它举到刺眼的灯泡光照下，看里面雕刻的字体，仍然清晰得像瓦尔特给她戴上的那天一样：瓦尔特与莎拉·赫兹里特——1972年7月9日。

莎拉呆呆地看了它好长时间。

她把手提箱放回原处，熄了灯，下楼梯。她换下沾上了道道灰尘的亚麻裙子，穿了一条宽松的裤子和一件浅颜色的上衣，穿过街区去拉贝尔太太那里接上了她儿子。回到家后，莎拉把丹尼放到客厅里，他在那儿活泼地爬来爬去时，她去做烤肉，还削了几个土豆。把烤肉放进烤箱里后，她走到客厅，发现丹尼已经在地毯上睡着了，便把他抱到他的儿童床里。然后她开始清理卫生间。无论干什么事儿，无论何时，她的心思都一直没有离开那枚戒指。约翰是知道的，她甚至能准确指出他获知信息的那一刻：就在她离去之前亲吻他的那时候。

仅仅是想起他就让她感觉既虚弱又怪异，她也说不清为什么。一切都如同一团乱麻。他那种狡黠的笑，一点儿没变，而他的身体，却变化那么大，那么纤弱和营养不良，他的头发紧贴在头皮上的样子毫无生气，与她还对他保留的大量回忆形成了鲜明的对比。而她还是想吻他的。

“别想了。”她轻声对自己说。从卫生间镜子里看，她的脸就像一个陌生人的脸。潮红、发热，而且说实话，嗯，还有些性感。

她的手握住裤兜里那枚戒指，几乎（并不是完全）不假思索地就把戒指扔进了马桶里略带蓝色的清水中。一切都光亮洁净，就算他们公司巴利巴特的特伦奇先生、特伦奇、穆尔豪斯、詹德龙在晚间聚会时进来小便，也不会由于马桶里难看的戒指而感到不舒服。谁懂得一名年轻人在奔往大律师的路上所遇到的障碍呢？谁又能懂得这个世界上的一切事情呢？

戒指扔进水里，激起微小的一点儿水花，缓缓沉向下面，一圈一圈慢慢地翻转。戒指在触碰到底部的白瓷面时，她好像听到了细细的“叮当”一声，不过很有可能只是她想象出来的。她的头在抽痛。刚才的阁楼里空气闷热、不新鲜、有霉味儿。约翰的吻啊——甜蜜的吻。很甜蜜。

在她反应过来自己正在做什么之前（那会给自己找到借口），她就伸手按下了马桶的水箱。水箱发出“轰”的一声响，似乎还要响亮得多，也许吧，因为她的眼睛紧紧闭着。她打开马桶盖，戒指不见了。它曾丢过，现在又一次丢了。

突然间她感觉双腿乏力，坐到浴缸边上，手托住脸。她的脸很烫，很烫。她不会再回去看约翰了。那样不好。看了一次已经让她烦恼不已了。瓦尔特正带着一个资深合伙人回家来，她准备了一瓶蒙大维（Mondavi）葡萄酒，还有一份打破了他们家庭预算的烤肉。这些才是她要考虑的事情。她应该考虑她爱瓦尔特有多深，爱那个在儿童床里睡觉的丹尼有多深。她应该考虑到，既然你在这个疯狂的世界上做出过选择，你就应该和他们生活在一起。她不会再想约翰·史密斯，以及他那狡黠又迷人的微笑了。

9

那天晚上的聚会办得极其成功。

第 10 章
预知力的胜利

“要相信上帝，约翰。所有这一切荒谬都没有必要。

相信上帝就行了，他会治愈你的。”

1

医生给薇拉·史密斯开了一种降血压的药，叫双氢克尿噻（Hydrodiural），这药没有把她的血压降下去多少（“连 10 美分都不值。”她喜欢在信里这样写），却让她感觉恶心无力。用吸尘器打扫完地板后她就不得不坐下来歇一会儿，爬一段楼梯后就得在平台上站住，像只在 8 月里炙热下午的狗一样喘气。要不是约翰和她说这是最好的结果，她当时就把那些药从窗户里扔出去了。

医生又试着给她开了另一种药，但她吃了那种药后心脏“咚咚”猛跳，吓得她赶紧停了。

“这是一种试错法，我们最终会给你确定下来的，薇拉。别担心。”医生说。

薇拉说：“我不担心。我信我主上帝。”

“嗯，当然了，理当如此。”

到了 6 月末，医生选定了一种联合疗法，一种是双氢克尿噻，另一种药名叫爱道美（Aldomet）——一种大片、黄色、很贵的药，吃起来很恶心。她开始一起服用这两种药后，每隔15分钟就要小便一次。她还患上了头痛和心悸。医生说她的血压回到正常范围了，但她不相信。再说，医生们有什么好？看看他们对她的约翰干的好事儿吧，把他像块鲜肉一样地切开，做了3次手术了，他的腿上、胳膊上和脖子上到处都是缝线，就像个怪物，却依然无法随意走动，想走动还得借助于像老西尔维斯特太太所用的那种助步车才行。如果她的血压下降了，那为什么她一直都感觉那么不舒服？

"你得让你的身体有足够的时间来适应药物。"约翰说。这一天是7月份的第一个星期六，他的父母在周末过来。约翰刚刚做完水疗回来，脸色看上去苍白、憔悴。他两只手各拿一个小铅球，一边说话一边把它们举起来，然后再降到膝盖以下，弯曲着肘部，增强他的二头肌和三头肌。愈合的伤疤像被刀砍过一样，划过整个肘部和前臂，此时随着他的动作一张一缩。

薇拉说："要相信上帝，约翰。所有这一切荒谬都没有必要。相信上帝就行了，他会治愈你的。"

"薇拉……"赫伯特说。

"别老提醒我！这是愚蠢的做法！《圣经》上不是说了吗？你们祈求，就给你们；寻找，就寻见；叩门，就给你们开门。我就没有必要吃那臭烘烘的药，我的儿子也没必要让那些医生继续折磨他。这是错误的，没有用的，这是罪恶的！"

约翰把铅球放到床上。他胳膊上的肌肉在颤动。他感到胃里难受，全身疲惫至极，猛地对他母亲恼火起来。

"自助者，神助之，"他说，"你想要的根本就不是基督教的上帝。你想要的是一个有魔法的神怪，他从一个瓶子里钻出来，然后让你实现三个愿望！"

"约翰！"

"事实就是这样。"

“是那些医生给你脑子里灌输了这样的想法的吧！这些念头都是疯狂的！”她的嘴唇颤抖着，眼睛瞪大但没有流泪，“是上帝让你从昏迷中醒来以便完成他的旨意的，约翰。其他这些人，他们只是……”

“只是努力让我重新站起来，好让我后半辈子不用坐在轮椅上来完成上帝的旨意。”

“都别吵了，家人之间不应该吵。”赫伯特说。飓风也不应该刮，但它们年年都刮，况且他也说不出什么来阻止。吵架已经发生了。

“如果你信任上帝，约翰……”薇拉又开始讲，根本没有把赫伯特的话当回事儿。

“我不再相信任何事物。”

“你怎么能这样说，”她说，声音严厉而冷漠，“撒旦的代理人到处都有，他们在试图改变你的命运。现在看起来，他们的工作进展很顺利。”

“你不得不从中挖掘出某种……某种永恒的东西，对吧？听我说，这就是一场愚蠢的车祸，两个孩子在飙车，而我就恰好成了受害者。你知道我想要的是什么吗，妈妈？我想要的就是出院，仅此而已。我想要你继续吃你的药……并且试着重新振作起来，仅此而已。”

“我要走了。”她站起来，满面愠怒，脸色苍白，“我会为你祈祷的，约翰。”

他看着她，无助、苦恼、不快。他的愤怒消失了，已经朝她出过气了。“继续吃你的药！”他说。

“我祈祷你见到光明。”

她走了，面无表情，像块石头一样冷硬。

约翰无可奈何地看着他父亲。

“约翰，你刚才那么说我也不高兴。”赫伯特说。

“我累了，判断力差，情绪也控制不了。”

“是的。”他好像想说什么，但又没说。

“她还在计划去加利福尼亚开飞碟讨论会之类的吗？”

“嗯。不过她也可能会改变想法。短期内看不出来，得等到一个月以后了。”

“你应该做点儿什么。”

“是吗？做什么？带她离开这儿？把她送进医院？”

约翰摇摇头：“我也不知道了。但你也许是时候好好考虑这个事儿了，而不仅仅是把它当作办不到的事儿。她病了。你必须明白这一点。”

赫伯特声音很大地说：“你出事儿之前她还好好的……”

约翰缩了一下，好像被扇了一巴掌似的。

“唉，对不起。约翰，我不是那个意思。”

“没关系，爸爸。”

“我真的不是那个意思。”赫伯特满面苦恼，“唉，我应该跟着她走。她也许现在正在走廊里散发传单呢。”

“好的。”

“约翰，不管这个事儿了，集中精力恢复。她很爱你的，我也一样。不要苛责我们。”

“不会的。没什么，爸爸。”

赫伯特亲了亲约翰的面颊：“我得去追她了。”

“好的。”

赫伯特走了。他们走后，约翰起来，在椅子和床中间歪歪扭扭地走了三步。不是太多，但还是走了几步的。这是个开端。他特别希望他父亲明白，他对他母亲发火不是他父亲想的那样。他这样希望，是因为他心里莫名其妙地越来越确信，他母亲活不了多久了。

2

薇拉停止了服药。赫伯特先是劝说，后是哄骗，最后命令，都没什么用。她给他看她那些“信耶稣的笔友”的信，那些信大部分都字迹潦草、错字连篇，写信的人都支持薇拉的立场，并承诺要为她祈祷。其中一个是来自罗得岛的女士写的，她也去过佛蒙特州那个农场，等待过世界末日（还带着她的宠物——博美犬奥蒂斯）。“上帝是最好的药，”那位女士在信里写道，“祈求上帝，你就会康复。那些非法取代上帝权能的医生是做不到的，所有癌症都是那些医生在这个有魔鬼扰乱的罪恶世界里引起的。例如，任何做过外科手术的人，哪怕是扁桃体摘除这样的小型手术，他们也迟早都会得癌症死去，这是经过证明的事实。所以祈求上帝，恳求上帝，将你的意志与上帝的意志合而为一，你就会康复！！”

赫伯特和约翰通了电话，第二天，约翰就给他母亲打电话，并就之前对她那样无礼表示道歉。他软语相劝让她重新开始服药，就算是为了他也行。薇拉接受了他的道歉，但拒绝重新服药。如果上帝需要她踩踏大地，那他会看着她继续踩踏的。而如果上帝想要召她回去，那她就是一天吃一瓶药也没用。这样的推论严丝合缝，约翰可能的反驳理由只有一种理论，而且还是天主教徒和新教徒一致反对了1800年的：上帝是依靠人的头脑以及人的精神来推行他的意志的。

他说：“妈妈，你难道就没想过上帝的意志在支持某个医生发明那个药，以便延长你的寿命吗？你连这个概念都不能考虑一下吗？”

神学争论靠长途电话是不行的。她挂了电话。

第二天玛丽亚·米肖走进约翰的房间，一头趴在他的床上就哭起来。

“嘿，嘿，”约翰又惊又担心，“怎么回事儿？怎么了？”

“我的孩子，”她哭着说，“我的马克，他们给他做了手术，完全就是你说的那样。他挺好，他马上就可以重新用那只坏眼睛看东西了。感谢上帝。”

她抱住约翰，约翰也尽最大力气抱住她。她的热泪滴到他的脸颊上，他想，他碰上的事情也不全是坏事儿嘛。也许有些事情是应该被告知、被看见、被找回的。他甚至想：如果说上帝通过他来发挥作用，似乎也不是太牵强，尽管他自己对上帝的概念还是模糊不清的。他抱住玛丽亚，告诉她他是多么高兴。他告诉她，要记住，对马克产生作用的那个人可不是他，他连以前对她说过什么话都几乎不记得了。过了一会儿她离开了，走时擦干了眼泪，只留下约翰一个人在那儿沉思。

3

8 月初，戴维·比尔森来看约翰了。这位克利夫斯·米尔斯中学的副校长个子不高，很整洁，戴副厚厚的眼镜，穿一双暇步士牌（Hush Puppies）的鞋，一套特别鲜艳的运动装。在 1975 年那个几乎是漫长得不得了的夏天里，来看约翰的所有人中，戴维的变化是最小的。他头发里的白发更多了一点儿，仅此而已。

“你怎么样？你的真实情况如何？”寒暄完后，戴维问他。

“还不坏吧，”约翰说，“我现在可以自己走路，如果不用走太远的话。我可以在泳池里游上 6 圈。有时候我会头痛，非常剧烈，医生说我可能得做好它会持续一段时间的心理准备。也许我后半辈子都是这样。”

“介意我问个个人问题吗？”

“如果你是要问我我还能不能勃起，那回答是肯定的。”约翰笑着说。

“这很好，不过我想知道的是钱方面的问题。你能支付得起医疗费吗？”

约翰摇摇头：“我在医院里连续躺了 5 年了。除非是洛克菲勒那样的大富豪吧，否则没人能支付得起。我父母帮我加入了某个政府资助项目，重病保险那一类的。”

戴维点点头：“‘特别救灾项目’，我估计是。不过他们是怎么把你弄出州立医院的？那个地方可是糟透了。”

“魏扎克医生和布朗医生经手的这件事儿。只要我有回来的可能我就会回来，主要是他们两人的作用。我是一个……实验品，按魏扎克医生的话说。他们想看看能在多大的程度上让这个昏迷的人不会变成彻底的植物人。

过去两年我还在昏迷的时候，理疗科就在给我治疗。他们给我注射了大量维生素……我的臀部现在看起来就像是得了天花一样。他们也没有期望在我这个项目上能有什么回报。几乎从我被送进来那一刻起，我就被认定为一个不治的病人了。魏扎克说，他和布朗对我所做的就是‘积极的生命维持’。有人批评康复无望之后还要继续维持生命的做法，他就开始这样做来回应所有那些批评。不管怎么说，如果我转到州立医院，他们就不能再继续利用我了，因此，他们把我留在这儿。最终，在他们用完我之后，我才会到州立医院。”

戴维说：“到了那个地方，你所得到的最细致的护理也就是每 6 个小时翻一下身，以防止得褥疮。而且如果你在 1980 年醒来，你会成为一个废人的。”

“我觉得我不管怎样都会是一个废人，”约翰说，他慢慢摇摇头，“我想要是有人建议我再来一次手术的话，我会发疯的。我还是要一瘸一拐地走路啊，而且我永远也无法把头完全扭向左边。”

“他们什么时候让你出院？”

“如果一切顺利的话，3 个星期后吧。”

“然后呢？”

约翰耸耸肩：“估计回老家吧，到博纳尔镇。我母亲要到加利福尼亚住一段时间，因为一件……一件宗教事务。爸爸和我可以用这段时间相互熟悉一下。纽约一个大作家的代理人给我来了封信……嗯，准确说来不是大作家本人，是他的助理。他们认为也许可以就我的经历写本书。我想我可以试着写那么两三章，列个提纲，也许这家伙和他的助理能把书卖掉呢。这笔钱肯定能派上用场，真的。”

“还有其他媒体感兴趣吗？”

“有个《班戈每日新闻报》的伙计，就是写我的事儿的那个……”

“布莱特？他人不错。”

“他想在我离开这里后去博纳尔镇，写个专题报道出来。但我现在在拖延时间。这里面我是赚不到钱的，但眼下，说实话，我需要钱。如果我觉得我能从《实话实说》栏目里挣到200美元的话，我也会上那个节目的。我家人的积蓄已经用光了，他们把自己的车都卖了，现在买了部老爷车。至于房子，本来我爸考虑退休了就把房子卖掉，然后靠着卖房子的收入生活来着，但他现在只能把房子又做了二次抵押。”

“你考虑过回去教书吗？”

约翰抬头看：“这算工作邀请吗？”

“不是随便说的。”

“太感激了，”约翰说，“但是到9月份时我恐怕还没法儿上班，戴维。”

“我没想着9月份。你肯定还记得莎拉那位朋友，安妮·斯特拉福德吧？”约翰点点头。“嗯，她现在是安妮·比蒂了，12月份她要生孩子。因此我们第二学期需要一名英文老师。课程很轻松。4节课，1节高年级自修课，还有2节自习课。”

“你是在正式邀请吗，戴维？”

“正式的。”

“你真是太好太好了。”约翰声音粗哑地说。

“没什么，”戴维轻松地说，“你教书很不错的。”

“我可以考虑两个星期吗？”

“你可以考虑到10月1号，如果你愿意的话。我想你还可以写你的书。如果那边有需要的话。”戴维说。

约翰点点头。

戴维说：“你可能并不想在博纳尔镇那儿待太长时间。你可能会发现那儿……不是很自在。”

约翰想说话，但话到嘴边又不得不咽回去。

不会长的，戴维。听我说，我母亲当下正处在自杀的过程中。她不是用枪爆头，而是将会患上中风。她连圣诞节都挺不过去，除非我父亲和我能说服她开始重新吃药，但我想我们不行。她去世有我的部分原因，在其中占多大部分，我不知道，也不想知道。

实际上他说的是："听到什么消息了，嗯？"

戴维耸耸肩："我通过莎拉了解到，你母亲在自我调整方面有问题。她会清醒过来的，约翰。你待在老家期间，考虑一下。"

"好的。其实，我现在就愿意先答应你。能重新教书挺好的，又回到正轨了。"

"你是我的员工了。"戴维说。

他走了。约翰躺到床上，看着窗外。他很累。又回到正轨了。不知怎么的，他觉得这事儿不大可能真的会发生。

他的头痛又上来了。

4

约翰·史密斯从昏迷中醒来并被赋予了某种未知功能这个事实，最终还是登上了报纸，文章占据了第一版，署名为戴维·布莱特，时间是约翰出院前不到一个星期的时候。

他正在做理疗，仰面躺在地板垫上。肚子上放着个20磅重的实心健身球。他的理疗师艾琳·玛冈站在旁边数着他做的仰卧起坐的个数。他应该做10个的，此刻正挣扎着做第8个。汗水从他脸上流下来，脖子上已经愈合的伤疤呈亮红色，特别显眼。

艾琳个子不高，相貌普通，身体紧实，一头卷曲的红发异常华美，像带着光晕一般，深绿色的眼睛里点缀着淡褐色的纹路。约翰有时候既好气又好笑地称她为"全世界身量最小的海军教官"。她用尽了各种办法，让他从一个几乎连杯水都端不动的、卧床不起的病人恢复成现在这样，现在他不用拐杖就可以走路，一次可以做3个引体向上，绕着医院游泳池完整走一圈只需要53秒钟，当然比不上奥运会的纪录，但这已经不错了。她没有结婚，和

4只猫住在奥尔德敦的中央大街，为人刻板严厉，不允许别人有半点儿反驳她。

约翰向后颓然倒下，喊道："不，噢，我不行了，艾琳。"

"起来，小伙子！起来！快点儿！再做3个你就可以喝一杯可乐啦！"她像一个正处在兴头上的虐待狂般高声叫喊。

"给我放个10磅的球，我再做2个。"

"你要是不给我再做3个，这个10磅的球就要作为世界上最大的肛门栓剂塞进你的屁股里！起来！"

"啊——！"约翰大喊了一声，猛地做完第8个，然后"扑通"一声向后倒下，再猛地一下坐起来。

"好！还有一个，再来一个！"艾琳喊道。

"啊——！"约翰尖叫一声，坐起来做了第10个。他倒在垫子上，让健身球滚下去。"我肚子都快破了，你高兴了吧，我的内脏都松散了，在肚子里漂着呢，我要告你，你这个该死的哈耳庇厄[①]！"

"哈，真是个孩子。"艾琳说着向他伸出手，"你下次要做的比这个要难多了。"

"别说了，"约翰说，"下次我只游泳……"

他看着她，脸上渐渐现出惊讶的神色。他抓着她的手越来越紧，快要把她捏痛了。

"约翰？怎么了？是不是抽筋了？"

"天哪。"约翰轻喊一声。

"约翰？"

他抓着她的手，眼睛恍惚、出神地盯住她的脸，让她感觉一阵发毛。她听说过约翰的一些事情，听过些传闻，但以她自己那种现实的苏格兰人的实

---

① 哈耳庇厄（Harpy）：希腊神话里的鹰身女妖，这里比喻贪婪残忍的人。——译者注

用主义来说，她都没有理会过那些事儿。有一个传言是说他预言玛丽亚·米肖的儿子会好起来，而那时候连医生们都确信自己的手术有风险。另一个传闻与魏扎克医生有点儿关系；据说约翰告诉魏扎克，说魏扎克的母亲并没有死，而是以另一个名字生活在西海岸的某地。对艾琳·玛冈来说，那些传闻都是一派胡言，和众多护士在护士站里看的那些忏悔杂志和甜蜜又狂野的爱情故事没两样。但他现在看着她的这个样子让她害怕。好像他看透了她的内心似的。

“约翰，你没事儿吧？”现在理疗室里就他们两人。嵌着霜花玻璃、朝向泳池区的大双扇门也关着。

“天哪，你最好……嗯，还有时间。刚够。”

“你在说什么呢？”

约翰迅速行动起来。他松开她的手……但此前他抓得太紧，以至于她的手背上留下了几道白色压痕。

他说：“给消防队打电话。你忘了关炉子了。窗帘现在着火了。”

“什么……？”

“炉子烧着了洗碗布，洗碗布又烧着了窗帘，”约翰不耐烦地说，“快点儿，给他们打电话。你想让你整栋房子都烧掉吗？”

“约翰，你不可能知道……”

“别管我不可能知道什么。”约翰说着抓住她的胳膊，带着她走出门。他的左腿跛得很厉害，他一累了就总是这个样子。他们穿过游泳馆，脚后跟在瓷砖地面上“啪嗒啪嗒”发出空洞的声音，进入一楼走廊，到了护士站。护士站里有两名护士在喝咖啡，另外一名在打电话，正在和电话那头的人说她要如何如何重新装修她的公寓。

“你打还是我打？”约翰问。

艾琳脑子还没转过弯来。她早晨的惯常步骤是固定的，像大多数单身者一样。起床，煮一个鸡蛋，同时吃一个葡萄柚，要不甜的那种，再来一碗全麦早餐粉。早餐过后她穿衣打扮，驱车到医院。她关掉炉子了吗？当然关掉了啊。她不可能特意去记着做这个事儿，但这是个习惯啊。她肯定关了。

“约翰，说实话，我不知道你从哪里来的这念头……”

“好，我来打。”

护士站是一个四面用玻璃围起来的小房间，里面配有三把直背椅，一个轻便电炉。这个小房间里最显眼的就是通告板——几排小灯，当病人按下呼叫按钮时，这些灯会闪烁红光。现在就有三个灯在闪烁。两个护士在继续喝咖啡，八卦着某个医生在本杰明酒吧被发现喝醉了。那第三个似乎是在和她的美容师说话。

“对不起，我必须打个电话。”约翰说。

那护士用手盖住话筒：“大厅里有个投币式电话……”

“谢谢啊。”约翰说着从她手里夺过电话，把正通着的电话按断，拨了个0。但他听到的是一阵忙音。“这东西怎么了？”

“嘿！你到底知道自己在干什么吗？给我！”那个正在和她的美容师讲话的护士喊道。

约翰想起他现在是在一家有自己总机的医院里，于是他拨了个通往外线的9，然后他又拨了个0。

那位被抢了话筒的护士气得双颊绯红，试图抢电话。约翰把她推开。她急转身，看到了艾琳，便朝她上前一步，尖声叫道：“艾琳，这个疯子怎么回事儿？”那另外两个护士已经放下了咖啡杯，正张着嘴巴看约翰。

艾琳不自在地耸耸肩，说：“我不知道，他只是……”

“接线员。”

“接线员，我要报告奥尔德敦的一场火灾，请你给我一下应该拨打的准确号码，好吗？”

“啊，谁家的房子着火了？”一个护士问。

艾琳局促地挪动了几下，说：“他说是我家的。”

那个正和她的美容师谈论她的公寓的护士开始愣了一下，然后恍然大悟的样子，说："哦，天哪，这是那个人啊。"

约翰指指公告板，那上面有五六个灯正在闪烁："你们为啥不去看看那些患者要什么？"

接线员帮他转到了奥尔德敦消防队。

"我叫约翰·史密斯，我要报火警。它在……"他看着艾琳，"你家的地址是哪里？"

那一会儿约翰认为她不会告诉他。她的嘴动了动，但什么也没说出来。那两个喝咖啡的护士此时已扔下她们的杯子，远远退缩到护士站的角落里，一起窃窃私语，就像小学洗手间里的小女孩儿似的，眼睛瞪得溜圆。

"先生？"话筒那一头的声音问。

"快点儿，你想让你那几只猫都烤焦吗？"约翰说。

"中央大街，624号。"艾琳勉强说出，"约翰，你有点儿激动了。"

约翰对着话筒重复了一遍地址，又说："火在厨房里着的。"

"你的姓名，先生？"

"约翰·史密斯。我在班戈市的东缅因医疗中心打的电话。"

"请问你是如何得知信息的？"

"今天晚些时候我们再在电话里说。我的信息是准确的。马上去扑灭它。"他"砰"一声放下电话。

"……他说萨姆·魏扎克的母亲还……"

她停下正在说的话，看着他。那一刻他感觉所有人的目光都集中到他身上，道道目光像是滚烫的小砝码一样压在他皮肤上，他也知道这样的目光接下来引起的是什么，这让他感觉一阵反胃。

"艾琳。"他说。

"怎么？"

"你有朋友住在你家隔壁吗？"

“嗯……有啊，伯特和珍妮丝在隔壁……”

“他们两人中有在家的吗？”

“我估计珍妮丝很可能在，肯定在。”

“那你干吗不给她打个电话呢？”

艾琳点点头，在那一刹那理解了他是什么意思。她从他手里拿过话筒，拨了个交换台号码827。护士们站在一边看着，兴致十足的样子，好像她们偶然进入了一场令人兴奋的电视节目中。

“喂？珍妮丝？我是艾琳。你在你们家厨房吗？……你从你家窗子上看一眼，然后告我我那边是不是，嗯，一切正常，好吗？……嗯，我一个朋友说……你先去看一下我再和你说，好吧？”艾琳满面通红，“好的，我等着。”她看着约翰，又说了句：“你有点儿激动了，约翰。”

一切暂停，这个暂停让人感觉太长了。随后，艾琳开始再次听电话。她听了很长时间，然后以一种奇怪的、压低的、完全和她往日不同的声调说：“不用，不要紧，珍妮丝。已经给他们打过电话了。不……我现在没法儿给你解释，但我以后会告诉你的。”她看了一眼约翰：“是啊，很奇怪我怎么能知道……但我可以解释。至少我觉得我可以。再见。”

她挂上电话。他们都在看着她，护士们眼里是兴致勃勃的好奇，而约翰眼里只有坚信。

“珍妮丝说我们家厨房窗户里有烟冒出来。”艾琳说，三个护士齐喊了一声。她们的眼睛再一次转向约翰，大睁着，而且还含着某种责难的意思。这是陪审团才有的目光，他闷闷地想。

“我该回家去了。”艾琳说。那位闯劲儿十足、善于劝诱人又乐观自信的理疗师不见了，取而代之的是以一个发愁她的猫、她的房子以及她的东西的小女人。“我……我不知道该怎么感谢你，约翰……很抱歉一开始不相信你，但是……”她哭起来。

一个护士朝她走去，但约翰先走到了她身边。他一只胳膊搂住她，带着她走到了大厅。

“你真的能……”艾琳轻声问，“像他们说的那样……”

“你去吧，”约翰说，“我确定不会有什么事儿。会有少量的烟和水渍，仅此而已。那张《虎豹小霸王》[①]电影海报，我想你得扔掉它了，不过也就是这样。”

“嗯，好的。谢谢你，约翰。愿上帝保佑你。”她在他的脸颊上亲了一下，然后匆匆忙忙朝大厅那一边走去。她回头看了一次，脸上的表情有一种见到了鬼似的恐惧。

护士们排成一行，贴在护士站的玻璃上盯着他看。突然间她们让他想到了电话线上的乌鸦，那些乌鸦向下盯着明亮闪耀的东西，要去啄食并撕成碎片。

“抓紧时间处理你们的呼叫去吧。”他恼怒地说，听到他说话的声音，她们向后缩了一下。他开始一瘸一拐往回走，朝电梯而去，让她们自个儿好好嚼舌头去吧。他很累，腿也在痛，髋关节里就好像夹杂有碎玻璃似的。他想睡觉。

---

① 《虎豹小霸王》（*Butch Cassidy and the Sundance Kid*）：1969年上映的美国剧情电影，主要讲述劫匪头目布奇·卡西迪（Butch Cassidy）和圣丹斯小子（the Sundance Kid）组成“虎豹小霸王”团伙，在西部小镇上多次抢劫，后被警方通缉并走上逃亡之路的故事。——编者注

第 11 章
来自记者的挑战

此刻的约翰嘴上略带微笑，但却没有一丝暖意。

他眼睛的蓝色变深了，眼神渐渐变得遥远、冷漠。

1

“你打算怎么办？”萨姆·魏扎克问。

“唉，我也不知道。你说那儿是有多少人？”约翰问。

“大约 8 个。其中一个是美联社在新英格兰北部的特约记者，还有两个电视台派了些人过来，带着摄像机和聚光灯。医院院长对你很生气，约翰。他觉得你是在捣乱。”

“就因为一位女士的房子要烧毁了就来采访？”约翰问，“我只能说这绝对是一个该死的没什么大新闻的日子。”

“事实上，并不是。福特否决了两个提案。巴勒斯坦解放组织炸毁了特拉维夫的一家餐馆。还有，一只警犬在机场嗅出了 400 磅大麻。”

“那他们还来这儿做什么？”约翰问。当萨姆告诉他大厅里有很多记者时，他首先郁闷地想到的是，他母亲对此事可能会有什么看法。她和他父亲在博纳尔镇，正准备去夏威夷朝圣，下个星期就出发。他和他父亲都不看好这次旅行，而她儿子不知怎么变成了特异功能者这个消息，也许会让她取消此行；但若是如此，约翰又非常担心，因为这样的解决办法有可能就是两害相权取其重。这类事情可能会让她彻底发疯的。

不过另一方面，也许可以劝服她重新开始吃药，这想法在他脑子里突然冒出并蔓延开来。

萨姆·魏扎克说："他们在这里是因为这里发生的事儿也算得上新闻，它具备了新闻的所有基本要素。"

"我什么都没做，我只是……"

"你只是告诉了艾琳·玛冈她家房子着火了，而且房子也确实着火了，"萨姆柔和地说道，"得啦，你也肯定知道采访这事儿迟早会来的。"

"我不是那种喜欢自我宣传的人。"约翰低落地说道。

"不，我的意思不是建议你成为那样的人。地震也不喜欢自我宣传啊，但记者们还是要报道它。民众想知道啊。"

"如果我完全拒绝采访会怎样？"

"那样可不好。他们离开医院后就会发出荒唐的传言，然后在你出院后他们又会朝你开火，把麦克风猛推到你面前，就好像你是名参议员或是黑帮老大似的，是不是？"萨姆说。

约翰想了想，问："布莱特在下面吗？"

"在的。"

"我让他上来怎么样？我告诉他整个事件，然后他再告诉其他记者。"

"你可以这样做，但是这会让其他记者很不高兴的。一个不高兴的记者会成为你的敌人。尼克松就让他们不高兴了，然后他们就让他身败名裂。"

"我不是尼克松啊。"约翰说。

萨姆·魏扎克欢快地一笑，说："嗯，幸亏不是。"

"那你有什么建议？"约翰问。

2

约翰穿过弹簧门走进西边的休息室，记者们都站了起来，朝前围拢过来。他穿着一件白衬衣，领口敞开，下身的蓝色牛仔裤显得很宽大，脸色虽然苍白，但表情镇静，脖子上肌腱手术留下的伤疤清楚地显露着。闪光灯对准他“砰砰”地发出热切的强光，让他直往后缩。记者们七嘴八舌地开始提问。

萨姆·魏扎克喊：“嘿！嘿！这是一个还在恢复期的病人啊！他要做一个简单的陈述，然后回答一些你们的问题，但只有在你们保持秩序的情况下才行。现在往后退，让他喘口气！”

两套电视灯条突然亮起来，把整个房间笼罩在一片不自然的强光中。医护人员们聚在休息室门边观看。约翰避开那些灯，不知道那是否就是他们所指的聚光灯。他有一种好像在梦中的感觉。

“你是谁？”一个记者朝魏扎克喊。

“我叫萨姆·魏扎克，是这个小伙子的医生，我的名字用两个‘X’拼写就行了。”

人们一片大笑，情绪放松了一些。

“约翰，你感觉还好吗？”魏扎克问。现在是傍晚时分，他对艾琳·玛冈家厨房起火的突然预知好像是很遥远而且并不重要的事儿，一种回忆的回忆了。

“当然。”他说。

“陈述一下你的情况好吗？”一个记者喊道。

“嗯，”约翰开始讲话，“是这样。我的理疗师是一位名叫艾琳·玛冈的女士。她人很好，一直在帮着我恢复体力。我出了一次车祸，你们知道，然后……”一台电视摄像机移过来，空洞的镜头瞪住他，他的节奏乱了一下：“……然后我就特别虚弱了。我的肌肉组织在一定程度上萎缩了。今天早晨我在理疗室里，刚刚锻炼完，然后我就感觉到她家房子着火了。就是，更准确地说……”哦，天哪，这话听起来让人觉得你跟个浑蛋似的。“我感觉到她忘了关炉子，感觉到她家厨房的窗帘马上要着火了。因此我们就去给消防队打电话，整个事情就是这样。”

他们在理解消化他的话，一时间都目瞪口呆，但紧接着一连串的提问再次响起来，所有声音混杂成一团，什么也听不清。约翰无能为力地环顾四周，迷茫又脆弱。

魏扎克大喊：“一个一个来！举手！你们没有做过学生吗？”

许多手在挥动，约翰指了指戴维·布莱特。

“你认为这是一次拥有特异功能的经历吗，约翰？”

约翰回答：“我认为这是一种感觉。我当时刚做完仰卧起坐，玛冈女士抓住我的手扶我起来，就在那时我有了那些感觉。”

他指了指另一个人。

“史密斯先生，我是波特兰《星期日电讯报》的梅尔·艾伦，那种感觉就像一个画面吗？你脑子里的一个画面？”

“不是，完全不是。”约翰说，但他也无法记起那是什么样子。

“约翰，你以前有过这种事儿吗？”一个穿便装的年轻女人问。

“有过，有几次。”

“你能告诉我们那几次的情况吗？”

“不能，最好还是别谈了。”

一名电视台记者举起手来，约翰朝他点点头。“你在发生车祸和随后的昏迷之前，有过任何此类念头闪现吗，史密斯先生？”

约翰犹豫了一下。

整个房间似乎非常安静。电视台的灯热烘烘地照在他脸上，仿佛热带的太阳。“没有。”他说。

一连串的提问又爆发开来。约翰再次求助地看看魏扎克。

“停下！停下！”魏扎克大喝道。人们的吼叫声减轻下来时他看着约翰，问：“你是不是累了，约翰？”

约翰说：“我再回答两个问题，然后……真的……这一天对我来说很难熬……对吧，夫人？”

他指向一位肥胖的妇女，那妇女挤在两个年轻记者的间隙里。“史密斯先生，”她的声音响亮、有磁性，就像大喇叭一样，“谁将是明年民主党内被提名竞选总统的人？”

“这个我无法告诉你，我怎么可能告诉你这个呢？”约翰说，他着实被这问题吓了一跳。

还有很多手在举着。约翰指了指一位神情严肃、穿黑西服套装的高个子男人。该人向前跨了一步，整体给人感觉有些古板，又好像是蜷曲起来的。

“史密斯先生，我是刘易斯顿《太阳报》的罗杰·迪索，我想知道，你知不知道你自己为什么会有这种特异功能……如果你真的有特异功能的话。为什么，史密斯先生？”

约翰清了下喉咙：“我对你的问题的理解是……你是在要我证明我不了解的东西，这个我做不到。”

“不是证明，史密斯先生，只是解释。”

他是认为我正在戏弄他们，或者是试图戏弄他们。

魏扎克走到约翰旁边，说：“我不知道我是不是可以回答这个问题，或者说至少是试着解释一下这个问题为什么无解。”

“你也有心灵感应？”迪索冷冷地问。

“是的，所有神经学医生都有，这是一个必要条件。”魏扎克说。人们一阵哄笑，迪索脸变红了。

“新闻界的女士们先生们，这个人昏迷了4年半时间。我们这些研究人类大脑的人都不知道他为什么会昏迷，或者说不知道他为什么又醒了，这原因很简单，因为我们不了解昏迷究竟是什么，我们对昏迷的了解不比对睡觉或是醒来这些简单的行为的了解多多少。女士们先生们，青蛙的大脑或是蚂蚁的大脑我们也不了解。你们可以引用我说的这些话……你们看我一点儿都不害怕吧，是不是？”

笑声比刚才更大了。人们都挺喜欢魏扎克。但迪索没有笑。

“你们也可以引用我这句话，我相信这个人现在具有一种全新的人类技能，也可能是一种古老的技能。为什么？如果我和我的同事们都不了解一只蚂蚁的大脑，我又怎么能告诉你们为什么？我没法儿告诉你们啊。不过我可以给你们提一些你们感兴趣的事情，这些事情可能有关联，也可能没有关联。约翰·史密斯的大脑有一部分损坏了，无法修复，这个范围非常小，但是大脑的所有部分都是必不可少的。他把那部分坏了的大脑称为他的‘死亡区域’，显然，许多的痕迹记忆是储存在那个区域的。所有被抹除掉的记忆似乎都是一个‘集合’的一部分——比如街道、铁路以及公路的名称那一类。一个大集合中的一个子集，丢失的记忆就属于那个子集。症状是小规模但完全性的失语，这里似乎包括语言能力和形象化能力。

“与此相反的是，约翰·史密斯大脑中另一处微小的部位显示出被‘唤醒’的现象。那个地方处于顶叶内，那些有较深沟回的区域之一，负责‘传达’和‘思考’。约翰大脑这一区域的电反应比它们应有的电反应要强烈，明白吗？还有一件事儿。大脑顶叶跟触觉有一些联系，至于这个联系有多大，我们不能完全确定，而且大脑顶叶非常靠近分类和识别各种形状及质地的大脑区。这是我自己关于约翰在‘念头闪现’之前总是要先有某种身体接触这种现象的看法。”

一阵安静。记者们都在手脚并用地匆忙记录。电视摄像机刚才移过去对准了魏扎克，此刻又拉回来重新把约翰置于镜头内。

“是这样吧，约翰？”魏扎克问。

“我估计……”

迪索突然从记者群里挤出来。约翰不知道怎么回事儿，他以为迪索是要过来反驳什么。然后他就看到迪索飞快地从脖子上拿下某件东西。

“我们来证明一下吧。让我们看看你对这个东西怎么看。”他手里拿着一个奖章形状的饰物，上面连着一条细细的金色链子。

“我们不看这类东西。他不是狂欢节上的演员，先生！”魏扎克说。他灰白色的眉毛十分生气地皱在一起，像《圣经》中的摩西那样向下瞪着迪索。

迪索说：“不管他能还是不能，你们肯定都可以糊弄我，对吧？你在提出你的观点时，我也会提出我的观点。我的观点是，这些家伙从来都没有一经要求立马就给出证明，因为他们都是些名副其实的骗子。”

约翰望向其他记者。除了布莱特的表情颇为尴尬以外，其余的人都是一脸热切的表情。他们就像护士们隔着玻璃盯着他一样，他猛然有种一个信徒掉入一群狮子中的感觉。不论是哪种结果他们都能赢，约翰暗自想。如果我能说出什么，他们就有头版新闻素材了。如果我说不出什么，或者拒绝表演，那他们又得到了另一种新闻素材。

“怎样？”迪索问。那枚纪念章在他拳头下前后晃悠。

约翰看向魏扎克，但魏扎克移开了目光，显得很厌烦。

“给我。”约翰说。

迪索把纪念章给他。他将其放在掌上。这是一枚圣克里斯托弗纪念章[①]。他让纪念章顶端的细链子垂下来，垂成黄色卷曲的一小堆，握住它。

房间里死一般地寂静。休息室门边站着几个医护人员，这时又有其他几个凑了过来，有的已经换上便装，正准备下班离开医院。一群病人聚集在走廊通往一楼休闲室的那端。还有一群人是按照固定的傍晚探望时间过来探望病人的，此时也慢慢从主休息室走过来。浓重的紧张气氛就像一条“嗡嗡”响的电线一样充满在空气里。

---

① 圣克里斯托弗纪念章（St. Christopher medal）：一种吊坠饰品，徽章上面印有圣·克里斯托弗背负基督过河的图像。——译者注

约翰静静站立，穿着白色衬衣和肥大的蓝色牛仔裤的他显得苍白瘦削。他手里紧紧握着那枚圣克里斯托弗纪念章，手腕上的肌腱在电视灯条的强光下异常明显。在他前面，一身黑西服的迪索站在对面的位置，严肃，无懈可击，就像判官一般。这一刻似乎长得没完没了。没有一个人咳嗽，没有一个人交头接耳。

"哦，就是这样吗？"约翰轻声说。

他的手指缓缓松开，眼睛看着迪索。

"怎么样？"迪索问，不过他声音里的那种威信突然间没了。而那个刚才回答记者问题的疲惫不安的年轻人似乎也不见了。此刻的约翰嘴上略带微笑，但却没有一丝暖意。他眼睛的蓝色变深了，眼神渐渐变得遥远、冷漠。魏扎克看到他的脸后浑身发冷，起了鸡皮疙瘩。后来他告诉自己老婆说，那样的神情，是一个人在透过高倍显微镜观察一种有趣的草履虫时才会显露出来的。

约翰对迪索说："这纪念章是你姐姐的。她的名字叫安妮，但大家都叫她泰丽。是你的姐姐。你很爱她。你几乎要拜倒在她的脚下。"

突然间，约翰·史密斯的声音迅速提高并完全变了样，变成了一个青少年的那种沙哑而缺乏信心的声音。

"当你迎着灯光穿过里斯本大街时，泰丽，与那些人里一个来自刘易斯顿东部的家伙停下车亲热时，不要忘了，泰丽……不要忘了……"

那个方才问约翰"民主党明年会提名谁"的胖女人惊恐地低沉呻吟了一声。一名电视摄像人员也压低声音粗哑地喊了声："天哪！"

"不要说了！"迪索低声说。他的脸呈现出生病般的灰色阴影，眼睛鼓凸，下唇的唾沫在刺目的灯光下看着就像镀铬层一样闪亮。他手向纪念章伸过去，现在约翰用手指套在金色的细链子上吊着它。但迪索的手却没有力气，想动又动不了。那枚纪念章前后晃悠，打出催眠术一般的亮光。

那个青少年的声音在乞求："记住我，泰丽，要洁身自好，泰丽……求你了，看在上帝的分儿上洁身自好吧……"

“住嘴！住嘴！你这个杂种！”

此时约翰又回到了他自己的声音：“是冰毒，是吗？然后又是脱氧麻黄碱。她在27岁时死于心脏病。但是罗杰，她戴了它10年。她记住你了，从来都没忘过。从没忘过……从没……从没……从没……”

纪念章从他手中滑脱，掉到地上，发出悦耳的一声低响。约翰茫然看着远处，脸色平静、冷漠、遥远。在人们一片震惊的沉默中，迪索在脚边胡乱翻找纪念章，声音嘶哑地哽咽着。

一个闪光灯“砰”地响了一声，约翰的表情清晰起来，又回到他自己了，先是露出惊惧，继而是同情。他笨拙地跪到迪索身边。

“对不起，”他说，“对不起，我无意……”

“你这个卑鄙小人，假冒的骗子！这是骗人的！全是骗人的！全是骗人的！”迪索对他尖声叫道，随后笨拙地照着约翰的脖子上打了一掌。约翰跌倒在地，头重重地碰在地上，眼冒金星。

一片吵闹。

他模糊地意识到迪索正胡乱推开人群往门边跑。人们在迪索身边晃来晃去，也在他身边晃来晃去。他看到迪索在一群密密的腿和鞋那边。魏扎克扶着他坐起来。

“约翰，你没事儿吧？他伤到你没有？”

“没有我伤他的那么厉害。我没事儿。”他挣扎着站起来。有一只手（可能是魏扎克的，也可能是其他人的）在搀着他。他感到头晕，不舒服，很想吐。这是个误会，一个天大的误会。

有人发出一声刺耳的尖叫——是那个问约翰民主党问题的胖女人发出的。约翰看到迪索身体猛然朝前倒下，双膝跪地，手扯住了那胖女人印花衬衣的一只衣袖，继而无力地滑跌到他一直想跑过去的走廊旁边的瓷砖地板上。那枚纪念章仍然攥在他手里。

有人说：“晕了，要晕死过去了。真没想到。”

“我不对。都是我不对。”约翰对萨姆·魏扎克说。他羞愧，流泪，感觉喉咙发紧、哽塞。

“不是，不是的，约翰。”魏扎克说。

但的确就是。他松开魏扎克的手，朝迪索躺着的地方走去。这时候迪索也清醒过来了，两只眼睛茫然地眯着看天花板。还有两个医生也朝他躺的地方走去。

“他没事儿吧？”约翰问。他转向那名穿便装的女记者，但她闪开了他，脸还抽搐了一下，掠过一丝恐惧。

约翰又转向另一边，朝向那个问他“在车祸之前是否有过什么闪念”的电视台记者。他要找人解释似乎突然间变得很重要。他说：“我不是有意要伤害他的。我发誓，我绝没有故意伤害他。我不知道……”

那个电视台记者向后退了一步，说：“不是，你当然不是了。是他自找的，任何人都能理解。只是……别碰我啊，好吗？”

约翰看着他一时说不出话来，嘴唇发抖。虽然他还在惊愕中，但开始明白了。是的，他开始明白了。那名电视台记者想笑一笑，但只做出一个像骷髅一样龇牙咧嘴的表情。

“只是别碰我啊，约翰，行吗？”

“不是那样的。”约翰说，或者说是他想这样说。到后来，他还能不能发出声音来，他自己一点儿都不敢肯定了。

“别碰我，约翰，行吗？”

记者退到他的摄像师正收拾设备的地方。约翰站在原地看他，全身颤抖。

3

“这是为了你好。”魏扎克说。护士就站在他身后，一个白色幽灵，巫师的徒弟，两手正在那个药品小推车上迟疑地移动着，那是一个瘾君子美梦中的天堂。

“不要。”约翰说。他全身还像筛糠一样哆嗦，冒着冷汗。“别打针了。我真的已经受够打针了。”

“那就吃药吧。”

“我也不想吃药。”

“有助于你睡眠的。”

“他能睡得着吗，那个叫迪索的人？”

“他自找的。”那护士嘟囔道，魏扎克转脸看她时，她向后缩了一下。不过魏扎克狡黠地笑了。

他说：“她说得对，是吧？那人是自找的。他还以为你吹牛呢，约翰。好好睡一觉，然后你就能正视这件事儿了。”

“我自己可以睡着。”

“约翰，拜托了。”

现在是 11 点 15 分。对面的电视机刚刚关掉。约翰和萨姆·魏扎克之前一起看了那段拍摄的新闻报道，该新闻排在福特所否决的提案之后。我的那个报道制作得更有戏剧效果，约翰心存恶意地想。那个秃头的共和党人装腔作势地说些关于国家预算的陈词滥调，这样的镜头远远比不上今晚那个摄影师在这儿拍的片段。片段的最后是迪索跌跌撞撞地冲过去，手里还攥着他姐姐的纪念章，然后晕倒在地的瞬间抓住一位女记者，就像一个溺水的人抓住一根稻草似的。

电视主持人继续播报那条警犬和 400 磅大麻的新闻时，魏扎克短暂离开了一会儿，回来时说找他的电话把医院的总机都打爆了，甚至在那条报道还没播完的时候就打进来了。几分钟后护士就带着药过来，约翰这才知道，萨姆去护士站不仅仅是去核实打进来的电话。

这时，电话铃响了。

魏扎克压低声音轻声骂道：“我告诉过他们把所有电话都掐掉。别接，约翰，我会……”

但约翰已经接起来了。他听了一会儿后点点头，说："嗯，那样做是对的。"他一只手盖住话筒，说："是我爸爸。"然后移开手："喂，爸爸，我估计你……"他听着，嘴上的一抹浅笑消失了，取而代之的是惊骇的表情。他的嘴唇无声地颤动着。

"怎么回事儿，约翰？"魏扎克警觉地问。

"好的，爸爸。"约翰低声说，"嗯，坎伯兰总医院。我知道那个地方，就在耶路撒冷镇上面。没问题，好的，爸爸……"

他的声音颤抖起来，眼睛虽没有流泪但在闪光。

"我知道了，爸爸，我也爱你。对不起。"

他还在继续听。

"是。是的，的确是。改天见，爸爸。好，再见。"约翰说。

他挂上电话，手掌根放到眼睛上按压起来。

"约翰？"萨姆弯下身子，拉过约翰的一只手轻轻握住，"是你母亲吗？"

"是的。是我母亲。"

"心脏病发作？"

"中风。"约翰说，萨姆·魏扎克齿缝之间苦恼地轻轻"咝"了一声。"他们正在看电视新闻……他们一点儿都不知道……然后我出现了……她就中风了。唉，她现在在医院里。如果我爸爸再遇上什么事儿，那我们可就是祸不单行了。"他刺耳地笑了一声，失魂落魄地一会儿看萨姆，一会儿看那护士，一会儿又看萨姆，"这可真是个好天赋，每个人都应该拥有它。"他说，又笑了一声，和尖叫声没什么区别。

"她情况有多坏？"萨姆问。

"我父亲也不知道。"约翰从床上把腿伸开。他已经换回了病号服，脚是光着的。

"你知道你在干什么吗？"魏扎克严肃地问。

"你觉得呢？"

约翰站起来，那一刻看样子魏扎克是要把他朝床推一把的，但他没有，只是看着约翰一瘸一拐地朝衣柜走去。“别开玩笑了。你还不能走，约翰。”

约翰没在意护士，就把病号服脱在脚下。天晓得她们看见过他的光屁股多少次了。膝部后面的伤疤很显眼，粗实而扭曲，在他瘪瘦的腿肚子上微微凹进去。他在衣柜中翻找衣服，找出了他去记者招待会时穿的那件衬衣和牛仔裤。

“约翰，我绝对不允许这样。作为你的医生和你的朋友，我肯定地说，这是非常愚蠢的。”

“你想不允许什么就不允许什么吧，我反正要走。”约翰说着开始穿衣服。他脸上显出心不在焉的出神表情，让魏扎克想到他昏睡时的样子。护士在直愣愣地看着。

“护士，你不妨回你们的护士站去吧。”萨姆·魏扎克说。

她走到门边，在那儿站了一下，然后才不情愿地离去。

“约翰，”萨姆站起来，走到约翰身边，一只手放在约翰肩上，“这事儿不是你造成的。”

约翰甩开他的手，说道：“是我造成的，没错。她在看着我的时候中风的。”他开始扣衬衫的纽扣。

“你敦促她吃药但她没吃。”

约翰定定地看了魏扎克一会儿，然后继续扣扣子。

“这事儿就算今晚不发生，也会在明天发生的，下个星期，下个月……”

“也可以是明年，10年后……”

“不会，不会有10年那么久，甚至1年都到不了。你清楚的。为什么那么着急地把这事儿往自己身上揽呢？就因为那个自以为是的记者？这可能是一种妄自菲薄吧？一种相信你自己受到诅咒的冲动？”

约翰脸扭曲着说：“中风时她正在看着我。你明白了吗？你他妈的真有那么笨吗？”

“她正安排一次很累人的出行，一路到加利福尼亚然后再返回来，这是你亲口跟我说的。参加某种讨论会，群情激昂的那一种，从你说的话里知道的。对吧？是的。这个时候出事儿差不多是可以确定的。中风可不是无来由的晴天霹雳，约翰。”

约翰扣住牛仔裤的扣子，坐下，好像穿衣服的动作让他筋疲力尽了似的。“是的，是的，你也许说得对。”他说。

“道理！他明白道理了！谢天谢地！”

“但是我还是得走，萨姆。”

魏扎克举起双手：“做什么？有医生们和她的上帝在照看她呢，情况就是那样的。你肯定比其他任何人都明白得多。”

约翰低声说：“我爸爸会需要我的。你说的我也明白。”

“你怎么去？现在都快半夜了。”

“坐公共汽车。我可以叫辆出租车到‘彼得的烛台’。‘灰狗’巴士还在那里停吧？”

“你没必要。”萨姆说。

约翰从椅子底下摸他的鞋，但没找到。萨姆从床底下拿出来递给他。

“我开车送你到那儿吧。”

约翰抬头看他：“你开车送我？”

“前提是你得吃一片中效的镇静剂，我可以送你。”

“但是你老婆……”他混乱的头脑里意识到，关于魏扎克私人生活，他唯一确定的事儿就是魏扎克的母亲住在加利福尼亚。

魏扎克说：“我离婚了。医生不得不整晚都不回家……除非是个足疗医生或者是皮肤科医生，是不是？我老婆看到的是半空的床，而不是半满的床。于是她就用各种各样的男人来填充它。”

“对不起。”约翰很尴尬地说。

“你花掉太多的时间才需要道歉，约翰。”萨姆的脸色平和，但目光严肃，“穿鞋吧。”

第 12 章
母亲

这是上帝注入你身上的力量，这是伟大的职责，约翰。

这是一次重托，你绝对担得起。

1

从医院到医院，约翰心不在焉地想，吃了那一小片蓝色药片后感觉很轻松，他和萨姆·魏扎克一起离开东缅因医疗中心，上了萨姆那辆 1975 年产的凯迪拉克“黄金帝国”（El Dorado）。从医院到医院，从人到人，从护士站到护士站。

对于这次旅程，他内心里有种奇怪的享受感。这是他近 5 年来第一次从医院出来。夜空明朗，银河横跨天空，像是展开了一个由光构成的弹簧，树林黑色的边缘线上，半个月亮跟着他们向南飞驰，走过帕尔迈拉、纽波特、皮茨菲尔德、本顿和克林顿[①]。汽车几乎是完全无声地沙沙前行。海顿的曲子从 4 个扬声器的立体声音响里低声流淌出来。

坐着克利夫斯·米尔斯一辆救护队的救护车到了一家医院，然后又乘坐

① 此处均为美国地名。帕尔迈拉（Palmyra）为美国密苏里州马里昂县首府，纽波特（Newport）为罗得岛州城市，皮茨菲尔德（Pittsfield）为马萨诸塞州中西部工业城市，本顿（Benton）为阿肯色州城市，克林顿（Clinton）为密歇根州中南部的一个县。——编者注

一辆凯迪拉克到另一家医院，他想到。他并不想让自己心烦，舒舒服服地坐着车往前走就够了，让他母亲的问题、他的特异功能、那些想窥探他内心的人（是他自找的……只是别碰我，行吗？）通通先搁置起来吧。魏扎克也不说话，只是偶尔哼唱一小段曲子。

约翰看看星星，看看高速公路，这么晚了，路上基本上空无一人。路在他们面前不间断地铺开。他们到了奥古斯塔收费站，魏扎克买了一张票，随后是加德纳收费站、萨巴图斯收费站和刘易斯顿收费站。

近5年了，比某些被判有罪的谋杀犯在监狱中度过的时间还要长。

他睡着了。

还做起了梦。

“约翰，”他的母亲在梦中对他说，“约翰，让我好受点儿，治好我的病。”她穿着件叫花子的破烂衣裳，在鹅卵石地面上朝他爬过来，脸色苍白，血水从她的膝盖上流下来，白色的虱子在她稀疏的头发间爬动。她朝他伸出颤巍巍的双手，说：“这是上帝注入你身上的力量，这是伟大的职责，约翰。这是一次重托，你绝对担得起。”

他抓住她的手紧握住，说：“鬼怪们，离开这个女人。”

“好啦！”她站起来嚷道，声音里充满不正常的狂喜，“好啦！我儿子治好我了！他的职责在地上是伟大的！”

他想抗议，想告诉她自己不想担负伟大的职责，不想给人治病，不想在拜神仪式中讲不为人知的语言以预测未来，也不想寻找那些已经丢失的东西。他想告诉他，但他的舌头不受大脑控制了。随后她从他身边走过，沿着鹅卵石铺就的街道大踏步而去，她的姿势虽然畏缩卑屈，但同时又莫名其妙地带着一种傲慢，她的声音像号角一样地响起来：“拯救了！救世主！拯救了！救世主！”

让他惊恐的是，他看到有几千号人跟在她后面，也许有上百万人，他们全都是残废的、畸形的或者惊恐的。那名想知道1976年民主党会提名谁为总统候选人的胖胖的女记者也在那儿；有一位围着围裙、双目失明的农民，拿着一张他儿子的照片，照片上是一名穿着蓝色空军制服的微笑着的小伙子，记录显示他儿子在1972年河内上空的战斗中失踪，他要知道他儿子是死是活；一个长得像莎拉的年轻女人，光滑的脸颊上流着泪，举起一个婴儿，这婴儿患有脑积水，头上的青筋像厄运的咒语一般蔓延开；一个老人患上了关节炎，手指变得像球棒一样；还有好多好多人。他们绵延出去有数英里远，全都在耐心地等待着，他们那些无声却又充满杀伤力的要求会将他杀死的。

"拯救了！"他母亲的声音专横地传过来，"救世主！拯救了！拯救了！"

他想告诉她，他既无法治愈也无法拯救，但还没等他开口拒绝，第一个人就动手打他，抓住他摇晃起来。

摇晃的力量特别大，是魏扎克的手在晃他的胳膊。明亮的橘黄色照得车内亮如白昼，这是噩梦里的光，把萨姆·魏扎克那张亲切的脸照得如同一个妖怪的脸。这时他以为还是在梦中呢，但随后他就看到那光是停车场的灯发出来的。似乎在他昏迷这几年，他们把这些灯也给换了。从刺目的白色换成了这怪异的橘黄色，照在人的皮肤上就像涂料一般。

"到哪儿了？"他声音嘶哑地问。

"医院，坎伯兰总医院。"萨姆说。

"哦，好的。"

他坐起来。梦似乎一片片滑离他，但仍然在他"思维的地板上"杂乱地堆成一堆，就像东西碎了，但还没有被清扫干净。

"你准备好了吗？"

"准备好了。"约翰说。

他们穿过停车场，四周皆是夏日树丛中蟋蟀轻柔的"吱吱"叫声。萤火虫在暗夜中到处穿梭。他满脑子都是他母亲的影像，但眼前这柔和芳香的夜晚的味道，以及淡淡的微风吹在皮肤上的感觉还是让人很享受的。享受夜的安宁，享受安宁进入他身体的感觉还是有时间的。放在他为什么来这里的大背景下，这样想近乎可耻，但也不是完全可耻。只是这种想法一直伴随着他。

2

赫伯特从走廊那边过来接他们，约翰看到他父亲穿着旧裤子，赤脚穿着鞋，上身是睡衣式衬衣。这充分告诉约翰他母亲病发时的突然，把他想要知道的和没想要知道的都告诉他了。

“儿子。”他说道。他看上去不知怎么矮了一些。他想继续说下去，但却无法说出来。约翰抱住他，他靠在约翰的衬衣上放声大哭。

约翰说道：“爸爸，不要紧，不要紧。”

赫伯特双手搭在约翰肩膀上痛哭。魏扎克转过身去，审视这墙上的画，那是本地画家画的相当拙劣的水彩画。

赫伯特镇定下来。他用胳膊擦了下眼睛，说：“你看我，还穿着睡衣。救护车过来之前我没时间换了。我没想到这些。真是老糊涂了。”

“没有，完全不是。”

他耸耸肩，说：“唔，你的医生朋友送你过来的？谢谢你，魏扎克医生。”

萨姆·魏扎克耸耸肩，说：“没什么。”

约翰和他父亲朝那间小等候室走去，坐下后他说：“爸爸，她……”

“她在恶化。”赫伯特说。这时他看起来冷静些了。“神志是清醒的，但是情况在恶化。她一直要求见你，约翰。我估计她是为了你才一直在撑着一口气。”

“是我不好，”约翰说，“都是我的错……”

耳朵上传来的疼痛让他大吃了一惊，他瞪眼看他父亲，很惊讶。赫伯特抓住了他的耳朵用力拧扯。角色转变得这么大，刚刚他父亲还在他怀里哭来着。这种拧耳朵的老习惯是赫伯特在儿子犯了最严重的过错时才采取的一种惩罚。13 岁那年，开着他家那辆老旧的“漫步者”闲逛惯了的约翰有一次无意中踩下了离合器，汽车无声地向坡下驶去，撞进了他家的后院，那次他父亲拧了他耳朵，自从那以后，他不记得再被父亲拧过。

“再也不要说这种话。”赫伯特说。

“哎呀，爸爸！”

赫伯特松了手，嘴角似笑非笑：“完全不记得过去拧耳朵的事儿了，嗯？可能以为我也忘了吧。没那么幸运，约翰。”

约翰瞪着他父亲，还没回过神来。

“不要再自责了。”

“可是她在看那该死的……”

“新闻，对。她太兴奋，太激动……后来就扑到地板上，可怜的嘴巴一张一合，像条离开水的鱼。”赫伯特朝他儿子身边靠了靠，“医生是不会直接跟我说的，但他询问了‘大剂量用药’的事儿，我告诉他完全没有毒品。她犯了自己的罪孽，约翰。她以为她知道上帝的意图。所以你再不要为她的错误而责备你自己。”他眼里又闪现出泪光，声音变得粗哑：“天知道我一辈子都在爱着她，可到最后爱她却变得很难。也许这样最好吧。”

“我能看她吗？”

“可以，她在走廊的尽头，35 号房间。他们都在盼着你过去，她也一样。有一件事儿，约翰，不管她说什么你都不要和她争论。不要……不要让她在去世的时候觉得一切都没有意义。”

“不会的。”他顿了一下，又说，“你和我一起去吗？”

“现在不行。也许过会儿吧。”

约翰点点头，沿着走廊走去。由于是夜间，灯光被调暗了。刚才柔和宜人的夏夜此刻似乎很遥远，而他在车里的那个噩梦却好像近在眼前。

35 号房间，门上一张小卡片上写着：薇拉·海伦·史密斯。他知道她的中间名叫海伦吗？他过去肯定是知道的，尽管他记不起来。但他能记起来其他的事儿：一个阳光灿烂的夏日，在缅因州老果园海滨，她包着头巾，喜悦地欢笑着，还给了他一根雪糕。他和他父母一起玩儿拉米纸牌，后来，她开始迷信宗教，家里就没有纸牌了，甚至连克里比奇牌也不玩儿。他还记得有一天，他被蜜蜂蜇了一下，他跑到她身边，号啕大哭，她亲吻着肿胀处，用一把镊子拔出了螯刺，然后又用一块蘸了小苏打水的布给他包起来。

他推开门走进去。她在床上呈模糊的一团，约翰想，我在床上也是这个样子吧。一个护士正在给她测脉搏，门打开时她扭过头来，昏暗的走廊灯光在她眼镜上闪过。

“你是史密斯太太的儿子吗？”

“是的。”

“约翰？”床上那一团东西里发出她的声音，干枯而空洞，发出死亡的“嘎嘎”响声，就像摇晃一个空葫芦里的几枚鹅卵石那样。这声音，唉，让他听着都毛骨悚然。他走上前，她的左半边脸是扭曲的，放在床单上的手像爪子一样。这就是中风啊，他想。老人们所谓的“打击”。是的，这个词更恰当。她就是那样。好像她大大地受了一次打击似的。

“是你吗，约翰？”

“是我，妈。”

“约翰？是你？”

“是的，妈。”

他靠近些，迫使自己握住那只骨瘦如柴的爪子。

“我需要我的约翰。”她抱怨的声音说道。

护士同情地看了他一眼，他真想照着护士那种眼光打一拳。

“你让我们单独待一会儿好吗？”他问。

“我真的不该离开，这个时候……”

“好了，她是我母亲，我想跟她单独待一会儿，怎样？”约翰说。

“唔……”

“把我的果汁给我，上帝啊！我感觉我能喝掉 1 夸脱[①]！”他母亲嘶哑着嗓子喊道。

“你离开这儿好吗？”他冲着护士喊。他内心里充满了极度的悲痛，但又找不到这片悲伤的中心点。他感觉就像身处于一个正在坠入黑暗的旋涡一样。

护士走开了。

“妈。”他叫了一声，坐到她边上。那种时光倒流的感觉仍然存在。她有多少次像这样坐在他的床上，也许还握着他干枯的手和他说话呢？他忆起他没有时间概念的那段时期，在那时，这样的房间似乎就在他眼前，透过一层薄纱看去，他母亲的脸向他垂下来，冲着他向上翻的脸缓慢而又“隆隆”地大声吐出无意义的声音。

“妈。”他又叫了一声，亲吻了下她钩子般的手。

“给我那些钉子，我能做到。”她说道。她的左眼看上去好像凝固在眼眶里，右眼却在乱转。那种腹部被打了一枪后的马的眼睛就是这样的。“我要约翰。”

“妈，我在这儿。”

“约——翰！约——翰！约——翰！”

“妈。”他叫一声，很担心那护士又回来。

“你……”她停止喊叫，头朝他这边稍微扭了一下，低声说，“弯下腰来，到我能看见你的地方。”

他照她说的做了。

她说道：“你来了，谢谢你，谢谢你。”眼泪从她那只正常的眼睛中慢慢流出来，另一只眼睛在她中风而僵化的另半边脸上，死板地向上瞪着。

“没错，我来了。”

---

① 此处应为美制湿量夸脱，1 美制湿量夸脱约合 0.95 升。——编者注

“我看见你了，”她的声音微弱地说，“上帝赐予了你什么样的天赋啊，约翰！我不是跟你说过吗？我没有这样说过吗？”

“是的，你说了。”

她说：“他有任务交给你。不要逃避，约翰。不要像以利亚那样藏在山洞里，也不要让他派一条大鱼来吞掉你。[①] 不要做那种事儿，约翰。”

“我不会的。”他握住她爪子一般的手。他感觉头在抽痛。

“不要做陶工，要做陶工手上的陶泥，约翰，记住。”

“好的。”

“要记住！”她声音尖厉地说，他想，她又要胡说了，但她并没有，至少没有比他刚醒过来那会儿她所说的胡言乱语更甚。

“当有平静的、微小的声音出现时，要注意听。”她说。

“嗯，妈。我会的。”

她的头在枕头上稍稍转了下，她是在笑吗？

“你觉得我疯了，我估计。”她把头扭的角度更大了点儿，这样她就可以直视他了，“不过这不重要。当神的声音出现时，你会听出来的。它会告诉你做什么的。它告诉过耶利米、但以理、阿摩司，还有亚伯拉罕。它会到你那儿，会吩咐你的。当它吩咐你的时候，约翰……就去尽你的职责。”

“好的，妈。”

“什么样的天赋，”她喃喃自语，声音在逐渐沙哑、含混，“上帝给了你什么样的天赋……我知道的……我一直都知道……”她的声音弱下去。那只正常的眼睛闭上了，另一只木然地向上瞪着。

约翰又在她身边坐了5分钟才起身离开。当他的手放到门把手上，小心

---

① 此句提到了《圣经》里的两个人物：一个是先知以利亚（Elijah），其曾因为从以色列人身上看不到希望而心灰意冷，一度躲进山洞逃避现实，后来在上帝的感召下走出了山洞。一个是先知约拿（Jonah），其接到上帝的命令去尼尼微城传警告，但其一度抗命逃跑，于是被抛入大海，上帝派一条大鱼将其吞入腹内3天3夜，约拿在鱼腹中祷告忏悔，得到了上帝宽恕，被大鱼吐到沙滩上。——编者注

缓慢地把门打开时，她干枯的、“嘎嘎”的声音又响起来，其不容置疑的、明确的命令让他感觉害怕。

“尽你的职责，约翰。”

“是，妈。”

这是他最后一次和她说话。8月20日早晨8点零5分，她去世了。此时在他们的北边某地，瓦尔特·赫兹里特和莎拉·赫兹里特正在为约翰的事儿争论，而在他们南边某地，格雷格·斯蒂尔森正在亲自折磨某个大浑蛋。

第13章
格雷格·斯蒂尔森的教训

外面，8月末的早晨明亮而温暖，鸟儿在树上唱歌。

格雷格·斯蒂尔森感觉他的机会比以前更接近了些。

1

“你不知道。”格雷格·斯蒂尔森说，声音里的耐性彻底又适度，说话的对象是一个孩子，正坐在里奇韦警察局后面的休息室里。这小子打着赤膊，坐在一把软垫折叠椅里，斜靠在椅背上，喝着一瓶百事可乐。他肆无忌惮地笑着看格雷格·斯蒂尔森，不知道格雷格·斯蒂尔森任何时候都是一句话最多说两遍，倒是知道这屋里有个大浑蛋，只是还不知道是谁。

他必须知道。

如果必要的话，要使用强制手段。

外面，8月末的早晨明亮而温暖，鸟儿在树上唱歌。格雷格·斯蒂尔森感觉他的机会比以前更接近了些。这就是他要小心处理这个大浑蛋的原因。这个人并不是那种有着严重的O形腿和狐臭的长头发骑摩托车的瘾君子，这小子是个大学生，他的头发也长，但不过分，而且非常干净，他是乔治·哈维的外甥。并不是说乔治很关心他（乔治在1945年曾一路杀到了德国，他给这些长头发瘾君子留下一句话，并不是“生日快乐”），而是说乔治和他是有血缘关系的。乔治在镇议会上已经是一个不可忽视的人了。当格雷格告诉他，说威金斯长官逮捕了他姐姐的孩子时，他对格雷格说：看看你能怎么管教这小子吧。但他的眼睛里透露出来的意思是：不要伤害他，我们是亲戚。

这孩子懒洋洋地看着他，眼里满是轻视。他说道："我懂，你的'大狗副警长'拿走了我的衬衣，我想拿回来。你最好放明白点儿。我要是拿不回来的话，我就得让美国民权同盟来对你这个乡巴佬表示一下不满了。"

格雷格起身走到自动售货机旁边青灰色的文件柜前，掏出他的钥匙环，选了一把钥匙，打开文件柜，从一摞事故与交通记录单上，拿下一件红色的T恤。他把它展开，上面的文字显现出来："宝贝我们做爱吧。"

"你在大街上穿着这个。"他的声音还是那样的温和。

孩子翘在椅子的后腿上晃悠，又灌了一口可乐。他嘴边还在荡漾着那抹肆无忌惮的笑，基本上就是在讥笑。他说："对，就是这件，我想要回来。这是我的衣服。"

格雷格的头开始痛了。这个自以为是的东西没有意识到他有多么脆弱。这个房间是隔音的，曾多次有人嘶喊但都被屏蔽掉了。没有，他没有意识到。他不知道。

但是你的手不要乱动。不要走极端。不要毁了计划。

想起来容易，通常做起来也容易，但是有时候他的脾气——他的脾气难以控制。

格雷格伸进衣兜，掏出一个比克（Bic）打火机。

"那你去告诉你那位盖世太保头子，还有我那位法西斯舅舅，美国第一宪法修正案……"他停下来，眼睛瞪大了点儿，"你在……嘿！嘿！"

格雷格没有理会，起码表面上是平静的，他打着了火。比克打火机的气体火焰"呜呜"叫着向上，点着了那孩子的T恤。事实上，那衣服挺好引火的。

那孩子坐着的椅子前腿"砰"一声落下，他朝着格雷格跳过去，手里还抓着那瓶可乐。他脸上那种自鸣得意的笑容不见了，取而代之的是一脸惊惶的表情，还有一个被宠坏的顽童的愤怒，他已经我行我素惯了。

还没人敢小看我呢，格雷格·斯蒂尔森想。他的头更痛了。哦，他必须慎重点儿。

“给我！”那小子喊道。格雷格两根指头捏住T恤的脖颈处，把它伸出来，准备在太烫的时候扔下。“给我，你这个浑蛋！那是我的！那是……”

格雷格对准孩子赤裸的胸膛正中猛力一推，力量的确大，那孩子飞跌过房间，愤怒逐渐变为彻底的震惊，还有格雷格想要看到的：恐惧，这一点是必需的。

他将T恤扔到地上，捡起那孩子的可乐瓶，把瓶里剩下的可乐全都浇到还在燃烧的T恤上。衣服发出悲惨的“嗞嗞”声。

那孩子慢慢站起来，后背紧紧靠在墙上。格雷格盯住他的眼睛。孩子的眼睛是褐色的，而且瞪得非常非常大。

“我们要开始知道点儿东西了。”格雷格说，在他脑袋里令人难受的“砰砰”声中，这话听起来好像隔得很远，“我们此刻在这间密室里要简单地讨论一下谁是浑蛋。你明白我的意思了吗？我们要得出某些结论。这不是你们这些大学男孩儿喜欢做的事儿吗？得出结论？”

那小子急促地喘着气。他舔舔嘴唇，好像要说话，却喊出一声：“救命！”

“对，你需要人救，没错。我也打算救一救你。”格雷格说。

“你疯了。”乔治·哈维的外甥说道，接着又扯开嗓子喊，“救命！”这回更大声了。

“我可能是疯了，”格雷格说，“当然。不过我们现在要解决的，小兄弟，是‘谁是大浑蛋’的问题。懂我的意思吗？”

他低头看看手里的百事可乐瓶子，突然猛地朝铁柜子角砸去。瓶子碎了，那小子还在看着地板上四散的玻璃时，格雷格手中锯齿状的瓶颈对准了他，他尖叫一声，褪色得几乎发白的牛仔裤裤裆处此时突然颜色变深了，脸也成了老羊皮纸的颜色。格雷格朝他走过去，无论冬夏一直常穿的工作靴磨轧着碎玻璃，这小子哆哆嗦嗦地靠在墙上。

“当我走在大街上，我会穿一件白衬衣，”格雷格笑着说，露出白森森的牙齿，“有时候还打条领带。而你走在大街上穿个破布，上面还印着淫秽的话。谁是浑蛋，伙计？”

乔治·哈维的外甥哀号了一声什么。他眼睛瞪圆，死盯住格雷格手中玻璃瓶子尖利的破碴儿。

“我站在干燥的高处，”格雷格说着又靠近了些，“而你让尿顺着两条腿流进鞋里。谁是浑蛋？”

他开始拿瓶颈的破碴儿戳刺那小子汗津津的裸露着的上腹部，乔治·哈维的外甥哭起来了。这就是那种将这个国家一分为二的小子，格雷格心里想。如此讨厌、胆小、爱哭的浑蛋。

啊，不要伤害他——不要毁了计划——

格雷格说：“我说起话来像个人，你说起话来就像头地沟里的猪，小子。谁是浑蛋？”

他继续用瓶子碴儿戳刺那小子；锯齿状的玻璃尖在那小子的乳头下压进去，一滴血珠沁出来。那小子号哭起来。

格雷格说：“我在跟你说话呢，你最好快点儿回答问题，就像回答你们的教授那样。谁是浑蛋？”

孩子在啜泣，没发出清楚的声音。

格雷格说：“如果你想通过这次考试的话就快点儿回答，否则我会把你大卸八块的，伙计。”这一刻他是说到做到的。那小子见不得这冒出来的血滴；见了会让他发狂，不管他是不是乔治·哈维的外甥。“谁是浑蛋？”

“我。”那小子说道，像是一个害怕鬼怪的小孩子那般哭起来，就像害怕深更半夜藏在壁橱门后面的看不见的东西一样。

格雷格笑了。头痛一下下捶打着他，突然加剧起来。“嗯，很好，啊。有个开头了。不过还不够好。我要你说：‘我是一个浑蛋。’”

“我是一个浑蛋。”孩子一边抽泣一边说。鼻涕从他鼻孔里流出来，像藤蔓一样挂在那里。他用手背一把抹去。

“现在我要你说：‘我是一个大浑蛋。’”

“我……我是一个大浑蛋。”

“现在你只要再说一句话，也许我们这儿的事儿就可以了结了。你说：‘谢谢你烧掉那件脏衣服，斯蒂尔森镇长。’”

此时孩子显得很急切，他很清楚地看到了他的出路：“谢谢烧掉那件脏衣服。”

瞬间，格雷格将玻璃碴口从左向右划过那小子柔嫩的肚子，划出一道血线。格雷格只是划破了皮肤，但那孩子号叫了一声，好像地狱里所有的恶魔都跟到他身后一样。

“你忘了说‘斯蒂尔森镇长’。”格雷格说，就在这时，状况突变。头痛使他双眼之间重重地抽动了一下，随后抽动就消失了。他低头恍惚地看着手里的碎玻璃瓶，几乎记不起这瓶子是怎么变成这样的。太蠢了。他差点儿把所有东西都一股脑儿朝这个白痴小子砸去。

“斯蒂尔森镇长！”那小子叫道，他的恐惧已到了极限，“斯蒂尔森镇长！斯蒂尔森镇长！斯蒂尔森……”

“很好。”格雷格说。

“镇长！斯蒂尔森镇长！斯蒂尔森镇长！斯蒂……”

格雷格甩了那孩子一个耳光，让他的头撞到墙上，安静了，瞪大眼睛，不知所措。

格雷格跨步上前，紧紧靠住那孩子，伸出双手，一手揪住他的一只耳朵，把他的脸一直扯到他们的鼻尖碰到一起，眼睛不到半英寸远。

“喏，你舅舅是这城市里的一个大人物。”他轻声说道，提着这孩子的耳朵就像提着两个把手。孩子褐色的大眼睛里泪汪汪的。“我，也是一个大人物，很快就是了，但我不是乔治·哈维。他生在这儿，长在这儿，一切都在这儿。如果你把这里的情况告诉了你舅舅，他可能会想让我在里奇韦完蛋。”

孩子的嘴抽动了一下，无声地啜泣了一声。格雷格揪住他的耳朵前后来回慢慢晃动，他们的鼻子撞在一起。

“他可能不会那么做……他对那件衣服都他妈的气疯了。但也有可能会，血缘的纽带还是很有力的。那么你想想吧，孩子。如果你把这儿发生的事儿告诉你舅舅，然后你舅舅把我挤出去，我估计我就会来杀了你。你信不信？”

“信。”孩子轻声说。他的脸颊湿漉漉、亮晶晶的。

“说：‘信，斯蒂尔森镇长。’”

“信，斯蒂尔森镇长。”

格雷格松开他的耳朵，说：“没错，我会杀了你，不过在杀你之前我会告诉所有能听到消息的人，你在这儿是怎么尿裤子、哭到流鼻涕的。”

他转过身大步走开，好像这孩子一身臭味儿似的。他走到那个文件柜前，从一排架子上取出一盒邦迪创可贴，给那孩子扔过去。那孩子吓得向后一缩，没接住，随后又赶紧从地上捡起来，好像斯蒂尔森有可能因为他没接住而又揍他似的。

格雷格指着一个方向说：“卫生间在那边。把自己洗洗干净。我给你一件有‘里奇韦警察体育联合会’（Ridgeway PAL）标志的运动衫穿，你要给我寄回来，干净的，没有血迹。你听懂了吗？”

“听懂了。”孩子轻声说。

“先生！”斯蒂尔森冲着他吼，“先生！先生！要说先生！你记不住吗？”

“先生，”男孩哽咽地说道，“听懂了先生，听懂了先生。”

“他们不会教你们这些孩子什么都不尊重吧。”格雷格说，“不会没有原因的。”

头痛又隐隐地发作了。他深呼吸了几下，压住了头痛，但胃部却感到极度不舒服。“好了，这事儿就过去了。我只想给你一条忠告。不要在这个秋天或任何时候回到你那个该死的大学以后，就错误地认为今天的事儿只是一次意外。不要试图欺骗自己对格雷格·斯蒂尔森的印象。最好是忘掉，孩子。你，我，乔治，都忘掉。如果你脑子里总要绕开这个印象，到最后你觉得你可以制造一个转机的话，你会犯下这辈子最大的错误，也许是最后一次错误。”

格雷格最后轻蔑地看了站在原地的孩子一眼，走了。孩子的前胸和肚子上有几处不大的风干的血迹，他的眼睛睁大，嘴唇在颤抖。他的样子就像个在少年棒球联合会最后决赛中出局的过度发育的 10 岁孩子一样。

格雷格自己心里打了个赌，他再也不会听到或看到这个孩子了，这个赌他赢了。那个星期晚些时候，格雷格正在一家理发店里理发，乔治·哈维顺道去看了他，感谢格雷格给他的外甥“讲了大道理”。他说：“你很擅长对付这些孩子嘛。我不知道……他们好像都很尊敬你。”

格雷格跟他说这没什么的啦。

2

格雷格于新罕布什尔州烧那件印有淫秽语言的衬衫时，瓦尔特·赫兹里特和莎拉正在缅因州班戈市吃一份迟来的早餐。瓦尔特看过了报纸。

他“当”一声放下咖啡杯，说：“你的前男友上报了，莎拉。”

莎拉正在喂丹尼吃饭。她穿着睡袍，头发有点儿乱，眼睛眯得只剩下一条缝。她 80% 的大脑还在睡觉。昨晚有一个聚会，主宾是哈里森·费舍尔，此人是自从恐龙行走在地球上以来的首位新罕布什尔州第三选区国会议员，并且是明年重选时十拿九稳的候选人。她和瓦尔特去这个聚会是很明智的。明智，这是瓦尔特最近经常说的一个词。他昨晚喝得比她多得多，今早他已梳洗完毕，而且明显精神头十足，而她却感觉像被埋在一堆烂泥里似的。真是不公平。

“蓝色！”[①] 丹尼说，吐出一口混杂的水果。

---

① 此处的英文原文是“Blue”，有可能是婴儿吐出水果时发出了类似“噗噜”的声音，并不是说出了一个有意义的单词。——编者注

“不乖啊。”莎拉对丹尼说，然后又转向瓦尔特，“你是说约翰·史密斯吗？”

“除了他还有谁。”

她站起身，绕过桌子走到瓦尔特那边：“他还好吧？”

“他感觉不错，制造的动静还挺大的。”瓦尔特干巴巴地说。

她还以为这可能与她去看约翰时所碰上的事情有关，但大标题把她吓了一跳：《引人注目的记者招待会上，苏醒的昏迷病人展示特异功能》，上面署名的作者是戴维·布莱特。同时附上了约翰的照片，还是那么消瘦，在刺目的照相机闪光灯下，显得可怜兮兮、一脸茫然，脚下躺着一个四肢伸开的人，旁边标注此人名叫罗杰·迪索，是刘易斯顿报纸的一名记者。标注写着：“记者在内幕揭露后晕倒。”

莎拉坐在瓦尔特旁边的一把椅子上开始看这篇文章。这让丹尼不高兴起来，他开始不断敲打高脚椅子上的托盘，要吃早晨的鸡蛋。

“有人叫你呢。”瓦尔特说。

“你喂他一下好吗，亲爱的？况且你喂能让他吃得更好。”报道详见第9版第3栏，她翻到报纸第9版。

“拍拍马屁会让你心想事成。”瓦尔特欣然说道。他脱下运动外套，系上围裙。“来了，伙计。”他说着开始喂丹尼吃鸡蛋。

莎拉看完报道又回过头来重看了一遍。她忍不住一次次看那张照片，看约翰茫然惶恐的表情。迪索俯卧在地，旁边围着的一圈人用近乎恐惧的表情在看着约翰。这个表情她明白。她记得在亲吻他的时候，他的脸上就闪过那种古怪出神的表情。而当他告诉她在哪里寻找丢失的婚戒时，她也害怕过。

但是莎拉，你害怕的跟他们完全不一样，对吧？

“再吃一点儿，孩子。”瓦尔特说道，声音好像远在千里之外。莎拉抬头看他们，三人一起坐在一道充满尘埃的阳光中，她的围裙在瓦尔特膝间摆动，突然间她又害怕起来。她眼睁睁地看着那枚戒指一圈圈翻滚着沉入马桶底部，还听到了它落在陶瓷底上的那轻微的“叮当”一声。她回想到万圣节面具，回想到那少年说，我特想看这家伙输。她想到了说出来却又从未兑现过的承诺，她的目光落到报纸上那张瘦削的脸上，那张脸正向外看着她，表情憔悴、苦恼、惊讶。

“花招儿，总之就是。”瓦尔特说着挂起围裙。他已经喂完丹尼鸡蛋了，丹尼全吃进去了，现在他们的儿子正心满意足抱着一瓶果汁吮吸着。

“嗯？”莎拉抬起头看朝他走过来的瓦尔特。

“我说，对一个肯定欠下了将近50万美元医疗费用的人来说，这是一个绝好的花招儿。”

“你在说什么呢？什么意思，花招儿？”

“是啊，”他说道，显然没注意到她的不高兴，“写本关于那次事故和昏迷的书他可以赚7000——也许1万美元。但是如果他有了心灵感应能力，那可就赚得没边儿喽。”

“这种说法很卑劣！”莎拉说，她的声音由于愤怒而变得尖细。

他转过身，表情先是惊讶，然后是理解的样子。他这种理解的样子让她更恼火。如果瓦尔特·赫兹里特每次认为他理解了她，她都有5美分进账的话，那他们可以乘坐头等舱飞到牙买加了。

“哎，不好意思提起这个事儿。”他说。

“就算教皇撒谎，约翰都不会撒谎……你知道。”

他大笑起来，那一刻她差点儿抓起他的咖啡杯朝他砸过去。但她没有，相反，她两手紧握放在桌子下。丹尼瞪了他爸爸一会儿，然后也突然大声笑起来。

瓦尔特说：“亲爱的，我没有对他不满，也没有对他干的事儿不满。事实上我还为此很钦佩他。如果又老又肥的老顽固费舍尔能在众议院15年间从一个一文不名的律师成为一个大富豪的话，这哥们儿就绝对有权利赚取他扮演特异功能者能赚取到的……”

“约翰不会撒谎。”她声音平板板地再次说。

“这就是针对染发的老年妇女群体的一个花招儿，那些看每星期一刊的通俗小报，属于‘宇宙读书俱乐部’的人。”他呵呵笑着说，“不过我承认在这次该死的蒂蒙斯审判中陪审团人员选择之时，一点点预见力会派上用场。”

“约翰·史密斯不会撒谎。”她又说道，约翰的声音犹在耳边：它从你的手指上滑出去了。你把他的刮脸用具放入一个侧袋中，戒指就是这时滑出去的……你上阁楼里去看看，莎拉。你会看到的。但是她没法儿跟瓦尔特说这事儿。瓦尔特也不知道她去看过约翰。

去看他也没什么错吧，她的内心在斗争。

是没错，但是对她把原来那枚婚戒扔进马桶冲走这事儿，他又会做何反应呢？他可能不会理解这种突然的恐惧，就是这种恐惧才促使她扔掉婚戒的，而且她看到报纸上其他人脸上也同样映照出这样的恐惧，某种程度上来说，约翰自己的脸上也有。不理解，瓦尔特可能完全不理解。毕竟，把你的婚戒扔进马桶还用水冲走，这真的会让人想到某种低级的象征意义。

瓦尔特说：“好吧，他没撒谎。我只是不信……”

她轻声说：“看看他身后的那些人，瓦尔特。看看他们的脸。他们是相信的。”

瓦尔特草草看了一眼他们：“没错，就像是一个孩子，只要戏法还在进行，他就会相信魔术师那样。”

“你认为这个叫迪索的人是一个，用你的话说，是一个‘托儿’？根据这篇文章写的，约翰和他以前可从不认识。”

瓦尔特不急不躁地说：“这是这种假象起作用的唯一方式，莎拉。从一只兔笼里抓出一只兔子对魔术师没有任何好处，而从一个帽子里抓出来就不一样了。要么是约翰·史密斯知道些什么，要么就是当时他根据那个叫迪索的人的行为做了精准的猜测。不过我再说一遍，我为此很钦佩他。他由此而捞取了很大好处。如果这事儿给他带来钱的话，他会更有实力的。”

这一刻她恨他，厌恶他，厌恶这个她已经嫁给他的优秀男人。他善良、稳健、有温和的幽默感，而另一方面又实在太糟糕了——就是他总有这样一种信念，这个信念明确地建立在他灵魂的基岩之上，即每个人都在先为自己着想，每个人都有他或她自己的小算盘。今早他可能把哈里森·费舍尔称为“又老又肥的老顽固”，而昨晚他还在费舍尔的公寓里笑着大声说格雷格·斯蒂尔森那个人，说这位滑稽的某镇镇长，可能真的会疯狂到明年以无党派人士的身份参加众议院的竞选。

不会，瓦尔特·赫兹里特的世界里没有人有特异功能，没有超人，他只信奉“制度必须从内部来改变”的信念。他是个优秀的男人，一个稳健的男人，他爱她和丹尼，但此刻她的内心深处却突然想念约翰，想念被夺走的他们本该在一起的5年时光。也许是一辈子在一起呢，还会有一个头发更黑的孩子。

她平静地说：“你最好走吧。他们会给你的蒂蒙斯戴上脚镣手铐什么的东西。”

“当然。”他朝她笑着，辩论总结做完了，休庭，“还是朋友？”

“还是朋友。”但他是知道戒指在哪儿的。他知道。

瓦尔特亲吻她，右手轻轻放在她脖颈后面。他吃的早餐任何时候都一样，亲吻她的方式任何时候都一样，某一天他们还将进军华盛顿，但没有人会是特异功能者。

5分钟后他走了，开着他们那辆红色的小平托（Pinto），倒到庞德街上，然后像平时那样“嘟嘟”地短暂按两下喇叭，就开出去了。留下她独自一人和丹尼在家，而丹尼正卖力地在他的高脚椅托盘下扭动，把自己搞得透不过气来。

“你纯粹在白费力气，‘斯鲁戈’[①]。”莎拉说着走过去解开托盘的扣。

“蓝色！”丹尼说，好像对整件事儿都不屑一顾。

---

① 斯鲁戈：全名斯鲁戈·史密斯（Sluggo Smith），美国20世纪30年代流行的一则连环漫画《南希》（*Nancy*）中的人物，由漫画家厄尼·布什米勒（Ernie Bushmiller）创作。斯鲁戈在漫画中是主角南希的朋友，是一个出身于贫民区的邋遢小男孩儿。——编者注

他们家那只公猫“敏捷番茄”仍像平时那样，迈着一瘸一拐的少年犯般的步态慢悠悠地踱进厨房，丹尼抓住他，轻声笑起来。猫的两耳向后一背，显得很顺从。

莎拉微微一笑，开始清理桌子。一切都是出于惯性。静者恒静，她现在是静止的。别管瓦尔特不好的一面了，她自己也有不好的一面。对约翰，除了圣诞节给他寄过一张贺卡以外，她不想再有进一步的打算。这样比较好，比较安全，因为动者可就恒动了。她对现在的生活很满意。她跟丹谈过恋爱，又跟约翰谈过恋爱，从她的身边把约翰夺走太不公平，可这个世界上有太多的事情是不公平的。后来她穿过自己的人生激流，进入现在的静水中，她愿意待在这潭静水中。阳光照耀的厨房里真不错。乡村游园会、幸运大轮盘，还有约翰·史密斯的容颜，最好还是都忘掉吧。

她把水放进水槽准备洗盘子，同时扭开收音机，新闻刚好开始。第一条新闻就让她僵住了，她手里拿着一只刚洗好的盘子，震惊地凝视着他们的小后院。约翰的母亲患了中风，当时她正在看电视，是关于她儿子的记者招待会。今天早上她去世了，还不到一个小时。

莎拉擦干双手，关掉收音机，从丹尼手里硬拿走那只猫，抱着丹尼走进客厅，快速把他放进游戏围栏中，丹尼大声有力地叫喊，抗议对他的蔑视，但她没理会。她走到电话机旁，给东缅因医疗中心打电话。一个总台接线员听起来已经厌烦了不断重复同一条消息，他告诉莎拉，约翰·史密斯已经自行出院，就在前一天晚上，将近午夜时。

她挂上电话，坐到椅子上。丹尼还在他的围栏里哭。水在流入水槽。过了一会儿后，她才起身，走进厨房，关了水龙头。

第 14 章
莎拉的来信

他可以以某种理智接受昏迷和时间丢失，但他的情感，却在执拗地坚持着。

1

10 月 16 日，在约翰上楼收完信后不久，一个来自《内部视点》的人出现了。

他父亲的房子坐落在远离道路的地方；他们砾石铺就的车道有 1/4 英里长，要穿过一片繁茂的次生云杉和松树。约翰每天都要快步走上一个来回。最初，他回到门廊时累得浑身颤抖，两条腿火烫，瘸得很厉害，以至于真的是东倒西歪地往前走。而现在，在开始走路（那时走半英里要花一小时）后的一个半月，行走成了他每天的一大乐趣，是值得期待的一件事儿。不是为了取信，只是为了走路。

他开始为即将到来的冬季劈柴，赫伯特一直打算雇人来干这个杂活儿，因为他自己签了一个合同，在利伯蒂维尔一处新建房屋工程中搞内部装修。"约翰你知道，当岁数开始盯上你的时候，一到秋天你就该找找室内装修的活儿了。"他微笑着说。

约翰爬上门廊，坐进长躺椅旁边的一张柳条椅里，轻轻地舒了口气。他将右脚放到门廊围栏上，痛苦地皱住眉头，用双手将左腿也扶着放上去。这一切做完后，他开始拆信。

最近信件少多了。他刚回到博纳尔镇的第一个星期里，每天有差不多二十几封信，外加八九个包裹，大部分都是从东缅因医疗中心转递过来的，一小部分寄到了博纳尔镇的邮局（写在信封上的“博纳尔”的拼法五花八门：有的是“博内尔”，有的是“博努尔”，还有一个让人印象深刻的，写成了“破怒刺”[①]）。

这些信大都是那些不合群的人写来的，他们看起来是在寻找指引者的过程中浑浑噩噩地过日子。有想要他亲笔签名的孩子们，有想要与他睡觉的女人们，还有失恋的男女们寻求建议的。有的寄来护身符，有的寄来算命天宫图。很多信其实都是迷信宗教的，而且在这些错别字连篇的信里，通常都是用手写的字，又大又仔细，但又有别于生机勃勃的一年级学生那种潦草字体，他似乎看到了他母亲的影子。

这些人在信中都确信他是一个先知，要来领导萎靡失望的美国人民从荒野中出来。他是末日即将来临的一个征兆。到今天，10月16日，他已经收到8本亨利·林德西所写的《消失的伟大地球》[②]一书了——他母亲肯定会对这类书大加赞赏的。他是被差来宣告上帝的神力并终止年轻人败坏道德的。

也有一部分意见相反的信件，它们对约翰表示怀疑，尽管数量不多，但是什么都敢说——而且通常都是匿名的。有一个来信的人用脏乱的铅笔字在一张黄色法律文件纸上说他是一个反基督者，让他快点儿去自杀吧。四五个人在信中询问他谋杀自己的母亲是什么感觉。很多人写信责骂他在愚弄人。一个说话有意思的人写道：“预知、心灵感应，纯属胡说八道！去死吧，你这个超感知蠢货！”

---

① “博纳尔”的标准拼法是“Pownal”，句中的“博内尔”原文为“Pownell”，“博努尔”原文为“Poenul”，“破怒刺”原文为“Poonuts”。——编者注

② 《消失的伟大地球》（*The Late Great Planet Earth*）：美国福音传道者亨利·林德西（Hal Lindsey）写于1970年的畅销书，书中预言耶稣将于1988年再临。——编者注

另外他们还会寄一些东西。这是最糟糕的事儿了。

赫伯特每天下班回家的路上，都要在博纳尔镇邮局停一下取几个包裹，那些包裹都太大，邮箱里放不下它们。和包裹在一起的便条也都基本上一样，都是一种低级的叫喊：告诉我，告诉我，告诉我。

这条围巾是我弟弟的，1969 年他在阿勒加什的一次钓鱼旅行中失踪了。我强烈地感觉到他还活着。告诉我他在哪儿。

这支唇膏是我老婆梳妆台上的。我觉得她有外遇，但我确定不了。告诉我她是不是有。

这是我儿子的身份手环。他现在放学后总是不回家，很晚了还待在外面，我担忧死了。告诉我他在做什么。

一个北卡罗来纳州的女人（天知道她是怎么找到他的，8 月份的那次记者招待会并没有登上国家媒体）给他寄来一片烧焦了的木头。她在信里说，她家着火了，她老公和她 5 个孩子中的 2 个死于大火中。夏洛特消防队的人说是线路系统故障导致的，但是她实在接受不了这种说法。她认为肯定是有人纵火。她要约翰感受一下这块黑色的遗留物，然后告诉她是谁干的，她要让那个大坏蛋下半辈子在监狱里沤烂。

那些信约翰一封也没回，所有的物品，即使是那块烧成了木炭的木头，他也自贴邮费寄了回去，也没附什么留言。他倒是触碰了些东西。绝大多数，像北卡罗来纳州那个悲伤的妇女给他寄来的那块烧焦的墙板，都没给他显示出任何东西来。不过也有很少一部分东西，他在触碰它们时，会出现令人不安的影像，就像是做白日梦。大部分都只有一丝痕迹；一幅画面形成，几秒后又消失，没给他留下任何明确东西，只是一点点的感觉而已。但有一样东西……

就是那个给他寄来围巾想知道她弟弟碰上什么事儿的女人。那是条白色针织围巾，和其他任何围巾都没什么区别。但是当他拿起它时，他爸爸的房子的实体一下子消失了，隔壁房间里的电视机声忽大忽小，忽大忽小，到最后变成了让人昏昏欲睡的夏季昆虫的叫声和远处的溪水潺潺声。

森林的气味进入鼻孔。阳光从巨大的老树间一道道射下来，被树叶染成了绿色。过去的 3 个小时左右地面都是湿软的，脚踩上去发出“咯吱咯吱”的声音，跟沼泽地差不多。他害怕，相当害怕，但头脑还算冷静。如果你在广袤的北方迷了路还心存恐慌的话，那你有可能会送命。他一直朝南方走。他与斯蒂夫、洛基以及洛根分开两天了。他们一直在某条小河边（具体是哪条小河没有显现，那在“死亡区域”里）扎营，钓鳟鱼，迷路是他自己该死，因为他那时候喝得酩酊大醉。

现在他能看到他的背包，就斜靠在一棵被风刮倒的老树边上，树身上长满青苔，白色枯枝从绿叶里到处戳出来，像白骨一般，他能看到背包，是的没错，但是他却够不着。他刚刚因为要小便而走开几码远，走进了一处真正“咯吱咯吱”的地方，稀泥几乎没到了他的里昂·比恩牌靴子上面，他想拔出来，找个干点儿的地方解决，但是他拔不出来。他拔不出来是因为那其实不是稀泥，那是……别的东西。

他站在那儿，四处寻找能抓住的东西，但没有，他几乎要耻笑自己了，找个地方小便还正好跑到这么一块流沙地来。

他站在那儿，起先还乐观地认为这肯定是一处很浅的流沙地，最糟也不过没过自己的靴子，等他出去后这又是一个可炫耀的谈资。

他站在那儿，直到流沙势不可挡地没到他的膝部以上时，他才真正恐慌起来。他开始挣扎，但忘记了一点：如果你稀里糊涂地陷入流沙中时，你应该保持一动不动的状态。转眼之间，流沙便淹过他的腰部，现在已经与胸平齐了，像是有一张巨大的棕色嘴巴在把他吸进去，同时收紧他的呼吸；他开始大声叫喊，但没人来，什么也没有出现，只有一只褐色胖松鼠，顺着那棵倒下的长满青苔的树小心翼翼地行走，然后坐到他的背包上，黑亮的眼睛注视着他。

泥沙没到脖子了，浓郁阴暗的气味灌进鼻子，他的喊叫变得尖细，上气不接下气，因为流沙无情地扼住了他的呼吸。鸟儿俯冲下来，吱吱叫着斥责他，绿色的阳光像生锈的铜一般从树枝间一道道射下来，流沙淹到了他的下巴。独自地，他将独自死在这里，想到这里他张开嘴喊出最后一声，然后就不喊了，因为流沙已经灌进了他的嘴里，涌到他的舌头上，无孔不入地流进牙齿间，他吞咽着流沙，再也喊不出声了……

从这个场景中出来后，约翰一身冷汗，皮肤上起了鸡皮疙瘩，手里紧握那条围巾，呼吸短促，喘不过气来。他将围巾扔到地上，它躺在那里像一条扭曲的白蛇。他可不想再碰它了。他爸爸把那条围巾收在一个回邮包裹里寄回去了。

不过现在，幸运的是，信件开始越来越少了。那些疯子已经找到他们公开和私下迷恋的新对象了。新闻记者们不再要求采访，部分是因为电话号码已换，而且还没登记，部分是因为这个故事已经不新鲜了。

罗杰·迪索作为专题编辑给他的报纸写了长长一篇言辞激烈的报道。他声称，整件事情都是个残忍又无聊的恶作剧。毫无疑问，为了以防万一，约翰针对某些有可能去记者招待会的记者的过往专门做了研究。是的，没错，他承认，他的姐姐安妮的昵称是叫泰丽。她死的时候相当年轻，冰毒也许是造成死亡的一个原因。但是对任何一个有心去挖掘这些信息的人来说，这些信息都是很容易获得的，他只是把这一切编造得看似非常符合逻辑罢了。这篇文章并没有解释，没有出过院的约翰是如何获得这“很容易获得的信息”的，但这一点似乎大多数读者也都没在意。约翰对这些无所谓。这件事儿已经结束了，他无意再挑起新的事端。给那个向他寄来围巾的妇女写信，告诉她，她的弟弟因为要找个地方小便而走错路，尖叫着淹死在流沙中，这有什么用处吗？是能给她宽心呢，还是能帮她把日子过得更好呢？

今天的最少，只有6封信。一张电费单；赫伯特在俄克拉何马州的表弟寄来的一张贺卡；一位女士给他寄来一个十字架；萨姆·魏扎克写来的一张短小便条；还有一个小信封，上面的落款让他眼睛一眨，倏地一下坐起来。这个落款是：班戈市庞德街12号，莎拉·赫兹里特。

是莎拉。他撕开信封。

在他母亲葬礼之后两天，他也收到过莎拉寄来的一张慰问卡。卡片背面是她冷静的左斜体笔迹："约翰，我对所发生的事儿深感难过。我从收音机中得知你母亲过世的消息。你个人的悲伤竟然成了一件众所周知的事情，某种程度上说，这似乎是最不公平的事儿了。你可能不记得了，在你出事儿那天晚上，咱俩说起过你的母亲。我问你如果你把一个堕落的天主教徒带回家，她会怎么做，你说她会微笑着欢迎我并塞给我一些宗教小册子。从你微笑的样子里我能看出你对她的爱。我从你父亲那里得知她有所变化，但很多变化是由于爱你太甚，且接受不了所发生的事儿产生的。最后，我想，她的信仰得到了回报。请接受我亲切的慰问，如果有什么我能帮上忙的事儿，不管是现在还是以后，尽管找你的朋友——莎拉。"

他写了回信，感谢她的卡和她的关心。他写回信时很仔细，唯恐暴露出自己内心真正的想法，唯恐说错话。如今她是一个有夫之妇，这不是他能操控或有能力改变的。但他的确记得他们关于他母亲的谈话，还有那天晚上好多其他话题。她的来信让他想到了那一整个晚上，他写回信的心情是苦乐参半而且是苦多于乐的。他对莎拉的感情依然存在，但他不得不时常提醒自己，过去的那个她不在了，她已经是另一个女人，是一个大了5岁且有一个小男孩儿的女人了。

他从信封里抽出一张信纸，迫不及待地看起来。她和她孩子要去肯纳邦克和她一个同学过一个星期，那姑娘高一、高二时和她是室友，那时候还叫斯蒂芬妮·卡斯利，现在叫斯蒂芬妮·康斯坦丁。她说约翰可能还记得那姑娘，但约翰不记得了。而且，瓦尔特要待在华盛顿3个星期，有合并公司的业务，也有共和党的业务，因此莎拉想，如果方便的话，她可能会抽一个下午来博纳尔镇看看约翰和赫伯特。

“10 月 17 日到 23 日之间，任何时候你都可以打斯蒂芬妮的电话 814-6219 联系我。当然，如果你觉得这件事儿在什么方面不方便的话，尽管给我打电话说就是了，往这里打也可以，往肯纳邦克那边打也可以。我会理解的。很爱你们的——莎拉。”

手里拿着这封信，约翰的目光穿过院子，注视树林。树林已经变成了赤褐色和金黄色，好像是刚刚在上个星期变的。树叶很快会落地，那个时候冬天就来临了。

“很爱你们的——莎拉。”他若有所思地用拇指划过这句话。最好是不要打电话，不要写信，什么都不要做，他想。她会明白的。就像那个寄来围巾的女人——能有什么用处呢？为什么要自找麻烦呢？很爱，莎拉也许可以无所顾忌地说这个词，但他不能。往事的创痛还在折磨着他。对他来说，时间被粗鲁地折叠了起来，又用钉子钉住，已变得残缺不全。在他自己内心的时间进展中，她还是他半年前的女朋友呢。他可以以某种理智接受昏迷和时间丢失，但他的情感，却在执拗地坚持着。她的信可不好回，一封信寄去之后往往有可能打破现有局面，如果形势开始走向它不该走的方向，如果跨越友情的界线，那就又从头开始了，而现在允许他俩共同拥有的，只有友情，没有其他。如果他与她见了面，他有可能会做蠢事，说蠢话。所以最好还是不要打电话。最好连理都不要理它。

但是他料想自己会打电话的，打电话邀请她过来。

真让人心烦，他把那封信塞回信封。

阳光照到明亮的镀铬层上，闪闪发光，刺眼的光线又反射进他的眼睛里。一辆福特轿车“嘎吱嘎吱”地沿车道开过来。约翰眯起眼睛，想看看是不是熟悉的车。他在本地的朋友很少。信件是很多，但人也就来访过那么三四次。从地图上看，博纳尔镇很小，很难找到。如果来的真的是打探消息的人，约翰会很快把他或她打发走，尽可能温和而又坚决地打发走。这是魏扎克临别时给他的建议。他觉得这建议蛮不错的。

“约翰，别让任何人把你拉进咨询师的角色里去。不鼓励他们，他们就会慢慢忘掉的。你可能一开始觉得这似乎太无情，因为他们大多数人都是思想上迷失了方向的人，有着太多的麻烦而又怀着一片善良的心愿，但这种事儿关系到你的生活、你的隐私。所以坚决点儿。”他也的确是这么做的。

福特车开进车棚与柴堆之间的回车道，在它回转时，约翰看到挡风玻璃的一角贴着“赫兹租车”的贴纸。一个个子很高大的男人钻出车来，四下张望。他穿着一条崭新的蓝色牛仔裤，一件红色彩格布狩猎衫，这衣服看起来好像是刚刚从一个里昂·比恩牌的盒子里取出来似的。这个男人的神态给人感觉他不习惯于乡野地区，像是那种明知道新英格兰地区已经没有狼和美洲狮了，但还想来确认一下的人。一个城里人。他抬头向门廊上看，看到了约翰后，举起手打招呼。

“下午好。”他说道。他的发音也有一种不清晰的城市口音——纽约布鲁克林区的吗？约翰在想——听起来就像把嘴埋在一个咸饼干盒子里说话似的。

“你好，迷路了？”约翰问。

“唉，我希望没有吧。”这个人说着，朝台阶走过来，“你要么是约翰·史密斯，要么就是他的双胞胎兄弟。”

约翰笑了笑：“我没有兄弟，所以我估计你找对人了。有什么忙需要帮的吗？”

“哦，也许我们可以互相帮帮忙。”这个人走上门廊，伸出手。约翰和他握了握手。“我叫理查德·迪斯，是《内部视点》杂志的。”

他的头发剪成了一种很时髦的齐耳式，而且几乎全部灰白了。他是染灰的，约翰饶有兴味地想。对一个声音听起来好像捂在饼干盒子里，头发染成灰白色的人，你能说什么呢？

“你可能看过这个杂志吧。”

“哦，看过。在超市收银台那里就有卖的。我不想接受采访，不好意思，你不得不空跑一趟了。”那杂志超市里是有卖的，没错。杂志里的文章标题应有尽有，五花八门，凸显在耸人听闻的故事页面上，好让你不得不花钱买。《外星生物杀害了孩子，精神错乱的母亲在哭泣》《正在毒死你孩子的食品》《12 位特异功能者预测 1978 年加利福尼亚会发生地震》。

“嗯，我们说的其实不是采访。我可以坐下吗？”迪斯问。

“真的，我……”

“史密斯先生，我从纽约一路飞到北边，然后又从波士顿上了一架小飞机，那小飞机让我想到如果我没留遗嘱就撒手人寰的话，我妻子会怎样。”

“波特兰班戈航空公司？”约翰笑着问。

“就是那个公司。”迪斯道。

约翰说：“好吧，我很感动于你工作的勇猛和奉献。我可以听听，不过只有 15 分钟左右。我每天都要午休的。”这个小谎撒得很高明。

“15 分钟绝对够了。”迪斯向前倾了倾身子，“我只是基于事实做出一个估计啊，史密斯先生，我估计你肯定欠下了大约 20 万美元的外债。这个数字大致离准确数字不远吧？”

约翰的微笑淡下来，说：“我欠不欠债是我自己的事儿。”

“对，那当然，没错。我不是有意要冒犯你，史密斯先生。《内部视点》愿意给你提供一份工作，一份非常赚钱的工作。”

“不要，绝对不要。”

“你给我个机会，让我给你介绍一下这个……”

约翰说：“我不是靠特异功能吃饭的。我不是珍妮·狄克逊①、埃德加·凯西或者亚历克斯·唐诺斯②。这件事儿到此为止了。还要我再说一遍吗？”

---

① 珍妮·狄克逊（Jeane Dixon，1904—1997）：美国著名占星家及特异功能者，曾挑战大预言家诺查丹玛斯（Nostradamus）的预言，认为人类不会在 1999 年灭亡，而东方将拯救世界。——编者注

② 亚历克斯·唐诺斯（Alex Tannous，1926—1990），美国通灵者。曾在南缅因州大学担任心理学讲师，在美国心灵研究会参与此类研究达 20 年，并作为国际演讲者在媒体和高校开办通灵学等相关讲座。——编者注

“能给我几分钟时间吗？”

“迪斯先生，你好像没明白我的……”

“只要几分钟好吗？”迪斯笑得很动人。

“你们到底是怎么知道我住这儿的？”

“缅因州中部有一家报社，叫《肯纳邦克日报》，里面一个特约记者说虽然你退出了公众视野，但很可能跟你父亲待在一起。”

“哦，那我可真要谢谢他了，是吧？”

“当然了，”迪斯说得倒很畅快，“我敢打赌你在听完这整个计划之后会这么想的。我可以说了吗？”

约翰说：“好吧，不过仅仅是因为你坐着恐怖航班飞到这里，我不会改变主意的。”

“嗯，不管你怎么看吧。这是个自由的国家，是吧？毫无疑问。史密斯先生，你可能也知道，《内部视点》专门报道对特异功能事件的看法。我们的读者，坦白地说，都为这本杂志发疯了。我们一星期就有300万的发行量。300万读者啊，每星期！史密斯先生，径直顺着这条康庄大道走下去，远景怎么样？我们是怎么做到的？我们跟着这个生气勃勃的、超自然的……”

“比如杀人熊吃掉双胞胎婴儿。”约翰低声说。

迪斯耸耸肩：“没错，嗯，这是个充满暴力和困难的旧世界，不是吗？这些事情必须告知人们。他们有权利知道。但是每篇文章除了沮丧，我们还有3点告诉读者，如何轻松减肥，如何找到性的快乐与和谐，如何靠近上帝……”

“你信上帝吗，迪斯先生？”

“说实话，我不信。”迪斯说道，又把他那动人的笑展露了一下，“但是我们是生活在地球上一个民主的、最伟大的国家里，对吧？每个人都是他自己灵魂的主宰。不，关键是，我们的读者信上帝。他们相信天使和奇迹……”

“还有驱邪、魔鬼、黑弥撒……”

“对，对，对，你说对了。就是一种联系到宗教的读者。他们相信所有这类特异功能的胡说八道。我们跟总共 10 个特异功能者签了合同。我们也愿意跟你签合同，史密斯先生。”

“是吗？”

“绝对是。这对你来说意味着什么？我们在撰写我们的‘全明星特异功能者’专栏时，你的照片和小专栏一年就会露脸大致 12 次，在《〈内部视点〉的 10 位著名特异功能者预测第二届福特政府》这一类的文章中。我们一直都有新年版，还有每年 7 月 4 日关于未来一年美国进程的一版，那可是非常增长知识的一版啊，有大量关于外交政策和经济政策的短小精悍的尖锐批评，外加其他一些五花八门、特别吸引人的东西。”

“我想你没明白，我有过那么一两次突然冒出来的预测，我想你可能想要我‘看到未来’，但我把控不了这类事情。让我对第二届福特政府——如果有第二届的话——做出预测，就像让我给一头公牛挤奶一样不可能。”约翰说。他说得很慢，就像对一个孩子说话那样。

迪斯看起来受到了惊吓的样子似的，说：“谁说你能做出来了？是由本报记者来写所有的专栏的。”

“本报……？”约翰张口结舌地看着迪斯，最终也吃惊起来。

“当然呀。”迪斯很有耐心地说，“哎，我们前两年有个最受大众欢迎的伙计是弗兰克·罗斯，这伙计专攻自然灾害。非常不错的伙计，但天哪，他九年级的时候就退学了。他当了两年兵，我们找到他的时候他正在纽约港务局总站‘灰狗’巴士外面混呢。你以为我们会让他写他自己的专栏？他连‘猫’这个词都会拼错。”

“但那预测……”

“自由操作，完全自由操作。不过你会惊讶于那些男男女女如何经常能撒出一个弥天大谎。”

“弥天大谎。”约翰跟着念了一遍，他不明白了。他有点儿惊讶地发现自己有股火冒起来。他母亲自从他记事起就一直在买《内部视点》，那时他们在杂志上登载血淋淋的汽车残骸、砍头、非法拍摄的照片等这类场景。她对其中每一个词还都深信不疑。大概《内部视点》其他的2999999人也都是如此。而这里坐着的这个染着灰白头发、脚穿40美元的皮鞋、身上的衬衫还带着折痕的家伙却在大谈特谈“弥天大谎”。

迪斯说：“不过那样的大谎是很能产生预期效果的，如果你想出来了，你要做的仅仅是给我们打个接听方付费的电话，我们大家一起把这类大谎拿到专业的工作室里，然后做出某些东西来。我们有权利把你的专栏文章收入我们的年刊《内部视点·即将发生的事件》来，但同时你又完全可以自由地与出版商去签合同，只要你有这个机会。我们所要的只是杂志权利的优先取舍权，而且我们基本不可能舍弃不用，我可以肯定地告诉你。我们付钱也是相当慷慨的，我们比任何一家给的金额都要高。你所要做的，可以说就像把肉汁浇到土豆泥上那么简单。”迪斯轻笑道。

“钱会有多少？”约翰语气缓慢。他的手紧握住椅子扶手，右面太阳穴的一根静脉有节律地抽动起来。

迪斯说：“一年3万美元，付两年。如果你被证明很受欢迎，那这个金额还可以商量。喏，我们的特异功能者都有自己的技能领域。我了解你是很擅长于感应物品的。”迪斯的眼睛眯起来，开始出神：“我考虑搞一个固定专栏，也许一个月两次吧，我们可不想把一个很棒的人搞得筋疲力尽。《约翰·史密斯请求〈内部视点〉读者们寄送私人物品以进行心灵感应调查》，类似于这种的题目。当然，我们要说清楚，他们要寄送价值不高的东西，因为所有东西都不返还。但是你会大吃一惊的。有的人蠢得跟头猪一样，天哪。你会被一些寄来的东西吓一跳，钻石、金币、婚戒……我们可以在合同里加上一条，明确说明所有寄来的物品都归你个人。”

此时约翰的眼睛里开始泛起暗红色：“人们把东西寄来，然后我就据为已有。你的意思是这样。”

“当然，这没有任何问题，我想。就是之前就把基本规则说清楚的问题，土豆泥上的一点点额外肉汁而已。”

“假定，”约翰小心地保持自己的声音平稳缓和，“假定我……想出来一个弥天大谎，像你刚才说的……我就打电话通知你们，比方说福特总统会在1976年9月31日被刺杀，但这并不是我的心灵感应，而是我编造出来的，是吗？”

迪斯说：“对，9月份只有30天嘛，你知道。哎，我发现你很容易就能搞定啊。你会成为一个天才的，约翰。你的想法真大胆，这样就很好。你会惊讶地发现这些人中有多少人胆子太小。他们不敢说大话，我觉得是这样。我们有个家伙，从爱达荷州来的蒂姆·克拉克，两个星期前写信说他突然闪出个念头：厄尔·布茨[①]明年会被迫辞职。哦，原谅我说粗话，谁他妈的会在乎这种事儿呢？美国的家庭主妇知道厄尔·布茨是谁吗？但你不同，你有满满的灵感，约翰。你天生就是干这事儿的料子。”

“满满的灵感。”约翰喃喃地说。

迪斯好奇地看着他：“你还好吧，约翰？你脸色有点儿不好看。”

约翰正在想那个给他寄围巾的女士，也许她也在看《内部视点》吧。他说：“我捋一捋啊，你付我3万美元一年买我的名字……”

“还有你的照片，别忘喽。”

“还有我的照片，为的是几篇枪手写的专栏文章。还有特别报道，在其中，我针对人们寄来的东西告诉他们想知道的。那些东西我会保留作为我的额外利益……”

“如果律师能搞定的话……”

---

① 厄尔·布茨（Earl Butz，1909—2008）：美国政府官员，曾任美国农业部长，后因言论不当而辞职。——编者注

“……变成我的私人财物。是这么办吗？”

“这是协议的基本内容，约翰。这些事儿互为依存，很棒哦。6个月内，你的名字就会家喻户晓，那之后，好处就无边无际喽。上卡森的节目，个人形象展示，巡回演讲。当然，你还会出书，选个好公司，他们简直就是排队朝着特异功能者头上砸钱哪。凯茜·诺兰就是从一份合同起步，跟我们给你的合同一样，她现在一年赚20万美元。另外，她还创办了自己的教派，因而国税局连她的10美分都搞不到。她不会错过任何一个机会，我们的凯茜。”迪斯凑过身来，咧开嘴笑着说，“听我说，约翰，前途无量啊。”

“肯定的。”

“怎么样？你怎么想？”

约翰朝迪斯倾过身子，一只手抓住他那崭新的里昂·比恩牌衬衫的袖子，另一只手抓住他的领子。

“嘿！你搞什么鬼，你敢……”

约翰两只手抓住迪斯的衬衫，把他拉过来。5个月来的每日锻炼已经使他双手双臂的肌肉恢复到了很强的水平。

约翰的头开始阵阵抽痛，他说：“你问我是怎么想的是吧，我告诉你，我认为你就是个盗墓贼，人们在噩梦里才能见到的盗墓贼，应该把你放到干苦力的地方去干活儿，你妈妈怀上你那一天她就应该得癌症死去。要是有地狱，我希望你在那儿被烧掉。”

“你怎敢这样对我说话！”迪斯叫道。他的声音提高到泼妇骂街那样的尖叫：“你他妈的有病！甭提了，一切都甭提了，你这个愚蠢的土包子、婊子养的！你再也没机会了，别爬着来……”

“还有，你说起话就像捂在饼干盒子里说话一样。”约翰说着站起来，把迪斯也提起来。他衬衫的下摆从他崭新牛仔裤的腰带里抽出来，露出里面网状的背心。约翰开始一前一后一下下地晃动迪斯。迪斯已经顾不上愤怒，开始带着哭腔叫嚷起来。

约翰把他拖到门廊台阶上，抬起一只脚，毫不含糊地踹到他穿着崭新的利维斯（Levi’s）牛仔裤的屁股上。迪斯号叫着摔在两级大台阶上，滚落到泥地里，又直挺挺地四肢摊开躺在地上。当他爬起来看向约翰时，他那乡下表亲式的衣服上满是灰土。这倒是让衣服在某种程度上看起来真的像是乡下表亲的，约翰想，只是不知道迪斯是不是欣赏这一点。

“我应该叫警察来抓你，”他嘶哑着声音说道，“我可能真的会叫。”

“想干什么随便，但是本地法律对那些未经邀请就来刺探的人可不是很客气啊。”约翰说。

迪斯的脸难受地扭曲起来，夹杂着恐惧、愤怒和惊愕。“你再需要我们的话，只有上帝能帮你了。”他说。

约翰的头此刻剧烈疼痛，但他还是保持着语调的平稳，说：“没错，我举双手赞成。”

“你就准备着难受吧，你要知道。300 万读者，两败俱伤哪！如果我们不再跟你打交道了，就算你预测 4 月份是春天，这个国家里的人也不会相信你。你说世界职业棒球大赛会在 10 月份进行，他们也不会相信你。他们不会相信你，就算……就算……”迪斯气急败坏，怒气冲冲地说。

“滚出去，你这个卑鄙的小人！”约翰说。

“你可以无视那本书！”迪斯尖叫道，似乎是要唤起他能想到的最恶毒的话。他的疤脸在抽搐，衬衫上又沾满泥土，看起来就像个正在大发脾气的小孩儿。他的布鲁克林口音加重，阴郁到几乎是一种土话的地步：“他们会哄笑着把你赶出纽约的每一家图书公司！我们不和你打交道了，读者们也不会接触你！我们有很多办法收拾你这种无礼的家伙，我们已经干掉他们了，蠢货！我们……”

“我想我得去取我的枪，我要干掉一个擅闯私宅的人。”约翰说道。

迪斯边叫嚷着恐吓下流的话，边向他租来的车退去，约翰站在上面的门廊里看着他，头还在剧烈地“咚咚”响。迪斯钻进汽车，猛地发动着，然后在一片尖啸声中，扬起了一片灰尘。他故意让车冲出去把车棚旁边的木头墩子撞飞。约翰的头尽管还在痛，但对此微微一笑。他把木头墩子立起来容易得多，可迪斯向赫兹租车公司的人解释车前挡泥板上为什么有个大凹坑可就不那么容易了。

迪斯一路沿着车道朝大道狂野地开出，午后的阳光再次闪耀在镀铬层上。约翰重新坐进摇椅里，手托额头，等着头痛减弱。

2

“你要干什么？”银行家问。外面的下方，车辆沿着新罕布什尔州里奇韦那乡村风味的主街来来去去。他 3 楼的办公室里镶着松木板，墙上挂着弗雷德里克·雷明顿[①]的几幅版画，还有这位银行家参加本地重要社交活动的一些照片。他的桌子上放着一个透明的有机玻璃方块，里面嵌着他老婆和他儿子的照片。

“我要竞选明年的众议院议员。”格雷格·斯蒂尔森说。他穿一条卡其色长裤，一件蓝衬衫，袖子卷起来，还打着条只有蓝色图案的黑领带。不知怎么的，他看起来与银行家的办公室显得格格不入，好像随时都可能站起来把整个房间搅个底朝天，打翻家具，把那幅镶框的昂贵的雷明顿版画扫到地上，把窗帘从杆子上揪下来似的。

银行家名叫查尔斯·“查克”·金德伦，是本地狮子会的会长，此刻他笑了笑，但心里有点儿没底。斯蒂尔森总是让人感觉心里没底。小孩子的时候他似乎瘦得皮包骨头，喜欢跟别人说“一阵大风就把我吹走了”；但最终还是他父亲的基因产生了影响，他此刻坐在金德伦的办公室里，特别像他父亲——俄克拉何马州一名粗野的油田工人当年——的样子。

---

① 弗雷德里克·雷明顿（Frederic Remington，1861—1909）：美国画家、雕塑家、作家。其绘画和雕塑作品以表现西部草原地区的生活为主。——编者注

他对金德伦的轻笑皱了皱眉。

“我是说，乔治·哈维可能对此有话要说吧，不会吗，格雷格？”乔治·哈维不仅仅在镇议会里是个有影响力的大人物，他同时也是第3区的共和党老大。

“乔治不会表示不满的。”格雷格平静地说，他的发间已经有了根根白发，但他的脸上突然间变成了另一副表情，多年前在艾奥瓦州农家院里把一只狗踢死时的那种表情。他的声音很有耐性：“乔治会做个旁观者的，但他是站在我这一边的旁观者，如果你懂我的意思的话。我不会触犯到他的利益，因为我将作为一个无党派人士来参加竞选。我可没有20年时间去学习规矩和拍马屁。”

“你是在开玩笑吗，格雷格？”查克·金德伦迟疑地问。

格雷格又皱起了眉，样子吓人：“查克，我从来都不开玩笑。是他们……觉得我在开玩笑，那位工会领导人和《民主日报》那帮蠢货觉得我在开玩笑。但你去见见乔治·哈维吧，你问问他我是不是在开玩笑，是不是在搞定这个事儿。你也应该更清楚的啊。别忘了，我们可是一起埋过尸体的，啊，查克？”

那种皱眉的表情变成了某种意义上的冷笑，或许，对金德伦来说是很冷，因为他一时放任自己，在格雷格·斯蒂尔森的胁迫下参与过几起开发项目。他们赚了钱，对的，他们当然赚钱了，这不是什么问题。问题是，在森宁代尔里奇的开发上有两点（老实说，在“月桂庄园”项目上也一样）并不完全合法。首先是他们贿赂了一名环保局的人，但这还不是最恶劣的。

在“月桂庄园”项目上，有个在里奇韦后街上的老人不想出售房子。于是，第一，那位老人的14只小鸡莫名其妙地死了；第二，老人放土豆的房子着火了；第三，老人在不久前的一个周末去看望他住在一家私人疗养院的姐姐，当他回来时，发现有人在他的客厅和餐厅里抹满了狗屎；第四，老人卖掉了自己的房子；第五，“月桂庄园”变成客观事实。

也许还有第六：那个摩托车魔鬼，叫桑尼·埃里曼的，又在到处游荡。他和格雷格是好哥们儿，但这并没有成为这个小城的饭后谈资，因为相关的言论被另一件事儿冲淡了——格雷格建立了戒毒中心，并为里奇韦的年轻吸毒者、酗酒者和交通肇事者们制订了特别计划，由此，他经常与那些瘾君子、嬉皮士、摩托党在一起也就不足为奇了。格雷格的主张不是对他们罚款、关押，而是给他们发工资，让他们去建设城镇。这主意是格雷格想出来的，很好，这位银行家第一个站出来赞同。这也是帮助格雷格获得镇长选举的其中一项理由。

但是——但是这也太疯狂了点儿。

格雷格又说了句什么，金德伦没听清。

“请再说一遍。”他说。

“我问你，做我的竞选经理，怎样？”格雷格又问了他一遍。

“格雷格啊……”金德伦不得不清了清喉咙开始说，“你好像还不清楚。哈里森·费舍尔在华盛顿是第3区的代表。他是共和党员，很受尊敬的，也许会一直当下去。”

“没有谁会一直当下去。”

“哈里森就很有可能。”金德伦说，“问问哈维，他们是同学。时间可上溯到1800年，我想。”

格雷格没理会这个温和的戏谑，说：“我会把自己称作一头公麋[①]什么的……所有人都会觉得我在搞笑……但最后第3区的那些良民会一路笑着把我送到华盛顿的。”

“格雷格，你疯了。”

格雷格的笑容消失了，就好像从来没笑过一样。某种可怕的东西浮现到

① 公麋：指1912年美国竞选总统时由西奥多·罗斯福领导的进步党党员，因为进步党党徽上就有一只公麋的图案。——译者注

他脸上，他的脸变得非常平静，眼睛瞪得露出大片眼白，看起来就像是一匹马闻到了脏水时的样子。

“你不应该说这种话，查克，永远都不应该。”

现在这位银行家感到的不仅仅是冷了。

“格雷格，对不起。只是……”

“不，你永远都不应该对我说那种话，除非你某天下午出去上你那辆破烂大‘帝国’（Imperial）的时候，发现桑尼·埃里曼在等着你。”

金德伦的嘴动了动，但什么也没说出来。

格雷格的笑容重新浮现出来，就像太阳突然冲破乌云一般：“别介意。如果我们要一起干的话，就不要互相攻击。”

“格雷格……”

“我需要你，是因为你熟悉新罕布什尔州这块地方上所有该死的生意人。我们一旦要让事情运转起来就得有充裕的资金，但我想我们必须采取措施才行。现在是为我扩充一点点的时候了，而且起步不仅要像个里奇韦代表，还要像州代表一样。我估计 5 万美元应该足够应对基层民众的了。”

这位银行家最近的 4 次游说都是替哈里森·费舍尔做的，此刻他被格雷格政治上的无知惊呆了，以至于都不知道该怎么继续说下去。最后，他说：“格雷格，商人们给竞选活动捐款并不是出于他们的善意，而是因为竞选成功的人最终欠着他们一笔钱。在一次势均力敌的竞选中，他们会捐给任何一个有成功概率的候选人，因为他们完全可以把捐给落选者的钱当作一笔税收损失。这里重要的是‘成功概率’。现今费舍尔他是一个……”

“必胜的人。”格雷格替他说出来。他从后兜里拿出一个信封：“你该看看这些东西。”

金德伦疑惑地看看信封，又抬眼看格雷格。格雷格鼓励地对他点点头。银行家打开信封。

银行家松木镶嵌的办公室内先是一阵粗重的喘息，随后就是长长的寂静，中间除了桌上数字电子钟微弱的“嗡嗡”声，以及格雷格点菲利斯（Phillies）方头雪茄时火柴发出的“嗞”的一声以外，一直就是寂静。办公室墙上是弗雷德里克·雷明顿的画，有机玻璃方块里是家人的照片，而现在，摊开在桌上的，是银行家的头埋在一个女郎大腿间的照片，那女郎是黑头发——也可能是红头发，照片是模糊的黑白照片，很难看得出是黑是红。女郎的脸很清楚，并不是银行家老婆的脸。里奇韦的一些居民会认出，她是两个镇以外的鲍比·斯特朗卡车司机餐馆里的一名女服务员。

银行家头埋在服务员两腿间的照片还算是安全的了——服务员的脸能看清，而他的脸是看不清的。而在其他照片里，连他自己的奶奶都能认出是他来。那些是金德伦和那位女服务员沉浸在欢愉中的照片，也许没有印度《爱经》中全套的姿势，但也有那么几张，里奇韦中学健康课本上的“性关系”章节里是绝没有出现过的。

金德伦抬眼向上看，他的脸色难看，手在颤抖，心脏在胸膛里“怦怦”猛跳，他真担心自己心脏病发作。

格雷格看都没看他，自顾自地欣赏10月窗外的一片蓝天，左右是里奇韦的楼宇、广告牌和商店。

查克·金德伦用自己颤抖的一只手按压着心脏部位，以防心脏病真的发作。他的眼睛一直盯着那摞照片，那摞该死的照片。要是他的秘书这会儿正好走进来怎么办？他停止按压胸部，将那些照片整理起来，又塞回到信封里。

格雷格探身向前。

“哈里森·费舍尔要赢得选举并不是十拿九稳的，他过时了。福特过时了，马斯基过时了，汉弗莱[1]也过时了。全美国各地方的、各州的政客会在

---

① 汉弗莱：全名小休伯特·霍拉蒂奥·汉弗莱（Hubert Horatio Humphrey，Jr.，1911—1978），美国政治家，曾任明尼苏达州参议员、美国副总统。在1968年的总统竞选中输给理查德·尼克松。——编者注

大选日的第二天觉醒过来，会发现这些人已经过时了。他们把尼克松赶走，第二年又把在弹劾听证会上这些人的支持者赶走，再过一年他们又出于同样的缘由，而把杰里·福特赶走。”

格雷格·斯蒂尔森的眼睛恶狠狠地盯住银行家。

“想知道未来是怎样的趋势吗？抬起头来看看缅因州的伙计朗利[①]吧。共和党资助一个叫欧文[②]的家伙，民主党资助一个叫米切尔[③]的家伙，而当他们点数州长选票时，他们都大吃了一惊，因为老百姓自己选出一个从刘易斯顿来的保险业务员，这人与两党都没有任何瓜葛。现在人们都在谈论他是总统候选人中的一匹黑马呢。”

金德伦还处在震惊中，说不出话来。

格雷格吸了口气：“他们所有人都会觉得我在开玩笑，知道吧？他们之前也觉得朗利在开玩笑。但我不是在开玩笑。至于你，就准备着给我提供资金吧。”

话说完后办公室重新陷入沉寂，只有电子钟在“嗡嗡”聒噪。最后，金德伦小声问道：“你从哪儿搞到这些照片的？是不是那个埃里曼？”

“哎，别扯这些没用的！忘掉这些照片的事儿吧，拿着就是了。”

“底片在谁手里？”

“查克！”格雷格不容置喙地说，“你不懂，我是在让你进华盛顿啊。前途无量啊，孩子！我都没说让你去筹多少钱！我说过，只要一小桶水，我们就能放长线钓大鱼！一旦我们运作起来，大把的钱就会进来。而你现在最了解哪些浑蛋有钱。你带他们去凯斯威尔酒店共进午餐，你去陪他们打牌。你

---

① 朗利：全名詹姆斯·伯纳德·朗利（James Bernard Longley，1924—1980），美国政治家。曾任缅因州州长，是第一位以独立身份担任州长的从政者。——编者注

② 欧文：全名詹姆斯·欧文（James Erwin，1920—2005），美国政治家。曾任缅因州首席检察官，并两度被共和党推举为州长候选人。——编者注

③ 米切尔：全名乔治·约翰·米切尔（George John Mitchell，1933—　），美国律师、商人、外交家、政治家。民主党成员，曾任缅因州参议员及参议院多数党领袖。——编者注

已经如他们所愿给他们办了最低利率的商业贷款了。怎么逼他们就范，你是知道的！”

“格雷格，你不知道。你并不……”

“那就用我逼你就范的方法给他们下套！”格雷格站起来说道。

银行家抬头望着格雷格，眼珠子无望地骨碌碌转动着。格雷格·斯蒂尔森觉得眼前这个人就像一头待宰的羔羊。

“5万美元，”他开价了，“你去搞吧。”

他起身出来，带上身后的门。隔着几道厚重的墙，金德伦仍然能听到他刺耳的声音，他正和他的秘书说笑。他那个秘书老太太有六十来岁，胸部干瘪，但斯蒂尔森却让她发出像小女生般的“咯咯”笑声。他真是个跳梁小丑，就像他当年凭借改造青年罪犯当上了里奇韦的镇长一样卑劣。但百姓是从不会选卑鄙小人来做华盛顿的头儿的。

对，基本不会选的。

这还不是他眼下发愁的。5万美元竞选经费才是他当下的难题。他的脑子围绕这个棘手的问题急速运转开来，就像一只驯养的小白鼠围着一盘奶酪转圈圈一样。钱是能很快解决掉。没问题，很可能马上就能想出办法来了——可是解决了这个事儿就算完了吗？

那个白色的信封静静躺在他的桌上。他仿佛看见他的老婆面带微笑，眼睛正透过有机玻璃方块看着那个信封。他一把抓起信封，迅速塞到大衣最里面的口袋里。一定是那个埃里曼，是埃里曼不知怎么发现的，又偷拍了照片，肯定是这样的。

但指使他这样干的人是斯蒂尔森。

也许这个人也不完全算是个小丑。这个人对1975年到1976年政治气候的估计也不完全是异想天开的。

但那与他没关系。

与他有关系的是那5万美元。

查克·金德伦，这位本地狮子会主席，各方面的大善人（去年7月4日里奇韦大游行时他还骑了一辆那种有趣的小摩托），从他办公桌最上面一个抽屉里取出一本法律用纸便笺簿，开始草草写下一串名字。驯养的小白鼠开始干活儿了。楼下主街上，格雷格·斯蒂尔森抬头望着秋日的骄阳，庆幸他自己干得不错，或者说是创造了一个好的开始。

第 15 章
弥补遗憾

尽管他们那段时光已被夺去，

但现在时间又汇总在一起提供给了他们，只要他们想要就可以拿走。

1

后来，约翰想，他最终和莎拉上床，是在距那次游乐场一别后差不多 5 年以后了，这和理查德·迪斯的来访是有很大关系的，就是那个《内部视点》的记者。他最终还是意志动摇，给莎拉打电话邀请她来玩儿，其实主要是内心有一种冲动，渴望一个心爱的人来看看自己，改善一下心情。也可以说他就是这样说服自己的。

他给身处肯纳邦克的莎拉打电话，是莎拉以前的室友接的电话，她说莎拉马上就来。电话“咔嗒”一声放下，等电话的那会儿他还在想（但也没有特别认真地想），自己干脆挂上电话算了。这时，莎拉的声音在他耳边响起。

“约翰？是你吗？”

“是我。”

“你还好吗？”

“还好。你呢？”

“我很好，”她说，“你打来电话我挺高兴，我……都不敢相信你会打给我。”

“还在吸罪恶的可卡因？”

“不了，我现在改吸海洛因了。”

“儿子跟着你？”

“当然啦，到哪儿都带着他。”

“好吧，在你们最后回北边之前，找个合适的日子过来玩儿好吗？”

“行，没问题，约翰。”她热情地回应。

“我爸在韦斯特布鲁克上班，我是大厨兼洗碗工。他 4 点半左右回家，我们 5 点半开饭。欢迎你来吃晚饭，不过我得先提醒你：我所有拿手菜都以通心粉为主。”

她“咯咯”笑起来：“你的邀请我收下啦。哪天最合适呢？”

“明天或后天怎么样，莎拉？”

“明天吧，”她稍加停顿后说，“明天见。”

“保重，莎拉。”

“你也一样。”

他若有所思地挂上电话，内心兴奋又有些罪恶感，说不清楚为什么。但心随所愿了，不是吗？而现在他的思绪要飘到的地方是，研究一些以前没想过的可能性。

嗯，她明白她需要注意的地方了。她知道我爸爸几点回家，她还需要注意点儿什么呢？

他心里悄悄问自己：如果她中午来，你打算做什么？

什么也不干。他回答道，自己压根儿不相信这个回答。只要一想到莎拉，她那两片嘴唇，还有她那双小小的、眼角上翘的绿眼睛，他就意乱情迷、愁绪万千，有点儿不顾一切的冲动。

约翰走进厨房，慢慢准备今天的晚饭，不需要特别准备，只是两人吃的。父子俩都过着单身汉的日子，这也不坏。他仍在康复中。父子俩聊约翰失去的这 4 年半时间，聊他的母亲，他们谈到这个话题时总是小心翼翼，总是在即将触及要害时又绕开，就像个旋转得密不透风的陀螺一样。也许不需要彻底明白，只要意会就行了。不，还没糟到那个份儿上。对他们双方来说，这是一种弥补过去时光的方法。不过等到 1 月份他去克利夫斯・米尔斯教书后，这一切就会结束。上礼拜，他收到了戴维・比尔森寄来的半年合同。他签了字又寄回去。到那时他父亲会做什么呢？约翰猜他父亲还会这么继续目前的生活。人们都是这么面对的：平平淡淡、波澜不惊地过着日子，日复一日。

他一有空就会回去看他爸，每个周末都会。只要他觉得这么做是对的。世事无常，而他唯一能做的就是像一个盲人游走在陌生的房间里一样，凭借自己的手感慢慢摸索着前行。

他把烤肉放进炉子，走进客厅，打开电视，但马上又关掉。他坐下来想着莎拉。那个孩子，他想，如果她来得早一些，那个孩子会陪伴我们啊。那么这下好了，一切都被掩盖起来了。

但他仍在长时间地、心神不宁地想着那些事情。

2

第二天 12 点 15 分，一辆红色的平托轿车开过来停下，她来了。她从车里钻出来，高挑而美丽，深色的金发在 10 月的微风中飘动。

“你好，约翰！”她抬起一只手喊道。

“莎拉！”他走下去迎接她；她仰起脸，他轻轻吻了她的脸颊。

“我把那个皇帝抱出来。”她打开右前门。

“要我帮忙吗？”

“不用，我们配合得好着呢！是吧，丹尼？来吧，小宝贝儿。”她利落地走过去，解开座位上那根绑着胖乎乎的小宝贝儿的安全带，把他抱了出来。

丹尼带着浓浓的兴趣认真地打量着院子，然后眼睛落到约翰身上，定定地看着他。他笑了。

“维格！”[①] 丹尼挥舞着双手喊道。

“他想要你抱，”莎拉说，“这可不多见。丹尼有他父亲那种共和党人的敏感，很冷漠。想抱抱他吗？”

“当然。”约翰略迟疑了一下。

莎拉莞尔一笑：“他不会掉下去的。”她边说边把丹尼交给约翰：“如果他掉到地上，可能会像橡皮泥彩蛋一样直接弹起来。他是个超胖的宝宝。”

“汪崩克！”[②] 丹尼说，一条胳膊随意地圈着约翰的脖子，惬意地望着他的妈妈。

“真奇怪，”莎拉说，“他从来不跟人这么亲近……约翰？约翰？”

当那婴儿的手圈在约翰脖子上时，一股慌乱的感觉像暖流一样涌上他的心头。没有黑暗，没有烦恼，一切都非常简单。在婴儿的思维里没有未来的概念，没有麻烦的感觉，浑然不知过去的苦痛。更没有语言，只有强烈的印象：温暖、单调、母亲和他自己。

“约翰？”莎拉小心翼翼地看着他问道。

“嗯？”

“没事儿吧？”

她是在问我丹尼。他意识到。她应该是在问：丹尼一切都好吗？你发现有什么麻烦或问题了吗？

“一切完好。”他说，“想进去的话，我们可以到里面去，但我一般都在门廊上坐着。很快就要到整天围着火炉的日子了。”

“门廊就很好。丹尼看起来挺想到院子里玩儿。他在说‘这院子不赖’，

---

① 此处英文原文为“Vig”，有可能是婴儿发出的无意义的音节。——编者注

② 此处英文原文为“Vun bunk”，有可能是婴儿发出的无意义的音节。——编者注

对吧，小宝贝儿？”她摸摸他的头发，丹尼笑起来。

“他待在那儿没问题吧？”

“只要他不去吃那些木柴片就没事儿。”

“我一直在劈烧炉子的柴片，”约翰边说边小心翼翼把丹尼放下，就像放一个明朝瓷瓶一样，“这样锻炼挺好的。”

“你现在怎么样，身体方面？”

“我觉得，”约翰说，想起几天前他赶走理查德·迪斯的事儿，“恢复得和预期的一样好。”

“不错。上次我看到你的时候你有点儿矮。”

约翰点点头：“做了几次手术的原因。”

“约翰？”

他看了她一眼，那种混合着惴惴不安、罪恶和些许期待的古怪感觉再一次从心里涌上来。她的眼眸定格在他脸上，真诚而又坦然。

“嗯？”

“你还记得……结婚戒指的事儿吗？”

他点点头。

“它就在你说的地方。我把它扔了。”

“是吗？”他并没有太惊讶。

“我把它扔了，一直也没跟瓦尔特提起过。”她摇摇头，“我不知道为什么，一直在想着这个事儿。”

“别烦恼了。”

两人面对面站在台阶上，她的脸上泛起了红晕，但眼眸并没有垂下。

“有件事儿我想完成，”她直截了当地说，“一件我们一直没有机会完成的事情。”

“莎拉……”他开口，又停下来。他不知道接下来该说什么。在他们站的台阶下，丹尼蹒跚地走了6步，然后一屁股坐到地上。他一点儿也没有惊慌，反而欢呼起来。

“是的，”她说，“我不知道这是对还是错。我爱瓦尔特。他是个好人，很容易相处。也许我只能分辨坏蛋和好人。我在大学谈恋爱的那个丹就是个坏蛋，是你让我明白还有其他类型的男人，约翰！如果没有你，我永远无法领略瓦尔特的好。”

“莎拉，你不必……”

“我必须做。”莎拉打断他说。她的声音低而热切：“因为这种事儿只能说一次，无论对与错，只能说一次，因为它难以让人启齿再说第二次。”她望着他，眼里充满乞求：“你懂我的意思吗？”

“我懂。”

“我爱你，约翰，”她说，“一直都爱。我曾试着告诉自己，是天意让我们分开。我不明白，难道一只坏热狗就是天意吗？还是两个孩子半夜并排开车就是天意？我想要的仅仅是……”她的声音仿佛要跻身于那凉爽的10月午后，呈现出特别的干脆和坚定，就像工匠的小锤打进薄如蝉翼而又万分珍贵的金属箔片。“我想要的仅仅是那些本就该属于我们的。”她呢喃着，低着头，“我真的想要，约翰。你呢？”

“我也一样。”他回应，张开双臂，可她摇着头又退后，他不知所措。

“不能当着丹尼的面，”她说，“这也许很傻，可是当着他的面会像公开的不忠一样。我每件事儿都想满足，约翰。”她的脸上红晕又起，而她动人的羞红的脸色挑起了他的亢奋。“我要你抱着我，吻我，爱我。”她说。她的声音又呢喃着喘息起来，几近停顿：“我知道这样不好，但我控制不了自己。这样不对，但也是对的。这样很公平。”

他伸出一根手指头，抹去她脸蛋上正慢慢滑落的一滴泪珠。

“就这一次，是吗？”

她点点头：“一次就必须补回一切，当初本应有的一切，如果意外没有发生。”她抬起头，眼里盈满泪水，比以前更加清澈碧绿。“我们真的能一次就把所有的都补回来吗，约翰？”

“不能，”他微笑着说，“但我们可以试试，莎拉。”她深情地低头看着丹尼，他正试着爬上砧板，但没成功。“他会睡的。”她说。

3

他们坐在门廊上，看着丹尼在高高的蓝天下玩耍。彼此不慌不忙，不焦躁，但有一种两人都感觉得到的越来越强的电流。她解开外衣，穿着一件粉蓝色羊毛裙坐在门廊椅子上，两脚交叉叠在一起，头发自然散落在肩上，不时随风飘起，脸上那朵红晕一直没有退去。雪白的云朵在天空飘动，从西向东。

他们闲扯一些无关痛痒的事儿，一点儿也不着急。约翰第一次觉得时间不是他的敌人。尽管他们那段时光已被夺去，但现在时间又汇总在一起提供给了他们，只要他们想要就可以拿走。他们聊那些结婚的人，聊那个获得奖学金的克利夫斯・米尔斯的姑娘，聊缅因州的无党派州长。莎拉说他看上去像《亚当斯一家》[①]里一瘸一拐的人物，思考问题却像赫伯特・胡佛[②]，他们俩都因为这个笑起来。

“瞧他。”莎拉冲着丹尼的方向抬了抬下巴说。

他正坐在“薇拉・史密斯牌”藤制格篱边的草地上，嘴巴里含着大拇指，睡眼蒙眬地看着他们。

她从车的后座上拿出丹尼的睡床。

“他在门廊上睡没事儿吧？”她问约翰，“这里挺暖和，我很高兴他能在新鲜空气中睡午觉。”

---

① 《亚当斯一家》（*The Addams Family*）：1964年上映的美国通俗电视系列片，根据漫画家查尔斯・亚当斯（Charles Addams，1912—1988）创作的连环漫画《亚当斯一家》改编，该漫画于1932年开始登载在《纽约客》（*New Yorker*）杂志上。——编者注

② 赫伯特・胡佛：全名赫伯特・克拉克・胡佛（Herbert Clark Hoover，1874—1964），美国政治家，曾任美国总统。——编者注

“没事儿。”约翰说。

她把床放在阴凉处，把丹尼放进去，两个毯子盖到他下巴处。“睡吧，宝贝儿。”她说。

他冲她微微笑了下，很快就闭上了眼睛。

“就这样？”约翰问。

“就这样。”她答道。她走近他，双臂拢在他脖子上。他可以清楚地听到她裙子下内衣滑落发出的细碎的“沙沙”声。“我喜欢你吻我，”她平静地说，“为了你能再次吻我，我已等了5年，约翰。”

他揽起她的腰，轻轻地吻她。她张开双唇。

“哦，约翰，”她对着他的脖子说，“我爱你。”

“我也爱你，莎拉。”

“我们去哪儿？”她问，从他身边退开。她的眼睛像绿宝石一样闪亮：“哪儿？”

4

他在2层阁楼的干草上铺上一条旧军用毯，虽然旧但很干净。这里的气味芬芳甜蜜，头顶上是谷仓燕子的叫声和“扑棱棱”的拍翅声，他们再次平静下来。有一个灰扑扑的小窗户可以看到下面的房子和门廊。莎拉从玻璃上擦出一小块干净的地方，望着下面的丹尼。

“这儿行吗？”约翰问。

“嗯。在这儿比在房子里更好。在房子里就像……”她耸了耸肩。

“就好像我爸爸也在旁边看着？”

“对。这是我们之间的事儿。”

“咱俩的私事。”

“咱俩的私事。”她应和道。她俯身躺在毯子上，脸贴着那条褪了色的旧毯子扭到一侧，双腿屈起。她一只一只地脱掉鞋子：“约翰，帮我拉开拉链。”

他跪在她身体的一侧，把拉链拉下来。声音划破了屋里的寂静。她的背是奶咖色，映衬着她衬裙的洁白。他吻她的肩胛骨，她颤抖了一下。

“莎拉。”他轻声呢喃。

“怎么了？”

“我得告诉你一件事儿。”

“什么事儿？”

“医生在一次手术中出了错，把我给阉了。”

她使劲儿捶打着他的肩膀，说：“你还是那个样子，你还有个朋友在玩儿旋转车时折断了脖子呢。”

“真的是啊。”他说。

她的手像丝绸一样轻轻地上下抚摩着他的身体。

“摸上去感觉他们并没弄坏你啊，”她说，闪亮迷人的眼睛打量着他的身体，“根本没有嘛。我们要不要检查一下？”

干草散发着一种芬芳的气味。时间失控了。军用毛毯的粗糙和她皮肤的丝滑混杂在一起。沉入她的身体，就像沉醉在一个永远难以完全忘却的旧梦中一样。

“哦，约翰，我亲爱的……”她的声音越来越兴奋，臀部剧烈地摆动。她的声音悠长而遥远，散乱的头发摩挲着他的肩膀和胸口，像火一样灼热。他把脸深深埋在她的秀发里，在她金发的暗影中将自己沉迷。

干草的芳香中，时间慢慢流逝。那粗糙的毛毯啊。古老的谷仓像一艘船一样，在10月的风中轻轻地嘎吱作响。温暖的阳光从房顶的缝隙探照进来，几十缕铅笔尖般粗细的光线，捕捉着荡起来的谷糠尘粒，它们缠绕在一起肆意地舞动着，旋转着。

她呻吟起来。到了某个时刻她唤着他的名字，一次又一次，像吟唱一样。她的指尖像马刺一样陷进他的皮肉中。骑手和马。上等的陈酒终于倾泻进杯中，年份佳酿。

后来他们倚着窗边坐下，望着外面的院子。莎拉披上了裙子，裹上了她赤裸着的身体，离开了他一会儿。他一个人坐着，什么也不想，心满意足地看到她重新出现在窗户里，穿过院子走向门廊。她在婴儿床前俯下身，拉了拉毛毯。她走回来，风吹起头发，嬉戏地扯着她的裙裾。

“他还会睡半小时。”她说。

“是吗？”约翰微笑着说，“也许我也要睡半小时。”

她用裸露的脚趾踩踩他的肚子：“你最好别睡。”

于是又开始了一次，这次她在上面，就像个祈祷者似的，垂着头。头发荡到了前面遮住了她的脸庞。慢慢地，结束。

5

“莎拉……”

“不，约翰。最好别说。时间到了。”

“我要说你很漂亮。”

“是吗？”

“是的，”他轻柔地说，“亲爱的莎拉。”

“我们把一切补回来了吗？”她问他。

约翰微微一笑：“莎拉，我们已经竭尽全力了。”

6

赫伯特从韦斯特布鲁克回家看到莎拉，似乎并没感到惊讶。他欢迎她的到来，可劲儿逗着孩子，责怪她没有早点儿带孩子过来玩儿。

“他的肤色和长相随你，”赫伯特说，“我觉得他以后眼睛也会变得跟你一样。”

“但愿他有他父亲的脑袋瓜儿。”莎拉说。她把围裙系在蓝色羊毛裙外。

外面太阳已经开始下山了，20 分钟后天就会黑了。

“哎，烧饭这活儿应该由约翰来干。”赫伯特说。

“拦不住她。她用枪顶着我的脑袋。”

“啊，也许这样更好，”赫伯特说，“你做的所有饭菜尝起来都像法美通心粉。”

约翰把一本杂志朝他扔过去，丹尼笑起来，高亢尖厉的声音充满了整个房间。

他看出来了吗？约翰想。这似乎是明摆着的事儿。约翰看着他父亲从壁橱里找出过去的旧玩具，一个吃惊的念头涌上心头：也许他明白了。

他们吃饭中间，赫伯特问莎拉，瓦尔特在华盛顿干什么。她告诉他们他正在参加一个会议，关于印第安人的土地要求的。莎拉说，共和党的会议大多数只是探探口风。

“他见到的大多数人认为，如果明年里根[①]赢了福特，这将意味着共和党的死亡。”莎拉说，“如果这个党死了，那就意味着瓦尔特无法在 1978 年竞争比尔·科恩的位子，而科恩到时也无法争取比尔·哈撒韦[②]参议员的位子。”

赫伯特正在看丹尼吃四季豆，他很认真地用他全部的 6 颗牙一颗一颗地吃。“我认为科恩不会等到 1978 年才进参议院，他明年就会和马斯基竞争。”

“瓦尔特说比尔·科恩不会那么傻，”莎拉说，“他会等。瓦尔特说他自己的机会快来了，我相信他。”

晚饭后他们坐在客厅，不再谈论政治。他们看丹尼玩儿老旧的木头汽车和卡车，那是 25 年前赫伯特给他自己的儿子做的。那时，赫伯特还年轻得

---

① 里根：全名罗纳德·威尔逊·里根（Ronald Wilson Reagan，1911—2004），美国政治家，曾任加州州长、美国总统。进入政坛以前，还曾担任主持人、演员等职务。——编者注

② 比尔·哈撒韦（Bill Hathaway）：原名威廉·多德·哈撒韦（William Dodd Hathaway，1924—2013），美国政治家。曾任美国众议员、美国参议员。——编者注

很，娶了一个要强、颇有幽默感、有时晚上爱喝点儿黑带啤酒的女人。那时他是个一无所有、头发还没白且望子成龙的男人。

他真的明白，约翰边喝咖啡边想，不管他是否知道今天下午莎拉和我之间发生的事儿，不管他是否有怀疑，他都明白。事情已经发生了，只能接受现实。今天下午她和我完成了一次婚姻。今晚他在和他的孙子玩儿。

他想到了幸运大轮盘，慢下来，停止了转动。

庄家号，所有人都输。

忧郁企图爬上他的心头，有一种阴沉的终结感。他尽力不去想它。这不是该郁闷的时候，他也不能让郁闷所左右。

8 点半时丹尼开始闹腾了，莎拉说："我们该走了。在回肯纳邦克的路上，他会喝一瓶奶。走到 3 英里左右时，他就会喝光一整瓶的。谢谢你们的款待。"她的眼睛，闪亮的绿眼睛，和约翰的眼睛对视了一下。

"很高兴你们来，"赫伯特说着站起来，"是吧，约翰？"

"是的，"他说，"我来帮你抬那个小床，莎拉。"

在门口，赫伯特吻了丹尼的脑门（丹尼胖胖的小手抓住赫伯特的鼻子，使劲儿压按，按得赫伯特两眼流泪）和莎拉的脸颊。约翰把小床搬到红色平托车边，莎拉给他钥匙，让他把东西都放到后座上。

他放好后，她靠着驾驶座的门边，望着他。"我们只能到这一步了。"她说，笑了笑。但她眼睛里的闪亮告诉他，她的眼泪快要流出来了。

"挺好的。"约翰说。

"我们会保持联系吗？"

"不知道，莎拉。会吗？"

"不，我想不会了。太随便了，不是吗？"

"是的，太随便了。"

她走近他，踮起脚吻了吻他的面颊。他可以闻到她头发的味道，清新而芬芳。

“多保重，”她低声在他耳边说，“我会想你的。”

“乖乖的，莎拉。”他说，刮了刮她的鼻子。

她转过身，钻进车里，一个衣着整洁的夫人，她丈夫正青云直上。很怀疑他们明年还会不会再开这么一辆平托，约翰想。

车灯亮了，小缝纫机般的发动机响起来。她朝他举起一只手，驶出车道。约翰两手插在口袋里，站在砧板边，看着她离去。他心中的某个东西似乎关闭了。这并不是重要的感觉。这一点才是最糟糕的——这完全不是最重要的感觉。

他一直站到汽车尾灯看不见了，才踏上门廊台阶，回到屋里。他父亲正坐在客厅的大安乐椅上。电视关了。他从壁橱里翻出来给丹尼玩儿的那些玩具散了一地，他正看着这些玩具。

“很高兴看到莎拉。”赫伯特说，“你和她做……”短暂地停顿和犹豫后，他又说：“见面愉快吗？”

“很好。”约翰说。

“她还会来吗？”

“不了，我想不会了。”

父子俩面面相觑。

“啊，也许这样是最好的结局吧。”赫伯特最后说。

“是的，也许是。”

“你以前也玩儿过这些玩具，”赫伯特说，跪下来捡地上的玩具，“洛蒂・葛德鲁生双胞胎时，我给过她一些，但我记得我当时留了一些。我留了一些回来。”

他把它们一个个地放回箱子中，在手里逐个翻转过来检查。一辆赛车，一辆牛车，一辆警车，一辆小手握着的地方都脱了漆的云梯消防小红卡车，他把它们放回过道的壁橱藏好。

约翰又有 3 年没再见到莎拉・赫兹里特。

第 16 章
仍在进行的凶案

生活还将继续。无论活着还是死去，生活总是要继续。

1

那年雪下得很早。到 11 月 7 日，地上已经积了 6 英寸厚的雪，约翰跋涉到邮筒那儿取信时，要穿一双绿色的旧橡胶靴并系紧鞋带，再把他的旧风雪衣穿上。两个星期前，戴维·比尔森寄来一个包裹，里面是一些他 1 月份上课时会用到的课本，约翰已经开始备课了。他是非常渴望回去教书的。戴维在克利夫斯的霍兰德大街上为他找了一所公寓，霍兰德大街 24 号。约翰把它写在一张纸片上，夹在钱包里，因为他总也记不住这些地址和数字。

这一日天空阴翳低沉，气温不到零下 6 摄氏度。约翰走上车道时，第一片雪花飘落了下来。只有他一个人，没什么不好意思的，他就伸出舌头去接雪花。他走路几乎不再一瘸一拐的了，感觉很好。头痛也已经有两个多星期没犯了。

邮件有一份广告、一本《新闻周刊》和一个小的马尼拉纸信封，信封上没有回信地址，写着“约翰·史密斯收”。回家路上，约翰把其他信件塞到裤子后兜里，打开那个信封。里面是一页印刷纸，看到顶上写着《内部视点》时，他停下脚步。

这是上星期《内部视点》中的第 3 页。头条故事是一位记者的爆料，关于一档犯罪节目电视剧中长相英俊的配角；这位配角在中学时两次被开除（12 年前），并因持有可卡因而遭到逮捕（6 年前）。对美国家庭主妇而言，这可是热点新闻。另外还有一份全谷物日常饮食单、一张可爱婴儿的照片，还有一个 9 岁姑娘在天主教朝圣地卢尔德奇迹般治愈脑瘫的报道（大标题兴高采烈地鼓吹道：医生们蒙了）。在报纸底部，一则报道被圈了起来。标题是:《缅因州的“特异功能者”承认恶作剧》。报道没有署名。

> 这是我们一贯的原则:《内部视点》不仅报道被所谓“全国性报刊”忽略的特异功能者，而且还揭露那些江湖骗子，他们长期以来阻碍了真正的超自然现象被人们所接受。
>
> 最近，其中一位江湖骗子向《内部视点》承认了他的恶作剧。这个所谓的特异功能者就是缅因州博纳尔镇的约翰·史密斯，他向我们的消息来源承认:“所有一切都是骗局，是为了支付我的医疗费。如果我能写一本书，我就能把欠下的都还清，还可以提前一两年退休。”他还笑着说:“现今人们什么都信，我干吗不大赚一笔呢？”
>
> 感谢《内部视点》，总是提醒读者，每出现一个真正的特异功能者，就会有那么两个冒牌货。约翰·史密斯发横财的黄粱美梦因此化成泡影了。我们再次重申，凡是有人能证明哪个享誉全国的特异功能者是江湖骗子，我们将奖励他 1000 美元。
>
> 警惕江湖骗子!

雪越下越大，约翰把文章读了两遍。他的脸上挤出一丝苦笑，心想：这个一直保持着警惕的记者显然是很气愤被一个乡下人从门廊前面扔下来。他把那张破纸又塞回信封，然后把它也塞进裤子后兜里。

“迪斯，”他大声说，“我希望你现在还是遍体鳞伤。”

2

他父亲可不这么潇洒。赫伯特读完那张剪报后咬牙切齿，“砰”的一声把它砸在厨房桌上：“你应该起诉那个狗娘养的。这全是诽谤，约翰，蓄意诽谤！”

“没错。”约翰说。外面已经黑了。下午的雪还是静悄悄地下，到晚上已经演变成一场初冬的暴风雪了。狂风绕着屋檐尖啸吼叫，车道已被沙丘一样绵延的雪盖在下面无处可寻。“我们谈话时没有第三方在场，该死的迪斯很清楚这一点，只有我们两人。”

“他连署名的胆量都没有，”赫伯特说，“瞧这‘《内部视点》的消息来源’，这来源是什么？让他署名。我就是这意思。”

“噢，不能这么干，”约翰咧嘴笑着说，“这基本就是自讨苦吃，这好比你在裆部贴了一张标语，上面写着：‘来使劲儿踹我啊！’然后走向街上最卑鄙的街头流氓。那样他们就把这变成一场圣战了，连篇累牍地描述了。谢谢了，不要。我个人倒觉得他们是在帮我的忙。我可不想靠占卜来谋生，告诉人们爷爷把他的股票藏哪儿啦，谁会在赛马第 4 轮中胜出啊，买哪个彩票啦。”约翰从昏迷中醒来后，最让他吃惊的一件事儿就是缅因州和其他十几个州把彩票合法化了。“上个月我就收到 16 封信，要我告诉他们哪个号能中奖。太愚蠢了。别说我做不到，即便我能做到，这对他们又有什么好处呢？在缅因州你又不能自己选号，人家给你什么你拿到的就是什么。但他们仍然给我写信。”

“我不明白那些和这篇讨厌的文章有什么关系。”

“如果人们认定我是个骗子，也许他们就不会骚扰我了。”

“哦，”赫伯特说，“嗯，我懂你的意思了。”他点着烟斗：“你一直不喜欢这种特异功能，对吧？”

“是的，”约翰说，“我们俩从不谈这事儿，谁都没谈过，一定程度上这让我很放松。而其他人好像只想谈这事儿。”并不仅仅是人们想谈这事儿，如果仅仅是这样，他也不会如此烦恼。当他在斯洛克姆商店买6罐装的啤酒或一条面包时，那姑娘收钱时极力避免触碰他的手，她眼睛里的害怕和紧张显而易见。他父亲的朋友见到他不和他握手，只是挥挥手。10月里，赫伯特雇了一位当地女高中生每星期一次来做一些清扫拖地的活儿。3个星期后，她不干了，完全没解释为什么，很有可能学校里有人告诉了她她在给谁干活儿。似乎每个人都害怕被触摸、被知晓，害怕和约翰的这种特异功能搭上关系。他们像对麻风病人一样对待他。每当这时，约翰就会想起那天他告诉艾琳她房子着火时盯着他看的那些护士，她们当时就像电话线上站成一排的乌鸦，齐刷刷地瞪着他。想起新闻发布会出人意料的消息后，那个电视记者抽身躲他的样子，他附和约翰所说的一切，却不想被他触碰。怎么说都不正常。

“不谈，我们不谈这个事儿，”赫伯特同意说，“这让我想起了你母亲。她相信出于某种原因你被赋予了……一些东西，不管它是什么吧。有时我也怀疑她是不是对的。”

约翰耸耸肩：“我只想过正常的生活。想把这所有破事儿都忘掉。如果这个小新闻能帮我一把，那再好不过了。”

“但你还是有特异功能，是吗？”赫伯特问，仔细端详着他儿子。

约翰想起约一星期前的一个夜晚。他们出去吃饭，这在他们捉襟见肘的时候可是一件稀罕事儿。他们去了格雷的“科尔的农场”（Cole’s Farm），应该是这一带最好的一家饭馆，那里总是食客爆满。那晚很冷，饭馆里温暖宜人。约翰拿着父亲和自己的衣服去衣帽间，当他的手翻动那些挂着的衣服寻找空衣架时，一系列清晰完整的图像出现在他脑中。有时候是这样，而有时候他可能摆弄每件衣服20多分钟，但什么都不会发生。这是一位女士的带毛领大衣，她和她丈夫的一位牌友发生了关系，她害怕得要命，但又不知道如何了结这种关系。一个男人的羊皮衬里的牛仔夹克，这个伙计也在担心——是关于他的兄弟，此人一个星期前在建筑工地上受了重伤。一个小男孩儿的风雪大衣，他住在达勒姆的奶奶今天刚给了他一个史努比的晶体管收音机，但他父亲不让他把收音机带进饭馆，他非常生气。还有一件平纹黑大衣，这大衣吓得他全身冰凉、食欲全无。穿这个大衣的男人快要疯了。这个男人到目前为止表面上看着很正常，连他妻子都没起疑心，但他对世界的看法正变得越来越阴郁，充满了偏执的幻想。摸这件衣服就像摸一堆纠结扭动着的蛇一样。

“是的，我还是有特异功能，”约翰不假思索回答道，“我真希望自己没有。”

“你真这么想吗？”

约翰想起那件平纹黑大衣。他当时只吃了几口饭，就开始左看右看，想从人群中找出那个人，但没找到。

“对，”他说，“我真这么想。”

“那最好忘了吧。”赫伯特说，拍拍他儿子的肩膀。

3

接下来的一个月，约翰似乎已经忘掉那件事儿了。他开车北上，去中学参加了一次教师年中会议，另外把他自己的个人物品搬到新的公寓，那公寓虽然很小，但很舒适。

他开父亲的车去的，当他出发时，赫伯特问他：“你不紧张吗？开车紧张吗？”

约翰摇摇头，现在再想那次车祸已经不怎么困扰他了。如果注定要出事儿，那也是命。他深信雷电不会两次击中同样的地方——如果他真会死，他也不相信自己会死于车祸。

实际上，那次长途旅行很顺利，会议很像老朋友聚会。所有还在中学教书的老同事都过来看他、祝福他，但他仍不自觉地注意到，真正跟他握手的人却寥寥无几，而且他似乎感觉到一种刻意的矜持，他们眼中的躲避。在开车回家的路上，他强迫自己相信那也许只是一种幻觉，如果不是幻觉，嗯，那也挺搞笑的。如果他们已看过《内部视点》，他们会明白他只是个骗子，没有什么好担心的。

会议结束了，除了回博纳尔等待圣诞节的来临和结束之外无所事事。装有个人物品的包裹已经不再寄来了，仿佛是开关被突然拔掉一样，约翰和他父亲说：这就是新闻媒体的威力。很快一连串愤怒的信件、卡片铺天盖地涌来，是那些觉得自己似乎被愚弄了的人（大都是匿名的）写来的。

"你该下地狱受烈火之焚！因为你卑鄙无耻，欺骗美利坚共和国[①]！"其中有代表性的一条是这样写的。这句话写在一张华美达酒店（Ramada Inn）皱皱巴巴的信纸上，邮戳地址是宾夕法尼亚的约克镇。"你就是个江湖骗子，一个腐臭的废物。谢天谢地那份报纸戳穿了你！你应该为自己感到羞耻！《圣经》上说一个低等的罪人将被投进火海！被烧成灰！你那诈骗所得也将一并永远化成灰烬！你就是那个为了可怜的几块钱就出卖了自己的灵魂的骗子！我和你说的到此为止，我希望你小心你的狗头，最好别让我在你家门口碰见你。落款：一个朋友（是上帝的朋友而不是你的朋友）！"

在那份《内部视点》发行后的二十来天里，20多封信件闻讯而来。几个有商业头脑的人甚至表露出和约翰合伙做生意的兴趣。其中一封信吹嘘道："我之前是一个魔术师助理，我能把老妓女的丁字裤给她变出来。如果你玩儿的是心灵感应这类的花活儿，你会需要我的。"

接下来，如同之前大量的盒子和包裹消失一样，信件也逐渐销声匿迹了。11月下旬的一天，当他再次查看邮筒时，发现已经连续3天空空如也

---

① 美利坚共和国：此处原文为American Republic，实际上美国的全称应为美利坚合众国，英文为United States of America；此处可能是作者有意写错的，为表现来信者文化水平有限。——编者注

了。约翰返回房间时想到安迪·沃霍尔[①]曾预言过，在美国一个人从出名到过气也就是15分钟的时间。很显然，他的这15分钟已经来过，也就此结束了；然而，没有人能体会到他此刻有多开心。

但事实证明，这件事儿并没有结束。

4

“史密斯？”电话中传过来的声音问道，“约翰·史密斯？”

“是的。”这并不是他熟悉的声音，他怀疑是拨错号了。大约3个月前，他的父亲就不再把他的电话号码列在电话簿上了，有人打这个号码还真是挺奇怪。现在是12月17日，他们的圣诞树立在客厅里，底部牢牢地楔入那个老树架，那还是赫伯特在约翰小时候做的。窗外飘起了雪。

“我叫班纳曼。乔治·班纳曼警长，罗克堡镇的。”他清了清嗓子，“有人给我……咳，我想你会说有人给我推荐了你吧。”

“你从哪儿找到的这个电话号码？”

班纳曼又清了清嗓子：“嗯，我可以从电信部门查到，我想，这属于警局公务。但老实说我是从你的一个朋友那里问到的，一个叫魏扎克的医生给的我。”

“萨姆·魏扎克给了你我的号码？”

“是的。”

约翰在电话机下的角落里坐下来，彻底懵了。现在这个叫班纳曼的人对他来说可不是开玩笑。他曾在前不久的一本周末增刊上无意中见过这个名字，这个人是卡斯特县的警长，那个县在博纳尔西面的湖区。罗克堡镇是县政府所在地，距离挪威市30英里，距布里奇顿20英里。

---

① 安迪·沃霍尔（Andy Warhol，1928—1987）：美国艺术家，波普艺术的领袖人物。他曾说过：“在未来，每个人都能出名15分钟。”——编者注

“警察公事？”他问道。

“嗯，我知道你会这么问。我们是不是可以坐一起喝杯咖啡……”

“跟萨姆有关？”

“不，与魏扎克医生没关系，”班纳曼说，“他给我打了个电话，提到了你。大概是……哦，一个月前，最少是。实话说我原以为他疯了，但我们目前真的是没办法了。”

“什么事儿？班纳曼——警长先生，你说什么我不大明白。”

“如果咱们能一起喝个咖啡聊聊，那就再好不过了。”班纳曼说，“今晚怎么样？布里奇顿主街上有个叫‘乔咖啡’（Jon’s）的地方，在我们两人住处的中间。”

“不，对不起，”约翰说，“我必须知道你要干吗，而且为什么萨姆没给我打电话。”

班纳曼叹了口气。“我猜你是那种从不看报的人。”他说。

事实上他是看报的。自从他恢复了意识之后，他疯狂地看报，为了找回他失忆后错过的一切。而他最近看到过班纳曼的名字，是因为班纳曼正炙手可热，他是警局一把手。

约翰把听筒从耳边拿下来看了看，恍然大悟。他看着它，就像看着一条蛇一样，而他刚刚意识到这条蛇是有毒的。

“史密斯先生？”声音听起来嘎嘎作响，“喂？史密斯先生？”

“我在听。”约翰把电话放回耳边说。他心里生出对萨姆·魏扎克莫名的怒意，这个人一面嘱咐自己这个夏天要低调做人，然后一面又转身向这个本地警长嚼舌头，背着自己搞鬼。

“是关于那个勒死案件，对吗？”

班纳曼犹豫良久，然后说道：“我们可以谈一谈吗，史密斯先生？”

“不行，肯定不行。”刚才莫名的怒意已经瞬间燃烧成暴怒，还有其他的情绪。他害怕起来。

“史密斯先生，这件事儿很重要。今天……”

“不！我不想被人打扰。另外，你难道没看过那个该死的《内部视点》吗？我是个冒牌货！”

“魏扎克医生说……”

“他没权利说任何话！”约翰全身发抖地怒吼道，“再见！”他狠狠地把听筒摔到机子上，连忙走出电话角，好像这样做电话就不会再响一样。太阳穴开始痛起来，沉闷而又钻心地痛。“也许我应该去加利福尼亚拜会一下他的母亲。”他想。告诉她当年失散的小杂种是谁，告诉她保持联系。以牙还牙。

他转而在电话桌抽屉里的通讯录上搜索起来，找到萨姆在班戈市的办公电话，拨了过去。电话另一端只响了一声他就马上挂断，再次感到害怕起来。为什么萨姆要这样对自己？该死的，为什么？

他望着眼前的圣诞树。

还是原来的旧装饰。他们年复一年地把它们从阁楼里拖下来，把它们从纸巾包里拆出来，再一次次地把它们装饰到树上去，就像两个晚上前那样。圣诞装饰物还真是搞笑。伴随着一个人的长大，年复一年，它们几乎没有几样能完好无损地保留下来。世界上没有太多的连续性，没有什么物体可以在你儿时和成年两个阶段一直陪在你身边。你儿时的衣物会被打包捐赠给救世军[①]；你的唐老鸭手表上的主发条已经裂开；你的红莱德（Red Ryder）牛仔靴已经磨破；你第一次夏令营手工课上做的钱夹已被洛德·巴克斯顿（Lord Buxton）钱夹取而代之；你变卖了红色手推车和自行车，为了换取更多的成人玩具——一辆汽车、一副网球拍，或者是那些新出的曲棍球电视游戏。你能留存下来的东西少得可怜。或者几本书，或者一枚幸运币，又或者一套被

① 救世军（The Salvation Army）：一种国际性宗教及慈善公益组织，以基督教为信仰，主要从事传教和社会服务等工作。——编者注

保存和改进过的集邮册。

再加上你爸妈房间那些圣诞树装饰品。

不变的破损的天使年复一年挂在那里，不变的花哨而闪亮的星星依旧立在树顶上；那些曾经是一整批成套的玻璃球幸免于难，留存下来一小堆（我们永远都无法忘记那些光荣牺牲的玻璃球，他回想着——这颗是被一个小男孩的手玩儿破的，这颗是爸爸往树上挂的时候不幸滑落，掉在地上摔碎了的，这颗红色的上面涂了圣诞星图案的玻璃球，在那年我们从阁楼取下来直接就莫名其妙地碎了，我当时还哭鼻子了）；圣诞树独自伫立在那儿。但有时候，约翰茫然地揉揉太阳穴想，如果你完全没有这些童年痕迹的话，生活似乎会更美好、更幸运。你以前喜欢的书籍，永远不可能再调动起你的兴趣。那枚幸运币也并没让你少受苦，生活该给你的鞭策、轻蔑与磨难一点儿都没被消除。你望着这些装饰品时，你会记起就在这里，曾有一位母亲，指挥着圣诞树的修剪和装饰工程，随时高兴地喊着“再高一点点”或“再放低一点点”或“宝贝儿，左边你弄得太花哨了”，让你烦得不行。你望着这些装饰，想到今年只有你们父子俩前前后后装饰这棵树，因为你的母亲先是疯了，然后不在了。可那些脆弱的圣诞装饰物还在，还悬挂着，还会装饰另一棵从后面小树林里拖回来的圣诞树。不是说圣诞节前后是一年中人们选择自杀的高峰时期吗？上帝做证，这确实不足为奇。

上帝赐予了你什么样的天赋啊，约翰！

没错，毫无悬念，上帝才是真正的老大。他下令让我撞穿一辆出租车的挡风玻璃，让我摔断腿，让我在昏迷中度过 5 年之久，还让 3 个人死亡。我爱的女人嫁给了一个律师，那个律师在削尖了脑袋往华盛顿挤，以便他能一起操控那庞大的体系，他们还有了孩子，而那孩子本应该是我的。我每次站起来待不了几个小时，就痛到好像有人拿着长长的尖刺从我的腿部直穿到我的下体一样。上帝真是爱开玩笑。他如此慷慨地构建出一个可笑的喜剧世界，在这个世界里，那一串串圣诞树上的玻璃球都比你活得长久。洁净无瑕的世界，一切尽由最高尚的上帝所赐。那么越南战争期间，他也一定是支持我们的了，因为有史以来他就是一直如此操纵事物的。

他有任务交给你。

帮一把这个火烧眉毛的地方警察，就能让他明年获得连任吗?

不要逃避，约翰。**不要像以利亚那样藏在山洞里**。

他搓揉着太阳穴。外面起风了，希望爸爸下班路上小心驾驶。

约翰起身拽了一件厚长袖衫披上，出来去了棚子里，望着眼前呼出的白气。棚子里左边是一大堆他今年秋天才劈下的木柴，所有的木柴都切成炉子的长度，整齐码好。挨着木柴的是一箱子引火柴，引火柴旁边是一摞旧报纸。他蹲下身子开始一张张翻阅。他的手很快就麻木了，但他没停，最后找到了他要找的那张报纸，3 个星期前的一个星期日的报纸。

他拿着报纸进屋甩到厨房餐桌上，开始在上面搜寻。在标题栏里他找到了那篇文章，便坐下来读。

文章中有几幅插图，其中一幅插图里，一位年迈的妇人正在锁门，另一张照片上，一辆警车正在几乎空无一人的街上巡逻，另外两张是生意冷清、门可罗雀的几间商铺。标题这样写着:《罗克堡镇杀人案嫌犯仍在搜寻中》……

文章讲述道，5 年前，一个在当地餐馆工作的名叫阿尔玛·弗莱切特的年轻女子在下班途中遭到强暴后被勒死。州总检察长办公室和卡斯特县警局一起对这一罪案进行了一系列的调查，结果一无所获。一年后，另一名年纪稍大些的妇女又被奸杀，尸体在罗克堡镇卡宾街该女子居住的 3 楼狭小公寓里被发现。一个月之后，凶手再次作案；这一次，受害者是一名年轻漂亮的高中女生。

接下来的调查更为严密细致，连美国联邦调查局的调查机构都出动了，结果依然一无所获。接下来的 11 月份，卡尔·M. 凯尔索警长，从美国内战时就一直是该县的治安长官，遭到弹劾下台，由另一个叫乔治·班纳曼的人接任，此人竞选时曾夸下海口说要抓住这个“罗克堡镇扼杀者”。

两年过去了，嫌犯依然逍遥法外，但这期间也没有发生过凶杀案。然后，今年 1 月份，两个小男孩儿发现了一具 17 岁女孩儿的尸体。女孩儿名叫卡萝尔·邓巴戈，之前曾作为失踪人口被报道过，是她父母报的案。她在罗克堡镇中学也是出了名的惹祸精：她有一大堆长期迟到和逃学的不良记录；在商店行窃两次被逮了现行；一次离家出走到波士顿。班纳曼警长和其他警官都推测她可能是赶巧搭了凶手的车。两个男孩儿在斯垂默河附近发现的她，尸体当时裸露着埋在隆冬开始融化的积雪里。州法医称她已经死亡约两个月。

再就到了 11 月 2 日，又一起凶杀案发生了。受害者在罗克堡镇文法学校教书，人缘很好，名叫埃塔·林戈尔德。她是当地卫理公会教堂的终身会员教徒，拥有初级教育管理专业硕士的学历，在当地慈善机构表现杰出，热爱作家罗伯特·勃朗宁[①]的著作。她的尸体被凶手塞进一条暗渠里，暗渠上面是一条还没铺沥青的二级公路。整个新英格兰北部到处都在谈论这起凶杀案。有人把这个案子和“波士顿扼杀者”阿尔伯特·德萨尔沃[②]犯下的连环奸杀案相比较，但比较只是比较，于事无补。在相邻的新罕布什尔州曼彻斯特，威廉·洛布在其《工会领袖》上发表了社评文章，题为《兄弟州不作为的警察》。

这份周末增刊到现在已经好几个星期了，泛着货棚与木箱混杂的刺鼻气味，文中引用了当地两位精神病医生的话（他们的名字没有印出来，他们只乐于这种纯理论性工作）。其中一位医生认为这是一种典型的性变态，在达到性高潮时使用暴力的一种冲动。不赖，约翰这样想着，脸上的表情纠结了一下。他在高潮来临时把她们勒死。约翰的头这段时间越来越痛了。

另一位心理学家指出一个事实，那就是所有的 5 名受害者都是在深秋或

① 罗伯特·勃朗宁（Robert Browning，1812—1889）：英国诗人、剧作家，维多利亚时期代表诗人之一。著名的勃朗宁夫人就是他的夫人。——编者注

② 阿尔伯特·德萨尔沃（Albert DeSalvo）：此人曾被认定为“波士顿连环凶杀案”（发生于 1962 到 1964 年，美国马萨诸塞州波士顿，13 名女性被性侵并杀害）的凶手，绰号“波士顿扼杀者”（The Boston Strangler），于 1965 年被捕入狱，1973 年在监狱医务室被神秘杀害。但一直有人认为凶手另有其人，此人是因为打算供出真相而被杀害，真相则至今成谜。——编者注

初冬季节遇害。躁狂抑郁型人格和任何一种固定的人格模式都不同，对这类人来说，他们的情绪起伏与季节变化紧密相关。从 4 月中旬一直到大约 8 月底，他可能持续处于一个情绪“低”点，然后开始升高，谋杀案就发生在“峰值”前后。

在躁狂发作时或情绪“高”点，嫌疑人更容易变得性欲强烈、活跃、大胆而又乐观。“他好像认为警察无法将他抓获。”那位未署名的精神病医生在文章末尾这样说。到目前为止，嫌疑人的想法是正确的，警察的确没抓住他。

约翰放下报纸，看了一眼表，他父亲马上会回来了，除非雪把他截在路上。他把那份旧报纸放进烧柴的炉子里，戳进炉膛。

关我屁事儿。该死的魏扎克。

不要像以利亚那样藏在山洞里。

他没有逃避，不是那样的。只是一切来得让人措手不及，让他过得这么倒霉。失去了生命中的一大部分，这样才配得上倒霉蛋的称呼，不是吗？

能别这么自伤自怜吗？

“他妈的！”他咕哝道。从玻璃窗向外望去，除了越下越大的雪，风在雪地上吹下的痕迹，再没有别的。他心里企盼父亲注意安全，但又希望父亲能马上出现，好让他不要再这么无意义地钻牛角尖反省下去。他走向电话机，站在那里，犹豫不决。

不管是不是自伤自怜吧，他已经失去他生命中相当大的一部分了。可以说他的青年时期失去了，他也用尽了一切努力来找回过去。难道他就不配拥有一点儿最起码的清静吗？难道他就无权拥有刚才那一刻想要的那种平常的生活吗？

天下哪有那么好的事儿，我的傻孩子。

也许没有吧。但是天下肯定有一种非正常的生活。在“科尔的农场”，触摸到人们的衣服就能瞬间掌握他们的小恐惧、小秘密和小欢喜，那就很不正常。它是一种天赋，也是一种诅咒。

假设一下他真的去见这个警长呢？他也没有把握一定能给他说出什么来。可如果他真的能说出点儿什么来呢？假如他不费吹灰之力就帮警长把那个凶手绳之以法呢？那就像那次医院的新闻发布会一样再来一次。那可就比3个马戏团同时表演还要场面火爆了，热闹程度升级到N次方。

尽管头还在痛，但一首小曲儿开始迅速蔓延吟唱开来，比金属乐器的“叮当”声更为细小，但很真切。是一首他幼年时期的主日学歌：哪怕是颗小星星……我也要让它闪闪放光……哪怕是颗小星星……我也要让它闪闪放光……让它闪闪放光，闪闪放光，闪闪放光，让它闪闪放光……

他拿起电话，拨通了魏扎克办公室的电话。够小心的了，已经过5点了。魏扎克应该已经回家了，这些神经科的大医生也不会把家庭电话留下来的。电话响了6或7声，约翰正准备挂上电话时，电话那头响了，是萨姆本人：“喂？你好！”

“是萨姆？”

“约翰·史密斯？”萨姆声音里的喜悦之情难以掩饰，不过欢欣里是不是也涌动着一股不安？

“对，是我。”

“这场雪怎样啊？”魏扎克问道，热情得或许有点儿言不由衷，“你那儿下雪了吧？”

“下着呢。”

“这边大约一小时前开始下的。他们说……约翰？是那个警长吗？是因为他所以你才这么冷冰冰的对吧？”

“嗯，他给我打电话了，”约翰回应道，“我很奇怪发生了什么。你为啥把我的电话告诉他。你干吗不先打电话告诉我一下，说你……你为啥不事先问问我能不能给他电话啊。”

魏扎克叹了口气道：“约翰，也许我可以骗你一下，但是那样一点儿也不好。我没事先问你是因为我怕你会拒绝。而我没有在事后告诉你是因为那个警长他嘲笑我。当有人嘲笑我给出的建议时，我估计，八成这个建议是不会被采纳的。”

约翰一手握着听筒，另一只手揉搓着一侧隐隐作痛的太阳穴，闭上了眼睛：“可是为啥啊，萨姆？你知道我的痛处。是你告诉我低头做人，淡忘这一切。你自己这样告诉我的。”

“那只是我说的其中一句而已，”萨姆说，“我告诉过自己，约翰就这么被人淡忘吧。我也告诉自己，5个女人被害啊，5个呢！”他的声音迟缓、踌躇、局促。这让约翰感觉更糟糕，他甚至后悔打这个电话。

“她们中有两个是才十几岁的小姑娘；一个年轻妈妈；一个教师，热爱诗人勃朗宁，家里还有小孩儿。这些都挺老土，是吧？老土得让我觉得别人永远不会拿这些去做素材拍电影或电视剧。但这就是事实。我最难过的是那个教师，像一包垃圾一样被塞进暗渠里……”

“你根本没有权利让我跟着你一起这么内疚地幻想。”约翰声音沙哑地责问。

“嗯，也许没有吧。”

“不是也许！”

“约翰，你没事儿吧？你听起来……”

“我好得很！”约翰咆哮道。

“你听起来可不好啊。”

“我头痛死了，很奇怪吗？我恳求基督让你别管这事儿。我那时跟你说了你妈妈的情况，你没有给她打电话，因为你说……”

“我说有些东西丢弃了比找到要好很多。但那也不是永远都对，约翰。这个家伙，我们还不知道是谁，他是心理变态。他也可能自杀了。我敢说他收手的那两年，警察也认为他是自杀了。但是这种躁郁症有时有很长的潜伏期，叫‘常态停滞期’，过后又开始回到情绪动荡期。他有可能在上个月杀了那个女教师之后自杀。可如果他没自杀，会有什么事儿发生？他可能会去杀下一个，或 2 个，或 4 个……”

“别说了！”

萨姆继续说道：“班纳曼警长为什么找你？他怎么改变想法了？”

“不清楚，可能是选民们缠着他不放吧。”

“很抱歉我给他打电话了，约翰，很抱歉这让你这么恼火。但是最抱歉的是事先没有给你打电话。我错了。你当然有权利选择平静地生活。”

听从自己内心的想法并没有让他舒心，反倒是让他觉得内疚和难受了。

“好了，没事儿了，萨姆。”约翰说。

“我不会再跟任何人说什么了。我想这也算是亡羊补牢吧，只能这么说了。是我轻率了。作为一名医生，我不该这样。”

“好了。”约翰又说。他觉得不知所措，萨姆说话又渐渐让他感觉有些尴尬，让他更加不知所措了。

“我尽快去见见你？”

“下个月我会北上去克利夫斯任教，到时候我顺路过去找你。”

“好。再说一次，真心向你致歉，约翰。”

别再说了！

互相道别后约翰挂了电话，他真后悔自己打这个电话。也许他并不想萨姆这么爽快承认自己有错。也许他真正想让萨姆说的是：是，我就是给他打电话了。我想让你停止自怨自艾，赶紧做点儿正事儿！

他踱步经过窗户，透过玻璃向风中的黑暗望过去。像一包垃圾一样被塞进暗渠里。

唉！他的头怎么痛得这么厉害。

5

半小时后，赫伯特回来了，瞅了一眼约翰惨白的脸问道：“头痛？”

“嗯。”

“严重吗？”

“不是很厉害。”

“我们得看看新闻，”赫伯特说，“很高兴我及时回来了。从全国广播公司来的一堆人今天下午到了罗克堡镇，现场直播。那个你觉得很漂亮的女记者就在案发现场，就是卡西·麦金。”

约翰转过身看他，他眨了眨眼睛。那一刻好像约翰的脸上全是眼睛，瞪着他，眼里含着痛楚。

“罗克堡镇？又一起凶杀案？”

“是的，今天早上警方发现一名小女孩儿被害死在镇上公共绿地里。简直是听过的最惨无人道的事儿。我猜她是为做作业而去图书馆时恰好经过那个区域。她去了图书馆，可再没有回来……约翰，你脸色很差，孩子。”

“她多大了？”

“才 9 岁，干这种事儿的人应该被吊起来绞死。我就是这样想的。”赫伯特说。

“9 岁，”约翰边说边跌坐下去，“天哪。”

“约翰，你真的没事儿？你的脸煞白。”

“没事儿。看看新闻吧。”

很快，首席法官约翰出现在他们眼前，宣讲一堆他在夜间讲演的政治抱负（弗雷德·哈里斯[①]的竞选活动并没有燃起多大的火苗）、政府法令（据福特总统说，美国各城市必须学习树立共同预算意识）、国际事件（法国全国范围爆发罢工）、道琼斯指数（正在上扬），还有一段“感人至深”的故事：一个脑瘫男孩儿养着一头 4 项指标都健康的奶牛。

“可能他们把那段掐掉了。”赫伯特说。

① 弗雷德·哈里斯（Fred Harris）：美国政治家，曾任俄克拉何马州参议员。——编者注

但是一段广告过后，首席法官说："在缅因州西部，今晚全镇的人都充满了恐惧和愤怒。这就是罗克堡镇，在最近的5年里发生了5起骇人听闻的凶杀案，5名年龄跨度从14岁到71岁的妇女被强奸后勒死。今天，罗克堡镇发生了第6起凶杀案，受害者是一名年仅9岁的女童。卡西·麦金在现场给大家做相关报道。"

屏幕上卡西·麦金出现了，像是一个被仔细地叠加在真实场景中的虚构人物，站在镇办公大楼对面。昨日下午的初雪已经肆虐成今夜的暴风雪，正飘洒在她的肩膀上和金发上。

"今天下午，激动的情绪悄然弥漫在这座新英格兰工业小镇上，"她开始播报，"罗克堡镇的大批百姓因一个来历不明的凶手已经惊惧良久。这个凶手被当地媒体称为'罗克堡扼杀者'，有时也被称为'11月扼杀者'。随着玛丽·凯特·亨佐森的尸体在镇公共绿地被发现，这种长久的紧张现已经变成一种惊骇，人们认为用这个词来形容他们的惊恐一点儿也不过分。这里不远就是露天乐台，'11月扼杀者'杀害的第一个人，名叫阿尔玛·弗莱切特的女服务员的尸体，也是在这里被发现的。"

长焦镜头投射向那片公共绿化区，在纷纷扬扬的大雪中，那里一片阴冷和死寂。画面切换成玛丽·凯特·亨佐森的学生照，尽管戴着结实的牙套，但笑容依然率真地绽放出来，一头浅金色的头发，穿着湛蓝色的连衣裙。这很有可能是她最好的连衣裙，约翰心里惋惜道。她妈妈让她穿上最好的连衣裙去拍学生照。

记者还在继续报道，开始概述之前的5起案件，约翰拿起电话，先拨通了查号服务台，然后打到罗克堡镇办公室。他慢慢地拨着号，脑袋里隆隆作响。

赫伯特从客厅出来，诧异地看着他说："孩子，你给谁打电话？"

约翰摇摇头，没说话，电话另一端传来接通的声音，然后电话被接起来了："罗克堡镇警察局。"

“我找班纳曼警长。”

“可以告诉我您的姓名吗？”

“约翰·史密斯，我在博纳尔镇。”

“请稍等。”

约翰转头瞟向电视画面，看到了当天下午的班纳曼。他裹在肩部缀着县警察局长徽标的厚防风大衣里，回答记者们的盘问时有些不自在，又有点儿固执。他宽阔的肩膀上顶着一颗大大的歪脑袋，覆盖着一头深色鬈发，那副无框眼镜和他整个人出奇地不相称，因为眼镜戴在一个大块头的男人身上好像永远都不搭调。

“我们正在跟进一系列的线索。”电视上的班纳曼说。

“喂？是史密斯先生吗？”班纳曼接起电话问。

古怪的双重感。班纳曼现在同时身处两地，或者是同一时间处于两个不同频道，如果你想这样理解的话。约翰瞬间感觉到一种抑制不住的眩晕。他的感觉就是那样，上帝保佑，他就好像踩在一个廉价的嘉年华游乐设施上，摩天轮或旋转椅一类的。

“史密斯先生，你还在听吗？”

“是的，我在呢。”他咽了口唾沫答道，“我改变主意了。”

“太好了！我听到这个消息真是太高兴了。”

“我还是有可能帮不上你什么忙，你明白吧？”

“我知道。但是……不入虎穴，焉得虎子嘛。”班纳曼清了清嗓子，“如果他们知道我向特异功能者求助，他们会把我赶出这个镇的。”

约翰不动声色地笑了笑，说：“而且，还是个冒牌的特异功能者。”

“你知道布里奇顿的‘乔咖啡’吗？”

“知道。”

“8点钟我们在那儿碰面，可以吗？”

“行，应该可以。”

“谢谢你，史密斯先生。”

“没什么的。”

他挂了电话。赫伯特注视着他。在他身后，晚间新闻的工作人员表正在屏幕上滚动。

“他之前就给你打过电话，是不是？”

“是的，打过。萨姆·魏扎克告诉他我也许能帮到他。”

“你觉得你能吗？”

“不确定，但是我的头不怎么痛了。”约翰说。

6

他赶到布里奇顿的“乔咖啡”时，晚了一刻钟；它好像是布里奇顿主街上唯一仍在营业的地方。铲雪机在铲着雪，路对面已经堆起了几处雪堆。302 干线和 117 干线的交界处，闪光灯在尖啸的风中来回闪烁着，一辆巡逻警车停在“乔咖啡”的门前，车门上金箔叶图案里写着“卡斯特县警长”几个字。他把车停在警车后面，走进咖啡厅。

班纳曼坐在桌旁，面前放着一杯咖啡和一碗辣椒。电视真是误导人，他并不是个大块头，而是个巨大块头。约翰走过去介绍自己。

班纳曼起身握住约翰伸过来的手。望着眼前约翰这张惨白而又紧绷的脸，以及约翰在海军呢子短大衣中晃荡的瘦小身板，班纳曼的第一感觉是：这家伙一看就有病，他可能活不了太久。只有约翰的眼睛看上去有一丝活人的气息，那是一双直率、目光锐利的蓝眼睛，与班纳曼敏锐、纯粹好奇的眼睛坚定地对视。当他们的手握在一起时，班纳曼有一种奇特的惊诧感。那种感觉据他后来描述，是一种什么东西流走的感觉，有点儿像被裸露的电线击中一样，随后就消失了。

“很高兴你能来，来杯咖啡？”班纳曼说。

“好。”

“来碗辣椒如何？他们这儿有很棒的魔鬼辣椒。我长了溃疡，原本不准备吃，但我还是吃了。”他看到约翰脸上惊奇的表情笑了，“我知道，好像不应该，像我这样的大块头居然会长溃疡，是吧？”

“人人都会长溃疡吧。”

“嗯，说得很对。”班纳曼说，“你是怎么突然改变主意的？”

“新闻，那个小女孩儿。你确定是同一个人干的？”

“是同一个人。相同的作案手法，同样的精液样本。”

他注视着约翰的脸，直到女服务员走过来。“来杯咖啡？”她问道。

“茶吧。”约翰说。

“再给他来一碗辣椒，小姐。”班纳曼补了一句。等服务员离开后，他继续道：“那位医生，他说有时你碰到一些东西，你就能知道它从哪儿来，谁曾经拿过它什么的。”

约翰笑笑，说：“嗯，我刚握了你的手，就知道你养了一条爱尔兰塞特犬，它叫鲁斯提。我还知道它年纪大了，眼睛看不见了，你觉得它要死了，但是你不知道如何给你的女儿解释这件事儿。”

班纳曼手里的勺子“扑通”一声掉到了辣椒碗里，他目瞪口呆地盯着约翰，惊呼道：“我的天哪！碰了我的手就知道了这些？就在刚才？”

约翰点了点头。

班纳曼摇着脑袋低声说：“百闻不如一见……这样不会让你烦吗？”

约翰看着班纳曼，有些意外。之前从没有人这样问过他。“是的。是啊，我很烦。”

“啊，你也知道。真是见鬼。”

“是啊，警长先生。”

“乔治，就直接叫我乔治。”

“好吧，我叫约翰，就叫我约翰。乔治，你的大部分事情我都不知道。我不知道你生在哪儿、长在哪儿，也不知道你去的哪所警校，不知道你的朋友是谁，不知道你住在哪儿。我只知道你有个小女儿，她的名字可能叫凯茜，但也不一定对。我也不知道你上星期做了什么，也不知道你喜欢什么口味儿的啤酒或是什么类型的电视节目。”

“我女儿名叫卡特里娜，她也9岁，和玛丽·凯特是同班同学。”班纳曼温情地说。

“我这样说的意思是，我的这种特异功能有时候相当有限。因为有‘死亡区域’。”

“‘死亡区域’？”

“就像是部分信号中断，”约翰解释说，“街道地址这些信号我从来触及不到。数字也很难，只是偶尔会出现。”服务员端过来约翰要的茶和辣椒。他尝了一下辣椒，然后冲班纳曼点点头：“你推荐的不错，真不错。尤其是在这样的夜晚吃这个。”

“接着吃，”班纳曼说，“哥们儿，我超爱美味的辣椒。每次吃辣椒，我的溃疡都痛得让我骂街。我就在心里骂：你去死吧，溃疡！干杯！”

有那么一会儿两人都没说话。约翰品尝着那碗辣椒，班纳曼满怀好奇地望着约翰。他想，史密斯居然能知道他养了狗名字叫鲁斯提，他居然还知道狗上了年纪，快要瞎了。那么再进一步：如果他事先知道卡特里娜的名字，却又故意说“她的名字可能叫凯茜，但也不一定对”这样的话，显得不确定，就恰恰增加了真实性。但是**为什么？**所有这一切都解释不了约翰握住他手那一刻那种怪异的电击感。如果这是场骗局的话，那它可是个很高明的骗局。

窗外，狂风粗暴地发出低沉的啸声，像要把这座小楼从地基上连根拔起。漫天飞雪急打着街对面的庞迪切利保龄球馆。

“你听听，”班纳曼说，“应该一晚上都是这样。可别跟我说冬天会越来越暖和。”

“你有什么东西吗？一些你正苦苦寻找的那个家伙的东西？”约翰问道。

“也许算有吧，”班纳曼说完又摇了摇他的大脑袋，“但那太微小了。”

“跟我说说。”

班纳曼开始给他细细讲述。文法学校和图书馆在镇公共绿地两边相对而立。这种设计是标准化设计流程，是为了方便学生在做作业或写报告需要书的时候可以及时到图书馆查找。老师们给学生的通行证会在他们返回学校前被图书管理员接收。绿地中心附近的地面略微有些下降，形成低洼区。在低洼区的左侧是镇露天乐台。低洼区放了 24 把长椅，是为了秋季有乐队表演或者有球赛时方便人们坐下休息。

“我们认为他就是坐在那儿等着看哪个孩子路过的。这样一来，从绿地的两侧看去，他都不会被发现。小路正好是在这个低洼区的北边，离那些椅子很近。”

班纳曼缓缓地摇了摇头。

“最糟糕的是那个名叫弗莱切特的女人，就在露天乐台那儿被杀害。明年 3 月份的市镇选民大会上我要面对一场大风暴，如果 3 月份我还在这个位子上的话。嗯，我可以给他们看我写给镇长的备忘录，要求开学期间在案发区设立成年安全员。我焦虑的不是这个凶手，以上帝的名义，真的不是。我做梦都没想到他居然会两次在同一地点作案。”

“镇长不愿用安全员？”

“钱不够，”班纳曼说，“当然，他可以把责任分散到市镇管理委员会成员的身上，委员们再把责任归咎到我头上，那时候玛丽·凯特·亨佐森的坟头上都长草了，然后……”他停顿了一下，或者说也许是哽在那里了。凝视着他低垂的脑袋，约翰开始有点儿同情他了。

“也许这些都无法改变，”班纳曼声音更冰冷地继续说道，“我们雇用的校园安全员绝大多数都是女的，而且我们正追捕的这个狗杂种似乎不论老幼都下得去手。”

“你认为他在这其中一把椅子上坐下来等待过，对吗？”

班纳曼认定如此。他们在最后一把椅子附近发现十几个新丢下的烟头，在露天乐台那儿发现了另外 4 个，外带一个空烟盒。万宝路（Marlboros），很不幸，这个国家第二或第三畅销的香烟品牌。他们对烟盒外面那层玻璃纸进行了指纹提取，但一无所获。

“什么也没有？这有点儿意思。”约翰问。

“怎么这样说？”

“你看，你会想到凶手戴着手套，即便他根本没有意识到指纹这件事儿——因为天太冷了。但你也应该想到卖给他香烟的人……”

班纳曼会心一笑：“你还真是长了个干这行的脑袋。”他说：“不过你不抽烟吧。”

“是的，”约翰说，“我之前在大学里抽一点点，但是我出了车祸后就戒掉了。”

“人一般会把烟放在胸前口袋里。掏出烟，抽出来一支，再把烟盒放回去。如果你每次拿烟时都戴着手套且没有留下新指纹的话，那你其实就等于是在不停地摩擦那层玻璃包装纸，明白吗？你还漏掉了另外一件事儿，约翰。需要我告诉你吗？”

约翰思索了一下说：“也许香烟的盒子是一个硬纸盒，而那些纸盒是用机器包装的。”

“对，你分析得挺好。”班纳曼说。

“盒上的税章呢？”

“缅因州。”班纳曼答道。

“那么，如果凶手和这个吸烟者是同一人……”约翰若有所思地说。

班纳曼耸了耸肩：“对，他们不是同一人倒是有技术上的可能性，但是我绞尽脑汁也无法想象谁愿意在大冬天一个寒冷、阴沉的早晨，坐在这个公共绿地的长椅上久久不肯离去，直到抽下十几个烟头。我想不出来。”

约翰呷了一口茶，说：“路过的孩子们就没有一个看见点儿什么？”

“什么都没有，我今早和每一个有图书馆通行证的孩子都谈过了。”班纳曼说。

“这比那个指纹的事儿诡异得多。对你触动很大吧？”

“让我害怕。你来看，这家伙就坐在那儿，而他正等待的是一个孩子，一个女孩儿，她独自一人。当孩子们一起走过来时，他可以听出来是一群还是一个。每次不是一个孩子过来的时候他就躲藏到露天乐台后……”

“那脚印呢。”约翰说。

“今天早晨看不到。今天早上没有积雪，地面都冻硬了。所以那个应该把他自己的睾丸割下来当晚餐吃掉的疯狂的畜生就在那儿，他就在那儿，躲藏在露天音乐台的后面。大约上午的 8 点 50 分，彼得·哈灵顿和梅丽莎·洛金斯走了过来。那时候学校正在开会，已经开了约 20 分钟。等他俩走过后，他回到椅子那儿。在 9 点 15 分他再次躲到露天乐台后面，这次是两个小女孩儿，苏珊·弗拉哈蒂和卡特里娜·班纳曼。”

约翰“砰”的一声把他的茶杯拍在桌上。班纳曼摘下眼镜用力擦起来。

“你**女儿**今天早上就经过这儿？天哪！”

班纳曼重新戴上眼镜。他的脸阴沉灰暗，满含愤怒。同时他也在害怕，约翰能看出来。这种恐惧并不是害怕选民们刁难他，也不是害怕《工会领袖》再出一刊评论文章说缅因州西部的警察都是废物，这种恐惧是因为，如果他女儿今天早晨碰巧单独去了图书馆——

“我女儿，”班纳曼轻声应道，“我猜她经过时距离那个……那只禽兽就在 40 码之内。你知道这让我有什么感觉吗？”

“我能想得到。”约翰说。

“不，我觉得你不懂。那种感觉让我觉得我几乎是一脚踩进空电梯井里。好比晚餐我刚吃了蘑菇，然后就有人死于毒蘑菇一样。它让我觉得无比肮脏，无比下流！我想这也许是我为什么打电话给你的最好解释吧。我会不惜一切代价将他绳之以法，一切代价！”

屋外，一个庞大的橘色铲雪机像恐怖片里的什么鬼东西一样从雪里隐约探出头。它停了下来，两名男子从车上下来。他们过了马路径直走进“乔咖啡”，在柜台边坐下。约翰把茶喝完了，他已经不想再吃那个辣椒了。

“那个家伙回到了椅子那里，”班纳曼接着说，“但是没过多久，大约9点25分，他听到那个叫哈灵顿的男孩儿和叫洛金斯的女孩儿从图书馆返回来，因此他再次躲到露天乐台后面。一定是在9点25分左右，因为图书管理员在9点18分给他们办理的签退。9点45分，3名五年级的男生在他们去图书馆的路上经过了露天乐台。他们其中一个好像看见了‘某个家伙’正站在露天乐台的另一边。所有的描述就是这样，‘某个家伙’。我们应该公布出去，你觉得呢？要小心‘某个家伙’。”

班纳曼发出一阵短促的笑声。

“9点55分，我女儿和她的好朋友苏珊在返回学校的路上经过了那里。然后，大约10点05分，玛丽·凯特·亨佐森走了过来……独自一人。卡特里娜和苏珊在她正下学校台阶时碰到了她，还和她打了招呼，那时她们正上台阶。”

“我的上帝。”约翰嘀咕道。他抱着头，双手插入头发中。

“最后，上午10点30分。那3个五年级男生返回来。他们其中一人看到露天乐台上有一些东西。是玛丽·凯特，她的内衣和底裤被褪下，她的双腿沾满了血，她的脸……她的脸……”

“放松点儿。”约翰说着，手搭在班纳曼的胳膊上。

“唉！我放松不下来，”班纳曼说道，他满含歉疚地讲着，“从警18年，我从未见过如此残忍的作案手段。他强暴了那个小女孩儿，这已经足以……足以，你懂的，让她死了……法医说他的作案方式……把她的一些地方都撕裂了，那……是的，那差不多，嗯……就能弄死她了……但是他还是继续扼住她的喉咙。才9岁就被掐死扔在那儿……内裤被揪下来扔在露天乐台上。”

突然，班纳曼哭起来。他眼镜后的双眼含满泪水，泪珠顺着脸颊滚落而下，形成两条溪流。柜台旁，那两个布里奇顿来的公路养护员正在谈论橄榄球超级杯赛。班纳曼再次摘下眼镜，用手帕抹去眼泪。他的肩膀在颤抖、抽搐。约翰茫然地搅动着碗里的辣椒，等待着。

过了一小会儿，班德曼收起手帕。他双眼通红，约翰觉得他摘掉眼镜以后，脸显得光秃秃的。

“很抱歉，兄弟，”他说道，“这一天太难熬了。”

“没事儿的。”约翰说。

“我知道我会哭，但是我以为我能憋到回家后见到我妻子的那一刻。”

“唉，那样的话就憋太久了。”

“你真有同情心。”班纳曼推了推眼镜，“不，你能做的远不止于此。你拥有某种东西。如果我知道那是什么的话，我会被诅咒的，不过它的确很神奇。”

“你们还有别的可做的吗？”

“没什么了。我承受着最大的压力，但是州警察们一点儿办法都没有。同样还有那些检察署特别调查员，还有我们宝贵的联邦调查局特工。镇法医可以进行精子测定，但在这个阶段里，对我们来说毫无用处。最让我困扰的是在受害者的指甲缝里没有头发和皮肤组织，她们当时一定反抗过，但是我们连 1 厘米皮肤组织都没有拿到。这个浑蛋一定是被魔鬼附体了，他居然没掉下一颗纽扣、一张购物单，或者留下一点儿什么痕迹。州检察总长出于好意，给我们请了位奥古斯塔市的精神病学家，他告诉我们所有这种类型的人早晚会露出马脚。算是一丝安慰吧。但是如果晚了呢……意思是从现在起再死 12 个人以后？”

“烟盒是在罗克堡镇？”

“是的。”

约翰站了起来：“那好，我们开车去一趟。”

“开我的车？”

屋外的风涌动呼啸，约翰笑着说：“在这样一个夜晚，和一名警察在一起是值得的。”

7

暴风雪正肆虐得十分酣畅，乘着班纳曼的巡逻警车，他们用了一个半小时才到达罗克堡镇。他们走进镇政府办公大楼的前厅，跺掉靴子上的积雪，时间已经是 10 点 20 分。

大厅里聚集了 6 名记者，大部分正坐在一张长椅上，议论着先前看到的晚间新闻，长椅上方有一幅油画，画上的人看上去面目阴森可怖，估计是这个镇子的开创者吧。他们很快起身上前把班纳曼和约翰围起来。

“班纳曼警长，这起案件有了突破，这是真的吗？”

“现在我无可奉告。”班纳曼冷冷地回答。

“有人说您已从牛津羁押了一名男子，警长先生，这是真的吗？”

“不是。如果你们各位能放过我们……”

然而他们的目光立刻转向了约翰，约翰认出里面至少有两张面孔是在那次医院的新闻发布会时他见过的，他顿时感到一阵衰颓。

“啊！”其中一个惊呼道，“这是约翰·史密斯吧？”

此时的约翰真想像参议院听证会上的大佬一样，堂而皇之地闭口不答。

“是的，是我。”他答道。

“那个有特异功能的伙计？”另一个问。

“让开，让我们过去！”班纳曼提高了嗓门喊道，“你们这些人难道没别的事儿可干了吗……”

“据《内部视点》说，你是骗人的，是真的吗？”一个身着厚大衣的年轻男子问。

约翰说：“我只能告诉你，那是《内部视点》他们自己臆想出来的观点，唉，真的……”

“你是在否认《内部视点》所说的，对吗？”

“唉，我真的无话可说了。”

他们穿过结了霜的玻璃门进入警长办公室，那些记者竞相冲向犬类管理员办公室墙上那两部电话。

“这下可是粪坑里扔石头——惹下大麻烦了，”班纳曼不悦道，“我对天发誓我从没想到这么一个风雪交加的夜晚他们还守在这里，我应该带你从后门进来的。”

“哦，你还不知道？我们都喜欢出名。我们所有的特异功能者都是为了出名！”约翰讽刺地说。

“我不信，最起码你不是。好吧，已经这样了，没办法了。”班纳曼解释。

但是在约翰的脑海里，新闻的头条画面已清晰可见：就像炖肉锅里的一小撮香料一样，“咕嘟嘟”地快速上下翻滚。罗克堡警长授权当地特异功能者协助侦破连环扼杀案。预言者将调查“11月扼杀者”。史密斯反驳说，“承认自己骗人”的新闻纯属捏造。

外面办公室有两名副警长值守，一个在打着瞌睡，另一个一边喝着咖啡，一边郁闷地审查着一摞报告。

“他是被老婆撵出来了，还是怎么了？”班纳曼朝着那个昏昏欲睡的警察抬了抬下巴，不满地问道。

“他刚从奥古斯塔市回来。”那个副手说。他还很年轻，眼睑下带着一对疲倦的黑眼圈，满怀好奇地上下打量了约翰一遍。

“约翰·史密斯，这是弗兰克·多德。那边的‘睡美人’叫罗斯科·费舍尔。”

约翰点头问好。

“罗斯科说州检察署想要案件始末。”多德告诉班纳曼说。他的眼神带着气愤、轻蔑，还有一种说不来的可怜：“一件圣诞礼物，嗯？”

班纳曼一只手握住多德的后颈，轻轻晃了下说：“你太过焦虑了，弗兰克。你在这个案子上面也耗费太多心思了。”

“我一直在想，这些卷宗里一定有什么线索……”他耸了耸肩膀，然后手指轻弹了一下那摞卷宗，“什么线索。”

“回家去好好休息一下吧，弗兰克。把‘睡美人’也带走。只要那些摄影师中有一个人把他的照片拍下来，他们就会在报纸上把它传播开来，还要配上标题——《罗克堡镇紧张的调查正在持续进行》，然后我们就全得出去扫大街了。”

班纳曼把约翰带进他的办公室。办公桌上堆满了各种文件资料。窗台上有个3人合影相框，班纳曼，他妻子，还有他女儿卡特里娜。他的勋章干净整齐地挂在墙上，旁边又是一个相框，里面是罗克堡镇的任命书首页，宣布他当选了。

“咖啡？”班纳曼一边问，一边打开一个文件柜。

“谢谢，还是茶吧。”

“舒格曼太太把她的茶看得很紧，”班纳曼说，“她每天都要把茶带回家，很抱歉。我该给你来点儿提神的，但那样我们必须再从刚才那个包围圈冲出去一次。老天保佑，但愿他们已经回家了。”

“那好吧。”

班纳曼拿来一个搭扣信封。“就是这个。”他说，迟疑了一下后，递了过来。

约翰接过它并没有立即打开：“你知道，凡事没有万无一失。我不能给你保证。有时候灵，有时候不灵。”

班纳曼疲倦地耸了耸肩，又重复道：“不入虎穴，焉得虎子。”

约翰解开搭扣晃了一下，一个空的万宝路香烟盒掉落到手掌心。红白相间的烟盒。他把烟盒握在手里，眼睛望着对面的墙。灰色的墙。工业化的灰色墙。红白相间的烟盒。工业化的灰色烟盒。他把烟盒放到另一只手里，然后双手环握着托起。他等待着什么来到，任何感觉都行。但什么也没有。他继续握着，心存一丝期望，但他忘了一个道理：当感觉真的要来临时，连门板都挡不住。

最后，他把烟盒还给班纳曼，说道："抱歉。"

"没想出来？"

"是的。"

伴随着草草的敲门声响起，罗斯科·费舍尔把脑袋探进来。他面带一丝羞愧，说："我和弗兰克要回家了，我猜你逮到我打瞌睡了。"

"只要不是让我逮到你在巡逻时打瞌睡就行。代我问迪妮好。"班纳曼说。

"好。"费舍尔看了约翰一眼，关上了门。

"嗯，"班纳曼说，"试一试还是值得的。我送你回去吧。"

"我想去一趟那块公地。"约翰突然说。

"不行，不合适。雪积了有 1 英尺厚。"

"你能找到吧？"

"当然了。但那又能怎样呢？"

"我也不确定，不过还是一起去一趟吧。"

"那些记者会跟踪我们的，约翰。就像上帝创造过小鱼一样肯定。"

"你刚不是说有个什么后门吗？"

"是的，不过那是个消防门。走那儿也可以，但要走那里，警报就会响。"

约翰呼出一口气："那就让他们跟着好了。"

班纳曼若有所思地看了约翰一阵儿，点点头道："好吧。"

8

他们一走出办公室，那些记者就立刻蜂拥过来，将他俩包围住。让约翰想到达勒姆一个破败的养狗场里，一个又怪又老的女人在那里养柯利牧羊犬的情景。当你拿着鱼竿从那里走过时，那些狗全都会冲向你，狂吠，嗥叫，通常会把你吓得魂儿都没了。它们会咬你，但并不是真的咬。

"你知道是谁干的了吗，约翰？"

“有什么线索吗？”

“出现灵感了吗，史密斯先生？”

“警长大人，招特异功能者来帮忙破案是你的主意吗？”

“州警察局和检察署知道这一情况吗，班纳曼警长？”

“你觉得你能破获这一悬案吗，约翰？”

“警长大人，你委派这个人代表警局了吗？”

班纳曼缓慢地、稳稳地穿过记者们，拉上大衣拉链：“无可奉告，无可奉告。”约翰则什么也没说。

当约翰和班纳曼从布满积雪的台阶下去时，记者们还簇拥在前厅。直到两人绕过警车蹚雪穿过街道时，其中一名记者才意识到他们是要去绿化带。其中几名记者跑回去拿他们的大衣。而那些在班纳曼和约翰从办公室现身起就穿戴整齐的记者，则踉跄着从镇办公大楼的台阶冲下来紧随其后，像一群孩子一样呼喊着。

9

手电筒在雪夜里起伏摆动。寒风呼啸，吹起来的雪像漫天飞舞的碎纸片一样任性地从他们身边飞过。

“你什么鬼东西都看不见，”班纳曼说，“你……哎呀！”一名穿着厚重大衣、戴着苏格兰便帽的记者一下子跌撞过来，差点儿被绊倒。

“对不起，警长先生，路太滑，忘穿雨靴了。”那人不好意思地说。

暗夜里，前方出现一条黄色尼龙绳。一起映入眼帘的还有一条乱摆的警戒标语，上面写着“警方调查”。

“你还忘带你的脑子了吧，”班纳曼说，“现在，你们退后，你们所有人，都向后退！”

“公地可是公共财产，警长大人！”其中一名记者喊道。

“没错，但现在是警方执行公务。要么你们都给我待到这条线后面，要么今晚就去我的牢房里待着！”

借着他手电筒的光线，他给那些记者划定了警戒区域，然后撩起警戒线，让约翰从下面钻过去。他们顺着斜坡朝积雪覆盖的长椅方向走去。在他们身后，记者们在警戒线后聚成一堆，把他们为数不多的光聚起来投射过去。这样，约翰和乔治·班纳曼就行走在那么一束昏暗的聚光灯下。

“瞎走吧。”班纳曼说。

“嗯，看不到什么。有什么吗？”约翰说。

“没有，现在没有。我告诉过弗兰克他可以随时放下警戒线，幸好他没时间去放下。你要去露天乐台看看吗？”

“先不去。给我指一下发现烟头的地方。”

他们又往前走了一点儿，班纳曼停下来：“就这儿。”他用手电照向一把长椅，那看上去差不多就是一个微微隆起的小雪包。

约翰摘下手套放入大衣口袋，跪下来拂去长椅上的积雪。班纳曼又一次被眼前这张苍白而又憔悴的脸打动了。长椅前的他双膝跪地，好像一个在忏悔的教徒，一个绝望的祈祷者。

约翰的双手开始发冷，渐渐失去知觉。融化的雪水顺着他的手指流淌而下，他开始触摸那把风吹日晒、表皮龟裂的长椅。他仿佛是使用了放大的魔力，已将它洞穿。它曾是那么油绿，但现如今大部分漆皮已经褪色、剥落。两只生了锈的钢制螺栓固定着座位和靠背。

他双手抓住长椅，一种怪异的感受瞬间袭来，强烈程度是他以前从未有过，今生也仅此一次的。他低头盯着那条长椅，眉头紧蹙，双手紧紧钳住它。那是……

（一把夏天的长椅……）

多少次，多少个不同的人曾在这样或那样的时刻歇坐在这里，听着从《天佑美国》到《星条旗永不落》（“好好对待有蹼的朋友……因为鸭子也是别人的妈妈……”），再到《罗克堡镇美洲狮战歌》？青翠的夏之叶，缭绕的秋之雾，记忆中柔和黄昏下的玉米皮和扛着耙子的男人们。隆隆响起的军鼓，声音圆润的金色喇叭和长号，整齐的学校乐队制服……

（因为鸭子……也是……别人的妈妈……）

晴朗的夏日人们坐在这儿，听歌，鼓掌，设计并印刷好的节目单张贴在罗克堡镇中学绘画艺术教室，然后在这里演出。

但是今天早晨，一个杀手曾经坐在这里。约翰能感觉到他在这里存在过。

下着雪的铅灰色天空和那些黑压压的树枝交互映衬，就像是神秘的符咒一样。他（我）坐在这里，吸着烟，等待着，感觉妙不可言，就好像他（我）双手举起就能触及天之穹顶，双脚落下就可以轻松着陆。嘴里哼着歌。那是一首滚石乐队的歌，说不出歌名，但很真切的是，一切是……是什么呢？

有了。一切都好，一切都是灰蒙蒙的，等着雪落下，我……

“光滑，”约翰嘟囔着，“我很光滑，我如此光滑。”

班纳曼向前倾了一下身体，在寒风的呼啸里他一个字也听不清：“什么？”

“光滑。”约翰重复道。他抬起头望着班纳曼，班纳曼不由自主地向后退了一步。约翰的眼神冰冷，莫名其妙地让人觉得不像是人类应该有的眼神。他深色的头发围绕着惨白的脸狂乱飘舞，头顶上，凛冽的寒风尖叫着直穿黑暗的夜空。他的双手仿佛和那椅子焊在了一起。

“我太他妈的光滑了。”他一字一句地说，唇角现出胜利者一样得意的笑，眼睛直勾勾地瞪着班纳曼。班纳曼相信了。没有谁能表演成这样或者假装成这样。而这其中最瘆人的是……他由此想到一个人。那微笑……那嗓音……约翰·史密斯已然消失不见，他俨然被另一个人附体了。潜伏在他如常的躯壳之下的、几乎触手可及的，是另外一张面孔。那个凶手的面孔。

那是一张他熟识的面孔。

“你们永远都逮不到我，因为我太光滑了。”一丝笑意从他脸上闪过，那么自信，带着些许轻蔑和嘲讽，“我每次都穿着它，因此即使她们抓挠……撕咬……她们也一点儿都咬不到我……因为我非常光滑！”他提高嗓门，发出得意的、疯狂的、压过呼啸寒风的尖号，班纳曼又禁不住后退一步，他浑身肌肉开始不受控制地颤抖，睾丸发紧，要缩回到肚子里。

停下来吧，马上停下来，拜托。他心里在呼喊。

约翰的头俯在长椅上。融化的雪水从他裸露的指缝间滴落下来。

（雪。沉默的雪，神秘的雪——）

（她用一个晾衣夹子夹住它让我体会那感觉。那种你得病了的感觉。一种肮脏变态的疾病，他们都是些下流贱货，必须阻止他们，是的，阻止，阻止他们，阻止，停，停，停，我的天哪，“停”字标志牌！）

他又回到小时候了，穿过沉默的、神秘的雪去上学。一个男人在流动的白色中显现，一个可怕的男人，黑色的，龇着牙笑嘻嘻的，眼睛亮得像25美分一样的男人，他手上戴着手套，紧握一个红色“停”字标志牌……他！……他！……他！

（天哪不要……别让他抓我……妈妈……别让他抓我……）

约翰尖叫着从椅子上滚落下来，他的双手猛然抱住脸。班纳曼在他身边缩成一团，惊惧万分。警戒线后面，记者们躁动地嚷嚷着。

“约翰！醒醒！哎，约翰……”

“光滑。”约翰喃喃地说。他抬头望向班纳曼，眼里充满受伤和惊惧。在他心里，他看到的仍然是那个黑色的影子，眼睛像银币一样闪耀，从雪里阴森森地出现。他的裆部阵阵作痛，那隐隐是杀手的母亲强行给他夹上的那个晾衣夹子带来的疼痛。他不是那个杀手，哦不，不是一只禽兽，不是那个脓包或浑蛋或任何班纳曼形容的那样，他只是一个受了惊吓的小男孩儿，一只晾衣夹子还夹在他的……他的……

“拉我一把。”他低声说道。

班纳曼扶他站起来。

“去露天乐台那儿。”约翰说。

“不用了，咱们该回去了，约翰。”

约翰摸黑从他身边挤过去，深一脚浅一脚地朝露天乐台，也就是前方一座环形的庞大阴影走去。暗夜中，它显得巨大、阴森，一块死亡之地。班纳曼跑过去追上他。

“约翰，他是谁？你知道是谁……？”

“你们没有在死者们指甲缝里发现任何组织碎屑，是因为他作案时一直穿着雨衣。”约翰气喘吁吁地说，“一件连帽雨衣。一件滑溜溜的塑料雨衣。你去看看卷宗。你重新看一下案件卷宗就明白了。每次案发不是下雨就是下雪。她们抓扯过他，毫无疑问。她们和他搏斗过。她们确实反抗了。但是她们的手指一直是打滑的，从雨衣上滑下去了。”

“谁，约翰？是谁？”

“我不知道。不过马上就能找出来。”

在离露台还有6个台阶的最低处，他绊了一跤，手脚笨拙地抓摸，如果不是班纳曼一把抓住他的胳膊，他就失去平衡栽倒了。他们爬到舞台上。那儿的雪很薄，勉强洒了一层，锥形房顶挡住了风雪。班纳曼把手电照到地上，约翰双膝跪地，垂下双手，缓缓摸爬。他的手已经是亮红色了。班纳曼觉得那双手现在看上去就像两块生肉。

约翰突然停下来，像狗发现目标一样，向前绷直了身体。“这儿，他就在这儿干的。”他低声道。

各种意象、质感和感觉潮水般涌来。身为警察的兴奋感受，与有可能被发现的感受交织在一起。女孩儿扭动着，想要张嘴尖叫。他用戴了手套的手捂住她的嘴。肮脏的兴奋感。永远也抓不到我，我是隐形人，你觉得这样说够不够下流，妈妈？

约翰开始呻吟，疯了似的前后摆动着脑袋。

衣服被撕裂的声音。一股暖流。有东西流了出来。是血？是精液？还是尿？

他整个人战栗起来。他的头发披在脸上。他的脸。他的笑，他整张坦露的脸镶嵌在雨衣帽的圆边里。罪恶的高潮一刻来了，他的（我的）双手紧掐她的脖子，掐着……勒着……勒着。

画面渐渐消退，双臂也渐渐没了力气。他向前滑倒，整个身体扑在舞台上，抽泣起来。班纳曼的手刚碰了下他的肩膀，他就尖叫一声，想要爬开，脸上布满惊惧。然后，渐渐地，放松了下来。他把头靠在齐腰高的乐台栏杆上，闭上了双眼。阵阵战栗像一群小惠比特犬一样窜过他的身体。他的衣裤沾满了积雪，像裹了糖霜一样。

“我知道是谁了。”他说。

10

15 分钟后，约翰再一次坐在班纳曼的办公室，脱下短裤，紧紧地挨在一个便携式电暖气旁。他的样子还是又冷又悲伤，不过已经不发抖了。

“你真的不喝杯咖啡？”

约翰摇摇头：“我受不了那玩意儿。”

“约翰……”班纳曼坐下来，“你真的了解到了一些东西？”

“我知道是谁杀了她们。你最终也一定会抓到他的。你原来离他太近了。你甚至都见过他穿着雨衣的样子，那种通身亮皮的雨衣。因为他今天早上还和那些孩子迎面而过。他带着一个上面写着‘停’字的指挥棒，早上和孩子们迎面而过。”

班纳曼看着他，如遭雷击：“你是说弗兰克？弗兰克・多德？你疯了吧！”

“弗兰克・多德杀了她们，所有人都是弗兰克・多德杀的。”约翰说。

班纳曼不知道此时该嘲笑约翰，还是飞起脚来狠狠给他一下。最后他说：“这简直是我他妈听过的最扯的瞎话。弗兰克・多德是个好警察，也是个好人。他过了明年 11 月就要竞选市警察局长，我还要祝福他呢。”现在，他的言语里开始流露出厌烦的轻蔑，还夹杂着戏谑：“弗兰克今年 25 岁，那意味着他得在 19 岁的年纪就开始干这种疯狂下作的事情。他一直和他妈妈在家安静地过日子。他的妈妈身体不好，患有高血压、甲亢和二型糖尿病。你不该这么说。弗兰克·多德不会是凶手。我以性命担保。”

约翰说：“凶手有两年没有作案，弗兰克·多德那两年在哪里？在镇上吗？”

班纳曼朝他转过来，此时他已收起刚才那厌烦戏谑之情，脸色冷酷，既冷酷又愠怒：“我不想再听你说这些了。你刚来时说得对，你什么都不是，就是个冒牌货。好啊，你现在如愿占领新闻头条了，但那不意味着我必须要听你诽谤一个好警察，一个我……”

“一个你觉得就如同你自己儿子一样的人。”约翰平静地说。

班纳曼抿紧嘴唇，他们刚才外出时他脸上红通通的颜色现已经消退，样子像是被人揍了一样。随后，这种样子也很快消失，他转而变得面无表情。

“从这儿滚出去！”他说，“找一个你的记者朋友让他们把你捎回家，你可以在回去的路上开你的新闻发布会。但是我对天发誓，我对至尊至圣的上帝发誓，如果你敢提到弗兰克的名字，我一定会找到你、掰折你。明白吗？”

“对，我那些媒体的哥们儿！”约翰突然对他大吼道，“没错！你看见我回答他们所有问题了吗？给他们的照片摆造型了吗？保证他们拍到我好看的样子？让他们一定要把我的名字写对？”

班纳曼有些惊慌失措，不过很快恢复冷酷的口气：“把你的嗓门放低点儿！”

“不，如果我那么做我会被诅咒的！”约翰边说边把嗓门提到最高，“我想你忘了是谁叫谁来的吧！我来告诉你：是你，给我打的电话！你当时是多么期盼我过来帮你！”

“那也不等于你就是……”

约翰走近班纳曼，食指比画出手枪的手势指着他。他比班纳曼矮好几英寸，体重也顶多80磅，但班纳曼还是后退了一步，就像刚才在绿化带那儿一样。约翰的脸颊涨红，嘴唇微微向后裂开，露出牙齿。

“对，说得对，你叫我来并不是来胡闹的，”他说，“但是你不希望凶手就是多德，是吧？他可以是其他任何人，不管我们接着怎样去调查，但这个人决不能是善良的弗兰克·多德。因为弗兰克很优秀，弗兰克还照顾他的妈妈，弗兰克还爱戴他善良的警长大人——乔治·班纳曼。哦，弗兰克是十字架下流血的耶稣，除了他在强暴并掐死老太太和小女孩儿的时候，而受害者很有可能就是你的女儿，班纳曼，你难道不明白有可能是你的亲生女……”

班纳曼一拳打向他。在最后的一刻，他收回了力道，但那也足够有力，把他打了一个踉跄。他被椅子腿绊住，跌倒在地。班纳曼的警校戒指擦破了他的脸，血顺着他的脸颊淌了下来。

“你自找的。”班纳曼说，但是他的语气里已经没有了刚才的那份坚定。他生平第一次打了一个瘸子——或者说这就是他对一个瘸子做的第二件事儿。

约翰感觉头轻飘飘的，脑袋里嗡嗡作响。他的声音仿佛不是自己的，是一个电台播音员或者B级片影星的声音：“你应该双膝跪地，感谢上天他真的没有留下任何线索，因为如果有，你还得忽略它们，就像你对多德的做法一样。那你将成为一名包庇犯，自己为玛丽·凯特·亨佐森的被杀负责任吧。”

“纯粹胡说八道。”班纳曼一字一顿地说，“就算是我亲弟弟干了这种事儿，我也会亲手逮捕他。从地上起来。抱歉我打了你。”

他把约翰从地上扶起来看着他脸上的伤口。

“我去拿急救包给你的伤口擦点儿碘酒。”

“算了，”约翰说，声音里已经没有了怒气，“一下子接受不了，是吧？”

“我可以肯定地告诉你，不会是弗兰克。你不是个爱在报纸上露脸的人，很好。我刚才错了。头脑发热那么一会儿。但是你的那些感应、你的精神世界或者不管什么吧，这次一定是给你发了假情报。”

“那就去验证。”约翰说，他迎着班纳曼的眼神，“去查清楚。让事实告诉我是我弄错了。”他咽了下口水：“把案发时间和日期跟弗兰克的工作日程表核对一遍。能做到吗？”

“那后面柜子里的考勤卡可以回查到十四五年前。查还是能查到的。”班纳曼不情愿地说。

“那就去查。”

“先生……”他顿了一下，“约翰，如果你了解弗兰克，你会笑你自己的。我说真的。不光是我，你可以问任何人……”

“如果是我弄错了，我会欣然接受。”

“疯了。”班纳曼低声说道，但他还是走向保存旧考勤卡的存储柜，打开了柜门。

11

两小时过去了。现在已接近半夜 1 点。约翰给他爸爸打了个电话，告诉他自己晚上就在罗克堡镇找个地方住下：暴风雪一直在狂暴肆虐，没有消减的迹象，开车回去几乎不可能。

“那边进展如何？能告诉我吗？”赫伯特问道。

“最好还是别在电话里说了，爸。”

“好吧，约翰。不要太累。”

“嗯，不会的。”

但事实上他已经精疲力竭了。他感觉比记忆中之前和艾琳做理疗的时候都疲惫很多。那是一个很好的女人，他漫无目的地想着。一个又随和又友善的女人。至少在我告诉她她家房子正在着火之前是这样。从那以后她就变得疏远而又别扭。她向他道了谢，确实，但是，从那之后她和他有过接触吗？真正意义上的肢体接触？约翰觉得没有。那么等眼前这件事儿过去后，估计班纳曼也会如此。太糟糕了。跟艾琳一样，班纳曼也是个好人。但是人们对于那些摸一下就能知道他们一切的人往往望而却步，万分紧张。

“这证明不了什么。”班纳曼开口说话了。他紧张的声音里带着一种愠怒，小男孩儿般倔强。但他也很疲惫。

约翰在一张警用车旧广告背面列出一张粗略的图表，两人在低头看着。班纳曼的办公桌上杂乱堆放着七八盒旧考勤卡，“班纳曼”拉篮的上半部分放着的，就是弗兰克·多德的考勤卡，可以追溯到1971年，他加入班纳曼的部门那年。图表如下：

案发时间	弗兰克·多德
阿尔玛·弗莱切特（女服务员） 1970年11月12日，下午3:00	在主街海湾车站工作
保利娜·图塞克 1971年11月17日，上午10:00	休班
谢丽尔·穆迪（高中生） 1971年12月16日，下午2:00	休班
卡萝尔·邓巴戈（高中生） 1974年11月？日	两星期休假
埃塔·林戈尔德（教师） 1975年10月29（？）日	常规执勤
玛丽·凯特·亨佐森 1975年12月17日，上午10:10	休班

所有时间均为“预计死亡时间”，数据由州法医提供。

“对，是不能证明任何事情，”约翰同意道，他按着太阳穴，“但也不能完全排除他的嫌疑。”

班纳曼轻敲着图表：“林戈尔德女士遇害时，他在上班哪。”

“如果她确实是在10月29日遇害的话，那就没问题。但也可能是在28日或27日遇害的。另外即使他是在上班又怎样，谁又会怀疑一名警察？”

班纳曼非常仔细地看着那张小小的图表。

“那个间歇期呢？”约翰说，“那个两年的间歇期？”

班纳曼翻阅着考勤卡：“弗兰克在1973年到1974年一直都在这里上班。你看过的。”

“也许那两年他没那种冲动。至少就我们所知是这样。”

“就我们所知，我们什么都不知道。”班纳曼马上反驳道。

“1972年呢？ 1972年年底和1973年年初？这儿没有那段时间的考勤表。他休假了吗？”

“没有，”班纳曼说，“弗兰克和那个叫汤姆·哈里森的小伙子去普韦布洛市科罗拉多大学分校学习了一个学期的‘农村执法’。这是国家提供的唯一一个学习地点，共8个星期。弗兰克和汤姆从10月15日就去了那里，一直到圣诞节前后。州政府出一部分钱，镇上出一部分，同时美国政府依据1971年的《法律执行条例》也出了一部分资。是我选的哈里森和弗兰克，哈里森现在是盖茨福尔斯的警察局长。弗兰克差点儿没去成，因为他担心他妈妈一个人在家。实话和你说，我觉得她曾劝过他待在家里，是我说服他去的。他想做一名职业警官，在档案里添上一笔‘农村执法’课程这类东西很能加分的。我记得弗兰克和汤姆12月份回来的时候，他感染了一种不很严重的病毒，看上去很糟，瘦了将近20磅。他说在那个蛮荒之地，没有谁的厨艺能和他妈妈的相比。”

班纳曼陷入了沉默。在他刚说的某句话里，仿佛有什么让他担心起来。

“他在圣诞节前后请了一星期病假后好了，他最晚到 1 月 15 日就回来了。你自己拿考勤表核实一下。”他接着说，好像是在辩解似的。

“没必要。我只有必要告诉你下一步要做什么。”

“不用。”班纳曼说。他看了看他的手：“我跟你说过你有这方面的头脑。也许事实上我更正确。也可能是我一厢情愿吧。”他拿起电话，从办公桌最下面一层的抽屉里抽出一个厚厚的纯蓝色电话号码簿。他没有查找就直接翻到一页，对约翰说：“这也是拜刚才这本《法律执行条例》所赐，上面有美国每一个城镇的每一个警长办公室的电话。”他找到一个电话号码径直拨了过去。

约翰在椅子上动了动身子。

“喂，”班纳曼说，“是普韦布洛市警察局长办公室吗？……好的。我是乔治·班纳曼，我是缅因州西部的卡斯特县警察局长……对，是的，没错。缅因州。请问您是哪位？……哦，泰勒警官，情况是这样的。我们这边发生了一系列的凶杀案，强奸后勒死，在过去 5 年相继发生了 6 起。所有的案子都发生在深秋或初冬。我们有一名……”他抬眼看了约翰一下，眼神苦恼又无能为力，然后低头看着电话继续说：“我们有一名可疑嫌犯，他在 1972 年 10 月 15 日待在普韦布洛市直到……呃，12 月 17 日，应该是。我现在想知道的是在此期间你那边有没有未侦破的凶杀案记录在册，受害者为女性，无年龄限制，被强奸，死因是勒死。还有就是如果有此类案件且提取到了精液样本，我想知道行凶者的精液类型。什么？……哦，好。非常感谢……我就在这儿等着。再见，泰勒警官。”

他挂了电话：“他要验证我提供的情况的真实性，再核查一下，完了给我打回来。你要来杯……对了，你不喝，是吧？”

“嗯，”约翰说，“我喝杯水就行。”

他走到大玻璃冷饮机那儿，接了一纸杯水。屋外的暴风雪依旧在怒号肆虐。

身后，班纳曼尴尬地说："是啊，对。你说得对。我的确做梦都想有一个他这样的儿子。我老婆生卡特里娜是剖宫产，没法儿再生了，医生说再生就是要她的命。她做了临时手术，我做了输精管结扎，以防万一。"

约翰走向窗户望着外面的黑暗，手里拿着那杯水。外面除了雪什么也看不到，但是如果他现在转身，班纳曼就会停止倾诉，你就算不是一个特异功能者也会知道这一点。

"弗兰克的爸爸在 B&M 公司的生产线工作，在弗兰克大约 5 岁时意外身亡。他当时喝醉了，在那种情况下，他就是把自己的腿尿湿了可能都不知道，他却挂车钩去了，然后就被两台平板货车给挤扁了。弗兰克从此就成了家里的顶梁柱。罗斯科说他在高中时曾交过一个女朋友，但是多德太太很快就给他搅黄了。"

我敢肯定是她干的，约翰心想。她就是干那种事儿的女人……把那个晾衣夹子什么的东西……夹在她自己儿子的……那种肆无忌惮的女人。她是个和她儿子一样的疯子。

"他 16 岁的时候来找我，问是否有兼职警察的差使。说那是他唯一真心想做的事情，是打从他儿时起就想从事的职业。我当时第一眼就对他有好感，于是聘用了他在这一片工作，自掏腰包付他工资。我能付给他多少就付给他多少，你知道吗，他从不计较酬劳。他是那种甘愿付出的孩子。在高中毕业前一个月他申请转成全职警察，但是那个时候我们没有空缺职位。因此他去了多尼·哈格尔海湾工作，并在戈勒姆的一所大学的夜校班读了警察事务课程。我猜多德太太想把这事儿也给搅黄了，太——感觉她是单身太久了，还是怎么的，但是那次弗兰克和她勇敢抗争了……在我的鼓励之下。1971 年 7 月我们录用了他，从那时起他就一直在这个部门。现在你跟我说了这种情况，我一想到卡特里娜昨天早晨外出，恰好就经过那个禽兽作恶的……那就好比是龌龊下流的乱伦，差不多就是那种感觉。弗兰克曾和我们共处一室，曾和我们共进午餐，还照看过卡特里娜一两次……但你却跟我说……”

约翰转了过来。班纳曼已经又摘下他的眼镜擦拭双眼。

“如果你真能看到这些东西，我很同情你。你就是上帝造就的怪胎，和我在嘉年华看到过的双头牛毫无区别。对不起。这样说很差劲，我知道。”

“《圣经》说，上帝爱他所有创造的物种。”约翰说道，但声音略带颤抖。

“是吗？”班纳曼点了点头，刮着他鼻翼一侧被眼镜压红的地方，“那他用了一种可笑的方式来展示他的爱，是不是？”

12

大约20分钟过后，电话响了，班纳曼很利索地接了起来。对话很简短，他在聆听着。约翰看见他的脸色变难看了。他挂了电话，一言不发地注视了约翰良久。

“1972年11月12日，一名女大学生。他们在高速路边外的田野里发现了她。安·西蒙斯，这是她的名字。她被强奸后勒死，23岁。没有提取到精液样本。这仍然不是证据，约翰。”他说。

约翰说：“我不这样认为。在你自己的意识里，你是需要更多的证据的，但是假如你把现有的这些去摆到他面前，我想他也会崩溃的。”

“如果他没有呢？”

约翰记得露天乐台的那幕场景。那一幕就像一只疯狂的、致命的回旋镖一样急速回转，向他飞来。那撕裂的感觉，那种欢愉的痛楚，那种让人想起晾衣夹子带来的疼痛的痛楚，那种能再次证明一切的痛楚。

“叫他脱了裤子。”约翰说。

班纳曼看着他。

13

记者们还在外面大厅。实际上，即便他们不认为这个案子有突破——或者至少是一点儿古怪的新进展，他们也不会走了，因为出城的道路已经无法通行了。

班纳曼和约翰从贮藏室窗户跳出去。

“你决定了吗，要这么做？”约翰问道，暴风雪像要把他的话打散似的。他的腿感到阵阵疼痛。

“没，”班纳曼简单地说，“但是我觉得你应该了解一下实际情况。也许他应该见到你，约翰。走吧。多德家离这儿两个街区。”

他们动身了，遮头盖脚，一双倒影投射在强劲的风雪中。班纳曼把他的警用手枪藏在大衣下面，腰上别了手铐。在厚厚的雪中跋涉着过了一个街区的时候，约翰瘸得更厉害了，但他忍痛没有作声。

班纳曼注意到了，他们在罗克堡镇西方汽车厂门口停下来。

“小伙子，你怎么了？”

“没事儿。”约翰说。他的头也在痛。

“肯定有事儿。你的样子就像拖着两条断腿在走路。”

“我从昏迷中醒过来后，医生给我的腿动了手术。肌肉已经萎缩了，在布朗医生着手处理的时候，已经开始软化了，关节都烂了。他们竭尽全力用合成关节做了连接。”

“就像无敌金刚一样，嗯？”

约翰想起家里那一摞摞摆放整齐的医院账单，就躺在餐厅柜子最上面一层的抽屉里。

“是的，和那差不多。用腿时间太长的话，腿就僵了。就这样。”

“你想不想回去？”

当然了。回去就不用再考虑这可怕的事情了。真希望我从没来过。与我就没关系了。这个家伙把我比作双头牛。

“不用，我没事儿。”他说。

他们离开门口，狂风抓扯着他们，企图拖拽他们沿着空荡的大街翻滚一遍。迎着寒冷的狂风，呛着残酷的雪，两人艰难挣扎在摇曳的钠气街灯下。他们拐进一条小巷，走过5栋房子后，班纳曼在一幢整洁的新英格兰盐盒式小楼前停下来。和街上其他房子一样，这栋房子也已黑了灯，大门紧闭。

“这里就是。”班纳曼说，他的声音出奇地苍白。两人越过被狂风拍打到门廊边的雪堆，一步步爬上台阶。

14

汉丽埃塔·多德太太是个胖女人，庞大的骨架驮着她那堆死沉的赘肉。约翰从没见过如此病态的女人，她的皮肤是黄灰色，双手就像长了湿疹的爬虫一样，眼睛窄成一道裂缝，一种异样的光从浮肿的眼窝里泄出，让他不自在地想起了他的母亲有时候看东西的神情，当薇拉·史密斯陷入某种宗教狂热期的样子。

她在班纳曼持续敲了将近5分钟门后才开了门。约翰拖着阵阵作痛的双腿站在班纳曼身边，心想这个晚上会无边无际，会这么一直无休止地继续下去，直到这暴风雪攒足了劲儿，形成雪崩奔涌而下，将他们全部埋葬。

“大半夜的你要干什么，乔治·班纳曼？”她满腹狐疑地问。和很多胖女人一样，她的嗓音像那种高亢而又嗡嗡作响的芦笛，听起来有点儿像一只苍蝇或是一只蜜蜂被捉进了瓶子里。

“有事儿要和弗兰克谈一谈，汉丽埃塔。”

“那就明早吧。”汉丽埃塔·多德边说边把门拍向他们的脸。

班纳曼用一只戴着手套的手挡住拍过来的门：“抱歉，汉丽埃塔。必须现在谈。”

“哦，我不会去叫醒他！”她嚷道，身子挡在门口纹丝不动，“他睡得就像死过去一样！有时候我夜里心悸得难受，摇铃叫他，他会过来吗？没有，像死猪一样。哪天他一觉醒来可能会发现我没有给他端来那该死的、滴着水的荷包蛋，而是已经心脏病发作死在床上了！因为你使唤他太狠了！”

她龇着牙笑了，带着一种尖酸的得意；见不得人的秘密暴露出来，粗鲁随意。

“白班，夜班，中班，在半夜三更追那些醉汉，那些人里任何一个都有可能屁股底下压着一把0.32英寸口径的手枪，还要去那些低级的酒吧和夜总会，噢，他们都是些粗野的男同性恋，不过你很在乎他们。我都能猜到那些地方上演着什么，那些低贱的婊子很乐意为了25美分一杯的啤酒，就把她们那治不好的脏病传给像我家弗兰克一样的好男孩儿！”

她的嗓音，芦笛般的声音，猛轰着，“嗡嗡”聒噪着。约翰的头在抽搐，阵阵悸痛，回应着她的声音。赶紧闭嘴吧。他知道是幻觉，就是这坏透了的一夜带来的疲倦和压力在作祟，只是它愈演愈烈了，仿佛眼前站着的是他母亲，她随时都可能从班纳曼那儿转而对准他，开始吹嘘上帝赐予他的那种无与伦比的超人天赋。

“多德太太……汉丽埃塔……”班纳曼耐心开口说。

随后她的确转向了约翰，并用她那自作聪明的小猪眼盯住他。

“他是谁？”

“特派代表。”班纳曼迅速回答，“汉丽埃塔，我来负责叫醒弗兰克。”

“噢，负责！”她带着她怪异的嗡嗡作响的讥讽叫唤道，约翰意识到她其实是害怕了。那种恐惧一波一波，像令人厌恶的波浪一样从她那儿灌过来，这就是让约翰头痛至极的原因。班纳曼难道没感觉吗？“你的责——任！你承受得起吗？天哪，没错！嗯，我就是不会半夜三更叫醒我儿子，班纳曼，所以现在你和你的特派代表可以上别处叫卖你那该死的任务去了！”

她企图再次把门甩上，但是这次班纳曼猛地把门彻底推开。在那可怕的张力下他怒火迸发：“打开！汉丽埃塔，我不是和你开玩笑，现在！”

“你不能这样！”她号叫着，“这不是你的警察局！我要告你！拿出你的搜查证让我看！”

“没有，就是这样，但是我要跟弗兰克说话！”班纳曼一把推开她说道。

约翰下意识地径直跟了进去。汉丽埃塔伸手去抓他，约翰擒住她的手腕——一阵剧烈的疼痛在他脑袋里猛烈炸开，让之前那种沉闷的悸痛相形见绌。这个女人也感觉到了。他们四目交汇的那一秒仿佛永生难忘，一种可怕的、彻头彻尾的洞悉。在那一刻，他们仿佛焊在了一起，熔成了一体。随后她向后一退，双手紧捂住她那吃人巨妖般的胸脯。

“我的心脏……我的心脏……”她手忙脚乱地摸索睡袍口袋，掏出一瓶药片。她的脸色变成了生面团的颜色。扭开瓶盖后，小药片洒了一地，她从地板上摸了一粒抓在手里，塞到舌头下面。约翰站在一边默默地、冷酷地瞪着这个女人，感觉脑袋就像一只鼓胀的气囊，里面憋满了滚烫的热血。

“你已经知道了？”他低声问道。

她肥厚的、布满皱纹的嘴巴一张一合，一张一合，发不出半点儿声音，就像躺在沙滩上等死的鱼的嘴一样。

“你一直都知道的吧？”

“你这个魔鬼！”她朝他咆哮道，“你这个怪物……魔鬼……哦，我的心脏……哦，我要死了……看在我要死的份儿上……快叫医生……乔治·班纳曼你不要去叫醒我的孩子！”

约翰松开她，无意识地在自己大衣上来回擦了几下手，仿佛在擦拭手上的脏污，然后一瘸一拐地跟着班纳曼上了楼梯。屋外的冷风像一个被抛弃了的孩子一样绕着屋檐伤心地抽泣。上到半截他回头望了一眼。汉丽埃塔四仰八叉地瘫坐在一把藤椅里，像一座摊开的肉山，两只手分别扶着她巨大的乳房，在苟延残喘。他的脑袋仍然感觉充血膨胀，他胡乱地想：很快它就会“砰”地爆开，然后一切就结束了。感谢上帝。

狭窄的走廊地板上铺着条破旧的长条地毯。壁纸上布满斑驳的水渍。班纳曼“哐哐”地捶一扇紧闭的门。这里的温度至少比别处再低10摄氏度。

“弗兰克？弗兰克！是乔治·班纳曼！快起来，弗兰克！”

里面没有任何反应。班纳曼拧着门把手使劲儿把门推开。他的手已经握住了枪托，但并没有把枪抽出来。事情可能出了大问题，但弗兰克的房间空无一人。

他俩在门口稍加停顿，向里面望去。那是一个孩子的卧室。屋里的壁纸，同样水渍斑斑，上面画的是跳舞的小丑们和摇摆的木马。屋内有一把童椅，上面坐着一个破烂的安迪玩偶，瞪着双发亮的大白眼回头望着他们。一个角落里放着个玩具箱子，另一个角落里是一张很窄的枫木床，被子掀开，其中一条床柱上很不相称地挂着弗兰克·多德插在枪套里的枪。

“天哪！”班纳曼轻声说，“这是什么？”

“救命，”多德太太的声音飘了过来，“救救我……”

“她都知道，”约翰说，“她从一开始就知道，从那个叫弗莱切特的女人被杀时她就知道。他跟她说了，她一直包庇着他。”

班纳曼慢慢退出这个屋子，打开了另外一间房的门。他的眼神茫然、痛苦。那是一间客房，空无一人。他打开衣柜，底板上躺着一个盘子，里面盛放着码得整整齐齐的老鼠药，除此之外再无他物。推开另一间房的门，这间卧室尚未完工，里面冷得能看见班纳曼呼出的哈气。他环顾四周，在楼梯的尽头，还有一个门。班纳曼走过去，约翰紧随其后。那扇门紧锁着。

“弗兰克？你在里面吗？”他把门把手转得“咔咔”响，“把门打开，弗兰克！”

没人答应。班纳曼飞起一脚，踢在门把手稍靠下的地方。门板发出一声沉闷的爆裂声，那种回音在约翰的脑海里回荡，就像是一个铁盘子摔在砖地上一样。

“啊，上帝。”班纳曼喊道，声音无力、哽咽，“弗兰克。”

约翰在他后面朝里看过去，他看到的一幕远远超出他的想象。弗兰克·多德跨坐在马桶上，身上除了套在他肩膀上的那件黑色亮皮雨衣外，什么都没穿；雨衣的黑色帽兜（刽子手的帽兜，约翰迷迷糊糊地想）从马桶水箱上面耷拉下来，像一个怪异的、瘪掉的豆荚壳。他以某种方式割断了自己的喉管，约翰从没想到会是这样。洗脸池边上有一包威尔金森（Wilkinson）剃须刀片。一只刀片孤零零地躺在地板上，闪着阴森森的寒光，刀刃边缘凝结着血滴。满地都是从他那被切断的颈静脉和颈动脉里喷射出来的血。血流入拖在地上的雨衣褶皱里，形成了一个一个的血泊。浴帘上也溅满了血，和其上印着的一群头顶上打着雨伞正在划水的小鸭子图案混杂在一起。血一直喷溅到天花板上。

在弗兰克·多德的颈部缠着的带子上，用口红写着：我认罪。

约翰的脑袋嗞嗞作响，瞬间感到极度的疼痛，他实在无法忍受了。剧痛中他向前摸索着扶住门框。

早就知道了，他心里混乱地想，他看见我的那一刻就知道了，就知道一切都完了。然后回家，然后自行了结。

眼前现出层层黑色旋涡，像邪恶的涟漪一样蔓延开来。

上帝赐予了你什么样的天赋啊，约翰！

（我认罪。）

“约翰？”

声音好像从天际飘来。

“约翰，你还好……”

渐渐消逝，一切东西从眼前渐渐消逝。这样最好了。如果他永远就那么昏迷下去不醒来该多好，再好不过。好吧，他终于有这样的机会了。

“约翰——”

外面朔风呼号，好似世间所有险恶的东西都被释放出来，弗兰克·多德来到这里，不知用什么方法从一边耳朵到另一边耳朵把自己的喉咙割开。就像大约 20 年前时他爸爸曾说过的，地下室的水管子冻裂了，喷油井一般地喷水。喷油井一般，真真切切，直冲天花板。

他相信他当时可能惊叫过，但之后就不能确定了。可能只是在他自己的想象中惊叫了。不过他真的想要大喊，把压在心底的所有恐惧、同情以及痛苦全部呼喊出来。

随后他一头栽进了黑暗，并且心存感激。约翰昏过去了。

15

以下内容摘自《纽约时报》，1975 年 12 月 19 日：

在观看过犯罪现场后，
缅因州的特异功能者把警察局长带到了杀手副警长的家

（时报专刊）博纳尔镇的约翰·史密斯也许并不是真的特异功能者，然而这句话放在缅因州卡斯特县的乔治·班纳曼局长那里，恐怕难以将其说服。在缅因州西部的罗克堡小镇，当第 6 起奸杀案发生后，绝望之中的班纳曼警长拨通了史密斯先生的电话，邀请他来罗克堡镇施以援手。史密斯先生深度昏迷了长达 4 年 7 个月，今年早些时候他苏醒过来，此后就备受瞩目，成为人们关注的焦点。一本名为《内部视点》的通俗周报曾批判过他，说他是冒牌特异功能者，但是在昨天的一场新闻发布会上，班纳曼警长只会说：“那些纽约记者的想法，我们缅因州这里很难苟同。”

据班纳曼警长描述，在罗克堡镇公共绿化带的第 6 起命案发生现场，史密斯先生双膝跪地，用手触摸了该处。他还因此轻度冻伤。而凶手的名字是弗兰克·多德，警长的副手，此人已经在罗克堡镇警局登记在册 5 年之久，和班纳曼本人在该局服役年限一样长。

今年早些时候，史密斯先生还曾引发过争议，他曾灵光闪现预知到他的理疗师家里要发生大火。那一预感后来经证实，是确凿无疑的。在随后的新闻发布会上，一名记者质疑他……

以下内容摘自《纽约周报》第41版，1975年12月24日：

新胡尔克斯

自从彼得·胡尔克斯在这个国家出现后，这也许是继他之后第一位真正的特异功能者——胡尔克斯是一位出生于德国的特异功能者。他通过触摸询问者的手、银饰或者手包里的其他物件，就可以讲出询问者所有的私人生活。

约翰·史密斯是缅因州中南部博纳尔镇人，小伙子内向而又谦逊。他遭遇车祸后深度昏迷长达4年多，今年早些时候，他恢复了意识（见照片）。据为他治疗的神经学专家塞缪尔·魏扎克医生讲，史密斯达到了“全面而又惊人的恢复”。小镇多年未破的连环谋杀案诡异地真相大白，随后他昏迷了4小时并轻度冻伤，现在他正在逐渐康复……

亲爱的莎拉：

今天下午收到你的来信，我和我爸都很开心。我现在真的很好，所以你就不要担心了，好吗？但我真的非常感谢你的关心。其实就是左手3根手指的指尖上有那么几个小伤口。我短暂失去知觉其实就是晕过去一段时间，魏扎克说这是“情绪过激导致的”。他亲自过来，并坚持开车把我送到波特兰的医院。仅看着他工作就觉得入院费用基本花得值了。他硬让他们给他腾出一间诊室，还让技术人员做了脑电图。他说没有发现新的脑部损伤或是进一步的脑损伤迹象。他还打算给我做全面检查，有的检查听上去简直就是审讯——“异教徒，放弃吧，否则我们就给你再做一次肺部和脑部扫描！”（哈哈，你现在还吸罪恶的可卡因吗，亲爱的？）不管怎么说，我不要他们再给我做那些又抽又戳的检查。我爸因为我不做检查有些生气，还不停说我拒绝检查跟我妈妈当时拒绝吃降压药一样。就算魏扎克通过检查真的发现了什么，他也是无能为力的，让他明白这一点很难。

是的，我看到《纽约周报》的文章了。我那张照片是用那次新闻发布会的照片翻印的。像极了一个你将要去一条黑暗小巷约见的人，是不是？哈哈！神啊！[①]（就像你的闺密安妮·斯特拉福德老爱说的那句），其实我真希望他们没报道过这事儿。包裹、卡片、信件又都来了。除非我能认出回信地址，否则我一概不打开看，就标一句"请按原址退回"。那些信件有着太多的惨剧，太多的期望、怨恨、信任与不信任，不知怎么的，他们让我想起了我母亲之前的日子。

唉！我不是有意让自己显得好像很忧郁，没有那么糟。但是我真的不想做一个职业巫师，也不想去巡演或者上电视（美国广播公司的一些家伙找到了我的电话号码，谁知道他们怎么搞到的，想知道我是否考虑"参加《卡森秀》"。好主意，是吧？喜剧演员唐·里克斯爆粗口骂人，某个初涉影坛的小演员爆乳，还有我，能预知点儿什么。还说我的一切都由通用食品公司提供）。我根本不想做上面那些麻烦事儿。我真正最想做的是回到克利夫斯·米尔斯中学，潜心做一名默默无闻的中学英语老师，把我的特异功能留给足球赛前动员会。

这次就说这么多吧。祝愿你和瓦尔特，还有丹尼圣诞节快乐！另外殷切期待（至少你说过"我相信瓦尔特"）"200周年盛大选举年"的到来。听到你的另一半儿被推荐参加州参议员席位竞选我

---

① 此处英文原文为"Holy Gee"，是"Holy Jesus"比较委婉的说法。——编者注

很开心。祈祷他好运吧，莎拉。“1976”对“大象”[①]拥护者来说真不是一个好年景。感谢那个横跨圣克利门蒂的人吧。

我爸爸向你问好，让我谢谢你寄来那张丹尼的照片，他很喜欢那孩子。我也一样送上我的祝福。感谢你给我写信，还有你那错付的关切（这种关切不该给我，但是真的很受用）。我挺好，就是盼望早点儿回去工作。

爱你并真心祝福你的，

约翰

另外：最后一次，宝贝儿，把可卡因戒了吧。

约翰

1975年12月27日

亲爱的约翰：

我觉得写给你的这封信，是我16年的学校行政生涯里写得最艰难、最痛苦的一封，不仅仅因为你是我的好朋友，还因为你是一位好得不得了的教师。没办法再锦上添花了，我也不想再去尝试了。

昨晚学校董事会召开了一次特别会议（会议是在两位董事会成员的要求下召开的，我也不想提具体是谁了，不过你当时还在上班的时候他们就在董事会，所以他们是谁我想你能猜出个大概），他们以5比2的票数表决了撤销与你签订的合同。原因如下：你太有争议了，所以不适宜被聘用为教师。我差点儿都想递交辞职报告了，太可恶了。如果不是想到莫琳和孩子们，我想我肯定辞职了。在教室外面草草议论《兔子，跑吧》或者《麦田守望者》这

① “大象”：此处代表共和党。——译者注

种事儿基本是无果而终的，但你这件事儿比那还要不靠谱，这件事儿更差劲。太让人讨厌了。

这些话我也跟他们说了，但仿佛我跟他们讲的是世界语或是黑话一样。他们唯一能看见的就是你那张被登到《纽约周报》的照片和《纽约时报》以及国家新闻网站上登的罗克堡镇事件。太有争议！5个老头儿沆瀣一气，5个那种不干实事儿的老头儿，只纠结头发的长短，而不关心课本的好坏，只热衷于去找出谁在校园里抽大麻，而不是看如何为“科幻翼”发明一些20世纪的装备。

我给董事会其他成员也写了封抗议信，措辞强烈，而且施加了点儿压力，相信可以让欧文·芬戈尔德和我共同签名抗议。但如果我说他有希望能让那5个老头儿改变主意，那我就不诚实了。

我个人发自内心建议你去找一名律师，约翰。你是正式签过合同的，所以无论你是否踏进克利夫斯·米尔斯中学的教室，我相信你都可以向他们要回你剩余的工资。什么时候想跟我交流，可以随时打电话。

真心地向你表达我的遗憾和歉疚。

你的朋友

戴维·比尔森

1975年12月29日

16

约翰手里握着戴维给他的信，呆呆地站在邮筒旁，不敢相信地看着它。那是1975年的最后一天，天空清澈，但冷得要死。他从鼻腔里呼出两道白雾。

“该死，”他低声道，“天哪，真是的。”

人是麻木的，他还无法完全接受这突如其来的消息，他弯下身子去查看邮差还送来了什么。一如往昔，邮筒塞得满满的。戴维的来信在最外面露出来，真走运。

一张白色的纸条在摆动，提醒他要给邮局打电话去取包裹，那些逃不掉的包裹。我丈夫在 1969 年抛弃了我，这是一双他穿过的袜子，请告诉我他现在何处，这样我好向那个浑蛋要孩子的抚养费。去年我的孩子呛死了，这是他玩儿过的拨浪鼓，请回信告诉我他和天使们在一起快不快乐。我没有给他接受过洗礼，因为他父亲不同意，现在我的心都碎了。类似的抱怨像念经一样没完没了。

上帝赐予了你什么样的天赋啊，约翰！

解聘原因：你太有争议了，所以不适宜被聘用为教师。

他的心里陡然生出了怨恨，从邮筒里往外扒拉那些信封函件，部分掉到了雪中。难以避免的头痛又开始了，从太阳穴蔓延开来，像两朵慢慢聚拢的乌云，渐渐把他整个人包裹在疼痛中。泪水突然从他双颊滚落，在深深的、顽固的寒冷中，它们几乎顷刻间就结成了一道道闪闪发光的泪霜。

他弯下身子捡拾掉落的信件，其中一封，上面的字迹被婆娑的眼泪晕成双倍、三倍。粗重的铅笔字迹写着：**约翰·史密斯先知巫师**[①]。

先知巫师，那就是我。他的双手剧烈颤抖，捡起来的信又从他手里滑落，包括戴维的来信。那封信就像一片叶子一样飘落下来，掉在众多信件之中。透过无助的泪水，他依然可以看见信头火炬图案下印着的校训：

教书育人，学习知识，了解世界，服务大众。

"服务个屁，你们这些无耻的骗子！"约翰骂道。他跪下去重新捡那些信件，用戴着手套的双手擦去上面的雪。他的手指开始隐隐作痛。约翰想起了冻伤，想起弗兰克·多德的自杀，他跨坐在马桶上，美国式的金发上沾满

---

① 先知巫师：此处原文为"sikik seer"，正确拼法应为"psychic seer"，英文中并无"sikik"一词，但该词可被视为与"psychic"一词发音相同，作者应该是为了表现这个来信者文化水平有限、不会拼写"psychic"，才有意创造出"sikik"这个词的。——编者注

血迹，走向了永恒。我认罪。

他擦完信件，听着自己一遍又一遍的嘟囔，仿佛是一台出了故障的录音机：“杀我，你们是在杀我，放过我吧，你们看不见你们正在杀我吗？”

他停下来。一切都于事无补了。生活还将继续。无论活着还是死去，生活总是要继续。

约翰起身返回屋内，盘算着现在他要做什么。也许一些事情会接踵而至。不管怎样，他算是实现他母亲的预言了。如果上帝真的赋予他某种责任，那么他已经完成了。哪怕那是一个自杀式的使命，他也完成了。

他不欠谁了。

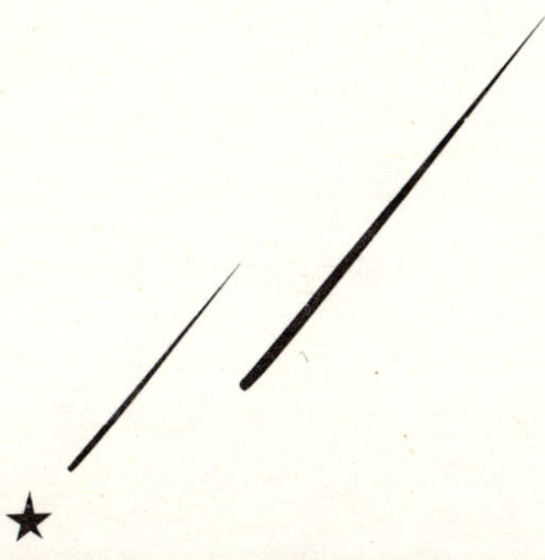

第 2 部
笑面虎

The Dead Zone

第 17 章
生活在继续

如果上帝真的赐予了他一种天赋，那就是教书，而不是去预知那些和他没有半毛钱关系的事儿。

1

6 月明朗的阳光里，男孩儿指着书上的句子，慢慢地念。他棕色的长腿伸展开，搭在游泳池边的躺椅上，那是两条橄榄球运动员的腿。

"'当然，小丹尼·朱……朱尼珀……小丹尼·朱尼珀死了，我认……认为这世界上没有人会说他不应……应……'噢，该死，我不明白了。"

"'这世界上很少有人会说他不应该死'，这是一种委婉的说法，意思是多数人都认为丹尼的死是一件好事儿。"约翰说。

查克看着他，平日里开朗的脸上又掠过那种复杂情绪：好笑，不满，尴尬，还带着一丝不服气的郁闷。他叹了口气，又低下头开始读马克斯·布兰德[①]的西部小说。

"'应该死。但这对我来说是一个巨大的……悲……'"

---

① 马克斯·布兰德（Max Brand）：原名弗雷德里克·席勒·福斯特（Frederick Schiller Faust，1892—1944），美国小说家，以创作西部小说为主。作品有《哈里根》（*Harrigan*）、《沉默骑士》（*Riders of the Silences*）、《梅花杰克》（*Black Jack*）、《火脑》（*Fire Brain*）等。——编者注

“悲剧。”约翰提示说。

“‘但这对我来说是一个巨大的悲剧，在他要为社会付出，为他所做的坏事儿赎罪时。’

“‘当然，那……嗯……那……嗯……’”

查克合上书本，抬头看约翰，灿烂地笑着。

“今天就上到这儿吧，约翰，怎么样？”查克那迷人的笑是他的撒手锏，这笑容足以把新罕布什尔州所有的啦啦队姑娘骗到床上去，“游泳池里很舒服吧？你肯定也觉得。瞧你那骨瘦如柴的小身板儿都冒着汗呢。”

约翰不得不承认（至少对他来说）游泳池里确实很舒服。1976 年“建国 200 周年纪念”的夏天的前几个星期实在闷热难挨。他们身后富丽堂皇的大白房子一侧，传来的“嗡嗡”声让人昏昏欲睡，那是越南人努·帕正在前院除草，查克说草已经长到 40 厘米了。听着那声音你会想去喝上两杯冰镇柠檬水，然后再睡一觉。

约翰说：“不许讽刺我瘦削的身板儿。再说了，我们才刚开始读这一章。”

“但在这章之前，今天我们已经读过两章了。”查克央求道。

约翰叹了口气，一般来说，他都能让查克读完，但今天下午不行。今天这孩子奋力坚持读完了约翰·舍伯恩在阿米迪监狱周围布下警卫网，以及邪恶的红鹰突破防线最后杀死了丹尼·朱尼珀一节。

“好吧，嗯，那就读完这一页。”他说，“老是绊住你的那个词是‘恶心’，读的时候没有齿音，查克。”

“大好人哪！”笑容更灿烂了，“不提问了，对吧？”

“嗯……也许要提几个。”

查克立刻愁眉苦脸，但这是装的；他知道自己快要解放了。他重新翻开那本平装书，图中，枪手正从一排蝙蝠翼轿车中奋力冲过。他开始念，声音迟缓，结结巴巴……和他平常说话时声音截然不同，判若两人。

“‘当然，那……瞬间恶心到了我。但这……和我在可怜的汤姆·肯……

肯亚的床边所看到的相比，就不，不算什么。'

"'子弹射穿了他的身体，他快要干了，这时我……'"

"死了，"约翰平静地说，"上下文，查克，读的时候要注意上下文。"

"快要干了，"查克说，"咯咯"笑了两声，然后接着读道，"'他快要死了，这时我……到……这时我到了。'"

约翰看着身边这个男孩儿，不知不觉为他感到难过。查克正埋头读着的是简装版《火脑》，一部本应该读起来朗朗上口、如行云流水般的西部好小说，可现在不一样，读它的是查克，他用手指头指着，逐字逐句，吃力地啃着马克斯·布兰德这本脉络分明、浅显易懂的小说。他的父亲罗杰·查茨沃斯，是查茨沃斯面粉厂和纺织厂的老板，是新罕布什尔州南部一个相当有名气的重要人物。在达勒姆，他有16间房子的大别墅，5个用人，其中包括努·帕，这个人每星期去朴次茅斯上一次美国公民课。查茨沃斯开一辆改装版的1957款卡迪拉克（Cadillac）敞篷车。他妻子42岁，是甜美可人、明眸皓齿的那种，开一辆奔驰（Benz）汽车。查克则有一辆科尔维特（Corvette）跑车。他们家的资产有大约500万美元。

查克17岁，约翰常想，他就是在被上帝创造时真正下了功夫的那种人。他身高6英尺2英寸，体重190磅。他的脸好像不算真正的英俊，但光滑的脸庞上没有粉刺，嵌着一双引人注目的碧绿眼睛——在约翰认识的人中，只有莎拉·赫兹里特才有这样的碧绿眼睛。在学校，查克是风云人物，火得简直有点儿离谱，他是棒球队和橄榄球队的队长，是上一学年的低年级学生会主席，是即将到来的秋季学期的学生会主席候选人。最让人惊讶的是，这一切没有让他变得傲慢自大。赫伯特·史密斯曾来约翰的新住处看过一次，用他的话说，查克是"一个好相处的小伙子"。在赫伯特的词汇中，没有比这更高的赞美词了。而且，他以后还会是一个超级富有的好相处的小伙子。

他坐在这里，身子扎在书里念，像个孤独的枪手，逐个击落朝他迎面而来的词语。马克斯·布兰德的《火脑》本身非常精彩，紧张激烈，故事随着约翰·“火脑”·舍伯恩与亡命之徒科曼奇红鹰的冲突跌宕起伏，然而查克却把它读得像半导体收音机或无线电广播里喧闹俗气的商业广告。

查克实际并不傻。他的数学成绩优异，记忆力超好，手也很巧。他的问题在于很难记住那些印刷文字。他的口语词汇量没问题，拼读的理论是能掌握的，但是一到实践操作时就不行了。有时，他能准确无误地迅速复述一个句子，但当你要他换个说法再说一遍时，他就彻底懵了。他父亲担心查克有阅读障碍，但约翰不这么认为，他从没遇到过有阅读障碍的儿童，尽管许多家长非要用这个词来解释他们孩子的阅读问题，或者为他们孩子的阅读问题找借口。查克的问题似乎更为普遍，一种模糊的、全面的阅读恐惧症。

在近 5 年的学习过程中，他这个问题越来越明显。不过他父母和他本人是在这一问题影响到他的运动比赛资格时，才认识到严重性的。这还不是最麻烦的。如果他还想在 1977 年秋天进入大学读书的话，今年冬天将是他最后一次参加学业成绩测试的机会。数学没什么问题，但是其他科目……嗯……如果能把题目读给他听，他还能考得差不多，500 分不在话下。但参加学术能力评估测试，考官不可能让你带个朗读者进考场，即使你老爸是新罕布什尔州的商界大咖也不行。

“‘但我发现他……变……变了。他知道摆在眼前的是什么，他的勇气……很惊……惊……惊人。他不要求什么，不遗憾什么。恐惧和紧……紧张……控……控制，控制了他，在他面……面……面对未知的命运……’”

约翰在《缅因时报》上看到招聘家庭教师的广告，就应聘了，没有抱太大希望。他 2 月中旬来到基特里镇，为的是逃离博纳尔镇，逃离日复一日满满一信箱的邮件，逃离那些想尽办法接踵而至、日渐增加的记者，以及那些眼里写满悲伤的、紧张不安的妇女，她们恰好“顺路过来”看看他（有一位“顺路过来”的妇人的车牌是马里兰州的；另一位妇女开着一辆苟延残喘的老式福特车，车牌显示的是亚利桑那州）。她们都伸出手来摸向他……

在基特里镇，他第一次发现匿名的好处，比如不用写中间名的首字母。

来到基特里镇的第3天，他就应聘了一份快餐厨师的工作，自称在缅因州奥罗诺大学食堂和兰奇利湖夏令营干过厨师工作。餐馆的老板是一个寡妇，坚韧如钢钉般的人，叫鲁比·佩尔蒂埃。看着他的应聘表说："从你所受的教育来看，让你来切菜炒饭真是有点儿大材小用了，知道吗，猛男？"

"没错啊，"约翰说，"我是在工作市场里让自己接受教育的。"

鲁比·佩尔蒂埃双手掐在瘦削的臀部，仰头大笑说："半夜2点，12个闹腾的家伙同时进来点炒蛋、培根、香肠、法式面包和烤饼，你觉得你招架得过来吗？"

"我想也许可以。"约翰说。

"我想也许你根本不明白我他妈刚跟你说的是什么，"鲁比说，"但我会给你一次机会的，大学生。去体检吧，卫生局要求的，体检过关，我就用你。"

他去做了体检，然后经过头两个星期的手忙脚乱、磕磕绊绊（有一次把一个炸篮放入滚油中时动作过猛，右手烫起了一串燎泡）后，他不再毛手毛脚，餐馆的业务他已经驾轻就熟。后来他看到查茨沃斯的招聘启事，就按上面的地址寄了份个人简历。在教育履历中，他把自己有一学期曾专门研习过如何应对学习障碍以及阅读障碍的经历写了进去。

4月下旬，也就是他在餐馆即将干满第2个月的时候，罗杰·查茨沃斯的信来了，约他5月5日去面谈。他把手里的活儿做了必要的调整，腾出那一天。在一个晴朗的仲春下午2点10分，他坐在查茨沃斯的书房，手里端着一大杯冰镇的百事可乐，听查茨沃斯聊他儿子的阅读问题。

"你觉得这是不是阅读障碍？"查茨沃斯问。

"不是。听上去像是一般的阅读恐惧症。"

查茨沃斯轻轻皱了下眉："'杰克逊综合征'？"

约翰当时很受打动，他的确应该被打动。米歇尔·卡雷·杰克逊是南加利福尼亚大学的阅读和语法专家，9年前，他写了一本畅销书叫《善忘的读者》。书中描述了一系列阅读问题，后来被称为“杰克逊综合征”。这本书是一本好书，但前提条件是你能理解书里密集的专业术语。很明显查茨沃斯看过这本书，这也向约翰表明，眼前这个人是下决心要解决他儿子的问题的。

“类似吧，”约翰赞同说，“但您要知道，我还没见过您儿子，也没听过他读书。”

“他去补去年的课了。美国作家系列，9 个星期的历史模块，还有公民教育，所有的课程。期末考试他挂掉了，因为他读不懂那些讨厌的东西。你有新罕布什尔州的教师资格证吗？”

“没有，”约翰说，“但考一个不成问题。”

“那你打算怎么解决目前的问题呢？”

约翰概述了一下他的解决方案。让查克大量朗读，主要精力放在读一些引人入胜的作品上，如奇幻小说、科幻小说、西部小说以及像《男孩儿遇上车》之类的青少年小说。不停地就刚读过的内容进行提问。以及杰克逊书中描述过的放松技巧。约翰说：“高成就者往往最痛苦。他们太过努力了，反而强化了障碍，这是一种精神口吃……”

“杰克逊这么说的吗？”查茨沃斯突然打断他问。

约翰笑笑。“不，是我这么说的。”他说。

“好的，继续说。”

“有时候，如果某个学生能在读完后完全不用在乎他需要想什么，也感觉不到有复述的压力的话，他们的思路似乎就会自己明朗起来。这之后，学生开始重新思考他的攻克路线，这是一种主动的思考方式……”

查茨沃斯的眼睛闪闪发亮，约翰恰好触及了他自己人生哲学的关键点，这个关键点也可能是大部分白手起家人的信仰。“一顺百顺。”他说。

“嗯，是的。差不多就是这个意思。”

“你需要多长时间才能拿到教师资格证？”

“不会太长，大概两个星期吧。”

“那么你20号就可以开始了。”

约翰眨着眼睛：“您是说我已经被聘用了。”

“如果你想要这份工作，你就被聘用了。你可以住客房，今年夏天我不让那些该死的亲戚来，更别说查克的朋友了，我希望他真正全力以赴去学习。我每月付你600美元，这钱算不上多，但如果查克有进步，我会给你一大笔奖金，一大笔。”

查茨沃斯摘掉眼镜，用一只手抹着脸：“我爱我儿子，史密斯先生。我只想倾我所有对他好。如果可以的话，请帮帮我们。”

“我会尽力的。”

查茨沃斯戴上眼镜，又拿起约翰的简历：“你教书时间不长。不适合你吗？”

还是来了，约翰想。

“本来是适合的，”他说，“但我出了一次事故。”

查茨沃斯眼睛落到约翰脖子的伤疤上，那里萎缩的筋腱已经被修复了一部分：“车祸？”

“是的。”

“严重吗？”

“很严重。”

“你现在看上去很健康。”查茨沃斯说。他拿起简历，塞进抽屉，很奇怪，这句话成了提问的最后一句话。于是5年后，约翰又开始执教了，虽然他的学生人数只有一个。

2

“‘至于我，我间……间接地……导……导致了他的死亡，他无力地抓住我的手，微笑着原……原谅了我。很难受，我逃离了，觉得自己犯……

犯……犯了无法弥……弥补的错误……'"

查克"啪"的一声合上书本："念完了，最后一个下泳池的是胆小鬼哦。"

"稍等一下，查克。"

"啊……"查克"咚"一下坐下来，脸即刻调成了约翰需要的"现在是提问时间"的那种表情。好脾气的面孔此时就在眼前，但是约翰有时可以从潜藏的好脾气之下看到另一个查克：抑郁、焦虑和恐惧的。因为这个世界需要阅读，在美国，一个不识字的人就好像是恐龙笨拙地行走在死胡同里一样，查克是聪明人，他能意识到这一点。今年秋天返校时会发生什么事儿，他内心里是充满担忧的。

"只有几个问题，查克。"

"干吗那么烦呢？你明知道我答不上来。"

"嗯，这次你能答出来所有的问题。"

"我永远不明白我读过的东西，到现在你应该清楚这一点了。"查克看上去闷闷不乐，"我不知道你干吗还赖在这儿，除非是为了混口饭吃。"

"你能答出这些问题的，因为它们不是有关书里的内容。"

查克抬头望着他："不是有关书里的内容？那为什么还问呢？我觉得……"

"就听我的吧，好吗？"

约翰心跳得很厉害，很惊讶地发现自己在害怕。他已经谋划良久了，只等着合适的时间和地点。现在机会就在眼前。此时这儿没有焦虑不安地杵在旁边的查茨沃斯太太，她只会使查克更紧张；游泳池里也没有他的哥们儿嬉戏打闹，他们只会让查克觉得自己大声朗读像个弱智的四年级差生；最要紧的是，查克的父亲，那是查克绞尽脑汁想要取悦的人，此刻他不在这里。他正在波士顿参加新英格兰环境委员会一个有关水污染的会议。

爱德华·斯坦尼的《学习障碍概论》中有一段话是这样的：

患者，小鲁伯特，正坐在电影院的第3排。在电影院的9排座位中，他离银幕最近，同时他也是那个位置唯一能清楚看到地板上堆着的垃圾起火苗的人。小鲁伯特站起来喊道："着——着——着——着——着——"然而坐在他身后的人们冲他嚷嚷，让他坐下不要喊。

"你当时是什么感觉？"我问小鲁伯特。

"我永远都无法描述那种感觉，"他回答说，"我当时很害怕。但比害怕让我感触更深的，是一种受挫感，我感觉自己不会生活，觉得自己不配为人。说话结巴总给我带来这样的感觉，除了当时的无能感外。"

"还有别的感觉吗？"

"有，我感到妒忌，因为别人会看到着火了，而且你知道——"

"如果他能说出来，大家就会赞赏他，是吗？"

"对，就是这样。我看到火着了起来，而且我是唯一看到的人，可我却只能像台愚蠢的破录音机一样说：'着——着——着——着——着——'一个正常人是不应该这样去描述一件事儿的。"

"然后你是怎么突破这一障碍的呢？"

"前天是我母亲的生日。我还在花店为她买了半打玫瑰花。我站在那里，所有人都冲我在吼，我心想：我要张开嘴，大声喊出：'玫瑰！'能多大声就多大声。我已经把那个词在心里准备好了。"

"接着你做了什么？"

"然后我张开嘴，憋足了浑身的劲儿，大喊了一句：'着火了！'"

约翰读到斯坦尼的书的序言中的这个病例是在8年前，但他一直没忘记。他一直觉得，小鲁伯特回忆他语言障碍时用到的最关键的词就是"无能”。如果你觉得性交是此时此刻世界上最重要的事儿，那么你疲软的阴茎不能勃起的可能性就增加了 10% 或 100%。同样，如果你认为阅读是世界上最重要的事儿……

“你的中间名是什么，查克？”他漫不经心地问。

“墨菲，”查克咧嘴一笑说，“知道有多糟糕吗？那是我妈妈婚前的姓氏。如果你告诉杰克或艾尔的话，可别怪我揍扁你这小身板儿。”

“不会，”约翰说，“你的生日是哪一天？”

“9 月 8 日。”

约翰开始快速抛出问题，不给查克思考的机会，这些问题也并不需要他思考。

“你女朋友叫什么？”

“贝丝。你认识贝丝，约翰……”

“她的中间名叫什么？”

查克咧嘴一笑：“阿尔玛。很难听，对吧？”

“你爷爷叫什么？”

“理查德。”

“今年东部联赛你最喜欢哪支球队？”

“扬基队。轻而易举。”

“你希望谁当总统？”

“我希望看到杰里・布朗[①]当选。”

“你打算处理那辆科尔维特跑车吗？”

“今年不，也许明年。”

“那是你妈妈的意思？”

“对。她说它搅得她心神不宁。”

---

① 杰里・布朗（Jerry Brown，1938— ）：美国政治家，曾两次担任加州州长。——编者注

“红鹰是怎么闯过警卫，杀了丹尼·朱尼珀的？”

“舍伯恩没有注意到通往监狱阁楼的那个活动门。”查克不假思索地迅速回答，约翰心头涌上一阵胜利的喜悦，就像喝了一大口波旁威士忌一样爽。管用了！他让查克说“玫瑰”，而查克则成功喊出“着火”！

查克望着他，完全惊呆了。

“红鹰从天窗跳进阁楼，踹开活动门，射杀了丹尼·朱尼珀，一并干掉了汤姆·肯亚。”

“很好，查克。”

“我记住了。”他喃喃自语道，抬起头望着约翰，眼睛瞪大，嘴角露出笑意，“你诱导我记住了！”

“我只不过是牵着你的手，引你绕过那些一直横在那儿困扰你的障碍而已。”约翰说，“但不管怎么说，障碍还是有的，查克。不要欺骗自己。舍伯恩爱上了哪位姑娘？”

“她是……”他的眼眸蒙上了一层淡淡的阴郁，不情愿地摇摇头，“我记不得了。”他猛地狠狠拍了一下大腿：“我什么也记不住！我真他妈笨死了！”

“你父母告诉过你他们是怎么认识的吗？”

查克抬起头，露出微笑。大腿上现出一片刚才被他拍打留下的红印。“当然说过。她那时在南卡罗来纳州查尔斯顿市的一家出租车公司上班。她把一辆车胎没气的汽车租给了我爸爸。”查克大笑着说，“她现在还坚称她嫁给我爸爸只是因为他追得太紧。”

“那么舍伯恩感兴趣的姑娘是谁呢？”

“珍妮·兰霍恩。她可是个大麻烦。她是格雷沙姆的女朋友。顶着一头红发，和贝丝一样。她……”他突然停下来，盯着约翰，仿佛他刚从衬衣口袋里变了一只兔子出来，“你又诱导我！”

“不，是你自己做到的。这只是一种简单的‘误导’手法。为什么你说珍妮·兰霍恩对舍伯恩来说是个大麻烦呢？”

“嗯，因为格雷沙姆是那个镇上的大人物……”

“哪个镇？”

查克张口结舌，定在那里。突然他把眼睛从约翰脸上移开，转向游泳池。然后他微笑着又转回来，说：“阿米蒂，和电影《大白鲨》里一样。”

“好！你怎么记起来的？”

查克笑着说：“这完全说不通啊，但是我开始想游泳队的选拔赛，然后就想起镇名来了。真是个窍门儿啊，这窍门儿真不错。”

“好了，今天就到这里吧。”约翰感到疲倦、汗流浃背，不过非常非常享受。

“你取得了突破性进展，只是你自己没注意到。我们游泳吧，最后一个下水的是胆小鬼哦！”

“约翰？”

“怎么了？”

“这个办法会一直有效吗？”

“如果你养成习惯，就会的。”约翰说，“只要每次你绕过那障碍而不是直冲上去，障碍就会变得少一些。我相信你很快就能看到自己的阅读能力提高了。我还知道一些别的窍门儿。”他打住了话题。这些话充其量是一种催眠暗示作用。

“谢谢！”查克说，长期假装出来的好脾气面具消失不见，取而代之的是发自内心的感激之情，“如果你能帮我攻克了这个障碍，我……嗯，我可以跪下来吻你的脚，只要你愿意。有时候，我特别害怕，我觉得我在让我父亲失望……”

“查克，你不知道这也是导致你问题的其中一个原因吗？”

“是吗？”

“是的。你……你担心得过分了。要知道，这可能并不只是一种心理障碍。有人认为存在一些阅读障碍，比如‘杰克逊综合征’、阅读恐惧症，所有这类问题，它们可能是某种……心理上的胎记，一种不通的电路，失灵的继电器，或某种死……”他突然不说了。

“某种什么？”查克追问。

“某种‘死亡区域’，”约翰缓缓地说，“不管是什么吧，名称并不重要，重要的是结果。‘误导’手法其实根本不算是一种手法，它只是让你脑中空闲的那部分去处理出故障的那部分的工作。对你来说，意思就是每次你遇到障碍时就想别的。你实际上是把你大脑中能想起来的那个位置改到另一个位置去。就是学习左右开弓的技巧。”

“但我能做到吗？你觉得我能行吗？”

“我相信你能行。”约翰说。

“好吧，我会努力的。”查克一个猛子扎入池中，在水里平缓地向前游了一截，钻出水面。甩着他湿漉漉的长发，甩出一串漂亮的小水珠：“快点儿下来！舒服极了！”

“我会的。”约翰说，但此刻他只想心满意足地站在游泳池边的瓷砖上，看着查克游向深水区，尽情享受着这成功的滋味。当他突然知道艾琳厨房窗帘着火时，他并没有此时这种美好的感觉；当他揭发弗兰克·多德的时候，也没有此时这种美好的感觉。如果上帝真的赐予了他一种天赋，那就是教书，而不是去预知那些和他没有半毛钱关系的事儿。他天生就适合教书，早在1970年他在克利夫斯·米尔斯中学执教时，他就认识到了这一点。更重要的是，孩子们也清楚这一点，并给了他相应的回报，就像查克刚才那样。

“你准备像个傻子一样一直站着吗？”查克问。

约翰跃入池中。

第 18 章
威胁

他的声音和蔼而又充满歉意，但后视镜中他那双绿眼睛却闪着享受的亮光。

4 点 45 分，沃伦·理查森像往常一样在从他的小办公楼出来。他走到停车场，把 200 磅重的身体挤进雪佛兰卡普里斯（Chevy Caprice）方向盘后，发动着汽车。一切如常。不同寻常的是后视镜中突然出现了一张脸，一张橄榄色的、胡子拉碴的脸，镶嵌在披散的长发下，还有一双碧绿的眼睛，绿得和莎拉·赫兹里特或查克·查茨沃斯的眼睛一模一样。沃伦·理查森长这么大还从未像现在这样害怕过，他吓坏了，心脏在胸腔里剧烈地狂跳起来。

"你好啊！"桑尼·埃里曼从后座探过身说道。

"谁？"理查森身子不受控制般，哆嗦着从牙缝里挤出一个字，他的心在"嗵嗵"猛跳，眼前随着心脏的悸动跳跃着黑斑。他担心自己要心脏病发作了。

"放松点儿。"藏在他后座上的人说，"放松，伙计。开心一点儿。"

沃伦·理查森心头涌上一种荒唐的幻觉，一种感激。这个人快把他吓死了，现在不准备再吓他了。他一定是个好人，他肯定是。

"你是谁？"他的嘴巴终于听使唤了。

"一位朋友。"桑尼说。

理查森刚要转过头，一双像钳子一样有力的手就深深地掐入了他松弛肥厚的脖颈两侧。他疼痛难忍，费力地吸着气，痛得发出了一声哀号。

“你不需要转头，伙计。你要想看我，从后视镜看也一样。明白了吗？”

“明白，”理查森喘着气说，“明白明白，快放手！……”

钳子松开了，那种恼人而又荒唐的感激之情再次涌来。但他现在确信后排座位上的人是危险的，他待在车里是有目的的，尽管他想不出为什么有人会这么干——

随后他想起为什么有人会这么干，至少是有这个可能性。一般候选人是不会这么干的，除了格雷格·斯蒂尔森，他不是一般人，他是个疯子，而且——

沃伦·理查森鼻子发酸。

“得跟你谈谈，伙计。”桑尼说。他的声音和蔼而又充满歉意，但后视镜中他那双绿眼睛却闪着享受的亮光：“必须认真跟你谈谈。”

“是斯蒂尔森，是不是？是……”

钳子突然又回来了，那个人掐住他的脖子，手指陷入他的脖颈，理查森发出一声尖号。

“不许说名字，”后座那可怕的人还是刚才那和蔼而又充满歉意的声音，“你可以去得出你自己的结论，理查森先生，但别说出名字。我的大拇指就在你的静脉上，其余手指在你的动脉上。只要我愿意，我可以把你变成一个植物人。”

“你想干什么？”理查森问。准确来说他没有发出呜咽声，但也差不多了，他一生中从没像现在这样想呜咽。他无法相信这一切就发生在他的地产大厦办公室后的停车场上，在新罕布什尔州的首府，在一个阳光明媚的夏日。他可以看到镶嵌在市政厅红塔楼上的钟表。指针显示 4 点 50 分。此刻家中，诺玛一定已经把猪排码好，娴熟地裹上面包屑放进炉子烤了。西恩一定在电视前看《芝麻街》了。然而此刻这里，身后的人却在威胁他要切断通向他大脑的血管，把他变成一个白痴。不，这不是真的，这是一场噩梦。那种会让你在睡梦中吓得哭出来的噩梦。

“我什么都不想要，问题是你想要什么。”桑尼·埃里曼说。

“我不明白你在说什么。”但他非常担心自己其实明白对方的意思。

桑尼说：“新罕布什尔州《日报》上那篇有关房地产交易的报道，你其实有很多话要说，理查森先生，对吧？特别是关于……某个人。”

“我……”

“比如国会商城，比如有关吃回扣、收贿赂的暗示，比如一只手清洗另一只手，所有的那些鬼扯。”理查森脖子上的手指再次收紧，这次他真的呜咽了。可他在报道中丝毫未透露姓名啊，他只是“一个知情人”。他们是怎么知道的？格雷格·斯蒂尔森是怎么知道的？

身后的人开始对着沃伦·理查森的耳朵快速地说起来，喷出的气让他觉得又热又痒。

“你这么胡说八道会让某些人卷入麻烦的，理查森先生，你知道吗？那些竞选公职的人，我们来说道说道。竞选公职，就像玩儿桥牌，明白吗？人是很容易受到攻击的。大家会朝他扔泥巴，泥就会沾在身上，特别是现在这种非常时期。现在呢，麻烦还没产生。我很高兴地告诉你这一点，因为如果真的惹出麻烦了，你可能就得坐在这儿把你的牙从鼻子里拔出来，而不是像今天这样跟我愉快地聊天了。”

尽管理查森的心“怦怦”狂跳，尽管他内心害怕，但他还是说：“这位……这位……年轻人，如果你认为你能保护得了他，那你是疯了。他在玩弄事实，像南方小镇卖蛇油的推销员。迟早有一天……”

一根大拇指狠狠戳进他的耳朵，搓碾着，巨大的疼痛让他难以置信。理查森的头“咚”地撞在车窗上，他大叫起来。慌乱中，伸手去按车喇叭。

“你敢按响喇叭，我就杀了你。”那声音低声威胁道。

理查森松开手，脖子上的大拇指也松开了。

那声音说道：“你应该用棉签掏掏耳朵，伙计，我大拇指上全是耳屎，真他妈恶心。”

沃伦·理查森软弱地哭起来，他实在控制不住自己，眼泪从他肥胖的脸颊滚落。“求你别再打我了，”他说，“求你别这样。求你了。”

桑尼说：“我刚说过，问题的关键是你想要什么。别人会怎么说……某个人，那不是你该管的事儿。你的工作是管好你自己的嘴巴，别让那些话从你嘴里溜出来。还有就是下次那个《日报》的记者来之前，你说话前要先好好想想。想想找出‘知情人’是多么容易。想想如果你的房子被烧掉了，那会有多倒霉。想想如果有人往你妻子脸上泼些酸性液体，你得付多少钱的整容费。”

理查森身后的人喘着粗气，听上去就像丛林中的一头野兽。

“或者你应该想想，你知道，有人跟踪你儿子并把他带走是多么容易的事儿，在他从幼儿园回家的路上。”

“别说啦！”理查森沙哑地喊，“别说了，你这狗杂种！”

“我只想说，你要认真考虑一下你想要什么。”桑尼说，“一场选举，它是关系到所有美国人的事儿，知道吗？特别是在庆祝建国 200 周年的时候。每个人都应该过得好一些。如果都像你这个白痴一样开始一通瞎扯，谁也好过不了。没见过你这样嫉妒心重的白痴。”那只手随着话音结束松开。后门打开了。噢，感谢上帝，感谢上帝。

“你要好好想想，”桑尼·埃里曼又说道，“现在我们之间达成共识了吗？”

“达成了，但是如果你以为格……某个人能通过这种手段当选，你就大错特错了。”理查森低声说。

“不，”桑尼说，“是你错了，因为每个人都过得很好。你只需要确保你自己别被落下了。”

理查森没有吭声。他僵直地坐在方向盘后，脖子痛得“咚咚”直跳，凝视着市政厅顶上的钟，仿佛那是他生活中唯一正常的东西。现在已快 5 点 5

分了。猪排应该已经做好了。

后座上的人又说了一句，然后大步离开，他走得很快，长长的头发在衬衫领子后飘动，头也不回。他转过大楼拐弯，消失不见了。

他对沃伦·理查森说的最后一句话是："棉签。"

理查森全身发抖，过了很长时间，他才能开车了。他的第一个清楚的感觉就是愤怒，非常愤怒。他随后真想直接开到国会商城警察局（警察局就在钟下面的市政厅），报告所有发生的一切，对他妻儿的威胁，对他本人的暴力行为，以及这一切的指使人。

你要想想你得付多少钱的整容费……或者跟踪你儿子并把他带走是多么容易的事儿……

但是为什么呢？为什么要冒这么大的险呢？他对那个恶棍说的是明摆着的、不争的事实。新罕布什尔州南部的房地产界的人都知道斯蒂尔森在捣鬼，获取短期利益，不是迟早会进监狱，而是很快会进监狱。他的竞选纯粹是一场闹剧。现在又采取这种暴力手段！在美国，用这种手段的人都没有好下场——尤其是在新英格兰。

但还是让别人站出来吹号角吧。

别人的损失要少些。

沃伦·理查森发动着汽车，回家吃猪排，对刚发生的一切他只字未提。一定会有人出面阻止的。

第 19 章

竞选人格雷格·斯蒂尔森

向死亡、毁灭、命运致敬。我们有谁能逃掉这三样？

1

在查克取得第一次突破后不久，这一天，约翰·史密斯站在客房浴室，拿一把飞利浦力科（Norelco）剃须刀刮着双颊。这些天，在镜子里仔细看他自己，总有一种奇怪的感觉，仿佛他在看自己的一位兄长，而不是他自己。深深的抬头纹悄悄爬上了他的额头，嘴角边也出现了两条沟。最奇怪的是，头发里有一绺纯白的头发，其余头发也开始变成灰白，似乎是一夜之间发生的。

他收起剃刀，走进厨房兼客厅。奢侈生活啊，他想着微微一笑。又开始觉得微笑是很自然的事情了。他打开电视，从冰箱拿了一瓶百事可乐，坐下来看新闻。罗杰·查茨沃斯今天晚上迟些回来，明天约翰就可以高兴地告诉他，他的儿子真正开始进步了。

约翰约两个星期看他父亲一次。他父亲对他的新工作很满意，约翰谈查茨沃斯一家人，谈他们在达勒姆的房子，以及查克的问题时，他父亲都兴致盎然地听着。约翰则听他父亲聊他在邻近的新格洛斯特免费为查尔妮·麦肯齐修缮房子。

“她丈夫曾经是个好医生，但干体力活儿就差远了。”赫伯特说道。在薇拉迷上宗教之前，查尔妮和薇拉是朋友。迷信宗教分开了她俩。她丈夫是一名全科医生，1973 年时死了，由于心脏病发作。赫伯特说：“那地方实际上都快塌下来了，我能做的其实也很微不足道。我星期天去了那里，在我回来前她给我做了顿饭。约翰，我得说句实话，她做饭做得比你好。”

“长得也比我好。”约翰顺着他的话说。

“还真的，她人长得很漂亮，但不是你想的那种事儿，约翰，你母亲去世了还不到一年……”

其实约翰怀疑这正是他想的那种事儿，因此心里挺高兴的。他不想看他父亲孤独终老。

电视上，沃尔特·克朗凯特[①]正在播报晚间政治新闻。现在，随着初选结束，离政党提名大会只有几个星期了，吉米·卡特作为民主党总统候选人似乎已成定局。倒是福特，仍在跟罗纳德·里根激烈竞争着，罗纳德·里根是加利福尼亚州的前州长和《通用电气剧场》前主持人。两人竞争得异常激烈。在莎拉·赫兹里特稀稀拉拉的来信中，她有一次写道：“瓦尔特衷心希望福特赢得大选。作为州议会的候选人，他已经在考虑庆功大会了。他说，至少在缅因州，里根没什么机会赢。”

在基特里镇短期当厨师那会儿，约翰就养成了一个习惯，每星期都去新罕布什尔州的多佛、朴次茅斯或其他一些更小的周边城镇转悠一两次。所有的总统候选人都在那里进进出出，这是个独一无二的机会；可以近距离仔细观察他们，不会有那么多类似王室警犬一样的保镖簇拥着。以后他们其中一人当了总统，就不可能再这样跟他们接触了。这成了一种嗜好，虽然维持不了太久。当新罕布什尔州的初选结束后，候选人将头也不回地去往佛罗里达

---

① 沃尔特·克朗凯特（Walter Cronkite，1916—2009）：美国记者、主持人，1950年加入美国哥伦比亚广播公司（CBS），1962 年至 1981 年担任《晚间新闻》节目主持人。——编者注

州。当然了，有的候选人的政治野心在这过程中就会终结，比如终结于朴次茅斯或基恩等城市。除了越南战争时期外，约翰从来都对政治没兴趣，但他在罗克堡镇事件创伤的恢复过程中，开始成为一个热心的政治观察者。他自己那独特的天赋，他的劫难，不管它是什么吧，也在当中起了一点儿作用。

他跟莫里斯·尤德尔[①]和亨利·杰克逊[②]都握过手。弗雷德·哈里斯拍过他的背。罗纳德·里根蜻蜓点水地跟他握过一下手，说："如果可以，请投我们一票。"约翰颇为赞同地点点头，觉得没有必要去纠正里根先生的错误想法，说自己是位诚心的新罕布什尔选民。

在巨大的纽因顿购物中心的入口处，他和萨格·施赖弗[③]聊了差不多15分钟。施赖弗刚理了头发，散发出剃须膏的气味，也许还带点儿绝望的气味，一个助手跟在身边，袋子里装满了宣传小册子，还有一个不停地悄悄抓脸上粉刺的保镖。施赖弗看上去非常乐意被人认出来。在约翰要说再见之前的一两分钟，一个想当选当地政府职位的人贴过来，要施赖弗在他的提名书上签名。施赖弗温和地笑笑。

约翰感知了他们所有人的情况，但很少触及具体的真相。似乎他们已经把这种握手变成了一种例行公事般的仪式，而他们真正的自我藏在这层坚硬而又透明的树脂外壳下。尽管约翰见过了大部分候选人（除了福特总统），但他只有一次有过那种电击似的感觉，那使他想起了艾琳·玛冈，以及弗兰克·多德，然而，那是以一种完全不同的方式。

那是早晨7点15分，约翰开着他的旧普利茅斯（Plymouth）汽车去新

---

① 莫里斯·尤德尔（Morris Udall）：美国政治家，曾任美国国会议员。——编者注

② 亨利·杰克逊（Henry Jackson）：美国政治家，曾任华盛顿州参议员。——编者注

③ 萨格·施赖弗（Sarge Shriver）：其姓名完整形式为萨金特·施赖弗（Sargent Shriver，1915—2011），美国政治家，曾于1972年被推举为美国副总统候选人。其妻为美国前总统约翰·肯尼迪的妹妹尤妮斯·肯尼迪·施赖弗（Eunice Kennedy Shriver），两人曾一同创办特殊奥运会，并致力于开展一系列公共服务工作。——编者注

罕布什尔州的曼彻斯特市。他从昨天晚上 10 点一直开到今天早晨 6 点，很疲倦，但那宁静的冬日黎明太美了，睡过去实在是虚度光阴。另外，他喜欢曼彻斯特市，喜欢曼彻斯特窄窄的街道和那饱经岁月的砖砌建筑；那些尖拱形的纺织厂像维多利亚中期的珠子一样，沿着河串成一串。那天早晨他并不是有意去看政治家“狩猎”的；他本想在街道上兜转一会儿，等到人多开始拥挤，等到 2 月惬意的冷寂被打破，就返回基特里镇睡觉去。

他拐过一个街角，在一家鞋厂门口的非停车区停着 3 辆不起眼的轿车。在门口栅栏那儿站着的正是吉米·卡特，他正在跟换班的男男女女握手。他们都拿着午餐盒或纸袋，呼着白气，裹在厚厚的大衣里，脸上仍睡意蒙眬。卡特对他们每人都说了一句话。他的笑显得毫无倦意，精神抖擞的，当然还没有像后来那么众所周知。他的鼻子冻得通红。

约翰把车停在半条街外，向工厂门口走去，鞋踩在积雪上，吱吱作响。跟卡特一起的特工快速打量了他一下，然后不再注意他了，或者说表面上不注意他了。

“谁要减轻税收，我就投谁的票。”一个穿着旧滑雪风衣的男人说。他衣服的一条袖子上有许多像是被酸性液体烧出来的小洞。“该死的税简直要了我的命，我不骗你。”

“嗯，我们会解决这个问题的。”卡特说，“我进入白宫后，优先处理的就是税收问题。”他的声音中透露着一种自信，这给约翰留下很深的印象，并让他觉得有些不安。

卡特的眼睛明亮，蓝得惊人，落到约翰身上。“你好啊！”他说。

约翰说：“你好，卡特先生，我不在这儿工作。我是开车路过，恰好看到你。”

“嗯，我很高兴你停了下来。我在竞选总统。”

“我知道。”

卡特伸出手，约翰握住它。

卡特说："我希望你会……"他突然住口。

闪了一下，一股突如其来的震击袭来，就像他把手指放入了插座中一样。卡特的眼神变得锐利起来。他和约翰相互凝望，似乎过了许久。

特工不喜欢这样。他向卡特走去，并迅速解开大衣扣子。在他们身后遥远的某处，鞋厂 7 点钟上班的哨声吹响了，它单调的音符回荡在湛蓝而又寒冷的早晨。

约翰放开卡特的手，但他们俩仍互相打量着。

"这是怎么回事儿？"卡特问道，声音非常轻。

这时那名特工突然对约翰说："你可能要去什么地方，对吧？"说着，他一只手搭在约翰的肩膀上，那是一只非常大的手。"那你去吧。"

"没关系。"卡特说。

"你会当选为总统的。"约翰说。

特工的手仍放在约翰肩上，虽然没有刚才那么用劲儿地按了，但仍在他肩上。他也从特工那里获得了某些信息。

（眼睛。）

特工不喜欢他的眼睛，他觉得它们是——

（刺客的眼睛，精神病人的眼睛。）

冷漠而又古怪，如果这个家伙做出把手放进口袋的动作的话，只要他有这个苗头，他就会把这个家伙推到人行道上。这个特工在一秒一秒预估形势的背后，脑子里还有一个简单狂乱的念头：

（桂冠马里兰桂冠马里兰桂冠马里兰桂冠……）

"会的。"卡特说。

"结果会比所有人预料的还要接近……比你想的还接近，但你会胜利。他会败在自己手上。波兰。波兰会打败他。"

卡特只是看着他，似笑非笑。

"你有一个女儿。她会去华盛顿的一所公立学校读书。她会去……"那在“死亡区域”，想不出来，“我想……那学校是以一个被解放的奴隶的名字命名的。”

“喂，我要你走开。”特工说。

卡特看了特工一眼，特工闭上了嘴巴。

卡特说：“很高兴遇见你，有点儿尴尬，不过很高兴。”

突然，约翰又成了他自己。状态过去了。他意识到自己的耳朵很冷，也必须去上个厕所。“祝你有一个美好的早晨。”他说。

“好的，你也一样。”

他已向自己的汽车走去，但感觉特工的眼睛仍盯在他身上。他开车离去，感觉头脑发蒙。不久之后，卡特结束了在新罕布什尔州的竞选，去往佛罗里达州了。

2

沃尔特·克朗凯特结束了政治家们的相关报道，继续播报黎巴嫩内战。约翰起身又续了一杯百事可乐，然后对着电视举杯。**祝你健康，沃尔特。向死亡、毁灭、命运致敬。我们有谁能逃掉这三样？**

有人轻轻地叩门。“请进！”约翰喊道。他以为是查克，可能来邀请他去萨默斯沃思兜风的。但来的人不是查克，是查克的父亲。

“你好，约翰。”他说。他穿着一条洗褪色的牛仔裤和一件纯棉运动短袖，下摆露在外面。“我可以进来吗？”

“当然可以。我以为您会晚一些才回来呢。”

“嗯，谢利给我打了个电话。”谢利就是他妻子。罗杰走进来关上门：“查克来看她，像个小孩儿一样哭起来。他告诉她你的方法有作用，约翰。他说他觉得一切都会好起来的。”

约翰放下杯子。“我们找到了一个可行的方法。”他说。

“查克到飞机场接我。我很久没看见他这样了，上次看见这样是在他……几岁来着？ 10 岁？ 11 岁？那时我送给了他一支 0.22 英寸口径的枪，他为那支枪等了 5 年。他给我读了一篇新闻报道。进步大得……简直不可思议。我是来向你表示感谢的。”

“感谢查克吧，”约翰说，“他的适应能力很强。他身上所发生的一切变化都是正面强化产生的效果。他从内心告诉自己他能行，现在他正沿着这个方向继续进步。我能做的也就是这些。”

罗杰坐下来说：“他说你在教他左右开弓。”

约翰微笑着答道：“是的。”

“他能通过学术能力评估测试吗？”

“我不知道，而且我也不愿意让他孤注一掷。学术能力评估测试压力很大。如果他坐在考场里握着铅笔面对答题卡时卡壳了，那会大大打击他的信心的。您想没想过让他去一所好的预科学校读一年，比如说皮茨菲尔德学院？”

“我们也考虑过，但坦白说，我一直觉得这是白白耽误一年。”

“这恰好是一直困扰查克的一件事儿。这让他觉得自己处在一个成败在此一举的境地。”

“我从没给查克施加过压力。”

“当然不是有意施压，我明白，他也很清楚。另一方面，您是一个以最优异的成绩从大学毕业的人，现在富有、成功。我觉得就是这让查克觉得您无法超越，让他感觉有点儿像跟在著名选手汉克·阿伦[①]后面打棒球一样。”

“对此我也无能为力，约翰。”

“我觉得在他高三毕业后，离开家先读一年预科，也许可以让他正确地看待事物。另外，明年夏天他想去您的一家工厂工作。如果他是我的孩子，

---

① 汉克·阿伦：全名亨利·路易斯·“汉克”·阿伦（Henry Louis “Hank” Aaron，1934— ），美国前职业棒球运动员，棒球名人堂成员。——编者注

工厂又是我的，我就会让他去。”

“查克想这样做？他怎么从来没跟我说过呢？”

“因为他不想让您认为他是在有意博您开心。”约翰说。

“他是这么跟你说的？”

“是的。他想这么做，因为他认为实践经验对他以后会很有用。这孩子想步您的后尘，查茨沃斯先生。您已经让很多人物望尘莫及了，因此阅读障碍很大一部分也是由此引起的。他太想表现了，所以用力过度。”

从某种意义上讲，他撒了谎。查克曾暗示过这些，甚至隐隐约约提起过，但他从没有像约翰这样明白地说出口过。约翰这样做只是为了让罗杰·查茨沃斯相信。不过约翰偶尔触摸过查克，得到了这些信息。他看过查克放在皮夹里的照片，因此知道查克对他父亲的想法。有些事儿他永远不能告诉坐在对面的这个友善却又没有多少交情的人。查克对他父亲崇拜得五体投地。这个孩子貌似轻松自如，内心深处却认定自己永远比不上自己的父亲，这一点其实父子俩极其相像。他父亲在日渐衰落的纺织界缔造了一个盈利 10% 的新英格兰纺织帝国。他相信只有自己干得和父亲一样出色，才能得到父亲的爱。这需要他去参加体育运动，去一所好大学，去读书。

“你确定你说的这些都是真的吗？”罗杰问。

“我很确定，但我希望您不要告诉查克我们的谈话内容。我说的都是他的秘密。”事实上比你知道的更真实，约翰心里想。

“好吧。我和查克，还有他母亲一起认真谈谈上预科班的事儿。喏，这个给你。”他从裤子口袋掏出一个白色信封递给约翰。

“这是什么？”

“打开看看。”

约翰打开信封。里面是一张 500 美元的银行支票。

“哦，哦……这个我不能拿。”

“你能拿，一定要拿。我答应过你，如果你有成效，我就给你奖金，我信守我的诺言。等你走的时候还会有一个。"

"真的，查茨沃斯先生，我只是……"

"嘘。我跟你说一件事儿，约翰。"他向前探过身。他的微笑有点儿古怪，约翰突然觉得他能看到这个外表和蔼的人的内心深处，是他造就了眼前的一切，大别墅，大片土地，游泳池，工厂，当然，还有他儿子的阅读恐惧症，而那也许可以归为一种癔症。

"我的经验告诉我，约翰，这世界上 95% 的人基本是懒惰的。1% 是圣人，1% 是浑蛋。另外的 3% 是那些说到做到的人。我属于那 3% 中的人，你也一样。这笔钱是你应得的。我在工厂雇了许多人，他们一年挣 1.1 万美元，但整天干的都是些扯淡的活儿。我不是在抱怨。我的社会阅历很丰富，这意味着我明白是什么在推动着这个世界。燃料的成分比例是由 1 份高辛烷值汽油加 9 份什么都不是的东西组成的。而你不属于那什么都不是的。所以你把钱放进兜里收起来，下次试着要价高点儿。"

"好吧，"约翰说，"说实话，这钱我还真有用处。"

"付医疗费？"

约翰抬头看着罗杰·查茨沃斯，眼睛眯起来。

"我知道你的一切，"罗杰说，"你觉得我不会去打听一下我儿子老师的底细吗？"

"您知道……"

"据说你是一个特异功能者。你协助破获了缅因州的一桩凶杀案，起码报纸上是这么说的。你签了合同，本来去年 1 月份就要教书的，但当你的名字上了报纸后，他们就像扔掉一个烫手山芋一样把你丢开了。"

"您知道？知道多久了？"

"在你搬进来之前我就知道了。"

"但您还是雇了我？"

"我需要一名家教，不是吗？你看上去能胜任这份工作。我想我雇了你也确实证明了我卓越的判断力。”

“好吧，谢谢。”约翰说，他的声音沙哑。

“我说过，你不必谢我。”

他们谈话时，沃尔特·克朗凯特结束了当天的新闻，开始报道那种“人咬狗”的新闻了，这种新闻有时也会在新闻广播节目结尾出现。他说道：“今年，新罕布什尔州西部第3区出现了一位独立竞选人……”

“嗯，这笔钱就要派上用场了，”约翰说，“那……”

“嘘，听听这个新闻。”

查茨沃斯身体前倾，两手耷拉在膝盖之间，露出一种愉悦的、期待的微笑。约翰转过头向电视看去。

“……斯蒂尔森，”克朗凯特说，“这位43岁的保险兼房地产经纪人在1976年的竞选活动中所用的竞选方式的确非同一般，这使第3区的共和党候选人哈里森·费舍尔以及他的民主党对手戴维·波维斯都很害怕，因为民意测验表明格雷格·斯蒂尔森遥遥领先。请听记者乔治·赫尔曼发来的详细报道。”

“谁是斯蒂尔森？”约翰问。

查茨沃斯大笑起来：“噢，你很快就会看到这家伙了，约翰。他就像阴沟里的老鼠一样疯狂。但我还真相信严肃的第3区选民会在11月把他送进华盛顿，除非他真的摔倒在地，口吐白沫。当然我不排除有这种可能性。”

电视上出现了一位英俊的年轻人，身着白色衬衫，没系领带。他站在超市停车场里搭起的一个台子上，对着一小群民众讲话。年轻人正在劝诫那群人，但人们看上去无动于衷。这时，乔治·赫尔曼的声音响起来：“这位是戴维·波维斯，新罕布什尔州第3选区民主党的候选人，有人也许会说他是个牺牲的祭品。波维斯希望来一场巅峰对决，因为新罕布什尔州第3区从未走向民主，甚至在1964年林登·贝恩斯·约翰逊大获全胜时也一样。但他希望他的竞争对手是这个人。”

电视画面上出现了一个 65 岁上下的人。他正在豪华的募捐晚宴上讲话。那些听众一看就是“大老党”（共和党）高级商界人士，体态圆胖、满脸正义、轻度便秘的样子。演讲者和佛罗里达州的爱德华·格尼[①]长得很像，但身材不像格尼那么瘦削。

“这是哈里森·费舍尔，”赫尔曼说，“自 1960 年以来，第 3 区的选民每两年一次选他去华盛顿。他是参议院的风云人物，是 5 个委员会的委员，并且是公园和水道委员会的主席。人们预计他会轻而易举地打败年轻的戴维·波维斯。但是，费舍尔和波维斯都不是那种不按常理出牌的人。这个才是出怪招儿的人。”

画面转换了。

“天哪！”约翰说。

查茨沃斯在他身边使劲儿拍着大腿，大笑着说：“你相信这家伙吗？”

这里没有超市停车场懒洋洋的人群，也不是“花岗岩州”[②]朴次茅斯的希尔顿酒店那些自以为是的募捐者。格雷格·斯蒂尔森站在里奇韦镇的一个露天平台上，这是他的家乡。他身后矗立着一个美国战士的雕像，战士手里握着步枪，一顶法国平底军帽压在眼睛上方。街上挤满了肆意欢呼的人群，主要是年轻人。斯蒂尔森穿着一条旧牛仔裤和一件两个口袋的军用衬衫，一个口袋上绣着“给和平一个机会”，另一个口袋上绣着“妈妈的苹果馅饼”。一顶建筑工人的安全帽歪扣在他的头上，呈现出一副傲慢自大、放荡不羁的样子，帽子前面贴着一个绿色的美国环保贴画。他身边是一辆不锈钢的类似小推车的东西。两个喇叭里传来约翰·丹佛[③]的歌声：“感谢上帝我是个乡村男孩儿……”

---

① 爱德华·格尼：全名爱德华·约翰·格尼（Edward John Gurney，1914—1996），美国政治家，曾任佛罗里达州参议员。——编者注

② “花岗岩州”（Granite State）：新罕布什尔州的别名。——编者注

③ 约翰·丹佛（John Denver，1943—1997）：美国民谣歌手。下文提到的他唱的那句歌词就是《感谢上帝我是个乡村男孩儿》（*Thank God I'm A Country Boy*）里的一句。——编者注

“那小推车是干什么的？”约翰问。

“你等会儿就知道了。”罗杰说，边说边使劲儿咧着嘴笑。

赫尔曼说：“这个不走寻常路的就是格雷戈里·阿马斯·斯蒂尔森[①]，43岁，美国‘真理之路’《圣经》公司的前推销员、前刷墙工，另外，在他成长的俄克拉何马州，还当过一次求雨法师。”

“求雨法师？”约翰说，感到很好笑。

罗杰说：“噢，那是他的一条政治纲领，如果他被选上了，我们什么时候想要雨就会有雨。”

乔治·赫尔曼继续说：“斯蒂尔森的纲领是……嗯，令人耳目一新。”

约翰·丹佛的一声大喊结束了歌曲，喊声引起人们一阵欢呼。斯蒂尔森开始讲话了，他的声音在喇叭中隆隆作响。他的喇叭音质优良，几乎一点儿也不失真。他的声音让约翰听着隐约感到不安。这个人像个宣讲复活的牧师一样演讲得高亢、激烈。他说话时你都可以看到唾沫星子四处飞溅。

“在华盛顿我们要干什么？为什么我们要去华盛顿？”斯蒂尔森吼道，“我们的纲领是什么？我们的纲领有5条！朋友们，乡亲们，5条纲领！它们是什么呢？我要逐条告诉你们！第一条：赶走游手好闲者！”

人群中爆发出巨大的喝彩声，那是赞许的欢呼。有人向空中抛撒五彩碎纸，有人高声狂呼：“呀哈！”斯蒂尔森从他的演讲台上往前探出身子。

“你们想知道我为什么戴这个安全帽吗，朋友们，乡亲们？我来告诉你们为什么。我戴它是因为当你们选我去华盛顿后，我将穿越藤蔓丛，像你们知道的那样，从他们之间走过！就像这样！”

约翰惊奇地看到，斯蒂尔森低下头，像一头公牛一样在台子上上蹿下跳、冲来冲去，同时发出尖厉高亢、暴动般的号叫。罗杰·查茨沃斯已经笑瘫在椅子上动弹不得。人群躁动起来。斯蒂尔森冲回到讲坛，摘下那顶安全

---

① 格雷格（Greg）是格雷戈里（Gregory）的昵称形式。——编者注

帽，扔进了人群。人群里立刻激起了一阵轻微的骚乱。

“第二条！”斯蒂尔森冲着话筒吼道，“我们要从政府中赶走一些人，自上而下，无论职位高低，那些跟别的女人睡而不跟自己老婆睡的人！如果他们要睡，也不能在‘公共奶头’上睡！”

“他在说什么？”约翰眨着眼问。

“哦，他这是在做热身运动。”罗杰说。他擦着笑出眼泪的眼睛，又一阵大笑，约翰希望自己也能觉得有那么好笑。

“第三条！”斯蒂尔森喊道，“我们要把所有的污染送入外层空间！把它装进一个巨大的口袋里！把它装进一个美丽的袋子里！送到火星，送到木星，送到土星！我们会有干净的空气和干净的水，而且我们要在6个月内实现这一点！”

人群中爆发出一阵大笑。约翰看到人群中有许多人笑得喘不过气，和罗杰·查茨沃斯一样。

“第四条！我们要拥有所有我们需要的石油和天然气！我们不再跟那些阿拉伯人玩儿游戏，静下心去解决主要的问题！今年冬天新罕布什尔州绝不会有老人再像去年冬天一样冻成冰棍儿！”

这番话引来了一阵支持的欢呼声。去年冬天，一位朴次茅斯的老妇人被发现冻死在她的3楼公寓中，显然是因为没有付钱，煤气公司就停止供暖了。

“我们有力量，朋友们，乡亲们，我们能做到！有谁认为我们做不到吗？”

“没有！”人们咆哮着回应。

“最后一条！”斯蒂尔森说，走近小推车。他打开盖子，一股热气冒了出来：“热狗！！”

他从推车里抱出一大堆热狗，约翰现在认出那小推车其实是一个便携式保温桌。他把热狗扔向人群，然后转身再拿。热狗到处乱飞。“把热狗给美国的每一个男人、女人和孩子！当你们把格雷格·斯蒂尔森选进众议院时，你们就可以说：‘热狗！终于有人管了！’”

画面一转。一群看上去像摇滚乐手的长发青年正在拆讲台。还有 3 个在打扫人们留下的垃圾。乔治·赫尔曼接着说："民主党候选人戴维·波维斯称斯蒂尔森是在搞恶作剧，他正在破坏民主党的工作进程。哈里森·费舍尔的批评言辞更为犀利。他称斯蒂尔森为一个玩世不恭的嘉年华小摊贩，把自由选举当作儿戏。在他的演讲中，他指出独立候选人斯蒂尔森是美国'热狗党'的唯一成员。但事实是：最近哥伦比亚广播公司在新罕布什尔州的民意调查显示，戴维·波维斯得到 20% 的选票，哈里森·费舍尔是 26%，而独立的格雷格·斯蒂尔森则惊人地获得 42% 的选票。当然，离选举的日子还有一段时间，情况可能会发生变化。但目前来说，如果还不能说格雷格·斯蒂尔森左右了选民的思想的话，起码他是俘获了新罕布什尔州第 3 区选民的心。"

电视镜头给了赫尔曼腰部以上的镜头，他的双手都不在电视画面上。此时他举起一只手，手中握着一只热狗，使劲儿咬了一大口。

"我是乔治·赫尔曼，来自哥伦比亚广播公司，从新罕布什尔州的里奇韦镇发回的报道。"

沃尔特·克朗凯特又回到画面上，坐在新闻直播室，"咯咯"地笑着。"热狗，"他说，又"咯咯"笑起来，"就是这样……

约翰起身关掉电视，说："我真不敢相信，那家伙真的是个候选人？这不是开玩笑？"

"这是不是开玩笑，那就看每个人怎么看这事儿了。"罗杰咧嘴笑着说，"但他的确是在竞选。我自己就是个共和党人，天生就是。但我必须承认斯蒂尔森那家伙给我带来了不少乐子。你知道他雇了 6 个以前的摩托车流氓做贴身保镖吗？我猜那些人可不是好对付的，但他似乎让他们都服服帖帖的。"

雇摩托车流氓做保镖。约翰对这一举动很反感。当年滚石乐队在加利福尼亚的阿尔塔蒙特高速公路举行免费演唱会时，就是摩托车流氓负责安保工作。结果并不怎么样。

“人们居然能够容忍……一帮摩托车流氓？”

“不，不是这样的。他们已经洗心革面了。斯蒂尔森对于改造问题青年很有一套，在里奇韦是出了名的。”

约翰怀疑地“哼”了一声。

“你瞧他，”罗杰说，指着电视机，“那家伙就是个小丑。他每次集会都在台上那么上蹿下跳，把他的安全帽扔进人群，我猜他到现在已经扔过上百次安全帽了，还给观众发热狗。他是个小丑，但那又怎样呢？也许人们需要轻松一下。我们的石油快用完了，通货膨胀慢慢失控，上班族的税收负担从没这么重过，我们显然已准备好选一个脑子进水的佐治亚疯子当美国总统了，所以人们需要乐一下。另外，他们要对屁事儿都解决不了的政治体制表示轻蔑，而斯蒂尔森是无害的。”

“他都飘起来了。”约翰说，两人都笑起来。

“我们周围发疯的政客多了去了，”罗杰说，“在新罕布什尔州我们有斯蒂尔森，想用热狗打进众议院，那又怎么样？在加利福尼亚，他们有早川[①]。还有我们的州长，梅尔德里姆·汤姆森[②]。去年，他居然想用战略核武器装备新罕布什尔州国民卫队。我得说那才真是疯了。”

“你是说第3区的人们选一个乡下傻子做他们的代表去华盛顿参选，这没什么不妥？”

“你没听懂我的意思，”查茨沃斯耐心地说，“试着从选民的角度看问题，约翰。第3区的那些人大多数是蓝领和小店主。这个区最边远的地方刚刚开始冒出点儿娱乐精神来。他们觉得戴维·波维斯是一个饥不择食的小毛孩儿，想通过花言巧语和一张长得像达斯汀·霍夫曼[③]的脸而当选。他们应该

---

① 早川：指美籍日裔语言学家、政治家早川一会，英文名塞缪尔·早川（Samuel Hayakawa），曾任旧金山州立大学校长及加州参议员。——编者注

② 梅尔德里姆·汤姆森（Meldrim Thomson，1912—2001）：美国政治家，曾任新罕布什尔州州长。——编者注

③ 达斯汀·霍夫曼（Dustin Hoffman，1937— ）：美国演员、导演。——编者注

觉得斯蒂尔森是个平民出身的人，因为他穿着牛仔裤。

“然后再看费舍尔。我们的人，至少名义上是。我也曾为他和其他共和党候选人在新罕布什尔州这一片组织过募捐。他在国会里待的时间很长，以至于他可能觉得如果没有他的精神支持，国会大厦的圆顶都会裂成两半。他一生中毫无创见，一生从没跟政党的纲领唱过反调。他没有受过指责，那是因为他太愚蠢了，玩儿不出什么鬼花样，虽然这次‘韩国门事件’[①]可能会牵扯到他，掀起点儿风浪，溅到他身上几个泥点子。他的演讲纯粹就像水管商品批发目录的翻版一样，很乏味。人们尽管不明白这些，但有时他们多少还能感觉到一些的。哈里森·费舍尔为他的选民做的事儿本来就苍白得可笑。”

“所以答案就是选个疯子？”

查茨沃斯宽容地微笑道：“有时候这些疯子还真能干出点儿名堂来。看看贝拉·艾布扎格[②]吧。在这些疯子的帽子下还真藏了些灵光的脑瓜子。但即便斯蒂尔森在华盛顿就像在里奇韦一样疯狂，他也只不过是租了那个位子两年而已。1978 年人们会把他选下来的，换上一个认清这个教训的人。”

“教训？”

罗杰站起来：“别长期欺骗人民，这就是教训。亚当·克莱顿·鲍威尔[③]被揭露了，阿格纽和尼克松也是一样的下场。就是……别长期欺骗人民。”他瞟了一眼手表：“到大房子来喝一杯吧，约翰。谢利和我过一会儿要出去，但喝一杯还是有时间的。”

约翰微笑着站起来：“好吧，听你的。”

---

① “韩国门事件”（Koreagate）：指20世纪70年代初韩国商人朴东宣和其他代理人向美国国会议员行贿，以期取得美国优先考虑对韩国的军事和经济支持这一丑闻。——编者注

② 贝拉·艾布扎格（Bella Abzug，1920—1998）：美国女权运动者，曾任国会议员。在20世纪60 年代组织反对越南战争的妇女为和平而罢工，还领导过一系列女性平权运动。——编者注

③ 亚当·克莱顿·鲍威尔（Adam Clayton Powell）：美国政治家，曾任国会议员。其一度在非裔选民中很受欢迎。——编者注

第 20 章

笑面虎

虎皮下藏的是人，但在人皮下藏的却是——野兽。

1

到了 8 月中旬，约翰发现除了车库那边的努·帕还留守在他的岗位上，查茨沃斯庄园里就只剩下他一人了。在新学年和纺织厂繁忙的秋季开始之前，罗杰·查茨沃斯一家暂时关了庄园，去蒙特利尔度假 3 个星期放松一下。

罗杰把他妻子的梅赛德斯 - 奔驰（Mercedes-Benz）车钥匙留给了约翰，他开着这辆车回博纳尔看他父亲，觉得自己很有面子，像个大人物一样。他父亲跟查尔妮·麦肯齐的交往已进入关键阶段，赫伯特再也不会因每次狡辩说他是因为“怕房子塌下来砸着她才对她感兴趣”而觉得纠结了。事实上，他已经完全绽放他求偶的羽毛，准备求婚了，约翰有点儿替他紧张。3 天后，约翰回到查茨沃斯庄园，读读书，写写信，沉浸在宁静中。

他躺在游泳池中央的橡皮漂浮椅上，一边喝着七喜汽水，一边读着《纽约时报书评》，这时努·帕走到池边，脱去草鞋，把脚放进水中。“啊，太舒服了。”他冲约翰笑笑，“很安静，对吧？”

“非常安静。”约翰同意说，“公民课学得怎么样了，努·帕？”

努·帕说：“很好，星期六我们会有一次野外旅行。第一次，非常期待，很激动。全班都会‘是’旅行。”

“‘去’旅行。”约翰纠正了努·帕的语法错误，微微一笑，眼前出现了努·帕全班人沉醉在致幻剂或裸头草碱[①]中的画面。

“你刚才说什么？”他很有礼貌地扬起眉毛。

“你们全班都会‘去’旅行。”

“对，谢谢。我们要去参加在特里姆布尔的政治演讲和集会。我们都觉得在大选之年能参加公民学习很幸运，很有教育意义。”

“是啊，真的是。你们要去看谁？”

“格雷格·斯蒂……”他停下来，又小心翼翼地重新纠正了自己的发音，“格雷格·斯蒂尔森，他独立竞选美国众议院的议席。”

“我听说过他，你们有没有在课堂上讨论过他，努？”约翰说。

“是的，我们讨论过他，他是1933年出生的，在很多行业干过。1964年他来到新罕布什尔州。我们的导师告诉我们，他在这里待了很长时间，所以人们没有把他当‘投机户’。”

“‘投机政客’。”约翰纠正道。

努彬彬有礼地看着他。

“那个词应该是‘投机政客’。”

“对，谢谢。”

“你们发现斯蒂尔森有点儿古怪了吗？”

努说：“在美国，他也许古怪，在越南，有很多像他这样的人。人们……”他坐那儿斟酌着，小巧的脚在池中拍着水。然后他抬起头看着约翰。

“我不知道怎么用英语描述我想说的。我们那里的人玩儿一种游戏，叫‘笑面虎’。这游戏很古老，人们很喜欢玩儿，就像你们的棒球一样。一个

---

① 裸头草碱（psilocybin）：提取自墨西哥蘑菇的一种迷幻药。——编者注

孩子扮成老虎的模样，你知道，他披上一张虎皮。其他孩子在他又跑又跳时去抓他。披着虎皮的孩子就大笑，同时他也号叫，也咬人，因为游戏就是那样。在我们国家，共产党执政之前，许多村子的首领会扮演‘笑面虎’的角色。我觉得这个斯蒂尔森也知道这个游戏。”

约翰看着努，内心开始不安。

努似乎一点儿也没有那种不安，他微笑着说：“所以我们会亲眼去看看。看完后我们一起野餐。我自己做两个馅儿饼。我想应该很不错。”

“听起来不错。”

“会很不错的。”努边说边站起来，“之后，我们会在班上讨论在特里姆布尔的所见所闻。也许我们会写作文。写作文容易多了，因为你可以查到准确的词、恰当的词。”

“是的，有时写作更容易。但我从没遇见一个相信这一点的中学生。”

努笑了：“查克怎么样？”

“他进步很快。”

“是的，他现在开心了，不是假装的。他是个好孩子。”他站起来，“休息一下吧。约翰。我去睡会儿。”

“好的。”

他目送努走开，他的身材瘦小、纤弱、轻快，穿着一条蓝牛仔裤和一件旧的条纹工作衬衫。

披着虎皮的孩子就大笑，同时他也号叫，也咬人，因为游戏就是那样……我觉得这个斯蒂尔森也知道这个游戏。

不安再次袭上心头。

池中的躺椅轻轻地上下浮动。太阳暖洋洋地抚摸着他的身体。他又打开那本《书评》，但书中的文章再也无法吸引他的注意。他放下书，划着小橡皮漂浮椅到了池边，上了岸。特里姆布尔离这里不到30英里。这个星期六他也许应该驾着查茨沃斯夫人的汽车去那里，亲眼看看格雷格·斯蒂尔森本人，身临其境地去感受一下他的表演。也许……也许还应该握握他的手。

不。不！

为什么不呢？要知道，在这个选举年，他已经在一定程度上把接触政客们当成他的一种爱好了。再多接触一个又有什么让人心烦的呢？

但他的确很心烦，的确。他的心跳得比平常更快更激烈，手里的杂志也拿不稳，掉入了池中。他抱怨着把它捞起来时，书都快湿透了。

不知怎么回事儿，格雷格·斯蒂尔森会让他联想到弗兰克·多德。

真是荒唐。他只不过在电视里见过斯蒂尔森一次，不应该对他有任何感觉啊。

离他远点儿。

嗯，或许应该，或许不应该。也许这星期六他该去波士顿看场电影。

但当他回到客房换衣服的时候，一种奇怪而又强烈的惊恐盘踞在了他的心上。这种感觉就像你暗地里痛恨一位老朋友那样的感觉。嗯，星期六他要去波士顿。那样应该更好。

但在后来的几个月中，约翰反复回忆那一天，却无法想起他最后究竟是为什么以及怎么就去了特里姆布尔，他本来是驶向另一个方向，计划去波士顿芬威球场看红袜队的比赛的，然后去坎布里奇，逛逛书店。如果剩下的现金还足够的话（他把查茨沃斯给他的奖金中的400美元寄给他父亲，赫伯特又把它转给东缅因医疗中心——相当于向大海里吐了口唾沫），他还准备去奥逊·威尔斯影院去看那部瑞格舞[①]电影《不速之客》。计划很不错，天公也作美，8月19日一大早就阳光灿烂，天空晴朗，新英格兰完美夏日中的完美夏日。

他走进庄园的厨房，做了3个很大的火腿奶酪三明治当午餐，把它们放

① 瑞格舞（reggae）：又译为雷鬼舞，是一种发源于牙买加的舞蹈。其音乐形式结合了传统非洲节奏、美国的节奏蓝调及原始牙买加民俗音乐。——编者注

进一个老式的柳条野餐篮子中，这篮子是他在储藏室发现的，一番思想斗争后，他又加了6瓶乐堡（Tuborg）啤酒，一并放入篮中。那一刻，他感觉好极了，棒极了。什么格雷格·斯蒂尔森，什么他那帮摩托车流氓保镖，约翰想都没想。

他把篮子放进奔驰车，向东南方95号州际公路驶去。那一刻一切都还很清晰明了，之后某些乱七八糟的事情就爬上了他的心头。他先是想起母亲临死前的样子。他母亲的脸扭成一团，床罩上的手蜷成一个爪子，说话时的声音好像嘴里塞了一团棉花。

我不是跟你说过吗？我没有这样说过吗？

约翰把收音机调大，动听的摇滚乐从奔驰车的立体声喇叭中倾泻出来。他沉睡了4年半，但摇滚乐仍然盛行，谢天谢地。约翰跟着唱起来。

他有任务交给你。不要逃避，约翰。

收音机淹没不了他死去母亲的声音。他已故的母亲有话要说，即使在坟墓里，她也要说话。

不要像以利亚那样藏在山洞里，也不要让他派一条大鱼来吞掉你。

但他已经被一条大鱼吞过了。它不是巨大的海兽，而是昏迷。他4年半一直在躺在那条怪鱼的黑肚子中，够了。

高速公路入口到了，他陷入沉思，忘了拐弯。他迷失在过去的回忆里，那些梦魇般的回忆纠缠着他，一刻也停不下来。嗯，等他找到一个合适的地方就掉头。

不要做陶工，要做陶工手上的陶泥，约翰。

“噢，行了。”他嘟囔着。他不能理这些话，需要就此打住。他母亲是个宗教狂，这么说她有些不敬，但这是事实。什么天堂在猎户座，天使驾着飞碟在天上飞，地球下面是各个王国。她其实像格雷格·斯蒂尔森一样疯狂。

噢，天啊，别想那家伙。

当你们把格雷格·斯蒂尔森选进众议院时，你们可以说：“热狗！终于有人管了！”

他开到了新罕布什尔州63号公路。向左转就通往康科德，柏林，里德斯密尔，特里姆布尔。约翰不假思索地向左拐去。他的思绪还没回到公路上。

罗杰·查茨沃斯见多识广，经验老到，他嘲笑格雷格·斯蒂尔森是今年的最大的笑点，仿佛是乔治·卡林[①]和切维·切斯[②]两大笑星的合体。他就是个小丑，约翰。

如果斯蒂尔森真的是他说的那样，那就没什么问题了，是吗？一个有魅力的怪人，像是一张白纸，选民可以在上面这样留言：你们这些家伙太无能了，因此我们决定选这个傻瓜干两年。斯蒂尔森可能不过如此。他只是个无害的疯子，完全没有必要把他和弗兰克·多德那种模式化、毁灭性的疯狂进行比较。但是……不知为什么……格雷格总是让他想到弗兰克。

公路在前面分叉了。左边通往柏林和里德斯密尔，右边往特里姆布尔和康科德。约翰拐向右边。

只是跟他握个手也没什么大不了的，是吧？

也许没什么。不过是再多跟一个政客握握手而已。有的人收集邮票，有的人收集硬币，但约翰·史密斯收集握手和——

承认了吧！你一直在寻找那个放怪招儿的人。

这念头让他猛地一惊，方向一偏，差点儿把车开到公路外边。他扫了一眼后视镜中的自己，那张脸已经不像早晨起床时那样充满惬意、平静和悠闲。现在它已变成了新闻发布会上的那张脸，那是罗克堡镇公地上四肢匍匐在雪中摸来摸去的那个人的脸。肤色惨白，眼周布满了青肿的黑晕，深深的

---

① 乔治·卡林：全名乔治·丹尼斯·帕特里克·卡林（George Denis Patrick Carlin，1937—2008），美国脱口秀表演者、演员、作家，其喜剧专辑曾获得4座格莱美奖。——编者注

② 切维·切斯（Chevy Chase）：原名科尼利厄斯·克瑞·切斯（Cornelius Crane Chase，1943— ），美国演员、编剧、制片人。——编者注

皱纹纵横交错。

不，这不是真的。

但这的确是真的。现在这是明摆着的事儿，无法否认。在他一生的前23年，他只跟一位政治家握过手；那是在1966年，埃德蒙·马斯基到他们学校的校政课讲话。而在最近的7个月内，他就和十几个大人物握过手了。当他跟他们每个人握手时，脑子里并没有闪过这样的念头：这家伙想干什么？他要告诉我什么？

他难道不正是一直在寻找政治上的弗兰克·多德吗？

是的，这是真的。

但事实是，除了卡特，他们谁也没能告诉他什么，他从卡特那里得到的感觉也不是特别惊悚。跟卡特握手没有不祥的预感，但电视上的格雷格·斯蒂尔森却让他有那种感觉。他感觉仿佛斯蒂尔森把那个“笑面虎”游戏更推进了一步，虎皮下藏的是人，但在人皮下藏的却是——

野兽。

2

反正到了最后，约翰是在特里姆布尔镇公园里吃了午餐，而不是在芬威球场。他刚过中午就赶到了这里，看到社区公告牌上的通知，说集会将在下午3点开始。

他游荡到公园，想找块空点儿的地方，好让他消磨集会开始前的漫长等待，但有些人要么已铺好了毯子，要么已准备好飞盘，要么坐下来吃午饭了。

前面，有几个人在音乐台上忙碌着。两个人正把旗子插在齐腰高的栏杆上。另一个站在梯子上，往音乐台的环形屋檐上挂彩旗。其他人在安装音响设备，正如约翰在电视上看哥伦比亚广播公司在报道新闻时猜的那样，这些音响价格不菲，至少400美元一对，是奥特·蓝星（Altec-Lansing）出的。音响摆放的方式很考究，为了产生环绕声。

这帮先遣助选人员（但是画面给人的感觉像是老鹰乐队或吉尔斯乐队的一帮打杂人员）干活儿仔细，有一种精益求精的感觉，他们训练有素的专业品质和斯蒂尔森这种野兽般的“婆罗洲土著”形象很不搭调。

人群的年龄跨度大约是20岁，从10多岁到30多岁。他们玩儿得很开心。小孩儿们手握已经化开的冰雪皇后或融化的小狗冰激凌蹒跚学步。女人们在一起聊着家常开怀大笑。男人们用塑料杯喝着啤酒。几条狗在四处跑来跑去，叼它们够得着的东西。太阳暖洋洋地照在每个人的身上。

“声音调试，”站在音乐台上的一个人简捷地对着两个话筒喊，“第一台声音调试，第二台声音调试……”其中一个音响发出一声尖厉刺耳的噪声，站在音乐台上的人做手势示意把它往后放一些。

这不像在布置一次政治演讲和集会场地，倒像在布置一次友好聚餐……或是一场性爱派对，约翰心想。

“第一台声音调试，第二台声音调试……声音调试，声音调试，声音调试。”

约翰看到，他们把大喇叭绑到树上。不是用钉子钉，而是用绳子绑。斯蒂尔森是一个环保主义者，有人说，市镇公园里哪怕是一草一木，斯蒂尔森的先遣助选人员也不会损坏。这给约翰的感觉是，操作活动很周密，细致入微，不像是干一锤子买卖。

两辆黄色校车开进小停车场（已经满了）的回车道左边。车门开了，男男女女从车上下来，兴奋地互相交谈着。他们和那些已在公园里的人形成了鲜明的对比，因为他们都穿着最好的衣服，男人穿着西服套装或运动衣，女人穿着挺括的裙子配衬衫，或是漂亮的礼服。这群人像孩子一样带着好奇和期待的表情地四处张望，约翰笑了。努参加的美国公民班到了。

他向他们走去。努正和一个穿灯芯绒套装的高个儿男人和两个女人站在一起，那两个女人都是中国人。

“你好！努。”约翰说。

“约翰！”努笑着说，“很高兴见到你，伙计！今天是新罕布什尔州的一个好日子，对吗？”

“是的。”约翰说。

努介绍了他的同伴。穿灯芯绒套装的是波兰人。两个女人是一对姐妹，从中国台湾来的，其中一个告诉约翰她很想跟候选人握手，还害羞地给约翰看她手袋中的签名簿。

“我很高兴来到美国，”她说，“但这样的事儿很不平常，是不是，史密斯先生？”

约翰觉得这整个事件都很不平常，他赞同那女人的说法。

美国公民班的两名教师在喊他们集合了。“再见，约翰，我必须‘是’旅行了。”努说。

“‘去’旅行。”约翰说。

“对，谢谢。”

“祝你玩儿得愉快，努。”

“噢，会的。我相信会的，”努的眼睛闪着神秘而又兴奋的光，“我相信一定会很有意思，约翰。”

他们一共大约40人，去公园南边吃午餐。约翰走回他原来的地方，吃了一个他早晨做的三明治，味同嚼蜡，仿佛他吃的是用厚糨糊粘在一起的纸团。

一种强烈的紧张感开始从他身上蔓延开来。

3

到2点30分时，公园爆满了，人们几乎是摩肩接踵地挤在一起。市镇警察在一小群州警察协助下，封闭了通往特里姆布尔镇公园的街道。这简直就像一场摇滚音乐会。蓝草音乐[①]从喇叭里倾泻而出，欢快、愉悦。大朵大

---

① 蓝草音乐（Bluegrass Music）：美国乡村音乐的一个分支，兴起于20世纪40年代，因创始人比尔·门罗（Bill Monroe，1911—1996）的乐队“蓝草男孩儿”（Bluegrass Boys）而得名。经常使用的乐器有小提琴、班卓琴、原声吉他、曼陀林和立式贝斯，很少用到电声乐器。——编者注

朵的白云飘过明朗干净的天空。

突然，人们开始踮起脚，抻长了脖子。人群中涌动起一阵连锁反应。约翰也站起来，心想是不是斯蒂尔森提前到达了。现在他可以听到摩托车发动机的“隆隆”声，随着摩托车驶近越来越大，仿佛要响彻这夏日的午后。约翰满眼都是摩托车上反射过来的光束，片刻之后，大约 10 辆摩托车开进校车停着的那个停车场，没有汽车相随。约翰猜他们是打前站的助选人员。

他的不安加剧了，骑手们打扮得干净利落，衣着整洁，大都穿着干净的旧牛仔裤和白衬衫，但摩托车却多是哈雷（Harley）或英国三枪（BSA），而且装饰得几乎无法辨认，高车把，倾斜的铬合金管，整流罩全都奇形怪状。

骑手们熄了火，下了车，排成一行向音乐台走去。只有一个人回过头。他的眼睛从容地扫过人群；即使隔着这么长的距离，约翰依然清楚地看到这个人的瞳仁是明亮的酒瓶绿色。他好像是在数房子。他的目光向左扫去，四五个本地警察沿着少年棒球场的钢丝网站着。他挥挥手。一个警察探过身吐了口唾沫。这一动作有一种仪式感，约翰的不安加深了。绿眼睛的人走向音乐台。

他的那种不安从心底铺开，成为其他感受的一种情感基调。约翰觉得自己被一种恐惧和欢乐交织的情感笼罩着。像做梦似的，他不知怎的走进了一幅画里，画面上蒸汽机正从砖砌的壁炉中开出来，钟面软塌塌地挂在树枝上。骑手们就像一部有关摩托车的美国大片中的临时演员，全部决定“为吉恩收拾干净”[①]。他们干净的旧牛仔裤整整齐齐地塞在方头靴子里，约翰看到不止一个人的靴子上绑着镀铬的链子。那些铬合金链子在阳光下闪着刺眼的光芒。他们的表情几乎一模一样：一种好像是做给人们看的空洞呆滞的幽默表情。但在这表情下面，也许只是蔑视，蔑视这些年轻纺织工人，蔑视这

---

① “为吉恩收拾干净”（Get Clean For Gene）：这句话是美国政治家尤金·麦卡锡（Eugene McCarthy）1968 年竞选总统时的口号。“吉恩”是“尤金”的昵称形式。——译者注

些暑假从达勒姆赶来的新罕布什尔大学的学生，蔑视站在眼前向他们鼓掌的工人们。他们每个人都戴着两个政治袖章。一个上面画着一顶建筑工人的黄色安全帽，帽子上贴着一个绿色环保贴纸；另一个上面写着一句话："斯蒂尔森会彻底打败他们。"

他们每个人的右屁股口袋里都插着一根截短了的台球杆。

约翰转向他身旁一个男人，他带着妻子和年幼的孩子站在那里。"带那些东西合法吗？"他问。

"谁他妈在乎这些呢？"那个年轻人笑着回应，"他们只是摆摆样子罢了。"他还在鼓掌。"格雷格，干倒他们！"他喊道。

由摩托骑手组成的荣誉保镖们围着音乐台站成一圈，保持稍息的站姿。

掌声逐渐平息下来，但人们谈话的声音仍然很吵。人群张着大嘴，像是尝到了可口刺激的开胃菜，津津有味地品尝着。

纳粹德国褐衫军，约翰心里这样想着，坐了下来。他们就是一帮褐衫军。

嗯，那又怎样呢？也许那样更好呢。美国人对这种法西斯行径容忍度极低，即使像里根那样顽固的右翼分子也不搞那一套；无论美国的新左派想发多少次飚，无论民谣女皇琼·贝兹写多少首歌进行和平示威，都改变不了这一事实。8年前，芝加哥警察的法西斯行为就让休伯特·汉弗莱落选了。这些家伙如何整齐干净，约翰并不关心；如果斯蒂尔森这样一个竞选众议院的人雇用他们，那么斯蒂尔森自己也比他们好不了多少。事情就算不是很怪诞，也算是很搞笑了。

但他还是觉得来这里是浪费时间。

4

快到3点时，大鼓的一声巨响惊天动地，感觉声音还没到耳朵，脚下就先颤起来。紧接着，其他乐器逐步拥着鼓声响起来，所有人变身为军乐队，开始演奏苏萨[①]的进行曲。小镇的选举宣传闹腾起来了，这就是这个美丽的夏日午后的主旋律。

人们又站起来，朝着音乐的方向伸着头。乐队很快出现在视野中，首先是穿着短裙的乐队指挥，蹬着带绒球的白色小羊皮靴，昂首阔步地走上台。紧接着是两个乐队队长，然后是两个满脸粉刺的男孩儿，冷酷地板着脸，举着一面旗子，上面写着“特里姆布尔中学军乐队”，提醒人们一定要记住这个乐队。然后才是乐队的队员们，他们穿着耀眼的、上面镶着铜纽扣的白制服，光亮华丽，汗流浃背地来了。

当他们走向指定地点时，人群自动为他们让开一条道，热烈地鼓着掌。他们身后是一辆白色福特轿车，车顶上的人两腿叉开站着，脸晒得黢黑，歪扣着的安全帽下是一张猛犸象般咧开笑着的嘴。候选人出场了。他举起手里的小喇叭，热情地用大嗓门儿高声喊道：“大家好！”

“你好，格雷格！”人群报以同样的回应。

格雷格，我们已经跟他熟到直呼其名的地步了，约翰有点儿无来由地恨恨地想。

斯蒂尔森从车顶上跳下来，尽力显得很从容。他穿着牛仔裤和卡其布衬衫，和约翰在电视上看到的一样。斯蒂尔森穿过人群向音乐台走去，跟人们握手，碰碰从前排人头上伸过来的手。人们疯狂地向他挤过去，约翰心底也涌出一种想挤过去的冲动。

我不要碰他，绝不。

但他前面的人群突然分出了一条缝，他挤进缝中，猛地发现自己已身处前排。他离特里姆布尔中学军乐队的大号手非常近，只要他伸手，就能摸到号手握着号角的指关节。

---

① 苏萨：全名约翰·菲力浦·苏萨（John Philip Sousa，1854—1932），美国作曲家、军乐指挥家。其创作过一系列进行曲，代表作有《星条旗永不落》等。——编者注

斯蒂尔森快速穿过乐队，去和另一边的人握手，约翰只能看到晃动的黄色安全帽，斯蒂尔森本人完全不在他的视线范围内。他松了口气。好啦。没有伤害就不算犯规。就像那个著名故事中的伪善者一样，他将从另一边走过。[①]很好。好极了。等他走上台，约翰就可以收拾起自己的东西悄然消失在这个午后了。适可而止吧。

摩托骑手们穿过人群走到小路两侧，防止人群扑到候选人身上。台球杆虽然还插在他们屁股口袋里，但他们已经显得神情紧张、高度警惕了。约翰不知道，他们到底觉得会有什么麻烦发生，是担心一块布朗尼蛋糕砸在候选人脸上吗？也许吧，不过摩托骑手们第一次表现出了用心专注的样子。

后来，还真发生了点儿事儿，但是约翰说不上来到底是什么事儿。一只女性的手朝着那顶晃动的黄色安全帽伸了过去，也许只是为了沾点儿好运才想去触摸一下，斯蒂尔森的一名保镖即刻健步向前。随着一声惊恐的叫声，那个女人的手迅速消失。但这都是发生在乐队的另一边。

人群的喧闹声很大，感觉就像之前去过的摇滚音乐会一样。场景好像披头士的保罗·麦卡特尼和“猫王”埃尔维斯·普雷斯利跟人群握手时的场面。

他们在尖叫着喊他的名字，有节奏地喊着：“格雷格……格雷格……格雷格……”

一个将其家人安置在约翰旁边的年轻人把他儿子高高举到头顶，好让孩子能看到。另一个年轻人，脸上有一大块皱起来的烧伤疤痕，挥舞着一块招牌，上面写道：“不自由，毋宁死，这就是你们眼中的格雷格！”一个极漂

---

① 这句话是指《圣经·路加福音》第10章里耶稣讲的一个故事，大意为有个人半路遭劫，躺在地上奄奄一息，一个祭司和一个利未人（一般是祭司的助手）看到他，都没有施救便绕开走了，而一个受犹太人敌视的撒玛利亚人却救起了他。暗示祭司和利未人虽然平时总劝世人行善，但真正遇到受难者却并无怜悯之心，可见都是伪善者。——编者注

亮的大约 18 岁的姑娘挥动着一块西瓜，粉红色的西瓜汁顺着她晒黑的手臂淌下来。这里一片混乱。人群异常激动，那兴奋就像一根高压电缆，很快传遍了整个人群。

突然，格雷格·斯蒂尔森又出现了，他穿过军乐队大步回来，向约翰这边的人群走来。他没有停留，但还是抽空亲切地拍了拍大号手的肩膀。

后来，约翰反复思索，想说服自己他其实几乎没有时间或机会退到人群里面；他想让自己相信，其实是人群把他推进斯蒂尔森怀里的。他还想让自己相信，是斯蒂尔森诱导他握手的。但这些都不是真的。他是有时间的，因为一个穿着怪模怪样黄色衣服的胖女人伸手揽住斯蒂尔森的脖子，用力给了他一个热烈的吻，斯蒂尔森大笑着回应道："我一定会记住你的，宝贝儿。"胖女人尖着嗓子大笑起来。

约翰感到一阵密实的冰冷袭来，很熟悉，以前有过这种感觉，又感到出神、恍惚，觉得其他都不要紧，只想去感知。他甚至还微微笑了一下，但那不是他的笑。他伸出手，斯蒂尔森双手握住他的手，开始上下摇动起来。

"喂，伙计，希望你会支持我们……"

斯蒂尔森突然怔住了，和当初的艾琳·玛冈、詹姆斯·布朗医生（跟那个灵乐歌手的名字一样）以及罗杰·迪索一样。他的眼睛瞪大了，然后双眼充满了——吃惊？不。斯蒂尔森眼中充满了恐惧。

那一瞬间似乎无穷无尽。当他们凝视着对方的眼睛时，客观的时间被一种别的东西、一种完全的时间片段代替了。对约翰而言，他好像又回到了那个阴沉的走廊，只是这次斯蒂尔森跟他在一起，他们分享着……分享着——

（一切。）

约翰从没遇到过这么强烈的感觉，从来没有。一切都在同一时刻聚集在一起呼啸着扑面而来，就像一列可怕的黑色货运列车全速穿过一条窄窄的隧道，车头上有一盏刺眼的前灯，这盏前灯知晓一切，它的光刺穿了约翰·史密斯，就像一根大头针刺穿一只臭虫一样。他无处可逃，这列夜晚飞驰的火车从他身上飞速轧过，完整的信息把他撞倒在地，碾轧他，把他轧得像一张纸一样平。

他想要尖叫，但完全使不上劲儿，嗓子发不出声来。

有一幕他永远无法忽视——

（当蓝色滤光镜渗透进来时……）

那就是格雷格·斯蒂尔森在宣誓就职时。就职仪式由一个老者主持，老者的眼睛谦卑、惊恐，是一双田鼠的眼睛，抓住这只田鼠的是一只超级老练、身上满是打斗伤痕的——

（老虎）

晒谷场的公猫。斯蒂尔森一只手按在《圣经》上，一只手高举着。这是未来几年后的事儿，因为斯蒂尔森的头发掉得差不多了。老人在讲话，斯蒂尔森跟着他重复。他在说……

（蓝色滤光镜在加深，在覆盖一切，一点点地，遮盖住它们，温和的蓝色滤光镜，斯蒂尔森的脸藏在蓝色后面……还有黄色……像老虎斑纹一样的黄色。）

他会取得成功。“所以请帮助他，上帝。”他的脸庄严肃穆，但抑制不住的狂喜在他的胸中跳动，在他脑中涌动。因为长着那一双胆怯的老鼠眼的人是美国最高法院院长。

（噢天哪滤光镜滤光镜蓝色滤光镜黄色斑纹……）

现在一切都开始慢慢消失在蓝色滤光镜后面，只是它并不是一个滤光镜；它是某个真切的东西。它是……

（在未来在“死亡区域”。）

未来的某个东西。他的？斯蒂尔森的？约翰不确定。

有一种飞起来的感觉，穿过蓝色，飞到一片看不太清楚的荒凉之上。格雷格·斯蒂尔森空洞的声音穿透进来，是一种“劣质上帝”的声音，又像是死气沉沉的、演奏喜歌剧的工具发出的声音：“我会从他们中走过，就像芥麦穿过鹅！从他们中走过，就像垃圾穿过藤蔓丛！”

“那只老虎，”约翰声音沙哑地喃喃道，“老虎就藏在蓝色后面，藏在黄色后面。”

接着，所有这一切，画面、影像、话语，都在逐渐膨胀的、轻柔的呼啸中分崩离析。他似乎嗅到一种腥甜，紫铜一般的味道，像是在燃烧电线。那一刻，里面的那只眼睛似乎瞪得更大了，在拼命搜寻；那遮住一切的蓝色和黄色似乎要凝聚成某种……某种东西，从那种东西里面某个遥远、令人恐惧的地方，他听到一个女人在尖叫：“把他还给我，你这个狗杂种！”

然后一切消失了。

我们就那样在那里站了多长时间？他后来问自己。他猜测也许是5秒钟。随后斯蒂尔森使劲儿抽出手，甩开手，张口结舌地瞪着约翰，由于夏日选举而晒成的深褐色的脸上血色全无。约翰可以看到他臼齿里的填充材料。

他的表情是一种厌恶的恐惧。

太好了！约翰想要喊叫。不错！把你自己吓垮吧！你整个人！毁灭吧！坍缩吧！崩溃吧！帮这世界一个忙吧！

两个摩托骑手冲了过来，截短的台球杆已经从他们裤兜里抽出来，约翰恍惚中感到了恐惧，因为他们要揍他了，用他们的台球杆敲他的脑袋，他们要把约翰·史密斯的脑袋当球打进落袋，打进昏迷的黑暗中，这次他再也不会醒来了，他再也无法告诉任何人他所见到的了，也无法改变什么了。

那种毁灭的感觉——天哪！一切全是毁灭！

他想往后退。人们到处散开，向后退去，惊恐地（也许是兴奋地）尖叫起来。斯蒂尔森已经恢复了镇静，转向他的贴身保镖们，摇摇头，阻止了他们。

约翰不知道后来发生了什么。他双脚失去重心，身体摇晃，低下头，像个寻欢作乐了一礼拜快要死了的醉汉一样慢慢眨着眼睛。然后那种逐渐膨胀的、轻柔的呼啸吞没了他，约翰让它把自己吞没；他盼望被它吞没。他昏了过去。

第 21 章
独自调查

那个秋天的大部分空余时间，他都是和格雷格·斯蒂尔森一起度过的。

1

“不，”特里姆布尔镇的警长回答约翰说，“你没有受到任何指控，你不会被监禁。你不一定要回答所有提问，如果你愿意回答的话，我们会很感激的。”

“非常感激。”一个穿着传统西服的男人附和道。他叫爱德华·兰科特，是联邦调查局波士顿分局的官员。在他眼里，约翰·史密斯很像一个重病人，左眼眉毛处肿起一块，这肿块很快会变成紫色。他摔得非常重，昏倒时要么是摔在军乐队队员的鞋上，要么是摔在摩托车骑手的靴子上。兰科特个人认为后一种可能性更大。在接触的一刹那，摩托车骑手的靴子可能还在动。

史密斯的脸色看上去非常苍白，当巴斯警长给他一纸杯水时，他的手抖得很厉害，一边的眼睑神经质地抖动。他看上去像一个典型的刺客，尽管在他身上发现的最危险的东西就是一把指甲刀。不过兰科特仍然认为他是个刺客，因为他看起来的确就是这样。

“想知道什么？”约翰问。他醒来时躺在一张小床上，屋子的门没锁。

他的头一度痛得厉害，现在已经不痛了，这让他感到体内有一种奇怪的空虚，好像他的内脏都被挖空，里面塞的是喷射奶油一样。他耳朵里高亢的“嗡嗡”声没有停过，不是响铃声，而是一种高亢、平稳的轰鸣声。现在是晚上9点。斯蒂尔森及其随从早已离开了镇子。所有的热狗都已经被吃掉了。

“你能告诉我们那里到底发生了什么事儿吗？”巴斯警长说。

“天气很热。我猜我是兴奋过度，然后就晕倒了。”

“你病了还是怎么了？”兰科特漫不经心地问。

约翰淡定地盯着他：“别跟我耍手段了，兰科特先生。如果你知道我是谁，那就直说吧。”

“我知道，”兰科特说，“也许你是个特异功能者。”

“特异功能者猜出一个联邦调查局的特工在耍手段，这不稀罕。”约翰说。

“你是缅因州人，约翰。土生土长的缅因人。一个缅因州青年到新罕布什尔州干什么啊？”

“教书。”

“查茨沃斯的儿子？”

“我再说一遍：如果你知道，为什么还要问呢？除非你对我有怀疑。”

兰科特点着一根万蒂奇绿（Vantage Green）香烟：“很富有的家族。”

“是的。他们很有钱。”

“你很关注斯蒂尔森吗，约翰？”巴斯问。约翰不喜欢别人一见面就直呼他的名字，而这两人都在这么做。这让他有点儿紧张。

“你关心吗？”他问。

巴斯警长轻蔑地“哼”了一声：“大概5年前，在特里姆布尔镇举办过一场为期一天的摇滚音乐会。地点在哈克·杰米森。镇议会开始有疑虑，但还是举办了，因为孩子们总要玩儿嘛。我们以为会有200个哈克东部的孩子参加音乐会。谁知道最后却有1600人，他们都吸大麻，直接对着酒瓶喝烈酒，闹得乌烟瘴气。镇议会很生气，说再也不会举办这类音乐会了，他们完全曲解了伤害的意思，眼泪汪汪地说：‘怎么回事儿，没有一个人受伤，是吧？’他们认为搞得乌烟瘴气也没关系，因为没人受伤啊。我对斯蒂尔森这家伙也有同感。我记得有一次……”

“你对斯蒂尔森没什么不满吧，约翰？”兰科特问，“你和他之间没什么个人恩怨吗？”他像个父亲一样地微笑着，如果你想笑，那就痛快地笑出来好了。

“一个多月前，我连他是谁都不知道。”

“好，嗯，可这并没有真正回答我的问题，约翰？”

约翰沉默了半刻。“他让我觉得烦。”他最后开口道。

“还是没有真正回答我的问题。”

“我认为回答了。”

“你不像我们想象的那样配合。”兰科特遗憾地说。

约翰扫了巴斯一眼：“在你们镇的公共集会上晕倒的人都要受到联邦调查局的审问吗，巴斯警长？”

巴斯看上去很不自在：“嗯……不会，当然不会。”

“你是在和斯蒂尔森握手时晕倒的，你脸色很差，斯蒂尔森本人吓得脸都绿了。你这个小伙子很走运，约翰。很幸运他的那些老弟没有把你的头变成献祭壶。他们以为你对他掏枪呢。”兰科特说。

约翰看着兰科特，脸上渐露惊讶。他看看巴斯，又看着联邦调查局特工，说道：“你当时就在那儿，不是巴斯打电话叫你过来的。你当时就在那儿，在集会上。”

兰科特掐灭香烟：“是的，我在那儿。”

“为什么联邦调查局对斯蒂尔森感兴趣呢？”约翰几乎是大声喊出了这个问题。

“我们还是说你吧，约翰。你……”

“不，我们说斯蒂尔森，说他的保镖们。他们拿着截短的台球杆四处走动，这样合法吗？”

“合法的。”巴斯说。兰科特警告地看了他一眼，但巴斯要么是没看见，要么是故意不予理睬。“台球杆、棒球棒、高尔夫球杆，这些都不违法。”

“我听说那些家伙过去都是铁骑团的，摩托车帮会成员。”

“他们有些人以前在新泽西会，有些过去在纽约会，那是……”

“巴斯警长，”兰科特打断说，“我认为现在不是……”

“告诉他也无妨，”巴斯说，“他们都是些流浪狗、坏蛋、混混。四五年前，他们中的一些人在汉普顿斯结成一伙，造成过严重的骚乱。有些人加入了一个叫‘魔鬼 13’的摩托车帮会，这个帮会 1972 年解散了。斯蒂尔森的打手是一个叫桑尼·埃里曼的家伙。他过去是‘魔鬼 13’帮会的老大，被关过 6 次，但从没被判定有罪过。”

“这一点上你错了，警长。”兰科特说，又点了一支烟，“1973 年，在华盛顿，他因为违反交通规则左转弯而受到传讯。他签了弃权声明书，付了 25 美元的罚款。”

约翰站起来，慢慢走到屋子另一面的冷饮水箱边，倒了一杯水。兰科特饶有兴趣地看着他走路。

“那么你只是晕过去了，是吗？”兰科特问。

“不是，”约翰说，并没有转过身来，“我想用火箭筒射他来着。在关键时刻，我的仿生线路全都烧断了。”

兰科特叹了口气。

巴斯说：“你随时都可以走。”

“谢谢你。”

“但我要像兰科特先生一样告诉你一件事儿。如果我是你的话，以后我会避开斯蒂尔森的集会。如果你不想受伤的话，最好这样。格雷格·斯蒂尔森不喜欢的人常常遭到……”

“是吗？”约翰喝着水问。

“你说这些已经超出你的职权范围了，巴斯警长。”兰科特说。他的眼睛像是蒙了层雾的钢球一样，严厉地盯住巴斯。

“好吧。”巴斯温和地说。

“我可以告诉你集会时发生的其他意外事件。”兰科特说，“在里奇韦，一个年轻的孕妇遭到毒打导致流产。这是那次哥伦比亚广播公司报道过的斯蒂尔森集会以后发生的。她说她认不出打她的人，但我们认为可能是斯蒂尔森的一个摩托骑手。一个月以前，一个14岁孩子被打得颅骨骨折。他带了一支小塑料水枪，他也认不出打他的人。但水枪使我们相信保镖反应过度了。”

说得太好了，约翰想。

“你们任何目击者都找不到吗？”

“没人愿意说，”兰科特一本正经地笑笑，弹了弹烟灰，“他是人民选出来的。”

约翰想起那个把他儿子举过头顶为了让他看到格雷格·斯蒂尔森的年轻人。谁他妈在乎这些呢？他们只是摆摆样子罢了。

“所以联邦调查局特工关注他。”

兰科特耸耸肩，坦然地笑笑：“嗯，我能说什么呢？告诉你，约翰，这些信息仅供你参考。这可不是什么好差使。有时候我也害怕。这家伙还真的很有吸引力。如果他在台上指着我，告诉参加集会的人群我是谁，那些人会把我吊死在附近的路灯杆上的。”

约翰想起那天下午的人群，想起那个漂亮姑娘狂乱地挥舞着一块西瓜。“有可能。”他说。

“所以如果你知道什么能帮助我的事情……”兰科特探过身，脸上让人消除戒备的微笑变得有点儿强硬，“也许你对他闪现过心灵感应。也许那才是你晕倒的原因。”

“也许是有。”约翰说，脸上没有一丝笑容。

“嗯？”

那疯狂一瞬，约翰考虑告诉他们所有的一切，但随后他否定了这念头：“我在电视上看见过他。今天我无事可做，所以就想溜达到这儿来，亲眼见见这个人。我敢打赌我不是唯一因此离开城镇来这儿的人。”

“你肯定不是。”巴斯大声说。

“就这些？”兰科特问。

“就这些，”约翰说，迟疑了一下，又说，“除了……我认为他会赢得这次竞选。”

兰科特说：“我们确信他会的，除非我们能找出他的问题。同时，我完全同意巴斯警长的话：离斯蒂尔森的集会远点儿。”

“不用担心，”约翰把手里纸杯揉成一团，扔到一边，“很高兴跟你们两位谈话，我得开很长一段路才能回到达勒姆。”

“马上就回缅因州吗，约翰？”兰科特漫不经心地说。

“不知道。”他看看兰科特（这个修长完美的男人，在他的电子表光洁的表面上又敲出一根香烟），再看看巴斯高大疲倦、类似猎犬的脸，“你们俩认为他会竞选更高的职位吗，如果这次他进入众议院的话？”

“耶稣哭了。”巴斯说，翻了个白眼。

“这些家伙走马灯一样地换。”兰科特说。他的眼睛是那种近乎黑色的棕色，一直在打量着约翰：“他们就像那些罕见的放射性元素，非常不稳定，很难持久，斯蒂尔森这类人没有长久的政治基础，只是一种暂时联合，结合在一起一小段时期，很快就会分道扬镳。你看到今天的人群了吗？大学生和纺织工人向同一个家伙欢呼？那不是政治，那是呼啦圈、浣熊皮帽子或披头士的假发一类的东西。他会进入众议院，享用免费的午餐直到 1978 年，如此而已。等着看吧。”

但约翰感到疑虑。

2

第二天，约翰前额的左半边变得五颜六色的。他眉毛的地方是黑紫色（基本是黑色），然后往太阳穴和发际线方向一路渐渐变为红色，最后又是病态的灰黄色。他的眼睑有点儿肿，给人一种色眯眯的感觉，像滑稽剧中的配角。

他在游泳池中游了20圈，然后四仰八叉躺在一张躺椅上，气喘吁吁。他觉得很不舒服。他昨晚睡了不到4个小时，而且总是噩梦连连。

“你好，约翰……你还好吗，伙计？”

他转过头。是努，他正温和地微笑着，穿着工作服，戴着做园艺的手套。他身后是一辆红色儿童小推车，上面装满了小松树，松树根用粗麻布包着。他回想起努对松树的称呼，就说：“我看到你又在种草了。”

努皱了皱鼻子：“抱歉，是的。查茨沃斯先生很喜欢这些。我告诉他，这些树都不值钱，在新英格兰这种树到处都是。他的脸变成这样……”努的整张脸皱成一团，像某些午夜秀里怪物的可笑模样。“他对我说：‘种你的树就行了。’”

约翰大笑起来。罗杰·查茨沃斯就是这个样子。他喜欢事情按他的方式来做。“你喜欢那个集会吗？”

努温和地笑笑。“很有教育意义。”他说。约翰没法儿看清他的眼睛，他可能没注意到约翰脸上一边的“朝霞”：“是的，非常有教育意义，我们都玩儿得很高兴。”

“很好。”

“你呢？”

“没那么好。”约翰说，轻轻地用指尖摸摸受伤的地方。那里一碰就非常痛。

“哦，太糟了，你可能在脸上放了一块牛排。”努说，仍然温和地微笑着。

“你怎么看他，努？你们班的同学怎么看他？你的波兰朋友怎么看？露丝·陈和她的妹妹怎么看？”

“回去的路上我们没有讨论这个，这是我们老师的要求。他们说：就你们的所见想想。我猜下星期二我们会在课上写相关的内容。是的，我想了很多我们要写的东西。一篇课堂作文。”

“你会在你的作文里怎么说呢？”

努望着湛蓝的夏日天际，和蓝蓝的天空相对笑着。他身材瘦小，新长了一绺白发。约翰对他几乎一无所知；不知道他结婚与否，他是否有孩子，他是否在越共掌权前就逃离了，他是来自西贡还是其他荒蛮的省份。他对努的政治倾向也毫不知晓。

努说：“我们谈过‘笑面虎’游戏，你还记得吗？”

“记得。”约翰说。

“我再告诉你一只真的老虎。我小时候，我们村子附近有一只很凶猛的老虎。他是那种吃人的老虎，你知道。不过它并不吃男人，它吃的都是小男孩儿、小女孩儿和老太太，因为战争时期，没有男人可吃。不是你们知道的那场战争，而是第二次世界大战。这只老虎喜欢吃人肉。在村子里，最年轻的成年男人也有60岁，但他只有一条胳膊；而年龄最大的男孩儿就是我，只有7岁。谁能杀死这个凶猛的野兽呢？一天，这只老虎落到陷阱里了，这陷阱是用一个死去的女人的尸体做诱饵的。用上帝塑造的人类来做诱饵，这是一件很可怕的事儿，我会在作文中说到，但当一只凶猛的老虎叼走小孩儿时人们却什么也不做，这更可怕。我在作文中还要说，当我们发现这只凶猛的老虎时，它还活着。一根尖桩刺穿了它的身体，但它还活着。我们用锄头和棍棒把它打死了。老人、妇女和孩子们都既兴奋又害怕，有的孩子还尿湿了裤子。老虎落到陷阱里后，是我们这些老弱病残用锄头把它打死的，因为村里的男人都去打日本人了。我认为斯蒂尔森就是那只凶猛的爱吃人肉的老虎。我认为应该给他设个陷阱，我觉得他会掉进那陷阱里去的。如果他掉进去后还活着，我认为他应该被打死。”

在清澈明媚的夏日阳光中，他冲着约翰温和地微笑着。

“你真的这样认为吗？”约翰问。

“噢，真的。”努说。他说得很轻松，好像这是一件无关紧要的事儿。“我交上这么一篇作文，我的老师会说什么，我就不知道了。”他耸耸肩，“也许他会说：‘努，你还不习惯美国的方式。’但我要把我的真实感受讲出来。你怎么看，约翰？”他的目光落到约翰脸上受伤的地方，又移开了。

“我觉得他很危险，”约翰说，“我……我知道他很危险。”

“真的吗？”努说，“嗯，我相信你一定知道。你们新罕布什尔州的那些人，把他看作一个能吸引人的小丑。他们对他的态度，就像世界上许多人对那个黑人伊迪·阿明·达达[①]的态度一样。但你不同。”

“不，”约翰说，“但是说他应该被消灭……”

“从政治上消灭他，”努微笑着说，“我只是建议应该从政治上消灭他。”

“如果不能从政治上消灭他呢？”

努冲约翰微微一笑，伸出食指，竖起拇指，然后猛地落下。“砰，”他轻声说，“砰，砰，砰。”

“不，”约翰说，沙哑的声音让他自己也吃了一惊，“那不是解决方法。绝对不是。”

“不是吗？我还以为这是你们美国人惯用的解决方法呢。”努抬起红车的把手，“我该去种这些草了，约翰。再见，伙计。”约翰看着他离开，一个穿着莫卡辛鞋的被晒黑的小个子，拉着一辆装满松树苗的车子。他消失在墙角拐弯处。

不。杀人只能播下更多毁灭的种子。我相信这个道理，我坚信。

---

① 伊迪·阿明·达达（Idi Amin Dada，1925/1926—2003，出生年份有争议）：乌干达前总统。1971 年发动军事政变，推翻阿波罗·米尔顿·奥博特（Apollo Milton Obote）政权。1976 年任终身总统。任职期间进行过一系列屠杀、迫害行动。1979 年被乌干达民族主义者推翻。此后逃亡国外，最后隐居在沙特阿拉伯。——编者注

3

11 月的第一个星期二恰好是当月的 2 号，约翰 · 史密斯在他的客厅兼厨房里，窝在安乐椅上，看选举结果。钱瑟勒和布林克雷坐在一张很大的电子地图前面做报道，当每个州的结果传来时，地图上就会用不同的颜色显示出来。现在已经快半夜了，福特和卡特的选票非常接近。但卡特会赢，约翰对此深信不疑。

格雷格 · 斯蒂尔森也胜出了。

他的胜利受到了当地新闻界的关注，进行了广泛报道，另外全国的记者也注意到了他的胜利，把他跟詹姆斯 · 朗利相提并论，后者两年前以独立竞选人的身份当选缅因州州长。钱瑟勒说："最新的民意测验显示共和党候选人——现任众议员哈里森 · 费舍尔正在缩短差距，现在看来这显然是错误的。全国广播公司预测斯蒂尔森将获得 46% 的选票，他在竞选中戴着一顶建筑工人的安全帽，竞选纲领中有一条是'把所有的垃圾送到外层空间'。费舍尔将获得31% 的选票。在一个民主党历来都不受欢迎的地区，戴维 · 波维斯只能获得 23% 的选票。"

"那么，"布林克雷说，"新罕布什尔州将进入热狗时代了……至少以后的两年之内是这样。"他和钱瑟勒笑起来。接着插播了一段广告。约翰没有笑，他在想着老虎。

从特里姆布尔镇集会到选举之夜这段时间，约翰非常忙碌。他继续辅导查克，查克在缓慢而稳健地进步。暑期他上了两门课，考试全都通过，保住了运动会参赛资格。现在，橄榄球赛季刚刚结束，他有可能被甘尼特报业集团的"全新英格兰队"点名要走。大学球探小心翼翼地、基本是仪式性地开始了拜访，但他们必须再等一年；查克已经和他父亲决定，去斯多文森预科学校读一年。这是一所很好的私立学校，在佛蒙特州。约翰想，斯多文森预科学校听到这消息也许会高兴得发疯的。这所佛蒙特学校定期地派出出色的足球队和很牛的橄榄球队参赛，他们很可能会给他全额奖学金，附加一把打开女生宿舍的金钥匙。约翰认为他们父子的决定是正确的。学术能力评估测试的压力减轻后，查克的进步有了质的飞跃。

9月下旬，约翰回博纳尔镇度周末，星期五一整晚，他父亲为电视上并不好笑的段子而手舞足蹈、捧腹大笑，约翰问他父亲怎么了。

“没怎么。”赫伯特的笑容里带着紧张，两手不停地来回搓着，就像一个会计发现他把终生积蓄都投入了一个公司，但现在那个公司破产了似的，“没出什么事儿，你干吗这么想，孩子？”

“嗯，那么你在想什么呢？”

赫伯特不笑了，但仍不停地搓着手：“我真不知道怎么告诉你，约翰。我的意思是……”

“是不是查尔妮？”

“嗯，是的。”

“你向她求婚了。”

赫伯特低声下气地看着约翰：“约翰，你29岁有了个继母，你怎么想？”

约翰笑着说：“挺好啊。祝贺你！爸爸。”

赫伯特微笑着松了口气：“嗯，谢谢你。说真的，我有点儿不敢告诉你。以前我们谈过，我知道你的想法，但有时人们说是那样说，等事情真正发生的时候又会有变化。我爱你妈妈，约翰。而且我会永远爱她的。”

“我知道，爸爸。”

“但我一个人，查尔妮也是一个人……嗯，我想我们能互相关照着做个伴儿。”

约翰走到他父亲身边，吻吻他：“一切顺利。我知道你一定会一切顺利的。”

“你真是个好儿子，约翰。”赫伯特从后边口袋里掏出一块手帕，擦了擦眼睛，“我们曾经以为我们会失去你了。不管怎么说，我是真的这样想过。薇拉从没失去希望，她一直坚信你能醒来。约翰，我……”

“别说了，爸爸，一切都过去了。”

“我得说，这件事儿在我心里就像块石头一样，憋在心里已经有一年半了。我曾经盼着你死，约翰。我盼着上帝带走我自己的儿子，带走你。”他又擦擦眼睛，把手帕放回口袋，“事实证明上帝比我清楚。约翰……你愿意参加我的婚礼吗？”

约翰心头泛起一丝像是悲伤又不完全是悲伤的感觉。“我很高兴去参加。”他说。

“谢谢你！我很高兴我……我说出了我的心里话。我很久没这么轻松了。”

“你们商定日期了吗？”

“商定了。你觉得1月2号怎么样？”

约翰说：“挺好，我一定去参加。”

赫伯特说：“我想我们要把两处房子都卖掉，我们看中了比迪福德的一处农庄，很不错的地方。20英亩，有一半是林地。一个新的开始。”

“是啊。一个新的开始，那样也好。”

“你就一点儿也不反对我把咱们的家卖掉？”赫伯特担心地问道。

“有一点点舍不得，不过也就是这样了。”约翰说。

“是啊，我也是。有点儿舍不得。”他笑了笑，“那是我们的心灵休憩之地，那是我心之所属。你呢？”

“我也一样。”约翰说。

“你那边最近怎么样？”

“好得不得了。”约翰说，他用了他父亲的一句口头禅，然后哈哈大笑。

“你计划在那儿待多久？”

“辅导查克？我估计这整个学年都会待在那里，如果他们需要我的话。做一对一的辅导是一种新的体验。我感觉挺好的。而且这真的是一个不错的工作。相当不错，我得说。”

“然后呢？你的计划。”

约翰摇摇头："我还不知道。但有一件事儿我是知道的。"

"什么事儿？"

"我出去拿瓶香槟来，我们喝个痛快。"

在那个9月的夜晚，他父亲站起来，轻轻拍拍他的背，说道："拿两瓶。"

他仍然会收到莎拉·赫兹里特断断续续的来信。明年4月，她就要生二胎了。约翰回信表示祝贺，并把他美好的祝福送给参选的瓦尔特。他时不时会想起他和莎拉的那个午后，那个漫长而又悠闲的午后。他不许自己太过频繁地翻出那段回忆；他担心太过频繁地把那段美好的往事拿出来在阳光下晾晒，好比拍毕业照前人们给你涂上的淡红色的腮红一样，会慢慢褪色。

这个秋天他出去过几次，一次是和查克新近离婚的姐姐见了见，但这几次的约会都没有什么实质性的进展。

那个秋天的大部分空余时间，他都是和格雷格·斯蒂尔森一起度过的。

他开始关注斯蒂尔森。在他放袜子、内衣和T恤的五斗橱中，放了3本活页笔记本，上面写满了评论和推断，另外还有新闻报道的复印件。

这么做使他感觉很不安。晚上，当他拿着细尖百乐（Pilot）笔在剪下的报刊边做笔记时，他有时觉得，自己像曾想刺杀民主党总统候选人乔治·华莱士[①]的亚瑟·布莱默[②]，或那个试图刺杀杰里·福特的女人摩尔[③]。他知道，如果那个"FBI的无畏忠仆"爱德华·兰科特看到他正做的事情，一定会毫不犹豫地在他的电话、客厅和浴室安装上窃听器。然后街道对面会停着一辆家具公司的大货车，只是里面装满的绝不会是家具，而是摄像机、话筒和上

① 乔治·华莱士：全名小乔治·科利·华莱士（George Corley Wallace Jr.，1919—1998），美国政治家，曾多次任亚拉巴马州州长。曾4次参选美国总统，但都未成功。在1972年遇刺致残，退出当年的总统选举。——编者注

② 亚瑟·布莱默（Arthur Bremmer）：此人于1972年行刺总统候选人乔治·华莱士，导致后者终生残疾。——编者注

③ 摩尔：全名莎拉·珍·摩尔（Sarah Jane Moore，1930—？），1975年试图刺杀福特总统，被路人打掉手枪，导致计划失败。——编者注

帝才知道是什么的一堆别的东西。

他不停地告诉自己他不是布莱默，告诉自己不该整天惦记那个斯蒂尔森，但也告诉自己，他更难相信自己会在新罕布什尔州州立大学图书馆度过一个个漫长的下午，苦苦在报纸、杂志以及复印件等上面去寻找各种有关资料。也更难相信他会熬夜写下自己的想法，试图找出有效的关联。同样，他也越来越不能相信在墓坑般的凌晨 3 点，他会一再从噩梦中汗津津地惊醒。

噩梦几乎总是一个样，完全是在重放他在特里姆布尔集会与斯蒂尔森握手的情景。那是在一片突然的黑暗中，他感觉自己身处一个隧道，一束头灯发出的耀眼光芒迎面而来，下面是一个火车头，黑色的世界末日般的火车头。那个眼神卑微怯懦的老人正在主持一个难以想象的就职仪式。恶心的感觉像一阵阵烟一样涌起又落下。一幅幅影像串在一起，仿佛是二手车停车场里悬挂的一排迎风摆动的塑料三角旗。他的心底在低语：这些影像都是有关联的，它们用连环画形式讲述了一个即将来临的巨大毁灭，也许就是薇拉·史密斯深信不疑的世界末日大决战。

但那些影像是什么呢？它们究竟是什么呢？总是无法看清，只能看到一个模糊的轮廓，因为总有那令人费解的蓝色滤光镜横在中间，而那蓝色滤光镜时不时夹杂着像虎纹一样的黄色条纹。

在这不断重复的梦中唯一清晰的画面就是在结束时：垂死者的尖叫，死者的臭味儿，一只老虎在溜达，穿过几英里长的扭曲的金属、熔化的玻璃和烧焦的土地。这只老虎一直在笑，而且它嘴里似乎叼着什么东西，某种蓝黄相间还在滴着血的东西。

这个秋天里很多次他都觉得这梦要把自己逼疯了。梦太荒唐了，似乎终究表明还是没有什么可能性的。最好是彻底别想了。

但因为他做不到，于是他研究斯蒂尔森，想让自己相信这只是一种无害的癖好，而不是危险的执念。

斯蒂尔森出生于图尔萨。他的父亲是个油田钻井工人，总是不断地换工作，因为他块头大，所以比他的同事干得多。他母亲可能曾经很漂亮，从约翰发现的两张照片上能瞧出来一丁点儿。如果她也曾光彩照人过，那么岁月和她丈夫很快就让她的美丽暗淡下去。照片上不过是又一张被风沙侵蚀的脸，典型的美国东南地区大萧条时期的女人，穿着一件旧的印花布衣服，细长的胳膊抱着一个婴儿，那是格雷格，在阳光下眯着眼。

他父亲很专制，并不重视自己的儿子。幼年时期，格雷格体弱多病。并没有证据表明他父亲在精神上或肉体上虐待过他，但可以感觉到格雷格·斯蒂尔森至少 9 岁前一直在不受喜爱的阴影下生活。然而，约翰手里的那张父子合影却看上去很幸福：照片是在油田上拍的，父亲的手很随意地搂着儿子的脖子，像战友般情意深重。尽管如此，这张照片仍然让约翰感觉有点儿冷飕飕的。哈里·斯蒂尔森穿着工作服、斜纹布裤子和双排扣卡其布衬衫，头上得意扬扬地歪扣着一顶安全帽。

格雷格就在图尔萨市入学，10 岁时转到俄克拉何马城。他 9 岁那年夏天，他父亲在一次油井井架起火事故中身亡。玛丽·罗·斯蒂尔森和她儿子之所以搬到俄克拉何马城，是因为那是她出嫁前住的地方，也是有战争催生工作岗位的地方。那是 1942 年，好光景又来了。

中学前，格雷格的成绩一直很好，之后他经常打架斗殴。逃学、打架、在闹市区打台球，也许还在住宅区偷过东西，虽然这些从未被证实过。1949 年他念高三，因为在更衣室的洗手间里放了一个“樱桃炸弹”爆竹，而受到停课两天的处分。

在与相关部门的争吵中，玛丽·罗·斯蒂尔森一直都在坚持她儿子是对的。1945 年，随着战争结束，好日子也就到头了，起码对于斯蒂尔森家来讲是这样。斯蒂尔森太太觉得好像整个世界都在跟她和她的儿子作对一样。她母亲死了，除了留给她一间小房子外，再一无所有。她在一家低档酒吧当了一段时间的服务员，然后又在一家通宵营业的小饭店端盘子。每当她儿子惹了麻烦时，她总是为他辩护，（显然）从来不去检查她儿子是不是有过错。

他父亲口中体弱多病的“小崽子”走到了1949年。随着格雷格·斯蒂尔森的青春期发育，他父亲的遗传基因显现了。13岁到17岁之间，他猛长了6英寸，体重增加了70磅。他不参加学校组织的体育活动，但想办法参加了查尔斯·阿特拉斯健美活动和一系列举重运动。“小崽子”已然成了一个难以管教的坏小子。

约翰猜他一定有十几次差点儿被学校开除。他没有被开除纯属狗屎运。约翰经常想，要是他受到一次严厉的处分，那就好了。那就不用有现在这些愚蠢的担心了，因为一个被处罚过的罪犯是不能在公职中担任高官的。

1951年6月，斯蒂尔森毕业了，成绩基本在他们班垫底，这是实情。虽然成绩差，但他头脑很精明。他的眼睛盯的是对他最有利的机会。他很会说话，处处如鱼得水。毕业那年夏天，他在一个加油站干了一段时间。同年8月，在怀尔德伍德社区的一次“帐篷复兴”仪式上，格雷格·斯蒂尔森自称被耶稣附体了。他辞去了76号加油站的工作，成为一个职业求雨法师，“通过我主耶稣的力量求雨”。

不知是巧合还是什么别的原因，由于多日的沙尘侵蚀，那年是俄克拉何马城最干旱的一年。庄稼颗粒无收，如果井也干涸了的话，牲畜不久也会完蛋的。当地牧场主协会邀请格雷格参加一个会议。约翰找到了许多有关随后发生的事情的报道，那是斯蒂尔森职业生涯中最辉煌的阶段之一。没有哪两个报道是完全一致的，约翰能理解是什么原因。它具备所有美国神话的特点，和大卫·克洛科特①、佩克斯·比尔②、保罗·班扬③的故事没什么两样。

---

① 大卫·克洛科特（Davy Crockett）：原名戴维·德·克洛科特恩（David de Crocketagne，1786—1836），美国政治家、战斗英雄。曾当选众议员，因参与得克萨斯独立运动中的阿拉莫战役而阵亡。——编者注

② 佩克斯·比尔（Pecos Bill）：美国神话中最伟大的牛仔。生于19世纪30年代，从小与草原上的土狼共同生活，后来成为西部牛仔，做出许多令人难以置信的功绩。此人被认为是美国西部牛仔文化的象征。——编者注

③ 保罗·班扬（Paul Bunyan）：美国神话人物，传说中的巨人樵夫，体形巨大，力大无穷，伐木快如割草。——编者注

这类事件肯定是发生了，但绝对的真相已经无法考证了。

有一件事儿似乎是明确的。牧场主协会的那次会议一定是史上最奇怪的一次会议。牧场主们从东南和西南地区邀请了二十几位求雨者，其中一半是黑人，两个是印第安人，其中一个人有一半波尼族印第安血统，另一个是纯血统的阿帕切族印第安人。还有一个是喜欢嚼佩奥特仙人掌的墨西哥人，格雷格是 9 个白人中的一个，而且是唯一的本地人。

牧场主们逐个儿听取那些求雨者和探水者的建议。那些人逐渐且自然地分成两派：一派要求预付一半费用（不退还），另一派要求预付全部费用（不退还）。

当轮到格雷格·斯蒂尔森时，他站起来，大拇指勾在牛仔裤的皮带头上，说："我猜你们知道，我是因为皈依耶稣才能求雨的。以前的我深陷于罪恶和罪恶的习惯里。而主要的习惯之一就是我们今晚看到的一个习惯，这种习惯你们通常是用美元符号来拼写的。"

牧场主们产生了兴趣。斯蒂尔森 19 岁时就是个能让人发笑又很能吸引人的演说家了。他提出了一个他们无法拒绝的建议。因为他是个重生的基督教徒，因为他知道贪恋钱财是一切罪恶的根源，所以他将先求雨，然后他们再付他钱，而且他们觉得这次行动值多少钱就可以付他多少。

通过口头表决，他被雇用了，两天后，他跪在一辆农用卡车的平板后面，慢慢驶过俄克拉何马城的各条公路，他身穿一件黑衣，头戴低顶牧师帽，通过连在德尔科（Delco）拖拉机电瓶上的两个扩音喇叭求雨。成千上万的人跑出来看他求雨。

结果不出所料，很令人满意。在格雷格求雨后的第二天下午，天上阴云密布，第三天早晨雨就下起来了。那场雨下了三天两夜，洪水淹死了 4 个人，房顶上养着鸡的房屋被整间整间地冲入格林伍德河，井被灌满了，牲畜得救了，但俄克拉何马的农牧场主协会断定这场雨可能本来就要下的。在第二次会议上他们为格雷格捐款，给了这个年轻的求雨者 17 美元的"慷慨"

酬谢。

格雷格很平静。他用这 17 美元在俄克拉何马的《先驱者报》上登了一则广告。广告指出，这种事情在哈姆林镇的一个捕鼠者身上也发生过。广告还说，作为一个基督徒，格雷格·斯蒂尔森不会在孩子们身上实行报复，他也知道他无法通过法律手段对付强大的牧场主协会。但做人要公平，对不对？他有一个年老的母亲要抚养，她的身体还每况愈下。广告暗示说，他是给一群有钱但不懂感恩的势利小人求雨，20 世纪 30 年代曾有一帮恶人，把像流动工人那样的穷苦人拖出他们的土地，现在这帮势利小人和那帮恶人是同一类人。广告还说，他救了价值几万美元的牲畜，回报他的却只是区区 17 美元。因为他是个善良的基督徒，因此这种忘恩负义的行为并没让他觉得烦恼，但这也许该换来那些良善公民的反思。有正义感的人可以把捐款寄往 471 信箱，由《先驱者报》转交。

约翰不知道在那个广告后格雷格·斯蒂尔森到底收了多少钱，对此的报道怎么说的都有。但那年秋天，格雷格开着一辆崭新的“水星”牌汽车在镇里逛来逛去。他的外婆留给他们的小房子当时已经 3 年没交税了，而那次一下子全付清了。他的母亲玛丽·罗本人（她具体没什么病，也不老，不超过 45 岁）也花枝招展地穿上崭新的浣熊皮大衣。斯蒂尔森显然发现了推动世界运转的巨大而又神秘的力量：如果受益者不付钱，那么那些不受益的人反而往往会付钱，完全是无缘无故的。政客们相信总有足够的年轻人去充当炮灰，遵循的也许也是这样的法则。

牧场主们发现他们捅了马蜂窝。当他们协会里的人来到城里时，人们经常围住他们嘲讽一番。城里所有的教堂都不让他们进去。他们发现那场大雨拯救下来的牛突然很难卖掉，只能用船把牛运到很远的地方去卖。

在那个难忘之年的 11 月，两个年轻人手指上套着铜拳环，口袋里还揣着镀镍的 0.32 英寸口径的手枪，踏上了格雷格·斯蒂尔森家的门槛，他们显然受雇于牧场主协会，来苦口婆心地“劝说”格雷格搬到别的“气候适宜的”地方去。两人最后都进了医院。一个脑震荡，另一个掉了 4 颗牙，头骨破裂。两人都是在格雷格·斯蒂尔森所住街道的角落被发现的，没穿裤子。他们的拳环被塞进肛门里，其中的一个年轻人不得不做了一个小手术才把那个异物取出来。

协会妥协了。12 月初他们又开了一次会，从协会基金中拨出了 700 美元，一张相同数目的支票转交给了格雷格·斯蒂尔森。

他赢了。

1953 年，他和他母亲搬到内布拉斯加州。求雨这一行已经不景气了，有人说台球厅妓女拉客的生意也不行了。不知什么原因他们搬了家，最后来到了奥马哈市。格雷格开了一家房屋粉刷公司，两年后公司破产。他在美国“真理之路”《圣经》公司当推销员时业绩比以前好了很多。他穿过中部玉米产区，和上百户辛勤工作、敬畏上帝的农民家庭共进晚餐，讲他皈依的故事，推销《圣经》、徽章、塑料耶稣像、赞美诗、磁带、宗教宣传册子，以及一本极右翼的书，名叫《美国“真理之路”：共产主义犹太人针对美国的阴谋》。1957 年，他买了辆崭新的福特旅行车，换掉了那辆老旧的“水星”。

1958 年，玛丽·罗·斯蒂尔森死于癌症，那年年末，格雷格·斯蒂尔森不干推销重生《圣经》的活计了，向东漂泊而去。他在纽约待了一年，这一年他努力想挤进演艺界。这是少数几个没让他捞到钱的工作之一（和他的粉刷公司不相上下）。但也许并不是因为他缺乏演戏的天赋，约翰讽刺地想。

后来他北上到达纽约州奥尔巴尼市。在奥尔巴尼，他进入一家保险公司，在那里一直待到 1965 年。就保险推销员而言，他算是成功的，但他只是无目的地工作。他没有打入公司管理层，也没有迸发出基督教徒的热情。在这 5 年间，昔日那个耀武扬威、咋咋呼呼的格雷格·斯蒂尔森似乎进入了冬眠期。他的职业不断变化，但生活上一成不变，唯一的女人就是他母亲。就约翰所知，他从没结过婚，甚至没有过固定的女朋友。

1965年，保险公司派他去新罕布什尔州的里奇韦工作，格雷格同意了。大约在这时，他的冬眠期似乎结束了。摇摆舞盛行的20世纪60年代是一个风起云涌的时代，是短裙时代，也是一个随心所欲的解放时代，格雷格在里奇韦社区事务中活跃起来。他加入了商会和扶轮社。1967年，在有关商业区停车计费器的争议中，他受到全州的关注。6年以来，各种派别为此激烈争论过。格雷格建议取消所有的计费器，改放收钱箱。让人们按照自己的意愿去付钱。有些人说这是他们听过的最疯狂的建议。格雷格回答说，嗯，你们可能会大吃一惊的。是的，先生。他很有说服力。市镇上最后决定暂时采纳他的建议，随后汹涌而至的5美分和10美分的硬币让所有人都大吃一惊，除了格雷格。他几年前就发现这一法则了。

1969年，他在新罕布什尔州提建议时又成了新闻人物，当时他向里奇韦报纸寄了一封很长的信，在信中建议让那些吸毒者参加公共设施的建设工作，比如可以参加公园、单车道的建设，也可以去交通岛上除草。许多人说，这是我听过的最荒唐的建议。格雷格回答说，那好吧，试一试，如果不起作用，就放弃。镇里又试了一下。一个吸毒者把镇图书馆过时的杜威10进制图书分类系统重新改造了一下，变成了新的国会图书馆编目系统，没花镇里一分钱。几个吸毒而穷困潦倒的嬉皮士把市镇公园布置成一个地区景点，配备有鸭塘和运动场，经过一番科学的设计，使有效的游乐时间尽可能长，危险尽可能小。正如格雷格指出的那样，这些吸毒者大多数在大学中对化学很感兴趣，但那并不妨碍他们利用在大学里所学到的所有其他知识做有用的工作。

格雷格在他的第二故乡热火朝天地开展他的基础建设整改，在改造这些瘾君子的同时，他还给曼彻斯特市的《工会领袖》、波士顿的《环球报》和《纽约时报》写信，支持越南战争，支持对吸海洛因者判重刑，支持恢复死刑，特别是对贩毒者实行死刑。竞选众议员活动中，格雷格在几个不同场合都宣称他从1970年起就一直反战，但他那些自己公开发表过的声明让他的这一宣言成了一个绝对的谎言。

1970 年，格雷格·斯蒂尔森成立了自己的保险和不动产公司，获得了巨大的成功。1973 年，在“都城”[①]市郊，他和其他 3 个商人投资兴建了一座购物中心。那一年阿拉伯人实行石油禁运，也是格雷格开始驾驶一辆“林肯大陆”的那一年。那年他还竞选了里奇韦镇镇长。

镇长是两年一期，两年前即 1971 年，新英格兰地区大多数城镇的共和党人和民主党人（人数 8500）同时向他伸出了橄榄枝。他微笑着谢绝了。1973 年，他作为独立候选人竞选，对手有两个：一个是很受欢迎的共和党候选人，但容易对付，因为他热情支持过尼克松总统；另一个是民主党的名誉领袖。他首次戴上那顶建筑工人的安全帽。他的竞选口号是：“让我们建设一个更加美好的里奇韦！”他以压倒性多数票获胜。一年以后，在新罕布什尔州的姐妹州缅因州，选民们厌弃了民主党的乔治·米切尔和共和党的詹姆斯·欧文，选了一位来自刘易斯顿保险公司的职员詹姆斯·朗利做他们的州长。

这一榜样格雷格·斯蒂尔森注意到了。

4

约翰在报刊复印件的空白处写上自己的注解和他经常问自己的一些问题。他频繁地研究自己的一连串推理，以至于到现在播音员钱瑟勒和布林克雷还在继续记录选举成绩时，他就已经能一字不差滔滔不绝把整件事情都讲出来了。

首先，格雷格·斯蒂尔森不应该当选。他的竞选承诺总体而言就是个笑话。他的背景完全不对，受的教育也完全不行。他只读到高中毕业，1965 年之前，他基本就是个居无定所的流浪狗。在这个选民决定应由律师来制定

① “都城”（Capital City）：此处指格雷格当时所代表地区的县政府所在地。——译者注

法律的国度，斯蒂尔森的资历显然与这一要求相去甚远。他没有结过婚，个人历史无可否认地诡异。

其次，报刊几乎彻底地放过了他，这很令人费解。在选举年，报刊记者是无孔不入的，威尔伯·米尔斯[1]承认养了个情妇；韦恩·海斯[2]就像藤壶般附着在众议院席位上，但也因为他的情妇而被拉下来。即使是那些很有权势的议员都很难从捕风捉影的媒体那儿幸免于难，按理说斯蒂尔森的情况足以让记者们报道一阵子的了。但他那丰富多彩、充满争议的个性只引起报刊的敬仰，他似乎没让任何人（也许除了约翰·史密斯以外）感到不安。他的那些保镖几年前还是一群骑哈雷摩托的混混，而且总有人会在斯蒂尔森的集会上受伤，但从没有一个记者对此做出深入的研究报道。在州首府的一次集会中，一个年仅 8 岁的小女孩儿折断了胳膊，扭伤了脖子；她母亲情绪失控地发誓说，当时小女孩儿爬上台子想要那位“伟人”在她的纪念册上签名，是“摩托车迷”中的一人把她从台上推下去的，但报纸上只是三言两语地报道——《有女孩儿在斯蒂尔森集会上受伤》，然后这件事儿很快就被淡忘掉了。

斯蒂尔森公开了他的经济状况，约翰觉得数据伪装得太完美无瑕了，因此不是实情。1975 年，斯蒂尔森的收入是 3.6 万美元，缴纳了 1.1 万美元的联邦税，理所当然地，根本不需要交州所得税。新罕布什尔州没有这种税。他声称他的收入全部来自他的保险和不动产公司，还有他当镇长的微薄工资，只字未提利润可观的“都城”购物中心，也没有解释他住在一栋估价在 8.6 万美元的豪宅里的事实，而且那栋豪宅还没有债务需要偿还。美国总统还因为打高尔夫球的草坪费而受到指责呢，可斯蒂尔森古怪的财政报告却没

---

① 威尔伯·米尔斯：全名威尔伯·戴伊·米尔斯（Wilbur Daigh Mills，1909—1992），美国政治家。曾任美国众议员、众议院筹款委员会主席，一度被称为“华盛顿最强大的人”。但在 1974 年其被发现醉酒驾车并载有一名脱衣舞女，此后便离开了筹款委员会。——编者注

② 韦恩·海斯：全名韦恩·勒弗尔·海斯（Wayne Levere Hays，1911—1989），美国政治家，曾任美国国会议员。1976 年有媒体曝光其女秘书实际是其情人，并导致其离婚，此后其便辞去了国会的职务。——编者注

有引起任何怀疑。

还有他当镇长时的政绩。他当镇长时的表现比他竞选时可强多了，也就是那时的表现使得所有人对他有所期待。他精明狡猾，对人情世故、政治心理了如指掌。1975 年他任期届满时，财政 10 年来第一次有了盈余，纳税人感到很高兴。他提出了街心公园计划和嬉皮士半工半读计划，那是令他无可非议地感到自豪的。里奇韦是整个国家最早组建"建国 200 周年委员会"的市镇之一，那里还成立了一个制造档案柜的工厂，而且是在经济不景气的时期，当地的失业率仅为 3.2%，很令人称羡。一切都让人钦佩。

在斯蒂尔森当镇长时，还发生了一些别的事儿，让约翰感到担心。

市镇图书馆的经费从 11500 美元削减到 8000 美元，在斯蒂尔森任职的最后一年里，这笔经费又被减至 6500 美元。与此同时，镇警察局的经费提高了 40%，购买了 3 辆新巡逻车，还有一系列的防暴器材。增加了两名新警察，在斯蒂尔森的敦促下，镇议会通过了一项决议：警察购买随身携带的武器可以报销一半的花费。于是，在这个平静的新英格兰市镇，几个警察去买了 0.357 英寸口径的马格努姆手枪，就是通过电影《警探哈里》[①] 而出名的那种枪。在斯蒂尔森任期内，青少年活动中心被关闭了，还通过了一个决议：16 岁以下者晚上 10 点后不许上街。这应该是自愿的，但警察却强迫人们遵守。另外，社会福利削减了 35%。

没错，格雷格·斯蒂尔森的许多事情让约翰感到害怕。

专制的父亲和骄纵溺爱的母亲。他的政治集会就像摇滚音乐会。他对待集会人群和他的保镖的方式——

---

① 《警探哈里》（*Dirty Harry*）：美国动作片，由华纳公司出品，唐·希格尔（Don Siegel）执导，克林特·伊斯特伍德（Clint Eastwood）、哈里·古蒂诺（Harry Guardino）等出演，于 1971 年上映。影片讲述了哈里不惜一切代价誓将凶手绳之以法的故事。——编者注

自从作家辛克莱·刘易斯[①]出现后，人们就一直在叫嚷悲哀和毁灭，警惕美国国内的法西斯形态，只是这种事儿还没有出现。对，路易斯安那州出现了休伊·朗[②]，但是休伊·朗——

被刺杀了。

约翰闭上眼睛，眼前出现了努竖起手指的样子。砰，砰，砰。老虎，老虎，在黑暗的森林中闪着耀眼的光。多么可怕的手和眼睛啊——

但你不要引起战争，不要，除非你愿意立马和雨衣下的弗兰克·多德为伍。愿意和奥斯瓦尔德[③]们、西尔汉[④]们以及布莱默们这些刺客为伍。他们是行走在世间的一群疯子，偏执狂似的不断在你的笔记本里加入新的内容，在夜半翻看，当事情在你心中集聚到达顶峰时，就要用优惠券去邮购枪支了。约翰·史密斯，见见斯屈奇·弗罗姆[⑤]。很高兴见到你，约翰，你笔记中的每一样我都非常有共鸣。我要介绍你见见我的精神导师。约翰，见过查理。查理，这是约翰。当你干掉斯蒂尔森后，我们一起去干掉其他猪狗不如的东西，如此我们就拯救了红杉。

他感觉头在旋转，惯常的头痛又开始发作了。每次都会这样。每次一想起格雷格·斯蒂尔森，他就会头痛。该睡觉了，上帝保佑别做噩梦。

但是，问题还是问题，还在那里。

---

① 辛克莱·刘易斯（Sinclair Lewis，1885—1951）：美国作家，主要作品有《大街》《巴比特》《阿罗史密斯》等。其中《巴比特》于1930年获诺贝尔文学奖。他是美国第一位诺贝尔文学奖获得者。——编者注

② 休伊·朗：全名休伊·皮尔斯·朗（Huey Pierce Long，1893—1935）：美国政治家，曾任路易斯安那州州长、美国参议员，1935年被暗杀。——编者注

③ 奥斯瓦尔德：全名李·哈维·奥斯瓦尔德（Lee Harvey Oswald，1939—1963），美籍古巴人，被认为是1963年约翰·肯尼迪遇刺案的主凶。案发两日后，其在警察的严密戒备中被杰克·鲁比（Jack Ruby）开枪击毙。——编者注

④ 西尔汉·比萨拉·西尔汉（Sirhan Bishara Sirhan，1944—1969）：巴勒斯坦移民，被认为是1968年枪杀美国参议员罗伯特·肯尼迪的凶手。——编者注

⑤ 斯屈奇·弗罗姆：全名丽奈特·爱丽丝·“斯屈奇”·弗罗姆（Lynette Alice “Squeaky” Fromme，1948— ）：美国刺客，曾在1975年企图暗杀前总统杰拉尔德·福特。她是臭名昭著的“曼森家族”成员，后被判处终身监禁，但在服刑近34年后于2009年假释出狱。——编者注

他把一个问题写在笔记本上，反复来回地看它。他把它清楚地写下来，然后画上 3 个圆圈，仿佛这样就可以把问题圈在里面。那个问题是：**如果你能乘坐着时光机器穿越到 1932 年，你会杀了希特勒吗？**

约翰看看表。1 点 15 分。现在是 11 月 3 日，建国 200 周年选举已经过去了。俄亥俄州还没最后出结果，但卡特现在领先。没有争议，孩子。喧嚣结束了，选举也胜负分明了。福特要解甲归田了，至少在 1980 年之前是这样。

约翰走到窗前，向外望去。豪宅黑漆漆一片，但车库那边努的房间还亮着灯。努，这个很快就要成为美国公民的人，仍在看美国 4 年一次的伟大仪式：老游民从那里出去，新浑蛋从这里进来。也许白宫职员戈登·斯特拉坎[①]给“水门事件”调查委员会的回答还不算太差。

约翰上了床，过了很久才睡着。

他又梦见了“笑面虎”。

① 戈登·斯特拉坎：全名戈登·克赖顿·斯特拉坎（Gordon Creighton Strachan，1943— ）：美国白宫前职员，前总统尼克松的助理，被认为是“水门事件”的参与者之一。——编者注

第 22 章

如果有时光机

我不能逃进时光机器里，回到一个美好的改变了的世界吗?

1

1977 年 1 月 2 日下午，赫伯特·史密斯如期迎娶了第二任妻子查尔妮·麦肯齐。婚礼在西南湾的公理会教堂举行。新娘的父亲，一位几乎双目失明的 80 岁老先生，把新娘的手放到新郎手中。约翰站在他父亲身边，适时地奉上了婚戒。现场很有爱。

莎拉·赫兹里特跟她丈夫和儿子一起参加了婚礼，她儿子现在已经不再是婴儿了。莎拉又怀孕了，容光焕发，满脸幸福和满足。看着她，一阵痛苦和妒忌突然涌上约翰的心头，那种感觉好像他猛地受到催泪瓦斯袭击似的。过了好一会儿，这种感觉才退去，婚礼后的酒会上，约翰走过去和他们攀谈。

这是他第一次见到莎拉的丈夫。他是个高大英俊的男人，留着铅笔胡，过早地生出了白发。他竞选缅因州议员成功了，滔滔不绝地大谈全国选举的真正意义，诉说和一个无党派州长一起工作的困难。这期间，丹尼扯着他的裤角，还要喝饮料："爸爸，再给我一点儿饮料，再给我一点儿饮料！"

莎拉说话很少，但约翰能感到她明亮的眼睛落在他身上，那感觉很不自在，但还不算不愉快。也许有点儿悲哀。

酒会上酒水不限量，约翰比平时多喝了两杯，平时两杯就是他的极限了，也许是因为重见莎拉带来的震动，她这次是和她家人一起出现的；也许是因为查尔妮容光焕发的脸让他意识到自己的母亲真的离去了，永远离去了。因此在赫兹里特一家离开后的一刻钟左右，他来到新娘的父亲赫克托·马克斯通[①]身边时，他都有点儿醉醺醺的了。

老人坐在角落里，挨着剩下的结婚蛋糕，因关节炎而扭曲的手握着拐杖。他戴着墨镜，一边的眼镜腿上贴着黑色电工胶布，身边有两个空啤酒瓶，还有一个半空着。他仔细打量着约翰。

"赫伯特的儿子，对吗？"

"是的，先生。"

一番更为仔细的打量后，赫克托·马克斯通说："孩子，你气色不好。"

"我想大概是熬夜熬得太多了。"

"看上去你需要吃点儿补品，补补身子。"

"您参加过第一次世界大战，是吗？"约翰问，老人的蓝色军礼服上挂满了奖章，包括一枚英勇十字勋章。

"确实参加了，"马克斯通说，兴奋起来，"1917年和1918年，在美国远征军'黑杰克'潘兴[②]将军麾下服役。我们穿过了沼泽和泥泞，顶着风，还闹着肚子。在贝洛森林，我的孩子，贝洛森林——现在它只是历史书上的一个名字了，但我曾经到过那里——我看到人们死在那里。吹了风就拉肚子，从战壕里延伸到所有该死的人员。"

"查尔妮说您的儿子……她的哥哥……"

---

① 查尔妮·麦肯齐（Charlene MacKenzie）和她父亲赫克托·马克斯通（Hector Markstone）的姓氏不同，可能是因为查尔妮还保留着前夫的姓氏。——编者注

② "黑杰克"潘兴（"Black Jack" Pershing）：原名约翰·约瑟夫·潘兴（John Joseph Pershing，1860—1948），美国陆军军官。其于1886毕业于西点军校，曾参加美西战争、菲律宾起义、墨西哥远征队，并在第一次世界大战期间担任驻欧美军总司令。——编者注

“巴迪。对。他本来会成为你舅舅的，孩子。我们爱他吗？我觉得我们爱过他。他叫乔，不过从他出生以来，每个人都叫他巴迪。收到电报的那天，查尔妮的母亲就不行了。”

“是战争中阵亡的吗？”

“是的，”老人缓缓地说，“1944 年，在圣洛，离贝洛森林不远，无论如何，不能用我们现在的方法衡量那个距离。他们一枪打死了他。那些纳粹。”

“我正在写一篇文章，”约翰说，微醉中感到一阵狡猾，终于把谈话引到真正的话题上了，“我希望把它卖给《大西洋》或《哈珀斯》……”

“作家吗，你是？”他的墨镜闪着光向上对着约翰，又有了新的兴趣。

“嗯，我在努力成为一个作家。”约翰说。他有些后悔自己的油腔滑调。是的，我是一个作家。当夜幕降临后，我在笔记本上写作。“不管怎么说，文章会谈到希特勒。”

“希特勒？谈希特勒的什么？”

“嗯……假设……假设您跳入时光机器中，穿越回 1932 年的德国。假设您遇见了希特勒。您会杀了他还是会放过他？”

老人的墨镜慢慢抬起来对着约翰的脸。现在，约翰不觉得自己醉了、油腔滑调或者耍小聪明了。一切似乎都取决于这位老人要说的话。

“是在开玩笑吗，孩子？”

“不，不是开玩笑。”

赫克托・马克斯通的一只手从拐杖头上挪开，伸进他的套装裤口袋里，在那里摸索，那一刻，一切仿佛定格了。最后他的手终于出来了，里面握着一把骨头把儿的折叠小刀，经过这么多年，刀把儿已经像旧象牙一样光滑柔美。另一只手动起来，尽管有关节炎，却令人难以置信地敏捷地打开刀刃。刀刃在教堂大厅的灯光下闪着寒光：这把刀在 1917 年曾随着一个小伙子前往法国，那小伙子当时已是童子军预备队员，打算要阻止德国鬼子杀戮婴儿和强奸修女，要向法国人显示美国人的勇气，男孩儿们遭到机枪的扫射，男孩儿们患了痢疾和致命的流感，男孩儿们吸进了芥子气，男孩儿们从贝洛森林走出时仿佛是亲眼见过了撒旦，成了形容枯槁的稻草人。结果证明，一切都是徒劳，结果证明，一切都在一而再、再而三地发生着。

那边，音乐在演奏，人们欢声笑语，翩翩起舞。一根闪光棒射出激昂的光。约翰盯着亮出的刀刃，灯光照在刀刃上面，一闪一闪的光在变幻，他被深深吸引住了。

“看到这个了吗？”马克斯通轻声问。

“看到了。”约翰轻声回答。

“我会把这刀扎进那个阴暗、残暴的谋杀者的心脏，”马克斯通说，“我会用尽力气向里扎……扎到它能够着的最深处……然后我再转动它。”他慢慢转动手里的刀，先顺时针转动，然后又逆时针转动。他微微一笑，露出婴儿般光滑的牙龈和一颗翘出来的黄牙。

“但是首先，我要在刀刃上涂上毒鼠药。”他说。

2

“杀死希特勒？”罗杰·查茨沃斯说，呼出了一小股白色的哈气。他们俩穿着雪靴在达勒姆豪宅后的林中漫步。林中格外静谧。正是 3 月初，但今天这里就像沉睡的 1 月一样平静冷清。

“是的，对。”

“这问题有意思，”罗杰说，“没有意义，但很有点儿意思。不。我不会。相反，我会加入纳粹党，试着从内部改变它。假使预先知道会发生什么的话，可以把他清除掉或者陷害他。”

约翰想起截短的撞球杆，想起桑尼·埃里曼耀眼的绿眼睛。

“也可能弄得你自己被杀掉。1933 年的时候，那些家伙可不只是唱唱啤酒馆里的歌儿那么简单。”约翰说。

“是，没错。”他冲着约翰扬起眉毛，“你会怎么做？”

“我真的不知道。”约翰说。

罗杰换了个话题：“你爸爸和他太太蜜月过得怎么样？”

约翰笑了。他们去了迈阿密海滩，刚好碰上旅馆工作人员罢工。“查尔妮说她觉得和在家一样，还得自己铺床。我爸爸说他觉得自己像个怪人，在3月份晒日光浴。不过我想他们玩儿得还是挺开心的吧。”

“那他们卖掉房子了吗？”

“卖掉了，两套在同一天卖掉了。基本是按他们心理价位卖掉的。现在，要是没有该死的医疗费还压在我身上，那就一帆风顺了。”

“约翰……”

“嗯？”

“没事儿。我们回去吧。我有几瓶芝华士威士忌，如果你想尝一尝的话。”

“太好了。”约翰说。

3

他们现在正在读《无名的裘德》[①]，约翰吃惊地发现查克自然且迅速地喜欢上了这本书（经过了前40页磕磕巴巴、死去活来的艰难阅读以后）。查克表示晚上他自己会接着往下读，读完这本书后，他想读读哈代的其他作品。他生平第一次从阅读中找到了快乐，就像一个在年长于他的女人那里初次品尝到性快感的男孩儿一样，沉迷在其中。

此刻，书面朝下摊开放在他的膝盖上。他们还是在游泳池边上，但泳池里已没水了，查克和约翰都穿着夹克。头顶上，柔和的白云从天空飘过，散漫地尝试着往一起聚拢，以便聚集到让雨飘下来。空气神秘而香甜，春天正从不远的地方赶来。这是4月16日。

---

① 《无名的裘德》（*Jude the Obscure*）：英国作家托马斯·哈代（Thomas Hardy）创作的最后一部长篇小说，出版于1895年。小说以悲怆的笔调叙述了乡村青年裘德一生的悲剧。——编者注

“这是个捉弄人的问题吗？”查克问。

“不是。”

“好吧，他们会抓住我吗？”

“什么？”这个问题其他人都没问过。

“如果我杀了他，他们会抓住我吗？会把我吊在一根电线杆上吗？像离地6英寸的‘疯酷烤鸡’那样？”

“嗯，我也不知道。”约翰慢慢地说，“对，我想他们会抓住你的。”

“我不能逃进时光机器里，回到一个美好的改变了的世界吗？回到美好的1977年？”

“不行。我想不行。”

“噢，那也没关系。无论如何我会杀掉他。”

“真的？”

“真的。”查克微微一笑，“我会装上一颗那种空心假牙，里面装满剧毒的毒药，或在我衬衣领子放一把剃刀片什么的。那样的话，如果他们抓住我，就没办法对我做太恶心的事儿了。但我会杀了他的。如果我不杀他，恐怕被他杀死的那几百万人会缠着我一辈子。”

“一辈子。”约翰有气无力地说。

“你没事儿吧，约翰？”

约翰使劲儿对着查克挤出一丝笑：“没事儿。我猜我的心脏停跳了一下。”

略微阴沉的天空下，查克继续读着《无名的裘德》。

4

5月。

切割过的青草香味儿又一次如期而至了，还有人们一直深爱的金银花、花粉和玫瑰的气息。在新英格兰，真正的春天只有一个星期，很宝贵，电台又开始播放“海滩男孩儿”乐队的经典金曲，路上传来游玩的日本汽车的“嗡嗡”声，之后夏天就会热烘烘地扑面而来。

在那个宝贵的一星期的最后一个晚上，约翰坐在客房，望着外面的黑夜。春天的夜柔和而又深沉。查克和他现在的女朋友去参加中学舞会了，女孩儿比他以前的那几个女友都更聪明。她喜欢读书，查克向约翰透露过，这是一个男人向另一个男人说的悄悄话。

努走了。他在 3 月底拿到了美国公民证，4 月，他申请北卡罗来纳州一家旅游宾馆的清洁工一职，3 个星期前，他去那里面试，当场就被聘用了。离开前，他来看过约翰。

“我觉得，你为那并不存在的老虎过分焦虑了。”他说，“老虎有斑纹，这斑纹跟周围环境融为一体，人们就看不见它了。焦虑的人会因此疑神疑鬼，觉得老虎无处不在。”

“真的有一只老虎。”约翰回答说。

“是的，”努同意说，“在某个地方。但同时，你也越来越瘦了。”

约翰站起来，走到冰箱边，给自己倒了一杯百事可乐。他拿着可乐走到外面的小阳台，坐下，一边呷着可乐，一边想着：如果人人都可以穿越时光那该有多好。可那是完全不可能的。月亮出来了，就像松树林上的一只橙色眼睛，在游泳池中投下一条血色轨迹。第一批青蛙在聒噪地鸣叫着。过了一会儿，约翰走进屋，往百事可乐杯里倒了多份郎立可（Ron Rico）朗姆酒。他走到外面，再次坐下，边喝着可乐边望着月亮在天空中越升越高，慢慢地从橙色变成神秘的、宁静的银白色。

第 23 章
毕业聚会・宿命

任何我们不明白的事儿，任何与我们了解的情况存在方式不一致的东西，我们都把它归结为潜意识，是吗？

1

1977 年 6 月 23 日，查克高中毕业了。约翰穿着他最好的西服，和罗杰・查茨沃斯、谢利・查茨沃斯一起坐在闷热的大礼堂，看着查克以第 43 名的成绩毕业。谢利当时还哭了。

随后，在查茨沃斯家举行露天招待会。天气又热又闷。西边天空中，缀有紫色肚子的积雨云已经聚集起来，缓慢沿着地平线前后飘移，但似乎没有太靠近。查克喝了 3 杯伏特加酒和橘子汁调的鸡尾酒，脸色泛红，领着他的女朋友帕蒂・斯特拉坎过来给约翰看他父母送他的毕业礼物，一只崭新的琶莎牌（Pulsar）手表。

查克说："我告诉他们我要那种星球大战里的 R2D2 机器人，但他们最多能给的就是这只表。"约翰笑着听。他们聊了一会儿，然后查克突然声音有点儿粗哑地说："谢谢你，约翰。如果没有你，我今天根本不可能毕业。"

"不，不是这样的，"约翰说，他有点儿紧张地看到查克快哭了，"学校的课程起到的作用才是最大的。"

“我也一直是这么跟他说的。”查克的女朋友说。眼镜后面，她冷艳的美含苞待放。

“也许吧，”查克说，“也许是这样的。但我想我知道我的文凭应该归功于谁。真的是太感谢你了。”他搂住约翰，给了他一个拥抱。

一道有力而又耀眼的闪电影像迅疾而来，约翰身体一下子僵直，双手抱着头的两侧，好像查克不是拥抱了他一下，而是电击了他一下一样。那影像就像一幅电镀的画一样沉入他的脑中。

“不，”他说，“千万不要。你们俩不要去那里。”

查克不安地向后退了一步。他也感觉到了某种东西，某种冰冷、模糊、理解不了的东西。突然他不想再碰约翰，那一瞬间，他永远不想再碰约翰了。那种感觉好比是他躺在自己的棺材里，眼睁睁地看着棺材盖被盖下来钉死一样。

“约翰，”他说，嗓音开始颤抖，“怎么……怎么……”

罗杰正拿着饮料走过来，看到后他停住脚，一脸困惑。约翰越过查克的肩膀，望着远处的积雨云。他的双眼茫然又朦胧。

他说道：“你们不要去那个地方。那里没有避雷针。”

“约翰……”查克看看他父亲，吓坏了，“好像他什么病……发作了，还是怎么了。”

“闪电。”约翰用一种播报的声音宣告道。人们都转过头看着他。他张开双手：“猛烈的火灾。墙上的绝缘体。门都……关着。烧着的人们闻上去像烤猪肉。”

“他在说什么？”查克的女朋友高声叫道，人们的聊天渐渐停下来。现在每个人都尽力端稳手里的食物盘和酒杯，目不转睛地盯着约翰。

罗杰过来阻止：“约翰！约翰！出什么事儿了？快醒醒！”他在约翰茫然的眼睛前打了个响指。雷声在西边隆隆作响，也许是巨人们玩儿牌发出的声音。“怎么了？”

约翰的声音清晰而响亮，响彻了在场的50多位宾客的耳朵，商界人士和他们的太太、教授和他们的妻子、达勒姆中上层阶级的耳朵："今晚让你儿子待在家里，否则他会和其他人一起被烧死的。会有一场大火，一场可怕的大火。让他不要靠近'凯茜'。它会遭到雷击，在救火车赶到之前它会被烧成平地。绝缘体会燃烧。在出口处会有六七具烧焦的尸体，除了通过检测他们的牙齿，无法辨认他们是谁。它……它……"

帕蒂尖叫起来，她伸手捂住自己的嘴巴，手里拿的塑料杯掉到草坪上，小冰块掉出来滚落到草上，像大颗大颗的钻石一样闪闪发光。她站着摇晃了几下，身着柔美飘逸的舞会礼服晕倒在地。她母亲冲过来，对着约翰吼道："你出什么毛病了？你到底犯什么病了？"

查克盯着约翰，他的脸惨白如纸。

约翰的眼睛开始清澈起来。他环顾四周盯向他的一双双眼睛。"对不起。"他喃喃道。

帕蒂的母亲双膝跪地，抱着她女儿的头，轻轻地拍着她的面颊。姑娘动了动，呻吟起来。

"约翰？"查克低声喊他，然后不等回答，就走向他的女朋友。

查茨沃斯家后院的草坪上一片安静，人们都在看着他。他们看着他是因为影像又一次出现了。他们看他的样子与当时护士、记者们看他的眼神如出一辙，就像是电话线上整齐排列的一排乌鸦。他们端着饮料和土豆沙拉盘子，看着他，好像他是只臭虫，是个怪物。他们看着他，就好像他突然扯开自己的裤子，向他们暴露他的私处一样。

他想跑，他想躲藏，他想呕吐。

"约翰，"罗杰说，一只手搂住他，"到屋里来。你需要休息一下……"

远处雷声隆隆。

"'凯茜'是什么？"约翰高声问，想要挣脱罗杰压在他肩上的手臂，"它不是某个人的住宅，因为有出口标志。它是什么？它在哪里？"

“你就不能把他从这儿弄走吗？”帕蒂的母亲几乎是在尖叫了，“他又在刺激她！”

“来吧，约翰。”

“可……”

“来吧。”

他跟着他走向客房。他们走在砾石铺就的车道上，皮鞋发出的声音很响亮，好像再没有其他声音似的。他们走到游泳池时，窃窃私语声在他们身后响起。

“凯茜在哪儿？”约翰又问道。

“你怎么会不知道？”罗杰问道，“看起来每件事情你都知道啊。你把可怜的帕蒂·斯特拉坎吓晕了。”

“我看不见它，它在‘死亡区域’。它是个什么地方？”

“我们先上楼吧。”

“我没有病！”

“那就是太紧张了。”罗杰说，他说话声音很轻柔，好像在抚慰一个无可救药的疯子。他的声音让约翰感到害怕。头又痛了起来，他使劲儿按压着它。他们上楼向客房走去。

2

“感觉好点儿了吗？”罗杰问。

“凯茜是什么地方？”

“它是一家非常精致的牛排餐厅兼酒吧，在萨默斯沃思。不知为什么，人们一般都在那儿举行毕业聚会。你真的不想吃片阿司匹林？”

“不想吃。别让他去，罗杰。那里会遭到雷击的。它会烧成平地。”

“约翰，”罗杰·查茨沃斯缓缓地、非常和蔼地说，“你不可能知道这种事儿的。”

约翰喝了一小口冰水，放下杯子，他的手有点儿发抖："你说过你查过我的背景，我想……"

"是的，我查过。但你正在得出一个错误的结论。我知道人们把你看成一个特异功能者一类的人，但我并不想要一个特异功能者。我当时想要的是一个家庭教师。就教师而言，你干得非常出色。我个人的信条是：好的特异功能者和坏的特异功能者之间没有任何不同，因为我根本不相信这种事儿。就这么简单，我不相信。"

"这样一来我就是个撒谎的人了。"

"完全不是，"罗杰仍然和蔼地低声说道，"我在萨塞克斯的纺织厂有一个监工，他一根火柴不会点 3 次，但这并不证明他就是一个不称职的监工。我有一些虔诚信教的朋友，但我自己不去教堂，可他们还是我的朋友。你相信你能看到未来，这从没有影响我雇用你。不……不完全是这样。应该是你的相信从没有一次影响到我的判断，我判断你的那种能力不会阻碍你教好查克。它也的确没有妨碍你教查克。但我不相信今晚凯茜会烧成平地，就像我不相信月亮是块绿奶酪。"

"我没有撒谎，只是疯了。"约翰说。从无聊的角度来想，这还有点儿意思。罗杰·迪索和许多给约翰写信的人指责他骗人，但查茨沃斯却第一次说他患有精神分裂症。

"也不是，"罗杰说，"你这个年轻人经历过严重车祸，要冲破重重困难回归正常，付出的代价也许是很可怕的。我不能对此妄加评论，约翰，但如果草坪上的任何一个人，包括帕蒂的母亲，要说些愚蠢的论断，我会要他们闭嘴，别讨论他们不懂的事儿。"

"凯茜，"约翰突然说，"那么我是怎么知道这个名字的呢？我怎么知道它不是某个人的住宅呢？"

"听查克说的吧。这星期他一直在谈聚会。"

"他没有对我说过。"

罗杰耸耸肩："也许他对谢利或我说时你听到了。你的潜意识恰好记住并把它存在你的脑子里……"

"对，"约翰痛苦地说，"任何我们不明白的事儿，任何与我们了解的情况存在方式不一致的东西，我们都把它归结为潜意识，是吗？20世纪把这个看得太重了。有多少次当事情不符合你务实的世界观时，你都是这么做的，罗杰？"

罗杰的眼睛可能闪了一下，或许那只是约翰的想象。

"你把即将来临的雷雨和闪电联系在了一起，"他说，"你不明白吗？这很简……"

"听着，"约翰说，"我在尽可能简单地告诉你。那地方会被雷电击中，会被烧成平地的。让查克待在家里。"

啊，天哪，头痛又来折磨他了，它就像个老虎一样步步逼近。他手按住额头乱揉。

"约翰，你的要求太过了。"

"让他待在家里。"约翰重复道。

"那是他的决定，我不能替他做决定。他是自由的，白人，18岁了。"

有人敲了一下门："约翰？"

"请进。"约翰说。查克走进来。他看上去很着急。

"你还好吗？"查克问。

"我没事儿，"约翰说，"就是头痛。查克……今晚请远离那个地方。我以朋友的身份请求你，不管你对这件事儿的态度是否和你爸爸一样。拜托了。"

"没问题，伙计。"查克欣然答应道，一屁股坐在沙发上。他用脚钩过一个脚凳："你就是用20英尺的铁链也没法儿把帕蒂拉到离那儿1英里之内的地方。你可把她吓坏了。"

"很抱歉，"约翰说，松了口气，同时也感觉到一阵身体不舒服，有丝丝寒意，“我很抱歉，但我很高兴。”

“你刚才出现了某种闪念，是吗？”查克看看约翰，再看看他父亲，然后又慢慢回到约翰身上，“我感觉到了，很不好。”

“有时人们会感觉到。我知道那种感觉很不舒服。”

“嗯，我不想再有那种感觉了，”查克说，“但是……那地方不会真的烧成平地吧？”

“会的，”约翰说，“你千万不要去那儿。”

“但是……”他看看他父亲，很烦恼，“高年级把那整个鬼地方都预订了。你知道的，学校鼓励这么做。这样比二三十个不同的聚会，比一堆人在街边小道上喝酒更安全。那里能容纳……”查克沉默了片刻后，看上去很惊恐。“那里会有400多人，”他说，“爸爸……

“你爸爸根本不相信这事儿。”约翰说。

罗杰站起来，微笑着说：“好吧，那我们开车去萨默斯沃思，和那地方的经理谈谈。”他说：“反正这草坪聚会也没多大意思。如果你们俩回来时还是这么想，我们今晚可以把所有人都请到这儿来。”

他瞥了约翰一眼。

“唯一的条件就是你必须保持清醒，协助看护。”

“行，”约翰说，“但为什么这么做呢，既然你不相信我？”

“为了让你平静下来，”罗杰说，“也为了查克。另外，如果今晚什么都没发生，我就可以说我早就告诉你了，大家笑笑就完了。”

“好吧，不管怎样，谢谢。”当他的心落了地后，他比之前抖得更厉害了，但他的头痛减轻了好多。

“但我还是要先说一下，”罗杰说，“我认为我们根本不可能让店主因为你没有事实根据的话而取消的，约翰。这可能是他每年的大生意之一。”

查克说：“嗯，我们可以想办法……”

“比如说？”

“嗯，我们可以给他讲个故事……编个谎话……”

“你是说撒谎？不，我不会那么干的，别让我那么干，查克。”

查克点点头：“好吧。”

“我们赶快走吧，”罗杰催促说，“现在5点15分了。我们开奔驰去萨默斯沃思。”

3

5点40分，他们一行三人走进餐馆，店主兼经理布鲁斯·卡里克正在店里。门外挂着一块牌子，写着：“今晚私人聚会，晚上7点关门，明天见。”约翰看后心头一沉。卡里克并不至于忙得不可开交。店里只有几个边喝啤酒边看早间新闻的工人，还有3对喝鸡尾酒的情侣。他听着约翰的叙述，显得越来越不相信。当约翰讲完后，卡里克说：“你说你叫史密斯？”

“对。”

“史密斯先生，跟我来窗户这边。”

他领着约翰来到大厅窗户旁边，挨着衣帽间的门。

“看外面，史密斯先生，然后告诉我你看到什么了。”

约翰向外看去，明白他看到什么了。9号公路向西延伸而去，路面上下午下的那点儿小雨都快干了。上面的天空湛蓝如洗。那些积雨云已经过去了。

“不多。至少现在不多。但是……”

“但是什么也没有。”布鲁斯·卡里克说，“你知道我怎么想吗？你想听真话吗？我觉得你精神有问题。为什么你要挑选我来玩儿这彻头彻尾的骗局，我不知道，也不想知道。但如果你有时间，小家伙，我跟你说实话。为了这次聚会，高年级学生已经付了我650美元。他们雇了一个很棒的摇滚乐队——橡树乐队，从缅因州来的。食物已经放在冰箱里了，随时可以进微波炉。沙拉正冰镇着。酒水充足，这些孩子大部分都已超过18岁，想喝什么就可以喝什么……今晚他们会喝的，谁会责备他们，高中毕业一生只有一次。今晚在酒吧，我可以赚 2000 美元，不费吹灰之力。我临时又雇了两个酒保。我有 6 个女招待外加 1 个领班。如果我现在取消这次聚会，我损失了一个晚上，还要退回已经收到的 650 美元餐费。而且我连平时的顾客都没有了，因为那块牌子已经在那儿放了一个星期了。你明白了吗？”

“这地方安避雷针了吗？”约翰问。

卡里克举起双手：“我在告诉这家伙一些无法更改的事实，他却想和我探讨避雷针！是的，我安避雷针了！一个家伙来过这里，让我又买了一个，绝对是 5 年前了。他对我天花乱坠地说要提高我的保险系数，所以我就买了该死的避雷针！你高兴了吗？上帝啊！”他看着罗杰和查克：“你们俩要干什么？为什么你们把这个浑蛋放出来让他四处乱跑？滚出去，你们为什么不出去？我还要做生意呢！”

“约翰……”查克说。

“没关系，”罗杰说，“我们走吧。耽误你的时间了，卡里克先生，感谢你那么耐心听我们说话。”

“谢什么谢，”卡里克说，“一群疯子！”他大步走向一把躺椅。

3 人出来了。查克疑惑地看看晴朗的天空。约翰向汽车走去，只低头看着自己的脚，感觉自己很蠢，又很沮丧。他的两边太阳穴痛得很。罗杰双手插在屁股口袋里，站在那儿抬头看着长而低矮的屋顶。

“你在看什么，爸爸？”查克问。

“上面没有避雷针，”罗杰若有所思地说，“根本没有。”

4

3 人坐在房子客厅里，查克挨着电话。他疑惑地看着他父亲，说：“这么晚了，他们大多数人不会改变计划的。”

“他们本来就计划出去的，就这样。”罗杰说，“完全可以轻松地到这儿来。”

查克耸耸肩，开始拨电话。

最后，本来计划那晚去凯茜餐厅开毕业晚会的人有一半来这里了，约翰一直不明白他们为什么来。有的人来也许就因为这里的聚会听起来更有趣，因为酒水是免费的。不过消息传得很快，因为许多孩子的家长那天下午来参加过查克家的露天聚会。结果，约翰那天晚上的绝大部分时间都觉得自己像个玻璃柜中的展览品。罗杰坐在角落的一张凳子上，喝着伏特加马提尼酒，他的脸掩饰得风平浪静。

8 点 15 分左右，他穿过占据了地下一层 3/4 面积的大酒吧，或者叫多功能娱乐厅，走到约翰身边，弯下腰，在艾尔顿 · 约翰震耳欲聋的歌声中对约翰喊道：“你想不想上楼打牌？”

约翰感激地点点头。

谢利正在厨房写信。他们进来时，她抬起头莞尔一笑：“我以为你们两个受虐狂要在下面待一个晚上呢。其实根本不必要这样，你知道。”

“对这一切我感到很抱歉，”约翰说，“我知道这看上去有多荒谬。”

“确实荒谬，但能让他们在这儿玩儿得很好，我也不介意。”谢利说。

外面响起一声滚雷。约翰环顾四周。谢利看到后笑了笑。罗杰去餐厅的威尔士式厨具柜里找纸牌计分板了。

“你知道，雨刚刚下过去了，打了几声雷，下了几滴雨。”她说。

“是的。”约翰说。

她用流畅又潦草的字迹在信上署了名，把信折好，装进信封，写上地址，贴上邮票：“你真的经历过某些事儿吗，约翰？”

“是的。”

“短暂的晕厥，可能是由于营养不良引起的。你太瘦了，约翰。那可能是一种幻觉，是吗？”她问。

“不，我想不是。”

外面，雷声又响起来，但很远。

“他留在家里我也一样高兴。我不相信占星术、手相学和千里眼等所有这类事情，只是……他留在家里我一样高兴。他是我们唯一的孩子……现在是个很大很大的孩子了，我想你会这样想，但他穿着短裤在镇公园骑旋转木马的样子还历历在目。能够跟他共度他少年时代的……最后一个仪式，很开心。”

“你能这么想太好了。”约翰说。突然他惊恐地发现自己快要流眼泪了。在过去的六七个月内，他好几次都情绪失控了。

“你待查克非常好。我并不只是说你教他阅读，还有其他很多方面。”

“我挺喜欢他的。”

“对，”她平静地说，“我知道你喜欢他。”

罗杰回来了，手里拿着纸牌计分板和一个半导体收音机，收音机调到了WMTQ，一个古典音乐频道，从华盛顿山的最高处播放。

他说：“有了这个，就不需要再听艾尔顿·约翰、空中铁匠乐队[①]和弗搁特乐队[②]他们的歌了，每局1美元怎么样，约翰？”

“行。”

罗杰搓着手坐下来。“噢，你会输得很惨的。”他说。

5

他们玩儿着纸牌，晚间的时光慢慢流逝。每打完一局，他们中的一个就要下楼看看，确保没有人在台球桌上跳舞或溜到外面去幽会。“只要我们努力看管好，这个聚会上就没有人会意外怀孕。”罗杰说。

---

① 空中铁匠乐队（Aerosmith）：又名史密斯飞船乐队。美国摇滚乐队，成立于1970年，主唱史蒂芬·泰勒（Steven Tyler），知名专辑有《空中铁匠》（*Aerosmith*）等。曾被誉为20世纪70年代最受欢迎的摇滚乐队之一。——编者注

② 弗搁特乐队（Foghat）：英国摇滚乐队，成立于1971年，主唱戴夫·佩韦雷特（Dave Peverett），知名专辑有《弗搁特》（*Foghat*）等。——编者注

谢利去客厅看书了。每隔一小时，收音机的音乐就会停下来，播报一次新闻，每逢这时，约翰的注意力就会分散一会儿。但没有关于萨默斯沃思凯茜餐厅的新闻，8 点、9 点、10 点，都没有出现。

10 点新闻后，罗杰说："准备好放弃你的预言了吗，约翰？"

"没有。"

天气预报说有雷阵雨，半夜以后天会放晴。

凯西与阳光合唱团[①]不变的标志性男低音从楼下传上来。

"聚会越来越闹腾了。"约翰说。

"该死的，"罗杰笑着说，"他们要喝醉了。斯巴德·帕默罗在角落里喝得烂醉，有人灌他。噢，他们到明天早晨都会觉得头大的，肯定会这样。我记得在我高中毕业聚会上……"

"WMTQ 现在播报一条最新消息。"收音机里说。

正在洗牌的约翰一下子把牌掉得满地都是。

"放松，也许只不过是佛罗里达州那个儿童绑架事件。"

"我不这么想。"约翰说。

播音员说："就在现在，一个叫萨默斯沃思的边境城镇，发生了一场新罕布什尔州有史以来最可怕的火灾，据称已经夺去了超过 75 条年轻的生命。火灾发生在一个叫凯茜的餐厅兼酒吧里。火灾突发时，一个毕业聚会正在那里举行。萨默斯沃思镇的消防队队长米尔顿·豪维告诉记者说，他们认为不是有人故意放火，认定火灾是由一道闪电引起的。"

罗杰·查茨沃斯的脸一下子变得血色全无。他僵直地坐在厨房椅子上，眼睛死盯着约翰的头上方的某一点，双手无力地摊在桌子上。从他们下面传

---

① 凯西与阳光合唱团（K. C. & The Sunshine Band）：美国乐队，成立于1973年，乐队主唱兼键盘手 K. C.，原名哈里·韦恩·凯西（Harry Wayne Casey）。知名专辑有《最好的凯西与阳光合唱团》（*THE BEST OF K. C. & THE SUNSHINE BAND*）。该乐队在 20 世纪 70 年代广受欢迎。——编者注

来乱哄哄的谈话声和笑声，夹杂着布鲁斯·斯普林斯汀[①]的歌声。

谢利走进屋子。她看看她丈夫，看看约翰，然后又看着她丈夫："怎么了？出什么事儿了？"

"不要说话。"罗杰说。

"还在燃烧，豪维说死亡的最终人数只有到凌晨才可能知道。据说有30多人被送到附近的医院治疗，其中大部分是达勒姆中学的高中毕业生。还有40多人，绝大多数也是毕业生，他们从酒吧后面洗手间窗户逃了出来，但其他人很显然挤成一堆被困在了……"

"是凯茜吗？"谢利·查茨沃斯尖叫道，"是那个地方吗？"

"是的。"罗杰说，他出奇地冷静，"就是那儿。"

楼下沉寂了下来，随之而来的是"咚咚"跑上楼的声音。厨房门猛地打开，查克进来了，目光搜寻着他母亲。

"妈妈？怎么了？出什么事儿了？"

"看来你救了我们儿子的命。"罗杰说，声音还是出奇地冷静。约翰从没见过那么惨白的脸。罗杰的样子像个可怕又逼真的蜡像。

"它烧着了？你是说它烧成平地了？"查克的声音里透露着不敢相信。在他身后，其他人也都拥挤着上了楼梯，惊恐的声音窃窃私语。

没有人回答。突然，他身后的帕蒂歇斯底里地喊道："这跟他有关系，那个家伙！他让火灾发生的！他用意念让它着火了，就像《魔女嘉莉》[②]里写的一样！你这凶手！杀人犯！你……"

罗杰转向她，怒吼道："别说了！"

帕蒂把持不住大哭起来。

---

① 布鲁斯·斯普林斯汀（Bruce Springsteen，1949— ）：美国摇滚歌手、词曲作者，东大街乐队（The E. Street Band）的创立者。——编者注

② 《魔女嘉莉》（*Carrie*）：本书作者斯蒂芬·金的处女作，创作于1974年。该书讲述了处在青春期的孤僻少女嘉莉因长期受到母亲压制、同学排挤，而利用自己"意念移物"的特异功能进行报复的故事。——编者注

“烧了？”查克又问。他似乎在问他自己，询问“烧了”这个词是否确切。

“罗杰？罗？亲爱的？”谢利低声说。

楼梯上的窃窃私语声更响了，楼下也传来了低语声，仿佛是树叶的沙沙声。音响关了。只剩下人们叽里咕噜的私语声。

迈克在那儿吗？香农去了，是吗？你确定？是的，查克给我打电话时我已经准备走了。那个人发病时我妈妈就在场，她说她有种感觉，就像一只鹅正在她的坟墓上走，然后她就让我来这里。凯西在那儿吗？雷在那儿吗？莫林·奥特罗在那儿吗？噢，我的天哪，她在？她……

罗杰慢慢站起来，环顾四周。“我建议，”他说，“我们找出这里最清醒的人来开车，我们都去医院。他们需要献血的人。”

约翰像块石头一样坐着，他不知道自己还能不能再动弹。外面，雷声隆隆，一声一声地接踵而至。他听到他垂死的母亲的声音：

尽你的职责，约翰。

第 24 章
来信

你认为你不得不那么匆忙离开，对此我很遗憾，不过我能理解。

亲爱的约翰：

找到你谈不上什么技巧，我有时想，只要你有足够的钱，你能在这个国家找到任何人，而钱，我是有的。也许我这么说会让你感到不满，但查克、谢利和我欠你太多了，以至于需要跟你撒点儿小谎。钱能买很多东西，但它买不通闪电。人们在餐馆男厕所的通道上又找到 12 个男孩儿的尸体，那里的窗户给钉死了。火没有蔓延到那里，但烟钻进去了。12 个人都呛死了。我忘不掉那个场景，因为查克本可能是那些男孩儿中的一员。所以我，像你在信中说的那样，“追查到了”你。出于同样的原因，我不能像你要求的那样不打扰你。至少在你接受随信寄上的支票之前，我不能不打扰。

你会注意到这张支票的面额比你一个月前收到的那张小得多。我联系了东缅因医疗中心财务处，这张支票可以付清你欠的治疗费了。你已经还清债务了，约翰。这件事儿我可以做，我也去做了，我可能还得加一句，我是很高兴去做的。

你说你不能拿这个钱。我说你能，而且你会的。你会的，约翰。我追踪你到劳德代尔堡，如果你离开那里，我会追踪你到下一个地点，即便你去了尼泊尔也一样。如果你愿意的话，就称我为一只不会松口的虱子吧；我更多地把自己看作“上帝的猎犬”。我并不想追捕你，约翰。我记得那天你告诉我别让我儿子去送死，我差一点儿就让他去了。其他人又怎么样呢？81人死了，30多人被烧成重伤。我想起查克那天说我们可以编个故事、撒个小谎什么的，我还特别愚蠢、特别正派地说：“我不会那么干的，别让我那么干，查克。”我本来完全可以做点儿什么的。这件事儿现在困扰着我，让我难受。我本来可以付给那个屠夫卡里克3000美元，让他那晚关门的。算下来大约每条生命才37美元。所以相信我说的，我并不想追捕你；我是在忙着追捕我自己，忙得都不愿意抽空。我想接下来的几年内我都会这样吧。我拒绝相信自己的感官触碰不到的东西，现在我要为这一想法做出补偿了。请你别以为寄出这张支票付清医疗费就能抚慰我的良心了。钱买不通闪电，也不能结束噩梦。钱是为查克付的，尽管他什么都不知道。

收下支票，我就不会打扰你的清静了。算是一个交易吧。你可以把它寄给联合国儿童基金会，或给流浪犬寻找领养机构，也可以全部挥霍在买矮种马上，随便你怎么处置，我不管。只要你收下。

你认为你不得不那么匆忙离开，对此我很遗憾，不过我能理解。我们都希望很快见到你。查克9月4日动身去斯多文森预科学校。

约翰，请收下支票吧。

此致

敬礼

罗杰·查茨沃斯

1977年8月12日

亲爱的约翰：

你应该相信我不会忘了这事儿吧？拜托，收下支票。

敬礼

罗杰

1977年9月1日

亲爱的约翰：

知道了你在哪里，查尔妮和我都很高兴，从你的信中听出你轻松自然，一如往昔，我们都松了口气。但有一件事儿让我很担心，孩子。我给萨姆·魏扎克打了个电话，把你信中提到的频繁头痛的那部分读给他听。他劝你去看医生，约翰，别拖延。他担心可能是旧伤组织周围有了血块。所以我感到很担心，萨姆也很担心。自从你从昏迷中醒来后，从没有真正健康过，约翰，6月初我最后一次看见你时，你的样子非常憔悴。萨姆没有说，但我知道他特别想让你做的是：从凤凰城乘飞机回家，让他检查一下。你现在肯定不能以没钱为借口了。

罗杰·查茨沃斯往这里打过两次电话，我把能告诉他的都告诉他了。他说这不是为使良心获得安宁而付的钱，也不是为救他儿子的命给的报酬，我相信他说的是真的。你妈妈如果泉下有知的话，我想她会说这个人是在用他所知道的唯一方法表示忏悔。不管怎么说，你已经收下了支票，你说你收下只是为了“不让他烦你”，我希望这不是你的真话。我相信你内心有很大勇气，不会以这样的理由干任何事情。

有句话我很难说出口，但我还是会尽量说出来。回家吧，约翰。公众的兴趣已经不在了，我能想到你会说：“哎，不用瞎说了，有了这么一档子事儿后，公众的兴趣永远都会在的。”我认为在某种程度上，你是对的，但也是错的。查茨沃斯先生在电话中说：“你要是跟他通话，你就告诉他，所有的特异功能者都不会长期创造奇迹，除了诺查丹玛斯[①]。”我很为你担心，孩子。我担心你为那些死者而责备自己，而不是为被拯救的人赞美自己，那些你救了的人，那天晚上在查茨沃斯家的那些人。我很担心，也很想念你。像你奶奶过去说的那样，“我着了魔般地想念你”。所以你尽快回来吧。

爸爸

1977年9月10日

又及：我把关于火灾和你的剪报寄给你。这都是查尔妮收集起来的。你会看到你的猜测是对的，“参加草坪聚会的每个人都会向报刊讲述”，我想这些剪报可能只会让你更难过，如果是，就把它们扔掉好了。但查尔妮的意思是，你可以看着它们说：“也不是像我想的那么差啊，我可以面对它的。”我希望是这样。

亲爱的约翰：

我从我爸爸那里问到你的地址，美国大沙漠怎么样？看到美洲印第安人了吗（哈哈）？我在斯多文森预科学校，这里不是很紧张。我正在修16学分。我最喜欢高等化学了，虽然比中学的要难一些。我一直认为，我们那里的那位老师，那位无所畏惧的法汉姆，更高兴去制造毁灭世界的武器，把这世界炸掉。英语课上，

① 诺查丹玛斯（Nostradamus，1503—1566）：原名米歇尔·德·诺特达姆（Michel de Notredame），法国籍犹太裔预言家，精通希伯来文和希腊文，曾撰写以四行体诗写成的预言集《诸世纪》。——编者注

我们前4个星期在读杰罗姆·大卫·塞林格[①]的3本小说:《麦田里的守望者》《弗兰妮与祖伊》和《抬高房梁,木匠们》。我很喜欢这个作家的。我们老师说,这个作家还住在新罕布什尔州,只是已经不写作了。我感到很惊讶。有的人为什么要在快功成名就的时候放弃呢?对了,还有,这里的橄榄球队水平很差,不过我在学着去喜欢足球。教练说,足球是聪明人玩儿的橄榄球,橄榄球是蠢货玩儿的橄榄球。我还没有搞懂他到底是对的还是因为嫉妒才这么说。

我不知道是否应该把你的地址给参加我们毕业聚会的一些人。他们想写信表示感谢。其中就有帕蒂·斯特拉坎的母亲,你肯定还记得她,就是那天下午的露天招待会上,她的"宝贝女儿"晕倒时,脑子那么不清楚的那个人。现在她已经知道你是个好人了。顺便说一下,我已经跟帕蒂分手了。在我这种"脆弱的年龄"(哈哈),我很难保持这种远距离的异地恋关系,帕蒂要去瓦萨学院念书。可能你已经猜到了,我在这里邂逅了一个迷人的小姑娘。

有空给我写信,我的朋友。听我爸爸说,你好像由于一些我不知道的原因而显得相当"消沉",尽管在我看来,你所做的每件事儿最后都被证明是对的。他说的不是真的吧,约翰?你不是真的很消沉吧?请来信告知我你一切都好,我很担心你。杂志上从不担心的阿尔弗雷德·E. 纽曼[②]担心你,真是笑话,不过我确实很担心你。

---

① 杰罗姆·大卫·塞林格(Jerome David Salinger,1919—2010):美国作家,1951年发表著名小说《麦田里的守望者》,被认为是20世纪美国文学的经典作品之一,引起世界性轰动,尤其受到美国学生的疯狂追捧。其作品还包括《弗兰妮与祖伊》《抬高房梁,木匠们》《西摩:小传》和短篇集《九故事》等。——编者注

② 阿尔弗雷德·E. 纽曼(Alfred E. Neuman):1952年创刊的美国幽默杂志《疯狂》(*MAD*)中虚构的人物,是个鼻子上长满雀斑、缺颗门牙的男孩儿。该杂志经常把想要嘲讽的人物画成他的面孔,并以此为封面。——编者注

你回信时，告诉我为什么霍尔顿·考菲尔德[①]即使是不沮丧的时候还总是那么忧郁。

查克

1977年9月29日

又及：那个小美女名叫斯蒂芬妮·惠曼，我已经引导她喜欢上了《魔法当家》[②]这本书。她也喜欢一个朋克摇滚乐队，叫雷蒙斯乐队[③]，你应该听过他们，他们特别欢闹。

亲爱的约翰：

不错，好多了。你听起来还不错。你在凤凰城市政工程局的工作笑死我了。我作为斯多文森老虎队的队员出场4次后，对你被太阳晒黑这件事儿一点儿都不感到同情了。教练说得很对，橄榄球是给傻子玩儿的，至少在这里是这样。我们的纪录是1比3，在我们赢的那场比赛中，我3次触地得分，后来因为自己太笨喘不过气，晕倒了。把斯蒂芬妮吓坏了（哈哈）。

我一直等机会给你写信，这样我就可以回答你问我的我家人对格雷格·斯蒂尔森上任以来的工作有什么看法这个问题了。上周末我回家了，我把知道的一切都告诉你。我先问我爸爸，他说：

---

① 霍尔顿·考尔菲德（Holden Caulfield）：小说《麦田里的守望者》的主角，是一名16岁的中学生，因为厌倦学校生活、成绩不合格而被开除，一度打算离家出走又以失败告终，因此长期处于郁闷的情绪中。——编者注

② 《魔法当家》（*Something Wicked This Way Comes*）：美国作家雷·布拉德伯里（Ray Bradbury）发表于1962年的小说，讲述了两个美国男孩儿去小镇上一个巡回游乐场玩儿，但主持者已被恶魔附身，想要统治该小镇的故事。——编者注

③ 雷蒙斯乐队（Ramones）：美国摇滚乐队，是第一支朋克摇滚乐队。创建于1974年，主唱乔伊·雷蒙（Joey Ramone），其他乐队成员的艺名也都以“雷蒙”（Ramone）为姓氏。知名专辑有《雷蒙斯》（*Ramones*）等。乐队于1996年解散。——编者注

“约翰还在想着那家伙？”我说：“他想要知道你的看法，这正说明他的眼光一向很差。”他于是对我母亲说：“瞧，预科学校把他变成了一个自作聪明的人。我就知道会是这样。”

好了，长话短说，大多数人对斯蒂尔森的能干感到很吃惊。我爸爸这么说：“如果一个议员所在地区的人们在他上任10个月后必须对他的政绩做个评估的话，斯蒂尔森基本上会得B，他对卡特的能源议案，还有他自己的‘家用取暖燃料上限法案’的所为，可以给他加一个A。再为他的努力加一个A。”爸爸要我告诉你，他曾说斯蒂尔森是个乡下傻子，这话也许错了。

我在家时和其他人谈起来，得到的评价是：他们喜欢他不穿西服正装。贾维斯太太，那个经营“推刀”（不好意思用这样的词，伙计，但人们都这样叫）[①]的女人说，斯蒂尔森不惧怕“大利益集团”。亨利·伯克，那个经营“酒桶”（The Bucket）的人——就是市中心那个讨厌的酒馆的老板，说他认为斯蒂尔森“干得超级好”。其他大多数评论也都差不多是这个样子。他们把斯蒂尔森做的和卡特没有做的进行对比，大多数人对卡特很失望，对自己当初选了他后悔不已。我问了一些人是否对那些仍在四处游荡的摩托车骑手以及现已成为斯蒂尔森助手之一的桑尼·埃里曼心有不安，他们没有人对此感到担心。开摇滚唱片店的那家伙这么说：“如果汤姆·海登[②]能够老老实实过日子，埃尔德里奇·克利弗[③]能打动耶

① “推刀”：此处原指“快客”（Quick）便利店，但查克身边的人故意把“Quick”念成“Quik-Pik”，这是推刀（一种消防员使用的破拆工具）上通常印有的字样。——编者注

② 汤姆·海登（Tom Hayden）：全名托马斯·埃米特·“汤姆”·海登（Thomas Emmet “Tom” Hayden，1939—2016），美国教师、作家、政治家，20世纪60年代反越南战争学生运动领导人，曾被当时的政府视为“眼中钉”。曾任加州众议员、加州参议员。——编者注

③ 埃尔德里奇·克利弗（Eldridge Cleaver）：全名勒罗伊·埃尔德里奇·克利弗（Leroy Eldridge Cleaver，1935—1998），美国作家、政治活动家。作品有《冰上的灵魂》（*Soul on Ice*）等。曾为黑豹党重要成员，常领导较为激进的暴力行动。——编者注

稣，为什么摩托车骑手不能加入社会公共机构呢？既往不咎了。”

就到这儿吧。我想继续写下去，但橄榄球训练马上要开始了。这个周末排定了计划，让巴雷野猫队痛打我们。我只希望我能挺过这个赛季。保重，我的朋友。

查克

1977年10月17日

摘自《纽约时报》，1978年3月4日：

联邦调查局特工在俄克拉何马城遇刺

时报特稿——爱德华·兰科特，37岁，联邦调查局10年的老特工，昨晚在俄克拉何马城一个停车场被谋杀。警察说在他汽车的点火装置上有一个炸弹，当兰科特先生转动钥匙时，炸弹爆炸了。这种黑社会式的谋杀跟两年前亚利桑那州调查记者唐·博尔斯的被杀方式相同，但联邦调查局警长威廉·韦伯斯特不愿猜测两者有任何可能的相关性。兰科特先生一直在调查可疑的地产交易与当地政治家之间可能有的牵扯，对此韦伯斯特既没有承认也没有否认。

兰科特先生正在执行的任务似乎笼罩着一团迷雾，据司法部的一位知情人士宣称，兰科特先生根本不是在调查土地交易诈骗，而是在调查国家安全事件。

兰科特先生1968年加入联邦调查局……

第25章
三个问题的自问自答

没有人明白火灾的真正含义，它暗示了该如何对待格雷格·斯蒂尔森。

1

约翰柜子抽屉里的笔记本从4本增加到5本，到1978年秋天，增加到了7本。1978年秋天里，在两个教皇接连去世期间，格雷格·斯蒂尔森成了全国新闻人物。

他以绝对优势当选为众议院议员，并随着国家对第13条环境保护提案的关注，他组建了今日美国党。最惊人的是，有7位众议员背弃了原来的政党，然后像斯蒂尔森喜欢说的那样，“接纳进来”。他们的信念都很一致，约翰把它定义为：对国内事务采取一种表面上民主的态度，对国际事务则是采取一种很保守的政策。在签订《巴拿马运河条约》[①]时，他们没有一个人站在卡特一边。当你揭去他们虚假的民主面纱后，实际上他们在国内事务中也是相当保守。今日美国党要求严惩吸毒者，他们想让那些城市居民自生自灭（“没必要让辛苦的奶牛场主拿他的税金补贴纽约市的美沙酮计划。”格雷格

---

① 《巴拿马运河条约》：又称《托里霍斯—卡特条约》，是巴拿马军政府领导人奥马尔·托里霍斯·赫雷拉（Omar Torrijos Herrera）与美国总统吉米·卡特于1977年9月7日签订的关于巴拿马运河主权过渡的条约，以取代1903年签订的旧条约。——编者注

宣称），他们希望严格限制妓女、皮条客、流浪汉和有重罪前科者的福利，他们希望全面地削减社会公益服务，从而全面地推进税收改革。所有这些都是老调子，但格雷格的今日美国党却把它们弹奏得悦耳动听，令人耳目一新。

7位国会议员是在非大选年选举前投奔过去的，还有2位参议员。7位国会议员中有6位再次当选，那2位参议员也都再次当选。这9个人中，有8个是共和党人，他们的政治基础此前已经下降到很低的水平了，可他们转换了政党，然后就能再次当选，用一句俏皮话说就是：这种把戏和听从“拉撒路，出来！”[①]的指令相比，可要高明得多了。

已经有人在说，格雷格·斯蒂尔森可能是一个需要被正视的权势人物，而且不需要多长时间就可以看到这一幕。他没有把世界上的垃圾都送入木星和土星，但他至少成功地赶走了两个坏蛋：一个是众议员，他在一个停车场回扣方案中作为匿名合伙人而中饱私囊；另一个是总统的助手，他喜欢去同性恋酒吧。他的“燃料上限法案”很有远见，而他为了让这个议案通过而做的努力，又显示出他这个淳朴的乡下小伙子的精明能干。1980年竞选总统对于格雷格还太早，1984年就有了让人抵挡不住的诱惑了，但如果他顶住诱惑坚持到1988年，如果他不断夯实基础、扩大势力，同时如果他的政党没有土崩瓦解，总统的宝座很有可能就是他的囊中之物。呃，一切都有可能的啊。共和党已经分崩离析成了争吵不休的小派别，假设蒙代尔[②]或杰里·布朗，甚至霍华德·贝克[③]接替卡特当总统，那么谁接替他们呢？即使是1992年对他来讲也不太晚呀。他还相对年轻。对，1992年看起来很

① 此句源自《圣经·约翰福音》，拉撒路（Lazarus）身患重病，没等到耶稣的救治就已经死了，但耶稣断定他将复活，站在墓穴的洞口喊：“拉撒路，出来！”拉撒路果然走了出来，证明了耶稣的神迹。——编者注

② 蒙代尔：全名沃尔特·弗雷德里克·“弗里茨”·蒙代尔（Walter Frederick “Fritz” Mondale，1928— ），美国政治家，曾任美国副总统。——编者注

③ 霍华德·贝克：全名小霍华德·亨利·贝克（Howard Henry Baker，Jr.，1925—2014），美国政治家、外交家，曾任美国参议员、白宫幕僚长。——编者注

合适……

在约翰的笔记本中有几张政治漫画。所有漫画上的斯蒂尔森都很有感染力地歪着嘴笑，也都戴着那顶建筑工人的安全帽。其中有奥列芬特[①]画的一幅，画中格雷格正笔直地顺着众议院中间通道滚着一桶石油，桶上写着“限价”一词，安全帽歪扣在他脑袋后面。前面是吉米·卡特，他正满脸困惑地搔着头；他根本没有看格雷格的方向，意味着他可能会被撞倒。漫画下面的文字写道：“快给我让开，吉米！”

安全帽。安全帽比其他任何东西都让约翰感到不安。共和党有他们的大象，民主党有驴子，而格雷格·斯蒂尔森有他的安全帽。在约翰的梦中，格雷格有时似乎戴着一顶摩托车头盔，有时候又戴着一顶纳粹的煤斗形钢盔。

2

有一个笔记本，他在里面保存了所有他父亲寄给他的有关凯茜大火灾的剪报。他一遍一遍地看这些剪报，对此萨姆、罗杰甚至他父亲也不可能猜到是什么原因。“特异功能者预测到大火。”“‘我女儿本来也会死的。’满怀感激的母亲热泪盈眶地说。”（这位满怀感激、热泪盈眶的母亲就是帕蒂·斯特拉坎的母亲。）“破获罗克堡镇凶杀案的特异功能者又预言了火灾。”“火灾死难人数达到 90 人。”“约翰·史密斯父亲说他约翰·史密斯已离开新英格兰，拒绝透露原因。”他的照片。他父亲的照片。很久以前那场发生在克利夫斯·米尔斯镇 6 号公路的车祸照片，那时莎拉·布莱克内尔还是他的女友。现在莎拉已为人母，是两个孩子的母亲了，赫伯特在最近的一封信中说莎拉已经有白头发了。他都不敢相信自己 31 岁了，不敢相信，但这是真的。

剪报四周满满的都是他写下的笔记，那是他付出了心血的努力，为了一

---

① 奥列芬特：全名帕特里克·布鲁斯·奥列芬特（Patrick Bruce Oliphant），又名帕特·奥列芬特（Pat Oliphant），美籍澳大利亚裔漫画家，以创作政治讽刺漫画著称。——编者注

劳永逸地把思路理清。没有人明白火灾的真正含义，它暗示了该如何对待格雷格·斯蒂尔森。

他写道："我必须对斯蒂尔森采取行动。必须。我对凯茜的预言是对的，那么对他应该也是对的。我对此深信不疑。他将成为总统并且将发动一场战争，或由于单纯的错误处置而导致一场战争，结果都一样。

"**问题一：需要采取多严厉的措施？**

"以凯茜为例，那可能是给我的一个启示，啊！我开始说话像我母亲了，但这是事实。我知道会有一场火灾，知道那些人会死去。这就足以拯救他们了吗？**答案是：这不足以拯救所有的人，因为人们只有在事后才会相信**。那些来查茨沃斯家的人得救了，而那些去凯茜的人则遇难了，但重要的是，不要忘了，查茨沃斯不是因为相信我的预言而举行聚会。对此他非常坦率，他举行聚会是因为他认为这能使我平静下来。他……他是在迁就我。他是事后才相信的。帕蒂·斯特拉坎的母亲也是事后才相信的。事后，事后，事后，对那些死去的人和被烧焦的人来说已经太晚了。

"那么，**问题二：我能改变结果吗？**

"可以。我可以开车冲进那个地方的前门。或者，我可以那天下午亲自烧毁它。

"**问题三：这两种行为中的任意一种导致的后果会是什么？**

"会坐牢，有可能。如果我选择汽车方案，然后那天晚上雷电又击中了它，我想我可以争辩……不，站不住脚。人的头脑中，一般的经验可能会认可某种特异功能，但法律绝对不认可。我现在想，如果我能让事情重来一次的话，我会去这样干，而且不在乎我有什么后果。可能是我当时并不完全相信自己的预感？

"斯蒂尔森这件事儿在所有的方面都跟火灾这件事儿极其相似，只是在这件事儿上，感谢上帝，我有更多考虑时间。

"所以，回到起点。我不希望格雷格·斯蒂尔森成为总统。我怎么才能改变这个结果呢?

“一、回到新罕布什尔州，像他说的那样，‘接纳进来’。试着破坏今日美国党，设法给他捣乱。他们内部的龌龊之事足够多，也许我能翻出一二。

“二、雇用别人来搜罗他的丑闻。罗杰留下的钱足够雇用一个出色的人了。另一方面，我觉得兰科特就很棒，但他已经死了。

“三、打伤他或弄残他。就像亚瑟·布莱默弄残了华莱士，那个不知是谁的人弄残拉里·弗林特[①]一样。

“四、杀了他。暗杀他。

“目前的不足之处。第一个方案很难保证达到目的。结果很有可能最后什么也搞不到，还被痛打一顿。就像亨特·汤普森[②]那样，在写他的第一本书《地狱天使》时去实地调查，而后被暴打了一顿。更糟的是，因为在特里姆布尔集会上发生过的事儿，埃里曼那家伙可能很熟悉我的长相。给那些可能威胁你的可疑危险分子建立一个档案，这也是标准的操作流程吧?斯蒂尔森专门雇一个人来负责收集那些怪人和疯子的最新消息，然后归入档案，这很正常。那些怪人和疯子里绝对有我。

“那么来看第二个方案。也许所有的卑劣行径都被挖出来了。如果斯蒂尔森有更高的政治抱负(他的所有行为已经表明了这一点)，他可能早已把自己的行径洗刷干净了。另外，见不得人的肮脏东西只有在媒体想让它见光的时候，它才有机会出来恶心人们，而媒体喜欢斯蒂尔森。他定期培养着他

---

① 拉里·弗林特：全名小拉里·克拉克斯顿·弗林特(Larry Claxton Flynt，Jr.，1942—)，美国出版商，拉里弗林特出版物公司(LFP)的负责人。涉足出版业前曾开过脱衣舞厅，1974年出版著名畅销色情杂志《风月女郎》(*Hustler*，又名《好色客》《皮条客》)。1978年遭不知名者枪击，导致半身瘫痪。——编者注

② 亨特·汤普森：全名亨特·斯托克顿·汤普森(Hunter Stockton Thompson，1937—2005)，美国记者、作家，“刚左新闻”(Gonzo Journalism，意为荒诞新闻、新闻炒作)开创者，《滚石》(*Rolling Stone*)杂志头牌作家。2005年在家中开枪自杀。下文中提到的《地狱天使》(*Hell's Angels*)是其披露美国人在加拿大成立的摩托车俱乐部(后发展为黑帮组织)“地狱天使”内幕的作品。——编者注

们的良好关系。在小说中，我可以把自己变成一个私人侦探，去‘挖他的老底’。但可悲的现实是，我不知道从何开始。你可能不同意，会说我的‘读心术’能力可以帮助我，去发现已经无从查找的真相（引用萨姆的话）。如果我能发现兰科特被杀的真相，那就能达到目的。但问题是，斯蒂尔森难道不是很有可能把这一切都交给桑尼·埃里曼去办吗？另外我也不能确定，兰科特被杀时是否仍在追踪斯蒂尔森的线索，尽管我有所怀疑。很有可能即使我能绞死埃里曼，也还是无法干掉斯蒂尔森。

“总的来说，第二种选择也不能确保万无一失。风险巨大，因此我都不敢让自己经常想‘这幅宏伟蓝图’，每次一想到这个方案，我就头痛得要死。

“在自己瞎想的时候，我甚至考虑过，让他染上毒瘾，就像电影《法国贩毒网 2》[①] 里吉恩·哈克曼演的那样，或把毒品悄悄放进他喝的‘胡椒博士’里，或随便什么他喝的东西里，把他弄疯。但这一切都是警匪片里虚构的，都是戈登·利迪[②]的鬼话。这个选择会面临重重困难，而且根本经不起推敲。也许我可以绑架他，那家伙毕竟只是一个美国议员。我不知道从哪里得到海洛因或吗啡，但我可以从我现在所在的凤凰城市政工程局的拉里·麦克诺顿那里拿到大量的致幻剂。他有各种功能的药片。但是（就算之前一切假设全部能成真），他正好就喜欢迷幻体验吗？

“开枪打残他？也许我能办到，也许办不到。我想，如果在合适的场合下，比如在像特里姆布尔集会那种场合，我可以做到。假设我做到了，结果

---

① 《法国贩毒网2》（*The French Connection II*）：美国剧情、犯罪片，由约翰·弗兰克海默（John Frankenheimer）执导，吉恩·哈克曼（Gene Hackman）、费尔南多·雷依（Fernando Rey）等主演，于 1975 年上映。该片紧接前一部结尾，讲述了法国贩毒首脑阿伦·夏尔涅（Alain Charnier）逍遥法外，吉米·多伊（Jimmy Doyle）前往法国马赛追击。为了躲避法国警方的干涉，吉米不慎落入阿伦的魔爪，并被强行注入海洛因的故事。——编者注

② 戈登·利迪（Gordon Liddy，1930— ）：美国前联邦调查局特工，尼克松“争取总统连任委员会”顾问之一，直接策划“水门事件”，1973 年被判 6 年 8 个月到 20 年监禁，并罚款 4 万美元。——编者注

怎么样？劳雷尔市事件[①]发生后，被打瘸的乔治·华莱士就再不是什么强大的政治势力了。可是另一方面，罗斯福也是坐着轮椅竞选的啊，而且还把这变成了一种竞选资本。

“那就只剩下暗杀了，最大的赌注。这个选择无可争辩。你成了一具死尸，自然就不可能竞选总统了。

“如果我能开枪。

“如果我能，我的后果是什么？

“像鲍勃·迪伦唱的那样：‘宝贝儿，你非得问吗？’”

还有很多，但最重要的一条被清晰地写出并框了起来：“假如谋杀真的证明是唯一的选择呢？假如结果证明我能开枪呢？谋杀仍然是不对的。谋杀是不对的。不对。可能还有别的方法。感谢上帝，还有几年的时间。”

3

但对约翰来讲，没那么多时间了。

1978 年 12 月初，在南美洲一个叫圭亚那的国家，加利福尼亚议员利奥·瑞安[②]在那里丛林中的简易机场被打死，之后不久，约翰发现他基本没有时间了。

---

① 劳雷尔市事件：指乔治·华莱士 1972 年在美国马里兰州劳雷尔（Laurel）遇刺致残一事。

② 利奥·瑞安：全名小利奥·约瑟夫·瑞安（Leo Joseph Ryan Jr.，1925—1978）：美国政治家，曾任美国众议员，1978 年为调查对美国邪教组织“人民圣殿教”的指控，来到圭亚那的琼斯镇，在当地的一个小型机场遭受教派守卫开枪射击，不幸身亡。——编者注

第 26 章
命运抉择

他的样子显出他完全知道自己要去哪里，

而且任何东西都无法阻拦他前进的步伐。

1

1978 年 12 月 26 日下午 2 点半，巴德·普雷斯科特接待了一位年轻人，那个人高个子，头发灰白，面容憔悴，两眼充血。那是圣诞节后的第二天，巴德和另外两名店员一同在第 4 大街凤凰体育用品商店上班，大部分生意都是易货交易——但这位顾客却要付现金。

他说他要买一支上好的步枪，分量要轻，手动枪栓。巴德给他看了几把。圣诞节后，枪支柜台生意很冷清；当人们买了圣诞节用的枪后，一般很少拿来换别的东西。

这个人仔细地看了所有的枪，最后选中了雷明顿 700 型，口径 0.243 英寸，这种枪品质上乘且后坐力极小，平射弹道。他在枪支登记本上签了“约翰·史密斯”的名字，巴德想：如果我以前从没见过有人留假名的话，现在见到的就一定是了。“约翰·史密斯”付了现金，从一个鼓鼓囊囊的钱包里径直掏出一沓 20 美元的钞票，从柜台上拿起了枪。巴德想逗逗他，告诉他说，他可以把名字的第一个字母烫在枪托上，不另行收费。“约翰·史密斯”

只是摇了摇头。

“史密斯”离开商店时，巴德注意到他瘸得很明显。他想，以后辨认那人不成问题，除了瘸，脖子上还横七竖八有许多疤痕。

2

12 月 27 日上午 10 点半，一个瘦削的人一拐一拐地走进凤凰办公用品商行，走向售货员迪安·克莱。克莱后来说，他注意到那人的一只眼睛里有他母亲常说起的“火点”。那个顾客说他要买一个大公文箱，最后挑了货架最高处一个漂亮的牛皮公文箱，价格 149.95 美元。瘸子用崭新的一沓 20 美元现钞付款，得到了现金折扣。从看货到付款，整个交易不超过 10 分钟。那人走出商店，向右转走向市中心，迪安·克莱再没见过他，直到在《凤凰太阳报》上看到他的照片。

3

当天下午晚些时候，在美国铁路公司凤凰城总站，一个头发灰白的高个儿男人走近博妮塔·阿尔瓦雷斯的窗口，询问怎么从凤凰城乘火车去纽约。博妮塔给他看转车线路。他的手指沿着线路划动，仔细记下全部内容。他问博妮塔是否还有 1 月 3 日的票。博妮塔敲击电脑键盘查到结果后，告诉他有票。

“那么为什么你不……”高个儿男人说了半句停下来。他一只手捂住了脑袋。

“你没事儿吧，先生？”

“焰火。”高个儿男人说。她后来告诉警察她听得很清楚，他说的就是“焰火”。

“先生？你还好吧？

“头痛，”他说，“不好意思。”他想要笑笑，但这番努力并没让他年轻而又沧桑的脸好看一些。

“需要阿司匹林吗？我有一点儿。”

“不，谢谢。很快就好了。”

她填写好票，告诉他在 1 月 6 日下午 3 点左右，他就能到达纽约中心车站。

“多少钱？”

她告诉了他，又多问了一句：“是付现金还是支票，史密斯先生？”

“现金。”他说，从钱包里掏出钱，一大把 20 美元和 10 美元的钞票。

她数了数，把找下的零钱、他的收据和车票一并交给他，对他说：“你乘坐的火车上午 10 点半开，史密斯先生，请 10 点 10 分到这儿准备上车。”

他说：“好的，谢谢你。”

博妮塔给他一个大大的职业微笑，但史密斯先生已经走开了。他脸色苍白，博妮塔觉得他的样子好像正在承受着巨大的痛苦。

她非常确定他说了“焰火”。

4

埃尔顿·卡里是美国铁路公司凤凰城至盐湖城火车上的乘务员。1 月 3 日上午 10 点整，高个儿男人准时来了，埃尔顿扶他上了火车，进了车厢，因为他瘸得很厉害。他一只手拎着一个非常旧的方格图案大旅行包，上面有磨痕，边角已经磨破了，另一只手拎着一个崭新的牛皮公文箱，似乎非常沉重。

“我帮你拎那个吧，先生？”埃尔顿问，指的是公文箱，但那个乘客却把旅行包递给他，顺带递过来的还有他的车票。

“不，开车后我才收票，先生。”

“好吧，谢谢你。”

他是那种很礼貌的人，埃尔顿·卡里后来这样告诉问他的联邦调查局特工。另外，他小费给得很多。

5

1979年1月6日，那天的纽约天空灰蒙蒙的，阴云密布，快要下雪了。乔治·克莱蒙特的出租车停在比尔特摩饭店门前，中央车站对面。

门开了，一个灰白头发的小伙子钻了进来，他移动时很小心，有点儿吃力。他把一个旅行包和一个公文箱放在身旁的座位上，关上门，头靠着座位闭了会儿眼睛，好像非常非常疲惫。

“我们去哪里，朋友？”乔治问。

他的乘客看着一张小纸片。“港务局总站。”他说。

乔治开动了车：“你脸色有点儿发白，我的朋友。我小舅子胆结石发作时脸色就是这样。你有结石吗？”

“没有。”

“我小舅子，他说胆结石比什么病都痛，也许除了肾结石以外。你知道我对他说什么？我说他纯粹是胡扯。我跟他讲，安迪，你人很不错，我喜欢你，但你就是在胡扯。你得过癌症吗，安迪？我说。我那样问他，你知道吗，问他得没得过癌症。我的意思是，人们都知道癌症最痛。”乔治久久地看着后视镜，“我真的问你，朋友……你没事儿吧？因为，说实话，你的样子像个死人复活了似的。”

乘客回答：“我很好。我是……在想另一次乘出租车的事儿。几年前。”

“噢，好吧。”乔治明智地说，好像他真的知道那人在说什么一样。嗯，纽约的怪人随处可见，无法否认。这么想了一下后，他又开始谈他的小舅子。

6

“妈妈，那个人病了吗？”

“嘘……”

“嗯，但他是病了吗？”

“丹尼，别说话。”

“灰狗”巴士上，她对坐在过道另一边的男人笑了笑，表示歉意。童言无忌，不过那人好像并没听到。这个虚弱的小伙子的确像是病了。丹尼只有 4 岁，但他说得对。那人无精打采地看着外面的雪，雪是在他们进入康涅狄格州后不久下起来的。他的脸色太苍白，人太瘦削，脖子上还有一条可怕的、科学怪人弗兰肯斯坦一样的伤痕，从衣领那里一直延伸到下巴，仿佛不久之前有人曾想割掉他的脑袋，而且差点儿就割下来了似的。

“灰狗”巴士正开往新罕布什尔州的朴次茅斯，如果雪不会太大的话，他们会在今晚 9 点半到达。朱莉・布朗和她儿子去看她婆婆，像往常一样，那个老家伙会惯坏丹尼的，丹尼已经淘气得没边儿了。

“我想去看看他。”

“不行，丹尼。”

“我要看看他是不是病了。”

“不行！”

“可是他要死了怎么办，妈？”丹尼的眼睛闪闪发亮起来，对这种可能性饶有兴趣，“他可能现在就要死了！”

“丹尼，闭嘴！”

丹尼喊道：“喂，先生！你快死了吗，还是怎么了？”

“丹尼，闭上你的嘴！”朱莉咬牙切齿地说，两颊因尴尬而变得滚烫。

这时丹尼哭起来，不是真的哭，而是一种表示“我不能随心所欲”的讨厌的哼哼，这总让她想使劲儿拧他的胳膊，直到他真的哭起来。好几次就像现在，在大晚上顶着暴风雪乘着长途汽车，儿子在身边哼哼地哭。每当这种时候，她就特别希望几年前她母亲在她达到结婚年龄前就给她做了节育手术。

这时，过道对面的那人转过头，冲她微微一笑，尽管相当的温和，但那里面饱含疲惫和痛苦。她看到他的眼睛严重充血，仿佛正在哭一样。她想回一个微笑，但她觉得这样很虚伪，而且嘴唇有点儿不听使唤。那个红红的左眼，还有脖子上的伤痕，使他的那半边脸显得邪恶而又令人不快。

她希望过道对面的那个人不是去朴次茅斯的，但事实证明他就是去那里的。在车站，当丹尼的奶奶揽着“咯咯”笑着的孩子，把他抱入怀中时，她看到了他。她看到他一瘸一拐地向车站门口走去，一只手拎着一个有磨痕的旧旅行包，另一只手拎着一个新公文箱。就在那一瞬间，她突然感到背上掠过一阵阵寒意。他不只是一瘸一拐——他几乎是急速地蹒跚着行走，但透露出某种不可阻挡的意味，她后来告诉新罕布什尔州警察。他的样子显出他完全知道自己要去哪里，而且任何东西都无法阻拦他前进的步伐。

随后那人走进茫茫的夜色，消失在视野里。

7

新罕布什尔州的提梅斯代尔是达勒姆西边的一个小镇，在第3选区内。查茨沃斯最小的一家纺织厂在维持着这里的生计，使它有了活力。它仿佛是一个沾满煤灰的砖头怪，赫然耸立在提梅斯代尔河边。这个小镇因一个朴实的评价（据当地商会的说法）而闻名，即它是新罕布什尔州第一个有路灯的城镇。

1月初的一个晚上，一个少白头的年轻人一瘸一拐地走进提梅斯代尔酒馆，这是镇上唯一一家啤酒馆。店主迪克·奥唐纳在经营。店内没什么人，因为是一个星期的中间，而且又一场寒潮快要来了。地上积雪已经有2到3英寸了，后面还有更多的雪要下来。

那个瘸子跺了跺脚，走到吧台，要了一杯“蓝带”（Pabst）啤酒。奥唐纳给他端过来。那人后来又要了两杯，边喝啤酒边看吧台上的电视。电视画面的颜色变差了，这样的情况已经有好几个月了，屏幕上的丰斯[①]看上去就像罗马尼亚食尸鬼一样狰狞。奥唐纳对这人没印象，不记得他来过。

“再喝一杯？”奥唐纳给角落的两个老妇人送完酒回来问道。

“再喝一杯也没关系，”那人说，他指指电视上方，“你见过他吧，我猜。”

那是幅政治漫画，放大了，镶在镜框里。人物是格雷格·斯蒂尔森，安全帽歪扣在他的脑袋后面，正把一个穿西装的家伙从国会大厦台阶上扔下去。穿西装的人是路易斯·奎恩，就是有一年被抓住在停车场项目上吃回扣的那个众议员。漫画题目是：《赶走他们》。对面的一角潦草地写着一行字：赠给迪克·奥唐纳，继续把第3选区这座最好的酒馆开下去！继续吸引他们，迪克。——格雷格·斯蒂尔森。

“那当然啊，”奥唐纳说，“上次他竞选就是在这里做的演讲。整个镇上到处张贴了布告，说星期六下午2点到酒吧喝一杯，格雷格买单。那是我开店以来生意最他妈火爆的一天。人们本应该每人只有一杯是由他请的，但到最后他把所有账单都结了。还能有谁比他做得更好吗，你说？”

“听来你觉得他是个好得不得了的人。”

“对，没错，”奥唐纳说，“谁要是说他的坏话，我得让他尝尝拳头落在身上的滋味。”

“嗯，我可不想尝你的拳头，”那人放下3个25美分硬币，“我请你喝一杯。”

“嗯，好吧。我真喝了啊。谢谢你，你叫……”

“我叫约翰·史密斯。”

“啊，很高兴见到你，约翰。我叫迪克·奥唐纳。”他给自己倒了一杯啤酒，“是啊，格雷格在新罕布尔州做了不少好事儿。许多人不敢直接说，但

---

① 丰斯（Fonz）：美国情景喜剧《快乐的日子》（*Happy Days*）中的角色，全名阿瑟·赫伯特·丰萨雷利（Arthur Herbert Fonzarelli）。该剧于1974—1984年播出。——编者注

我敢，我还要大声喊出来：格雷格·斯蒂尔森有一天可能会成为总统！”

“你这么想的？”

“是的，”奥唐纳边说边走回吧台，“新罕布什尔州这个小池塘放不下格雷格这条大鱼。他是一个了不起的政治家，对我来说，他真的是个大人物。我过去认为政客们都是一群骗子和混日子的懒汉，我现在还这么认为。但格雷格不一样，他是个公正的人。如果 5 年前你告诉我我会说这样的话，那我会当面嘲笑你。那时你更有可能发现我在读诗，而不是从一个政客身上发现好东西。该死，他是个人物。”

约翰说：“这些人在竞选时跟你很热络，但一旦他们选上了，就会是：‘去你妈的，老兄，没你什么事儿了，等下届选举的时候吧。’我从缅因州来，有一次我给埃德蒙·马斯基写信，你猜我收到什么？一封打印的回信！”

“啊，马斯基是个波兰人，”奥唐纳说，“你能指望一个波兰人干什么呢？哎，格雷格每个周末都回这个区！你觉得这听上去还是你说的那个‘去你妈的，老兄，没你什么事儿了’的人吗？”

“每个周末？”约翰喝了口啤酒，“在哪里？特里姆布尔、里奇韦还是那些大城镇？”

“他有一个办法。”奥唐纳用一种敬仰的口气说，看来他自己从来没想出过什么办法，“15 个镇，从‘都城’那样的大城市到提梅斯代尔和考特斯诺奇这样的小镇。他每星期走访一个地方，直到走访完所有的地方，然后再从头开始。你知道考特斯诺奇多大吗？那里只有 800 个人。你觉得一个人大周末从华盛顿赶到考特斯诺奇镇一个冷得要死的会议厅，这样还会听上去像你说的那个‘去你妈的，老兄，没你什么事儿了’的人吗？”

“不会，”约翰坦率地说，“他做什么呢，就是握握手？”

“不是，他在每个镇都预定一个会议厅，预定星期六一整天。他早晨 10 点左右到那里，人们可以去跟他交谈，谈他们的想法。你知道吗？如果他们有疑问，他就回答。如果他解答不了，就回到华盛顿找出答案！”他得意地看着约翰。

“上次他什么时候到提梅斯代尔这儿的？”

“两个月前吧。”奥唐纳说。他走到收款机旁，在旁边一沓纸里翻找，然后摸出一张卷角的剪报，把它摊在约翰身边的吧台上。

“这是清单。你看一眼就明白了。”

剪报是从《里奇韦报》上剪下来的，到现在已经很旧了。报道的标题是：《斯蒂尔森宣布成立“反馈中心”》。第一段好像直接引自斯蒂尔森的广告资料，下面是斯蒂尔森周末将走访的城镇名单和计划的日期，直到3月中旬他才会再来提梅斯代尔。

“看起来不错。”约翰说。

“当然不错了。人们都觉得不错啊。”

“看这张剪报，他上个周末应该在考特斯诺奇镇。”

“对啊，”奥唐纳说，笑了起来，“美丽的考特斯诺奇老镇。再来一杯啤酒吗，约翰？”

“你要跟我一起喝，就再来一杯。”约翰说，在吧台上放了几美元。

“嗯，我无所谓。”

一个老女人把一些钱投进自动点歌机里，塔米·温妮特[①]的声音开始唱起来，声音苍老、疲倦、不悦，唱的是《站在你的男人身边》。

“喂，迪克！”另一个女人叫道，“你这儿还有‘服务’吗？”

“闭嘴！”他朝她喊道。

“你来‘服务’我吧！”她喊道，“咯咯”笑着。

“该死，克拉丽丝，我跟你说过别在我的酒吧胡说八道！我跟你

---

① 塔米·温妮特（Tammy Wynette）：原名弗吉尼娅·温妮特·皮尤（Virginia Wynette Pugh，1942—1998），美国民谣歌手，在20世纪60年代末成名。知名歌曲有《站在你的男人身边》（*Stand by Your Man*）等。——编者注

说过……”

“噢，算了，我们喝酒吧。”

“我讨厌那两个老婊子，”奥唐纳对着约翰低声咒骂道，“两个老不死的酒鬼、同性恋，我不骗你。她们待在这儿不知多少年了，如果说这两个老家伙还能活到往我的坟地吐唾沫，我都不会觉得稀奇。有时候真觉得这是个该死的世界！”

“是的。”

“对不起，我马上就回来。我有一个女儿，她只在冬天的星期五和星期六来。”

奥唐纳倒了两杯啤酒，端到另一边的桌子去。他对她们说了什么，然后克拉丽丝又来了一句：“来‘服务’我吧！”然后又“咯咯”笑起来。啤酒店里充斥着人们吃过的汉堡散发出来的浓浓味道，塔米·温妮特伴随着老唱片中像爆米花一样噼啪作响的噪声唱着歌，暖气片给屋子供应着混浊的热气，屋外的雪不停地抽打着玻璃。约翰揉搓着太阳穴。之前，他在其他近百家小镇上去过这种酒吧。头痛又发作了。当他和奥唐纳握手时，他了解到这个店主养了一条巨型混血犬。他训练那条狗按照指令发起攻击。他其中的一个宏伟梦想就是如果哪天有个不走运的入室盗窃者闯入他家，他就可以合法地命令那条大狗扑上去，那样世界上就少了一个该死的嬉皮士瘾君子了。

噢，他的头好痛。

奥唐纳回来了，在围裙上擦了擦手。塔米·温妮特唱完了，瑞德·索维恩[①]接着唱起来，在唱《泰迪熊》。

“谢谢你请我喝啤酒。”奥唐纳说，又倒了两杯。

“别客气，”约翰说，继续研究那张剪报，“上个周末是考特斯诺奇镇，

---

① 瑞德·索维恩：原名伍德罗·威尔逊·“瑞德”·索维恩（Woodrow Wilson “Red” Sovine，1917—1980），美国民谣歌手。知名歌曲有《泰迪熊》（*Teddy Bear*）等。——编者注

那这个周末应该是杰克逊镇吧。我从没听说过这个镇，应该很小是不是？”

“就是个村子，”奥唐纳赞同地说，“那儿曾经有个滑雪场来着，但后来关了，于是很多人失业了。那里的人生产些木浆，种几亩薄田。但他还是要去，真的。跟他们谈天，听他们抱怨。你从缅因州什么地方来，约翰？”

“刘易斯顿。”约翰撒谎道。剪报上说格雷格·斯蒂尔森会在镇公所见那些有兴趣见他的人。

“我猜你是来滑雪的，是吗？”

“不是，不久前我刚摔伤了腿，再也不滑雪了，我只是刚好经过这里。谢谢你让我看这个。”约翰把剪报交回去，“很有意思。”

奥唐纳小心地把剪报放回到那沓纸中。他有一家空荡荡的酒吧，一条在家里的狗，会听他的命令攻击，还有格雷格·斯蒂尔森。格雷格来过他的酒吧。

约翰突然希望自己死去。如果这种天赋是上帝赐予他的，那么上帝是个危险的疯子，应该阻止他。如果上帝要格雷格·斯蒂尔森死，为什么不让他在产道里就脐带绕颈而死呢？为什么不在他还是一团肉时扼死他呢？为什么不在他调收音机电台时让他被电死呢？为什么不让他羊水里就淹死呢？为什么上帝非要让约翰干这种脏活儿？拯救世界不是他的责任，那是精神病人的责任，只有精神病人才会想当然地试图拯救世界。他突然决定放过格雷格·斯蒂尔森，以此表示对上帝的鄙视。

“你没事儿吧，约翰？”奥唐纳问。

“嗯？啊，没事儿。”

“你刚刚看上去有点儿怪。”

查克·查茨沃斯说过：“如果我不杀他，恐怕被他杀死的那几百万人会缠着我一辈子。”

“走神儿了，我想说和你一起喝酒我很高兴。”约翰说。

“我也一样，”奥唐纳说，看上去很高兴的样子，“我希望其他路过这里的人也都这样想。他们路过这里去滑雪场，你知道。很大的地方，他们花钱的地方。如果我知道他们会顺路逗留，那我会把这里修缮成他们喜欢的样子。海报，你知道，有关瑞士和科罗拉多的。来个壁炉，配上摇滚乐唱片，而不是那些垃圾音乐。我嘛……你知道，我喜欢那样。”他耸耸肩：“我并不是个坏人，妈的。”

“当然不是。”约翰说着从凳子上站起来，想着那条被训练去攻击人的狗，以及店主期待中的嗑药的嬉皮士窃贼。

“对，告诉你的朋友们我在这儿。”奥唐纳说。

“一定。”约翰说。

“喂，迪克。”两个老恶婆中的一个吼道，“听说过这地方要‘微笑服务’吗？”

“你怎么就灌不饱呢？”奥唐纳冲她喊道，脸憋得通红。

“‘服务’！”克拉丽丝喊道，“咯咯”笑着。

约翰悄悄走出来，走进暴风雪来临的夜里。

8

他在朴次茅斯的假日旅馆住下来。那天晚上他回来时，告诉服务台他会在次日早晨退房离开。

冷漠的假日旅店里，他坐在写字台前，拿出所有信纸，握着旅店里的一支笔。他的头在抽痛着，但信还是写了。刚才片刻的逆反情绪（如果当时确实是逆反情绪的话）已经过去了。他跟格雷格·斯蒂尔森的事儿还不算完。

我疯了，他想，真的疯了，彻底发疯了。他此刻都能看到新闻标题了：《特异功能者枪杀新罕布什尔州众议员》《疯子刺杀了斯蒂尔森》《新罕布什尔州的众议员死在了枪林弹雨之下》。当然，还有《内部视点》：《冒牌预言家杀死斯蒂尔森，12 位著名精神病专家给您揭密史密斯这么做的原因》。也许迪斯会写一篇短文附在后面，描述约翰曾经威胁要用枪射死他，还要“朝我这个非法入侵者开枪”。

疯了。

医院的债还清了，但如果这样做会留下一份新的索赔清单，他父亲不得不承担。他和他的新婚妻子会长期因为他儿子的恶名成为大众关注的焦点，充满仇恨的信件会向他们砸去。他认识的每个人都会受到采访，查茨沃斯一家人、萨姆、乔治·班纳曼警长。莎拉？嗯，也许他们不会追到莎拉那么远。毕竟，他好像并没有计划刺杀总统，那个至少现在还不是总统的人。**许多人不敢直接说，但我敢，我还要大声喊出来：格雷格·斯蒂尔森有一天可能会成为总统！**

约翰揉着太阳穴。头在缓慢地痛，一波一波来袭，不过这并没有妨碍到写信。他从面前的信笺抽出第一张纸，提起笔，写下“亲爱的爸爸”。外面，雪打在窗户上，发出单调、粗涩的声音，那意味着天气会很恶劣。最后，笔在信纸上移动起来，开始很慢，然后越来越快。

第27章
等待·行动

他的脑袋里发出一声声重击，就像命运的两极连在了一起，不停地碰撞。

1

约翰走上木台阶，上面的雪被撒了盐后，已经清扫干净。他穿过一道对开门，走进前厅，那里贴满了选票样本以及通知，说一场镇民特别大会将于2月3日在杰克逊镇举行。另有一张通告，说格雷格·斯蒂尔森即将来访，并附有一张他本人的照片，头上歪戴着安全帽，咧着嘴得意地笑着，好像在说："看我们对付他们的手段多英明，是吧朋友们？"在通往会议厅的绿色门右边一点儿，出现了一块让约翰没有料到的标牌，他默默沉思了几秒钟，白色的哈气从他嘴里呼出。这块牌子放在木架子上，上面写着："今日驾驶员考试，请准备好证件。"

他推开门走进去，里面一个大火炉散发出来让人昏昏欲睡的热浪，一个警察坐在桌子后面，穿着一件滑雪衫，敞着拉链。他的桌上摊着各种文件，还放有视力检测仪。

警察抬头看约翰，他感到心往下一沉。

"有什么事儿吗，先生？"

约翰指了指挂在脖子上的照相机，说："嗯，我不知道是否可以四处看看,《美国佬》[1]杂志社派我来的。我们要拍缅因州、新罕布什尔州和佛蒙特州的市政厅建筑，需要拍很多照片，知道吧。”

警察说：“去拍吧，我老婆一直看《美国佬》杂志，没意思得能让人睡着。”

约翰微微一笑：“新英格兰建筑有一种……刻板的倾向。”

“刻板？”警察疑惑地重复道，然后不再纠缠这一话题，“下一个。”

一个年轻人走近警察坐的桌子，把检测单交给警察，警察接过来说：“请看检查仪里面，辨认我让你看的交通标志和信号。”

年轻人往检查仪里瞄。警察在年轻人的检测单上写结果。约翰沿着杰克逊市政厅中间的走道往前走，拍了一张前面讲台的照片。

“停车标志，”他后面的年轻人说，“下一个是避让标志……下一个是交通信息标志……禁止右拐，禁止左拐，像那个……”

他没有想到市政厅会有警察，他居然为了省事儿都没给这部做幌子的相机里面放胶卷。但现在退出已经来不及了。今天是星期五，如果一切按预期正常进行的话，斯蒂尔森明天就会到这里。他会为杰克逊镇的百姓们答疑解惑，并聆听他们的建议。到时会有一大批随从跟着他。两三个助手，几个顾问，还有几个其他人，穿着素色西服套装和运动衫的年轻人，这些人前不久还穿着牛仔裤，骑着摩托车呢。格雷格·斯蒂尔森还是坚信贴身保镖的作用。在特里姆布尔集会上，他们有截短的台球杆。现在他们带着枪吗？一个美国众议员获准携带隐蔽的武器很困难吗？约翰觉得不困难。他只会有一次好机会，他必须充分利用这个机会。因此仔细勘查地形是很重要的，看看他是在这里杀斯蒂尔森呢，还是等在停车场更好，在那儿，车窗摇下，枪放在腿上等着。

所以他来了，来到这里，勘查地形，而离他不到30码远的地方，一个

---

① 《美国佬》(*Yankee*)：美国双月刊杂志，创办于1935年，主要致力于介绍美国新英格兰地区地理特征、旅行、家居、食品等方面的内容。——编者注

州警察正在进行驾驶员考试。

他左边有个公告牌，约翰举起没装胶卷的照相机对它按了下快门，真是鬼迷心窍，他怎么就没花两分钟时间买一卷胶卷呢？公告牌上布满了小镇的各种琐碎消息：烤豆晚餐，即将到来的中学比赛，办狗证的消息，当然，更多的还是有关格雷格的消息。一张卡片上写着，杰克逊镇长招聘速记员。约翰研究着这张告示，好像它特别吸引他似的，其实他的脑子正在高速运转。

当然了，如果杰克逊镇看上去不大可能或没机会的话，他可以等到下个星期，斯蒂尔森会在阿普森镇做同样的事儿。或下下星期，在特里姆布尔。或再下星期。或不了了之。

应该是这星期。应该是明天。

他朝角落里的柴火炉按了一下快门，然后向上望。上面是个阳台。不，不完全是个阳台，更像一个过道，有齐腰高的栏杆和白色宽木板，木板上面镂刻着很小的菱形和花饰。一个人蹲在栏杆后面，透过那些小玩意儿向外看是非常有可能的。选择适当时机，他就可以站起来然后——

“这相机什么牌子的？”

约翰转过头，心想一定是警察。警察会要求看他没装胶卷的照相机，然后他会要求看他的身份证，然后，一切都完蛋了。

但不是警察。是那个参加驾驶员考试的年轻人。他大约 22 岁，长头发，眼神友好而真诚，穿着一件皮夹克和一条旧牛仔裤。

“尼康。”约翰说。

“好相机，哥们儿。我是个相机迷。你在《美国佬》杂志工作多久了？”

约翰说：“我是自由撰稿人，我向他们投稿，有时也给《乡村杂志》和《新英格兰》投稿，知道吧。”

“没有全国性的杂志，比如《人物》或《生活》？”

“没有。至少现在没有。”

“你那焦距是多少？”

焦距是什么鬼?

约翰耸耸肩:“我主要靠耳朵。”

“靠眼睛吧,你的意思是。”年轻人微笑着问。

“没错,靠眼睛。”快点儿走吧,孩子,请你赶紧走吧。

“我也对自由撰稿人很感兴趣,”年轻人咧嘴一笑,“我的梦想是有一天拍一张像美军士兵在硫黄岛升国旗那样的照片。”

“我听说那是摆拍的。”约翰说。

“也许,也许是。但那是经典照片啊。或者来个首张飞碟出现并且着陆的照片!我肯定会非常喜欢那照片的。对了,我拍了一系列的这附近的东西。你在《美国佬》跟谁联系?”

约翰现在冒汗了。“实际上,是他们跟我联系,”他说,“那是……”

“克劳森先生,你现在可以过来了,”警察说,听上去很不耐烦,“我要跟你过一遍答案。”

“呀,警官先生叫我呢,”克劳森说,“再见,伙计。”他急忙跑过去,约翰悄悄地舒了一口气。是离开的时候了,该赶紧脱身。

他又“拍”了两三张照片,以免匆忙中露出破绽,但他都不知道自己透过观景窗拍了些什么,随后他离开了。

那个穿皮夹克、叫克劳森的年轻人早已把他忘得一干二净了。他显然在笔试部分被卡住没有通过,正在激烈地跟警察争辩,而警察只是摇头。

约翰在市政厅入口处稍加停顿。他左边是衣帽间,右边是一扇关着的门。他推推门,发现没锁。一段狭窄的楼梯向上通到阴暗处。当然,实际的办公场所就在上面,走廊也在上面。

2

他住在杰克逊旅馆,这家小旅馆地处主街上,很舒适。店面被仔细地装修过,显然装修花了不少钱,但店主当时可能预估这个地段完全可以收回成本，因为这里新建了杰克逊山滑雪场。但滑雪场关了，而这家别致的小旅馆还在这里苟延残喘着。星期六凌晨 4 点，约翰左手拎着公文箱走出旅店，夜班服务员正对着一杯咖啡打瞌睡。

昨晚他基本没有睡着，半夜后才迷糊了一会儿。他做梦了，梦见又回到了 1970 年。那是嘉年华时刻。他和莎拉站在幸运大轮盘前，感受着那种疯狂而又巨大的力量。鼻腔里闻到的是橡胶燃烧的味道。

“喂，我想看他输。”他身后一个声音轻轻说道。他转过身，看到的是弗兰克·多德，穿着黑塑料雨衣，他的喉咙从左耳边豁开到右耳边，血淋淋的像一张咧开的嘴，他眼睛里放射着可怕的、快活的光芒。约翰吓坏了，把头转向小摊，而摊主却是格雷格·斯蒂尔森，正冲他意味深长地咧着嘴笑，黄色安全帽歪戴在他的脑壳上。“嘿——嘿——嘿，”斯蒂尔森吆喝着，声音低沉、洪亮而又凶险，“想押哪儿就押哪儿啊，小伙子。你呢，想赢吗？”

是的，他想赢。但当斯蒂尔森把轮盘转起来时，他看到外圈全变成绿色的了，每个数字都是“00”，每个数字都是庄家号。

他猛地醒来，睡意全无，透过结霜的窗户望着黑漆漆的窗外，直到天亮。前天他到达杰克逊镇时不头痛了，只剩下虚弱的感觉，内心也很平静。他把手放在大腿上坐着。他没有想格雷格·斯蒂尔森，他在想过去。他想起他母亲把一个创可贴贴在他划破的膝盖上。他想起狗撕破了内丽奶奶那可笑的背心裙后摆，他大笑起来，他妈妈狠狠地打了他一下，订婚戒指上的宝石划破了他的额头。他想起父亲教他怎么装鱼饵，还说：这不会弄伤虫子的，约翰……至少我认为不会。他想起 7 岁时，父亲给他一把折叠小刀作为圣诞节礼物，并且很严肃地说：我相信你，约翰。所有回忆洪水般汹涌而至。

他走进寒冷的凌晨，呼出团团白气，鞋踩在小路上“咯吱咯吱”地响，路两边是推开的雪。月亮早已落下，但星星却还痴痴地密布在黑暗的天空。上帝的珠宝盒，薇拉总是这么称呼它。约翰，你在看上帝的珠宝盒呢。

他沿着主街向前走，在杰克逊镇的小邮局前停下来，从上衣口袋里摸出几封信。给他父亲的信，给莎拉的信，给萨姆·魏扎克的信，给班纳曼的信。他把公文箱放在两脚之间，打开立在黑砖房前的小小邮筒，稍犹豫了一下后，把它们全都投了进去。这肯定是杰克逊镇新一天最早的信，他能听到信在里面落下的声音，那声音给他一种奇怪的终结感。信已经寄出，现在无法回头了。

他拎起公文箱，继续前行。唯一的声音就是鞋踩在雪上的“咯吱”声。“花岗岩州”储蓄银行门上的大温度计显示屋外温度是零下16摄氏度，寒冷的空气让人不想动，这感觉是新罕布什尔州的早晨独有的。路上空空荡荡，停着的汽车玻璃上蒙着一层霜，黑洞洞的窗户，窗帘拉着。在约翰看来，这一切莫名其妙地让人害怕，但同时又感到一种神圣。他压制住这种感觉。他要干的并不是什么神圣的事儿。

他穿过贾斯珀大街，市政厅就在那里，洁白、典雅地矗立在那儿，前面是铲开的闪闪发光的雪堆。

如果前门锁上了怎么办，聪明小伙子？

嗯，他会想出办法的。约翰四处张望，没人看见他。当然，如果是总统到这里来参加他众所周知的镇民大会，那就完全不同了。这地方从头一天晚上就会封锁起来，里面也已经派人把守了。但这只不过是一位众议员，是400位众议员中的一个；不是什么大人物，还不算是大人物。

约翰走上台阶，试推了下门。门把手很轻松地拧开，他走进冰冷的入口，关上门。头痛又上来了，随着他的心跳稳健地抽痛。他放下公文箱，用戴着手套的手揉着太阳穴。

突然“吱呀”一声，衣帽间的门非常缓慢开了，一个白色的东西从阴影中向他罩下来。

约翰险些喊出来。那一瞬间他还以为那是一具尸体，像恐怖片中那样从壁橱中掉了出来。不过那只是一块厚纸板，上面写着："请在考试前整理好身份证件。"

他把它放回原处，转向通往楼梯的那扇门。

这扇门现在锁住了。

他弯下腰，借助从窗户渗进来的微弱路灯光，看清了锁。这是一个弹簧锁，他想他可以用一个晾衣架打开它。他从衣橱中找到一个衣架，然后把衣架的细长部分塞进门扇和门框之间的缝隙里，再往下探到锁上，开始摸索。头在剧烈抽痛。最后衣钩挂住了锁，他听到螺栓"叭"的一声弹回去了。他推开门，拎起公文箱走进去，手里仍然拿着那个衣架。他把门关好锁上，踏着窄窄的楼梯拾级而上，楼梯在他的踩踏下发出"嘎吱嘎吱"的声响。

楼梯顶端，有一条短短的走廊，两边有几扇门。他沿着走廊往前走，走过镇长办公室和市镇管理委员会办公室，走过税务办公室、男洗手间、贫困救助办公室和女洗手间。

走廊尽头是一扇没有标记的门。门没有锁，他走进去，就是会议厅后面上方的过道，会议厅在下面展现开来，罩在深浅斑驳的阴影中。他关上门，空旷的大厅里传来轻微的回音，他颤抖了一下。他沿着后部过道走到右面，然后再向左转，脚步声带来阵阵回音。现在他沿着大厅的右首一侧走，高出地面大约 25 英尺。他在火炉上方的位置停下，这个位置正对着讲坛，斯蒂尔森 5 个半小时后将会站在那里。

他盘腿坐下来，休息了一会儿，深呼吸了几次，想着压制住头痛。柴火炉里没有火，他感到寒意不断笼罩住他，进而渗入骨髓。有一种被裹尸布缠绕的感觉。

过了一会儿他感觉好些了，用手打开公文箱上的锁。锁"咔嗒"一声开了，像他的脚步声一样也带来了一声回音，只是这次的声音像手枪上膛的声音一样。

西部正义，他无缘无故地想到。这是陪审团判定克劳汀·朗格特[①]射死她的情人有罪时，检察官说的话。她看穿了什么是西部正义。

约翰低头看公文箱，揉揉眼睛。他的眼前模糊了一下，然后又清晰了。他从他正坐着的木板上感受到了一个影像，一个非常陈旧的画面；如果它是一张照片的话，它应该是暗褐色的。人们站在这里，抽着雪茄，谈笑风生，等着镇民大会的开始。那是1920年吗？还是1902年？有一种幽灵般的东西让他感到不安。一个人在谈论威士忌的价格，同时用一根银色牙签挖鼻子，而且——

（而且两年前他毒死了他妻子。）

约翰打了个冷战。不管这个影像是什么，它都无关紧要了。那是一个早已死去的人的影像。

身边的步枪闪着寒光。

在战争年代人们这么干，他们就会得到奖章，他想。

他开始组装步枪。每一次“咔嗒”，回声都会响一下，神圣的声响，好像手枪上膛的声音。

他给雷明顿步枪装了5发子弹。

他把枪横放在腿上。

等待。

3

黎明姗姗而来。约翰打了一会儿盹儿，他身上太冷了，冷得不能完全睡着，空洞笼统的梦也总是缠绕其间。

---

① 克劳汀·朗格特：全名克劳汀·乔吉特·郎格特（Claudine Georgette Longet，1942—　），法国歌手、演员，1961年与歌手安迪·威廉斯（Andy Williams）结婚，1975年离婚。其后她与美国滑雪运动员弗拉基米尔·彼得·萨比奇（Vladimir Peter Sabich）相恋同居，1976年两人发生矛盾，而后萨比奇在两人住处被枪杀。舆论普遍认为是克劳汀谋杀所致，但后来她却以“过失杀人罪”被轻判。——编者注

7点刚过他就彻底醒了。下面的门“砰”的一声打开了，他咬住舌头才没喊出：谁在那儿？

是管理员。约翰把一只眼睛凑近栏杆上的菱形小孔，看到一个粗壮的男人，裹在厚厚的海军呢子短大衣里，怀里抱着满满一抱柴火，从中间过道上走来，嘴里哼唱着《红河谷》①。他“咚”的一声把怀里的柴火扔进柴火箱，在约翰下面不见了，过了一会儿，约翰听到火炉门打开的轻微“吱呀”声。

约翰突然想到自己每次呼出的白色哈气。如果管理员抬头看，会看到他吗？

他尽量放慢呼吸速度，但这使他头痛得更厉害了，眼前也更加模糊。

现在能听到揉纸的细碎响声，接着是划火柴的声音。寒冷的空气中传来一丝硫黄味儿。管理员继续哼着《红河谷》，然后突然大声、跑调地唱起来：“人们说你就要离开村庄……我们将怀念你明亮的眼睛和甜蜜的微笑……”

“噼啪”声响起。火点着了。

“搞定了，你个浑蛋。”管理员在约翰正下方说，然后“砰”的一声，炉门再一次被关上。约翰两手按住嘴巴，就像蒙上胶布一样，突然间他有一种想自杀的兴致。他想象自己从过道地板上站起来，简直是苍白、瘦削、名副其实的一个鬼。他想象着自己张开像翅膀一样的双臂，手指就像爪子，然后用空洞的声音向下喊道：“搞定你了，你个浑蛋。”

他手捂住嘴，忍住笑。他的头“砰砰”地抽痛，像个涨满热血的西红柿一样。眼前的景象在颤动，模糊得厉害。突然他很想摆脱那个用银色牙签挖鼻子的男人的影像，不过他可不敢发出一点儿声音。天哪，如果他忍不住打喷嚏怎么办？

又是突然一下子，一阵响亮颤动的刺耳响声响彻大厅，像一根尖细的银

---

① 《红河谷》（*Red River Valley*）：加拿大民歌，讲述了移民北方红河一带的人们在那里垦荒种地、建设家园的情形。——编者注

钉子一样钻进约翰的耳朵，震得他的头都颤抖起来。他张开嘴要喊——

声音戛然而止。

“哦，婊子。”管理员像是在和人说话的口气。

约翰透过菱形小孔向外看，发现管理员正站在讲台后摆弄一个话筒。话筒线蜿蜒地连着一个便携式小音响。管理员从讲坛下来，把音响搬得离话筒远了一些，又弄了一下上面的旋钮，然后回到话筒边，再次打开话筒。话筒又发出刺耳的一声，这次比较低，而且很快不响了。约翰两只手用力按着前额，前后揉动。

管理员用拇指敲敲话筒，声音在空旷的大厅里回荡。听上去就像拳头击打在棺材盖上一样。他的歌声这时仍然不在调上，但被放大到了一种恐怖的地步，巨人的吼声如大头棒般捶打着约翰的头：“他们说你要离开家乡……”

别唱了，约翰想喊，噢，求你别再唱了，我快疯了，能别唱了吗？

随着响亮的“啪”的一声，歌声结束了，管理员用他正常的声音说：“搞定了，婊子。”

他再次走出约翰的视线。撕纸和麻绳断裂的声音传过来。过了一会儿他回来了，吹着口哨，怀里抱着一大摞小册子，沿着长凳分发。

发完后，管理员扣紧上衣，离开了大厅。门“砰”的一声关上。约翰看看手表，7 点 45 分。市政厅暖和了一点儿。他坐着等待。头仍然很痛，但很奇怪，它比之前容易忍受了。他所需要做的就是，告诉自己，这样的折磨不会再持续很久了。

4

9 点钟，门又“砰”的一声迅速打开，把他从迷糊中惊醒，手紧抓了一下步枪。他眼睛凑到菱形孔前看。这次来了 4 个人。一个是管理员，他的大衣领翻起来竖在脖子后面。另 3 个人西装外面套着薄大衣。约翰感觉心跳加速，其中一人是桑尼 · 埃里曼，他的头发剪短了，梳得很整齐，但那绿莹莹的眼睛丝毫未变。

“都准备好了？”他问。

“你自己检查一下吧。”管理员说。

“别不高兴，大叔。”其中一人回应道，他们走到大厅的前面。其中一人打开扩音器，又关上，露出满意的样子。

“搞得他好像是个暴君似的。”管理员嘟囔道。

“他是，他就是，你还不知道，老爹？”那第 3 个人说。约翰想他在特里姆布尔集会上也见过这个人。

“你到楼上看过了吗？”埃里曼问管理员，约翰瞬间浑身冰凉。

“楼梯口的门锁着，跟平常一样。我还推了一下呢。”管理员回答道。

约翰默默感谢门上的弹簧锁。

“应该检查一下。”埃里曼说。

管理员怒笑了一声，道：“我就不懂你们这些人。你们觉得会有啥？剧院幽灵？”

约翰认为他见过的那个人说：“算了，桑尼，上面没有人。我们现在到街角那家餐厅的话，还有时间喝杯咖啡。”

“那不是咖啡，”桑尼说，“全他妈是黑乎乎的东西。先上楼，要保证没有人，穆奇。按规矩办事儿。”

约翰舔舔嘴唇，握紧步枪，他上下打量窄窄的过道，右边是一堵白墙，左边通往那些办公室，任何一边都没什么区别。只要他动弹，他们就会听见。这个空旷的市政厅像个天然的扩音器。他成了一只困兽。

下面脚步声传来，然后是大厅和入口之间的门打开和关上的声音。约翰全身像僵住一样动弹不得，只能等待。他的正下方，管理员和另外两人在交谈，但他听不到他们在说什么。他的脑袋如同一个不灵活的机械零件一样在他脖子上转动，他紧盯着过道，等着桑尼·埃里曼称为穆奇的那个人出现在过道尽头。那人厌倦的神情会突然变成震惊和不信，嘴巴会张开：喂，桑尼，这上边有个人啊！

他能听到穆奇上楼的低沉声音。他憋着劲儿想些什么，随便什么，但什么也想不起来。他们就要发现他了，不到一分钟就会发现，但他根本不知道怎样才能不被发现。不管他做什么，他唯一的机会就要完蛋了。

门打开又关上，声音渐次向这边移动过来，也越来越清晰。一颗汗珠从约翰前额滚下，落到他牛仔裤裤腿上。过来时的每扇门他都记得。穆奇已经检查过镇长办公室、市镇管理委员会办公室、税务办公室，他打开男洗手间，然后打开贫困救助办公室，再打开女洗手间。下一扇门就是通往过道的这个门了。

门开了。

穆奇朝着通往大厅后面短过道的栏杆走来，但听见脚步声只响了两下就停住了。“怎样，桑尼？行了吗？”

“没什么问题吧？”

“看着就跟库房一样。”穆奇回答道。下面大笑一声。

“行了，下来喝咖啡吧。”第三个人说。真不可思议，这就检查完了。门又关上了。脚步声退回到走廊，下了楼梯回到一楼大厅。

约翰一下子全身瘫软，眼前一片模糊。他们出去喝咖啡时关门的“砰”的一声才让他从那种状态中恢复一点儿。

下面，管理员骂道：“一群婊子。”接着他也走了。接下来的 20 分钟里，只剩约翰一人。

5

上午 9 点 30 分左右，杰克逊镇的人们开始陆续走进市政厅。最先进来的是 3 个年长的女士，她们身穿正式的黑礼服，喜鹊般地叽叽喳喳聊着天。约翰看到她们挑选火炉附近的座位就座（从他这个方位几乎看不到她们），拿起放在座位上的宣传册。册子里好像全是格雷格·斯蒂尔森的照片。

其中的一个女士说："这个人我觉得可以，他给我签了3次名了，今天还要让他签名，一定要让他签。"

关于格雷格·斯蒂尔森的话题她们就聊到这里，接下来她们讨论起即将在卫理公会教堂举行的"星期日老人之家"活动。

约翰差不多刚好在火炉正上方，从先前的太冷变成现在的太热。趁着斯蒂尔森的保镖离开和第一批小镇居民到达之间的空隙，他脱去了夹克和外面的衬衫。他拿着块手帕不住擦去脸上的汗，手帕上染上了道道血和汗。他那只不好的眼睛又不行了，视野不停地变模糊，不停地出现浅红色。

下面的门开了，传来男人们使劲儿跺掉靴子上雪的"嗵嗵"声，4个穿着方格图案羊毛上衣的男人从通道走到前面，在前排就座。其中一人一坐下就立刻开始讲一个法国人的笑话。

一个年轻女人，大约23岁的样子，带着她儿子前来，那孩子看上去约4岁，穿着一套蓝色雪地服，点缀有亮黄色斑纹，他问他妈妈能不能对着话筒说话。

"不能，宝贝儿。"女人说，他们坐到那群男人后面。小男孩儿马上开始踢前排的长椅，一个男人扭回头瞟了一眼。

"肖恩，别乱踢。"她说。

10点15分了。门以均匀的频率不停地打开关上。各种年龄、各种职业、不同身份的男男女女挤满了大厅。空气里飘荡着人们"嗡嗡"的谈话，弥漫着一种期待的气氛。他们到这里不是来检验他们选出的众议员，而是等待一位心存善意的明星莅临他们这个不起眼的社区。约翰知道，大多数"会见参议员"或"会见众议员"的集会只有那么几个屈指可数的铁杆粉丝参加，会见大厅几乎是空的。1976年选举，缅因州的比尔·科恩和他的对手莱顿·库尼[①]进行辩论时，只吸引了26个人，不包括记者。这类讨论会纯属

① 莱顿·库尼（Leighton Cooney）：美国政治家，曾任美国众议员、缅因州财务司司长。——编者注

装点门面，选举期到来时的自吹自擂而已。大部分集会都是选在一些中型的小会议厅进行。不过，今天还不到 10 点钟，市政厅就座无虚席，座位后面还有二三十个站着的群众。每次门一开，约翰握枪的手就会紧张那么一下。他到现在了还是没有把握自己能做到，哪怕有再大的动力。

5 分钟过去了，10 分钟过去了。约翰开始想斯蒂尔森是不是有事儿耽搁了，或者他压根儿就不来了。一种解脱感悄然涌上心头。

就在这时，门又打开了，一个热情的声音喊道："喂！新罕布什尔州杰克逊镇的人们，大家好！"

人群发出一阵惊讶、欢快的"嗡嗡"声。随后有人狂热地喊道："格雷格！你好吗？"

"嗯，我很好！"斯蒂尔森回答道，"你们到底好不好？"

热烈的掌声迅速转为赞许的欢呼。

"嗨，好啦！"格雷格高声喊道。他迅速走下过道，边跟人握手，边走向讲坛。

约翰从小孔望着他。斯蒂尔森穿着一件厚重的生牛皮外套，绵羊皮领子，原来那顶坚硬的安全帽没有了，取而代之的是一顶带着鲜红色流苏的羊毛滑雪帽。他在走道开始处停了一下，向出席的三四位记者挥挥手。闪光灯啪啪作响，雷鸣般的掌声再次爆发，震得房梁都颤抖起来。

约翰·史密斯猛地意识到，一旦错过了现在，就永远再没有机会了。

特里姆布尔集会上格雷格·斯蒂尔森给他的感觉，突然再次以一种无比确定和可怕的清晰形式席卷过来。在他疼痛的、饱受煎熬的脑袋里，仿佛听到了一种沉闷的声音，感觉和声音在那一刻轰然相撞。这，也许就是，命运的声音。此刻的机会唾手可得，刻不容缓，不能让斯蒂尔森滔滔不绝地说下去了。现在的机会太好了，没有理由让他逃脱，没有理由两手抱头坐在这里，等着人群散去，等着管理员回来拆掉音响系统，扫掉垃圾，不能再自欺欺人地说还有下个星期、下个镇了。

机会就在眼前，毫无悬念，这个落后偏僻的礼拜堂里发生的事儿，意外地和地球上每个人的命运联系在了一起。

他的脑袋里发出一声声重击，就像命运的两极连在了一起，不停地碰撞。

斯蒂尔森走上讲台的台阶。他身后没有人。那 3 个敞着大衣的人靠在远处的墙上。

约翰站起了身。

6

一切似乎像慢镜头一样发生了。

坐久了，他的腿有点儿痉挛，膝盖好像哑火的鞭炮一样噼啪作响。时间仿佛凝固了，虽然人们纷纷转动脑袋，脖颈抻长，但掌声依旧雷鸣般地响着；有人尖叫了一声；有人尖叫，是因为上面过道有个人，手里正举着一支步枪，而这个情景他们都在电视上见过，这是一个典型的场景，他们都明白这意味着什么。这一幕以其自己的方式，就像“迪士尼奇妙世界”一样美国化。一个政客和在高处举着枪正对着他的男人。

格雷格·斯蒂尔森转向他，粗脖子抻长，脖子上的肉皱起来。他滑雪帽上红色的蓬松部分上下摆动。

约翰把枪顶到肩膀上。它似乎是飘上去的，当它嵌入靠近关节的肩窝时，他感到了“砰”的一声。他想起小时候和他父亲一起射石鸡的情景。他们像猎鹿一样等待了很久，但当他看到石鸡时，手却无法扣动扳机；因为他太紧张了。这是一个秘密，像自慰一样见不得人，因此他从没对任何人讲过。

又是一声尖叫。一个老太太捂住嘴，约翰看到她黑帽子的宽边上零散地缀了一圈人造水果。人们的脸都抬起来看他，像一个个大的白色的“0”。一个个张开的嘴巴，像一个个小的黑色的“0”。穿着雪地服的小男孩儿在用手指点着。他母亲在努力地护住他。斯蒂尔森突然出现在准星中，约翰没有忘记打开步枪的保险栓。对面几个穿着夹大衣的男人把手伸进上衣，桑尼·埃里曼，绿眼睛闪闪发光，大喊道："卧倒！格雷格，快卧倒！"

但斯蒂尔森还在盯着楼上过道，有一刹那，他们四目交汇了，一种无法描述的心有灵犀，斯蒂尔森只在约翰开枪的那一瞬躲闪了一下。枪声非常响亮，响彻了整个大厅，子弹差不多打飞了讲台的一个角，剥去了外层，暴露出里面白森森的木头。碎片飞溅。一块碎片击中了话筒，发出一声巨大哀号一样的回音，然后变成一阵"嗡嗡"的怪声。

约翰再顶上一颗子弹，再次开火。这次子弹把讲台上那块满是灰尘的地毯打穿了一个洞。

人群开始骚动，像受惊的牲畜一样。他们全部向中间通道拥去。站在后面的人很轻松地就逃了出去，但随即，人们就拥堵在对开门的门口处，咒骂着，尖叫着。

大厅的另一边响起"砰砰"声，过道栏杆突然在约翰眼前飞溅起来。有东西从他耳边呼啸而过，一根极小的手指状东西在他的衣领上弹了一下。对面的 3 个人都举着手枪，因为约翰在上面过道，所以他们的射程范围是相当清晰的，不过，他们是否会真的顾及那些无辜的人，约翰很怀疑。

3 个老妇人中的一个抓住穆奇的手臂。她呜咽着，在请求着什么。他甩开了她，双手紧握着手枪。大厅里此刻到处弥漫着火药味儿。从约翰站起身到现在大约过了 20 秒钟。

"卧倒！卧倒，格雷格！"

斯蒂尔森仍然站在讲台边上，微微蹲伏下身子，向上看着。约翰把枪放下来，瞬时，斯蒂尔森完整地出现在前方视野里。这时一颗手枪子弹划过他的脖子，打得他向后退了一步，他自己的子弹也射飞了。对面窗户玻璃"哗"的一声碎了，像下了一股玻璃雨。下面传来尖细的叫喊声。鲜血喷涌而出，流过他的肩膀和胸口。

啊，杀了他，干得好，他歇斯底里地想，再次踏到栏杆边，上了颗子弹，迅速把枪架到肩膀上。现在斯蒂尔森开始动了。他跑下台阶，到了地面，抬头瞅了约翰一眼。

又一颗子弹"嗖"地从他太阳穴边呼啸而过。我就像一头摆在案板上的猪一样在流血，他想，来吧！快点儿结束吧！

门口的"瓶颈"被打破了，人们开始向外拥去。一股烟从对面的一支手枪那儿升起，"砰"的一声响，刚才那根看不见的弹衣领的手指在约翰脑袋的一边划出一道火线。没关系。只要杀了斯蒂尔森，什么都没关系。他的枪再次向下瞄去。

这次一定要射中——

斯蒂尔森虽然块头大，但跑得相当快。约翰刚才注意到的那个黑发年轻女人此刻正在中间通道，手里抱着她哭叫的儿子，离门口还有一半路，她依然拼命用自己身体护着她儿子。之后斯蒂尔森的举动让约翰大吃一惊，差点儿把枪掉到地上。只见他从孩子母亲手里夺过那个小男孩儿，用小男孩儿的身体挡在他身前，在过道上来回扭动。准星里面不再是格雷格·斯蒂尔森，而是一个扭动的小小的身体，这身体——

（滤光镜蓝色滤光镜黄色斑纹老虎的斑纹……）

深蓝色的雪地服，上面带着亮黄色条纹。

约翰的嘴巴张开。对啊，这就是斯蒂尔森。那只老虎。但他现在躲在滤光镜后面。

这是什么意思？约翰尖叫道，但没发出声来。

那位母亲尖叫起来；约翰以前在什么地方听到过。"汤米！把他还给我！汤米！把他还给我，你这个狗杂种！"

约翰的脑袋愤怒地涨起来，像个气囊一样扩张着。一切都开始消退了。唯一的亮光都集中在枪的准星周围，准星现在正对着那件蓝色雪地服的胸口。

开枪吧，你必须开枪了，他要逃掉了。

那一刻，也许是他的眼前模糊了，才使他看到——蓝色的雪地服开始蔓延，颜色变浅，成为知更鸟蛋的浅蓝色，深黄色在延伸、剥离，到最后所有东西都开始融化在那蓝色中。

（在滤光镜后，没错，他躲在滤光镜后，但这是什么意思呢？意思是安全了？我已经够不着他了？什么意思？）

有暖色的光在下面闪了一下，约翰隐约意识到那是闪光灯。

斯蒂尔森推开女人，向后面门口退去，眼睛眯成一条缝儿，好像老奸巨猾的海盗。他紧紧抓住扭动的小男孩的脖子和裆部。

不能，上帝啊，原谅我吧，我不能。

这时，两颗子弹击中了约翰，一颗击中胸口，打得他撞到墙上，又从墙上弹回来，另一颗击中他上腹部左侧，打得他在栏杆内转了个圈儿。他模模糊糊地意识到他的枪掉了。它掉落在过道的地板上，子弹近距离直射进墙里。他的大腿上部撞到栏杆上，一头栽下去。市政厅在他眼前打了两个转，他“啪”的一声摔在两个长椅上，摔断了脊背和双腿。

他张开嘴要喊，但出来的却是一大口鲜血。他躺在撞碎的长椅碎片上，心想：完了。我放弃了，弄砸了。

几双手狠狠地抓住他。他们把他翻过来。埃里曼、穆奇和那另一个人，都在。埃里曼曾经把他翻过来一次。

斯蒂尔森走过来，把穆奇推到一边。

“这家伙无所谓，”他声音刺耳地说，“找到拍照的那个狗杂种。砸碎他的相机。”

穆奇和另一个人走了。旁边某处那个黑发女人在哭喊：“躲在一个孩子后面，居然躲在一个孩子后面，我要告诉所有人……”

“让她闭嘴，桑尼。”斯蒂尔森说。

“是。”桑尼说，从斯蒂尔森身边走开。

斯蒂尔森蹲在约翰身边：“我们认识吗，小伙子？没必要撒谎了。这门课你已经上过了。”

约翰低声说：“认识。”

“在特里姆布尔集会上，是不是？”

约翰点点头。

斯蒂尔森猛地站起来，约翰用尽全身的最后一丝力气，伸手抓住他的脚踝。这只有一秒钟，斯蒂尔森一下子就挣脱了。但这已经够长了。

一切都已改变了。

人们现在慢慢靠过来，但他只能看到脚和腿，看不到脸。这没有关系。**一切都已改变了**。

他轻轻哭起来。这次摸斯蒂尔森就像摸一个空白，没电的电池，伐倒的树，空空的房子，光秃秃的书架，准备放蜡烛的空啤酒瓶。

褪色，消失。他周围的脚和腿渐渐变得模糊不清了。他听到他们兴奋的揣测声，但听不清在说什么，只能听到说话的声音，甚至那些也在散去，逐渐模糊，成为一片高亢、悦耳的“嗡嗡”声。

他回过头，看到了很久以前他走出来的那条走廊，他从那条走廊出来，进入这个明亮的胎盘地带。只是那时他母亲还活着，他父亲也在那里，他们叫着他的名字，直到他冲破出来，到了他们身边。现在完全是回去的时候了。对的，没错，现在该回去了。

我做到了。**不知怎么做到的**。**我不知道原因，但我做到了**。

他飘向那个镀着黑铬的走廊，不知道那尽头有没有什么东西，安心等着让时间来告诉他吧。悦耳的“嗡嗡”声消失了，模糊的亮光消失了，但他还是他——约翰·史密斯——完好无损。

进走廊吧，他想。好了。

他想，如果他能进入那个走廊，他就能走路了。

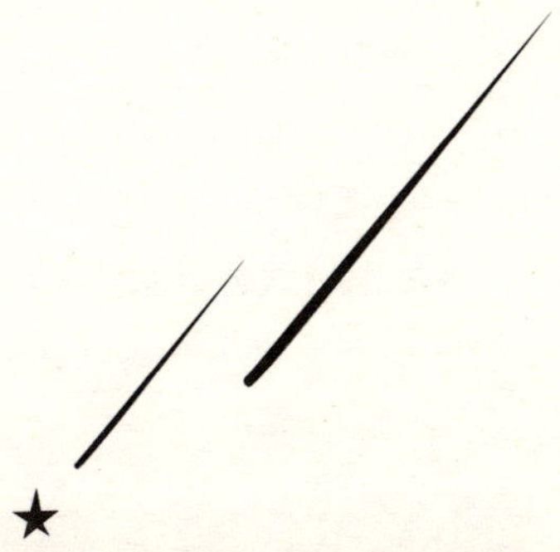

第 3 部
“死亡区域”的记录

The Dead Zone

第 28 章
真相

当我完成了我必须完成之事的时候，命运的天平就会彻底恢复平衡。

1

亲爱的爸爸：

这是一封我不得不写的信，虽然它会令人非常难过，我尽量言简意赅地说给你。当你收到这封信时，我想我很可能已经不在人世了。在我身上发生了一件很可怕的事情，我现在想来，似乎它在我出车祸和昏迷前很早就已经开始了。当然了，你清楚我有特异功能的事儿，你应该还记得，我妈妈去世前发誓说这一切都是上帝的安排，上帝有使命要我去完成。她要求我不要逃避它，我向她保证我不会去逃避，但当时并不是认真的，只是想让她的心灵借此获得安宁。现在看来，从某种意义上讲，她是对的。我到现在仍然不完全相信上帝，不相信有一个真正的上帝冥冥之中为我们安排好了一切，给我们分配一些卑微的任务去完成，像童子军在“人生大远足”中赢得荣誉勋章那样。但我也同样不相信发生在我身上的这一切纯属偶然。

爸爸，1976 年夏天，我去新罕布什尔州的第 3 选区特里姆布尔参加了格雷格·斯蒂尔森的一次集会。那次是他第一次参加竞选，你可能还记得。他边走向讲台边和许多人握手，其中就有我。虽然你亲眼见过我实际运用过那种能力，但你可能还是觉得这些很难让人相信。我有过很多次的“灵光闪现”，但只有这一次不是“灵光闪现”，爸爸。它是一种“启示”，是在《圣经》意义上的“启示”，或是和它极为相似的某种东西。很诡异的是，它并不像我之前有过的其他“启示”一样清晰可见（这次总有一种令人费解的蓝色笼罩着一切，这是以前从没有过的情况），但其感觉强烈得惊人。我看到格雷格·斯蒂尔森成了美国总统。我说不清楚那是未来多久以后的事儿，只是他的头发大部分都已掉光了。我觉得大概是14年后，或最多18年后。现在，我只能看到却无法解释，在这件事里，我的洞察力被那种奇怪的蓝色滤光镜所干扰，但我已经看到足够的东西了。如果斯蒂尔森成为总统，他将开始让国际局势恶化，那是一个相当可怕的开端。如果斯蒂尔森成为总统，他会发动一场大规模的核战争。我相信这场战争的导火线会在南非点燃。我还相信，在这场短暂、血腥的战争中，不仅仅是两三个国家发射导弹，而可能有20个国家之多，再加上恐怖组织。

爸爸，我知道这听上去很荒诞，而且我也觉得它很荒诞。但我毫不怀疑，也绝无回头重新审视它的冲动，然后说“那不会是真的，事情不会严重到那个地步”之类的话。你从不知道，也没有一个人知道，我从查茨沃斯家仓皇离去并不是因为那家餐馆的大火。我想我是在逃避格雷格·斯蒂尔森和那些我本应该去做的事情。就像以利亚怯懦地躲在山洞里，或约拿绝望地躲在鱼腹中。你知道吗，我原来以为我只会等待观望，等着看这种可怕的预言是否会实现。我本来可能还在等待，但去年秋天，我的头痛开始加剧了，另外在我上班的时候出了一次事故，工头凯斯·斯特朗应该会记得……

2

摘自斯蒂尔森委员会的证词，委员会主席为缅因州参议员威廉·科恩[①]。提问者为委员会首席法律顾问诺尔曼·D. 维瑞泽先生，证人凯斯·斯特朗先生，住在亚利桑那州凤凰城，沙漠大道1421号。

取证日期：1979年8月17日。

维瑞泽（以下简称“维”）：约翰·史密斯当时是在凤凰城市政工程局工作，这是实情吗？

斯特朗（以下简称“斯”）：是的，先生，是这样的。

维：那是1978年12月初。

斯：是的，先生。

维：12月7日那天，发生了什么让你觉得印象深刻的事儿吗？关系到约翰·史密斯的事儿？

斯：是的，先生，的确发生了。

维：如果可以的话，请你告诉委员会。

斯：好的，当时我得回车库去拉橙色油漆，2罐40加仑[②]的。我们正在路上画线。约翰，就是那个约翰·史密斯，你说的那天，在罗斯蒙特大街上画新的道路标记。当我回到那里时大约是4点15分，离下班时间还有45分钟，你们刚谈过的那个赫尔曼·乔尔森走过来对我说：“你最好去看看约翰，凯斯。约翰出问题了。我跟他说话，他就像没听到一样。他还差点儿撞到我。你最好搞清楚他怎么回事儿。”他就是这样说的，我就问他：“他出什么事儿了，赫尔曼？”赫尔曼说：

① 威廉·科恩（William Cohen，1940— ）：美国政治家，曾任美国众议员、美国参议员、美国国防部长。——编者注

② 此处应为美制加仑，1美制加仑约合3.79升。——编者注

“你自己去看吧，那哥们儿不太正常。”于是我开车过去，一开始一切都很正常，然后——哇!

维：你看到什么了?

斯：你是说在我见到约翰之前?

维：是的。

斯：他画出的线歪七扭八的。开始只是有点儿乱——这儿弯一点儿，那儿弯一点儿——不是很直，你知道。约翰之前一直是队里最好的画线员。然后就开始彻底画坏了，他在整条路上画起了圈圈和旋涡，有几处好像在反复画圆圈。大约有将近100码，线全被他画到路外边的泥地上了。

维：你当时怎么做的呢?

斯：我让他停下来。更确切地说，我是最后才让他停下来的。我把车开到画线机旁边，冲他大声喊。当时绝对喊了有五六声。他像是没听见的样子。然后他就朝着我一下子开过来，“咣当”一声撞到我开的那辆车的侧面。那也是公路管理处的资产。因此我按喇叭，又冲他大喊，他好像这才听到了。他把机器推到空挡，向下看着我。我问他，你知道自己在干什么吗?

维：他怎么回答?

斯：他说“你好”。就这样。“你好，凯斯。”好像啥事儿都没有。

维：你当时的反应是……

斯：我当时很生气。约翰就呆站在那里，看了下四周，一只手紧紧抓住画线机的一侧，好像一松手他就会倒下去。那时我才意识到他病得很厉害。他一直很瘦，你知道，但当时他看上去面无血色，像纸一样惨白。他的嘴角一侧有点儿……你知道……向下耷拉。一开始他好像都不知道我在说什么。然后他向四处打量，看到了线的样子——整条路上线的样子。

维：他说了什么？

斯：他说“对不起”。然后他有点儿——我说不好——摇晃，一只手捂住脸。我就问他刚才怎么了，他说了……噢，一堆让人听不懂的话，根本不知道他在说什么。

科恩：斯特朗先生，委员会对史密斯先生所说的一切可能对本案有帮助的话都非常感兴趣。你能记得他说了些什么吗？

斯：开始他说没什么事儿，只是闻到像是橡胶轮胎燃烧的味道，轮胎着火了。然后他又说：“你要连接电池的话，电池就会爆炸。”还说：“我的胸口有土豆，两个收音机都在阳光下。所以这些出来都是为了树。”[①] 我能记得的就这些。我刚说了，那些话都稀里糊涂的。

斯：接着发生了什么？

维：他要往地上倒。所以我抓住他的肩膀和手，他的手先前捂着脸，后来松开了。然后我看到他右眼全是血，再然后他就昏过去了。

斯：但他在昏过去之前还说了一句话，是吗？

维：是的，先生。

斯：他说了什么？

威：他说：“我们以后会为斯蒂尔森苦恼的。爸爸，他现在在‘死亡区域’。”

斯：你确定那就是他说的话吗？

维：是的，先生，我确定。我永远也忘不了那句话。

---

① 这句话的原文是：“I got potatoes in the chest and both radios are in the sun. So it’s all out for the trees.”——编者注

3

……当我醒来时，我在罗斯蒙特大街总部的一间小设备库里。凯斯说我最好马上去找医生看看，先别上班了。我吓坏了，爸爸，但并不是由于凯斯认为的那种原因。不过，萨姆·魏扎克在11月初的一封信里提到过一位神经科专家，我已经和他预约好了。你知道吗，我给萨姆写信，告诉他我不敢开车了，因为我的眼睛偶然会有重影现象。萨姆马上回信告诉我去找这位范恩医生，说他认为这些症状应该高度警惕，但不想冒昧地进行远程诊断。

我当时没有立即去。我想，人总是喜欢欺骗自己，我不断地想，那可能只是一个必经阶段，一定会好起来的，直到最后发生了画线机事件。我只是不愿去考虑另一种可能性。但这次事故太明显了，我去找医生了，因为我害怕起来，不只是为我自己，更主要是因为我所知道的那些会发生的事情。

因此我去找了这位范恩医生，他给我做了检查，然后他详细地告诉了我病情。结果是，我的时间没有我想的那么多了，因为……

4

摘自斯蒂尔森委员会的证词。委员会主席为缅因州参议员威廉·科恩。提问者为委员会首席法律顾问诺尔曼·D. 维瑞泽先生。证人昆丁·M. 范恩医生，家住亚利桑那州凤凰城，帕克兰大道17号。

取证日期：1979年8月22日。

维瑞泽（以下简称“维”）：在你做完检查，做出诊断结果时，你在你的办公室见了约翰·史密斯，是吗？

范恩（以下简称“范”）：是的。那次谈话让人不好受，这种谈话总是会让人不好受的。

维：你能告诉我们你们谈了什么吗？

范：可以。在这种不同寻常的状况下，我认为双方不再是医患关系。我一开始就向史密斯指出，他曾有过一次可怕的经历。他承认了。他的右眼充血虽然还很严重，但好一些了。他的一根毛细血管破裂了。如果我可以用图表……

（此处资料做了删节与摘要。）

维：在向史密斯做了解释之后呢？

范：他问我最坏的结果。这是他的原话，“最坏的结果”。他的镇静和勇气给我留下了很深的印象。

维：那么最坏的结果是什么，范恩先生？

范：嗯？我想现在已经很清楚了，在约翰·史密斯大脑半球的顶叶有个严重恶化的脑瘤。

（旁听席中出现骚动，短暂休庭。）

维：医生，对不起，稍停一下。我要提醒旁听人员，本委员会正在开庭，这是在进行调查，不是“畸形秀”。我要维持秩序，否则我就要让法警清场了。

范：没关系，维瑞泽先生。

维：谢谢你，医生。你能告诉委员会史密斯听到这消息后的反应吗？

范：他很平静，非常镇定。我相信他自己也一定做了自我诊断，他的诊断和我的是吻合的。只是，他说他非常害怕，他问我他还能活多长时间。

维：你怎么和他说的?

范：我说在这个阶段，这个问题是没有意义的，因为我们还有很多选择。我告诉他他需要做一次手术。应该说明的是，我当时对他以前的昏迷，以及他非同寻常的几乎是奇迹般的康复一无所知。

维：他的回答是什么?

范：他说他不会做手术。他当时很平静，但也非常非常坚决。不做手术。我说希望他再考虑一下。因为不做这个手术，就等于签了自己的死亡判决书。

维：史密斯对此有什么反应吗?

范：他要求我告诉他实话，如果不做手术的话，他还能活多久。

维：那你告诉他了吗?

范：告诉他了，我告诉他一个大概的估计。我说肿瘤通常生长方式很奇特，我知道有些病人的肿瘤可以潜伏两年不动，但那种情况比较罕见。我告诉他，如果不做手术的话，他大概可以活8到20个月。

维：但他还是不做手术，是吗?

范：是的，是这样的。

维：史密斯离开时，发生了什么异常的事儿吗?

范：我得说发生了极为异常的事儿。

维：如果你愿意，请告诉委员会。

范：我碰了碰他的肩膀，想留住他。你一定明白，我很不愿意病人在这种情况下离去。当我这么碰他的身体时，我感到他身上传来某种东西……那种感觉就像受到电击一样，但又像是一种很怪的抽吸感，让人觉得被掏空了，仿佛他在从我身上吸走什么东西。我必须承认这种描述很主观，但我也是在专业知识技能方面接受过训练的人。那种感觉确实不舒服，我向你们保证。我……就缩回了手……他建议我给我妻子打电话，因为“草莓严重伤到了他自己”。

维：草莓？

范：对，那是他的原话。我妻子的弟弟……他名叫斯坦伯里·理查兹。我的小儿子小时候总是叫他“草莓舅舅”。顺便说一下，这之间的关联直到后来才浮出水面。当天晚上，我建议我妻子给她弟弟打个电话，他住在纽约的科斯湖镇。

维：她给他打电话了吗？

范：是的，打了。他们聊得很开心。

维：那么那位理查兹先生，也就是你的小舅子，他没事儿吗？

范：是，他当时没事儿。但之后的一个星期他刷房子时从梯子上摔了下来，摔断了脊柱。

维：范恩医生，你相信约翰·史密斯看到事情发生的情景了吗？你认为他对你的小舅子有预感吗？

范：我不知道。但我认为……可能是这样。

维：谢谢你，医生。

范：我可以再说一句话吗？

维：当然可以。

范：如果他真的受到了这种诅咒——是的，我要称之为“诅咒”——我希望上帝对那个人饱受折磨的灵魂慈悲为怀。

5

……我知道，爸爸，人们会说我这么做是因为肿瘤，但是爸爸，别信他们。不是那样的。肿瘤只是最后落到我头上的一个意外事件，我现在相信它早就有了。肿瘤就在车祸中受伤的那个位置，而且我坚信它也是我小时候在回环塘溜冰摔伤的那个地方。就是在那时我第一次有了“灵光闪现”，虽然现在我已经记不清那到底是什么了，在车祸前，我还有一次“灵光闪现”，那是在埃斯蒂的游园会上。关于那次的情况你可以去问莎拉，我相信她一定记得。肿瘤就在我称之为“死亡区域”的地方。事实证明那地方的确是个“死亡区域”，对吧？真是不幸言中了。上帝……命运……天意……宿命……不管你怎么称呼吧……似乎总要伸出它坚定而不容置疑的铁手让天平再次恢复平衡。也许我本应该在车祸中就死去，或更早，早在去回环塘溜冰那天就该死去。我也相信，当我完成了我必须完成之事的时候，命运的天平就会彻底恢复平衡。

爸爸，我爱你。最糟糕的是，我还相信一件事儿，那就是枪是摆脱目前我所陷入死局的唯一出路，最让我难过的是，我将留下你独自一人去忍受痛苦，去承担人们的憎恨，因为那些人毫无理由地相信斯蒂尔森是一个善良、正直的人……

6

摘自之前斯蒂尔森委员会的证词。委员会主席缅因州参议员威廉·科恩。提问者阿尔伯特·伦弗鲁先生，是委员会第二法律顾问。证人萨姆·魏扎克医生，家住缅因州班戈市，哈罗考特街26号。

取证日期：1979年8月23日。

伦弗鲁（以下简称“伦”）：我们快要到休庭时间了，魏扎克医生，我代表委员会感谢你长达 4 小时的做证。你就这个事件给委员会提供了许多有益的信息。

魏扎克（以下简称“魏”）：不用客气。

伦：我还有最后一个问题要问你，魏扎克医生，我认为这问题是至关重要的；约翰·史密斯在给他父亲的信中自己也提到与这一问题相关的事情，这封信已经成了证据的一部分。这个问题是……

魏：不是。

伦：你说什么？

魏：你是准备问我，是不是约翰的肿瘤引发了他那天在新罕布尔州的行为，是吗？

伦：某种意义上说，我认为……

魏：我的回答是“不是”。约翰·史密斯是一个善于思考的、很理智的人，直到他生命的最后一刻也是这样的。他给他父亲的信就证明了这一点，给莎拉·赫兹里特的信也证明了这一点。他有一种很可怕的、如上帝般的能力，也许这也算是一种诅咒吧，我的同事范恩医生也这样说过，但他既没有精神失常，也不是因为脑压力产生的幻想才会出现那样的行为，虽然有那个可能性。

伦：但是那个被称为“得克萨斯钟楼狙击手”的查尔斯·怀特曼[①]不就是得了……

魏：是的，没错，他是得了肿瘤。几年前在佛罗里达州坠毁的东方航空公司的飞机驾驶员也得了肿瘤。而这两件事儿中没有任何一件

---

① 查尔斯·怀特曼（Charles Witman，1941—1966）：美国杀人犯，被称为“得克萨斯钟楼狙击手”，其由于家庭问题导致精神失常，于 1966 年先开枪杀死自己的母亲和妻子，然后跑到得克萨斯大学继续开枪射击，共造成 16 人死亡，31 人受伤，最后被警方击毙。——编者注

被认为是肿瘤导致的。我要向你们指出，其他的那些臭名昭著的家伙，像理查德·斯派克[①]，那个所谓的“山姆之子”[②]，阿道夫·希特勒等，他们都没有脑瘤，但他们也在杀人。约翰自己揭发出来的罗克堡镇凶手弗兰克·多德也没有脑瘤。不管委员会可能认为约翰的所作所为是多么偏离正轨，那都是一个精神正常的人的行为。也许他当时的精神受到了巨大的折磨……但神志是清醒的。

7

……最重要的，不要以为我做这件事儿没有经过长时期的、痛苦的思考。如果我能通过刺杀他这件事儿本身，让人类可以多活 4 年、2 年，哪怕 8 个月，来好好思考一下这件事儿，那就值得去做。这样做是错的，但也可能最后被证明是对的，我不知道。但我不想再扮演“哈姆雷特”了。我知道斯蒂尔森有多么危险。

爸爸，我很爱你，相信我。

你的儿子，

约翰

新罕布什尔州，朴次茅斯

1979 年 1 月 23 日

8

摘自之前斯蒂尔森委员会的证词。委员会主席缅因州参议员威廉·科恩。提问者阿尔伯特·伦弗鲁先生，委员会第二法律顾问。证人斯图亚

---

① 理查德·斯派克（Richard Speck，1941—1991）：美国杀人犯，于1966年4月打死一名酒吧女服务员，7 月又潜入护校宿舍奸杀 8 名女生。后被判终身监禁，1991 年死于狱中。——编者注

② “山姆之子”（Son of Sam）：原名戴维·理查德·伯科威茨（David Richard Berkowitz，1953— ），美国连环杀人犯，其每次作案后都留下记号，甚至给媒体写信，一直自称“山姆之子”。其喜欢狙杀约会中的情侣，共先后造成 6 人死亡，7 人受伤，至今仍在狱中监禁。——编者注

特·克劳森先生，家住新罕布尔州约克逊镇黑带路。

伦弗鲁（以下简称“伦”）：你说你刚好带着你的照相机，克劳森先生？

克劳森（以下简称“克”）：是的！往常我出门都带着相机。我那天差点儿没去，虽然我喜欢格雷格·斯蒂尔森，嗯，在这件事儿之前，我是挺喜欢他的。只是那个市政厅让我觉得很晦气，你知道吗？

伦：因为你的驾驶员考试？

克：对。那次考试没及格，是我讨厌那儿的原因之一。但最后我想，算了吧，那又怎么样。再说我拍了照。哇！我拍到了。有了那张照片我会发财的，我估计，跟拍到在硫黄岛升国旗一样轰动。

伦：我希望你不要抱着这整个事件是为了让你发财这种心态，年轻人。

克：噢，不！绝不是！我的意思只是……好吧……我不知道我想说什么。但它就发生在我面前，而且……我不知道。老天爷，我只是很高兴我带了我的尼康相机，就这样。

伦：当斯蒂尔森举起孩子时，你刚好拍下来了？

克：是的，先生。

伦：这是那张照片的放大版吗？

克：是的，是我的照片。

伦：在你拍了之后，发生了什么事儿？

克：其中两个打手追我。他们大喊：“把相机给我们，小子！把它扔到地上！”嗯，反正就是这类的话。

伦：然后你就跑了。

克：我跑了吗？天哪，我想我跑了。他们一直追到镇停车场。其中一人差点儿逮到我，但他在冰上滑了一跤，摔倒了。

科恩：年轻人，当你甩掉那两个打手时，我想说你赢了你一生中最重要的赛跑。

克：谢谢你，先生。斯蒂尔森那天的行为……也许人在情急之下不得不那样，但……把一个小孩儿挡在前面，真是卑劣透顶。我敢说新罕布什尔州的人们不会选那家伙做接班人，不会……

伦：谢谢你，克劳森先生。证人可以退席了。

第29章
尾声

我们都尽力而为吧，一切已经够好了……就算不够好，它也必须是这样的。

没有失去什么，莎拉。没有什么能失去。

1

又是10月。

莎拉其实很长时间一直在逃避这次行程，但现在不能再拖了。她觉得不能再拖了。她把两个孩子都交给了阿卜拉纳普太太（他们现在有保姆了，那辆红色小平托也已经换掉了，现在是两辆新车，瓦尔特的工资一年有将近3万美元了），独自一人穿过晚秋的骄阳来到博纳尔镇。

她把车停到一条很窄的乡村小路边，下了车，走向另一边的小公墓。一根石柱上钉着一块很小的旧金属片，上面写着"桦树公墓"。公墓被一圈高低不一的石头墙围绕着，地上很干净。5个月前阵亡将士纪念日插上的几个小旗还在，已然褪色了。不久它们就会被积雪掩埋。

她慢慢走着，不慌不忙，微风吹起她的深绿色裙摆，轻轻摇摆着。这一处是鲍登家族各代人的墓地；这一处是马斯腾家族的墓地；这儿，聚拢在一块宏伟的大理石墓碑周围的，是可以追溯到1750年的皮尔斯伯里家族的墓地。

在后墙边上，她发现了一块相对较新的墓碑，上面很简单地写着“约翰·史密斯”。莎拉跪在墓碑旁边，迟疑了一下，把手放到它上面。她的指尖从它光洁的表面缓缓滑过。

2

亲爱的莎拉：

我刚给我父亲写完一封很重要的信，花了近一个半小时才写完。我没有力气再赘述了，因此我建议你一收到这封信，就立刻给他打电话。现在就去打，莎拉，打完电话再继续看……

现在，十有八九你已经知道了。我只想告诉你，最近我常常想起咱们在埃斯蒂游园会约会的情景。如果要我猜哪两件事儿给你留下最深的印象，我会说我赌幸运大轮盘时的运气（还记得那个不停地说“我特想看这家伙输”的男孩儿吗？），还有就是我戴上吓你的那个面具。那本来只是大大的玩笑，但你很生气，我们的约会差点儿就完了。如果真的完了，也许我现在不会在这里，那个出租车司机也可能还活着。不过也有可能，未来根本不会有什么重大改变，一星期、一个月或一年之后，我还是会遭遇同样的厄运。

唉，我们曾有过机会，但最后来了个“00”，我们还是输了。但我想告诉你，我很想念你。对我而言，我心里真的只有你，没有别人，那个夜晚是我们最美好的一个晚上……

3

“你好，约翰。”她低声道。风轻轻地吹过骄阳炙烤的树林，一片红叶飘过明媚湛蓝的天空，悄悄落在她的头发上。“我来了，我终于来了。”

大声说话本来是不好的，对一个坟墓中的死者大声说话是疯子的做派，放在过去她会这么说。但现在她实在抑制不住心中的情感，那种强烈的程度让她喉咙发痛，两只手猛地拍击着。也许对他说话没什么错，毕竟 9 年了，现在这一切要终结了。以后她要关心的是瓦尔特和孩子们，她将坐在丈夫讲台的后面微笑；无穷无尽的微笑，如果她丈夫的政治生涯真像他预期的那样青云直上的话，星期日增刊中应该偶尔会有一篇以此为背景的报道。从今往后她的白发会逐年增加，因为胸部下垂而再也不能不穿乳罩就出门，她会更注意妆容；从今往后要定期参加班戈女青年会的塑形课，去购物，送丹尼上小学一年级，送贾尼斯去幼儿园；从今往后就是一个个新年晚会和一顶顶可笑的帽子，与此同时她的生活将卷入科幻般的 20 世纪 80 年代，她也将步入无法预知的阶段——中年。

她此生再不会去游园会了。

滚烫的眼泪缓缓流淌出来："哦，约翰，一切都不该是这样的，对吗？结局本不应该是这样的。"

她低下头，喉咙剧烈地抽搐，但没有用。她还是呜咽起来，明亮的阳光变成五颜六色的折光。风，本来如此温暖，有如印度的夏季，而此刻吹在她潮湿的脸上，却好像 2 月的冷风一样刺骨。

"不公平啊！"她冲着寂静的鲍登、马斯腾、皮尔斯伯里的墓地哭喊。那群静静躺在那里的听众用死寂向她证明着人生苦短、逝者如斯，除此之外再没有什么能更有意义的了。"噢，上帝，不公平啊！"

那一刻，有一只手抚摸她的脖颈。

4

……那个夜晚是我们最美好的一个晚上，但是我有时还是很难相信，曾有那样的一个 1970 年，那样的学校大动荡，那时尼克松还是总统，那时没有口袋计算器，没有家用录音机，没有布鲁斯·斯普林斯汀，也没有朋克摇滚乐队。而也有时候，那个年代又仿佛近在眼前，我能一伸手就摸到它，仿佛我只要能抱住你，抚着你的脸蛋或摸着你的脖颈，我就能带你一起走，进入另一种未来，没有伤痛、没有黑暗、没有痛苦抉择的未来。

好了，我们都尽力而为吧，一切已经够好了……就算不够好，它也必须是这样的。我亲爱的莎拉，我只希望你会像我想念你那样想念我。祝一切顺利，全心爱你。

约翰

1979年1月23日

5

她喘着气，挺直背脊，眼睛睁大瞪圆："约翰……？"

手消失了。

不管它是手还是什么，它都消失了。她站起来，环顾四周，当然什么也没有。但她能看到他站在那里，他双手插在口袋里，那么惬意，不怎么英俊却很愉快的脸上狡黠地笑着，瘦高，安适，靠着一块墓碑，或者一根石柱，又或者是一棵树叶变红的树，带着秋天将要熄灭的火焰。没什么，莎拉，你还在吸罪恶的可卡因吗？

没有其他人，只有约翰；就在这儿的某处，也许他无处不在。

我们都尽力而为吧，一切已经够好了……就算不够好，它也必须是这样的。没有失去什么，莎拉。没有什么能失去。

"还是以前的约翰。"她喃喃道，走出公墓，穿过小路。她站定，回头望去。10月的暖风猛烈地吹，好像满世界都是大片大片的光与影。树木神秘地窸窣作响。

莎拉钻进汽车，离开了。

图书在版编目（CIP）数据

约翰的预言 /（美）斯蒂芬·金（Stephen King）著；辛涛，刘若跃译 .—长沙：湖南文艺出版社，2019.1

书名原文：The Dead Zone

ISBN 978-7-5404-8882-6

Ⅰ . ①约… Ⅱ . ①斯… ②辛… ③刘… Ⅲ . ①长篇小说—美国—现代 Ⅳ . ① I712.45

中国版本图书馆 CIP 数据核字（2018）第 246066 号

著作权合同登记号：图字 18-2018-016

上架建议：外国文学·悬疑小说

YUEHAN DE YUYAN
约翰的预言

作　　者：[美] 斯蒂芬·金
译　　者：辛　涛　刘若跃
出 版 人：曾赛丰
责任编辑：薛　健　刘诗哲
监　　制：毛闽峰　李　娜
策划编辑：李　颖　杨　祎
文案编辑：吕　晴
营销编辑：杨　帆　周怡文　刘　珣
版权支持：辛　艳　张雪珂
封面设计：潘雪琴
版式设计：利　锐
出版发行：湖南文艺出版社
（长沙市雨花区东二环一段 508 号　邮编：410014）
网　　址：www.hnwy.net
印　　刷：天津旭丰源印刷有限公司
经　　销：新华书店
开　　本：875mm × 1270mm　1/32
字　　数：425 千字
印　　张：15
版　　次：2019 年 1 月第 1 版
印　　次：2019 年 1 月第 1 次印刷
书　　号：ISBN 978-7-5404-8882-6
定　　价：45.00 元

若有质量问题，请致电质量监督电话：010-59096394
团购电话：010-59320018